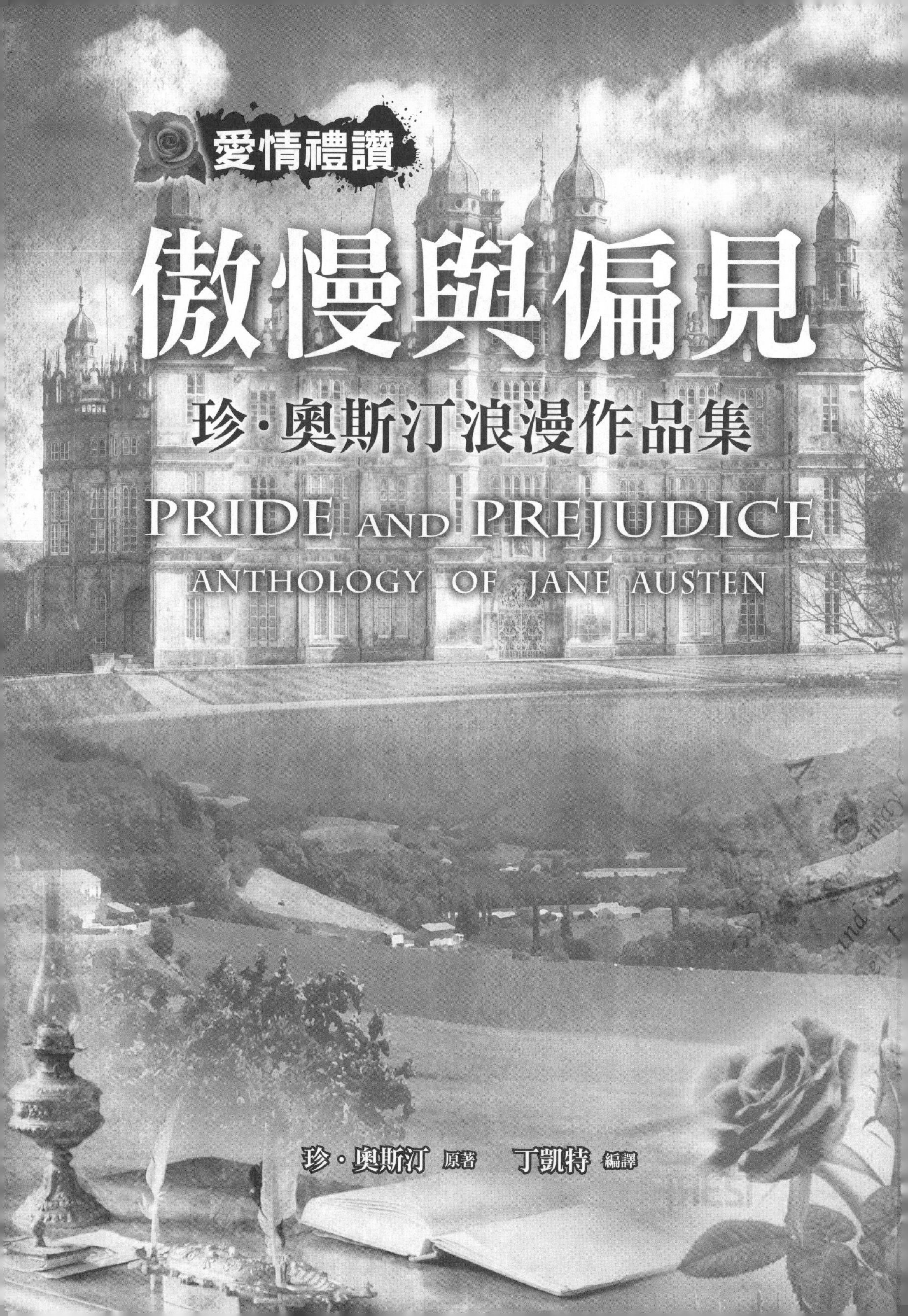

愛情禮讚

傲慢與偏見

珍·奧斯汀浪漫作品集

PRIDE AND PREJUDICE

ANTHOLOGY OF JANE AUSTEN

珍·奧斯汀 原著　　丁凱特 編譯

顛覆傳統的婚姻新觀，文學貞女的戀愛狂想

二〇〇五年，英國女作家珍．奧斯汀的小說《傲慢與偏見》首度改編為電影躍上大銀幕，不僅在二十一世紀重新掀起世人對英國文學的關注，更使得全球讀者爭相閱讀珍．奧斯汀的各大作品。在英國文學史上，珍．奧斯汀是最負盛名的作家之一，更是十九世紀前期的代表人物，後世有人推崇她為「世界十大小說家」之一，甚至將她與莎士比亞相提並論。

珍．奧斯汀於一七七五年出生在英國南方漢普郡的史蒂文頓鎮，父親是當地教區牧師，她在家中排行第六，擁有六位兄弟與一位姐姐。由於出生在鄉間的傳統家庭，珍一生未接受過正規教育，僅有九歲時曾在姐姐的學校陪讀；然而，她受到父親的啟蒙，並充分利用家中藏書，閱讀了大量古典文學和流行小說，也逐漸養成了寫作的習慣。十一歲時，珍開始嘗試創作，她將日常生活中的觀察與見聞作為題材，於一七九四年時完成了第一部小說作品《艾麗諾與瑪麗安》，接著又在一七九七年完成《第一印象》，一七九九年完成《諾桑覺寺》。但由於缺乏知名度，加上資金不足，她的著作一直沒有被出版，只能作為家人消遣的讀物。

一八〇一年，珍的父親退休，全家遷居至著名的療養勝地巴斯，這個地名後來多次出現在她的小說之中。然而，就像《勸導》的女主角安妮一樣，她並不喜歡這個城市；同時，家中的經濟日益拮据，也使得她的生活充滿憂慮與不安。一八〇五年，珍的父親去世，她被迫與母親和姐姐前去投靠在南安普敦的大哥法蘭克。四年後，她又移居查頓，投奔另一名兄長愛德華，之後在這裡度過了大部分的餘生，並專注於寫作上。

一八一一年，她獲得兄長贊助，將《艾麗諾與瑪麗安》以全新的名稱《理性與感性》正式出版，她那帶有諷刺、幽默的獨特文筆首度在世人面前呈現，立刻大受好評。出版商於是在一八一三年，將她的第二部作品《第一印象》改名為《傲慢與偏見》發行，更獲得了廣大迴響，不僅成了她的生涯代表作，更奠定她在當時文

壇的地位。之後的幾年間，她的寫作一刻也未間斷，以幾乎一年一部的速度，陸續出版了《曼斯菲爾德莊園》、《艾瑪》兩部小說。

一八一七年，邁入中年的珍．奧斯汀健康逐漸惡化，為了便於醫治，她又遷至溫徹斯特，這也是她人生的最後一次遷居。她在溫徹斯特療養了兩個月，期間完成最後一部小說《勸導》後，便在當地病逝，享年四十二歲，死後葬於溫徹斯特大教堂。在她過世後不久，她的兄長亨利出版了她生前未能發表的《諾桑覺寺》、《勸導》，讓這兩篇遺作終於得以問世。

儘管她為世人留下了一部部歌詠愛情的不朽佳作，令人意外的是，珍．奧斯汀終身未嫁，也未有子息。二十一歲那年，她曾與一名愛爾蘭人湯瑪斯．勒弗洛相戀，並以他作為《傲慢與偏見》中的男主角達西的原型，但這段感情仍無疾而終。六年後，她接收了一名小她六歲的富有男士求婚，但隔天又反悔。之後，她便未再談過戀愛，僅如同一名觀察者般注視著人們的情愛。

珍一生居住在平靜的鄉村中，過著中產階級的家庭生活，鮮少出入繁華複雜的上流社會，平日接觸的人物也多為地方的地主、牧師。因此，她的作品皆以當時英國鄉村的風俗習慣、戀愛婚姻為題材，故事則大多發生在一般小康家庭的男女之間。她以女性特有的細緻觀察力和輕快諧趣的筆法，真實地描繪出她周圍的日常生活，以及恬靜樸實的田園風光；同時，她在作品中公然挑戰當代的階級意識，以及對婚姻的道德與價值觀。她反對以金錢和權力為基礎的擇偶標準，強調「建立在愛情之上的婚姻」，並鼓勵女性掙脫父母與傳統強加於她們的宿命，忠於自己的愛情。這樣新穎的觀點曾在當時社會掀起軒然大波，屢次遭受保守人士抨擊，為了躲避這些紛擾，珍．奧斯汀終身皆以匿名形式發表作品。儘管如此，她仍為文學界帶來了嶄新的氣息，她的作品兼具浪漫主義的精神，以及維多利亞時期寫實主義的特色，在十九世紀前後的愛情小說中獨樹一格，也因此讀者遍及國內各領域。當時尚未登基的英王喬治四世就曾下令，要在所有住所都放置一套珍．奧斯汀的小說以供閱讀，甚至要求她獻出《愛瑪》的小說初稿。

然而，正因珍．奧斯汀畢生幾乎不曾遠離鄉間，她的小說不論在主題、空間、或思想層面上都大受侷限，這也使得對她大肆批評的人不在少數。《簡愛》的作者夏綠蒂・勃朗特便指出她在視角上的狹隘，美國大文豪馬克吐溫更是露骨地說：「一個圖書館只要沒有奧斯汀的書就是好圖書館。」無論如何，若拋開後世的價值觀以及性別歧視，珍・奧斯汀的作品確實超前了她身處的時代，她以高超的組織技巧、生動的敘事能力，以及洗練的犀利文筆，將平凡而有限的日常生活化為清新絕美的故事，足以在世界文學中佔有一席之地。

珍・奧斯汀一生共留下六部小說，尤以《傲慢與偏見》、《理性與感性》最為膾炙人口。本書彙整了全部的作品，分為上、下冊，並以上述二書名作為冊首標題。上冊收錄了《傲慢與偏見》、《曼斯菲爾德莊園》、《諾桑覺寺》三篇，下冊則包含《理性與感性》、《愛瑪》、《勸導》三篇，希望藉由兩大代表作之知名度，將珍・奧斯汀的另外四部經典再度向讀者呈現。同時，全書經過重新編譯、校對，不僅糾正了大量謬誤與生硬處，並將原文中艱澀難懂的詞語加以潤飾，絕對是最為精準、通俗的易讀版本，亦是珍藏經典文學之第一首選。

在此，我們誠摯的邀請各位讀者，與我們一同感受英國淑女的優雅細膩，歌詠珍・奧斯汀筆下的純真愛情，並收藏這套百年不朽的傳世經典。

目錄
CONTENTS

傲慢與偏見
Pride and Prejudice

第一章 ~ 第六十一章

008

曼斯菲爾德莊園
Mansfield Park

第一章 ~ 第四十八章

256

諾桑覺寺
Northanger Abbey

第一章 ~ 第三十一章

546

Pride and Prejudice

1813

傲慢與偏見

她是美麗而任性的伊莉莎白，
他是富有而驕傲的達西。
一場舞會，傲慢遇上偏見，
卻在固執中錯失愛情；
在理智與誘惑之間，
在尊嚴與愛情之間，
傲慢，偏見，能否消釋？
他，與她，又將如何抉擇？

Jane Austen

第一章

凡是有錢的單身漢，都必須找位太太，這已成了舉世公認的真理。每當這樣的單身漢新搬到一處，儘管左鄰右舍的人完全不瞭解他，仍把他視為最佳的女婿人選。

「親愛的，你知道尼德菲爾德莊園租出去了嗎？」一天，班奈特太太對丈夫說道。

班奈特先生回答說不知道。

「真的，」她說，「朗太太剛才來過，她把這件事一五一十地告訴了我。」

班奈特先生沒有理會她。

「難道你不想知道是誰租走的嗎？」太太不耐煩地嚷道。

「如果妳想說，我倒是可以聽聽。」

這句話足以鼓勵她講下去了。

「哦！親愛的，你知道嗎？朗太太說，那是一個有錢少爺，是從英格蘭北部來的。聽說，禮拜一的時候，他乘坐一輛四輪馬車來看過房子，覺得相當滿意，當場就和莫里斯先生成交了。他準備在米迦勒節前入住，下個週末會先叫幾個僕人來整理一下。」

「他叫什麼名字？」

「賓利。」

「結婚了嗎？還是單身？」

「噢！是個單身漢，親愛的，一個有錢的單身漢！年賺四五千鎊。這對女兒們來說真是個好消息！」

「為什麼？關女兒們什麼事？」

「親愛的，」太太回答道，「你怎麼這麼遲鈍呢？告訴你吧，我想讓他當我們的女婿呢！」

「他搬來這裡是為了這個目的嗎？」

「胡說！這怎麼可能！不過，我相信他會看上我們的女兒的。等他一搬來，你就要立刻去拜訪人家。」

「何必呢？妳和女兒們一起去就好了，或是乾脆叫她們自己去，那更省事！因為她們的美貌沒一個勝得過妳，要是妳去了，或許賓利先生反而會挑中妳呢！」

「別開玩笑了，親愛的。雖然我年輕時的確貌美如花，但現在都有五個女兒了，不該再對自己的長相有什麼期待了。」

「這麼說來，也沒幾個女人可以期待自己的長相了。」

「不過，我親愛的，等賓利搬過來，你真的應該去拜訪他。」

「老實說吧，這根本是多此一舉。」

「看在女兒的份上，請你好好想一想吧！連從來不和新鄰居打交道的威廉‧盧卡斯夫婦都決定去拜訪他了。他們一定也是打這個算盤。你非去不可，要是你不去，我們又怎麼好意思去呢？」

「妳多慮了，賓利先生一定很高興見到妳的。我可以寫封信讓妳帶去，就說我的女兒隨便他挑，挑中哪個都好。不過，我得特別替小莉茲說幾句好話。」

「別這麼做。莉茲沒有一點勝過其他姐妹，論美貌，她不及珍的一半；論個性，她又比不上莉蒂亞。但你老是偏愛她。」

「她們沒一個值得誇獎的，」他回答道，「她們跟別的女孩一樣，又傻、又無知，只有莉茲比她的幾個姐妹聰明多了。」

「親愛的，你怎麼可以這樣說自己的女兒呢？你是在激我吧？一點也不體諒我衰弱的神經。」

「妳誤會了，親愛的，我非常重視妳的神經，它們是老朋友了，過去二十年來我不斷聽妳提到它們。」

「唉！你都不知道我有多麼擔心！」

「妳必須保重，那樣的話，那些年賺四千鎊的少爺們就會一個個搬來當妳的鄰居。」

「要是你不肯去拜訪他們，就算搬來二十個又怎樣！」

「放心，親愛的，要是真的搬來二十個，我一定一一登門拜訪。」

班奈特先生就是這樣一個怪人，幽默卻善諷，沉默卻善辯；即使是二十三年的婚姻生活，也不足以讓班奈特太太完全摸透他的性格。她是個平庸、無知、喜怒不定的女人；只要碰到不順心的事，就會幻想自己神經衰弱。對她來說，最重要的事就是嫁女兒，最大的安慰就是拜訪鄰居以及打探消息。

第二章

儘管班奈特先生嘴上說不願去拜訪賓利先生，但其實他早就打算這麼做了，而且還是當他的第一位訪客。他一直瞞著家人這件事，直到當天晚上，他看見二女兒伊莉莎白在裝飾帽子，突然對她說：

「希望賓利先生會喜歡這頂帽子，莉茲。」

「反正我們又不去看他，」她母親悻悻然地說，「管他喜歡什麼呢！」

「妳忘了嗎？媽媽，」伊莉莎白說，「我們還是可以在舞會上見到他的，朗太太不是答應要替我們介紹嗎？」

「我才不相信她呢！她自己也有兩個親侄女。她既自私又虛偽，我瞧不起她。」

「我也是，」班奈特先生說，「我很高興妳沒有指望她的幫忙。」

班奈特太太沒有理睬丈夫，可是卻忍不住責怪起女兒。

「別咳個不停！琪蒂，看在上帝的份上，體諒一下我的神經吧！」

「琪蒂咳得真不是時候。」她的父親說。

「我又不是故意的。」四女兒凱薩琳氣惱地回答，「舞會訂在那一天？莉茲。」

「兩個禮拜以後。」

「呃，是嗎？」她的母親說道，「朗太太要到舞會前一天才能回來，這樣的話，她要怎麼認識人家？又要怎麼為我們介紹呢？」

「親愛的，那妳就可以搶先一步，反過來替妳的朋友介紹這位貴人啦！」

「親愛的，我辦不到，我自己也還不認識他呢！你別開玩笑了。」

「妳想得真是周到，沒錯，兩個禮拜的認識當然不夠熟悉一個人。不過，要是我們不去嘗試的話，就會讓別人捷足先登了，朗太太和她的侄女一定不肯錯過這個機會。因此，要是妳不肯去做，就由我來做好了。」

女兒們都瞪了父親一眼，班奈特太太隨口說道：「胡說！胡說！」

「妳幹嘛大驚小怪？」他嚷道，「替人家介紹不好嗎？瑪莉，妳覺得呢？我知道妳是個懂事的女孩，會讀書，又會作筆記。」

瑪莉想說幾句有水準的話，卻又不知道該怎麼說。

「趁著瑪莉在想的時候，」班奈特先生接著說，「我們來聊聊賓利先生吧。」

「我討厭聊賓利先生。」他的妻子嚷道。

「真遺憾，妳怎麼不早說呢？早知道這樣，我就不去拜訪他了，太不巧了！但既然都拜訪過了，我們也不得不結交這個朋友了。」

不出他所料，女士們個個大吃一驚，尤其是班奈特太太。不過，當她們歡天喜地地騷動了一陣之後，她又說自己早就猜到了。

「親愛的，我就知道你疼女兒，可是你也太過分了，竟然到現在才告訴我們。」

「琪蒂，現在妳可以放心地咳嗽了。」班奈特先生對妻子得意忘形的模樣感到厭惡，他一面說，一面走出了房間。

「孩子們，妳們的爸爸太好了，」當門一關上，班奈特太太對女兒說，「妳們無論如何也報答不了他，還有我。老實告訴妳們，我們都一大把年紀了，哪有力氣天天結交新朋友？可是只要是為了妳們，我們什麼都願意做。莉蒂亞，我的寶貝，雖然妳年紀最小，但到了舞會上，或許賓利先生偏偏就想跟妳跳舞呢！」

「噢！」莉蒂亞滿不在乎地說，「我才不在乎呢！雖然我年紀最小，但個子卻最高。」

當晚，她們都在盤算那位貴人什麼時候會來回訪班奈特先生，以及什麼時候可以邀請他來吃飯。

第三章

無論是單刀直入，還是旁敲側擊，班奈特太太與五個女兒都無法從班奈特先生那裡問出關於他與賓利先生見面的情形。最後，她們只好去問鄰居盧卡斯太太。據說，威廉爵士很喜歡他，他年輕、英俊，個性又隨和；最重要的是，他將會參加下次舉辦的盛大舞會——這真是再好不過了，跳舞是陷入情網的第一步，她們衷心期盼能擄獲賓利先生的心。

「只要我能看到一個女兒嫁進尼德菲爾德莊園，」班奈特太太對丈夫說，「其他的幾個也嫁給不錯的對象，我這輩子就別無所求了。」

幾天後，賓利先生前來拜訪，他久仰班奈特家幾位千金的美貌，希望能一親芳澤，但最後只見到了她們的父親，並在他的書房裡聊了十分鐘。不過，幾位小姐卻幸運多了，她們透過樓上的窗戶清楚地看到了他的藍外套以及黑馬。

不久後，班奈特家邀請他吃飯。不巧的是，由於賓利先生隔天必須進城，不得不拒絕他們的這一番盛意。班奈特太太擔心他一去不返，直到盧卡斯太太告訴她，也許他是要回倫敦邀請客人，才使她心中的疑慮稍減。

傳聞中，賓利先生將帶回十二位小姐和七位先生參加舞會，但到了前一天，賓利先生只帶回六個人——五個姐妹，一個表姐妹。這個消息使女孩們鬆了一口氣。舞會那一晚，當客人進場時，卻發現他們一共只有五個人——賓利先生、他的兩個姐妹、姐夫，還有另一個年輕人。

賓利先生溫文儒雅，姐妹們也都是些時髦的女性；他的姐夫赫斯特先生是個沒什麼特色的普通人，但他的朋友達西先生卻引人注目。到場還不到五分鐘，他修長、英挺的儀表便吸引了全場的目光；當他年收入一萬鎊的消息傳開後，更成為舞會上眾所矚目的焦點。無論是男賓或是女賓，幾乎有半個晚上都用愛慕的眼光看著他。最後，人們發覺他性格傲慢，才逐漸生出了厭惡之感。無論他在德比郡擁有多少財產，在他那副惹人厭的外表下，也都變得微不足道了。

賓利先生很快就與大家打成一片，他活潑、豪爽，從不拒絕任何一支舞，又說自己也將在尼德菲爾德莊園舉辦一次舞會，這些可愛之處獲得了眾人一致好評。至於達西先生，他只與赫斯特太太和賓利小姐各跳了一支舞，之後就在室內來回踱步，偶爾找熟人聊天。有人介紹他與其他小姐共舞，他死都不答應，人們都斷定他是世上最傲慢的傢伙，希望他不要再來；班奈特太太最厭惡他，而這股厭惡又很快轉變為氣憤，因為他冒犯了她的女兒。

由於男賓少，伊莉莎白錯過了兩支舞。當她休息的時候，達西先生就站在一旁，賓利先生走到朋友面前，建議他去跳舞。

「來吧！達西，」賓利說，「一起來跳舞，別呆呆地站在這裡。」

「我不跳，你知道我只跟熟人跳舞，你的姐妹們都有舞伴了。要我跟一個陌生人跳舞，那簡直就跟折磨沒兩樣！」

「別挑剔了，」賓利嚷道，「老實說，我從沒在舞會上見過這麼多美女呢！」

「當然，場上唯一的美女在跟你跳舞！」達西先生說，一面望著班奈特家的大女兒。

「噢！她是我見過最美麗的尤物！不過，她的一個妹妹就坐在你後面，她也很漂亮。要不要我請我的舞伴為你們介紹一下呢？」

「你說的是哪一位？」他轉過身來，朝伊莉莎白望了一會兒，直到她也望向他，才移開自己的目光，冷冷地說：

「她還可以，但還不到讓我心動的程度。我對那些被挑剩的女孩一點興趣也沒有。你還是別在我身上浪費時間，快回到你可愛的舞伴身邊吧。」

賓利先生走了，達西先生也離開了，伊莉莎白依舊坐在那裡。她對達西先生沒有好感，卻很樂意把這段可笑的話說給朋友聽。

那一晚，班奈特一家都很盡興。大女兒珍與賓利先生跳了兩支舞，她和母親都很高興，伊莉莎白也為她高興；瑪莉聽見人們在賓利小姐面前誇讚她，說她是這一帶最有才華的女孩；凱薩琳和莉蒂亞運氣最好，每一支舞都有跳到，這也是她們唯一關心的事。

母女們興高采烈地回到她們住的朗伯恩村，發現班奈特先生還沒有睡覺。他迫不及待地想知道舞會的經過情形，他原希望她們敗興而歸，但馬上就發現事實完全相反。

「噢！親愛的，」他的妻子一走進房間就說道，「我們今晚太開心了，真希望你也在場，看看珍有多麼受歡迎！每個人都說她漂亮，尤其是賓利先生，他還請她跳了兩支舞！你想想看，全場那麼多小姐，就只有她與他跳了兩次。當珍走下舞池的時候，他馬上打聽她的名字，請人替他介紹，然後邀她跳一支舞。他的第三支舞是跟金小姐跳的，第四支跟瑪麗亞．盧卡斯跳，第五支又跟珍跳，第六支是跟莉茲跳，還有——」

「要是他能體諒我一下，」丈夫不耐煩地叫道，「他就不會跳這麼多支了！天哪，別提他的舞伴了！但願他跳第一支舞就扭到腳！」

「噢！親愛的，」班奈特太太接著說，「我很欣賞他，也很喜歡他的姐妹。我從沒看過那麼會打扮的人，我敢說，赫斯特太太衣服的花邊——」

她的話又被打斷了。班奈特先生不想聽到關於衣服的話題，於是她聊起了達西先生那不可一世的態度，她的措詞尖酸刻薄，又帶有幾分誇張。

「反正，」她補充道，「他看不上莉茲，這對她來說反而是件好事。沒有必要討好這種惹人厭的傢伙，他的高傲、自大真叫人作嘔！竟然還大言不慚的說，沒有人有資格作他的舞伴。要是你在場的話，就可以好好教訓他一頓了。總之，我討厭那個人。」

第四章

珍一向不在外人面前說出心事，只有當她和伊莉莎白在一起的時候，才會向妹妹傾訴衷曲，說自己有多麼愛慕他。

「他是個好青年，」她說，「我從未見過那麼博學、優雅，又有禮貌的人！」

「長得也很英俊，」伊莉莎白回答，「算得上是一個十全十美的人。」

「他第二次請我跳舞時，我真的高興死了。想不到他這麼欣賞我。」

「是嗎？我一點都不意外。妳比現場的每一位小姐都要漂亮好幾倍，除非是瞎子，不然誰都看得出來。話說回來，他的確和藹可親，我不反對妳愛上他，只是，妳以前也愛過很多笨蛋！」

「親愛的莉茲！」

「唔！我知道，妳很容易就愛上別人，妳的眼裡只看得見別人的優點，而看不見缺點。對妳來說，世界上只有好人，我從來沒聽妳說過別人的壞話。」

「我不喜歡隨便批評別人，但我會把我想說的說出來。」

「我知道，這也正是我納悶的地方。像妳這樣的聰明人，為什麼竟然看不出別人的虛偽和愚蠢？那麼，妳覺得他的姐妹如何？她們的風度可不如他呀！」

「表面上是這樣。不過跟她們說過話後，才覺得她們也都是些可愛的小姐。聽說賓利小姐會一起搬過來，替她的兄弟料理家務，她一定會是個好鄰居的。」

伊莉莎白聽著姐姐的話，心中不是滋味。她的觀察力比姐姐更為敏銳，脾氣也沒有姐姐那麼好。她想起賓利姐妹在舞會上的行為舉止，就沒什麼好感。

事實上，她們都是些好人。只是因為外貌出色、受過貴族式的教育、擁有兩萬鎊的財產、朋友也都是上流人士，在態度上難免有些高傲。她們出生於英格蘭北部的一個名門家族，對於自己的家世十分熟悉，卻忘了她們的財產都是經商獲得的。

賓利先生從父親那裡繼承了一筆將近十萬鎊的財產。他的父親生前曾打算購置一些地產，賓利先生也繼承了這項遺志。他原本計畫直接在故鄉置產，但自從他擁有了一幢很好的房子，以及一間莊園之後，那些認識他的人都在猜想，他或許會在尼德菲爾德莊園度過下半生，把事業留給下一代去煩惱了。反而是他的姐妹比較著急，都希望他早點購置地產。雖然他現在只不過租下了這座莊園，賓利小姐還是很樂意替他管理家務；還有那位嫁給窮光蛋的赫斯特太太，每次到弟弟家中作客，就像回到了自己家裡一樣。

賓利先生成年還不到兩年，有人向他推薦尼德菲爾德莊園，他便前來參觀。看了不到半小時，覺得相當滿意，當場就決定租下來。

他的性格與達西先生南轅北轍，友誼卻始終如一。達西喜歡賓利，因為賓利為人溫柔敦厚、坦白直爽，儘管個性與自己完全相反——不過他也從不認為自己有什麼不完美的。達西很器重賓利，賓利也很信賴他，對他的見解推崇備至。在智力上，達西勝過他——並不是說賓利笨，而是達西聰明得多，他兼有傲慢、含蓄和愛挑剔的特質，雖然受過良好的教育，但他的風度總是不受歡迎，在這一點上，他的朋友就遠遠勝過他了。無論賓利走到哪兒，都是討人喜歡的，而達西卻始終得罪人。

從他們聊到梅利頓舞會的態度，就足以看見兩人性格的不同。賓利說，他這輩子從沒遇過這麼親切的居民，也沒遇過這麼可愛的女士，在他看來，這裡的每個人都很和藹、大方，他一下子就和所有人建立了友誼。關於班奈特小姐，他則說，自己無法想像世上會有比她更美麗的天使。至於達西，他總覺得自己見到的那些人既不美，又談不上風度，沒有一個人使他感興趣，也沒有一個人想討好他，博取他的歡心。他承認珍很漂亮，可惜笑得太頻繁。赫斯特太太與姐妹也同意他的看法，可是她們仍然羨慕她、喜歡她，說她是個好女孩，並樂意與她結交。她們的兄弟聽到這番讚美後，也覺得今後可以毫無顧忌地去想她了。

第五章

距離朗伯恩不遠處，住著威廉．盧卡斯爵士一家，班奈特家與他們交情深厚。爵士在梅利頓經商起家，曾在擔任市長的任內，從國王處獲頒爵士頭銜，這個身分使他倍感榮幸，從此他揮別了生意與小鎮，舉家遷到那幢距離梅利頓約一哩路的房子裡，在那裡過著自得其樂的日子，以貴族自居，並全心全意地從事社交活動。儘管他對自己的地位十分得意，卻未因此目空一切，反而周到地與所有人應酬。他向來不喜歡得罪人，總是和藹可親、殷勤體貼，在得到國王召見以後，又更加風度翩翩。盧卡斯太太是個善良的女人，也是班奈特太太一位寶貴的鄰居；他們有好幾個孩子，大女兒是個懂事的年輕小姐，年紀約二十六、七歲，是伊莉莎白的摯友。由於盧卡斯家的幾位小姐想與班奈特家的小姐見面，聊聊這次舞會上的事，於是在隔天上午來到朗伯恩。

「昨晚全靠妳完美的開場，夏綠蒂，」班奈特太太氣定神閒地說道，「妳成了賓利先生的第一個選擇。」

「是呀，但他喜歡的是第二個選擇。」

「哦，妳是說珍吧？因為他跟她跳了兩次。看起來，他真的愛上她了呢……我確信他是真的……我聽到了一些傳聞……可是我還搞不清楚……我聽說了一些有關羅賓森先生的事。」

「妳指的是我偷聽到他和羅賓森先生的談話吧？我不是說了嗎？羅賓森先生問他喜不喜歡梅利頓的舞會，問他是否覺得幾個在場的女客人很漂亮，問他認為哪一個最美；他立刻回答了最後一個問題：『毫無疑問，是班奈特家的大小姐。』這一點絕對是無庸置疑的。」

「當然！說起來，那的確成了定論啦……看上去的確是……不過，也許還有變數呢！妳知道的。」

「我偷聽到的話比妳有意思多了，伊莉莎，」夏綠蒂說，「達西先生的話沒有他朋友的話中聽，是嗎？可憐的伊莉莎！他只覺得『她還過得去』！」

「拜託妳，別讓莉茲又回想起他那無禮的舉動。他是那麼惹人厭的傢伙，被他看上了才叫倒楣呢！朗太太告訴我說，昨晚他有半個小時都坐在她身邊，可是始終沒有開口。」

「妳說的是真的嗎？媽媽……真的嗎？」珍說，「我清楚地看到達西先生跟她說過話。」

「嘿……那是後來她問他喜不喜歡尼德菲爾德莊園，他才不得已敷衍了她幾句。可是她說他似乎非常生氣，彷彿怪她不該跟他搭話似的。」

「賓利小姐告訴我，」珍說，「他不喜歡說話，除非是跟朋友們；他對朋友非常親切。」

「我才不相信，要是他真的很親切，就該跟朗太太說幾句話。他是個傲慢的傢伙，可想而知，他之所以不跟朗太太說話，或許是因為聽說她連一部馬車也沒有吧！」

「這倒沒什麼，」盧卡斯小姐說，「我只怪他當時不跟伊莉莎跳舞。」

「莉茲，假如我是妳，」她母親說，「我偏偏不跟他跳舞。」

「媽媽，我敢向妳保證，我也絕不會跟他跳舞的。」

「他雖然驕傲，」盧卡斯小姐說，「但不像其他驕傲的人那樣令我生氣，因為他的驕傲是情有可原的。這麼優秀的年輕人，家世好，又富有，難免會自以為是；我認為，他有驕傲的權利。」

「的確是，」伊莉莎白答道，「要是他不冒犯我的驕傲，我也願意原諒他的驕傲。」

「我認為驕傲是所有人的通病，」瑪莉饒富興味地說道，她覺得自己的見解高人一等，「根據我讀過的許多書，我相信那的確是很普遍的一種通病，人性特別容易趨向這方面，因為誰都不免因為自己具備的某種特質而自命不凡。虛榮與驕傲是截然不同的兩件事，儘管我們常把它們混為一談；一個人可以驕傲而不虛榮，驕傲是我們對自己的評價，虛榮卻涉及我們希望別人對我們的評價。」

「要是我也像達西先生一樣有錢，真不知道我會驕傲到什麼地步呢！我要養一群獵狗，還要每天喝一瓶酒。」盧卡斯家的一個兒子（他與姐姐一起來的）忽然說道。

「那你就喝得太多啦！要是被我看見，我會馬上把酒瓶搶過來。」班奈特太太說。

那孩子抗議說，她不應該那麼做，但她也堅持自己的作法；於是，一場辯論直到客人告別時才結束。

第六章

不久後，朗伯恩的小姐們去拜訪尼德菲爾德莊園的小姐們，對方也按照習慣回訪。班奈特小姐那討喜的舉止，使得赫斯特太太和賓利小姐也越來越喜歡她；雖然班奈特太太令人難以忍受，幾個妹妹也很無趣，可是兩位賓利小姐卻很願意結交年紀最大的兩位班奈特小姐。珍欣然接受了這份好意，但伊莉莎白看出她們態度仍然高傲，因此不喜歡她們；再說，她們之所以對珍好，似乎只是因為她們的兄弟愛慕她罷了。伊莉莎白也很清楚地看出珍一開始就愛上賓利先生了，儘管珍的感情豐富，但性格也很穩重，因此在表面上仍然不動聲色，把自己的心意隱藏起來，免得被那些魯莽的人察覺。關於這一點，伊莉莎白也曾跟好友盧卡斯小姐聊過。

「這或許也滿有意思的，」夏綠蒂回答道，「不過，這樣提心吊膽有時反而無濟於事。要是一個女人在心愛的人面前遮遮掩掩，不讓他知道自己愛慕他，那就很有可能錯過了博得歡心的機會。男女之間的戀愛必須仰賴對彼此的感激和虛榮，順其自然是很難有好結果的。人與人之間發生好感，這是稀鬆平常的事，但在得不到回報的情形下仍然死心塌地的人，實在太少了。女人總是心裡愛一分，卻表現出兩分；毫無疑問，賓利喜歡妳姐姐，但要是不幫她一把，或許也就停留在喜歡的程度罷了。」

「可是，她已經拚命在暗示他了。要是連我都能看得她的心意，而他卻看不出，那也未免太愚蠢了！」

「伊莉莎，妳得記住，他可不像妳那麼瞭解珍的個性。」

「要是一個女人愛上一個男人，只要女方不故意瞞著男方，男方一定看得出來的。」

「要是兩人的見面機會很多，或許他就看得出。但賓利和珍從來沒有連續相處好幾個小時，何況他們見面的時候，總是有許多不相干的人在場，妨礙了他們暢談。因此，珍必須隨時留意，一看到引誘他的機會，就千萬別錯過。等到把他抓進手掌心之後，再來慢慢談戀愛也不遲。」

「真是一個好辦法，」伊莉莎白回答，「要是我決定找個有錢丈夫，或是乾脆隨便找個男人，也許就會照妳說的去做。可惜珍不是這樣想的，她從不玩弄陰謀詭計，而且，她也還不確定自己到底對他鍾情到什麼地步，這麼做是否得體。她認識他還不到兩個禮拜，只在梅利頓跟他跳了兩支舞，只在一個上午拜訪過他家，之後又跟他吃過四次晚飯，而且總是有旁人在場。就這麼一點往來，又怎麼能瞭解他的性格呢？」

「並非如此。要是她只跟他吃吃晚飯，那或許就只看得出他的食量如何；可是妳得記住，他們一起吃過四次晚飯，也就代表相處了四個晚上呀……四個晚上的作用可大了！」

「是的，他們在這四個晚上摸透了彼此的一種性格，那就是他們都喜歡玩二十一點，不喜歡玩『康梅司』；至於別的，我看他們還瞭解得不多。」

「唔，」夏綠蒂說，「我衷心祝珍成功。我認為即使她明天就跟他結婚，她能得到的幸福，比起她再花一年時間研究他的性格後才結婚的幸福，並不會少到哪裡去。婚姻是否幸福，完全是個機率問題；一對愛人在婚前就摸透彼此的性格，或是性格非常相同，並不保證他們一定就會幸福，反而會讓彼此的距離越來越遠，徒增煩惱。妳既然得和這個人共度一生，最好少瞭解他的缺點。」

「妳真愛說笑，夏綠蒂。不過我相信，妳自己就絕不會那麼做。」

伊莉莎白一心想著賓利對她姐姐的殷勤，絲毫沒想到她自己早已成了賓利的朋友的意中人。達西先生起初並不認為她有多漂亮，他在舞會上望著她的時候，並沒有帶著任何愛慕之意；第二次見面的時候，也只是用吹毛求疵的眼光看她。不過，儘管他在朋友們面前、在自己心裡，都說她的面貌一無可取，可是一眨眼的工夫，他就發覺她那雙烏黑的眼睛美麗非凡，使她的臉蛋顯得極其聰慧。緊接著，他又帶著挑剔的眼光，對她的身材品頭論足；可是他終究不得不承認她體態輕盈，惹人喜愛。雖然他一口咬定她缺乏上流社會的氣質，但她落落大方的幽默作風卻又深深吸引他。伊莉莎白對此一無所知，她只覺得達西是個惹人嫌的男人，而且不願意與她共舞。

達西開始希望與她深交，為了與她搭上話，當她在跟別人說話的時候，他隔外仔細地聆聽。在威廉．盧卡斯爵士的一次宴會上，他的做法當場引起了她的注意。

「達西先生是什麼意思呢？」伊莉莎白對夏綠蒂說，「我跟福斯特上校談話，他幹嘛在旁邊聽？」

「這個問題只有達西先生自己能夠回答。」

「要是他再這樣，我一定要讓他明白我並不傻，雖然他挖苦人的本領相當高明，但我也不是好惹的。」

沒過多久，達西又走到她身邊來了，盧卡斯小姐慫恿伊莉莎白向他問個明白。於是，伊莉莎白立刻轉過臉對他說：

「達西先生，我剛才和福斯特上校說笑話，要他為我們在梅利頓開一次舞會，你認為怎麼樣？」

「的確有趣，不過這件事對小姐們來說本來就是有趣的。」

「你未免對我們太苛刻了吧？」

「她被反將一軍了。」盧卡斯小姐說，「我去打開琴。伊莉莎，接下來妳知道該怎麼做了。」

「竟然有妳這種朋友！……老愛我當眾出醜！……要是我愛出風頭，倒是很感激妳。可是賓客們都是聽慣一流演出的，我實在沒臉在他們面前獻醜。」

然而，盧卡斯小姐仍再三要求，她只好說：「好吧，既然妳堅持，那我就獻醜吧！」她又板著臉瞥了達西一眼，說道：「有句話叫做：『留口氣吹涼稀飯』，我也留口氣唱歌吧！」

她的表演雖說不上美妙絕倫，卻也娓娓動聽。唱了一兩首歌以後，大家又請她繼續唱下去。伊莉莎白還來不及回答，她的妹妹瑪莉就迫不及待地接替她坐到鋼琴前面去了。原來，在她們幾姐妹之間，就只有瑪莉長得不好看，因此她努力鑽研學問、練習才藝，並找機會賣弄自己的專長。

瑪莉既沒有天分，也沒有品味；雖然虛榮心促使她刻苦用功，卻同時造成了她一臉的書呆子氣和自大的態度，因此，即使涵養再好也無濟於事。至於伊莉莎白，雖然琴彈得不如她好，但那毫不做作的風格卻令大家聽了更為悅耳。瑪莉的幾位妹妹本來和盧卡斯家的小姐們待在房間一角，與幾個軍官跳舞，當瑪莉奏完一首很長的協奏曲之後，她們又要求她再彈幾支蘇格蘭和愛爾蘭小調，她高興地照做了。達西站在一旁，看到她們就這樣消磨一個晚上，也不與別人交談，不禁有些生氣。一旁的盧卡斯爵士不知道他的心事，對他說：

「達西先生，跳舞對年輕人來說是多麼可愛的一種娛樂！我認為這是上流社會裡最出色的才藝。」

「當然了，先生，尤其是跳舞在下等社會裡也很盛行，哪個野蠻人不會跳舞啊！」

爵士笑了笑，沒有回答。他看見賓利也在跳舞，又對達西說：「你的朋友跳得很不錯，我相信你也相當拿手吧？達西先生。」

「你想必在梅利頓看過我跳舞，先生。」

「是的，而且看得非常高興。你常在宮廷跳舞嗎？」

「從來沒去過，先生。」

「即使在宮廷裡也不願意賞臉嗎？」

「無論在哪裡，我都不願意賞這種臉，能避開就避開。」

「你在城裡一定有住宅吧？」

達西先生聳了聳肩膀。

「我曾經想在城裡安家，因為我喜歡上流社會。不過我可不敢說倫敦的空氣是否適合盧卡斯太太。」

他停頓了一會兒，希望對方回答，但沒得到任何迴響。不久之後，伊莉莎白朝他們走來，他靈機一動，想趁機獻一下殷勤，便對她叫道：

「親愛的伊莉莎小姐，妳怎麼不跳舞呢？……達西先生，讓我把這位年輕的小姐介紹給你。這是一位最理想的舞伴，有了這樣一個美人當舞伴，你總不會不跳了吧？」他抓住伊莉莎白的手，拉到達西面前。達西雖然驚訝，但也不打算拒絕那隻玉手，沒想到伊莉莎白立刻把手縮了回去，神色慌張地對爵士說：

「先生，我一點也不想跳舞，你可別以為我是跑來這裡找舞伴的。」

達西先生非常禮貌地請她跳一支舞，可是他的期望落空了，一旦伊莉莎白下定了決心，就絕不動搖，任憑威廉爵士怎麼勸也沒用。

「伊莉莎小姐，妳跳得那麼好，卻不肯讓我一飽眼福，這實在說不過去吧？再說，雖然這位先生平常並不喜歡這種娛樂，但要他賞我們半個小時的臉，我相信他也不會搖頭的。」

「達西先生也太客氣了。」伊莉莎白笑著說。

「是啊。可是，親愛的小姐，他都這樣求妳了，你總不會拒絕吧？誰不會想要像妳這樣的舞伴呢？」

伊莉莎白笑盈盈地瞥了達西一眼，轉身走開了。她的拒絕並沒有使達西難過，達西正開心地想著她，賓利小姐走了過來。

「我猜你現在正在幻想些什麼。」

「妳一定猜不中。」

「你肯定在想，好幾晚都是跟這些人一起在無聊中度過的，實在叫人難受！我也頗有同感，我從來不曾這樣煩悶過！既枯燥，又吵鬧，無聊到了極點，這群人又個個自以為了不起！我真想聽你抱怨他們幾句。」

「老實說，妳完全猜錯了。我心裡想的東西美妙得多了，我正在想，一個漂亮女人的眼睛竟能帶來這麼大的快樂。」

賓利小姐立刻看著他的臉，要他說出，究竟是哪位小姐有這種魅力，竟使他這麼著迷。達西先生鼓起勇氣，回答道：

「伊莉莎白．班奈特小姐。」

「伊莉莎白．班奈特小姐？」賓利小姐重複了一遍，「真令我訝異。你看上她多久啦？請你告訴我，我什麼時候可以向你祝賀呢？」

「我就知道妳會這麼問。女人的思考真是敏捷，一下就從愛慕跳到愛情，又從愛情跳到結婚。我就知道妳準備來向我祝賀了。」

「唔，看你這麼嚴肅的樣子，這件事似乎八九不離十了。你一定會得到一位有趣的岳母大人，而且，當然了，她會永遠跟你住在彭伯里。」

她越說越得意，但他卻心不在焉。當她看到他那鎮定自若的神情，又更加放心地滔滔不絕了。

第七章

班奈特先生的全部財產幾乎都繫於一項產業上，每年可以從中獲得兩千鎊的收入。說起這項產業，真是他女兒們的不幸；由於他沒有兒子，產業得由一個遠親來繼承，至於她們母親的私人財產，本來也算得上一筆大數目，卻遠不足以彌補他的損失。班奈特太太的父親曾在梅利頓當過律師，給了她四千英鎊的遺產；她有個妹妹，嫁給了父親的書記菲利普，這個妹夫繼承了她父親的事業；她還有個兄弟，住在倫敦，生意經營得很不錯。朗伯恩村與梅利頓相隔僅一哩，這對於幾位年輕小姐們來說再方便不過；她們每禮拜都會去那裡三四次，看看她們的姨母，還可以順便逛逛那裡的一家帽子店。兩個最小的妹妹凱薩琳和莉蒂亞特別偏好這些事，她們的心事比姐姐們要少，當她們無事可做時，就會到梅利頓去一趟，度過美好的時光，並找些晚上閒聊的話題。

儘管村裡通常沒什麼新聞可以打聽，她們還是千方百計地從姨母那裡探聽到一些。近來，有一團民兵經過附近一帶，這讓她們多了一個消息來源，她們感到興高采烈。這一團士兵將會在這裡駐紮一整個冬天，因為司令部就位於梅利頓。

從此，她們每次拜訪菲利普太太都會獲得有趣的消息，每天都會打聽到幾個軍官的名字和他們的社會關係。不久後，大家都知道了軍官們的住處，於是直接上門拜訪；菲利普先生一一拜訪了那些軍官，這為她的侄女們打開了一道通往幸福的大門。她們的話題總是離不開那些軍官。過去，只要提到賓利的龐大財產，她們的母親就會眉飛色舞，如今，跟軍官們的制服相比之下，她們覺得那筆龐大的財產彷彿變得微不足道了。

一天早晨，班奈特先生聽到她們滔滔不絕地談論這個話題，不禁冷冷地說道：

「看妳們講話的表情，我覺得妳們真是些愚蠢到不行的女孩，以前我還有些懷疑，現在完全相信了。」

凱薩琳沒有回答，卻隱隱感到不安。莉蒂亞沒有把父親的話放在心上，仍然不斷地聊著，說她有多麼愛慕卡特上尉，還希望當天能夠見到他，因為他明天早上就要去倫敦了。

「我真搞不懂，親愛的，」班奈特太太對丈夫說，「你老是喜歡說自己的孩子愚蠢。但對我來說，我寧可瞧不起別人的孩子，也絕不會瞧不起自己的孩子。」

「要是我自己的孩子真的愚蠢，我絕不會自欺欺人。」

「你說得對，但事實上，她們都很聰明。」

「我們的看法總算出現分歧了。我還希望妳跟我在所有事情上都能看法一致，可是提到我們的兩個小女兒，她們的確非常愚蠢。關於這一點，到目前為止，我不得不抱著與妳完全相反的見解。」

「親愛的，你不能指望她們都跟父母一樣聰明呀！等她們到了我們這個年紀時，也許就會跟我們一樣，不會再去幻想什麼軍官了。我年輕時也曾經崇拜那些軍人……當然，我現在也仍然崇拜他們呢！要是有一位英俊的年輕上校，每年能賺五六千鎊，隨便向我的哪一個女兒求婚，我絕不會拒絕他的。有一次，我在威廉爵士家裡看見福斯特上校，他穿著全副軍裝，的確非常迷人！」

「媽媽，」莉蒂亞嚷道，「姨媽說，福斯特上校跟卡特上尉到華生小姐家的次數，不像剛來的時候那麼頻繁了。最近她常看到他們在克拉克圖書館等人。」

班奈特太太正要回答，一個僮僕走進來，將一封信交給了珍，那是從尼德菲爾德莊園送來的。班奈特太太高興得兩眼發亮，當珍在讀信的時候，她著急地叫道：「嘿！珍，誰寄來的？信上寫了什麼？喂，珍，趕快告訴我吧！快點呀，寶貝！」

「是賓利小姐寫來的。」珍說道，一面把信讀出來：

親愛的朋友，要是妳不肯賞臉，在今天光臨舍下與路易莎和我一同吃飯，我和她就要結下不解之仇了，兩個女人整天待在一起，沒有不吵架的。收到信後請儘快前來，我哥哥和他的幾位朋友們都要到軍官們那裡去吃飯。

妳永遠的朋友凱洛琳·賓利

「到軍官們那裡去吃飯！」莉蒂亞叫道，「姨媽怎麼沒告訴我們這件事呢？」

「到別人家去吃飯，」班奈特太太說，「那是不吉利的。」

「我可以坐馬車去嗎？」珍說。

「不行，親愛的，妳最好騎馬去。天空好像快下雨了，下雨妳就可以在那裡過夜了。」

「真是個好辦法，」伊莉莎白說，「只要妳保證他們不會把她送回來。」

「噢！賓利先生的馬車要送他的朋友去梅利頓，赫斯特夫婦又沒有馬。」

「我還是想坐馬車去。」

「可是，親愛的，我敢說妳父親騰不出拉車的馬來。農莊裡需要用馬，對吧？親愛的。」

「農莊裡常需要用馬，不過真正交到我手裡的並不多。」

「可是，如果今天交到了你的手裡，那就正合媽媽的意。」伊莉莎白說。

父親不得不承認，那匹拉車的馬已有了別的用途，於是，珍只好騎著另一匹馬去。母親送她到門口，開心地說了許多希望天氣變壞的話。她果真如願了，珍離開後不久，就下起傾盆大雨。妹妹們都替她擔憂，只有母親反而高興。大雨下了一整個傍晚，珍當然無法回來了。

「多虧我想出了這個好辦法！」班奈特太太不停地重複道，彷彿這場雨是她一手造成的。不過，她的妙計究竟產生了多大的效果，要到隔天早上才知道。早飯還沒吃完，尼德菲爾德莊園就派人送來一封信給伊莉莎白：

親愛的莉茲，今晨我覺得很不舒服，我想可能是因為昨天淋了些雨的關係。承蒙這裡的好朋友關心，要我身體好一點之後再回家。他們請了瓊斯醫生來為我看病，因此，要是你們聽說他來過這裡，可別太驚訝，我只是有點喉嚨痛和頭痛，並沒什麼大不了的。

姐

伊莉莎白讀信的時候，班奈特先生對妻子說：「唔，親愛的，萬一妳的女兒得了重病，萬一她一病不起，倒也值得安慰呀！因為她是奉了妳的命令去追求賓利先生的。」

「噢！哪有小感冒就會沒命的道理？他們會把她照顧得妥妥貼貼的。只要她待在那裡，保證萬無一失。假如有馬車的話，我真想去看看她。」

伊莉莎白最為著急，她決定親自去一趟，無論有沒有馬車。由於她不會騎馬，只好步行。她把自己的打算說了出來。

「妳這個笨蛋！路上這麼泥濘，等妳走到那裡，那副模樣要怎麼見人！」母親叫道。

「我只要見到珍就好。」

「莉茲，」她的父親說，「妳是希望我替妳找幾匹馬來拉車嗎？」

「當然不。這一點距離算什麼？才三哩罷了，我還可以趕回來吃晚飯。」

「我很佩服妳的一片手足之情，」瑪莉說道，「但千萬不能意氣用事，妳必須理智一點，而且，我覺得努力也必須適可而止。」

「我們陪妳到梅利頓。」凱薩琳和莉蒂亞齊聲說道，伊莉莎白也表示同意，於是，三位年輕的小姐一起出發了。

「要是我們走得更快一點，」莉蒂亞邊走邊說道，「或許來得及趕在卡特上尉出發以前見到他。」

三姐妹在梅利頓分手。兩位妹妹去了一位軍官夫人的家中，留下伊莉莎白繼續往前走。她匆忙地踏過一片片田野，跨過一道道柵欄，又跳過一個個水窪，終於看見了那幢屋子。她這時早已筋疲力盡，襪子上沾滿泥汙，臉龐也累得通紅。

她被領進了餐廳，看見他們一家人都在那裡，只有珍不在。當她一走進門，立刻引起所有人的驚奇，赫斯特太太和賓利小姐無法想像，她竟然在一大早獨自穿越三哩的泥濘趕到這裡來。伊莉莎白以為她們會鄙視她的舉動，但她們卻很客氣地接待了她，尤其是她們的兄弟，更是殷勤有禮。達西的話不多，赫斯特先生更是一言不發。達西的心理正處於一種矛盾：一方面，他迷戀她那嬌豔的臉色，另一方面，又納悶她何必因為一點小事大老遠趕來。至於赫斯特先生，他一心只想吃早飯。

她問起姐姐的病情，但沒有得到滿意的回答。據說珍徹夜難眠，現在雖然已經起床，卻還在發燒，無法離開房間。他們把伊莉莎白領到姐姐那裡。珍看到她來，十分高興，但沒有太多的力氣說話；因此，當她們姐妹倆獨處的時候，她只提到她們對她很好，她非常感激之類的話。伊莉莎白靜靜地陪伴著她。吃過早飯之後，賓利姐妹也來陪她們，伊莉莎白看到她們對珍那麼親切，也不禁對她們產生了好感。

醫生診療過後，判斷她得了重感冒（可想而知），他提醒她們多留意，又勸珍上床去睡覺，並且為她開了幾帖藥。大家都照醫生說的去辦。由於病人的高燒又惡化了，頭也痛得很厲害，伊莉莎白片刻也沒有離開她的房間，另外兩位小姐也陪伴在旁。男人都不在家裡——雖然他們也幫不了什麼忙。

下午三點，伊莉莎白覺得該走了，於是向主人告別。賓利小姐要她坐車回去，她正打算接受這番好意，沒想到珍捨不得她走，於是賓利小姐只好改變主意，請她在尼德菲爾德莊園小住一段時間。伊莉莎白感激地答應了，她們派人到朗伯恩去，把她要在這裡暫住的事情通知家裡，並要家裡送一些她的衣服過來。

第八章

五點鐘，賓利姐妹出去更衣。六點半，伊莉莎白被請去吃晚飯。大家都非常有禮，紛紛問起珍的病情，尤以賓利先生最為關切，這讓伊莉莎白非常愉快。可惜，珍的病情一點也沒有好轉，因此她說不出令人滿意的回答。賓利姐妹聽了，便說起她們有多麼擔心，以及重感冒有多麼可怕，又說她們多麼討厭生病……說完之後就再也不提了。伊莉莎白發現她們對珍的關心只是表面的，本來對她們的那股厭惡感又重新滋長起來。的確，在她們一家人之中，只有她們的兄弟使她滿意，也只有他是真心為珍擔憂，更別提他對伊莉莎白的殷勤了。伊莉莎白原以為這家人會把她當成一個不速之客，但在他的殷勤之下，她不再這麼想了。除了他以外，別人都不太理睬她。賓利小姐的心全在達西身上，赫斯特太太也差不多；至於坐在伊莉莎白身旁的赫斯特先生，他天生懶惰，只想吃喝玩樂，他一聽說伊莉莎白寧可吃一碟普通的小菜也不吃燴肉，便不再與她交談了。

吃完晚飯後，伊莉莎白回到珍的房間。當她一走出餐廳，賓利小姐就開始抱怨她，說她既傲慢、又無禮，不懂得如何談吐，儀表不佳，又不幽默，長得更是醜陋。赫斯特太太也這麼想，而且還補充了幾句：

「總之，她除了走路的本領以外，沒有別的長處！我永遠忘不了她今天早上的模樣，簡直像個瘋子！」

「她的確像個瘋子，路易莎，我差點要笑出來。她實在沒必要走這一趟，只不過姐姐得了點感冒，幹嘛小題大作地跑遍整個村莊？還把頭髮弄得那麼蓬亂、那麼邋遢！」

「是呀，還有她的襯裙……可惜妳沒看到她的襯裙，那上面足足糊了六吋的泥巴，她把外面的裙子壓低了些，想掩飾一下，可是完全遮不住。」

「妳形容得很貼切，路易莎，」賓利說，「可是我並不這麼覺得。我倒覺得伊莉莎白．班奈特小姐今天早上走進屋來的時候相當優雅呢！我並沒有注意到她骯髒的襯裙。」

「你一定看到了，達西先生，」賓利小姐說，「我想，你一定不希望看到自己的姐妹變得那麼狼狽吧？」

「當然不。」

「無緣無故趕了三哩路、五哩路，誰知道幾哩呢？整個腳上都是泥巴，而且孤單一人！她究竟是什麼意思？真是一點家教也沒有，完全是個不懂禮貌的鄉下人。」

「那正好說明了她們姐妹情深，真是好極了。」賓利先生說。

「達西先生，恐怕她這回的冒失行為，會影響你對她那雙美麗眼睛的愛慕之情吧？」賓利小姐怪里怪氣地說。

「一點也不，」達西回答，「她走了這趟路之後，那雙眼睛變得更加明亮了。」

屋裡沉默了一陣子，赫斯特太太又開口說道：

「我非常關心珍．班奈特，她倒是個可愛的女孩……我誠心希望她嫁個好人家。只可惜有著那樣的父母，加上那些卑微的親戚，恐怕是沒什麼希望了。」

「妳不是說過，她有個姨丈在梅利頓當律師嗎？」

「是呀，還有個舅舅住在戚普塞附近。」

「太好了。」她的妹妹補充了一句，於是姐妹倆都縱情大笑。

「即使她們有好多個舅舅，可以把整個戚普塞都塞滿，」賓利大叫道，「這也絲毫不減她們討喜的程度。」

「可是，要是她們想嫁給有地位的男人，可就沒什麼機會了。」達西回答。

賓利先生沒有理會他的話，但他的姐妹聽了卻非常得意，於是更加肆無忌憚地拿班奈特小姐地位卑微的親戚開玩笑。

不過，當她們一離開餐廳，立刻又變回溫柔體貼的樣子，來到珍的房間，一直陪伴她到喝咖啡的時間。到了黃昏，伊莉莎白看見她睡著了，於是放下了心。儘管不樂意，但她覺得自己應該下樓一趟。當她走進客廳時，發現大家正在玩牌，他們也邀她加入，但是她擔心賭注過大，拒絕了這個請求，還說自己放心不下姐姐，等會兒就要回到樓上去，她可以拿本書打發時間。赫斯特先生驚奇地看了她一眼。

「妳寧可看書也不玩牌嗎？」他說，「這真是稀奇。」

「伊莉莎．班奈特小姐看不起這種遊戲，她是個了不起的讀書人，對其他事都沒有興趣。」賓利小姐說道。

「這種誇獎我可承受不起，這樣的責備也是。我並不是什麼了不起的讀書人，我對很多事都有興趣。」伊莉莎白回答。

「我相信妳更樂意照顧自己的姐姐，但願她快點康復，那樣妳就會開心一點了。」賓利先生說。

伊莉莎白打從心底裡感謝他，然後走到一張放了幾本書的桌子前。他打算另外從書房拿一些書給她。「要是我的藏書多一點就好了，無論是為了滿足妳，還是為了我的面子。可惜我是個懶惰的人，藏書不多，讀過的就更少了。」

伊莉莎白回答說，房裡那幾本已經夠她看了。

「真奇怪，爸爸怎麼只留下這幾本書？達西先生，你在彭伯里的藏書室真是太棒了！」賓利小姐說。

「那有什麼稀奇？畢竟是好幾代的收藏。」達西說。

「你自己又添購了不少書，我老是看見你在買書。」

「我能有今天，當然不好意思忽略了家裡的藏書室。」

「忽略！我相信凡是能為你高貴的住所增色的東西，你一樣也沒忽略。查爾斯，只希望你以後自己打造住宅的時候，能有彭伯里的一半美麗就好了。」

「但願如此。」

「我還要奉勸你在那一帶購置房產，而且要以彭伯里為範本。全英國沒有一個郡比德比郡更好了。」

「我很樂意那麼做。我真想直接把彭伯里買下來，要是達西肯賣的話。」

「我是在談做得到的事，查爾斯。」

「凱洛琳，我敢說，買下彭伯里比仿照彭伯里的風格蓋房子要更容易些。」

伊莉莎白聽他們對話聽得出了神，沒有心思看書了，索性把書放在一旁，走到牌桌前，坐在賓利和他的妹妹之間，看他們打牌。

「從春天到現在，達西小姐長高了不少吧？」賓利小姐又問達西，「她應該能長到我這麼高吧？」

「我想會吧，她現在大概有伊莉莎白．班奈特小姐那麼高了，恐怕還要更高一些。」

「我真想再見見她！我從來沒見過那麼令我喜歡的人。長得可愛，又有禮貌，小小年紀就多才多藝，她的鋼琴彈得真是太好了。」

「這真令我驚訝，怎麼每個年輕的女孩都那麼傑出，把自己培養得多才多藝。」賓利說。

「每一個年輕的姑娘都是多才多藝！親愛的查爾斯，這是什麼意思呀？」

「是的，我認為每一個都是。她們都會裝飾桌子、點綴屏風、編織錢包。我幾乎沒見過哪一個女孩不是樣樣都會，而且每次聽人提起一個年輕女孩，沒有哪一次不聽說她是多才多藝的。」

「你說得沒錯，要是這些稱得上是才藝的話，」達西說，「多少女人只不過會編織錢包、點綴屏風，就得到了多才多藝的美名，可是我卻不能苟同你對一般女性的評價。我認識很多女人，但真正多才多藝的不超過半打。」

「我也是這麼想。」賓利小姐說。

「那麼，」伊莉莎白說，「對你來說，一個多才多藝的女性應該具備各種特質。」

「沒錯，我認為應該具備各種特質。」

「噢！當然了，」他的幫手嚷道，「要是一個女性不能超越常人，就稱不上多才多藝；她必須精通音樂、歌唱、繪畫、舞蹈以及流行語，才配得上這個稱號；除此以外，她的儀表、步態、聲調，她的談吐和表情，都必須相當風趣，否則她也不夠資格。」

「除此之外，」達西接著補充道，「還必須讀過各種書籍，有真才實學。」

「難怪你只認識六個，我現在簡直懷疑你連一個也不認識呢！」

「妳怎麼會對女人這麼沒信心，竟覺得她們不可能具備這些特質？」

「我從沒見過這樣的女人，從沒見過有哪個人像你說的那麼有才華、有情調，又那麼好學、那麼優雅。」

赫斯特太太和賓利小姐都叫了出來，她們說她不該懷疑，因為那是不公平的；她們還一致提出反證，說她們認識的許多女人都符合這些條件。直到赫斯特先生請她們專心打牌，她們才停止爭論。沒過多久，伊莉莎白也離開了。

門關上之後，賓利小姐說：「有些女人為了自抬身價，往往在男人面前貶低其他女人，伊莉莎白・班奈特就是這樣的貨色。這種手段在某些男人面前也許會有用，但我認為這是一種卑鄙的詭計。」

「的確，」達西聽出這些話是說給他聽的，連忙回答道，「女人們為了勾引男人，有時也會不擇手段，使用詭計。這真是卑鄙！只要妳的言行居心不良，都應該受到唾棄。」

賓利小姐不太滿意他的回答，於是沒有繼續談下去。

伊莉莎白又回來了。她是來告訴他們，她姐姐的病變得更嚴重了。賓利打算再去請瓊斯大夫過來，但他的姐妹們卻不以為然，認為應該儘快到城裡請一位最有名的大夫來。伊莉莎白不贊成，但也不便辜負她們的一番好意，於是他們商量出一個結論：如果班奈特小姐明天一早仍然沒有好轉，就馬上去請瓊斯大夫。賓利先生非常不安，他的姐妹也表現得十分擔憂。吃過晚飯以後，她們合奏了幾支曲子，以消除一些煩悶；賓利先生想不出辦法來減輕自己的焦慮，只好請他的女管家盡全力照顧病人和她的妹妹。

第九章

那一晚，伊莉莎白在姐姐的房裡度過了大部分時間。隔天一早，賓利先生就派了一個女僕來問候她們，沒過多久，賓利的姐妹也派了兩個侍女來探病。伊莉莎白總算可以欣慰地告訴她們，病人的情況已經好轉，但她仍然請他們代為送信回朗伯恩，請她的媽媽來看看珍。信立刻寄出了，信上要求的事也很快實現了，班奈特太太帶著兩個小女兒來到尼德菲爾德莊園，那時他們剛吃過早飯。

班奈特太太看到珍的病情並不怎麼嚴重，感到放心許多，同時，她也不希望珍太快康復，那樣的話，她就不得不離開尼德菲爾德莊園了；因此，當她的女兒提到帶珍回家的事，她連聽都不肯聽，再說，醫生也不建議珍那麼快搬回去。母親陪著珍坐了一會兒，賓利小姐便來請她吃早飯，於是她帶著三個女兒一起來到餐廳。賓利親自迎接她們，他問班奈特太太覺得女兒的病情如何。

「比我想像中的嚴重多了，先生，」班奈特太太回答道，「她病得太厲害了，根本不能移動。瓊斯大夫也說千萬不可以搬動她，我們只好多叨擾你們幾天了。」

「搬動！」賓利叫道，「絕對不可以。我相信我的妹妹也絕對不會讓她搬走的。」

「放心好了，太太。班奈特小姐待在這裡，我們一定盡心盡力地照顧她。」賓利小姐冷淡而有禮地說道。

班奈特太太連聲道謝，接著又說：「要不是有朋友們的照顧，真不知她會變成什麼模樣。她實在病得很重，也很痛苦，好在她善於忍耐——她一向如此，我從未見過像她那麼溫柔的性格。我常跟其他的女兒說，比起她來，她們簡直差多了。賓利先生，你這幢房子很不錯，往那條鵝卵石小徑望去，景致也很美。在這個村子裡，我從沒見過一個地方比得上尼德菲爾德莊園，雖然你的租期不長，但我希望你別急著搬走。」

「我做事一向很隨性的，一旦我決心離開尼德菲爾德莊園，可能不到五分鐘就搬走了。不過，目前我打算在這裡住下了。」賓利說。

「我想也是。」伊莉莎白說。

賓利轉過身去，對她說道：「妳總算瞭解我了，是嗎？」

「噢，是呀——再瞭解不過了。」

「希望這是一句讚美。不過，太容易被人看透也不好。」

「那得視情況而定。一個深奧複雜的人，未必比你這樣的人更難以捉摸。」

「莉茲！」她的母親嚷道，「別忘了妳是客人。妳在家裡胡鬧慣了，但可別在別人家裡胡鬧。」

「我不知道妳是個研究人性的專家，」賓利接著說道，「那想必是一門很有趣的學問。」

「沒錯，但最有趣的還是研究複雜的性格——這是它唯一的價值。」

「一般說來，」達西說，「可以當成研究對象的鄉下人少之又少。因為在鄉下，四周都是單純且未開化的人。」

「可是人本身的變化很大，他們身上永遠有新的東西值得你注意。」

「是的，一點都沒錯，」班奈特太太說道，他被達西提到鄉下的語氣激怒了，「我敢保證，鄉下可供研究的題材並不比城市裡少。」

大家都吃了一驚，達西看了她一會兒便悄悄離開了。班奈特太太趁著這股興頭，繼續說道：「我認為，倫敦除了店鋪和公共場所以外，比起鄉下也沒有好到哪裡去，鄉下舒適得多了，不是嗎？賓利先生。」

「我來到鄉下就不想離開了，」他回答道，「住在城市裡也是。鄉下和城市各有好處，住在哪裡都一樣快樂。」

「啊，那是因為你的性格好。可是那位先生，」她說到這裡，朝達西望了一眼，「就會覺得鄉下一文不值。」

「媽媽，妳搞錯了，」伊莉莎白說道，她母親立刻滿臉通紅，「妳搞錯達西先生的意思了，他只不過是說，鄉下不像城市裡有各式各樣的人，這的確是事實呀！」

「當然了，親愛的……沒有人那麼說。要是連這個村子都沒多少人，我相信也沒有比這更大的村子啦！就我所知，平常跟我們來往的就有二十四戶人家呢！」

要不是顧全伊莉莎白的面子，賓利先生簡直要笑出來了。他的妹妹卻沒有那麼細心，她帶著富有表情的笑容望著達西。伊莉莎白為了轉移話題，於是問母親，自從她離家以後，夏綠蒂·盧卡斯有沒有來過朗伯恩。

「她昨天跟父親一起來過。威廉爵士是個多麼和藹的人呀！可不是嗎？賓利先生。那麼時髦、那麼優雅，又那麼平易近人！他從不會怠慢任何人，這就叫做有教養。那些自以為是、不苟言笑的人，他們的觀念真是大錯特錯！」

「夏綠蒂有留下來吃飯嗎？」

「不，她堅持要回家。我猜，大概是要急著回家做肉餅。賓利先生，我總是要求我的僕人做好份內的事。我教育女兒的方式跟別人不同，我希望她們自己能判斷是非。盧卡斯家的小姐都是些不錯的女孩子，可惜長得不夠漂亮！當然，我並沒有說夏綠蒂長得有多難看，她畢竟是我們的好朋友。」

「她似乎是位可愛的姑娘。」賓利說。

「是呀，但不得不承認，她的確長得很難看，連盧卡斯太太都那麼說，她還羨慕我的珍長得漂亮呢！我不喜歡自誇，可是老實說，在她十五歲那年，我兄弟加迪納家中的一位先生就愛上了她，我的弟媳看準那位先生一定會在臨走前向她求婚。不過他最後卻沒有提出，也許是覺得她年紀太小了吧？不過他卻為珍寫了好幾首詩，而且寫得很好。」

「這也斷送了他的愛情，」伊莉莎白不耐煩地說，「我想，許多愛慕者都是這樣，詩居然有斷送愛情的效果，真不知是誰發明的！」

「我卻認為，詩是愛情的食糧。」達西說。

「對優美、堅貞、健全的愛情來說或許是；但對於一時的迷戀來說，一首十四行詩卻會把它斷送掉！」

達西笑而不語，所有人也都陷入沉默。伊莉莎白很著急，深怕母親又要出醜。她想再說些什麼，卻找不出話題。一陣沉默之後，班奈特太太再度向賓利道謝，感謝他對珍的照顧，並為莉茲的上門叨擾致歉。賓利誠懇而有禮地回答了，他的妹妹也不得不說了一些客套話。沒過多久，班奈特太太叫人準備馬車，話一說完，她最小的女兒立刻走上前來，原來，自從她們母女來到此地，兩個女兒就一直在交頭接耳，最後決定由最小的女兒來拜託賓利先生，請他兌現他的諾言——在尼德菲爾德莊園舉辦一次舞會。

莉蒂亞是個豐滿的女孩，今年才十五歲。她是母親最寵愛的心肝寶貝，很小就進入了社交界。她生性好動，又得到那些軍官們的好感，於是更加肆無忌憚了。她冒失地提醒賓利先生，還說要是他不遵守諾言，那將是世上最丟臉的事了。

「我向妳保證，我很樂意實現我的諾言。等到妳姐姐痊癒，就由妳隨便訂個日子，妳總不想在姐姐生病的時候跳舞吧？」

「你說得對，」莉蒂亞表示滿意，「等到珍痊癒以後再跳。到那個時候，卡特上尉也許又會回到梅利頓了。等你的舞會結束後，我也要他們舉辦一次。我一定會跟福斯特上校說，要是他不舉辦，那就太丟臉了！」

班奈特太太帶著兩個女兒走了。伊莉莎白立刻回到珍的身邊，也不去管賓利小姐怎麼在背地裡議論她們母女。不過，儘管賓利小姐不斷拿她開玩笑，達西卻始終沒有附和她們，跟著她們一起批評她。

第十章

這天與昨天沒什麼不一樣。赫斯特太太和賓利小姐早上陪了病人幾小時，她仍然在緩慢地恢復當中。晚上，伊莉莎白跟她們一起待在客廳裡，她們這次沒有打牌；達西在寫信，賓利小姐坐在旁邊看他寫，一再嘮叨地提醒他代她問候他的妹妹；赫斯特先生和賓利先生在打「皮克牌」，赫斯特太太在一旁觀看。

伊莉莎白一面編織東西，一面聆聽達西跟賓利小姐的對話。賓利小姐不斷地恭維他，一下說他的字漂亮，一下又說他的信寫得很優美，可是他只是冷淡地敷衍她幾句。於是形成一段奇妙的對話。

「達西小姐收到了這封信之後，會有多麼高興！」

他沒有回答。

「你寫字寫得這麼快，真是太厲害了。」

「妳錯了，我寫得很慢。」

「你一年要寫多少封信啊？還有公事上的信，我想一定煩透了！」

「這麼說來，幸好這些信遇到了我，而不是妳。」

「請轉告令妹，我很想和她見個面。」

「我已經按照妳的意旨轉告過了。」

「你的那支筆快壞了吧？讓我幫你修理，修理筆是我的專長。」

「妳的好意我心領了，我一向都是自己修理的。」

「你的字怎麼能寫得那麼整齊？」

他沒有回答。

「請轉告令妹，說我很高興聽說她的豎琴越彈越好了。還有，我很喜歡她寄來給我裝飾桌子的那張美麗小圖，那比格蘭特小姐那張好看多了。」

「能不能請妳通融一下，讓我把妳的喜好延到下次再告訴她？信快寫不下了。」

「噢，當然，一月我就可以見到她了。不過，你總是寫那麼動人的長信給她嗎？達西先生。」

「我的信一般都很長，至於是否動人，就不是我說了算的了。」

「不過，要是能寫出流利的長信，內容一定也不會差到哪裡去。」

「凱洛琳，這句話可不適用於達西。」她的兄弟說道，「因為他的信還不夠流利，他還得講究字數押韻，對嗎？達西。」

「我寫信的風格和你很不一樣。」

「噢！」賓利小姐叫道，「查爾斯寫信時，那種潦草隨便的態度，簡直無法想像。他漏寫一半的內容，又塗掉另一半內容。」

「我的腦筋動得太快，來不及寫，因此有時信的內容反而空洞無物。」

「賓利先生，」伊莉莎白說，「你真謙虛，讓想責備你的人也不好意思責備了。」

「謙虛往往伴隨著信口開河，」達西說，「或是拐彎抹角的自誇。」

「那麼，我剛剛的話究竟是信口開河呢？還是拐彎抹角的自誇？」

「應該是後者。因為你對於自己寫作上的缺點沾沾自喜，你覺得自己思想敏捷，懶得去注意寫法，而且就算這一點也沒什麼了不起的。你也不在乎寫出來的語句是否完美。你今天早上跟班奈特太太說，如果你決定從尼德菲爾德莊園搬走，五分鐘之內就可以離開，這種話也無非是在自誇。再說，欲速則不達，這有什麼值得讚美的呢？」

「夠了，」賓利先生說道，「現在是晚上，就別再提起早上的事了。老實說，我相信我對自己的評價是正確的，至少我不是為了炫耀，才故意表現得那麼迅速的。」

「也許你是這麼想，但我不相信你做事有那麼果斷。例如說，當你跨上馬背正要離開，忽然有朋友對你說：『賓利，你還是再待一個禮拜吧！』那你也許就會聽他的話，留下不走了；要是他再跟你說句話，也許你又會待上一個月。」

「你這句話說明了賓利先生並不是一個莽撞的人，這反而變成一種恭維了。」伊莉莎白說。

「我真高興，」賓利說，「經妳這麼一解釋，他的話立刻變成一種讚美了。不過，恐怕妳的解釋方式並不合乎那位先生的本意，因為，要是真的遇到這種情況，我會爽快地拒絕那位朋友，掉頭就走。這樣他就會更看得起我。」

「難道達西先生會認為，無論你原先的決定多麼輕率，只要下定決心堅持到底，一切就情有可原了嗎？」

「這得由達西自己來回答。」

「妳想把這些話當成是我的意見，我可不同意。不過，班奈特小姐，即使真的如妳所說，妳也別忘了一點：就算那個朋友要他留下，那也不過是那個朋友眾多希望之中的一種罷了，並沒有堅持要他這麼做。」

「說到輕易地聽從一個朋友的勸告，在你身上還找不到這個優點。」

「如果不問是非就聽從的話，恐怕這就算不上是一種恭維了。」

「達西先生，你似乎低估了友誼和感情對一個人的影響力。要知道，假如一個人尊重別人的請求，不用怎麼說服就會點頭答應的。也許我們可以等事情發生之後，再來討論他的做法是否恰當。不過，一般來說，朋友之間遇到一件小事情的時候，如果一方不等到對方加以說服，就聽取了他的意見，你能說他有錯嗎？」

「姑且不論這個問題，我們可以好好研究一下，那個朋友提出的要求究竟有多重要，而他們的交情又有多好，你說呢？」

「好極了，」賓利大聲說道，「你說吧，就連他們的身高也別忘了講。班奈特小姐，妳一定想不到這件事對這個問題有多麼重要。老實說，要是達西先生沒有那麼高，我才不會那麼尊敬他呢！在某些場合，他是個討人厭的傢伙；特別是在禮拜天晚上在他家裡，他又無事可做的時候。」

達西微笑了一下，伊莉莎白發覺他似乎不太高興，於是忍住沒有笑。賓利小姐很是生氣，她怪哥哥為什麼要討論這種無趣的問題。

「我懂你的用意，賓利，」達西說，「你不喜歡辯論，希望它結束。」

「也許是吧，辯論跟爭執只有一線之隔。假如你和班奈特小姐能夠等我走出房間後再來辯論，那我會非常感激的。到了那時，隨便你們怎麼說我都可以。」

「那也沒什麼。」伊莉莎白說，「達西先生，你還是繼續寫信吧！」

達西聽從她的建議，回去把信寫好。

之後，達西要求賓利小姐和伊莉莎白小姐為他演奏一點音樂。賓利小姐走向鋼琴，禮貌性地請伊莉莎白先彈，但伊莉莎白回絕了，於是賓利小姐在琴前坐下。

赫斯特太太替妹妹伴唱。當她們演奏的時候，伊莉莎白翻閱琴上的幾本樂譜，她發現達西一直在看她。她不認為這樣的目光是出於愛慕，但也不可能是出於厭惡。最後，她只得這樣解釋：在所有人之中，她是達西最看不順眼的一位。當她得出了這個結論之後，並沒有感到難過，因為她根本不喜歡他，也不稀罕他的垂青。

賓利小姐彈了幾首義大利歌曲，又彈了一些輕快的蘇格蘭曲子。沒過多久，達西走到伊莉莎白面前，對她說：

「班奈特小姐，妳想趁這個機會跳一支蘇格蘭舞嗎？」

伊莉莎白沒有回答，只是笑了笑。他感到納悶，於是又問了一次。

「噢，」她說，「我聽到了，只是我一下子想不出該怎麼回答。當然，我知道你希望我回答『是的』，然後你就會嘲弄我的品味，好得意一番。遺憾的是，我一向喜歡戳破別人的詭計，捉弄那些瞧不起人的傢伙。因此，我決定回答：我根本不喜歡跳蘇格蘭舞。這下子你就不敢瞧不起我了吧？」

「的確不敢。」

伊莉莎白原本想讓他難堪，看見他那麼體貼，反而愣了一下。由於她溫柔、乖巧，達西對她深深著迷，同時，他又一本正經地想到，要不是她沒有靠山，自己恐怕會陷入某種危險。

賓利小姐看到這副場景，感到嫉妒。她希望伊莉莎白趕快走，也希望她的好朋友珍趕快康復。為了挑起達西對這位客人的厭惡，她常在他的面前冷嘲熱諷，說要是他與伊莉莎白結婚，那將會變得多麼幸福。

「我真希望，」第二天，賓利小姐跟達西在樹林中散步時說道，「等你結婚以後，你能勸勸你那位岳母，發言謹慎一些。還有那幾位小姑，可以的話，你最好也把她們那種崇拜軍官的毛病治好。還有一件難以啟齒的事，尊夫人的脾氣不太好，既自大，又不懂禮貌，你也得盡力幫她改變一下。」

「關於促進我的家庭幸福方面，妳還有其他意見嗎？」

「噢，當然。一定要把你姨丈人和姨丈母的畫像掛在彭伯里畫廊，就在你那位當法官的伯祖父遺像旁。因為他們都是同行，只是部門不同而已。至於尊夫人伊莉莎白，千萬別替她畫肖像，有哪個畫家能把她那雙美麗的眼睛畫得維妙維肖呢？」

「那雙眼睛的神韻的確不好畫，可是它的形狀和顏色，以及她的睫毛，也許就畫得出來。」

他們正聊得起勁時，赫斯特太太和伊莉莎白忽然從另外一條路走過來。

「沒想到妳們也來散步了，」賓利小姐慌張地說道，她害怕自己的話被她們聽見了。

「你們太沒意思了，」赫斯特太太回答，「出來也不告訴我們一聲。」

接著她就挽住達西的另一隻手，把伊莉莎白獨自晾在一旁，因為那條路只夠讓三個人並排著走。達西覺得她們太過分了，說道：

「這條路太窄，不能讓大家一起走，我們到大路上去吧！」

伊莉莎白本來就不想跟他們待在一起，她笑盈盈地說：

「不，不，你們請便吧，你們三個人走在一起非常好看，再加上一個人就會破壞畫面了。再見。」

她得意地跑開了，一面溜達，一面想著再過一兩天就可以回家了。珍的病已經大為好轉，當天晚上就迫不及待想走出房間了。

第十一章

吃過晚飯之後，伊莉莎白回到樓上。她陪著穿戴整齊姐姐來到客廳，朋友們都表現得非常高興。在男士們不在的那一個小時裡，她們是那麼地和藹可親、談笑自若。

然而，當男士們一回來，珍立刻失去了她們的注目。達西一進門，賓利小姐的目光立刻轉移到他身上，要跟他說話。達西問候珍的身體，有禮地祝賀她康復；赫斯特先生也對她微微一鞠躬，毫無感情地說自己非常高興；賓利先生則情深意切，滿心歡喜，他希望珍坐到火爐的另一端，離門口遠一些，以免著涼了。接著他才在她身旁坐下，專心跟她說話。伊莉莎白坐在對面的角落裡編織，把這幅畫面看在眼裡，十分開心。

喝過茶以後，赫斯特先生請小姑把牌桌擺好，但是她看出達西不想打牌，因此拒絕了這個要求，赫斯特先生無事可做，只得躺在沙發上打瞌睡。達西拿起一本書來，賓利小姐也拿起一本書；赫斯特太太專注地把玩自己的手鐲和戒指，偶爾也插嘴弟弟和班奈特小姐的對話。

賓利小姐一邊看達西讀書，一面讀自己的書。她不時向他提出一個問題，或是看他翻到哪一頁，但顯然無法吸引他的注意力。他隨口敷衍了幾句後，又繼續看自己的書。賓利小姐讀得煩了，於是打了個呵欠，說道：

「真是個愉快的晚上！什麼娛樂也比不上讀書。將來要是我有了自己的家，我一定會準備一間書房。」

沒有人理睬她，她只好又打了個呵欠，拋開書本，想從房間裡找出一些有趣的事物。這時，她聽見哥哥與珍說要舉辦一次舞會，連忙轉過頭來說：

「查爾斯，你真的打算在尼德菲爾德莊園辦一次舞會嗎？我勸你最好先徵求一下在場朋友們的意見吧！我敢保證，這裡有人覺得跳舞是件苦差事，而不是娛樂。」

「如果你是指達西，」她的哥哥大聲說道，「他可以在舞會開始前就先去睡覺。這件事已經決定了，等到尼克斯把一切準備就緒，我就要發出邀請函。」

「如果能有些新花樣，那倒還好，」賓利小姐說，「但我已經受夠一般的舞會了。要是你把當天的節目改一改，用談話來取代跳舞，那一定會更有趣。」

「也許是吧，凱洛琳。但那還叫做舞會嗎？」

賓利小姐沒有回答。過了一陣子，她站起身來，在房裡來回踱步，還故意在達西面前搔首弄姿。可惜達西正專注於書本的內容，她又想出一個方法，轉過身來對伊莉莎白說：

「伊莉莎小姐，妳也一起過來走走吧！坐了那麼久，走一走可以振作精神。」

伊莉莎白有些驚訝，但還是照她說的做了。達西果然放下書本，抬起頭來，他和伊莉莎白都看出了她的詭計。兩位小姐都請他一起來踱步，但他拒絕了。他說，她們在屋裡走來走去，無非有兩個目的，要是他加入了她們，將會妨礙她們的這兩個目的。賓利小姐聽不出他這些話的用意，她問伊莉莎白懂不懂。

「我也不懂，」伊莉莎白回答，「他一定是在刁難我們。先不要理他，讓他失望一下。」

然而，賓利小姐從來不忍心讓達西失望，於是再三請他解釋，究竟那兩個「目的」是什麼。

「我非常樂意，」等她一住口，達西馬上說道，「很簡單，妳們是好朋友，打算用這個辦法來消磨時間，順便聊聊私事；要不然，就是妳們以為自己走路的姿勢很優美。如果是前者，我的加入將會妨礙你們；如果是後者，那麼我坐在火爐旁更能夠好好地欣賞妳們。」

「噢，太過分了！」賓利小姐大叫，「竟然有這麼惡毒的話，虧他講得出口，該怎麼處罰他呢？」

「要是妳存心處罰他，那還不容易嗎？」伊莉莎白說，「你們可以彼此捉弄，彼此嘲笑。既然你們這麼熟，妳應該懂得如何對付他。」

「我一點也不懂。老實說，雖然我們很熟，但要捉弄這種性格冷靜和頭腦機靈的人，可沒那麼容易！不，不！我們是贏不過他的。至於嘲笑，我們更不能無憑無據地嘲笑別人，就讓達西先生去自鳴得意吧！」

「原來達西先生是不能嘲笑的！」伊莉莎白叫道，「這種人可真少見，我希望這樣的朋友不要太多，不然我的損失可就大了！我最喜歡開別人玩笑了。」

「賓利小姐過獎了，」他說，「要是一個人把開玩笑當成人生最重要的事，那麼，就算是最聰明的人——不，最聰明的行為，也都會變得可笑了。」

「當然，」伊莉莎白答道，「的確有這種人，我希望自己不是其中之一。我希望自己不會去嘲笑聰明的行為，愚蠢和無聊、荒唐和矛盾，這些才是我嘲笑的對象。不過，就我看來，這些缺點都是你所沒有的。」

「每個人都有缺點，但我一直都在避免自己沾上任何缺點。」

「例如說，虛榮與傲慢。」

「是的，虛榮的確是個缺點。可是傲慢——只要妳夠聰明，妳就能傲慢得理直氣壯。」

伊莉莎白轉過頭去，免得被人看見她在笑。

「妳質問夠了吧？我想，」賓利小姐說，「妳的結論是什麼？」

「我完全同意達西先生是個十全十美的人，他自己也大方承認了這一點。」

「不，」達西說，「我可沒說過這種做作的話，我有很多缺點，但這些缺點與頭腦無關；至於我的性格，我認為我在待人處事上太過姑息，別人的過失我應該儘快忘掉，卻偏偏忘不掉；至於我的脾氣，也不是說改就改的，我的脾氣令人厭惡，一旦我對某個人沒有好感，就永遠沒有好感。」

「這的確是個大缺點！」伊莉莎白大聲說道，「愛記仇的確是性格上的一個缺陷。但你對自己夠嚴格了，我不能再嘲笑你，放心吧！」

「我相信，一個人的脾氣再好，都難免會有某些缺陷，那是與生俱來的，再怎麼教育也克服不了。」

「你有一種傾向——對任何人都感到厭惡。這就是你的缺陷。」

「而妳的缺陷，」達西笑著答道，「就是故意誤解別人。」

「讓我們聽聽音樂吧！路易莎。」賓利小姐厭倦了這場對話，大叫道，「不介意我吵醒赫斯特先生吧？」

她的姐姐毫不介意，於是她打開了琴蓋。達西想了一下，認為這樣也好，他發現自己與伊莉莎白似乎太親近了些。

第十二章

在與姐姐商量過後，伊莉莎白隔天早上寫了信給母親，請她派馬車來接她們回家。但班奈特太太打算讓兩個女兒在尼德菲爾德莊園住到下禮拜二，不想這麼早接她們回家。她的回信令她們不太滿意——至少伊莉莎白不太滿意，因為她急著回家。班奈特太太在信上說到，家中必須到禮拜二才騰得出馬車；她又補充說，假如賓利一家要留她們多住幾天，她很樂意讓她們繼續住下去。然而，伊莉莎白堅持要回家，她不指望主人慰留她們，反而怕人家覺得她們賴著不走。最後，她們決定當天上午就離開，並由珍開口向賓利借馬車。

主人表達了關切之意，還再三慰留她們，希望她們多待一天。珍被她們說服了，於是姐妹倆又耽擱一天，這讓賓利小姐後悔不已，因為她對伊莉莎白又嫉妒又討厭。

臨走前，賓利先生再次慰留她們，他說珍還沒有完全康復，現在走還太早。但珍仍然再三堅持，她認為必須這麼做。

對達西來說，這卻是個好消息。他認為伊莉莎白在莊園裡待得夠久了。他沒想到自己竟會被她迷得如此神魂顛倒，尤其賓利小姐又愛拿他們兩人開玩笑。他靈機一動，決定暫時不表露出愛慕之情，以免自己成了她愛情的俘虜。於是，禮拜六一整天，他幾乎沒有跟她說上十句話；儘管當天他曾有一次跟她獨處了半小時，但他專心地看書，瞧也沒瞧她一眼。

禮拜日，做過晨禱以後，班奈特兩姐妹向主人一家告辭。賓利小姐對伊莉莎白又變得有禮貌了，對珍也更親熱了。離別的時候，她先是告訴珍，說她非常希望有機會在朗伯恩或是尼德菲爾德莊園裡再見到她；接著又親切地擁抱了她，甚至還跟伊莉莎白握手。伊莉莎白高興地告別了大家。

回家之後，母親的態度並不怎麼熱情。班奈特太太對她們提早回家感到訝異，並埋怨她們為家裡帶來麻煩，反而是她們的父親，看到女兒回家後，儘管表面上並不開心，內心卻很高興。因為這兩個女兒對這一家太重要了，當他們晚上聚在一起聊天的時候，要是少了珍和伊莉莎白，會讓場面失色不少。

她們發現瑪莉就像以前一樣，正在埋頭鑽研合聲學以及心理學，她給她們看了自己新作的筆記，又發表一些對道德的見解。凱薩琳和莉蒂亞也說了一些傳聞，據說，民兵團自上禮拜三以來出了不少事，幾名軍官最近跟她們的姨丈吃過飯，一個士兵挨了鞭刑，而福斯特上校快結婚了。

第十三章

第二天，吃過早飯後，班奈特先生對妻子說：「親愛的，希望妳今天好好準備午餐，因為可能有客人要來。」

「你指的是誰？親愛的。如果是夏綠蒂．盧卡斯的話，我覺得平常招待她的飯菜已經夠好了，我不相信她在家裡能吃得這麼好。」

「這位客人是名男士，又是位生客。」

「一名男士！一位生客！」班奈特太太的眼睛一亮，「那一定是賓利先生，沒錯。哦！你竟然瞞著我，太狡猾了！……嘿！賓利先生要來了，太令我高興了。可是……老天！真不巧，今天沒有買到魚。我要馬上吩咐希爾去買。」

「不是賓利先生，」她的丈夫連忙說，「說到這位客人，我從來沒見過他。」

全家都大吃一驚，他的妻子和女兒都迫切地追問他，使他頗為得意。

捉弄她們一陣子之後，他開始說道：

「大約一個月前，我收到一封信，並在兩週以前回了信。因為那是件傷腦筋的事情，必須儘早處理。信是我的表侄柯林斯先生寄來的，我死了以後，這位表侄有權利隨時把妳們趕出這間屋子。」

「噢，天啊！」他的妻子叫道，「我一聽你提起這件事就受不了。請你別提那個討厭的傢伙了，你不讓自己的孩子繼承產業，卻讓外人來繼承，這情何以堪啊！如果是我，一定早就想出辦法來解決了。」

珍和伊莉莎白設法向她解釋繼承權的問題，但她們總是無法與她溝通，因為她一味破口大罵，說自己的家產不能讓親生女兒繼承，卻白白送給一個毫無往來的傢伙，這實在太沒道理了。

「這的確不公平，」班奈特先生說，「要是柯林斯先生繼承了朗伯恩的產業，他一定會有報應的；不過，要是妳讀過他的信，一定會感到心軟，因為這番自白寫得還不錯。」

「不，我絕不會心軟。他這種行為既失禮，又虛偽，我恨這種虛偽的人。他怎麼不學他的父親那樣跟你大吵大鬧呢？」

「哦，的確，他似乎也顧慮到了這一點。先讓我把信唸給妳們聽吧！」

「注意聽呀！親愛的。」

親愛的老前輩：

過去您與先父有些心結，這件事令我感到不安。自從他過世以來，我常常希望能彌補這個裂痕。由於擔心這麼做有違死者的意願，使得我一直猶豫至今……

……不過，目前我已下定決心，因為我在復活節時接受了聖職。承蒙路易斯．德．包爾公爵的遺孀凱薩琳．德．包爾夫人寵愛，提拔我擔任該教區的牧師，今後將能隨侍夫人左右，並奉行英國教會的一切規章，不勝榮幸。我認為自己有責任盡一己之力，使家家戶戶得以敦睦親誼，促進友好，因此我相信這番好意一定會得到您的重視。至於有關我繼承朗伯恩的財產一事，您大可不必放在心上，並請接受我獻上的這一截橄欖枝。

我對於侵犯了令嫒的利益深感抱歉，但請您放心，我願意提供她們一切可能的補償，此事以後再商量。要是您不反對我登門拜訪，我將於十一月十八日禮拜一的四點上門叨擾，或許能一直待到下禮拜六。這對於我毫無不便，因為凱薩琳夫人絕不會反對我在禮拜日離開教堂一下，將會有另一名教士代為主持禮拜。謹向尊夫人及令嫒致敬。

您的朋友威廉・柯林斯
十月十五日寫於肯特郡漢斯福德

「所以說，四點的時候，這位好先生就要來了，」班奈特先生一面把信折好，一面說道，「他想必是個善良、有禮貌的年輕人，我相信他一定會成為一個值得敬重的朋友。只要凱薩琳夫人能夠通融，讓他有機會再過來，那就更好了。」

「他提到女兒們的那幾句話，說得還不錯。如果他真的打算補償，我也不反對。」

「他說要補償我們，雖然還不清楚他的用意，但是這番好意已經很難得了。」珍說。

伊莉莎白聽到他對凱薩琳夫人的尊敬，以及他對教區居民的好心，不禁感到吃驚。

「我認為，他一定是個怪人，」她說，「我真不懂，他的話似乎有些誇張，他說因為繼承了我們的財產而感到抱歉，這是什麼意思呢？即使這項權利可以放棄，他也不一定願意放棄。他是個聰明人嗎？爸爸。」

「不，親愛的，我想他不是。我認為完全相反，從他那既謙卑又自大的口氣中就看得出來。我還真想見見他。」

「就文章來說，似乎沒有什麼毛病。橄欖枝這個詞雖然有些老套，但應用得很恰當。」瑪莉說。

對琪蒂和莉蒂亞來說，無論是那封信，還是寫信的人，都沒有任何意義，反正她們覺得這位表兄絕不會穿著軍服上門。這幾個禮拜以來，她們對任何穿著其他制服的人都提不起興趣；至於她們的母親，原先的怨氣已經被這封信驅散了不少，她顯得心平氣和，這讓她的丈夫和女兒們都大為詫異。

柯林斯先生準時上門了。班奈特一家都非常客氣地招待他，班奈特先生幾乎沒有說話，但她的妻子和女兒都好好跟他交談一下。柯林斯先生的話不多，但也有問必答，他是個二十五歲的年輕人，身材高大，略胖，他的態度莊重、有禮。才剛坐下來，他就開始恭維班奈特太太，說她養育了這麼多好女孩，並誇讚小姐們的美貌。她們對他的這些讚美不感興趣，尤其是班奈特太太，她乾脆地說道：

「我相信你是個好心的人，先生。我希望你能兌現你的諾言，否則她們就不妙了，這件事實在太沒道理了。」

「您大概是指繼承權的問題吧？」

「唉，一點也沒錯。你必須承認，這對於我可憐的女兒們真是件不幸的事。我並不怪你，因為這就是命運。」

「太太，我很清楚，這件事委屈了表妹們。關於這個問題，我有各種想法，卻不敢貿然行動。不過我能向小姐們保證，我來到這裡，就是為了要向她們表示善意。目前我不打算多說，或許等將來我們更熟悉彼此的時候——」

主人來請他吃午飯了，他不得不中斷自己的話。小姐們彼此相視而笑。柯林斯先生不僅仰慕她們，還把客廳、餐廳、以及屋裡所有的傢俱，都讚美了一遍。班奈特太太十分得意，但一想到這些財產有一天會變成他的，又覺得非常難受。那一餐飯也得到了他的讚美，他問這些菜是哪位表妹作的，班奈特太太不客氣地罵了他一頓，說家裡還雇得起一個廚師，才輪不到女兒們親自下廚呢！他向女主人請求原諒，並不停地道歉長達十五分鐘之久，儘管她已經原諒了他。

第十四章

吃飯時，班奈特先生幾乎一句話也沒說。等到僕人們離開之後，他終於可以好好跟這位客人聊聊了。他猜想，要是先提到那位凱薩琳夫人，這位貴客一定會笑顏逐開的。果然，柯林斯先生滔滔不絕地開始讚美那位夫人，他帶著嚴肅而自負的神情說，他這輩子從未看過像凱薩琳夫人沒樣高貴、親切的人，她曾請他到羅幸斯吃過兩次飯，上週六晚上還請他到家裡去打過牌；雖然許多人都認為凱薩琳夫人太過驕傲，他卻認為她很親切；她跟他說話的時候，總是把他當成一個有地位的人來看待；她不反對他和鄰居們來往，也不反對他偶而離開教區一兩個禮拜；她還關心他的終身大事，勸他早點結婚；她曾到他的家中拜訪過一次，對於房屋的裝潢讚不絕口，並親自指示，要他在樓上的壁櫥增添幾個架子。

「的確很適當，也很禮貌，」班奈特太太說，「她一定是個和善的女人，可惜一般貴婦們都比不上她。她住得離你很近嗎？先生。」

「我的花園與她住的羅幸斯花園只隔著一條巷子。」

「你說她是個寡婦？是嗎？她還有親人嗎？」

「她只有一個女兒——也就是羅幸斯的繼承人，將來可以得到一筆極大的遺產。」

「哎呀！」班奈特太太叫了出來，一邊搖了搖頭，「那她比許多女孩都幸運多了！她是怎樣的一位小姐？長得漂亮嗎？」

「她真是個非常可愛的女孩。凱薩琳夫人也說，她的女兒比世上所有的女性都要漂亮。她相貌出色，一看就知道她出身高貴，她本來多才多藝，只可惜身體欠佳，沒有繼續進修。這是她的女教師告訴我的，那位教師現在還跟她們母女住在一起。她的確十分可愛，時常坐著馬車光臨寒舍。」

「她覲見過國王嗎？在進過宮的女士當中，我似乎沒聽說過她的名字。」

「很遺憾，她的身體柔弱，無法進城。我曾經跟凱薩琳夫人說，這實在是英國王宮的一大損失！她對我的話相當滿意，你們知道，無論何時，我都樂意說幾句巧妙的恭維話取悅她們。我還跟凱薩琳夫人說過，她美麗的千金是位天生的公爵夫人，將來不管嫁給哪一位公爵，都會使對方增色不少。這些話讓她聽得心花怒放，我總覺得我還可以更加努力。」

「你有一副好口才，」班奈特先生說，「既然你這麼善於吹捧別人，這對於你也有不少好處。我是否可以請問一下，這些討好人的奉承話，是你臨時想出的呢？還是早就想好的？」

「大部分都是靈光一現，不過我有時也會預先想好一些恭維話，一有機會就拿出來說，說的時候要裝得像是真情流露的。」

果然不出班奈特先生所料，這位表侄的確是個荒謬的人。他覺得十分有趣，不過表面上卻竭力保持鎮靜，只是偶爾向伊莉莎白看一眼，不希望別人分享他的這份愉快。

這一場對話直到喝茶時才結束。班奈特先生高興地把客人領到會客室裡，喝完茶之後，他又請他朗誦一些東西給他的妻子和女兒聽。柯林斯先生一口答應，並從她們手中接過一本書。當他一看到那本書，便嚇得後退一步，連忙解釋自己從來不讀小說，請求她們原諒。琪蒂瞪了他一眼，莉蒂亞也大叫起來，她們又另外拿來幾本書，他仔細考慮以後，選了一本弗迪斯的《講道集》，莉蒂亞不禁目瞪口呆。等到他一本正經地讀完三頁無聊的內容時，莉蒂亞趕緊打斷了他：

「妳知道嗎？媽媽，菲利普姨丈打算把理查解雇了。要是他真的被解雇了，福斯特上校一定很樂意雇用他。這是姨丈禮拜六親自告訴我的。我打算明天再到梅利頓去打聽這件事，順便問他們，丹尼先生什麼時候從城裡回來。」

兩個姐姐都要莉蒂亞住口，柯林斯生氣地放下書本，說道：

「我總是看到年輕的小姐們對經典不感興趣，但這些書是對她們有益的。老實說，我十分訝異，因為聖哲的教誨是對她們最有益的東西，但我也不想勉強我年輕的表妹。」

於是，他轉過身來，要班奈特先生陪他玩雙陸棋。班奈特先生答應了他，並且說這樣比較好，還是讓女人家去搞自己的小玩意吧。班奈特太太帶著女兒們向他道歉，請他原諒莉蒂亞的失禮，又請他繼續朗讀。柯林斯先生請她們不要放在心上，之後就跟班奈特先生到另一張桌子上玩雙陸棋。

第十五章

柯林斯先生並不是個通情達理的人。他雖然受過教育，也經歷過社會，但先天的缺陷卻幾乎沒有得到補救。他的大半生是在他那視錢如命的文盲父親教導下度過的。他也進過大學，但只讀了幾個學期，也沒有結交一個益友。他的家教十分嚴格，造就他謙卑的個性；不過由於他愚蠢，加上生活的安逸，漸漸變得自大，在繼承了龐大遺產後，又更加自命不凡了。當時，漢斯福德教區有個牧師空缺，他得到凱薩琳．德．包爾夫人的提拔，遞補了空缺。一方面，他在這位尊貴的女教徒面前低聲下氣，一方面又自豪於自己的牧師身分，於是，他的個性中兼有驕傲與謙卑的雙重性格。

他現在已經有一幢好房子，以及一筆可觀的收入，想要結婚了。他之所以要和朗伯恩的這家人重修舊好，是想在他們家裡找個太太。要是這幾位小姐果真如傳聞所說那麼可愛，他一定要挑一個，這就是他所謂的補償，好讓他將來繼承她們父親的遺產時能夠心安理得。他認為這個方法太棒了，既可面面俱道，又顯示出他的慷慨豪爽。

當他一看到珍那張可愛的臉蛋，便拿定了主意，並更加確定了他那老掉牙的觀念，認為應該先娶最大的那位小姐。不過，第二天早上他又改變了心意，因為他和班奈特夫人親密地聊了十五分鐘，先是聊到他那棟牧師公館，後來又不知不覺地說出了自己的心願，也就是要在她的女兒之中挑選一位太太。班奈特太太贊成他的想法，不過當他說自己挑中了珍，她就不得不提出意見了。

「如果是我的幾個小女兒就算了——當然也不會那麼輕易答應——至於我的大女兒，我覺得我有責任提醒你一下，她可能很快就要訂婚了。」

柯林斯先生只得放棄珍，改選伊莉莎白。她無論是年齡、美貌，都只比珍差了一點，理所當然是第二選擇。

班奈特太太喜出望外，她相信很快就可以嫁掉兩個女兒了。昨天她連提都不願意提到的這個人，現在卻深受她的青睞。

莉蒂亞想要去梅利頓走走，她的姐妹們都願意跟她同行，除了瑪莉之外；班奈特先生為了讓耳根清靜，叫柯林斯先生也跟著她們一起去。原來，柯林斯先生在早飯之後，就一直賴在他的書房不走，表面上是想欣賞他收藏的那本書，實際上卻滔滔不絕地暢談他在漢斯福德的房子，讓班奈特先生心煩意亂。書房對他來說是個躲避外頭喧囂的地方，他曾對伊莉莎白說過，他願意在任何一間房裡接見那些蠢蛋和自大的傢伙，但書房就另當別論。於是，他恭敬地請柯林斯陪陪他的女兒們，柯林斯本來就不是一個愛讀書的人，於是欣然闔上書本走了。

他一路上喋喋不休，表妹們只是隨意地附和他。抵達了梅利頓之後，幾位年紀小的小姐就再也不理會他了，她們張大眼睛望著街頭，搜索任何軍官的身影；除此之外，就只有櫥窗裡的漂亮帽子，或者是最新款的布料，才能吸引她們的目光。

沒過多久，她們的眼光都集中到一位年輕人身上。那是一個氣派的陌生人，正跟一名軍官在路邊散步，那位軍官就是丹尼先生，莉蒂亞正想打聽他從倫敦回來了沒。當她們擦身而過時，那位年輕人鞠了一躬。大家都對這名陌生人的風度著迷不已，卻不知道他是誰，為了打聽，琪蒂和莉蒂亞藉口要買點東西，便走到對街去了。湊巧的是，當她們剛走到人行道上，那兩位男士也轉過身來，走到了那裡。

丹尼立刻向她們打招呼，並向她們介紹自己的朋友韋克翰先生。他說韋克翰是昨天跟他一起從城裡回來的，他已經被任命為他們團裡的軍官。這實在是件好事，因為當韋克翰穿上軍裝時，簡直就是一個完美的人。他的長相舉止討人喜歡，談吐又十分動人。當他們談興正濃的時候，忽然聽到一陣馬蹄聲，只見達西和賓利騎著馬從街上過來。

這兩位紳士從人群中看見這幾位小姐，連忙來到她們面前，寒暄了一番。賓利最先開口，他大部分的話都是對珍說的，他說自己正想趕去朗伯恩拜訪她，達西也證實了他的話，並鞠了一躬。當他正打算把目光從伊莉莎白身上移開時，突然看見了那個年輕人，兩個人都嚇了一跳；這讓伊莉莎白很是驚奇。過了一會兒，韋克翰先生按了按帽子，達西先生也勉強地回了禮。他們的奇怪舉動引人遐想，卻又不便探聽。又過了一會兒，賓利與他的朋友若無其事地離開了。

丹尼先生和韋克翰先生陪著幾位小姐來到菲利普家門前，莉蒂亞小姐硬要他們一起進去，連菲利普太太也打開窗戶邀請他們，但兩人卻鞠了個躬告辭而去。

菲利普太太喜歡看到侄女們，尤其是最年長的兩位，由於近來不常見面，因此特別受歡迎。她懇切地說，她對她倆的來訪感到驚奇，要不是碰巧在街上遇到瓊斯醫生的跟班，還不知道她們已經回家了呢！閒談中，珍向她介紹柯林斯先生，她客氣地對他表示歡迎，他也加倍客氣地回禮，並對自己冒昧的來訪致歉，但由於他與幾位小姐有著親戚關係，因此他的上門也不足為奇。這種過分的禮貌使菲利普太太受寵若驚，當她正仔細打量這一位客人時，這對姐妹又向她打聽那一個陌生人的事情，不過，她知道的也不多——那位先生是丹尼先生從倫敦帶來的，他將在某郡擔任一個中尉；當他剛來到此地，她曾盯著他足足一個鐘頭。對琪蒂和莉蒂亞來說，街上那些軍官與韋克翰先生相形之下，頓時成了一些平庸之輩了。由於明天將會有幾位軍官到菲利普家吃飯，姨媽對小姐們說，假如她們一家人明天能從朗伯恩趕來，那麼她就要叫丈夫去邀請韋克翰先生。大家都贊成這個提議。菲利普太太又說，明天將會準備一場熱鬧有趣的賓果遊戲，玩過後再吃一頓大餐。一想到明天的這一場狂歡，大家都興奮不已。當他們離開時，柯林斯又再三向女主人道謝，她也禮貌地請他不必客氣。

回家的路上，伊莉莎白把剛才看見的兩位先生之間的舉動告訴珍。要是這兩人之間有什麼怨仇的話，珍一定會為某一方辯護；不巧的是，她對於他們之間的事一樣毫無頭緒。

回家之後，柯林斯大力稱讚菲利普太太的好客，班奈特太太聽了也很滿意。他說，除了凱薩琳夫人母女之外，他這輩子從未見過那麼優雅的女人，她不僅禮數周到，還邀請他明天一起去吃晚飯。雖然這件事多少歸功於他和小姐們的親戚關係，但如此殷勤好客的人，他還是頭一次遇到呢！

第十六章

小姐們與姨媽的約會並沒有遭到反對。雖然柯林斯覺得把兩位長輩扔在家裡有些過意不去，但他們請他不必放在心上，於是他也和五個表妹坐著馬車去了梅利頓。她們一走進客廳，就聽說韋克翰先生已經答應赴會了，覺得非常高興。

她們坐了下來，柯林斯先生悠閒地東張西望。他對房子的規模和傢俱感到驚羨，說自己彷彿走進了凱薩琳夫人在羅辛斯的那間小餐廳。這個恭維一開始並不怎麼受歡迎，但當菲利普太太明白了羅辛斯是哪裡，以及它的主人是誰，又聽說凱薩琳夫人會客間裡的一隻壁爐架就要八百鎊後，她才知道他的評語實在太抬舉她了，即使把她家裡比作羅辛斯的管家婆的房間，她也沒有意見。

當柯林斯在敘述凱薩琳夫人和她住所的富麗堂皇時，還不時穿插幾句誇耀自己宅邸的話，就這樣自得其樂地一直講到男賓們抵達為止。菲利普太太很注意他的話，越聽就越崇拜他，並打算一有空就把他的話傳開。幾位小姐則有些不耐煩，她們不想聽表兄的閒扯，又無事可做，也不能彈琴，只好照著壁爐架上幾具瓷器的形狀，隨手畫了幾張小圖。

男賓們終於來了。韋克翰先生一走進來，伊莉莎白就感覺到，無論是上回見到他的時候，還是這些日子的思念，她都沒有看錯人。這一帶軍官們都是一些名聲很好的紳士，參加宴會的更是他們之中的佼佼者。韋克翰先生無論在人品、相貌、風度、還是地位上，都遠遠勝過其他人，正如他們遠遠勝過她們的姨丈——他挺著大肚子，跟他們一起走進來，滿口葡萄酒味。

韋克翰先生是當天最得意的男士，幾乎每個女人都盯著他看；伊莉莎白則是最得意的小姐，因為韋克翰在她的身邊坐了下來。他跟她搭話，雖然聊的只是些天氣之類的話題，但她卻感覺到，即使是平凡無奇的事，只要說話的人有技巧，還是能說得娓娓動聽。

說起女人緣，一旦柯林斯遇到像韋克翰或軍官們這樣的對手後，頓時變得無足輕重了。他在小姐們眼裡微不足道，幸虧好心的菲利普太太不時向他提問，並端來咖啡和鬆餅給他。

牌桌擺好以後，柯林斯便坐下來一起打牌，總算有了一個報答她的機會。

「我對這玩意兒一竅不通，」他說，「不過我很樂意學習怎麼玩，以我這樣的身分——」

菲利普太太感激他的好意，但不願意聽他談論什麼身分地位。

韋克翰被歡天喜地的小姐們請到另一張牌桌，坐在伊莉莎白和莉蒂亞中間。一開始不太妙，因為莉蒂亞是個健談的女孩，幾乎把他獨佔了；幸好她也喜歡賓果遊戲，立刻就轉移了注意力。韋克翰一面陪大家玩遊戲，一面從容不迫地跟伊莉莎白交談。伊莉莎白想打聽他與達西先生的關係，又擔心他不肯回答，便沒有開口發問。令人意外的是，韋克翰竟主動聊起這個話題，滿足了她的好奇心。他問起尼德菲爾德莊園與梅利頓之間的距離，她回答了之後，他又結結巴巴地問起達西先生在那裡待了多久。

「大約一個月，」伊莉莎白回答，接著又趁機說道：「據我所知，他是德比郡的富豪。」

「是的，」韋克翰回答，「他的財產很可觀——每年能賺一萬鎊。提起這件事，沒有人比我更清楚，因為我從小就和他們家關係匪淺。」

伊莉莎白不禁顯出驚訝的表情。

「班奈特小姐，妳昨天也許看到我們對彼此的冷淡，也難怪妳會驚訝。妳跟達西先生很熟嗎？」

「我希望不要再更熟了，」伊莉莎白惱火地說，「我和他相處了四天，認為他是個討厭的傢伙。」

「究竟是討喜還是討厭，我不便評論，」韋克翰說，「我認識他太久，跟他也太熟，因此很難作到絕對的客觀。但我得說，妳對他的看法也太奇怪了。要是在其他地方就不會這麼說了吧？因為這裡都是妳認識的人呢！」

「老實說，除了在尼德菲爾德莊園，我會在任何地方說一樣的話。哈福德郡沒人喜歡他那傲慢的態度。你絕不會聽到有人說他一句好話。」

「我必須這麼說，」停了一會兒，韋克翰說道，「不管是他，還是別人，都不該受到過分的讚揚。不過我相信，也不會有人過分讚揚他，他的財富蒙蔽了大家的眼睛，他那傲慢的態度又嚇壞了大家，使得人們只能順著他的意思。」

「雖然我跟他不熟，但我認為他是個脾氣很差的人。」

韋克翰聽了這句話，搖了搖頭。輪到他說話的時候，他接著說道：

「不知道他打算在這個村子裡住多久。」

「我也不知道。但我在尼德菲爾德莊園的時候，從沒聽說過他要離開。既然你已準備在附近任職，但願你不要為了他的存在而改變原先的計畫。」

「噢，不！我才不會被達西先生嚇得落荒而逃呢！要是他不想看到我，那要走的也是他。我們的關係糟透了，我一見到他就難受，但又沒有理由躲避他，只能讓大家知道他有多麼對不起我，他的態度又是多樣使我痛心。班奈特小姐，他的父親是世上最善良的人，也是我此生最好的朋友；每當我與達西先生在一起的時候，就忍不住感到悲痛。他對我的態度實在太惡劣了，雖然我願意原諒他，但仍然不能容忍他有辱先人的名聲。」

伊莉莎白對這件事越來越感興趣，非常專心地聆聽著。但由於這件事很奇怪，她不便進一步追問。

韋克翰先生又隨便聊了一些事。他聊到梅利頓，聊到左鄰右舍和社交界的傳聞，他對於任何事都有興趣，尤其是社交方面的問題。

「我之所以喜愛這個郡，是因為這裡的社交界都是些高尚而熱情的人士。而且，這支部隊的名聲很好，廣受愛戴，我的朋友丹尼又拚命說服我，他說他們住的營房是多麼好，梅利頓的居民對他們多麼殷勤，他們在梅利頓又結交了多少朋友。我是個失意的人，忍受不了寂寞，因此離不開工作和社交。我本來打算當個牧師，不打算從軍，但由於環境所逼，也不得不如此了；要是我們剛剛提到的那位先生肯幫忙，說不定我現在也有一份可觀的牧師薪俸呢！」

「是嗎？」

「當然了！老達西先生在遺囑上說明，一旦有了牧師職缺，就要讓給我。他是我的教父，非常疼愛我，希望讓我過得衣食無缺。他以為一切萬無一失，沒想到，當牧師職有了空缺的時候，卻被別人搶走了。」

「天哪！」伊莉莎白叫道，「怎麼有這種事？怎麼能不按照遺囑做呢？你怎麼不提出申訴？」

「遺囑上關於遺產的部分，講得不清不楚，因此我不一定能提出申訴。照理說，沒有人會去懷疑先人的意願，但達西先生偏要這麼做；他認為遺囑上所說的是有條件的，他指責我浪費和荒唐，據此取消了我一切的權利。總之，他把我批評得一無是處。那個牧師職缺在兩年前空出來了，那一年是我的年齡剛好符合資格的時候，可是職缺卻給了另一個人。我實在無法理解自己做錯了什麼，頂多就是我個性急躁，心直口快，偶爾會批評他罷了。他也就因此懷恨在心。」

「真是難以置信！應該把這件事公開，好好羞辱他一番。」

「遲早會有人這麼做，但我絕不會去為難他，除非我忘了他父親的恩惠，否則我絕不會揭發他，跟他為敵。」

伊莉莎白十分敬佩他的人格，而且覺得他比剛才更加耀眼了。

「可是他的目的為何？為什麼要這樣陷害人呢？」過了一會兒，她又說道。

「他希望與我結怨。我認為這種心態是出自於嫉妒，想必是因為他的父親太疼愛我，才使得他從小就感到氣憤。他氣量狹小，不能容忍我的存在，更不能容忍我比他優秀。」

「沒想到達西先生竟然這麼壞！雖然我從沒喜歡過他，但也不憎惡他；我只以為他自大狂妄，沒想到他竟然這麼卑鄙！這麼惡毒、不講理！」

她想了一會兒，又接著說：「我還記得，有一次他在莊園裡得意地說到，他一旦與人結仇，就永遠無法化解。他天生就愛記仇，他的性格也令人厭惡。」

「關於這點，」韋克翰回答，「我的話未必是對的，因為我難免對他有偏見。」

伊莉莎白又深思了一會兒，大聲說道：「你是他父親的教子、朋友，也是他父親器重的人，他怎麼能這樣對你！」她原本想說「光是你的長相就那麼討人喜愛」，但最後還是說出：「況且你從小跟他一起長大，關係密切。」

「我們是在同一個教區、同一個莊園裡成長的。我們的少年時期有一部分是共同度過的，住同一幢房子、一起玩耍、被同一個父親寵愛。我父親的行業跟妳的姨丈一樣，可是他治家有方，讓老達西先生受惠匪淺；因此我父親臨終時，他主動提出要負擔我一切的生活費用。我想，他一方面是為了報答我父親，一方面是因為疼愛我。」

「多麼奇怪！多麼可惡！」伊莉莎白叫道，「我真不懂，這位達西先生既然那麼驕傲，就應該不屑於這樣陰險的……沒錯，就是陰險！」

「的確奇怪，」韋克翰回答，「追根究柢，他的一切行為都是出自傲慢，傲慢是他最好的朋友。照理說，既然他傲慢，道德標準就應該比別人更高，但一個人難免會有自相矛盾之處，他對待我時，總是意氣用事甚於傲慢。」

「這種可惡的傲慢，對他有什麼好處？」

「當然了，這使他慷慨豪爽，不吝於將錢花在窮人身上；之所以這樣，是為了不辱家世以及父親在彭伯里的聲望。還有，身為哥哥的驕傲，使他成了妹妹最體貼的保護人，所以妳會聽到大家都稱讚他是位好哥哥。」

「達西小姐是個什麼樣的人？」

「我很想說她可愛，」韋克翰搖了搖頭，「我不忍心說達西家族的壞話；可是她的確太像她哥哥了——非常地傲慢。她小時候很親切、討喜，我常常陪她玩耍；可是現在卻不想理她了。她是個漂亮的女孩，大約十五六歲，據我所知，她也極有才華。她在父親去世後一直住在倫敦，有位太太陪著她，教她讀書。」

他們又聊了一些別的話題。之後，伊莉莎白又忍不住拉回原本的話題。

「我很納悶，他竟然跟賓利先生這麼要好。賓利先生是那麼地善良和藹，怎麼會跟這樣的人交朋友呢？你認識賓利先生嗎？」

「我不認識。」

「他的確是個和藹可親的好人。他根本不明白達西先生是怎樣的人。」

「也許吧，不過達西先生自然有討好人的一套方法。只要他認為一個人值得攀談，他也會表現得能言善道。他在同樣地位的人面前，與在那些比他低階的人面前，完全是兩種人。他傲慢，但跟有錢人在一起的時候，就變得寬容、誠實、是非分明，甚至溫柔和善，這一切全部取決於對方的身分地位。」

另一桌的牌局結束了，玩牌的人都圍過來。柯林斯站在伊莉莎白和菲利普太太之間，他輸得一塌糊塗。菲利普太太對他表示惋惜，但他嚴肅地回答說，這些損失微不足道，因為他根本不在乎金錢。

「我懂的，夫人，」他說，「一旦坐上牌桌，就全看運氣了。我並不在乎區區五個先令，當然對別人來說就不一定了；這也是托凱薩琳·德·包爾夫人的福，讓我不必為這些小錢心痛。」

這句話引起了韋克翰的注意。他看了柯林斯幾眼，便低聲問伊莉莎白，她的這位親戚是不是跟德·包爾家很熟。

「凱薩琳·德·包爾夫人最近給了他一份牧師職缺。我真不懂她怎麼會賞識柯林斯先生這種人，不過他們想必認識還不久。」伊莉莎白回答。

「妳一定知道，凱薩琳·德·包爾夫人和安妮·達西夫人是姐妹吧！凱薩琳夫人正是那位達西先生的姨母呢！」

「不知道，一點也不知道。我對凱薩琳夫人的親戚一無所知，兩天前我才聽說她這個人的。」

「她的女兒德．包爾小姐將來會繼承一筆很大的遺產，大家都相信她將會跟她的表哥結婚。」

伊莉莎白忍不住笑出來，她想起了可憐的賓利小姐。要是達西已經有了心上人，那麼，賓利小姐的殷勤就只是枉然了，她對達西妹妹的關懷以及對達西的讚美，也都是白費力氣。

「柯林斯先生也未免太崇拜那位夫人了，我猜，他被她的恩惠迷住了心竅，她也許只是個既狂妄又自大的女人。」伊莉莎白說道。

「兩者都是，」韋克翰回答，「我很多少年沒見過她了，但我一向討厭她，因為她蠻橫又無禮。大家都說她十分能幹，但那只是因為她有錢有勢、盛氣凌人，又有一個了不起的姨侄的關係。只有那些上流社會的人高攀得上他。」

伊莉莎白同意他說的話。他們兩人聊得十分投機，一直到吃晚餐的時候，其他的小姐才有機會得到韋克翰先生的注意。現場十分吵鬧，幾乎無法交談；但光憑他的翩翩風度，就足以博得所有人的歡心了。他的言語風趣，舉止優雅。

回家的路上，伊莉莎白腦中只有韋克翰先生一人，她回想著他說過的話，但是莉蒂亞和柯林斯先生一路上也說個不停，使得她完全沒有提到他名字的機會。莉蒂亞聊到賓果遊戲，談到她的輸贏；柯林斯先生聊著菲利普夫婦的殷勤款待，說自己對輸掉的錢毫不在意，又把晚餐的菜色一道道背出來。直到馬車停在朗伯恩的宅邸門口時，他的話還沒有說完。

第十七章

第二天，伊莉莎白把韋克翰跟她說的話全告訴了珍。珍感到十分驚奇，她難以相信達西是如此不值得賓利結交的人，更不覺得韋克翰這樣的美男子會說謊。一想到韋克翰可能真的受了這些委屈，她不禁起了憐惜之心；她只好認為兩位先生都是好人，並將雙方的一切行為解釋為意外和誤會。

「我認為，」她說，「他們都受了蒙蔽，也許是某個人從中挑撥是非。簡單來說，除非我們有確實的證據可以責怪任何一方，否則我們無權去猜想他們失和的原因。」

「妳說得沒錯，親愛的珍，那麼，妳打算如何解釋他們的行為呢？妳總得想出個理由，否則我們很難不把它歸咎於某一個人。」

「隨便妳怎麼說，反正我就是這麼想的。親愛的莉茲，妳想想，達西先生的父親生前那麼疼愛這個人，還答應要養育他，但達西先生卻這麼對待他，這太過分了，絕不可能有這種事。只要一個人還有點基本的良知與自尊，就不會做出這樣的事。難道他有辦法騙過自己最好的朋友嗎？噢！不會的。」

「我還是覺得賓利先生被騙了，我不認為韋克翰先生說謊，他把所有人名、細節都說得一清二楚，要是事實並非如此，那就讓達西先生自己來反駁吧！妳只要看看韋克翰那副神情，就知道他沒有說謊。」

「這的確很奇怪……也很令人難受，我不知道該如何看待它。」

「對我來說，事情已經夠明白了。」

珍只知道一件事，就是假如賓利先生真的被騙了，一旦真相大白，他肯定會痛心不已。

兩位小姐在樹林裡談得正起勁，家中忽然派人來叫她們回去，有客人上門了——恰好是她們談到的那些人。原來，尼德菲爾德莊園下週二要舉行舞會，賓利先生與姐妹們專程前來邀請她們。賓利姐妹都非常高興，一再問起珍近來的情形，對於班奈特家的其他人則視若無睹。她們盡可能躲開班奈特太太的糾纏，也不怎麼跟伊莉莎白說話，對其他人更是瞧都不瞧了。過了一陣子，她們就起身告辭了。

尼德菲爾德莊園即將舉辦舞會，這件事讓班奈特一家的女人都開心極了。班奈特太太認為這場舞會是為了討好她的大女兒才辦的，加上賓利先生親自登門邀請，又讓她更高興了。珍則一心想著，到時能與兩位朋友促膝談心，又能受到賓利先生的殷勤接待；伊莉莎白得意地想像著與韋克翰共舞的場面，又能從達西先生的神情舉止中察覺出事情的真相。至於凱薩琳和莉蒂亞，她們想的不只有一個人，雖然她們也想跟韋克翰跳舞，可是舞會上能夠與她們跳舞的人絕不只有他一個；甚至連瑪莉也說，她對於這次舞會也並非全然不感興趣。

「我認為，」瑪莉說，「只要能善用早上的時間就夠了。偶爾參加晚會並不是什麼犧牲，每個人都應該有社交生活，消遣和娛樂是不可或缺的。」

由於突如其來的狂喜，伊莉莎白本來不喜歡跟柯林斯說話，現在也忍不住問他要不要參加這場舞會。令她意外的是，柯林斯毫不猶豫地答應了，絲毫不擔心受到大主教或凱薩琳．德．包爾夫人的責備。

「老實說，」他說，「這麼棒的舞會，主人又是個優秀的年輕人，賓客也是些高尚的人，有何不可呢？我不但不介意跳舞，還希望每位表妹都能賞臉。伊莉莎白小姐，我在此請妳陪我跳一開始的兩支舞，我相信珍一定能原諒我的失禮吧？畢竟我是有正當理由的。」

伊莉莎白覺得自己上當了。她本來打算與韋克翰跳最初的幾支舞，如今卻冒出了一個柯林斯！她從來沒有這麼掃興過，事到如今，也沒辦法了，她與韋克翰先生的幸福只能稍等一下了。她和顏悅色地答應了柯林斯的請求，一想到他的殷勤別有用心，就不太甘願。她已猜出他從幾個姐妹當中挑中了自己，想讓她當漢斯福德牧師家的夫人，以及羅辛斯那位夫人的牌友。她的猜測立刻得到證實，因為他對她越來越殷勤，還時常恭維她。雖然這足以顯示出她的魅力，但她一點也不高興，反而覺得錯愕。不久後，她的母親又說，她很贊成他們結婚；伊莉莎白置若罔聞，畢竟，柯林斯又還沒向她求婚，她何必為了他與母親爭吵呢？

自從尼德菲爾德莊園邀請班奈特家的小姐參加舞會之後，一連下了好幾天的雨。幾個小女兒沒有再去梅利頓拜訪姨母、訪問軍官和打聽消息，只能偶爾聊聊舞會的事，或是做些準備，以打發時間，連舞鞋上的玫瑰花都是託人去買的。伊莉莎白也討厭這種天氣，它使她與韋克翰的關係無法進一步發展。想到下禮拜二就是舞會了，這才使得琪蒂和莉蒂亞順利熬過禮拜五、禮拜六、禮拜日和禮拜一。

第十八章

伊莉莎白走進尼德菲爾德莊園的會客室，在一群身穿軍服的人之中尋找韋克翰的影子，但一直沒有發現，她開始懷疑他不會來了。儘管她也曾擔心過去的事會影響他出席的意願，但她仍然信心滿滿；她比平常更仔細地打扮了一番，興高采烈地準備征服他的那顆心。但很快地，她產生了一種可怕的懷疑：難道賓利邀請軍官們的時候，為了討好達西，故意沒有邀請韋克翰嗎？

他缺席的原因馬上就由他的朋友丹尼先生揭曉了——在莉蒂亞迫不及待地的追問下，丹尼於是說道，韋克翰昨天有事進城了，還沒有回來。他帶著意味深長的微笑補充了幾句：「我想，要不是為了要迴避這裡的某位先生，他絕不會就這麼湊巧，偏偏在這時候有事。」

莉蒂亞沒有聽到這些話，但伊莉莎白卻聽得一清二楚。她因此斷定：儘管她猜的不完全正確，但韋克翰之所以缺席，確實是達西害的。她感到掃興，更加深了對達西的反感，當達西走過來向她問好的時候，她幾乎忍受不住自己的怒氣。她決定不跟他說話，怏怏不樂地掉頭就走，甚至對賓利說話也不大客氣，因為憎恨他對達西的盲目偏愛。

伊莉莎白不是個愛生氣的人，儘管她感到掃興，但不愉快的情緒並沒有維持太久。她把滿腹怨言都向一週未見的夏綠蒂．盧卡斯小姐傾訴，又把她表哥的事告訴她，還把他指給她看。最初的兩支舞重新喚起了她的煩惱，那簡直是一場災難！柯林斯先生笨手笨腳，只會不停地道歉。他是個最差勁的舞伴，丟光了她的臉；當她從他手中解脫時，真是欣喜欲狂。

她接著跟一位軍官跳舞，跟他聊起韋克翰的事。她聽說韋克翰的人緣極佳，對此感到高興許多。跳完幾支舞以後，她又回去與夏綠蒂談話，這時，她聽到達西叫她，請她跳一支舞。她吃了一驚，竟不由自主地答應了。跳完之後，達西立刻走開了，她不停地責怪自己怎麼這麼沒有原則。夏綠蒂盡力安慰她。

「總有一天，妳會發現他的可愛之處。」

「絕不！那實在太倒楣了！下定決心去恨他，竟然又喜歡上他？別詛咒我了。」

當跳舞重新開始，達西又走來請她共舞時，夏綠蒂忍不住對她耳語，勸她別做傻事，得罪一個比韋克翰的身價高上十倍的人。伊莉莎白一言不發地走向舞池，她對這樣的榮幸感到驚訝；當她與達西面對面跳舞時，發現周遭的人也向他們投以驚訝的目光。

他們倆跳了一會兒，一句話也沒說，她猜想這陣沉默將會一直持續下去；她原本不想打破這陣沉默，但忽然異想天開，打算好好折磨她的舞伴一番，於是說了幾句關於跳舞的話。他回答了她的話，接著又陷入沉默。過了幾分鐘，她再次向他搭話：

「現在輪到你講了，達西先生。既然我聊到跳舞，你也得聊聊舞池大小以及舞伴數量一類的問題。」

他笑了笑，告訴她，隨便她要他說什麼都可以。

「很好，這樣回答還不錯。待會兒我可能會聊到私人舞會比公共舞會來得好，不過，我們現在不用再說話了。」

「也就是說，妳跳舞時都會一邊說話嗎？」

「有時候是的。你知道，連續半個小時待在一起卻不說話，那也太彆扭了！不過有些人偏偏不愛說話，為了迎合他們，我不得不少講一些。」

「就目前來說，妳是想顧及自己的喜好呢？還是我的？」

「兩者兼顧，」伊莉莎白油腔滑調地回答，「因為我認為我們很像，你我都不愛說話，除非想說幾句了不起的話，讓大家印象深刻。」

「我認為妳這不是這種人，我也不敢說自己是不是。妳想必覺得自己形容得很貼切吧？」

「我可不敢妄下斷語。」

他沒有回答，兩人又陷入沉默了。直到下一支舞時，他才問她是不是常常和姐妹們去梅利頓，她回答說是。說到這裡，她忍不住說道：

「當你那天在那裡遇到我們的時候，我們正在結交一個新朋友呢！」

這句話立刻產生了效果。一陣傲慢的陰影蒙上了他的臉，但他一句話也沒有回答。伊莉莎白也沒有說話，在心裡埋怨著自己的軟弱。之後，達西很勉強地率先開口：

「韋克翰先生對於交友很有一套，至於能不能跟朋友們長久相處，那就不一定了。」

「他真是不幸，」伊莉莎白嚴厲地回答，「不僅失去您的友誼，還把局面弄得那麼難堪，這想必會讓他痛苦一生。」

達西沒有回答，似乎想換個話題。就在這時，威廉．盧卡斯爵士走向他們，打算穿過舞池走到屋子另一頭，當他一看到達西，立刻停住了，十分有禮地向他鞠了一躬，並誇讚他的舞技以及挑選舞伴的眼光。

「我真高興，親愛的先生，舞跳得這麼好！你無疑是一流的人材，但我必須說，你這位漂亮的舞伴也不賴。我希望常有這種眼福，特別是在某件事成真的時候，親愛的伊莉莎白小姐。」他朝她的姐姐和賓利望了一眼，「到時將會有多麼熱鬧的場面啊！希望達西先生……我還是不打擾你了。你和這位小姐聊得正開心，肯定不希望被我耽擱吧？瞧她那雙明亮的眼睛也在責備我呢！」

達西沒有聽見後面的話，但是當威廉爵士提起他的朋友時，他愣了一下，一本正經地望向正在跳舞的賓利和珍；隨後又鎮定下來，轉頭對他的舞伴說：

「威廉爵士打斷了我們的對話，我想不起我們剛剛聊了什麼。」

「我認為，我們什麼都沒聊。這屋子裡隨便兩個人的對話都比我們多，因此威廉爵士沒有打斷什麼。我們已經換了幾次話題，總是話不投機，我想不出接下來要聊什麼了。」

「聊聊書如何？」他笑著說。

「書！噢，不，我相信我們讀的書不一樣，體會也各有不同。」

「我很遺憾妳這麼想。就算真是那樣，也未必不能聊，我們可以交換一下彼此的見解。」

「不……我無法在舞會上聊書，我腦中總是想著其他的事。」

「妳總是為眼前的事煩惱，是嗎？」他帶著懷疑的眼光問。

「是的，一向如此。」她回答道。她完全不知道自己在說什麼，心思早已飛到九霄雲外。她又說：「達西先生，我記得你曾說過，你從不原諒別人，你一旦和別人結怨，就永遠無法消除。我想，你作決定時應該很慎重吧？」

「沒錯。」他堅決地說。

「你從來不會被偏見或謊言左右嗎？」

「我想不會。」

「對於固執的人來說，在作決定之前，應該先謹慎地考慮一下。」

「冒昧請問，妳這些問題的用意何在？」

「只是為了理解你的性格罷了，我想把它搞清楚。」她裝出若無其事的表情說道。

「那麼，妳搞清楚了嗎？」

「一點也不，」她搖搖頭，「外頭的人對你褒貶不一，我不知道該相信誰才好。」

「我毫不意外，」他嚴肅地回答，「班奈特小姐，希望妳不要任意評斷我的性格，恐怕這麼做對妳我都沒有好處。」

「但要是我現在不瞭解你一下，以後就沒機會了。」

「那我就不破壞妳的興致了。」他冷冷地答道，她也沒有再說下去。他們又跳了一支舞，之後就默默分手了，兩人都悶悶不樂。達西對她頗有好感，因此很快就原諒了她，把滿腔怒火都轉移到別人身上去。

他們分手後，賓利小姐朝伊莉莎白走去，以一種既輕蔑又客氣的態度對她說：

「噢，伊莉莎小姐，聽說妳喜歡喬治．韋克翰！妳姐姐剛才跟我提到他，問了我一大堆問題。我發現那個年輕人雖然把什麼都告訴妳了，卻忘了說他父親替老達西先生管帳。他說達西先生對他不好，那全是一派胡言，我以朋友的立場奉勸妳，不要盲目地相信他的話。達西先生一直對他很好，只有喬治．韋克翰一直恩將仇報。我不知道詳細情形，但我很清楚，這絕不是達西先生的錯。達西最討厭聽到喬治．韋克翰的名字；我哥哥本來猶豫是否該邀請他，好在他識相，自己消失了。他竟敢出現在這個村子裡，不知道他為什麼要這麼做！伊莉莎小姐，我很遺憾，揭穿了妳心上人的過錯。可是，妳只要看看他的出身，就不會指望他是什麼好貨色。」

「照妳的說法，」伊莉莎白生氣地說，「他的過錯全來自於他的出身了。我沒聽妳提到他另外的缺點，只聽妳罵他父親替老達西先生管帳；事實上，這件事他早就告訴我了。」

「原諒我多管閒事，但我是出於一片好意。」賓利小姐說道，她冷笑了一下，便走開了。

「無禮的女人！」伊莉莎白自言自語道，「她打錯算盤了，以為這種卑鄙的誹謗能夠影響我對他的看法嗎？這些話反而更讓我明白了她的無知，以及達西先生的陰險。」接著，她去問姐姐從賓利那裡打聽到什麼。珍滿臉笑意，容光煥發，顯然對今晚的舞會十分滿意。伊莉莎白看出了她的心情，一瞬間，她把對於韋克翰的思念、對仇人的憤怒，以及其他想法都忘記了，一心希望珍能夠幸福。

「我想問妳，」她笑著對姐姐說，「妳有聽到關於韋克翰先生的事嗎？也許妳的心裡已經擠不下第三個人了吧？如果是那樣的話，我也可以體諒妳的。」

「不，」珍回答道，「我並沒有忘記這回事，可惜我也沒聽到有用的消息。賓利先生並不熟悉他的底細，至於他為什麼得罪達西先生，賓利先生更是一無所知。不過他敢擔保自己的朋友品行良好，誠實正派，而且覺得達西先生過去對韋克翰先生已經夠好了。遺憾的是，根據他以及他妹妹的話來看，韋克翰先生並非一個正直的人。我擔心他是個魯莽的人，也難怪達西先生要與他絕交。」

「難道賓利先生不認識韋克翰先生嗎？」

「不認識，那天早上在梅利頓他是第一次見到他。」

「那麼，這些話是從達西先生那裡聽來的囉？很好，關於那個牧師職缺的事，他是怎麼說的？」

「他聽達西先生講過幾次，可是已經記不起來了。不過他相信，那個職缺雖然講定是要給韋克翰先生的，但也有附加條件。」

「非常抱歉，」伊莉莎白激動地說，「賓利先生當然是個正人君子，但光憑他的幾句話並不能使我信服。賓利先生袒護朋友的那些話，也許很有道理，不過，既然他也不清楚這件事的始末，而且一部分又是從他朋友那裡聽來的；那麼，我還是不願意改變我原先對他們兩人的看法。」

於是她換了一個輕鬆的話題，她們倆在這方面是意見一致的。伊莉莎白高興地聽珍說道，她雖然不敢對賓利先生抱有期望，卻隱隱渴望著幸福；伊莉莎白也說了一些鼓勵姐姐的話。一會兒，賓利朝她們走來，伊莉莎白連忙跑到盧卡斯小姐身旁。盧卡斯小姐問她跟剛才的舞伴跳得是否愉快，她還來不及回答，就看見柯林斯走過來，欣喜若狂地說他有了一個重大發現。

「太意外了，」他說，「這間屋子裡竟然有一個人是我恩人的親戚。我碰巧聽到一位先生跟這家的小姐說『我的表妹德．包爾小姐和姨母凱薩琳夫人』。這實在太巧了！誰想得到我會在這裡遇見凱薩琳．德．包爾夫人的姨侄呢？感謝上帝，我還來得及前去問候，我還要向他們道歉，因為我竟然不知道他們的存在。」

「你打算去向達西先生自我介紹嗎？」

「當然。我一定要請他原諒，請他別怪罪我這麼晚才去問候。我相信他是凱薩琳夫人的姨侄，我還可以告訴他，上禮拜我見到她的時候，她身體很健康。」

伊莉莎白勸他不要那麼做，因為要是沒有別人介紹就去問候達西先生，對方一定會認為他冒昧，而不會覺得他是一番好意。再說，根本就沒有問候的必要，即使要這麼做，也該由地位較高的達西主動出面。柯林斯聽完，便顯出一副堅決的態度，表示非照著他的方式去做不可。

「親愛的伊莉莎白小姐，妳對於一切事情都有卓越的見解，我很欽佩。可是容我說一句：牧師的禮儀跟一般人的禮儀不同；我認為，就自尊來說，一個牧師可比一個國王，當然也必須保持謙虛；所以，這一回妳應該讓我按照良心的指示去做。請原諒我沒有接受妳的忠告。要是在其他問題上，我一定虛心受教，但在這種場合下，我認為，由我這位博學多聞的人來決定，要比妳這位年輕小姐來得更合適。」

他鞠了一躬，便離開她去找達西先生。她迫不及待地看著達西怎麼應付這個冒失的傢伙。只見她這位表哥先是恭敬地對達西鞠了一躬，然後開口說話。儘管伊莉莎白沒有聽見任何一句話，卻又好像全部聽到了，因為從他嘴唇的蠕動來看，他說的盡是些「抱歉」、「漢斯福德」、「凱薩琳・德・包爾夫人」之類的字眼。她看到表哥在這個人面前出醜，心中有些氣惱。達西帶著毫不掩飾的驚奇目光斜睨著他，等柯林斯說夠之後，才帶著一副輕蔑的表情，敷衍了他幾句。柯林斯並不灰心，又繼續說話，達西鄙視的神情也更露骨了。他說完之後，達西隨便行了個禮，就走開了。

「我得說，」柯林斯又回到伊莉莎白面前，對她說道，「他的態度實在沒得挑剔。達西聽到我的殷勤問候，好像十分高興，他禮貌地回答了我的話，甚至恭維我說，他非常佩服凱薩琳夫人的眼力，沒有提拔錯人，這說得一點都不錯。總而言之，我對他很滿意。」

伊莉莎白對舞會已經沒興趣了，於是把注意力都集中她的姐姐和賓利身上。她把一切看在眼裡，並想像著各種值得慶賀的畫面，也感到跟珍一樣的快活。她想像著姐姐當了這幢房子的女主人，與丈夫恩愛彌篤，幸福無比。她覺得，要是真有這麼一天，她也會很樂意接納賓利的兩個姐妹。她看出母親也在想著同一件事，因此決定暫時避開她，以免被她的舌頭纏上了。吃飯的時候，母親的座位跟她距離近，讓她感到有些受不了。她的母親不斷和盧卡斯太太說三道四，還說她多麼希望珍立刻跟賓利先生結婚之類的話，這讓伊莉莎白越來越生氣。她們越聊越起勁，班奈特太太又說起這門親事能帶來的好處；賓利先生是個英俊、多金的青年，住的地方距離她們只有三哩路，這些條件都很完美；其次，他的兩個姐妹也很喜歡珍，一定也像她一樣期盼著這門親事；再說，既然珍找到了這麼好的一門親事，那麼，她的幾個妹妹也不遠了。最後，她談到她那幾個未出嫁的女兒，說她從此不用再煩惱她們的終身大事，只要交給大女兒去辦就好了。她又祝盧卡斯太太也有相同的運氣，其實暗地裡恥笑她絕對沒有這個福份。

伊莉莎白想挫挫母親的銳氣，便勸她說話小聲一些，以免被坐在對面的達西聽見了。但她的母親只叫她別說廢話，讓她感到說不出的氣惱。

「達西先生跟我有什麼關係？我幹嘛怕他？我沒有理由在他面前講究禮貌，難道他不愛聽的話我就不能說嗎？」

「看在上帝的份上，媽媽，小聲一點吧！得罪達西先生有什麼好處？妳這麼做，他的朋友也不會喜歡妳的。」

任憑她怎麼說都是白費唇舌。她的母親偏要高談闊論，讓伊莉莎白又羞又惱，臉蛋也變得通紅。她忍不住瞧了達西幾眼，每一眼就更證實了自己的疑慮——達西並沒有瞧著她的母親，而是目不轉睛地在望著她。他臉上先是露出氣憤和厭惡的表情，又漸漸轉變成冷靜、嚴肅。

班奈特太太說完了。盧卡斯太太早已打起哈欠，她現在終於可以好好享受一點涼掉的菜了。伊莉莎白也鬆了一口氣，可惜她的耳根沒能清靜多久，因為晚飯一結束，就有人提議唱歌。伊莉莎白看到瑪莉經不起人家的慫恿，輕易就答應獻唱一曲，連忙向她使眼色，並告訴她不用這樣討好別人；可惜瑪莉始終不肯理會她，因為這種表現機會正是她求之不得的。伊莉莎白焦慮地盯著瑪莉，看她唱了幾小節；不幸的是，唱完之後，瑪莉又在聽眾的暗示下唱起了另外一曲。瑪莉的才能是不適合出來獻醜的，因為她嗓子尖銳，態度又不自然。伊莉莎白十分著急，她看了看珍的反應，但她正安靜地與賓利先生聊天；她又看見賓利的兩位姐妹正在眉來眼去，一面對達西比著手勢；達西依舊面無表情。最後，她對父親使了個眼色，請他出面制止，免得瑪莉沒完沒了地唱下去。父親領會了她的意思，等瑪莉唱完第二首歌，他便大聲說道：

「夠啦！孩子。妳讓我們夠開心了，留一點機會給別的小姐們吧。」

瑪莉裝作沒聽見，但心裡不是滋味。伊莉莎白為她著急，也為父親的那番話著急，生怕自己的苦心白費了。幸好，這時有別的人出來唱歌了。

「假如我會唱歌的話，」柯林斯說，「我一定會為大家高歌一曲。我認為音樂是一種高尚的娛樂，和牧師的職業性質相仿。不過這不代表我們該花那麼多時間在音樂上，因為還有其他更重要的事要做。負責一個教區的牧師在多少事要做啊！他得制訂宗教稅，還得撰寫講稿，這一來時間就所剩無幾了；他還得利用這些時間安排教區的事務，管理自己的宅邸……還有一點，他對每個人都必須殷勤和藹——特別是那些提拔他的人，我認為這是他應盡的責任。再說，遇到教徒的親友，凡是在應該表示敬意的場合下，總得問候一聲，否則就太不像話了。」

說到這裡，他向達西先生鞠了一躬，表示發言結束。他的這一席話說得十分響亮，半個屋裡的人都聽得見。有很多人愣住了，也有很多人笑出來，但沒有一個人像班奈特先生一樣感到有趣。他的太太則一本正經地誇讚柯林斯說得很有道理，她對盧卡斯太太說，他顯然是個聰明優秀的年輕人。

伊莉莎白覺得今晚她的家人好像是專門來這裡出醜的，而且從來沒有這麼賣力過。她覺得姐姐和賓利先生真幸運，錯過了一些難堪的場面；但賓利的兩個姐妹和達西先生卻沒有放過這個嘲笑她們一家的機會，他無聲的蔑視，以及她們無禮的嘲笑，真不知哪一樣更令人難堪一些。

晚會的後半段也沒有為她帶來樂趣。柯林斯仍然賴在她身邊不走，拚命說話；雖然他無法邀請她再跳一支舞，但也讓她無法跟別人一起跳。她要他去找其他人，並答應為他介紹一位小姐，可是他不肯。他說，講到跳舞，他一點興趣也沒有，他唯一要做的就是在一旁守候她，博得她的歡心。他已決定整晚都待在她身邊，任憑她怎麼解釋也沒用。多虧盧卡斯小姐經常來到他們面前，好心地和柯林斯攀談，她才覺得好過一些。

至少達西不會再來惹她生氣了。雖然他常常出現在她附近，旁邊也沒有人，卻一直沒有走過來跟她說話。她猜想這可能是因為她提到韋克翰的緣故，為此竊喜不已。

在所有賓客中，朗伯恩一家人最後離開。班奈特太太藉口等候馬車，一直等到所有人都走了，她們一家還多待了十五分鐘。主人家中的一些人都希望她們趕快走；賓利姐妹沒怎麼說話，只說自己很疲倦，顯然在暗示他們離開。班奈特太太還想跟她們談話，卻被拒絕了，弄得大家都十分掃興；柯林斯仍然在高談闊論，恭維賓利和他的姐妹，但他的話也沒能為場面帶來一些歡樂；達西與班奈特先生一句話也沒有說；賓利與珍站在人群之外，專心地跟對方談話；伊莉莎白也跟賓利姐妹一樣沉默不語；莉蒂亞累得不想說話，不時打起呵欠，並抱怨道：「老天，我簡直快累死了！」

臨走之前，班奈特太太熱切地對賓利一家說，她希望他們能抽空來朗伯恩坐坐。她還告訴賓利先生，要是他能到她們家裡吃個飯的話，她會很開心的。賓利先生向她承諾，等他從倫敦回來後，隔天一定立刻去拜訪班奈特一家。

班奈特太太十分滿意。才一離開，她馬上開始盤算珍的嫁妝，以及新的馬車、婚紗。她想，不出三四個月，珍就能順利嫁入尼德菲爾德莊園了。至於另一個女兒與柯林斯的婚事，她就沒有那麼熱中了，畢竟，伊莉莎白是所有女兒中她最不疼愛的一位；而柯林斯先生，儘管他也很優秀，但比起賓利先生與尼德菲爾德莊園，都難免相形失色。

第十九章

第二天，朗伯恩發生了一件大事——柯林斯正式提出求婚了。他的假期到下禮拜六就要結束，於是決心一鼓作氣；況且，他認為這時求婚也沒什麼不恰當的。他有條不紊地佈置好一切。剛吃完早飯，他看到班奈特太太、伊莉莎白和一個妹妹在一起，便對那位做母親的說道：

「夫人，今天早上我想請伊莉莎白跟我作一次私人的談話，妳贊成嗎？」

「噢！好極了，當然可以。我相信莉茲也會很樂意的……來，琪蒂，跟我上樓去。」她把針線收拾了一下，便匆匆忙忙地走開了，伊莉莎白大叫道：

「親愛的媽媽，別走，求妳別走。柯林斯先生一定會原諒我的，他不會介意被別人聽到。我也要走了。」

「不，不！別胡說，莉茲，我要妳待在這裡。」她看見伊莉莎白一副懊惱的樣子，好像要逃走一般，於是又說道：「我命令妳待在這裡聽柯林斯先生說話！」

伊莉莎白不敢違抗母親的命令。她想了一下，覺得趕快把事情作個了結也好，於是便忍住嘲笑的心情，重新坐了下來。班奈特太太和琪蒂離開了，她們一走，柯林斯便說道：

「老實說，伊莉莎白小姐，妳的害羞不僅無傷大雅，反而更突顯了妳的嫵媚。要是妳不這樣推辭一下，我反而不會覺得妳這麼可愛。可是，我的這次求婚是得到妳母親允許的。儘管妳表現得很含蓄，但我對妳的百般殷勤早已十分明顯，妳一定明白我的心意。可以說我一走進這間房子，就決定讓妳做我的終身伴侶。不過，最好趁我還忍得住滿腔愛意的時候，先談談我想結婚的理由，以及我來哈福德郡擇偶的理由。」

看到柯林斯這麼一本正經的樣子，伊莉莎白不禁覺得可笑，因而錯過了打斷他說話的機會。

「我之所以想結婚，有以下幾點理由：首先，我認為凡是像我這樣有錢的牧師，理應為全教區樹立一個模範夫妻的榜樣；其次，我深信結婚會大大促進我的幸福；第三，我那位高貴的女教徒建議我結婚，並對此深表贊成。她兩次為我的終身大事提出了意見；就在我離開漢斯福德的前一個禮拜六晚上，我們正在打牌，詹金森太太正在為德·包爾小姐安放腳凳時，夫人對我說：『柯林斯先生，你必須結婚，像你這樣的牧師必須結婚。好好挑選吧！選一個好人家的女兒，為了我，也為了你自己。要活潑、能幹，家世不是重點，但要會記帳，能把家務事安排得妥妥貼貼。趕快去找一位這樣的女人吧！把她帶來漢斯福德，我會好好照顧她的。』親愛的表妹，我告訴妳，凱薩琳·德·包爾夫人對我的關心，也算是我的優勢之一。我無法形容她的為人，但妳總有一天會見識到的。我相信，她一定會喜歡像妳這樣聰明活潑的人，只要妳在她面前能表現出穩重端莊。大致上，這就是我結婚的理由，現在我要解釋，我為什麼要捨棄自己村子裡的可愛女孩，而來朗伯恩找對象呢？事情是這樣的，等妳父親過世後（但願他長命百歲），我將會繼承他的財產，因此我打算娶他的一個女兒，以減輕妳們的損失，否則我會過意不去的。當然，正如我剛才說的，這件事也許很多年以後才會發生。這就是我的動機，親愛的表妹，恕我直言，妳不至於因此瞧不起我吧？我的話說完了，除非我能想出更熱情的語句向妳傾吐愛意。至於嫁妝，我完全不在乎，我絕不會向妳父親提出什麼要求；我明白他的能力有限，而妳名下的財產也不過是一筆年利息四厘的一千鎊存款，還得等妳母親過世後才歸妳所有。因此，在這件事上，我絕不會貪心，同時請妳放心，等我們結婚以後，我絕不會吝嗇小氣。」

現在非打斷他的話不可了。

「你太心急了吧？先生，」她叫道，「別忘了，我根本還沒有回答呢！別浪費時間了，我立刻說出我的答覆：謝謝你的抬愛，我十分榮幸，可惜我除了拒絕之外，別無選擇。」

柯林斯嚴肅地揮了揮手，「年輕的女孩們遇到第一次未婚時，即使心裡願意，嘴上也會故意拒絕，有時甚至會拒絕兩三次。因此，妳的話絕不會讓我灰心，反而更讓我相信能馬上與妳步上紅毯呢！」

「不瞞你說，先生，」伊莉莎白叫道，「我都這麼說了，你還不肯放棄，真是太奇怪了！老實說吧，要是世上真有那麼大膽的小姐，願意拿自己的幸福開玩笑，隨便拒絕求婚的話，那也絕對不是我。我的拒絕是鄭重的。你不能讓我幸福，我相信我也不能使你幸福。唔！要是那位凱薩琳夫人認識我的話，我相信她一定也會發現，我無論在哪一方面，都沒資格當你的太太。」

「就算凱薩琳夫人有這種想法，」柯林斯嚴肅地說，「我想她也不會反對的。請妳放心，當我下次見到她的時候，一定會把妳的種種優點向她好好介紹一番。」

「說實話，柯林斯先生，這些讚美是沒有意義的。我對自己的事心裡有數，還請你相信我的話。我祝你幸福、富裕，並拒絕你的求婚；而你既然向我提出求婚了，也就不必對我們一家過意不去了，儘管放心地繼承這座莊園吧。這件事就這樣說定了。」

她一面說，一面站起身準備離去，但柯林斯又繼續說道：

「要是下回我有幸再跟妳談到這個問題，我希望能得到一個更滿意的答覆。我不怪妳的冷酷，因為我知道，女孩們對於第一次求婚總是拒絕；妳剛才所說的正巧符合女性微妙的性格，反而鼓勵我繼續追求下去。」

「柯林斯先生，」伊莉莎白有些氣惱地叫道，「你真是莫名其妙，我都說到這個份上了，要是你還覺得我在鼓勵你的話，那我真不知道該怎麼做了。」

「親愛的表妹，允許我說句自不量力的話——我相信妳的拒絕，只是一種慣例罷了。因為妳絕不會忘了我的財產、我的社會地位，我與德．包爾一家的關係，以及跟你們一家的親戚關係，這些都是我的優勢。請妳想想，儘管妳有許多吸引人的地方，但妳微薄的財產卻削弱了妳的優勢條件，不會再有別人向你求婚了。因此，我認為，妳並不是真正地拒絕我，只是仿效一般女性的習慣，想吊我胃口罷了。」

「先生，我向你保證，我絕對沒有打算捉弄一位體面的紳士。只要你肯相信我的話，我也就很榮幸了。感謝你的求婚，但我是不會接受的，這有違我的情感。難道我說得不夠明白嗎？請你別把我當成一個故意捉弄你的高貴女子，而只是一個誠實的平凡人。」

「妳真可愛，」他的面子有些掛不住了，「我相信，只要妳父母都答應了，妳絕不會拒絕。」

伊莉莎白再也懶得理他，一聲不吭地走開了。她心想，假如他執意把她的拒絕看作是對他的示好，那她只好請她的父親回絕他了，他總不會把她父親的拒絕當成是女性的靦腆吧？

第二十章

柯林斯獨自幻想著這樁美滿的婚姻，可是並沒有維持太久。班奈特太太一直在走廊裡等待結果，她看見伊莉莎白打開門，匆忙上樓了，便立刻走進餐廳，熱烈地祝賀柯林斯，也祝賀她自己。柯林斯愉快地接受了她的祝賀，同時也祝賀了她一番，接著就把他跟伊莉莎白的對話一五一十地講了出來。他說自己有充分的理由相信，談話的結果很圓滿，因為雖然他的表妹再三拒絕，但那顯然是她溫柔天性的流露。

這一番話讓班奈特太太嚇了一跳。當然，要是她的女兒真的有這種用意的話，她一定也會很高興的；但她可不敢這麼想，不得不老實說了出來。

「放心吧，柯林斯先生，」她說，「我會好好叫莉茲懂事一些的。我立刻去找她談談。她是個固執的傻女孩，不知好歹，但我會叫她明白的。」

「對不起，容我插個嘴，夫人，」柯林斯叫道，「要是她真的又固執又傻，那恐怕就不配做我的妻子了。因為嫁給像我這種身分地位的人，一定會幸福的，要是她真的拒絕的話，那反而不要勉強她；否則，一旦她心中不服氣的話，那對於我的幸福絕不會有什麼好處。」

「你誤會了，先生！」班奈特太太吃驚地說，「莉茲只不過在這種事情上固執了一些，可是一旦遇到其他事情，她的個性就再好不過了。我馬上去找班奈特先生，我們很快就會把這個問題解決的，我保證。」

她不等他回答，便急忙跑到丈夫那裡。一走進他的書房，就大叫道：

「噢，親愛的，你得馬上過來。這件事太糟糕了，你得勸勸莉茲跟柯林斯先生結婚，因為她發誓不嫁給他。假如你不趕快出面，就要換成他不想娶她了！」

班奈特先生見到妻子，便從書本上抬起眼睛，冷漠地望向她。他聽著她的話，完全不動聲色。等她說完之後，他便說道：

「很抱歉，我聽不懂妳究竟在說些什麼。」

「我在說柯林斯先生和莉茲的事，莉茲不肯嫁給柯林斯先生，柯林斯先生也開始說他不想娶莉茲了。」

「這種事我有什麼辦法？看來是沒希望了。」

「你去跟莉茲談談吧，就跟她說，你非要她嫁給他不可。」

「叫她下來吧。讓我跟她談。」

班奈特太太拉了拉鈴，伊莉莎白小姐便被叫到書房裡來了。

「過來，我的孩子。」父親一看見她來，便大聲說道：「我要跟妳談一件重要的事。我聽說柯林斯先生向妳求婚，這是真的嗎？」伊莉莎白回答了父親，「很好。妳拒絕了嗎？」

「我拒絕了，爸爸。」

「很好，現在來聊重點。妳母親非要妳答應不可，親愛的，是嗎？」

「是的，否則她再也不想看到我了。」

「擺在妳面前的是個不幸的難題，妳得自己作出選擇，伊莉莎白。妳要不就跟父親斷絕關係，要不就跟母親斷絕關係。要是妳不嫁給他，妳母親就不想再見到妳；要是妳嫁給他，我就不想再見到妳了。」

伊莉莎白聽了父親的話，不禁笑了出來。但班奈特太太可就傷腦筋了，她原以為丈夫一定會與她站在同一邊，豈知他卻令她大失所望。

「你這麼說是什麼意思？親愛的。你不是答應我，非逼她嫁給他不可嗎？」

「親愛的，」丈夫回答道，「請妳幫我兩個忙。第一，請允許我按照自己的意思處置這個問題；第二，請允許我在自己書房裡圖個清靜。」

班奈特太太碰了一鼻子灰，仍不肯善罷甘休。她一遍又一遍地勸告伊莉莎白，還想讓珍也來一起幫忙，但是珍拒絕了。伊莉莎白一下子表現得誠懇，一下子嬉皮笑臉，但就是不肯改變決定。

這時，柯林斯把剛才的那一幕回想了一遍。他對自己的評價過高，以至於完全不懂表妹為什麼拒絕他。雖然他的自尊心受了一點打擊，但一想到她的母親會好好罵她，就絲毫不覺得難過了。

當這一家人鬧得天翻地覆的時候，夏綠蒂·盧卡斯上門了。莉蒂亞在大門遇到她，立刻跑上去對她說道：「真高興看到妳，這裡正鬧得不可開交呢！妳知道今天早上發生什麼事了嗎？柯林斯先生向莉茲求婚，莉茲偏偏不嫁給他。」

夏綠蒂還來不及回答，琪蒂也走過來，重複了一遍同樣的消息。她們走進客廳，只見班奈特太太獨自待在那裡，馬上又和她們聊起這件事。她拜託盧卡斯小姐體諒她老人家，幫忙勸她的朋友聽家人的話。「求求妳了，盧卡斯小姐，」她用痛苦的語調說道，「誰也不肯幫我，大家都對我太狠心了，沒有人體諒我的神經。」

夏綠蒂正要回答，珍與伊莉莎白也走進來了，她於是沒有開口。

「嘿，她來啦！」班奈特太太接著說道，「看她一臉滿不在乎的樣子，一點都沒有為我們著想，任意地獨斷獨行……莉茲小姐，我告訴妳，如果妳每次都這樣拒絕別人的求婚的話，那妳這輩子休想找到一個丈夫。看妳爸爸去世以後，還有誰來養妳！我不會養妳的，因為我要先聲明，從今天起，我與妳斷絕關係。妳知道的，我剛才在書房裡就說過，我再也不跟妳說話了，我說到做到。我不跟叛逆的女兒說話，其實也不想跟任何人說話。像我這樣神經有病的人，本來就沒什麼興趣說話。沒有人知道我的痛苦！不過這個世界就是這樣，要是你不說出來，就沒有人會可憐你。」

女兒們一言不發，聽她發著牢騷。她們都知道，與母親爭論或是設法安慰她，只不過是火上加油罷了。於是，她們都讓她滔滔不絕說下去，沒有人打斷她。最後，柯林斯進來了，表情比平常更為莊嚴。她一見到他，便對女兒們說：

「現在請妳們全部閉嘴，讓我跟柯林斯先生好好談一會兒。」

伊莉莎白悄悄地走出去了，珍和琪蒂也跟著走出去，只剩下莉蒂亞站在那裡不動，想聽聽他們談些什麼。夏綠蒂也沒有走，因為柯林斯向她問候。她經不起好奇心，走到窗戶旁偷聽。只見班奈特太太唉聲嘆氣地說道：「唉！柯林斯先生。」

「親愛的夫人，」柯林斯說，「這件事就到此為止吧，我絕不會怨恨令嬡的行為。」說到這裡，他的聲調流露出極度不滿，「我們都得接受事實，像我這種年少得志的人更應如此。就算我美麗的表妹最後答應了我的求婚，或許我仍會懷疑它的美好，因為我認為，被拒絕過的幸福就不再美好了。親愛的夫人，我收回對令嬡的求婚，希望您別以為這是對你們的冒犯，也原諒我沒有請你們替我緩頰，因為我不是被您拒絕，而是被令嬡拒絕。這件事雖然令人遺憾，但人人都難免有失敗的時候。我這麼做全是出於一番好意，希望能找個可愛的伴侶，並顧及你們一家的利益，假如我的態度有欠佳之處，請容我在此致歉。」

第二十一章

關於柯林斯求婚的話題，差不多就要結束了。伊莉莎白感到一種無法避免的不愉快，不時還得聽到母親的埋怨。至於那位先生本人，他一點也不沮喪，也絲毫不避開她，只是氣憤地板著臉，一言不發。他幾乎不跟她說話了，接下來的半天，他本來的那股熱情都轉移到盧卡斯小姐身上去了。盧卡斯小姐很有禮貌地聽著他說話，這讓大家——特別是她的朋友，都鬆了一口氣。

班奈特太太直到隔天依舊怏怏不樂，柯林斯也仍然憤憤不平。伊莉莎白原以為他經過這樣一激，便會提早離開，豈知他並未因此改變原訂計畫，執意要待到禮拜六再走。

早飯後，小姐們又到梅利頓去打聽韋克翰的消息，想為了他沒有參加舞會表達惋惜之意。她們一到鎮上就遇見了他，並同行前往姨媽家。他把他的歉意、煩惱，以及對大家的關心都傾吐出來。但在伊莉莎白面前，他卻坦承是自己不願意去參加舞會。

「當時，」他說，「我心想，還是別與達西先生見面為好。要與他在同一間屋子裡、同一個舞會，待上好幾個鐘頭，我可受不了，而且還可能出醜，把場面弄得難看。」

她對他的修養大力讚賞。之後，韋克翰和另一位軍官陪她們回到朗伯恩，一路上他對她特別關心。他們充分地討論了這個問題，並客氣地恭維了對方一番。他盤算著，這一趟將可以達到兩個目的：取悅她，並認識她的雙親。

剛回到家裡，珍就收到一封從尼德菲爾德莊園寄來的信，裡面裝著一張小巧精緻的信箋，字跡出自一位小姐。伊莉莎白看到姐姐讀信時臉色大變，又看到她專注於幾行字上面；接著，珍又恢復鎮定，把信擱在一旁，若無其事地與大家聊天。但伊莉莎白仍十分在意。當韋克翰和同伴離開後，珍暗示她上樓。她在房裡出示了那封信，說道：「這是凱洛琳．賓利寄來的，上頭的內容真令我吃驚。他們一家人已經離開尼德菲德爾莊園，再也不回來了。妳看看她怎麼寫的吧！」

伊莉莎白把第一句唸出來，大致是說，她們已決定追隨她們的兄弟進城，而且將在當天趕到格羅夫納街吃飯，因為赫斯特先生就住在那條街上。接著是：

親愛的朋友，除了妳的友誼之外，哈福德郡沒有任何令我留戀的事物。不過，希望我倆仍有見面的機會，並保持書信來往，略解別離之苦。

伊莉莎白對這些客套話一笑置之。雖然她們這一次突然的遷走令她驚訝，但她一點也不覺得惋惜。就算他們離開了尼德菲爾德莊園，也不代表賓利就不會再住在那裡；至於是否跟她們來往，只要珍還能見到賓利，那也無所謂了。

「真是不幸，」過了一陣子，伊莉莎白說道，「妳來不及在朋友臨走前見到她們最後一面。可是，既然賓利小姐認為還有重逢的可能，這一天或許不會太遠。等妳做了嫂子，不是比做朋友更好嗎？賓利先生不會在倫敦停留太久的。」

「凱洛琳肯定地說，她們今年冬天都不會回哈福德郡了。我唸給妳聽——」

昨天，我哥哥臨行時，曾說他這次只會在倫敦待個三四天，就能把事情辦好。但我們可不這麼想，我們深信，查爾斯一但進城，就不會馬上離開。因此，我們決定追隨他而去，免得他在旅館裡寂寞。我的朋友們都到倫敦過冬了，我原以為妳也會去，結果卻大失所望。誠摯地希望妳在哈福德郡有個美好的聖誕節，希望妳有許多朋友，免得妳因為失去了三個朋友而感到難受。

「顯然，」珍補充道，「他今年冬天不會回來了。」

「這只代表賓利小姐不希望他回來罷了。」

「妳這話是什麼意思？那一定是他本人的意願。妳還沒聽完，我把最令人心碎的那段唸給你聽——達西先生急於見到妹妹，事實上，我們也差不多。我認為，喬治安娜．達西無論在容貌、舉止，還是才藝上，都無人能出其右。路易莎和我希望她能成為我們的大嫂，因此對她十分關心。我不知道之前是否跟妳提過這件事，但在這離別之際，我認為有必要說出來，妳一定能夠理解吧？我哥哥已深深愛上了她，如今他能常常見到她，他們之間想必會越來越親密。我們兩家都盼望這門親事能夠成功；我想，要是我說查爾斯善於取悅女人，妳一定不會反對。既然所有人都樂觀其成，那麼，親愛的珍，我衷心期盼這件美事能夠實現，難道有錯嗎？——妳覺得呢？親愛的莉茲，」讀完之後，珍說道，「還不夠清楚嗎？這不就說明了她們不希望我成為她們的嫂子嗎？不就說明了她的哥哥對我沒有意思嗎？不也說明了假如我對他別有用心，她就要鄭重警告我嗎？還有什麼別的解釋？」

「當然有，我的解釋和妳完全相反，妳想聽嗎？」

「非常想。」

「這很輕易就能說明白，賓利小姐看出她哥哥愛上了妳，但她卻希望他和達西小姐結婚。她跟著他進城，為的就是把他留在那裡，然後再盡可能說服妳，讓妳相信他對妳沒有好感。」

珍搖搖頭。

「珍，妳該相信我。凡是見過妳們相處的人，都不會懷疑他的感情，我相信賓利小姐也是。假如達西先生對她的愛有這樣的一半，她就要準備嫁了。問題是，在她們眼中，我們既沒錢，也沒權勢；她還有一個目的，那就是當達西小姐與她哥哥結婚後，她要嫁給達西先生也就更容易了。要不是因為德．包爾小姐的攪局，這件事幾乎就要成功了。可是，親愛的珍，妳千萬別因為賓利小姐的話，就以為賓利先生自從禮拜二和妳分別以來，對妳的愛慕有絲毫動搖；也別以為她有那麼大的本事，能說服她的哥哥愛上那位小姐。」

「如果賓利小姐是這種人的話，」珍回答道，「那妳的話就能讓我大為放心；可是我明白這種說法帶有偏見。凱洛琳不會故意欺騙別人，我只能猜測是她搞錯了。」

「妳說得對。就算我安慰不了妳，妳能這樣想也很不錯了；就當作是她搞錯了吧！現在妳對她仁至義盡，也不用再煩惱了。」

「可是，親愛的妹妹，就算我能夠嫁給他，但他的姐妹和朋友們都希望他跟別人結婚，這樣我能幸福嗎？」

「那就得看妳怎麼想了，」伊莉莎白說，「如果妳考慮之後，認為得罪他姐妹的代價，比起嫁給他的幸福還要大。那麼，我勸妳早點放棄吧！」

「妳怎麼能這麼說？」珍微微一笑，「妳知道，即使她們的反對令我難受，我還是不會猶豫的。」

「我可沒這麼說。既然如此，那我就不必再替妳擔心了。」

「假如他今年冬天沒回來，我就不再想了。六個月能帶來多大的改變啊！」

伊莉莎白不以為然，她認為一切只不過是凱洛琳的一廂情願罷了，無論她怎麼做，對於一個獨當一面的成年人來說，絕不會有任何影響。

她的一番解釋得到了很好的效果。珍非常高興，她的個性本來就不會輕易陷入消沉。於是，她開始抱著賓利一定會回來的希望，儘管有時仍會產生懷疑。

姐妹兩人一致同意，先不向母親提到這件事，只告訴她賓利一家已經離開，至於原因則避而不談。但班奈特太太聽到這一點消息後，仍變得十分不安，甚至哭了起來。沒多久，她又安慰自己說，賓利先生馬上就會回來，並到朗伯恩吃飯，她一定要多準備幾道好菜，讓他吃得盡興。

第二十二章

這一天，班奈特一家受邀到盧卡斯家吃飯。好心的盧卡斯小姐又陪著柯林斯談了一整天，伊莉莎白對她感激不已。「這麼做能讓他開心點，我真不知該怎麼感謝妳才好。」她對夏綠蒂說。

這個方法看似十分順利，要不是柯林斯這麼快就要離開的話。但她太不瞭解他那魯莽的性格了。隔天一早，柯林斯就偷偷溜出了朗伯恩，跑到盧卡斯家來向她求愛。他擔心被表妹們看到，以免在事情還沒把握之前就洩露出去。儘管他看出夏綠蒂對他有些意思，但自從禮拜三那次失敗之後，他再也不敢魯莽了。盧卡斯小姐從窗戶看見他朝家裡走來，連忙到小徑上去迎接他，又裝出碰巧遇見的樣子。她沒想到，柯林斯劈頭就說出一連串愛慕的話語。

很快地，他們之間的事就定下來了，而且兩人都很滿意。一走進屋子，他立刻誠懇地要求她選好出嫁的日子。雖然這樣的請求相當冒昧，但這位小姐並不想拿她的幸福開玩笑。柯林斯天生一副蠢相，也不善於求愛，盧卡斯小姐之所以答應他，完全是為了他的財產。

他們立刻去請求父母點頭，盧卡斯夫婦欣然答應了。他們沒有什麼嫁妝給女兒，因此柯林斯正是最棒的人選，尤其他將來又能繼承一筆遺產。盧卡斯太太開始興奮地盤算著班奈特先生還有幾年可活。威廉爵士說，只要柯林斯先生一得到朗伯恩的財產，他們夫婦就有機會覲見國王了。總而言之，這件事讓他們一家都高興得不得了。

盧卡斯家的小女兒都滿懷希望，認為下一個就輪到她們；男孩子也不用擔心姐姐嫁不出去了。只有夏綠蒂本人相當鎮定，她現在有時間仔細思考這件事了。她心想，雖然柯林斯固執又不討喜，對她的愛也不會維持多久，但她仍然要嫁給他；儘管她對於婚姻生活不抱期待，但結婚終究是一個家境不好的女孩畢生的夢想；即使結了婚不一定幸福，但至少今後不愁吃穿。她今年二十七歲，人長得又不漂亮，能有這樣的丈夫已是萬分幸運。只有一點——伊莉莎白對這門親事的態度。盧卡斯小姐一向把伊莉莎白的友情看得比什麼都重要，她一定會驚訝不已，甚至埋怨她；她決定親自把這件事告訴她，並叮嚀柯林斯回去時不要透露任何風聲。雖然對方唯命是從，但他出門的時間太久，早已引起班奈特一家的好奇心。當他回家時，所有人立刻向他問東問西，他好不容易才忍住吹噓一番的欲望。

由於他隔天一早就要啟程，當晚大家便相互話別。班奈特太太十分誠懇地說，要是他以後有機會，一定要再來朗伯恩坐坐。

「親愛的夫人，」他回答，「感謝您的邀約，我也正打算這麼做。請放心，我一有空就會來看你們。」

大家都吃了一驚。尤其是班奈特先生，根本不想那麼快又見到他，連忙說道：

「親愛的，你不怕凱薩琳夫人生氣嗎？別在乎我們這些親戚，以免得罪了你的女教徒。」

「感謝您的提醒，前輩，」柯林斯回答，「不過請您放心，這麼重大的事，沒得到她的允許，我絕不會貿然行動的。」

「小心一點為好。什麼事都沒關係，但千萬不能讓她不高興。要是你想來，而她卻不希望你來（這很有可能），那請你務必安分地待在家裡。放心，我們絕不會怪你的。」

「感謝您的關心，前輩。放心吧！您馬上就會收到我的感謝函，感謝你們在哈福德對我的照顧。至於諸位表妹，我也要祝她們健康幸福，連伊莉莎白表妹也不例外。」

一陣寒暄過後，太太小姐們便回到房裡。大家聽說他馬上就會回來，都感到錯愕。班奈特太太以為他準備向她的另一個女兒求婚，或許是瑪莉。瑪莉比任何姐妹都看得起他，她很欣賞他的思想；雖然他不如她聰明，但也能在她的勉勵下發憤圖強，成為一個不錯的伴侶。只可惜，她的希望隔天早上就破滅了。盧卡斯小姐在早飯過後上門，私底下告訴了伊莉莎白這件事。

早在前幾天，伊莉莎白就曾想到，柯林斯可能一廂情願愛上了她的朋友，但她絕不會想到夏綠蒂竟會鼓勵他，正如同她自己不會鼓勵他一樣；因此當她聽到這件事，不禁驚訝地叫了出來：

「跟柯林斯先生訂婚！親愛的夏綠蒂，那怎麼行！」

盧卡斯小姐聽到她脫口而出的責備，鎮靜的臉色不禁慌張起來，幸好她早已有所預料，因此立刻就恢復原來的從容不迫。

「妳為什麼驚訝呢？親愛的伊莉莎。柯林斯先生沒能得到妳的青睞，難道就不能得到其他女人青睞嗎？」

伊莉莎白努力克制著自己，用相當肯定的語氣祝他們婚姻幸福。

「我明白，」夏綠蒂回答，「妳一定覺得很奇怪，因為在不久以前，柯林斯先生還想跟妳結婚呢！可是，只要妳仔細想一想，就會贊成我的做法。妳知道，我不是個浪漫的人，我只希望有一個舒適的家。論柯林斯先生的性格、人脈和身分，都稱得上一個不錯的伴侶。」

「當然。」伊莉莎白心平氣和地說道。她們尷尬地待了一會兒，便回來和家人一起坐下。夏綠蒂很快就離開了，伊莉莎白仔細思考了這件事，難過了好一陣子。柯林斯在三天內求了兩次婚，已經夠奇怪了，有人答應了他，更是不可思議。她一向覺得，夏綠蒂對婚姻的看法與她不同，卻沒料到她竟然會不顧尊嚴，屈就於世俗的利益。她不僅為朋友的不自愛感到難過，還十分痛心地斷定，她朋友的這一決定，絕不會帶來多大的幸福。

第二十三章

伊莉莎白和母親和姐妹坐在一起，回想著剛才聽說的事，猶豫是否該把它告訴家人。就在這時，威廉・盧卡斯爵士來了。他是受女兒之託，來班奈特家宣布她訂婚的消息。他一面提起這件事，一面誇獎了女士們一番，說自己很榮幸能與她們一家結親。班奈特家的人十分驚訝，完全不肯相信。班奈特太太更是不顧禮貌，一口咬定他搞錯了。任性的莉蒂亞也叫道：

「天哪！威廉爵士，你怎麼會這麼說？你不知道柯林斯先生要娶莉茲嗎？」

威廉爵士是個有修養的人，沒有把她們的話當成一回事。雖然他請她們相信他的話，但他表現出了極大的忍耐力，有禮貌地聽著她們無理的談吐。

伊莉莎白覺得自己有責任解開這場誤會，於是主動證實了這件消息。為了使母親和妹妹們相信，她誠懇地向威廉爵士祝賀，珍也馬上學著她說話，並誇讚這門婚事多麼幸福，柯林斯先生人品極佳，漢斯福德與倫敦也相隔不遠。

班奈特太太氣得說不出話來，等到威廉爵士一走，她立刻將滿腹牢騷發洩出來。第一，她絕不相信這種事；第二，她認為柯林斯一定是被騙了；第三，她相信這一樁婚姻絕不會幸福；第四，這門親事可能會破裂。她又簡單地作出兩個結論——第一，這場鬧劇全是伊莉莎白一手主導的；第二，大家都聯合起來欺負她。在那一天中，她講的都是這兩件事。沒有人能安慰得了她，或是撫平她的怒氣。這股怨氣一直沒有消去，她一見到伊莉莎白就破口大罵，一直持續了一個禮拜；她與威廉爵士夫婦說話時，總是粗魯失禮，一直到一個月後才恢復；至於夏綠蒂，她要等到好幾個月後才肯原諒她。

對班奈特先生來說，這件事反而讓他愉快多了。他還說，他原以為夏綠蒂是個懂事的女孩，誰知道竟跟他的妻子一樣愚蠢，比起他的女兒更是如此。

珍也承認這門親事十分怪異，可是她什麼都沒說，反而誠摯地祝他們幸福。雖然伊莉莎白再三向她說明，她卻認為這門親事未必不好。琪蒂和莉蒂亞根本不羨慕盧卡斯小姐，因為柯林斯只不過是個傳教士而已，這件事唯一的意義，就是當成一件新聞，帶去梅利頓宣傳一下。

至於盧卡斯太太，她對女兒獲得的美滿婚姻感到欣慰，自然不會錯過這個譏笑班奈特太太的好機會。於是，她拜訪朗伯恩的次數比平常更為頻繁，但面對班奈特太太的惡言相向，也不禁有些掃興。

伊莉莎白和夏綠蒂之間從此有了一道隔閡，絕口不聊這個話題。伊莉莎白認定兩人再也無法回到過去那般推心置腹，於是開始將注意力轉移到姐姐身上。她一天比一天更關心姐姐的幸福，因為賓利已經離開了一週，卻沒有任何即將回來的消息。

珍很早就寫了回信給凱洛琳。她每天數著日子，等待她再次寫信過來。柯林斯曾承諾的那封感謝函在禮拜二寄來了，收信人是她們的父親。信上說了許多感激的言語，彷彿他在他們家叨擾了一年似的。他先說了一些表示歉意的話，接著又高興地說，他有幸得到了盧卡斯小姐的芳心，為了見他的愛人，他很快又會順便來拜訪他們，應該就在兩週以後的禮拜一。他又說，凱薩琳夫人衷心地贊成他結婚，並希望越快越好，他相信他的愛人一定也不會反對。對班奈特太太來說，柯林斯的重返再也不是件愉快的事了，她也跟她的丈夫一樣拚命抱怨。直到想起賓利一直沒有回來時，她才偶爾停下來。

珍跟伊莉莎白都對這件事大感不安。一天天過去了，完全沒有他的消息，梅利頓紛紛謠傳，說他今年冬天再也不會回尼德菲爾德莊園了。班奈特太太聽了非常生氣，總是加以駁斥，說那是沒有根據的謠言。

連伊莉莎白也害怕起來了，她不擔心賓利移情別戀，而是怕他的姐妹不讓他走。儘管她不願意這麼想，因為這種想法對珍的幸福有害，對於她情人的忠貞更是一種侮辱，但她還是忍不住這麼想。他那兩位無情的姐妹，和那位足以左右他的朋友聯手，再加上達西小姐的誘惑，以及倫敦的聲色娛樂，縱使他果真對珍念念不忘，恐怕也掙脫不了這個圈套。

至於珍，她比伊莉莎白更加憂慮，但她不願把心事顯露出來，所以一直沒有告訴伊莉莎白。偏偏她的母親又不懂得體諒她，不到一小時就要提到賓利，還要珍承認自己受了虧待。幸好珍臨危不亂，好不容易才忍受住她的這些話。

柯林斯在兩週後的禮拜一準時到達。即使朗伯恩不像上次那麼歡迎他，但他也夠高興了。多虧他在情場得意，主人一家落得耳根清淨，不必再費心應付他。他每天在盧卡斯家消磨大部分的時間，直到他們要睡時才回到朗伯恩，為了自己終日未歸向主人道歉。

可憐的班奈特太太，只要一提到那門親事，她就會不高興，偏偏到處都能聽到人們談論這件事。她一見到盧卡斯小姐就覺得厭惡，尤其想到她將來會成為這幢房子的女主人，又更加嫉妒了。每逢夏綠蒂登門拜訪，她總認為她是來打聽自己什麼時候才能住進來的；每逢夏綠蒂跟柯林斯低聲交談時，她就認為他們正在討論朗伯恩的財產，商量班奈特先生去世以後，就要把她和她的幾個女兒趕走。她把這些傷心的想法都告訴丈夫。

「親愛的，夏綠蒂・盧卡斯遲早會變成這幢房子的主人，我卻只能眼睜睜看著她來取代我，這真叫我受不了！」

「我的好太太，別想這些事了。我們不妨往好的方面想，說不定我活得比妳更久呢！」

這些話絲毫安慰不了班奈特太太，她不但沒有回答，反而又接著說下去。

「我一想到所有財產都會落到他們手裡，就難以忍受。要不是為了繼承權，我才不在乎呢！」

「妳不在乎什麼？」

「什麼都不在乎。」

「感謝上帝，妳的頭腦還沒有糊塗到那種地步。」

「親愛的，凡是關於繼承權的事，我都不會感謝上帝。怎麼有人能昧著良心，不把財產留給自己的女兒？我真不懂，尤其是柯林斯先生！為什麼偏偏是留給他？」

「隨妳怎麼想吧。」班奈特先生說。

第二十四章

賓利小姐的信來了，疑慮也消除了。信上劈頭就說，她們決定在倫敦過冬，並替她的哥哥道歉，因為他在臨走時，沒有來得及向哈福德的朋友們辭行。

希望徹底破滅了。珍接著讀下去，除了寫信人那種做作的親切之外，這封信完全沒有令人高興的地方。整封信滿是讚美達西小姐的話，並滔滔不絕地談到她的美。凱洛琳還高興地說，她們一天比一天來得親密，而且大膽地預言道，她在上封信中提到的那些願望，一定會實現。她還得意地寫道，她的哥哥已經住到達西家裡去，而達西也計畫添購新的傢俱。

珍立刻把這些事都告訴伊莉莎白。伊莉莎白憤怒不已，一方面同情自己的姐姐，另一方面又怨恨那群人。凱洛琳說她的哥哥對達西小姐著迷，伊莉莎白一點也不相信，她仍然認為賓利真正喜歡的是珍。伊莉莎白一向敬重他，現在才知道他是個優柔寡斷的人，以至於被那些詭計多端的伙伴們綁住，任憑他們玩弄他的幸福……想到這些，她就感到氣憤，甚至鄙夷。如果只是他一人就算了，但這其中還牽動著珍的幸福，或許他也明白這一點，但還是無能為力。究竟是賓利變心了？還是他被蒙在鼓裡？雖然對她來說，她應該在弄清楚事實真相後再下評論，但對於她的姐姐來說，無論如何都是一件傷心的事。

隔了一兩天，珍才把心事告訴伊莉莎白。那時，班奈特太太像往常一樣提到尼德菲爾德莊園和它的主人，又嘮叨了老半天；當她走開之後，珍才說道：

「噢！但願媽媽別再說了！她不知道她這樣讓我多麼痛苦。但我不怪誰。這不會持續太久的，他馬上就會被我們淡忘，日子仍然會和往常一樣。」

伊莉莎白半信半疑地望著姐姐，一聲不響。

「妳不相信嗎？」珍微微紅著臉說道，「妳真是不可理喻。他對我來說是個可愛的朋友，但也僅止於此。我既不抱希望，也不曾擔心，更沒有責備他的理由。感謝上帝，我還沒有那種煩惱，再過一段時間，我一定會慢慢習慣的。」她立刻又用更堅強的聲調說道：「我現在就可以安慰自己：這全是我的妄想，好在沒有傷害到別人，只傷害了自己。」

「親愛的珍！」伊莉莎白連忙大叫，「妳太善良了。妳這麼善解人意，就像天使一樣！我覺得，我以前對妳不夠好，愛妳也不夠深。」

珍否定了這一切誇張的讚美，反而用這些話來讚美妹妹的熱情。

「別這麼說，」伊莉莎白說，「這太不公平了，妳總覺得世界上都是好人，只要我說了別人一句壞話，妳就感到難受；而我說妳是個完美無瑕的人，妳卻又反駁。放心吧，就算妳對世上所有人一視同仁，我也沒意見；至於我，我喜歡的人不多，我心目中的好人又更少了。經歷過的事越多，我就越對這個世界不滿，我相信人性都是見異思遷，我們不能憑著一個人的外表就信任他。最近我遇到了兩件事，其中一件我不想說，另一件就是夏綠蒂的婚事。這簡直莫名其妙！任妳怎麼說，都是莫名其妙！」

「親愛的莉茲，別胡思亂想了，那會毀了妳的幸福的。妳應該體諒每個人的處境和個性，想一想柯林斯先生的地位和夏綠蒂的謹慎吧！妳得記住，她也算一個大家閨秀，光就財產來看，的確是一門合適的親事。妳就顧全大家的面子，想成她對我們的表哥確實有幾分敬愛吧！」

「要是看妳的面子，我幾乎什麼都願意信了；可是這對誰都沒有好處。我現在只覺得夏綠蒂根本不懂愛情，要是她真的愛上柯林斯，我又會覺得她簡直毫無見識。親愛的珍，柯林斯先生是個驕傲、自誇、小氣的蠢蛋，這一點妳也很清楚；妳也知道，只有頭腦有問題的女人才願意嫁給他。雖然這個女人就是夏綠蒂，妳也不必替她說話，千萬別為了某一個人改變原則，也不要試圖說服我、或是妳自己，去相信自私就是謹慎，糊塗就等於幸福。」

「我認為妳說得太過火了，」珍說，「等妳以後看到他們幸福的時候，就會知道我說的沒錯。這件事到此為止，談談另外一件吧！我不會誤解妳，可是，親愛的莉茲，我求妳千萬不要歸咎於那個人，也不要鄙視他，免得讓我痛苦。我們絕不能隨便認為別人有意傷害我們，也絕不能指望一個年輕氣盛的人安分下來。我們往往因為自己的虛榮心而迷失，女人們總會把愛情幻想得太不切實際。」

「因此男人們就故意引誘她們那麼幻想。」

「如果這件事是刻意安排的，那就是她們的錯。可是世上是否真如某些人所想像的，處處充滿陰謀詭計，這我就不知道了。」

「我絕不是說賓利先生早有預謀，」伊莉莎白說，「可是，即使不是故意的，仍有可能做錯事情，引起不幸的後果。無論是粗心大意、視而不見、優柔寡斷，都同樣能使人不幸。」

「妳對這件事也是這樣的看法嗎？」

「當然——應該歸咎於第三種原因。可是，要是我再說下去的話，妳一定會不高興的。趁著我還來得及停住的時候，趕緊停住吧！」

「那麼說，妳認定他被他的妹妹們控制住了。」

「是的，還有他的朋友。」

「我不相信。他們為什麼要控制他？她們希望他幸福，要是他真的愛一個人，別的女人便無法使他幸福。」

「妳一開始就想錯了。她們除了希望他幸福之外，還有別的盤算。她們會希望他更有錢有勢，希望他跟一個出身高貴的有錢女人結婚。」

「無疑地，她們希望他選擇達西小姐，」珍說，「就算是這樣，她們也可能是出於一片好心，而不是妳想的那麼卑劣。她們認識她更久，也難怪她們更喜歡她。可是無論她們自身的願望為何，她們總不至於違背兄弟的意願吧？要是她們相信他愛上了我，就絕不會想拆散我們；要是他真的愛我，她們也無法拆散我們。如果妳堅持說他愛我，那她們的做法也未免太荒謬了，而我也會更傷心了。別再折磨我了。我絕不會因此感到羞恥……即使有也極其輕微；反倒是他或他的姐妹們的無情，才真正令我難受呢！讓我從好的方面去想吧，從合乎人情的方面去想吧！」

伊莉莎白無法阻止她這麼想，從此以後，她們就不常提起賓利的名字。

班奈特太太仍然不停抱怨，儘管伊莉莎白天天向她解釋，卻始終無法減輕她的煩憂。伊莉莎白說了一些連她自己也不相信的理由，說賓利對珍的感情只不過是一時衝動，一旦見不到她，就忘得一乾二淨了。儘管班奈特太太信了這些話，但她還是每天舊事重提，只有在想到賓利可能在夏天回來時，才會欣慰許多。

班奈特先生對這件事則抱著相反的態度。有一天，他對伊莉莎白說：「嘿！莉茲，我發現妳的姐姐失戀了。我要恭喜她。一個女孩除了結婚之外，也喜歡偶爾嘗嘗失戀的滋味，那可以讓她們的腦袋活躍起來，也可以吸引朋友的注意。什麼時候輪到妳呢？妳也不想讓珍專美於前吧？現在機會來了，梅利頓有很多軍官，足以使這個村子裡的每一個年輕女孩失意。韋克翰怎麼樣？他是個有趣的傢伙，一定會用很體面的方式把妳遺棄。」

「多謝您，爸爸，差一點的人也夠滿足我了。我們可不能都指望有珍那樣的好運。」

「沒錯，」班奈特先生說，「不管妳的運氣好不好，妳那好心的母親都盡力成全妳的，只要想到這一點，就足以感到安慰了。」

朗伯恩一家近來壞事不斷，令她們悶悶不樂。多虧韋克翰跟她們來往，把這股煩悶消去了不少。她們常見到他，對他讚不絕口，又說他坦白直爽。伊莉莎白聽過的那一番話——達西如何對不起他，他因為達西吃了多少苦頭——早已成為公認的事實，當人們一想到自己在還沒聽說這些事情時，就已厭惡達西先生，便忍不住得意起來。

只有珍認為事有蹊蹺，哈福德郡的人一定漏掉了一些細節。她是個溫柔、公正的人，總是希望別人互相體諒，只可惜大家都把達西當成世上最惹人厭的人。

第二十五章

柯林斯與心愛的夏綠蒂整天談情說愛，籌劃婚禮，就這樣過了一禮拜。到了禮拜六，他們不得不分開了。不過，既然他已作好迎娶新娘的準備，離別的愁苦也就不那麼難受了，一切只等到他下次再來哈福德郡，訂出婚期，從此成為世上最幸福的男人。他像上次一樣鄭重地告別了朗伯恩的親戚們，並祝表妹們健康幸福，又答應再寫一封感謝函給她們的父親。

之後的禮拜一，班奈特太太的弟弟偕妻子到朗伯恩過聖誕節，她很是高興。加迪納先生是個通情達理、頗有紳士風度的人，無論是個性，還是受過的教育，都遠遠勝過他的姐姐。他出身商界，竟能有這般教養，肯定會讓尼德菲爾德莊園的那些小姐大感訝異。加迪納太太比起班奈特太太以及菲利普太太都要小了好幾歲，她也是個和藹、聰明，且文雅的女人，朗伯恩的小姐們跟她特別要好。她們常進城拜訪她。

加迪納太太到達後，第一件事就是發禮物，以及講述最新的服裝款式。之後她便坐在一旁，聆聽班奈特太太說話。班奈特太太有好多牢騷要發，自從去年見面之後，她在家裡受了不少欺負，兩個女兒本來快出嫁了，到頭來卻落得一場空。

「我並不怪珍，」她接下去說，「因為她要是能嫁給賓利先生，那早就嫁了。可是莉茲……唉！妹妹呀！要不是她那麼固執，說不定她早已成為柯林斯夫人了。他就是在這個房間向她求婚的，卻被她拒絕了，結果反而讓盧卡斯太太比我更早嫁掉女兒，還得把朗伯恩的財產讓給別人繼承。的確，盧卡斯一家太高明了，妹妹，他們都是為了我們的財產。我本來也不想這樣說他們，不過事實確實如此。我在家裡過得夠不順心了，又遇到這些自私自利的鄰居，把我的神經給弄壞了，人也病了……妳來得正是時候，給了我極大的安慰，我很喜歡聽妳講的故事。」

加迪納太太早就從珍和伊莉莎白那裡知道了來龍去脈，她隨便敷衍了班奈特太太幾句，便把話題岔開了。當伊莉莎白跟她單獨在一起的時候，又聊到了這件事。「這對珍來說倒也是一門不錯的親事，只可惜失敗了。可是這種事是難免的，像賓利先生這樣的年輕人，往往很容易就愛上一位美麗的女士，等到兩人因為某種原因被拆散後，他也就輕易把她忘了。這種見異思遷的事情多得是。」

「我知道妳的話是出於一片好意，」伊莉莎白說，「可惜安慰不了我們。我們並不是敗在什麼偶發事件上，而是那位年輕人的朋友們從中作梗。這種事情倒不多見。」

「請問，賓利先生的愛情熱烈到什麼程度？」

「我從未看過像他那麼專情的人。他對旁人越來越心不在焉，把整顆心都放在她身上。他們每見面一次，就表現得越明顯。在他舉辦的一次舞會上，他得罪了兩三位年輕小姐，沒有邀請她們共舞；我找他說過話，他也沒有理我。這還不能算是神魂顛倒嗎？寧可因為一個人得罪大家，這難道不是戀愛最可貴之處嗎？」

「噢！原來如此。這麼說來，他的確對她一往情深。可憐的珍！我真替她難過，照她的個性，絕不會一下子就把這件事情淡忘。莉茲，如果是妳就好了，妳會一笑置之，花不了多少時間。能不能勸她去我們那裡小住幾日？離開家，換個環境，也許比什麼都好。」

伊莉莎白非常贊成這個建議，她相信姐姐也會贊成。

「我希望，」加迪納太太又說，「她不要因為擔心見到那個年輕人，而猶豫不決。雖然我們和賓利先生住在同一座城市，卻不住在同一區，來往的人也不一樣。而且妳知道，我們很少外出。因此，除非他自己找上門，否則他們不太可能見到面。」

「那是絕對不可能的，因為他目前被軟禁著，達西先生絕不會讓他去見珍！親愛的舅媽，妳怎麼會這麼想呢？達西先生也許聽說過聖恩堂街，可是，要是他真的去了那裡，他一定會想花一個月的時間洗掉身上的髒汙。放心好了，他絕不會讓賓利先生單獨行動。」

「那更好，我希望他們倆再也不要見面。可是珍跟他的妹妹不是還有書信往來嗎？賓利小姐也許會來拜訪呢！」

「她不會再跟她往來了。」

雖然伊莉莎白嘴上這麼說，但她仍感覺事情還有一線希望。她有時甚至認為賓利先生很可能舊情復燃，朋友們的影響也許無法勝過珍的愛情帶來的影響。

班奈特小姐欣然同意了舅媽的邀請，她並沒有聯想到賓利一家，只希望凱洛琳不和她哥哥同住，那樣她就能偶爾去找她玩一個上午，而不至於遇見她的哥哥。

加迪納夫婦在朗伯恩待了一個禮拜，每天都受邀赴宴會。有時在菲利普家，有時在盧卡斯家，有時又在軍官那兒。班奈特太太周到地招待她的弟弟和弟媳，當家中有宴會的日子，必然會有幾位軍官到場，韋克翰也從未缺席。在這種場合下，伊莉莎白總是熱情地讚美韋克翰。加迪納太太注意到這點，留心觀察他們的互動，她並不認為他們相愛了，不過顯然已經互有好感，這讓她相當不安，她決定在離開哈福德以前，把這件事和伊莉莎白說個明白，並向她解釋這麼做實在太過草率。

然而，韋克翰對加迪納太太自有一套辦法。遠在十多年前，加迪納太太還沒結婚的時候，曾在德比郡住過一段時間，因此跟他有許多共同的朋友。自從老達西在五年前去世之後，儘管韋克翰不太回去那裡，但對於她一些朋友的消息，仍舊十分靈通。

加迪納太太曾親眼見過彭伯里，並久仰老達西的大名，光是這件事就足以聊上一整晚。她把韋克翰描述的彭伯里和她記憶中的比較了一下，又把彭伯里主人的品德稱讚了一番。她聽到他提起達西對他的虧待，便努力去回想達西小時候的樣子。最後，她終於自信地想起了過去曾聽說過的事：費茲威廉・達西先生是個脾氣很壞又很高傲的孩子。

第二十六章

一有跟伊莉莎白單獨談話的機會時，加迪納太太立刻善意地給予忠告，然後又接著說：

「妳是個懂事的孩子，莉茲，因此我才敢對妳這麼說。千萬別跟這種沒有財產的人談戀愛，這麼做非常輕率；妳千萬別讓自己墜入情網，也不要引誘他墜入情網。我並不是說他不好，他是個有趣的年輕人，要是他能得到他應得的那份財產，我就會認為這門親事再好不過了。但事實既然如此，妳就別再存有非份之想。妳很聰明，我們都希望妳不要辜負了自己的才智。我知道妳父親十分欣賞妳的品行，以及果斷，別讓他失望了。」

「親愛的舅媽，妳也太謹慎了。」

「是呀，我也希望妳能夠謹慎。」

「唔，妳不必著急。我會當心自己，也會當心韋克翰先生。只要我能夠避免，我絕不會跟他談戀愛。」

「伊莉莎白，妳這話可就不謹慎了。」

「抱歉，讓我換個方式講。目前我並沒有愛上韋克翰先生，真的沒有。不過在我見過的人當中，他的確是最可愛的一個，沒有人能比得上。如果他真的愛上我——我相信還是不要來得好。我知道這件事很輕率，噢！可惡的達西先生！很榮幸爸爸這麼器重我，我絕不會辜負了他。他對韋克翰也有偏見。不過，當一個年輕人戀愛時，絕不會因為沒有錢就放棄，我又怎麼能例外？何況我又怎麼知道該不該拒絕他？因此，我只能答應妳不會莽撞行事，我絕不會一下子認定他是命中註定的人。雖然我和他往來，可是絕不會抱著這種想法。總之，我會盡力。」

「假如妳不讓他這麼常來，也許會更好。至少妳不必提醒妳母親邀請他。」

「就像我那天做的，」伊莉莎白羞怯地一笑，「的確，最好不要那樣。可是也不全是他想來。這個禮拜是為了妳才邀請他來的，妳知道我母親，她總以為自己的安排都是最聰明的。這樣說妳滿意了嗎？」

舅媽滿意了，伊莉莎白也感謝她好心的提醒，於是兩人分手了。加迪納夫婦和珍一離開哈德福郡，柯林斯先生就又復返。他住在盧卡斯家，這讓班奈特太太終於徹底死心，並認為這門親事已是無法阻止的了。「但願他們幸福！」她惡狠狠地說。禮拜四就是結婚的日子，盧卡斯小姐在禮拜三到班奈特家辭行。臨走時，伊莉莎白送她出門，夏綠蒂對她說：

「我相信妳一定會常寫信給我，伊莉莎。」

「妳儘管放心。」

「我還要妳賞個臉。妳願意來看我嗎？」

「我希望我們能時常在哈福德郡見面。」

「我可能暫時不會離開肯特郡，妳來漢斯福德吧。」

伊莉莎白雖然預料到這種拜訪不會有什麼樂趣，卻又無法拒絕。

「我的父母，」夏綠蒂又說，「他們三月會去找我。我希望妳跟他們一起來。真的，伊莉莎，我一定像歡迎他們一樣歡迎妳。」

婚禮結束後，新人就去了肯特郡。沒過多久，伊莉莎白收到她朋友的來信，從此她們又恢復了書信往來，不過，要像從前一樣暢所欲言已經不可能了。每當伊莉莎白寫信給她，都免不了對過去那種推心置腹的信任消逝感到可惜；雖說她也決心保持通信，但這與其說是為了現在的友誼，倒不如說是為了過去的交情。出於好奇心，她對夏綠蒂的前幾封信十分盼望，想知道夏綠蒂的命運是否如同她所預料的。但她的信中充滿了愉快的情緒與讚美，凡是住宅、傢俱、鄰居、道路，每一樣都令她稱心；凱薩琳夫人又是那麼和藹可親。至於柯林斯讚不絕口的漢斯福德和羅辛斯，她則語帶委婉。伊莉莎白覺得，一定要親自去拜訪過後，才能瞭解一切。

珍早已寄來了一封短信，信上說她已平安抵達倫敦。伊莉莎白希望她下次的來信能提到一些關於賓利家的事。

第二封信等得她十分焦急，可是總算沒有白等。信上說，她進城已經一個禮拜，既沒有看見凱洛琳，也沒有收到她的信。她只能猜想自己上次從家裡寄給她的那封信，一定是在路上遺落了。她接著寫道：

明天舅媽要到那一區去，我想趁這個機會到格羅夫納街登門拜訪。

珍見過賓利小姐後，又寫了一封信。上頭寫道：

凱洛琳的精神似乎不太好，但她很高興見到我，還怪我到倫敦來沒有事先通知她。就像我猜想的，她沒有收到我上次寫的信。我問起了她們的兄弟，據說他的近況不錯，不過與達西先生過從甚密，以至於很少與他的妹妹見面。我這一次拜訪的時間並不久，因為凱洛琳和赫斯特太太都要出門。也許她們馬上就會來找我。

伊莉莎白讀著這封信，不由得搖頭。她相信除非有什麼意外，否則賓利絕不會知道珍到了倫敦。

四個禮拜過了，珍還沒有見到賓利的影子。她竭力安慰自己，說自己並未因此難過，但對於賓利小姐的無情，她總算看清了。珍每天早上都在家裡等她，等了兩個禮拜，每天晚上都替她編造一個藉口。最後，那位貴客上門了，可是只待了一下子便離開，態度更是判若兩人。珍覺得不能再自欺欺人了，她把這件事寫在信中告訴妹妹：

我最親愛的莉茲：

現在我必須承認，賓利小姐對我完全是虛情假意。我相信妳的眼光比我高明，而且還會為我的傷心感到自豪。親愛的妹妹，雖然現在已證實妳的看法是對的，可是，要是從她過去的態度來看，我依然認為，我對她的信任與妳對她的懷疑，同樣都是合理的，請別以為我固執。我始終搞不懂她過去為什麼與我要好，要是再發生相同的情況，我相信我仍會受騙。凱洛琳直到昨天才來看我，來之前不曾通知過我，來之後又顯得十分不甘願；她說了幾句敷衍的客套話，說自己很抱歉沒有早點來看我，除此之外，從未提到她想見到我之類的話。她在各方面都判若兩人，因此，當她臨走時，我就下定決心和她絕交。雖然我想埋怨她，但又同情她，因為她當初不該對我那麼好。這段交情是由她一手建立的，我猜她一定認為自己做錯了，她之所以採取這種態度，完全是為她哥哥擔心。我不用再為自己辯解了，雖然我們知道這種擔心是多餘的，但也足以說明她這樣對待我的原因了。既然他有個這麼珍惜他的妹妹，那麼，不管她擔心的是什麼，那也是合情合理的。不過，我認為她簡直是多此一舉，要是他真的傾心於我，我們早就見面了。聽她的口氣，我相信他知道我在倫敦，但從她的談話態度看來，又彷彿認定他愛的是達西小姐。我真不懂，我敢說其中一定大有蹊蹺，但我只能盡力忘去一切痛苦的想法，只想一些讓我高興的事——例如妳和舅舅、舅媽對我的關心。希望很快就能收到妳的回信。賓利小姐說他再也不會回到尼德菲爾德莊園，並打算放棄那幢房子，可是語氣並不怎麼篤定。我們最好別再提起這件事，妳從漢斯福德的朋友那裡聽到了許多趣事，這使我很高興。請陪威廉爵士和瑪麗亞一起去拜訪他們吧！我相信妳在那裡一定會玩得很開心的。

這封信使伊莉莎白感到難受，但一想到珍從此不會再受到他們的蒙蔽——尤其是他的妹妹，她又高興起來了。她已經不再對那位年輕人有所期待，甚至不希望珍與他重修舊好。她越想越鄙視他，並希望他真的跟達西先生的妹妹結婚，因為按照韋克翰的說法，那位小姐遲早會讓他後悔當初拋下愛人，這也算是給他的一種懲罰，對珍更有利。

加迪納太太也在信上提起上次伊莉莎白答應她關於韋克翰的事，並且問她最近的情況如何。伊莉莎白回了信，雖然她對內容不甚滿意，可是舅媽卻很滿意。他對她的好感已經消失，他對她的殷勤也不見了——他另有所愛了。伊莉莎白輕易看出了這一點，但並沒有感到什麼痛苦，只是有些感觸罷了。她想，要是她有財產，早就成為他的情人了。一想到這裡，她的虛榮心也就獲得了滿足。說到他現在愛的那位女孩，她最大的魅力就是一萬鎊的財產。這一回，伊莉莎白並沒有像對夏綠蒂那般苛求他，她反而覺得這是理所當然的事；她想像他是下了多麼大的決心才遺棄她，又認為這個決定對於雙方都好，並誠心誠意地祝福他。她把這一切都告訴加迪納太太了。敘述完之後，她接下去寫道：

親愛的舅媽，如今我深信，我根本不愛他。假如我真的具有了這種純潔而崇高的感情，那我在聽到他的名字時應該會感到厭惡才是，可是我不僅不恨她，也不恨金小姐，反而很樂意把她看成一個好女孩。這一切完全算不上戀愛，我的提防並沒有白費力氣，要是我對她著迷，親友們一定會把我當成一個笑柄。我絕不會因為失去他人的重視而遺憾，太受人重視有時需要付出很大的代價。琪蒂和莉蒂亞對他埋怨得更加厲害，她們在人情世故上還有待學習，完全不明白一個不變的真理：美少年和凡夫俗子一樣，也得吃飯。

第二十七章

除了這些事，朗伯恩一家就沒什麼可提了。除了偶爾到梅利頓散步之外，再也沒有其他消遣。溼冷的一月和二月就這樣過了，三月伊莉莎白要去漢斯福德，起初她並不太想去，但一想到夏綠蒂正在引頸期盼著，她的心態也變得比較正面了。離別促進了她想與夏綠蒂重逢的願望，也削弱了對柯林斯的厭惡。這個計畫不僅新奇，還能讓她暫時遠離不可理喻的母親和妹妹，更能趁機去探望珍。隨著日子一天天過去，她反而迫不及待起來。最後，依照夏綠蒂原先的計畫，她與威廉爵士和他的二女兒同行。這個計畫後來又有所變更，決定在倫敦住一夜，這下又更完美了。

唯一叫她難過的就是和父親離別。他一開始就不希望她去，但既然事情已經決定，他只好要她常常寫信回家，他也會親自回信。

跟韋克翰告別時，兩人都十分客氣。儘管他正在追求別人，卻沒有因此忘了伊莉莎白是第一個令他動心的人，也是第一個聽他訴苦、第一個對他表示同情的人。他向她道別，祝她一切順利，又再次讚美了德．包爾夫人，並相信她一定也會這麼想。他說話時顯得相當熱誠，這番盛情想必會使她終生難忘，她相信無論他最終是否結婚，他在她的心目中永遠會是一個和藹可親的人。

第二天和她同行的那些人，又讓韋克翰在她心中的地位提升不少。威廉爵士說不出一句好話，他的女兒瑪麗亞雖然脾氣很好，頭腦卻像她父親一樣空洞，也說不出一句好話。聽這對父女說話，就跟聽到車輪的聲音一樣無趣，威廉爵士聊的話題不外乎誰覲見了國王，或是誰獲頒爵士頭銜之類的傳聞，而他的禮儀舉止也像他的言語一般迂腐。

這段路程不過二十四哩，他們很早就啟程了，為的是趕在中午前抵達聖恩堂街。當他們來到加迪納家的門前時，珍從窗戶裡看見他們，立刻到玄關迎接。伊莉莎白仔細地端詳珍的臉，它仍像往常一樣健康美麗，她覺得很高興。加迪納家的孩子急著見到表姐，都擠在樓梯口，洋溢著歡樂的氣氛。這一天過得十分愉快，早上屋裡亂哄哄地忙成一團，接著要出門購物，晚上則到戲院看戲。

伊莉莎白在舅媽身旁坐下，開始聊起珍的事。她仔細地問了許多問題，舅媽說，儘管珍盡力打起精神，仍然難免有沮喪的時候。加迪納太太還提到賓利小姐拜訪聖恩堂街的詳細情形，又把珍跟她的談話轉述了一遍，看得出珍確實不打算再與賓利小姐往來了。

接著，加迪納太太又談起韋克翰拋棄伊莉莎白的事，把她的外甥女嘲弄了一番，同時又讚美她的忍耐力。

「不過，親愛的伊莉莎白，」她接著又說，「金小姐是個怎麼樣的女孩？我可不想把我們的朋友看成一個見錢眼開的人啊！」

「親愛的舅媽，一個人為了錢結婚，或是為了其他動機結婚，究竟有何不同？去年聖誕節妳還怕我輕易嫁給他，但現在？他只不過娶一個擁有一萬鎊的女孩，妳就說他見錢眼開啦？」

「只要讓我知道，金小姐是個怎麼樣的姑娘，我就知道該怎麼回答了。」

「我相信她是個好姑娘。我說不出她有什麼缺點。」

「可是韋克翰起初根本看不上她，為什麼她一繼承了祖父的財產後，他就會愛上她了呢？」

「當然，要是他不愛我只是因為我沒錢；那他又憑什麼去愛一個他不在意的窮女孩呢？」

「但是，她家才剛遭逢變故，他就立刻去討好她，這也太不像話了。」

「一個處境艱難的人，比較不會注意這些細節。只要她不反對，我們何必反對呢？」

「她不反對並不說明這就是對的。那只代表她有問題，不是腦袋有問題，就是心態有問題。」

「唉！」伊莉莎白叫道：「隨妳怎麼說吧！說他愛錢也好，說她傻也好。」

「不，莉茲，我可沒這麼說。妳知道，這樣一個德比郡的好青年，我才不忍心說他壞話。」

「哈，要是光憑這些理由，就足以讓我瞧不起那些德比郡的人了，他們那些住在哈福德郡的朋友們也好不到哪去。感謝上帝！明天我就要到一個地方去，那裡有一個一無是處的人，無論在風度、見解上都很差勁。到頭來，我只適合跟那些傻瓜來往。」

「別這樣，莉茲，這些話也未免太悲觀了。」

她們看完戲，剛要分手的時候，加迪納夫婦又邀請她參加他們的夏季旅行，這令她喜出望外。

「至於要去什麼地方，」加迪納太太說，「我們還沒決定，也許會去湖邊。」

對伊莉莎白來說，沒有什麼比這個計畫更合她的意了，她毫不考慮地答應了這個邀請。「我的好舅媽！」她高興地叫了出來，「太高興了，太幸福了！妳給了我動力，我再也不沮喪了。我們將度過多麼快樂的時光啊！我們不會像別的遊客一樣走馬看花，我們會牢牢記住去過的地方；當我們聊到某個風景的時候，絕不會連位置也搞不清楚。但願我們回想起旅行過程的時候，不要像一般遊客那樣胡說八道，不堪入耳。」

第二十八章

第二天旅途上的每一樣事物，都讓伊莉莎白新奇不已。她非常愉快，因為看到姐姐的氣色不錯，又想到未來那一趟旅行。當他們離開大路，走上一條通往漢斯福德的小徑時，所有人都開始尋找著那幢牧師的住宅。他們沿著羅辛斯莊園的柵欄行走，伊莉莎白一想到關於那家人的種種傳聞，不禁感到好笑。

終於看到那幢牧師公館了。大路對面的花園、房子、綠色柵欄、以及桂樹圍籬……每一件東西彷彿都證明他們抵達了。車子在一道小門前停下，從這裡穿過一條鵝卵石小路，就能直達正屋。所有人都下了車，賓主相見，無限歡欣。柯林斯手舞足蹈地迎接朋友，讓伊莉莎白對這回的作客更加滿意了。她發現她的表哥並沒有因為結婚而改變態度，仍然和以往一樣拘泥禮節，在門口耽擱了她好幾分鐘，以問候她們全家的情況。他指出門口，讓客人看看那裡有多麼整潔，便把他們帶進了屋子。當客人進入客廳後，他又再次表示歡迎，並連忙把妻子端來的點心重新奉上一次。

伊莉莎白早就預料到他的得意，因此當他誇耀自己的宅邸時，她忍不住心想，這一定是故意說給她聽的，以使她後悔當初拒絕了他。雖然屋內每一樣東西都十分整潔、舒適，但她卻不想露出任何後悔的態度。她甚至驚訝地看著夏綠蒂，她不懂她和這樣的丈夫生活，有什麼好高興的。柯林斯時常會說出一些失禮的話，讓他的妻子也感到困窘，每當這種時候，伊莉莎白就不由自主地朝夏綠蒂望去。夏綠蒂有幾次被她看得臉紅，不過大致上都當作沒聽見。大家在屋裡坐了一段時間，欣賞著每一件傢俱，又談了一路上的經歷，以及倫敦的一切情形，之後柯林斯就邀請他們到花園裡散步。花園很大，佈置也很不錯，這一切都是他一手規畫的，他最大的消遣就是園藝。夏綠蒂認為這種消遣有益健康，也鼓勵他這麼做；她說這些話時的鎮定自若，令伊莉莎白佩服不已。他領著他們走遍了花園的羊腸小道，看遍了每一處景物，並搭配一陣瑣碎的講解。不過，無論是這座花園裡的景物，還是整個村子，甚至全國的名勝，都絲毫比不上羅辛斯花園的景色。羅辛斯花園幾乎就在他家的正對面，四面是樹，從樹林的空隙中，可以望見裡面有一幢漂亮的建築。

柯林斯本來想再帶他們去看兩塊草地，但是女士們的鞋子經不起白霜的摧殘，於是全都回去了，只留下威廉爵士陪著他，夏綠蒂則陪著妹妹和她的朋友參觀房子。房子很小，但是五臟俱全，佈置得也很精巧。伊莉莎白對夏綠蒂讚不絕口，只要柯林斯不在，便能維持不錯的氣氛。她看見夏綠蒂的得意，不由得想到她平常一定不在乎柯林斯。

伊莉莎白打聽到凱薩琳夫人還在鄉下，她在吃飯時又提起了這件事。柯林斯立刻插嘴：

「一點都沒錯，伊莉莎白小姐，禮拜天晚上妳就有榮幸在教會見到凱薩琳．德．包爾夫人。妳一定會喜歡她，她為人謙和，毫無架子，我相信做完禮拜後，妳就能得到她的關注。我還能保證，只要妳待在這裡，只要遇到她邀請我們作客，一定也不會漏掉妳跟我的小姑瑪麗亞的。她對待我的夏綠蒂真是好極了，我們每週去羅辛斯吃兩次飯，她從來沒有一次讓我們走路回家，總是用自己的馬車送我們……應該說，是用她的某一輛馬車，因為她有好幾輛呢！」

「的確，」夏綠蒂說，「凱薩琳夫人是個通達情理的女士，還是位很好的鄰居。」

「說得很對，親愛的，妳說得太好了。像她這樣的女士，無論妳怎麼尊敬她都遠遠不夠。」

這一晚大都在談論哈福德郡的事，並把之前信上說過的話重提了一遍。大家散去之後，伊莉莎白獨自待在房裡，想到夏綠蒂究竟有多麼滿意現狀，又多麼善於應付丈夫。不得不承認，一切都好極了。她又想像這次作客的時光將會如何度過，想必是平淡無奇的日常生活，加上柯林斯那惹人厭的談話，以及跟羅辛斯一家的應酬來往等等。她那豐富的想像力很快就解決了問題。

第二天正午時分，她正準備出去散步，忽然聽到樓下一陣喧嘩，整間屋裡的人頓時慌張了起來。沒過多久，有人匆匆忙忙跑上樓，大聲叫她。她打開門，在樓梯口遇到瑪麗亞，她正激動得喘不過氣，叫道：

「噢，親愛的伊莉莎！請妳快到餐廳去，那裡有值得一看的場面呢！我先不跟妳說是怎麼回事。快！快下來！」

伊莉莎白從瑪麗亞口中問不出端倪，只好跟著她跑進那間正對大路的餐廳。原來，有兩位女客人來了，她們乘坐的馬車正停在花園門口。

「就這樣？」伊莉莎白嚷道，「我還以為有豬闖進了花園呢！原來只不過是凱薩琳夫人跟她的女兒罷了。」

瑪麗亞大吃一驚，「不，親愛的，那不是凱薩琳夫人。那位老太太是詹金森太太，她也跟她們住在一起。另一位是德．包爾小姐。妳看看她那副模樣，誰想得到她竟然這麼瘦小！」

「她真是太沒禮貌了。風這麼大，卻讓夏綠蒂待在門外。她幹嘛不進來？」

「噢！夏綠蒂說，德．包爾小姐難得來一趟，這真是天大的榮幸。」

「瞧她那副模樣！」伊莉莎白一面說，一面興起了各種念頭，「她看起來身體不好，脾氣又壞，嫁給他真是再適合不過了。」

柯林斯夫婦都站在門口跟女客人說話。伊莉莎白感到好笑的是，威廉爵士也畢恭畢敬地站在一旁，虔誠地望著眼前的女士。每當德．包爾小姐朝他望去時，他總是一鞠躬。

他們的交談結束了，兩位女客人乘車離開，其他人都返回屋內。柯林斯一看到伊莉莎白，就誇她們走運。夏綠蒂把他的話解釋給她們聽，原來羅辛斯明天又要請他們去吃飯了。

第二十九章

羅辛斯這一次的邀請，使得柯林斯感到得意極了。他本來就打算讓他那些好奇的客人們去見識一下那位女教徒的派頭，看看她多麼禮遇他們夫婦倆，想不到這麼快就有了機會。

「老實說，」他說，「她請我們禮拜天去喝茶，在羅辛斯度過一個下午，這完全在我預料之中。她一向多禮，我知道她一定會招待我們的，只是沒想到竟會這麼隆重罷了。誰會想到妳們才剛到這裡，就有幸被她邀請了呢？」

「這我倒不怎麼驚訝，」威廉爵士說，「大人物的處世之道都是這樣，像我這樣有身分的人，見過的可多了。在達官貴人之中，這類風雅好客的事不足為奇。」

直到隔天上午，柯林斯不停地向她們仔細介紹，去了那裡將會看到什麼，以免得到時他們被那宏偉的房子、眾多的僕從，以及豐盛的菜餚嚇得慌了手腳。

當女士們正要回房打扮時，他又對伊莉莎白說：

「不用太擔心服裝，親愛的表妹。凱薩琳夫人不會要我們穿得太華麗，只有她和她的女兒才配得上那種打扮。我建議妳只要從妳的衣服中，選一件出色的穿上就行，不用太過講究。凱薩琳夫人絕不會因為妳衣著樸素就鄙視妳，她喜歡每個人按照本份行事。」

當她們換裝的時候，他又到每個人的房門外催促她們，因為凱薩琳夫人最痛恨客人遲到。瑪麗亞一聽說她這麼可怕，不禁嚇了一跳，因為她一向不善於應酬。一想到要去羅辛斯拜訪，她就像父親當年覲見國王一樣慌張。

天氣十分晴朗，他們穿過花園，作了一次半哩遠的散步，順便欣賞每一間房屋的花園。伊莉莎白感到心曠神怡，但並沒有像柯林斯所說的那般陶醉不已。儘管他一邊數著屋前的一扇扇窗戶，一邊說，光是這些玻璃，就花了路易斯．德．包爾爵士一大筆錢，但伊莉莎白並沒有被這些話打動。

他們踏上台階，走進穿堂。瑪麗亞更慌張了，連威廉爵士也無法保持鎮定。只有伊莉莎白仍然無所畏懼。無論是哪一方面，她都不覺得凱薩琳夫人有什麼足以令她敬畏的地方，金錢與權勢絲毫不能嚇倒她。

進入穿堂後，柯林斯便帶著一副狂喜的表情，指出屋內的富麗堂皇。僕人帶著客人走過前廳，來到凱薩琳夫人母女和詹金森太太的起居間。夫人溫和地站起身來迎接，夏綠蒂立刻出面介紹賓主雙方，省略了那些柯林斯認為不可或缺的客套話。

儘管威廉爵士曾進宮覲見過國王，但一看到四周的奢華氣派，仍然嚇得說不出話來，他的女兒更是魂飛魄散，她獨自坐在椅上，不知該把眼光飄向何處。伊莉莎白倒是氣定神閒，面不改色地瞧著三位女主人。凱薩琳夫人是位高大的婦人，五官清楚，年輕時似乎很美。她的態度並不客氣，彷彿隨時提醒客人自己有多卑微。她的可畏之處倒不是默不作聲，而是她說話時高高在上的語調，這讓伊莉莎白頓時想起韋克翰的話。經過觀察之後，她更加覺得凱薩琳夫人果真與韋克翰形容的一樣。

她仔細打量她一眼，立刻發現她的容貌與達西先生略有相似。接著她把目光轉到她的女兒身上，她的瘦小使伊莉莎白和瑪麗亞都驚奇不已。母女二人無論體態、面貌，都沒有相似之處。德．包爾小姐臉色蒼白、滿面病容，五官雖不難看，但也毫不起眼。她不太說話，只有偶爾跟詹金森太太嘀咕幾句。詹金森太太的相貌也很平凡，她全神貫注地聽著小姐說話，並且擋在她面前，不讓別人看清楚她。

坐了幾分鐘以後，客人們被打發到窗戶旁欣賞風景。柯林斯陪著他們，一面向他們解說，凱薩琳夫人也和善地告訴他們說，夏天的景色會更好。宴席果然豪華，侍候的僕人及盛酒菜的器皿，也跟柯林斯形容的一模一樣，正如他預料的，夫人果然吩咐他坐在末席，這讓他自豪不已。他一邊吃，一邊興致勃勃地讚美著；每一道菜都由他先誇獎過了，然後再換威廉爵士誇獎一次。威廉爵士如今已完全消除了恐懼，可以附和他的女婿了。伊莉莎白看到這對翁婿的模樣，不禁為凱薩琳夫人感到擔心，不過凱薩琳夫人似乎對這些誇張的讚美十分滿意，總是露出仁慈的微笑，尤其是在端上一道客人們從未見過的菜餚時。賓主雙方的話都不多，伊莉莎白雖然算得上健談，但坐位不好——一側是夏綠蒂，她正在用心聽凱薩琳夫人說話，一側是德．包爾小姐，從頭到尾沒說過一句話。詹金森太太很注意德．包爾小姐，她看小姐吃得太少，便逼她吃了一些，但還是怕不夠。瑪麗亞根本不想說話；男客人們只顧著吃與讚美。

女客人們回到會客室以後，繼續聽凱薩琳夫人說話，一直到咖啡端上來為止。無論她聊到哪件事，總是那麼地斬釘截鐵、不容異議。她不客氣地問起夏綠蒂的日常生活，又提供她一堆關於家務上的意見。她對她說，像她這樣的小家庭，一切都應該仔細安排；又教她如何照顧母牛和家禽。伊莉莎白發現這位貴婦只要有機會命令別人，就絕不肯輕易放過；她與夏綠蒂說話時，也偶爾會向瑪麗亞和伊莉莎白問幾個問題，特別是伊莉莎白。她不太瞭解伊莉莎白跟她們之間的關係，不過她對夏綠蒂說，她是個優雅、漂亮的女孩。她不時問伊莉莎白有幾個姐妹，比她大還是比她小，她們是否已經結婚，她們長得好不好看，在哪裡受教育，她們父親的馬車長什麼樣子，她母親姓什麼。伊莉莎白覺得她十分唐突，但還是心平氣和地回答了她。

「妳父親的財產會由柯林斯先生繼承吧？」說到這裡，她轉過頭對夏綠蒂說：「若是為妳著想，我會覺得高興，否則我實在不懂為什麼不讓自己的女兒繼承財產，卻要讓給別人。路易斯．德．包爾家就沒有這種規定。妳會彈琴唱歌嗎？班奈特小姐。」

「略懂一二。」

「噢，有機會一定要聽聽看。我們的琴非常好，說不定比……妳有空來試試吧，妳的姐妹們會彈琴唱歌嗎？」

「有一個會。」

「為什麼不全部人都學呢？妳們都應該學。韋伯家的小姐們就個個都會，她們的父親賺得還比妳父親少呢。妳們會畫圖嗎？」

「不，完全不會。」

「什麼？一個人也不會嗎？」

「是的。」

「這就奇怪了，我猜是妳們沒機會學吧？妳母親應該每年春天帶妳們到城裡找老師才對。」

「我媽媽不會反對，可是我父親厭惡倫敦。」

「妳們的家庭老師還在嗎？」

「我們從來沒有請過家庭老師。」

「沒有老師！那怎麼可以？家裡養了五個女孩，卻不請個家庭老師！我從來沒聽過這種事！妳媽簡直把妳們當成奴隸了。」

伊莉莎白忍不住笑出來，並一面告訴她說，事實並不是那樣。

「那麼誰教育妳們呢？誰服侍妳們呢？沒有一個家庭老師，妳們不就沒人管教了嗎？」

「跟一些家庭比起來，我們家的確是比較放任；可是姐妹之中，凡是好學的，也一定會有管道。父母常鼓勵我們讀書，也會請老師，但要是想偷懶，他們也沒什麼意見。」

「當然，所以請家庭老師就是為了防止這種事情。要是我認識妳的母親，我一定會建議她請一位。我認為一旦缺少按部就班的教導，學習就不會有成果，而這又只有家庭老師辦得到。說起來，有很多人家的家庭老師都是由我介紹的，我喜歡幫一個年輕人作出最好的安排，詹金森太太的四個侄子女都是這樣。就在前幾天，我又引薦了一個小姐，她的雇主對她非常滿意。柯林斯太太，我有沒有跟妳說過，麥卡福夫人昨天曾來答謝我？她非常欣賞波普小姐，還跟我說：『凱薩琳夫人，妳送給我一件寶物。』妳的妹妹們踏入交際圈了嗎？班奈特小姐。」

「是的，夫人，全部都出來交際了。」

「全部！什麼，五個姐妹一起？太奇怪了！姐姐還沒有嫁人，妹妹就出來交際了！妳的妹妹們一定還很小吧？」

「是的，最小的才十六歲。或許她還太小，不適合交太多朋友。不過，夫人，要是因為姐姐們還沒結婚，作妹妹的就不能有社交和娛樂，那也太不公平了。每個人都有享受青春的權利，怎麼能為了這種理由，就把她們關在家裡呢？我認為那樣既無法增進姐妹情感，也無法養成溫柔的性格。」

「真想不到，」夫人說，「妳還這麼年輕，就這麼有主見。妳幾歲了？」

「我已經有三個妹妹成年了，」伊莉莎白笑著說，「妳總不會一定要知道我的年齡吧？」

凱薩琳夫人沒有得到直接的回答，顯得很驚訝。敢和這位沒禮貌的貴婦開玩笑的人，伊莉莎白恐怕是第一個。

「妳頂多二十歲，沒有必要隱瞞年齡。」

「我不超過二十一歲。」

喝過茶之後，男士們都來她們這裡打牌。凱薩琳夫人、威廉爵士和柯林斯夫婦湊成一桌，剩下的兩位女孩只好陪德·包爾小姐與詹金森太太組成另一桌。這一桌真是枯燥乏味，詹金森太太偶爾問德·包爾小姐覺得溫度如何，光線如何，對於牌桌上的事則一字未提。另外一桌可就熱鬧多了，凱薩琳夫人幾乎一直在講話，聊著另外三人的失誤，或是聊自己的趣聞軼事。她每說一句，柯林斯就會附和一句；每當他贏了，都會感謝她，贏得太多，還會向她道歉。威廉爵士不太說話，只顧著把一件件趣聞和一個個高貴的名字塞進大腦。

所有人一直玩到凱薩琳夫人母女倆不想再玩時才散場。她派馬車送夏綠蒂回家，夏綠蒂很感激地接受了。大家又圍著火爐，聽凱薩琳夫人評論明天的天氣，直到馬車準備好，她才停止說教。柯林斯講了許多感激的話，威廉爵士也鞠了好多次躬後，賓主雙方才互相道別。馬車一走出大門，柯林斯就要求伊莉莎白發表她對羅辛斯的感想。看在夏綠蒂的面子上，她勉強敷衍了幾句，儘管她說出不少好話，卻無法令柯林斯滿意，他又開口把老夫人重新讚美了一番。

第三十章

威廉爵士只在漢斯福德待了一個禮拜，但在這次短暫的拜訪中，他已經看出女兒過得不錯，而且還有了這麼棒的丈夫和鄰居。威廉爵士作客期間，柯林斯總是每天早上陪他乘著馬車到郊外遊玩。他走了之後，家裡又恢復正常生活。伊莉莎白十分慶幸，這一段時間中，她跟表哥相處的機會並不多。他在早餐和午餐之間，不是在整理花園，就是在那間正對大路的書房裡閱讀寫作，或是眺望窗外；而女客房則在房屋另一側。起初，伊莉莎白很納悶，為什麼夏綠蒂不選擇寬敞、採光又好的餐廳作為客廳呢？不過她立刻看出了理由——要是客廳太舒適的話，柯林斯待在房裡的時間就會變少了。她很讚賞夏綠蒂的安排。

從會客室裡看不見外面大路的情形，幸好每次有車子駛過時，柯林斯都會主動告訴她們。特別是德．包爾小姐，她幾乎每天都乘著小馬車經過，並停在門口跟夏綠蒂閒聊幾分鐘——只是主人從不請她下車。

柯林斯幾乎每天都要去羅辛斯，每隔幾天就會帶妻子一起去。伊莉莎白一直認為他們還有其他事要處理，否則沒有必要犧牲那麼多時間。有時夫人也會光臨他們的宅邸，詢問他們的日常生活，檢查他們的家務，建議他們該怎麼做；又挑剔地說，他們的傢俱擺設不好，或是他們的僕人偷懶；她偶爾會留下來吃飯，彷彿想看看柯林斯太太是否節儉。

伊莉莎白立刻就發現，這位貴婦即使沒有任何正式的職稱，卻儼然是教區裡最積極的法官，任何芝麻小事都會由柯林斯向她彙報。只要有誰吵架鬧事，她就會親自到村裡處理，並罵得他們灰頭土臉，不敢再生事。

羅辛斯大約每週會請她們吃一兩次飯。雖然少了威廉爵士以及一桌牌局，不過每次宴會幾乎都跟第一次一模一樣。他們幾乎沒有別的邀約，因為附近的其他人家，柯林斯根本高攀不起，不過伊莉莎白對這種生活已經夠滿意了。她常和夏綠蒂聊個半小時，或是到戶外享受宜人的天氣。其他人去拜訪凱薩琳夫人的時候，她會到花園旁的樹林裡散步，她喜歡那裡的一條綠蔭小道，在那裡也可以避開凱薩琳夫人的注意。

兩個禮拜就這樣過去了。復活節的前一週，羅辛斯家將接待一個客人。這對他們這個小圈子來說是件大事，伊莉莎白一到那裡，便聽說達西最近即將到來，雖然她覺得在她認識的人之中，幾乎沒有比達西更惹人厭的，不過他的出現卻能使羅辛斯的宴會增添一絲新奇，還能從他對表妹的態度看出賓利小姐的希望破滅，這更是有趣。凱薩琳夫人顯然已把女兒許配給他，一提到他就顯得興致勃勃，對他讚不絕口，但一聽到夏綠蒂和伊莉莎白早就認識他，還見過幾次面，又覺得有些生氣。

不久，柯林斯一家聽說達西來了，因為柯林斯當天上午都在家門口來回走動，以便儘快得到消息。當馬車駛進花園，他連忙鞠躬，接著就跑進屋裡宣布這件重大的新聞。第二天早上，他趕緊拜訪羅辛斯。那裡有凱薩琳夫人的兩位姨侄，除了達西之外，還有一位費茲威廉上校，是達西舅舅的小兒子。柯林斯回家時，把那兩位貴賓也帶來了，讓所有人大吃一驚。夏綠蒂從房內看見一行三人從大路上走過來，便立刻跑去告訴小姐們說，馬上就會有貴客蒞臨。

「伊莉莎，託妳的福。不然達西先生才不會這麼快就來拜訪我呢！」

伊莉莎白還來不及反駁，門鈴就響起了。沒過多久，賓主三人一同進屋，帶頭的是費茲威廉上校，大約三十歲，長相不英俊，但儀表和談吐都即為優雅。達西幾乎跟當初在哈福德郡見到時一樣，他用那一貫的莊重向柯林斯太太問好。儘管他對伊莉莎白隱含某種情愫，但當他見到她的時候，神情卻十分鎮定。伊莉莎白只對他行了屈膝禮，一句話也沒說。

費茲威廉上校立刻就跟大家聊了起來。他的口齒伶俐，像個有教養的人，並且語帶風趣；但他的表哥卻只在女主人面前評論了房子和花園幾句，就坐在那裡不動。過了一會兒，他又想到了一些問題，便向伊莉莎白問起她們一家的安好。伊莉莎白照例敷衍了幾句，停了片刻，她又說：

「我姐姐最近三個月一直待在城裡。妳有看過她嗎？」

儘管她知道那是不可能的，但還是想從他的口氣，打探出他是否知道賓利一家與珍的關係。達西回答說，他從未見過珍，但說話的神情似乎有些慌張。這個話題沒有繼續，兩位貴客很快就告辭了。

第三十一章

費茲威廉的氣質大受柯林斯一家讚賞，女士們都覺得他能使羅辛斯家的宴會增添不少樂趣。不過，他們已經有好幾天沒有去羅辛斯了，因為那裡有了新客人，用不著他們了。直到復活節那天，也就是兩位貴賓到達一週之後，他們才得到邀約，但也只不過是在做完禮拜後上門坐坐罷了。上一個禮拜他們幾乎沒有見到凱薩琳母女。在這段期間裡，費茲威廉曾來拜訪過幾次，但是達西卻沒有再來過，他們只有在教堂見過他。

所有人準時應邀，抵達了凱薩琳夫人的會客室。夫人客氣地接待了他們，不過，顯然他們不像其他客人那樣受歡迎，而且夫人的注意力幾乎都在兩位姨侄身上，只顧著跟他們說話，特別是達西。

費茲威廉上校見到他們格外高興，因為羅辛斯的生活太過乏味，使他需要一些調劑。他很喜歡柯林斯太太的那位漂亮朋友，於是坐到她身邊，開始津津有味地聊到肯特郡、哈福德郡，以及各種休閒喜好，讓伊莉莎白感覺受寵若驚。他們的對話也吸引了凱薩琳夫人和達西的注意。達西的一雙眼睛好奇地打量這兩個人，接著夫人也想到了同一件事，她毫不掩飾地叫道：

「你們在聊什麼？你跟班奈特小姐說了什麼？也讓我聽聽。」

「我們在聊音樂，姨媽。」費茲威廉上校不得不回答道。

「聊音樂！那麼請聊得大聲一點吧！我最愛音樂了，你們也該讓我加入這個話題。我認為，在英國，沒有幾個人像我這麼熱愛音樂，也沒有人的品味比我好。要是我有學的話，一定會成為一個音樂家，安妮也是。喬治安娜學得怎麼樣了？達西。」

達西先生極其誠懇地把自己的妹妹稱讚了一番。

「聽到她彈得這麼好，真令我開心，」凱薩琳夫人說，「請替我告訴她，請她一定要多多練習。」

「姨媽，請妳放心，」達西說，「就算妳不這樣勸她，她也會經常練習。」

「那就好。練習永遠不嫌多，我下次寫信給她時，一定要叮嚀她不可以偷懶。我常告訴年輕的小姐們，想學好音樂，就一定要經常練習。我已經告訴過班奈特小姐好幾次，除非她勤加練習，否則永遠不會有出息的。我常跟她說，柯林斯太太家裡雖然沒有鋼琴，但我很歡迎她每天到羅辛斯，用詹金森太太房裡的那台鋼琴練習。你知道，她在那裡不會妨礙到什麼人。」

達西先生看到姨媽這種失禮的態度，感覺有些丟臉，因此沒有理會她。

喝完咖啡後，費茲威廉上校提醒伊莉莎白，說她剛才曾答應彈琴給他聽。伊莉莎白於是坐到鋼琴旁，他也拉了一把椅子坐在她身旁。凱薩琳夫人聽完半首曲子後，又像剛才一樣和姨侄談起話來。這位姨侄終於受不了她，從容不迫地走到鋼琴前，以便好好欣賞演奏者美麗的面貌。伊莉莎白看出了他的用意，便停下演奏，轉過頭來對他嬌媚一笑。

「達西先生，你忽然走過來，難道是想嚇我嗎？就算你妹妹的琴藝有多麼好，我也不在乎，我絕不會被你嚇住的。越是想嚇唬我，我的膽子就越大。」

「我不會反駁妳，」達西說，「因為妳並非真的這麼想。幸好我認識妳很久了，知道妳總是口是心非。」

伊莉莎白聽到這樣的形容，忍不住笑了出來，對費茲威廉說：「你的表哥竟把我說成這麼糟糕的人，叫你不要相信我的任何一句話。我真不走運，本來想在吹牛一番，騙別人相信我有多麼厲害，偏偏遇到了一個把我看穿的人。老實說，達西先生，你把我在哈福德郡的糗事全都說了出來，這實在太不厚道了。而且，容我冒昧說一句，這也是不智的；因為這麼做會激起我的報復心，讓我也說出一些令你的親戚們吃驚的事情來。」

「我不在乎。」他微笑地說。

「說說看吧，」費茲威廉連忙叫道，「我很好奇他跟陌生人相處時是什麼樣子。」

「那我就告訴你，請別太過吃驚了。你知道，我第一次在哈福德郡遇見他，是在一個舞會上，你知道他在那裡做了什麼？他一共只跳了四支舞！男客人已經很少了，他卻只跳了四支，何況當時在場的女客人中，有很多人是沒有舞伴的。達西先生，你可不能否認這件事。」

「說來遺憾，當時現場除了朋友之外，我一位女士也不認識。」

「是啊，而且舞會上是不介紹女伴的。啊，費茲威廉上校，你希望我再彈什麼呢？我的手指正在等著你的吩咐。」

「也許，」達西說，「我當時最好請人介紹，但我又不配向陌生人自我推薦。」

「我們是否該問問你的表哥，這到底是為什麼呢？」伊莉莎白仍對著費茲威廉上校說話，「是否該該問問他，一個有閱歷、又有學識的人，為什麼不配把自己推薦給陌生人呢？」

「這個問題我可以代為回答，」費茲威廉說，「那是因為他怕麻煩。」

「的確，」達西說，「我沒有別人那麼厲害，能在陌生人面前談笑風生。我也不會像別人那樣虛情假意地噓寒問暖。」

「我的手指，」伊莉莎白說，「彈琴時不像其他小姐那麼有氣勢，也不像她們那麼有力和靈活，更不帶有感情。我一直認為這是我的缺點，是我努力不足的緣故，而不是因為它們比不上那些小姐。」

達西笑了笑說：「妳說得對極了，可見妳更懂得利用時間。凡是有榮幸聽過妳的演奏的人，都覺得妳毫無缺點。但我們兩人可就不願意在陌生人面前表演。」

這時，凱薩琳夫人打斷了他們，她大聲地問他們在聊些什麼。伊莉莎白立刻重新演奏起來，凱薩琳夫人走過來，聽了幾分鐘之後，就對達西說：

「要是班奈特小姐能再多練習，或是去倫敦請一位名師來指點的話，就沒有什麼缺點了。雖然她的氣質比不上安妮，可是她彈得很熟練。要是安妮的身體好，能夠學習的話，一定能成為一位了不起的演奏家。」

伊莉莎白看著達西，想觀察他對夫人這番誇獎女兒的話有什麼反應，可是她完全感覺不出他對表妹有任何一絲愛意。她不禁替賓利小姐感到安慰。

凱薩琳夫人繼續對伊莉莎白的演奏發表意見，還給了她許多關於演奏和鑑賞的建議。伊莉莎白只好耐心地聽著，她在兩位男客的要求下，一直彈到夫人準備好馬車送他們回家。

第三十二章

第二天早晨，夏綠蒂和妹妹有事到村裡去了，伊莉莎白獨自在家裡寫信給珍。忽然間，門鈴響了起來，讓她嚇了一跳。她並未聽到馬車的聲音，因此猜想是凱薩琳夫人來了。她不安地把寫到一半的信擱在一旁，免得她又問東問西。就在這時，門開了，走進來的竟然是達西先生——只有他一個人。

達西看見她單獨一人，也顯得很吃驚，連忙道歉，說他原以為女士們都在家，因此才冒昧進屋。

他們倆坐了下來，伊莉莎白向他問了一些關於羅辛斯的事，之後兩人便無話可說。就在這尷尬的時分，她想起了他們上次在哈福德郡見面的情形，頓時起了好奇心，想問問他對那次匆忙的離別有什麼看法。

「去年十一月你們離開得多麼突然！達西先生。賓利先生看到你們全部跑去追隨他了，一定相當驚訝吧？我記得他只比你們早走一天，我想，當你離開倫敦時，他和姐妹們的身體一定都很不錯吧？」

「是的，感謝妳的關心。」

她發現對方不打算說下去，隔了一會兒又說道：

「我想，賓利先生大概不打算再回尼德菲爾德莊園了？」

「我從沒聽他這麼說。但他也許不會在那裡長住，他的朋友很多，又年輕，免不了要交際應酬。」

「如果他不打算在尼德菲爾德莊園長住，那麼，為了鄰居們著想，乾脆退租算了，這樣我們也能得到一個永久的鄰居。不過，賓利先生租下那棟房子，或許只是為了一時方便，並沒有顧慮到鄰居。」

「我想，一旦他找到了合適的房子，馬上就會退租。」達西先生說。

伊莉莎白沒有回答，她不想再聊到他的那位朋友。既然沒有別的話好說，她打算讓他自己找出一個話題。他明白了她的意思，沒過多久就說道：「柯林斯先生的這棟房子看起來不錯，我相信他剛來漢斯福德的時候，凱薩琳夫人一定在上面花了不少心思。」

「我也這麼想。而且我敢說，她的努力沒有白費，因為世上再也沒有像他這麼知恩圖報的人了。」

「柯林斯先生娶到這樣一位夫人，真是幸運。」

「是啊，的確幸運。他的朋友真該為他高興，竟然有一位頭腦清楚的女人肯嫁給他，又能使他幸福。我這位朋友是個聰明人，但我可不認為她嫁給柯林斯先生是明智之舉，不過她卻樂在其中。再說，用大眾的眼光來看，她的這樁婚姻的確十分理想。」

「這裡離她的娘家和朋友家都很近，她想必很滿意。」

「很近嗎？將近五十哩呢！」

「只要交通方便，五十哩又算什麼？半天就能抵達。」

「我從不覺得離家近也能成為婚姻的優勢之一，」伊莉莎白說，「我絕不會說柯林斯太太住得離家近。」

「這說明妳太留戀哈福德郡。我猜妳只要走出朗伯恩一步，就會覺得遠。」

他說這句話的時候，不禁微微一笑。伊莉莎白明白，他也許認為她想起了珍和尼德菲爾德莊園吧？於是她臉紅地回答道：

「我並不是說，女人就一定要嫁到遠方。遠和近是相對的，必須視各種情況而定。只要負擔得起旅費，再遠又有什麼關係呢？但這一家卻不是這樣。柯林斯夫婦雖然收入小康，卻無法經常旅行。即使把這段距離縮小一半，我相信她也不會認為離娘家很近的。」

達西先生把椅子移近她一些，「妳不能這麼依賴。總不能一輩子待在朗伯恩吧？」

伊莉莎白露出訝異的表情。達西也感受到一股奇怪的情緒，便把椅子又往後拖，從桌上拿起一張報紙，看了一眼，然後用一種較冷靜的聲調說道：

「妳喜歡肯特嗎？」

於是兩人開始簡短地談起這個村子。彼此都很冷靜，言語也很簡潔。過了一會兒，夏綠蒂姐妹回來了，談話才終於結束。她們看到這兩人促膝談心，都感到詫異。達西把自己遇見班奈特小姐的原委說了一遍，然後又坐了幾分鐘才離開，一句話都沒有多說。

「這代表什麼？」他離開之後，夏綠蒂說，「親愛的伊莉莎，他一定愛上妳了！否則他絕不會這麼隨便來看我們的。」

伊莉莎白把他剛才啞口無言的模樣描述了一遍，這下連夏綠蒂也不認為是這麼一回事了。她們猜了半天，最後得到的結論是：他這回上門只是因為閒來無事，想來拜訪朋友。這種說法倒也合理，因為這個季節早已不適合野外活動，雖然在家裡能和凱薩琳夫人聊天、閱讀，或是打打撞球，但男人們在屋裡總是待不住。由於牧師公館很近，裡頭的人又很有趣，那兩位表兄弟經常前來作客。他們幾乎每天上門，每次都是早上，有時同行，有時單獨來，他們的姨媽偶爾也會跟著他們。女士們都很清楚，費茲威廉的來意正是為了她們，而她們也越來越喜歡他。伊莉莎白跟他相處很開心，他顯然也愛慕伊莉莎白，這種情況使她想起了過去的心上人喬治·韋克翰。雖說相較之下，費茲威廉沒有韋克翰那麼溫柔、迷人，但是他腦子裡的花樣顯然更多。

至於達西來的目的，始終沒有人明白。他絕不是因為喜歡熱鬧，因為他總是坐在一旁一聲不吭，說起話來也言不由衷。他很少有真正高興的時候。夏綠蒂一直搞不懂這個人，費茲威廉偶爾也會笑他發呆，看得出他平常並不是這個樣子。儘管夏綠蒂想不到其中的緣由，卻希望他的這種變化是出於戀愛——愛上她的朋友伊莉莎白。於是她一本正經地思考起來，想把事實搞清楚。每當她們拜訪羅辛斯時，或是當他來到漢斯福德時，她總是仔細注意他，但一無所獲。他的確常痴痴地望著她的朋友，可是夏綠蒂無法確定他的目光裡頭究竟含有多少愛意，甚至那道目光有時可以說是心不在焉。

她曾經有幾次暗示伊莉莎白，說他可能愛上了她。但伊莉莎白往往一笑置之，夏綠蒂也認為不該執著於這件事，以免讓她動了心，到頭來卻只落得一場空。照她的看法，只要伊莉莎白發現自己俘虜了他，那麼，對他的一切厭惡自然就會煙消雲散了。她善意地為伊莉莎白作打算，有時也想撮合她跟費茲威廉。他是個風趣的人，而且也愛慕她，社會地位更是無可挑剔；不過，他不像達西在教會中擁有極大的影響力，相形之下，那些優點就微不足道了。

第三十三章

伊莉莎白在花園散步時，曾有好幾次出乎意料地遇見達西。在這種毫無人煙的地方遇到他，真是不幸，她覺得命運彷彿在跟她作對。她第一次就告訴他，她之所以喜歡一個人來這裡，就是為了避開他。她認為這種事不會再有第二次了，想不到不僅有第二次，甚至還有第三次；簡直就像他故意要找她麻煩，或是找她賠罪——因為他既不隨口敷衍，也不掉頭就走，而是陪她一起散步。他從不多說一句話，她也懶得問；直到第三次見面的時候，他才問她在漢斯福德過得好不好，問她為什麼喜歡一個人散步，又問她是否覺得柯林斯夫婦很幸福；當談到羅辛斯時，她說她對於那家人不大瞭解。達西似乎希望伊莉莎白有機會再來肯特一趟，並在這裡住一段時間。她心想，難道他想替費茲威廉上校製造機會嗎？她感到不太自在，幸好這時已經走到牧師公館對面的圍牆門口。

有一天，她正一面散步，一面讀著珍上一次的來信，突然又被人嚇了一跳，這一次並不是達西，而是費茲威廉上校。他正迎面走來，她立刻收起了信，勉強擠出一副笑臉。

「沒想到妳也會來這裡。」費茲威廉說，「我每年臨走前都會來花園繞一圈，最後再去拜訪牧師家。妳還要繼續走嗎？」

「不，我正要回去。」

於是她果真轉過身來，兩人一同朝著牧師公館走去。

「你真的禮拜六就要離開肯特了嗎？」她問。

「是的，如果達西不再拖拖拉拉的話。不過我必須聽他的，他做事總是這麼隨性。」

「就算不能滿足自己的樂趣，至少也要滿足自己的支配欲。我從未見過像達西先生這麼愛頤指氣使、恣意妄為的人。」

「他太任性了，」費茲威廉上校回答，「但每個人都一樣，只不過他比別人更有這麼做的理由罷了——因為他有錢。妳知道，像我這樣的小兒子，只能否定自己，並且依賴他。」

「在我看來，你根本什麼都不懂。什麼叫做自我否定跟依賴？你曾經因為沒錢，而不能去想去的地方，不能買想買的東西嗎？」

「妳問倒我了。或許我平常沒有這個困擾，可是一遇到大事情，我也許就會因為沒錢而吃虧了。例如結婚，要是有錢就好辦了。」

「除非是愛上有錢的女人，否則這種情形屢見不鮮。」

「我們揮霍慣了，因此不得不依賴別人。像我這種身分的人，講到結婚時，總是必須煩惱錢的問題。」

「這是說給我聽的嗎？」伊莉莎白想到這裡，不禁臉紅，但又立刻恢復正常，用活潑的語調說道：「請問，一個伯爵的小兒子值多少身價？我想，除非那位哥哥腦袋有問題，否則頂多只會給你五萬鎊吧？」

他也用同樣的語氣回答了她，便沒有再說下去。她擔心這樣沉默下去，會讓對方感到內疚，於是又說道：

「我想，你表哥會帶你來，只是想要一個聽他擺佈的跟班吧？我不知道他幹嘛還不結婚，結了婚不就有個人可以一輩子聽他擺佈了嗎？不過，或許目前他有一個妹妹就夠了，既然他是她唯一的保護人，那他就可以隨自己的意思擺佈她了。」

「不，」費茲威廉上校說，「我也有一份。我也是達西小姐的保護人。」

「真的嗎？那你這位保護人當得如何？那位小姐不好侍候吧？像她那種年紀的女孩，有時的確不好對付。假如她的脾氣也跟達西一樣的話，想必做事也是膽大妄為。」

她說話的時候，他仍然誠懇地望著她。他問她，為什麼她會覺得達西小姐是個任性的女孩。她從他的表情猜出自己的假設很接近事實，於是立刻回答：「別緊張，我從來沒聽說過關於她的缺點，而且我敢說，她是世上最聽話的女孩。我的朋友之中有幾個人——例如赫斯特太太和賓利小姐，都非常喜歡她。你似乎說過，你也認識她們。」

「我和她們不熟。她們的兄弟是個風趣的紳士，是達西的好朋友。」

「噢，是呀，」伊莉莎白冷冷地說，「達西先生對賓利先生特別好，把他照顧得妥妥貼貼。」

「照顧他？是的，的確是，凡是他搞不定的事，達西先生總會替他想出法子。我們來這裡的路上，他曾告訴過我一些事情，我相信賓利先生確實受了他不少幫助。可是我不確定他口中的那個人就是賓利，那只是我的猜測罷了。」

「什麼意思？」

「達西先生不想讓大家知道這件事，免得被那位小姐家裡的人聽到。」

「請妳放心吧，我不會說出去的。」

「是這樣的，我不敢保證他口中的那個人就是賓利。他只告訴我，他阻止了一位朋友盲目地陷入一樁婚姻，對此感到很欣慰；可是他並未提到當事人的姓名和詳細情形。我之所以會懷疑賓利，一來是因為像他那樣的年輕人，的確容易遇到這樣的麻煩，二來是因為他們整個夏天都待在一起。」

「達西先生有說他為什麼要管別人的閒事嗎？」

「據說是因為那位小姐配不上他。」

「他是怎麼拆散他們的？」

「他沒提到這個，」費茲威廉笑了笑說，「我已經把他說的話都告訴妳了。」

伊莉莎白沒有回答，繼續往前走。她心裡憤怒極了。費茲威廉看了她一眼，問她為什麼心事重重。

「我在回想你剛才說的話，」她說，「我覺得你表哥做得不對，他憑什麼替別人作主？」

「妳認為他多管閒事嗎？」

「我真不懂，達西先生憑什麼斷定朋友的戀愛合不合適？他怎麼能憑著個人喜好，玩弄朋友的幸福？」她停下來深呼吸，然後接著說下去，「但我們不明白其中緣由，因此也不便指責他。也許那一對男女之間根本就沒有愛情。」

「這種猜測也不無道理，」費茲威廉說，「我表哥本來還沾沾自喜呢！被妳這麼一說，他的功勞可就大打折扣了。」

他這句話本來只是開玩笑，但她卻覺得這正好符合達西的個性。她不便回答，於是又改變了話題，只聊些無關緊要的事，就這樣不知不覺回到了牧師公館。當上校離開後，她回到房間沉思，好好回想剛才聽到的那一段話。他剛剛提到的那一對男女，一定跟她有關；世上也不可能有別人會對達西如此言聽計從；至於處心積慮拆散賓利和珍這種壞事，也一定少不了他的份，她對這一點深信不疑。她一直以為是賓利小姐從中作梗，但如今才知道，原來珍遭受的種種苦難全都歸咎於達西，以及他的傲慢和任性。他就這樣摧毀了兩個人的幸福，沒有人知道什麼樣的懲罰，才能彌補他的罪過。

「那位小姐配不上他。」費茲威廉上校曾這麼說道。原因或許就是她有個姨丈在鄉下當律師，還有個舅舅在倫敦經商。

想到這裡，她不禁大叫出來：「至於珍本人，根本就不可能有什麼缺點。她真是太可愛、太善良了；她有見識、有教養、又有氣質。我的父親也沒有什麼可挑剔的，他雖然有些古怪，可是他的才能也是值得尊敬的；至於他的品德，達西先生更是望塵莫及。」雖然她在想到母親時有些動搖，但仍不相信這些瑕疵有什麼大不了的。最後她明白了——達西最不能容忍他的朋友跟身分卑微的人結親，至於對方有沒有見識，他卻毫不計較；他一方面被這種傲慢的心態控制著，另一方面又希望賓利能娶他的妹妹。

她氣得哭出來，頭也開始痛了。到了晚上，頭痛得更厲害，加上她不願看到達西，於是沒有陪柯林斯夫婦去羅辛斯喝茶。夏綠蒂見她確實身體微恙，也沒有勉強她；但是柯林斯卻有些擔心，害怕這樣一來會惹凱薩琳夫人生氣。

第三十四章

當柯林斯夫婦出門之後，伊莉莎白把她到肯特郡以來收到珍的信，一封封拿出來仔細閱讀。信上並沒有一句埋怨的話。她的個性文靜，心地善良，因此她的文章也從來不帶有一絲灰暗的色彩，總是洋溢著歡欣鼓舞的氣息；可是現在，伊莉莎白在她的信中，再也找不到這種歡樂的氣氛，只覺得每一句話都流露著不安。她想到達西曾誇口說，自己善於折磨別人，這使她更加深刻地體會到姐姐的痛苦；她又想到達西後天就要離開羅辛斯，這總算令她稍感安慰，更大的安慰是不到兩個禮拜她又可以見到珍了，而且可以用親情的力量去幫助她打起精神。

一想起達西就要離開肯特，便不免想到他的表弟也要一起走。但既然費茲威廉已經表明自己沒有其他企圖，那麼，即使他十分討喜，也不至於讓她因此煩惱了。門鈴忽然響起，她以為費茲威廉來了，心頭不由得跳動起來，因為他有一回曾經在夜間造訪，這回很可能也是。但是她馬上就知道自己猜錯了，進來的人竟是達西。他匆忙地問起她的健康，又說自己是特地來探望她的。她客氣地回應了他幾句。達西坐了幾分鐘後又站起來，在房間裡來回踱步，伊莉莎白感到好奇，但什麼都沒說。沉默一直持續了幾分鐘，他才帶著激動的神情走向她，對她說：

「我實在沒辦法再忍耐下去了，不行了！我再也壓抑不住自己的感情了。請允許我這麼說，我好欣賞妳，我好愛妳！」

伊莉莎白不知該怎麼形容此刻的驚奇。她瞪大了雙眼，滿臉通紅，但又一肚子疑惑，說不出話來。他看見她的反應，以為她希望他繼續說下去，於是立刻把一直以來對她的好感老實說出來。他的話十分動聽，除了傾吐愛意之外，還提到了一些其他的想法。他一方面信誓旦旦地表示自己的深情，一方面卻又說了許多傲慢無禮的話——他認為她出身卑微，這可能會使他們的見解與心願無法相容。這一段熱烈的表白，雖然足以表現出他的慎重，卻未必能使他的求婚受到青睞。

儘管她對他的厭惡已根深蒂固，但她畢竟無法對這樣一個男人的愛無動於衷；雖然她的意志不曾動搖，但還是多少為他感到憐憫。然而，他後來的那些話卻引起了她的怨恨，她的憐惜之情頓時化為憤怒，但還是盡力忍耐下來，以等到他把話說完。之後，達西跟她說，他對她的愛情是那麼強烈，儘管他一再努力克制，但還是做不到；他希望她能接受他的求婚。她看得出，達西顯然相信她會給予一個滿意的答覆，雖然嘴裡說自己十分擔心，卻露出一副萬無一失的表情。這更加深了她的怒氣。等他說完之後，她面紅耳赤地說：

「一般來說，對於這種事，只要別人對你一番好意，即使你無法給予相應的報答，也得表示一番感激。因此我必須感激你——雖然我沒有這種感覺。我從不稀罕你的抬愛，何況你又愛得如此勉強。我從不想讓任何人痛苦，就算真的讓人感到痛苦，也是出於無心，我希望很快就能化解。你剛才說，你過去顧慮太多事，因此無法向我表達好感，那麼，在經過我這番解釋之後，你想必能輕易抑制住這種好感。」

達西斜靠在壁爐架上，一雙眼睛盯著她看。他聽她說了這番話後，彷彿既是憤怒，又是驚奇。他的面色鐵青，臉上的每一個角落都能看出他內心的煩惱。這一陣短暫的沉默讓伊莉莎白感到難受，達西盡可能裝出鎮定的樣子，然後才勉強沉住氣，開口說道：

「我很榮幸得到妳這樣的回答！也許我可以冒昧請問一下，為什麼我竟然遭受如此失禮的回絕？不過這也無關緊要。」

「我也可以請問一下，」她回答道，「為什麼你存心招惹我，嘴上卻偏偏要說喜歡我？這還不夠作為我失禮的理由嗎？可是我還氣別的事。你心知肚明，就算我對你沒有反感，就算我與你無怨無仇，甚至就算我對你有好感吧！我又怎麼能愛上一個毀了我姐姐的幸福的人呢？」

達西先生聽了她這番話，臉色大變。但這種變化只維持了一下子，他繼續聽她說話。

「我有足夠的理由對你反感。你在這件事上絲毫不顧情義，無論你有什麼動機，都難以原諒。就算不是你親手拆散他們的，也是你指使的，你絕不能否認這一點。那位先生從此將被嘲笑是朝三暮四，那位小姐則是痴心妄想，你讓他們倆受盡了痛苦。」

說到這裡，她看見他完全沒有一絲後悔的態度，又更加生氣了。他甚至還露出一副不以為然的微笑表情。

「你敢否認這些事嗎？」她又問了一遍。

「我不想否認，」他故作鎮靜地回答，「我的確用了各種手段，拆散了我朋友和妳姐姐的親事。我也不否認，自己對此相當自豪。我總算對他盡了一份力。」

伊莉莎白聽了這番優雅的聲明，並不表現得很在意。她明白這些話的含意，卻平息不了內心的憤怒。

「不過，還不只有這件事，」她繼續說道，「我很早就對你有了成見。幾個月前，我從韋克翰先生那裡聽說一些事情，就明白了你的本性。關於這點你還有什麼好說的？我看你這回又打算怎樣顛倒是非，把這件事曲解成為了朋友著想？」

聽到這裡，達西的臉色變得更厲害了，說話也不再像剛才那麼鎮定。

「妳很關心那位先生。」

「凡是知道他不幸遭遇的人，誰能不關心他？」

「他的不幸遭遇？」達西輕蔑地重複道，「是的，他的確太不幸了。」

「全是你一手造成的！」伊莉莎白拚命叫道，「你害得他一貧如洗！本來該由他享有的利益，你卻不肯給他，剝奪了他獨當一面的權利；而當別人提到他的不幸，你卻要鄙視和嘲笑。」

「這就是妳對我的看法！」達西一面大喊，一面向屋子另一頭走去，「原來我在妳心中是這樣的人！感謝妳解釋得這麼詳細，看來我果真罪孽深重！不過，」他停下腳步，轉過頭對她說：「只怪我把自己猶豫不決的原因說了出來，傷害了妳的自尊心，否則妳也許就不會計較我對妳的冒犯了。要是我玩弄一些心機，把內心的矛盾掩飾起來，一味地恭維妳，讓妳相信我無論在理智、思想，還是其他方面上，都對妳懷著無條件的愛，那麼，妳也許就不會有這些苛刻的指責了。遺憾的是，我痛恨虛偽，我也不以我剛才說的話為恥。這些顧慮都是合情合理的，難道妳認為我應該為妳那些地位卑微的親戚歡呼嗎？難道妳以為，我會為了得到這些地位遠不如我的眷屬感到榮幸嗎？」

伊莉莎白越來越憤怒，但她還是盡可能心平氣和地說道：

「達西先生，如果你的態度好一點，我或許還會因為拒絕你而過意不去。否則，要是你以為這麼說，就能影響我的決定，那就大錯特錯了。」

他聽到這番話，吃了一驚，可是沒有說什麼。於是她接著說下去：

「不管你用什麼樣的手段，也不能打動我的心，讓我接受你的求婚。」

他又露出驚訝的樣子，帶著痛苦和詫異的神情望著她。她又說：

「可以說，打從我認識你的那一刻開始，你的行為舉止，就令我感到你是個十足狂妄、自私的人，這也正是我對你不滿的原因。之後又發生了許多事情，讓我對你深惡痛絕。認識你不到一個月，我就覺得像你這樣的人，哪怕世界上沒有其他男人，我也不願意嫁給你。」

「妳說得夠多了，小姐。我完全理解妳的心情，現在我只對我過去的那些顧慮感到羞恥。原諒我耽擱了妳的時間，並允許我誠摯地祝妳健康幸福。」

他說完這些話後便匆匆走出房間。隔了一會兒，伊莉莎白就聽到他走出大門的聲音。她心亂如麻，全身癱軟無力，坐下來哭了半個小時。她回想起剛才的一幕，越想越奇怪。達西竟會向她求婚，竟會愛上她好幾個月了！竟會那樣地愛她，想和她結婚，無論她有多少缺點，而她的姐姐正是因為這些缺點而受到他的阻撓，不能嫁給他的朋友……這真是一件不可思議的事！一個人能在無意中得到別人如此熱烈的愛慕，也足夠高興了。但是，他的傲慢——他那可惡的傲慢！他居然無恥地承認自己破壞了珍的好事，還露出一副自以為是的神氣；還有他提到韋克翰時那種無動於衷的態度，他一點也不打算否認他對韋克翰的無情。一想到這些事，就算她的心頭曾閃過對他的憐憫，這時候卻連一絲也沒有了。

她就這樣反覆地左思右想，直到後來聽見凱薩琳夫人的馬車聲，她才意識到自己的模樣無法見夏綠蒂，便匆匆回到房間裡。

第三十五章

這一晚，伊莉莎白一直沉思到睡著。隔天一早醒來，她的心頭又湧起了這些想法。她仍然對這件事感到詫異，無法想到其他的事，於是決定吃完早飯後外出散心。當她正想朝她最愛的那條小徑上走去，忽然想到達西有時也會在那裡出現，於是便繞了些路，沒有進入花園。她沿著花園的柵欄走，不久便經過了一道柵門。

她沿著小路來回走了兩三遍，被清晨的美景深深迷住了，於是便停在門前觀賞。她來到肯特郡的五個禮拜中，村裡已有了很大的改變，樹也一天比一天綠了。她正要繼續往前走，忽然看到花園旁的樹林中有一個男人正朝這裡走來，她擔心那是達西，急忙往回走。但是那人已經很接近了，他匆匆忙忙跑向她，一面叫著她的名字，她只好再走回門邊。達西拿出一封信交給她，她不由自主地收下了。他帶著一臉傲慢而從容的神情說道：

「我已經在樹林裡等了好一陣子，希望能遇到妳。能請妳賞臉看完這封信嗎？」於是他微微鞠了一躬，重新消失在樹叢中。

伊莉莎白拆開信──只是為了好奇，而不是想從中得到什麼樂趣。令她驚訝的是，信封裡裝著兩張信紙，以細緻的筆跡寫得密密麻麻。信封上也寫滿了字。她一面沿著小路走，一面開始讀信。信是早上八點在羅辛斯寫下的，內容如下：

小姐：

收到這封信時，請妳不必害怕。既然我昨晚的表白和求婚令妳厭惡，我自然不會在這封信裡舊事重提。我曾衷心地希望我們兩人幸福，但我不想在這封信裡再提到這些，免得使妳痛苦，並使我委屈。我之所以寫這封信，又請妳勞神拜讀，無非是拗不過自己的性格。因此請妳原諒我冒昧地褻瀆妳的精神，我知道妳絕不願意勞神，但我仍請求妳心平氣和一些。

妳昨晚曾把兩件不同的罪名加在我頭上。第一是指責我折散了賓利先生和令姐的好事，完全不顧他們之間的愛情；第二件是指責我殘酷無情，蔑視他人的權益，破壞了韋克翰先生美好的前途。對於拋棄了兒時的玩伴、先父生前的寵兒、一個無依無靠的青年──從小就指望我們的恩惠──這的確是我的一大遺憾。至於那一對年輕男女，他們僅僅認識幾個禮拜，就算我拆散了他們，也不能與上述罪過相提並論。

現在請允許我一一坦白我的行為和動機，希望當妳明白了其中原委之後，能不再像昨晚那樣對我嚴詞苛責。在解釋這些事情時，如果我迫不得已抒發了自己的情緒，因而使妳感到不愉快，我只能向妳表示歉意。話說回來，既然是迫不得已，道歉也未免太可笑了。

我剛到哈福德郡不久，就和其他人一樣，看出賓利先生在當地的少女中看上了令姐。但一直要到尼德菲爾德莊園的舞會上，我才驚覺他的確對令姐產生了愛情。我看過太多他的愛情。在那次舞會上，當我有幸與妳共舞時，我才聽威廉．盧卡斯無意間提到，賓利先生對令姐的殷勤早已傳得沸沸揚揚，大家都以為他們早已論及婚嫁。聽他的口氣，彷彿這件事萬事俱備，只是時間上的問題罷了。

從那時候開始，我密切關注著他的行為，並看出他對班奈特小姐的態度，果然和他過去的戀愛大不相同。我也關注著令姐，她的神采和氣質仍然落落大方、和藹可親，並沒有陷入情網的跡象。根據我那一晚的觀察結果，我認為她雖然樂於接受他的殷勤，卻沒有打算用感情來回報他。如果妳是對的，那麼錯的一定是我。妳對於令姐瞭解得十分透徹，那麼只有可能是我錯了。如果事實果真如此，如果真的是我搞錯，並造成令姐的痛苦，那也難怪妳如此憤怒了。可是我能肯定地說，令姐當時瀟灑的風度，即使是觀察力最敏銳的人，也必然會認為她是個難以打動的人。我當時的確希望她無動於衷，可是我敢說，儘管我存有各種主觀的顧慮，但我的觀察和判斷卻不會受到影響，畢竟，令姐絕不會因為我希望她不要動心，就真的不動心。我的想法是無私的，我的願望也合情合理。我昨晚曾說，當這樣地位懸殊的婚姻降臨到自己身上時，我必須用極大的努力去抗拒。

至於他們的這一樁婚姻，我之所以反對，還不光是因為這個理由，因為我朋友對於身分地位並不像我那麼重視。我反對這樁婚姻，還有一些令人厭惡的原因——儘管它們現在仍然存在，而且同時存在於兩件事之中，但我早就決定視而不見了，而現在我必須再次提起它們。

雖然妳母親的娘家令人不太滿意，可是比起妳們一家怪異的作風，這一點簡直微不足道。妳的三個妹妹不斷地做出各種怪異的事，有時連妳的父親也是。原諒我這樣直言不諱，其實我也不想得罪妳。我明白，家人有這些缺點，已經夠讓人難受了，再被我這樣一說，妳當然會更不高興；但妳只要想一想，妳和妳的姐姐舉止優雅，別人不僅沒有牽連妳們，反而對妳們的才學與性格讚譽有佳，這應該不失為一種安慰吧？我還想告訴妳，當我那天晚上看到那種情形，不禁更加確定了自己的看法，並加深了我的偏見——我一定要阻止我的朋友，不讓他步入這樁不幸的婚姻。他隔天就離開尼德菲爾德莊園去了倫敦，我相信妳一定還記得，他原本只打算離開幾天。

我得把我在這件事上扮演的角色說明一下。原來，他的姐妹們都跟我一樣，對這件事深感不安。我們立刻發現了彼此的想法，並覺得應該儘快到倫敦去，把她們的兄弟隔絕起來。我們就這樣走了。到了那裡，我便向朋友解釋了這門親事的壞處。在我苦口婆心的勸說下，雖然終於動搖了他的意願；不過，要是我當時沒有那麼篤定地說，令姐對他根本沒有意思，或許這番規勸也不會有那麼大的效力，他最終還是會跟她結婚。在我對他進行勸說之前，他一直以為令姐即使沒有以愛情回報他，至少也是誠懇地期待著他。但是賓利先生本性親切，無論是任何事，只要我一開口，他總是相信我勝過相信自己。我輕易地說服了他，使他相信這件事只是他自己一廂情願。他既然有了這個念頭，我們便進一步說服他不要回到哈福德郡——這當然不費吹灰之力。

我並不覺得自己有哪裡做錯。只有一件事令我心裡不安：當令姐來到城裡時，我竟向他隱瞞這個消息。這件事不僅我知道，賓利小姐也知道，然而她哥哥直到現在還被蒙在鼓裡。讓他們見面沒什麼不好，但我當時認為他尚未完全死心，最好別讓他見到她。我這樣欺瞞一個人，或許有失身分，然而木已成舟，而且全是出於一片好意。對於這件事，我已無話可說，道歉也於事無補；要是我傷了令姐的心，也是出於無心。妳當然會認為我的做法無憑無據，但我直到現在仍然不覺得自己有錯。

現在來說另一件更重的罪名：破壞了韋克翰先生的前途。關於這件事，我唯一的辯解就是把他和我家的淵源全部說出來，由妳判斷其中的是非曲直。我不知道他特別指責我哪一點，但我即將陳述的事實，有許多信譽卓著的人能為我作證。喬治．韋克翰先生的父親是個可敬的人，在彭伯里管理產業多年，克盡其職，因此先父很願意幫他的忙，並對這名教子恩寵有加。先父讓他受教育，甚至讓他進入劍橋大學——這是對他最大的一項幫助，因為他父親的財產被妻子花光，無力讓他接受高等教育。由於這位年輕人風度翩翩，先父不僅喜歡他，還很器重他，希望他進入教會，並打算為他安插一個職缺。

許多年前，我對他的印象開始轉壞。他為人放蕩不羈，惡習重重；儘管他將這些缺點掩飾起來，不讓朋友發現，但終究逃不過我這個同齡青年的眼睛，機會多得是——當然我父親絕不會有。在這裡，我又不免又要引起妳的痛苦了；不論韋克翰先生讓妳產生了什麼樣的感情，我都要懷疑這些感情的本質，並向妳說明他真正的性格。當然，我這麼做難免別有用心。

尊敬的先父約於五年前去世。他對韋克翰先生的恩寵始終如一，連遺囑上也特別提到了他，要我極力提拔這個人；要是教會有優渥的職缺，就讓他遞補上去。另外還留給他一千鎊。他的父親不久後也去世了。在這幾件大事過後不到半年，韋克翰先生就寫信跟我說，他已決定不接受聖職。既然他放棄了那個職位的薪俸，作為交換，便希望我給他一些直接的利益。他又說，他想進修法律，而靠著一千鎊存款的利息顯然不夠花費。與其說我相信他的話，倒不如說我願意相信他。無論如何，我最後還是答應了他的要求。我知道韋克翰先生不適合當牧師，因此這件事很快就談妥了：我們支助他三千鎊，他不再爭取那份聖職。從此我和他就斷絕一切關係。我極度鄙視他，不再邀請他到彭伯里，在城裡也不和他來往。我相信他一直住在城裡，但是所謂的進修只是個藉口罷了，他擺脫了一切束縛後，便整天過著放蕩揮霍的生活。

我連續三年不曾聽到他的消息。後來，有個牧師過世了，於是他又寫信給我，要我舉薦他遞補這個職缺。他說他已經陷入了困境，這當然不難猜到；他又說學習法律毫無前途，現在已下定決心當一名牧師，只差我出面舉薦。他以為我一定會聽從他，因為眼下沒有其他人選，而且我也不能無視先父的遺囑。儘管他再三要求，我使終沒有答應——妳不會因此責怪我吧？他的境況越糟，怨恨就越深。無庸置疑，他無論在人前人後，都不遺餘力地詆毀我。從那之後開始，連一點點僅存的交情也破滅了。我不知道他是怎樣維生的，可是說來痛心，去年夏天我又注意到他；我得在這裡說一件自己不願想起的事，這件事我本來不想讓任何人知道，但現在卻非說不可，我相信妳一定能保守秘密。

我妹妹比我小十多歲，由我母親的內侄費茲威廉上校和我當她的保護人。大約在一年前，我們把她從學校裡接回來，把她安置在倫敦。去年夏天，她跟管家揚吉太太去了蘭斯蓋特。韋克翰先生也緊隨其後，顯然別有用意。我們也真是識人不清，原來揚吉太太和他早就認識，在她的縱容和幫助下，韋克翰竟向喬治安娜求愛。遺憾的是，喬治安娜心地太善良，還惦記她與他小時候的友情，因此竟被打動了，還答應跟他私奔。她當時才十五歲，我們只能歸咎於她年幼無知。雖然她一時糊塗，可是幸虧她仍把這件事情告訴了我。原來，在他們私奔之前，我去找了他們；喬治安娜一直把我當成父親般尊重，她不忍心讓我難過，於是把整件事一五一十地說了出來。妳可以想像，我當時有多麼震驚，又採取了什麼樣的行動。為了顧全妹妹的名譽和心情，我保守了秘密，但我寫了一封信給韋克翰先生，要他立刻離開，揚吉太太當然也被開除了。毫無疑問，韋克翰先生是看上了我妹妹的三千鎊財產，但我認為，他或許也想趁機報復我——他差點就成功了。

我已經把所有與我們有關的事全都據實以告了。如果妳不認為我說謊，那麼，我希望未來妳不要再認為我對韋克翰先生忘恩負義。我不知道他是如何矇騙妳的，不過，既然妳過去對我們一無所知，那麼受騙也不足為奇了。妳也許困惑為什麼我昨晚不當面說出這一切，但當時我也猶豫不決，不知該說出哪些部分。

至於這封信內容的真實性，妳可以問問費茲威廉上校；他是我們的近親，又是我們的至交，而且是先父的遺囑執行人之一，對於詳細情形再清楚不過。假如說，妳對我的厭惡使妳把我的話看得一文不值，那不妨將妳的意見告訴我的表弟。我之所以想儘早將這封信交給妳，就是為了讓妳有機會與他討論一下。我想說的就是這些了，願上帝祝福妳。

費茲威廉·達西

第三十六章

當達西先生將這封信交給伊莉莎白的時候，她原以為信中只不過是想重新提出求婚罷了。當她一看見這樣的內容，可想而知，她立刻急切地想要往下讀完。她的心情簡直無法形容。信的開頭，她看到他竟然還以為能獲得原諒，不免吃驚；再讀下去，又感覺他每一句都是自圓其說，並流露出欲蓋彌彰的罪惡感。她一讀到關於那天發生在尼德菲爾德莊園的事情，就對他的一言一行都產生極大的偏見。

她迫不及待地往下讀，幾乎來不及思考上一句話的意思。他說珍對賓利沒有什麼情意，這讓她立刻斷定他在說謊；他說這門親事確實存在著缺陷，又讓她幾乎氣到不想再讀下去。他對於自己的所作所為沒有絲毫悔意，這當然無法令她滿意。他的語氣又盛氣凌人，絲毫沒有反省的意思。

當讀到關於韋克翰的事情時，她才比剛才恢復了一些理智。其中有許多細節與韋克翰親口敘述的十分吻合，要是這些都是事實，那足以把她過去對韋克翰的好感一筆勾銷，這更使她心亂如麻。她感到驚訝、懷疑，甚至還有幾分恐懼，恨不得這些事全都是他捏造出來的。「一定是他說謊！這不可能！這是荒謬至極的謊言！」她把信讀完之後，幾乎想不起最後的一兩頁在說些什麼，連忙把它收好，而且喃喃自語地說，絕不會把這封信當成一回事，也絕不會再去讀它。

她心煩意亂地走著，心中千頭萬緒，不知該從哪裡想起。可是不到半分鐘，她又忍不住從信封裡抽出信，專心地讀著關於韋克翰的那幾段，細細地體會每一句話的意思。其中講到韋克翰與彭伯里之間關係的那一段，簡直和他親口所述的一模一樣；而講到老達西先生對他的好處，也和韋克翰所說的一致，儘管她並不知道老達西先生對他究竟好到什麼程度。目前為止，雙方的描述都是吻合的，但在遺囑問題上面，兩個人的說法卻大相逕庭。當她一想起韋克翰的話，就不免意識到，他們之中一定有一方在說謊，這個想法讓她十分高興。她繼續接著讀，讀到韋克翰以牧師職位交換三千鎊等情節時，又不由得猶豫起來。她放下那封信，把每一個情節好好推敲了一番，把每一句話都慎重考慮了一下，但卻無濟於事，因為雙方都是各執一詞。她只好再往下讀，越讀就越混亂。她原本認定無論達西怎樣顛倒是非，也絲毫不能掩飾他的卑鄙；豈知達西竟把事情換了另一種說法，將責任推得一乾二淨。

達西竟然將驕奢淫逸的罪名冠在韋克翰身上，這令她驚駭不已，最可怕的是她竟然提不出反證。在韋克翰參加民兵團之前，伊莉莎白根本沒有聽過這個人；而他之所以從軍，也只不過是被一位偶然遇見的朋友介紹的；至於他過去的經歷，除了他片面的說詞之外，她一無所知；至於他真正的人品，即使她打聽得到，也從未想追根究柢；他的儀表神態令人討喜，讓人一看就覺得他具備一切美德。她努力去想幾件足以證明他品行優良的事，以反駁達西的指責，卻想不出一分一毫。每當她閉上眼睛，就彷彿能看到他出現眼前，風度翩翩，言行優雅；然而，除了鄰里的稱讚，以及他靠著交際手腕得到的名聲之外，她想不起任何更具體的優點。

她想了一陣子，又繼續讀信。接下來又讀到他對達西小姐的企圖，關於這點，只要想想昨天早上費茲威廉上校說過的話，就能夠加以證實。信的最後，他希望她去詢問費茲威廉上校本人，以證明信上內容的確屬實。之前她就曾聽費茲威廉提到過，他對表哥的一切瞭若指掌，而她也沒有理由懷疑費茲威廉的人格。她幾乎就想去問他，但又覺得這些問題有些彆扭，於是打了退堂鼓。後來她又想到，達西很有可能會跟表弟串通，於是又乾脆打消了這個主意。

那天下午她跟韋克翰在菲利普家中初次見面時所說的話，她仍能清清楚楚地回想起來。但她突然想到，他為什麼要跟一個陌生人說這些話呢？為什麼她當時沒有起疑？她發現他當時的自吹自擂有多麼失禮，而且他又是多麼言行不一。她想起他曾說自己不怕達西，也不會被達西嚇得落荒而逃；然而，就在下一次的舞會上，他卻沒有出席。她也記得在尼德菲爾德莊園的一家搬走之前，他從未跟另一個人提過自己的身世，可是當他們一搬走後，這件事就甚囂塵上了。雖然他曾經說過，為了尊重達西的先父，他不願意揭露那位少爺的過失，可是他畢竟還是肆無忌憚地在毀謗達西的人格。

凡是有關他的事，竟都如此矛盾！他向金小姐求愛一事，現在看來，也完全是為了錢，真是太可惡了！金小姐的財產並不多，但這不能說明他不愛錢，反而說明他見錢眼開。他接近她的動機也不單純，要不是誤以為她很有錢，就是為了博得她的歡心以滿足自己的虛榮。只怪她不小心，竟被他看出了自己的好感。她越想，越覺得這個人一無可取；她又想到珍向賓利問起這件事情時，賓利曾說，達西在這件事上仁至義盡，於是她又更偏向達西一方了。雖然達西態度傲慢，惹人生厭，但他們認識以來（近來他們時常見面，她又更加瞭解他了），她從沒見過他有什麼品行不端正的地方，也沒看過他有任何有違風俗的惡習；他的親友們都很尊敬他，倚重他，連韋克翰也不得不說他是個好哥哥。她還常聽達西一臉憐愛地談到自己的妹妹，這說明他還是個有血有肉的人。即使達西的行為真有韋克翰所說的那麼惡劣，那也無法欺騙所有的人；而這樣一個罪大惡極的人，竟然能跟賓利這樣的好人交朋友，也太不可思議了。

她慚愧得無地自容。無論是想到達西，還是想到韋克翰，她總覺得自己過去未免太盲目，也太偏心了，總是對人存在偏見，而且不講道理。

「我真是太卑鄙了！」她不禁大聲叫道，「我一向以聰明人自居！我一向自視甚高！一向瞧不起姐姐那寬大的胸襟！為了滿足自己的虛榮，我待人總是猜忌多端，顯得自己高深莫測，這多麼可恥！可是，這都是自取其辱。即使我真的愛上一個人，也不會盲目到這麼愚蠢的程度。然而我的愚蠢並不在戀愛方面，而是在虛榮心方面。剛認識他們兩人的時候，一個喜歡我，讓我開心，一個怠慢我，令我生氣，才造成了我的偏見和盲目，一旦遇到與他們有關的事，我就無法明辨是非了。我到現在才知道自己有多麼傻！」

她想到自己，又想到珍，再想到賓利。她的思想串聯在一起，使她立刻想到達西對這件事的解釋還不充分，於是又把信讀了一遍。這一次的效果完全不同了，她既然在一件事上不得不相信他，在另一件事上又怎能不相信呢？他說自己從沒想到珍會對賓利有意思，這讓她也想起了過去對夏綠蒂的看法。她也無法否認他對珍的形容，因為儘管珍內心熱情，可是外表卻不露痕跡，她那種安然自得的模樣，實在讓人看不出她的多愁善感。

在他提到她家人的那一段中，雖然措詞不留情面，但那一番指責倒也一針見血，讓她難以否認。尤其他特別強調尼德菲爾德莊園舞會上的情形，是他反對這樁婚姻的第一個原因——老實說，那幅畫面固然令他印象深刻，但她也同樣難以忘懷。

至於他對她和珍的讚美，也讓她聽了很舒服，卻並未因此欣慰；畢竟這無法彌補她家人的失態招致的非議。她認為珍的遭遇全是自己的家人一手造成的，她又想到，她與珍的優點也一定會因家人的行為大打折扣。想到這裡，她感到前所未有的沮喪。

她沿著小路走了兩個小時，反覆地來回思考，又把許多事情重新考慮了一番。這一切對她十分重要。她感到疲倦了，又想到離家已久，應該回去了。她希望走進屋子的時候臉色能像平常一樣愉快，又決定把這些想法壓抑下來，以免被人發現她的態度不太自然。

回家後，她立刻聽說羅辛斯的兩位先生不久前曾來找過她。達西先生是來辭行的，只待了幾分鐘就走了；

費茲威廉上校卻跟她們一起坐了整整一小時，希望能等到她回來。伊莉莎白雖然裝得很惋惜的樣子，心中卻因為沒有見到這位客人而感到慶幸。她心中再也沒有費茲威廉了，只有那封信。

第三十七章

那兩位先生隔天一早就離開了羅辛斯。柯林斯在大門附近等著為他們送行，他帶了一個好消息回來，說這兩位貴客雖然對羅辛斯依依不捨，但身體健康，精神也很飽滿。然後他又趕去羅辛斯安慰凱薩琳母女。回家後，他洋洋得意地轉述了凱薩琳夫人的話——她覺得非常鬱悶，希望他們全家一起去陪她吃飯。

當伊莉莎白看到凱薩琳夫人，不禁想起：要是自己願意接受達西，現在早已成為夫人的侄媳婦了；她想起夫人那時可能有多麼氣憤，就不禁好笑。她不斷地想像這些有趣的場面：「她將會說什麼話呢？她將會有什麼舉動呢？」

他們一開始就談到那兩位客人離開的事。「老實說，我真的很難過，」凱薩琳夫人說，「我相信沒有人像我一樣，為親友的離別如此傷心。我特別喜歡這兩個年輕人，他們也很喜歡我，臨走時一直依依不捨。他們總是這樣，那位可愛的上校最後才勉強打起精神；達西看起來最難過，我看他比去年還要難過，他對羅辛斯的感情真是日久彌深。」

說到這裡，柯林斯又講了一句恭維話，舉了個例子，逗得這對母女笑了出來。

吃過中飯後，凱薩琳夫人看到伊莉莎白似乎不太高興，她猜想，一定是因為她還不想回家，於是說：

「要是妳不想回去，就寫封信給妳母親，請求她讓妳在這裡多待一陣子。我相信柯林斯太太一定很樂意陪妳的。」

「感謝您好心的挽留，」伊莉莎白回答，「可惜，我下週六一定要進城。」

「哎！這麼說來，妳只在這裡待了六個禮拜。我本來還希望妳能待兩個月呢！不用急著走，妳母親一定會答應讓妳多留兩個禮拜的。」

「可是我爸爸不會答應。他上禮拜就寫信來催我回家。」

「噢！只要妳母親答應，父親自然也會答應的。一個父親從來不像一個母親那麼疼女兒。我六月初要去倫敦住一個禮拜，要是妳能再待一個月，我就能順便帶妳們其中一個一起去。道森同意駕四輪馬車，因此多帶一個人也不成問題；要是天氣涼快的話，搞不好還能兩個一起帶去，畢竟妳們個頭都不大。」

「您真是好心，夫人。可惜我們仍然得按原訂計畫行事。」

凱薩琳夫人不便強人所難，於是說道：「柯林斯太太，派一個僕人送她們上路，我不放心讓兩位年輕小姐自行離開，這太不像話了！妳一定得派一個人送她們。我對於年輕小姐們總是這樣細心照顧。我的姨侄女喬治安娜去年夏天去蘭斯蓋特的時候，我就要求一定要兩名僕人隨侍在側，再怎麼說她都是彭伯里的達西先生和安妮夫人的千金，沒這種規格可不行，我對於這種事特別講究。就派約翰送這兩位小姐吧，柯林斯太太。幸好我及早想起這件事，否則讓她們孤零零地自行上路，妳的臉就丟大了。」

「我舅舅會派人來接我們的。」

「噢！你的舅舅。他有僕人嗎？真高興有人能想到這些事。妳們打算在哪裡換馬呢？當然了，一定是在布朗萊。只要妳們在驛站報上我的名字，就會有人來招呼妳們。」

關於她們的旅程，凱薩琳夫人還有許多問題，這讓伊莉莎白能暫時從無止盡的胡思亂想中解脫。但當周遭沒有其他人的時候，她又會翻來覆去地思考起來。她沒有一天不獨自散步，邊走邊想著那些不愉快的事情。

達西的那封信，她幾乎快要背下來了。每一句話都被她反覆推敲過。她對於寫信者的感情忽而熱烈，忽而冷卻。一想起他在信中的口吻，她依舊感到說不出的氣憤；但一想到過去對他的誤解，她的氣憤又轉移到自己身上了。他那沮喪的情緒令她同情，他的愛慕令她感激，他的人格也令她尊敬；可是她無法對他產生好感。她從不後悔自己拒絕了他，她根本不想再看到他。

她常為自己過去的行為感到懊惱和悔恨，更為家人的缺陷痛苦萬分。這些缺陷是無法補救的，她父親對此只是一笑置之，懶得去管教他那幾個狂妄任性的小女兒；至於她母親，既然她本性如此，自然不會意識到自己的荒腔走板。伊莉莎白常常和珍一起約束兩個小妹，但母親卻仍然縱容她們，讓她們永遠無法長進。凱薩琳意志薄弱又神經質，對莉蒂亞言聽計從，一聽到珍和伊莉莎白的規勸就會惱羞成怒；莉蒂亞固執、任性，又粗心大意，她從不理會她們的勸告。這兩個妹妹無知、懶惰，又愛慕虛榮，只要梅利頓出現一個軍官，她們就跑去纏著他。梅利頓跟朗伯恩距離不遠，她們一天到晚往那裡跑。

還有一件事，那就是珍的感情。達西的解釋雖然讓她重拾了對賓利的好感，但她卻更意識到珍的損失重大。賓利對珍一往情深，他的行為不應該受到任何指責，就算要指責，也頂多只能怪他太信任朋友。珍明明有一個得到幸福的機會，卻被家人的愚蠢斷送了，叫人怎能不痛心！

每當她想起這些事，不免聯想到韋克翰的墮落。這讓平日樂觀開朗的伊莉莎白也大受打擊，連笑也笑不出來了。

離開的前一個禮拜，羅辛斯的宴會還是一如往常地頻繁。最後一晚也是在那裡度過的，老夫人又仔細問起她們這趟旅程的細節，指導她們如何收拾行李，又說到長衣服應該如何整理。瑪麗亞聽了之後，又回家把整理好的箱子翻了開來，重新打包一遍。

告別時，凱薩琳夫人特地祝福她們一路平安，又邀請她們明年再來漢斯福德。德・包爾小姐甚至向兩位小姐行了屈膝禮，並伸手與她們一一握別。

第三十八章

禮拜六吃早飯時，伊莉莎白和柯林斯不約而同提早到了餐廳。柯林斯連忙利用這個機會向她鄭重道別——他認為這是不可少的禮貌。

「伊莉莎白小姐，」他說，「這次蒙妳光臨寒舍，不知道內人是否向妳表達過感激之情，不過我相信她不會忘了的。老實說，我們很感激妳這次來訪，我們的家十分寒酸，生活也很清貧，再加上我們見識淺薄，像妳這樣的小姐一定會覺得漢斯福德這裡枯燥乏味；但我們還是感激妳的這次賞光，我們也盡力讓妳過得舒適，不致感到無趣。希望妳能體諒。」

伊莉莎白連聲道謝，說自己這六個禮拜十分開心，不僅跟夏綠蒂相處時快樂，主人一家的招待也十分周到，令她感激萬分。柯林斯聽了相當滿意，立刻露出一副笑容可掬的樣子，一本正經地回答道：

「得知妳並沒有過得不稱心，真是令我驕傲。我們總算盡了心意。尤其是有幸介紹妳跟上流人士來往；儘管寒舍微不足道，但多虧羅辛斯一家，讓妳住在這裡不致單調，這一點令我慶幸，也使妳沒有白來漢斯福德一趟。凱薩琳夫人對我們真是愛護有加，這樣的機會可遇不可求，妳也可以見識到我們的社會地位。妳瞧，我們幾乎天天上門作客。雖然我這棟宅邸簡陋不便，但只要住進來，就可以和我們共享與羅辛斯的深厚情誼，這真是一種福氣，對嗎？」

他的滿腔喜悅實在無以言喻。伊莉莎白想了幾句簡單、真誠的客套話來奉承他，這讓他高興得幾乎跳起舞來。

「親愛的表妹，妳可以到哈福德郡宣傳我們的事。妳也看到了凱薩琳夫人對內人的禮遇，總之，我相信妳朋友的選擇並沒有錯……不過這不提也罷。請聽我說，親愛的伊莉莎白小姐，我打從心底祝妳將來的婚姻也一樣幸福。我親愛的夏綠蒂和我真是天造地設，在任何事情上都是一條心。」

伊莉莎白正想回答說他們的確幸福，但話才說到一半，柯林斯太太就走了進來。可憐的夏綠蒂，要跟這樣的男人朝夕相處，實在是一種痛苦；但這畢竟是她自己深思熟慮後的選擇。她知道客人們就要離開了，不免覺得難過，可是又彷彿不希望別人同情。管理家務，飼養家禽，應付教區的各種事，都還沒令她生厭。

馬車終於來了，箱子被繫在車頂上，包裹放進車廂，一切都準備就緒。大家依依不捨地告別之後，柯林斯便送伊莉莎白最後一程。他們朝花園走去，一路上，他又託她代為問候她的家人，並為去年冬天在朗伯恩所受的款待致謝，以及問候加迪納夫婦——雖然他並不認識他們。最後他扶她上車，瑪麗亞也隨後上去。車門即將關上，他又突然慌慌張張地說，要她們別忘了留話向羅辛斯一家告別。

「不過，」他又說，「妳們當然會這麼做，還會感謝她們這些日子來的款待。」

伊莉莎白沒有異議，車門這才關上，馬車開走了。

「老天！」沉默了幾分鐘以後，瑪麗亞叫道，「我們到這裡似乎沒多久，卻發生了不少事情呢！」

她們一路上幾乎沒有說話，也沒遇到什麼狀況。出發四個小時候，就抵達了加迪納家。她們會在那裡待幾天。

伊莉莎白看到珍的氣色不錯，只差沒機會好好觀察一下她的心情，因為她的舅媽早就準備了各式各樣的娛樂。幸好珍將會跟她一起走，等回到了朗伯恩，多的是說話的機會。

她等不及想把達西求婚的事告訴珍，好不容易才耐住了性子。她知道自己有辦法說得讓珍大驚失色，還能滿足她那難以克制的虛榮心。她恨不得立刻說出口，又不知道該說出哪些細節；也怕一談到這個問題，就難免牽扯到賓利身上，這也許會傷了姐姐的心。

第三十九章

五月的第二週，三位年輕小姐一起從聖恩堂街出發，來到哈德福郡的某個鎮上。班奈特先生事先跟她們約好，將會派馬車到一間小旅店接她們。一到達旅店，她們就看到琪蒂和莉蒂亞正從樓上的餐廳望著她們，顯然馬車已經到了。這兩位女孩已經在那裡等了一個多小時，逛過對街的一家帽子店，觀賞了站崗的哨兵，又做了一些黃瓜沙拉。

她們迎接了兩位姐姐之後，便洋洋自得地擺出一些小菜（都是小旅店裡常見的冷盤），一面說：「不錯吧？妳們一定沒有料到。」

「我們打算好好款待妳們，」莉蒂亞又說，「可是還必須跟妳們借一些錢，因為我們的錢都花在那間店裡面了。」說到這裡，她把買來的東西拿給她們看。「瞧，我買了這頂帽子。雖然沒有很漂亮，但買一頂也無妨。回家後我要把它重新裝飾一遍，看會不會變得更漂亮。」

姐姐們都嫌這頂帽子難看，她卻滿不在乎地說：「噢，那家店還有好幾頂更醜的，只要我買幾條漂亮緞帶來裝飾一下就好了。再說，隔壁郡的民兵團，不到兩個禮拜就要走了，等他們離開梅利頓之後，夏天隨便妳穿什麼都沒關係。」

「他們要走了？真的嗎？」伊莉莎白滿意地說道。

「他們就要駐紮到布萊頓去。真希望爸爸能帶我們去那裡避暑！這個主意不錯，或許還不用花半毛錢。媽媽也一定會贊成的！不然這一個夏天多無聊呀！」

「是啊，」伊莉莎白心想，「真是個餿主意。我的老天！光是梅利頓的一個民兵團和每月的幾次舞會，就弄得我們頭暈目眩了，又怎麼應付得了布萊頓一整營的士兵呢？」

「猜猜我現在要告訴妳們什麼，」大家坐下以後，莉蒂亞說，「這真是個好消息，再重要不過的消息。關於我們大家都喜歡的一個人。」

珍和伊莉莎白面面相覷，她們打發了那名侍者走開，於是莉蒂亞笑著說：

「嘿，妳們也太小心了。讓他聽又沒關係，反正他平常應該也聽了不少；不過這個醜八怪走了倒也好……唔！現在我要開始說了，這是關於可愛的韋克翰的新聞，他不會跟瑪莉．金結婚了——真是個好消息呀！那位姑娘去利物浦找她叔叔，再也不會回來了。韋克翰安全了！」

「應該說瑪莉．金安全了，」伊莉莎白接著說，「她總算逃過一樁輕率的婚姻。」

「要是她喜歡他卻又離開，那真是個大傻瓜呢！」

「但願他們彼此的感情還不深。」珍說。

「我相信他的感情不會多深。」

「我敢說，他根本沒把她放在心上。誰看得上這一個滿臉雀斑的小傢伙呢？」

伊莉莎白心想，雖然她絕不會說出這麼粗魯的話，但這種粗魯的想法卻與她過去的偏見毫無兩樣。一想到這裡，她感到很是驚訝。

付過了飯錢後，她們便吩咐準備馬車。幾位小姐與她們的箱子、針線袋、包裹，以及琪蒂和莉蒂亞所買的那些爛東西，總算全都上了車。

「這樣擠在一起多麼好！」莉蒂亞叫道，「我很高興買了一頂帽子，要是能再多一只帽盒就更棒了！好了，現在就讓我們相親相愛地回家吧。首先，請妳們講講，妳們離家之後遇到了什麼事情。妳們遇過中意的男人嗎？跟人家有過曖昧嗎？我還希望妳們能帶個丈夫回來呢！話說回來，珍馬上就要變成一個老女人了，她快二十三歲了！天哪！要是我不能在二十三歲前結婚，那就太丟臉了！菲利普姨媽希望妳們趕快嫁出去，她說，要是莉茲能嫁給柯林斯先生就好了，但我可不這麼想。天哪！我真想比妳們更早結婚！那樣就可以帶妳們去各式各樣的舞會了。那天在福斯特上校家裡，我們開了一個大玩笑。福斯特太太知道琪蒂和我打算在那裡玩一整天，於是邀請了哈林頓家的兩個孩子。可是哈莉特病了，只有潘出席。妳猜我們怎麼辦？我們讓張伯倫穿上女人的衣服，太有趣了！除了上校、福斯特太太、琪蒂和我、以及姨媽等人以外，誰也沒有發現。姨媽也是因為我們跟她借衣服才知道的。妳們想像不到他扮得有多像！丹尼、韋克翰、普拉特和其他三人進來的時候，根本認不出他來。天哪！我快笑死了，福斯特太太也是，這才讓他們起了疑心，沒多久就識破了。」

莉蒂亞就這樣說著舞會上的事，講講笑話，琪蒂不時在旁加油添醋，逗得大家一路上都很開心。伊莉莎白盡可能不去注意，但難免聽到一聲聲韋克翰的名字。

回家後，家人都親切地迎接她們。班奈特太太看到珍的姿色不減，十分高興。吃飯時，班奈特先生不由自主地重複對伊莉莎白說：

「真高興妳回來了，莉茲。」

餐廳裡的人很多，盧卡斯幾乎全家都來接瑪麗亞，順便打聽各種消息。盧卡斯太太向桌子另一側的瑪麗亞問起她姐姐過得如何，雞鴨的數量多不多；班奈特太太忙得不亦樂乎，不停向坐在旁邊的珍打聽時下流行的事物，然後再去說給盧卡斯家的年輕小姐們聽；莉蒂亞的嗓子比誰都要高，她正把當天早上的趣事一件件告訴她的聽眾。

「噢！瑪莉，」她說，「要是妳能跟我們一起去就好了！在路上的時候，琪蒂和我把車簾放下，偽裝成一部空車在行駛，只是琪蒂途中竟然暈車了；我們在喬治客店也做得不錯，我們用全世界最美的冷盤款待她們三個，要是妳也去的話，我們也會款待妳的。臨走的時候也很有趣，我還以為那部車子塞不下全部的人呢！我真的快笑死啦！回來的路上也很開心！我們有說有笑，聲音大到十哩外的人都聽得見！」

瑪莉聽了，一本正經地回答：「我親愛的妹妹，我並不想掃妳們的興。老實說，妳們這些普通女孩的樂趣可打動不了我，我覺得讀書有趣多了。」

莉蒂亞把她的話當成耳邊風。她不喜歡聽人說話，尤其是瑪莉。

到了下午，莉蒂亞又要姐姐們陪她去梅利頓找朋友。伊莉莎白堅決反對，以免被人笑話，說班奈特家的小姐整天追著軍官們跑；她還有一個反對的理由，那就是不想再看到韋克翰。她已經下定決心，對於這個人能躲則躲。不到四個禮拜，那個民兵團就要調走了，她感到鬆了一口氣。她希望他們走後，從此平安無事，她也不會再為韋克翰苦惱。

回家不到幾小時，她就發現父母正在討論去布萊頓遊玩的計畫，也就是莉蒂亞在客店裡提到的。伊莉莎白看出她的父親絲毫不想讓步，但嘴上的回答仍然模稜兩可，因此她母親也不肯輕易放棄，儘管她老是碰釘子。

第四十章

非把達西求婚的事告訴珍不可了，她再也忍耐不住了。伊莉莎白決定在隔天早上說出來，至於跟姐姐有關的細節則隱諱不提。她猜想珍一定會大吃一驚。

珍與伊莉莎白手足情深，認為無論妹妹被誰愛上了都不足為奇。因此，儘管她開頭有些驚訝，沒多久就習以為常了。她替達西感到惋惜，覺得他不該用那種失禮的方式傾訴心事；但最讓她難過的，是她妹妹的拒絕為他帶來的難堪。

「他不該那麼有自信的，」她說，「至少不該讓妳看出他的自信；可是妳想想，這會讓他多麼失望啊！」

「的確，」伊莉莎白回答，「我為他難過。可是，既然他還存在那些顧慮，那他對我的好感可能很快就會消失了。妳不會怪我拒絕了他吧？」

「怪妳？噢，不會的。」

「可是我那麼偏袒韋克翰，妳會怪我嗎？」

「不會，我看不出妳哪裡錯了。」

「等我把第二天的事也告訴妳，妳一定就看得出來了。」

於是她說起了那封信，把關於喬治．韋克翰的部分全都說了出來。珍感到驚訝不已！她從不相信世上竟有這麼多罪惡，而這些罪惡又集中在一個人身上。雖然達西的自白令她滿意，可是又無法為這個殘酷的發現感到高興。她努力地想說服自己事實並非如此，想為其中一人洗刷冤屈，卻又不願委屈另一人。

「這可不行，」伊莉莎白說，「這件事無法兩全其美，妳只能偏袒其中一人。他們兩人加起來有那麼多優點，但這些優點又在兩人之間游移不定。對我來說，我比較偏向達西先生，我認為這些優點都是他的。妳可以按照自己的意思。」

過了好一陣子，珍的臉上才勉強露出笑容。

「我從來沒有這麼吃驚過，」她說，「原來韋克翰這麼壞！真是難以置信。可憐的達西先生！親愛的莉茲，想想他有多麼痛苦！他遭受了這樣的打擊，又知道妳看不起他，還不得不把妹妹的秘密講出來！這的確太令他痛苦了，妳應該也有同感吧？」

「不。看到妳對他的同情，我反而更加心安了。我知道妳會拚了命替他說話，因此我就更不把它當一回事。妳的多情造就了我的無情。要是妳再為他嘆息，我就要開心得飛起來了。」

「可憐的韋克翰！他的長相那麼善良，風度那麼文雅！」

「那兩位先生在教養上都有所欠缺。一個的優點全暴露在外，一個則深藏不露。」

「妳認為達西先生的儀表不佳，但我從來沒這麼想過。」

「我倒認為我對他沒來由的厭惡是件好事。這股厭惡感可以激勵一個人的智慧。例如說，妳在罵人時，很難說出一句好話；但取笑人的時候，卻有可能偶爾想到一句妙語。」

「莉茲，妳第一次讀那封信的時候，我相信妳對這件事的看法一定和現在不同。」

「當然了，我當時很難受，非常難受——也可以說不開心。我心中有許多感觸，但找不到一個人可以宣洩，也沒有妳來安慰我，說我並不像自己想像的那麼懦弱、虛榮和荒唐。噢！我真不能沒有你！」

「妳向達西先生提到韋克翰的時候，語氣那麼強硬，這實在太糟糕了！現在看來，那些話顯然不怎麼恰當。」

「的確是，我不該說得那麼惡毒。但既然偏見已經存在，這也是難免的。妳認為，我該不該把韋克翰的真實性格告訴朋友們呢？」

珍想了一會兒，說道：「沒有必要讓他太難堪。妳覺得呢？」

「我也這麼想。達西先生並未允許我把這些事散佈出去，反而要我替他保守他妹妹的秘密。至於韋克翰的事，即使我對大家說實話，又有誰會信呢？大家都對達西先生抱著那麼深的成見，要是說出來的話，梅利頓有一半的人都會嗤之以鼻的。沒辦法，幸好韋克翰馬上就要走了，他是好是壞再也不關我們的事。等到真相大白的那一天，我們再去嘲笑人們的愚蠢吧！目前就什麼都不要講。」

「妳說得對。揭露他的過錯，很可能葬送了他的前途。或許他現在已經悔悟，痛改前非，我們不要讓他走投無路。」

經過這場談話之後，伊莉莎白紛亂的心境終於平靜一些。兩週以來纏繞她心頭的難題也終於解決了。她相信，未來要是再談起這兩件事，珍一定還是樂意傾聽。可是還有一些隱情她不敢說，她不敢提到那封信的另外一半，也不敢向姐姐說賓利有多麼欣賞她。這件事絕不能讓任何人知道，她認為除非把一切細節都搞清楚，否則不能透露這最後的秘密。「也就是說，」她想，「等到那件不太可能的事成為了事實，我才可以把這個秘密說出來。不過到了那時，或許賓利先生會自己說出來，還會說得更動聽。才輪不到我呢！」

回到家之後，她有更多時間觀察姐姐真正的心情。珍心裡並不開心，她仍然忘不了賓利，她過去甚至沒預料到自己會愛上他，因此她的愛仍像初戀那麼熱烈，再加上她的年齡和性格因素，使得她比初戀的人們還要來得堅貞不移。她痴痴地盼望他能記得她，把他看得比世上所有男人都優秀。幸好她及早看出了他親友們的心思，才沒有由愛生恨——那想必會毀了她的健康和心智。

「喂，莉茲，」有一天，班奈特太太說，「妳對於珍的事有什麼看法呢？我已經下定決心，再也不在任何人面前提到它。我那天跟妳姨媽說過，我知道珍在倫敦完全沒有見到他的影子，哼，他是個不值得愛的人，我看她這輩子休想嫁給他了。我也沒聽說他夏天會回到尼德菲爾德莊園，凡是有可能知道內情的人，我全都問過了。」

「我看他再也不會回尼德菲爾德莊園了。」

「唉！隨他高興吧，沒人希望他來。我只是覺得他虧待了我的女兒，如果我是珍，我才嚥不下這口氣。唉！我唯一希望的就是珍傷心而死，到時他就會後悔不該那麼狠心了。」

伊莉莎白沒有回答，這種荒謬的願望並不能讓她得到安慰。

「喂，莉茲，」沒過多久，她母親又接著說，「柯林斯夫婦過得很不錯，是嗎？好啊！但願他們天長地久。他們家的伙食怎麼樣？夏綠蒂一定是個了不起的管家婆。她只要有她媽媽的一半精明，就能省下不少錢了。他們的日常生活絕不會有什麼浪費。」

「當然，一點浪費也沒有。」

「他們很會持家，不錯，不錯！他們會小心管理收入與開銷，永遠不愁沒錢。好吧！願上帝保佑他們！我猜他們一定常常聊到妳父親死後接收朗伯恩的事。要是那一天真的到了，我看他們真的會把它看成自己的財產呢！」

「他們當然不方便在我的面前提這件事。」

「當然了，要是他們敢提才奇怪呢！但我相信他們私底下一定常常聊到。嗯，但願他們能心安理得地拿走這筆不義之財。要是叫我去接受一筆法庭硬派給我的財產，我才沒那個臉呢！」

第四十一章

她們回到家之後，轉眼就過了一週，如今已是第二週了。過了這週後，駐紮在梅利頓的民兵團就要開拔了，附近的年輕小姐個個變得垂頭喪氣，幾乎到處都是消沉的氣氛。班奈特家的兩位大小姐生活依舊不變，但琪蒂和莉蒂亞已經傷心欲絕。她們時常責備兩位姐姐的冷淡，完全不懂家裡怎麼會有這麼無情的人！

「天呀！這下我們怎麼辦呢？」她們經常悲痛地嚷道，「妳竟然還笑得出來？莉茲？」她們那慈祥的母親也跟著她們一起傷心，她記得二十五年前自己也曾為著類似的事情痛苦過。

「我記得，」她說，「當初米勒上校那一團調走的時候，我整整哭了兩天，幾乎要心碎了！」

「是我一定會心碎的。」莉蒂亞說。

「要是我們能去布萊頓就好了！」班奈特太太說。

「對啊，如果能去布萊頓就好了！可是爸爸偏不答應。」

「洗一次海水浴能讓我健康一輩子。」

「菲利普姨媽也說，洗海水浴對我的身體很好。」琪蒂接著說。

朗伯恩一家的兩位小姐，總愛沒完沒了地長吁短嘆。伊莉莎白想嘲笑她們一番，可是羞恥心打消了她的興致。她又想起達西的確沒有冤枉她們，他指出的那些缺點的確是事實。她深深感覺到，難怪他要干涉賓利和珍的好事。

但是莉蒂亞的憂鬱很快就煙消雲散了，因為福斯特太太請她一起去布萊頓。這位朋友是位年輕的夫人，剛結婚不久；她跟莉蒂亞都活潑好動，很合得來。雖然認識才三個月，成為知己的時間卻已有兩個月。

可想而知，莉蒂亞是多麼歡天喜地、感激福斯特太太，班奈特太太又是多麼高興，琪蒂又是多麼扼腕。莉蒂亞在屋裡又笑又叫，活蹦亂跳，要所有人都來恭喜她；不幸的琪蒂卻只能在客廳裡唉聲嘆氣。

「我不懂福斯特太太為什麼不叫我也一起去，」她說，「就算我跟她交情不是特別好，一起去又有什麼關係？我比莉蒂亞大兩歲，人緣也更好呢！」

伊莉莎白安慰她，珍也要她別生氣，但她都不理。伊莉莎白對於這次邀請完全沒有高興的心情，她認為莉蒂亞即使原本並不糊塗，這一去也毀了。她只能暗地裡要父親禁止莉蒂亞，也顧不得莉蒂亞知道後會有多麼恨她了。她把莉蒂亞平日不得體的舉止都告訴父親，說明和福斯特太太這樣的人交友毫無益處；跟這樣的朋友到充滿誘惑的布萊頓去，肯定會變得更荒唐。父親耐心地聽完她的話，說道：

「莉蒂亞不去別人面前出個醜，是絕不會罷休的。她這一趟既不用花錢，又不用麻煩我們，何樂而不為呢？」

「如果你看得出來，」伊莉莎白說：「像莉蒂亞那樣輕浮、冒失的行為，一定會讓我們姐妹吃大虧（事實上早就吃虧了）的話，那你對這件事的看法就會不一樣了。」

「讓妳們吃了大虧？」班奈特先生重複道，「怎麼說？她把妳們的愛人嚇跑了嗎？可憐的小莉茲，別擔心，那些挑剔的小伙子，會因為看見了莉蒂亞的放蕩行為，而不敢向妳們示好？」

「妳誤會我的意思了。我並不是因為吃虧才來抱怨，我也不知道我到底想抱怨什麼，只覺得壞處很多。莉蒂亞這種放蕩的性格，會有損我們的顏面，影響我們的社會地位。原諒我實話實說，爸爸，你得想辦法管管她那狂野的脾氣，讓她明白她不能一輩子追著別人跑，否則很快就無可救藥了。一旦她的個性定型以後，要改就困難了。她才十六歲，就變成一個輕浮的女人，只會讓她自己和家庭貽笑大方，還讓大家瞧不起她。她除了年輕、長得還算漂亮之外，就一無可取；她愚昧、無知，愛慕虛榮，卻處處被人鄙夷。琪蒂也差不多，她對莉蒂亞言聽計從，不僅愚蠢、虛榮，又懶惰，完全沒有一點家教！唉！我的好爸爸，無論她們去哪裡，都會被認識她們的人指指點點，還會連累到她們的姐姐；難道你還能視而不見嗎？」

班奈特先生看到她開始歇斯底里，便和藹地握住她的手。

「放心，好孩子。妳和珍兩人無論到了哪裡，都能夠得到別人的尊重，絕不會因為有了兩個——甚至三個傻妹妹，就失了面子。這次要是不讓莉蒂亞去布萊頓的話，我們在朗伯恩就休想安靜。讓她去吧！福斯特上校是個有見識的人，絕不會讓她闖禍的，而且她沒什麼錢，不會有任何人看中她。布萊頓跟這裡沒兩樣，即使她想追著別人跑，但軍官們總會找到更中意的對象。因此，希望她在那兒能得到一些教訓，知道自己有多麼渺小。無論如何，她再壞也壞不到哪兒去，我們不能把她一輩子關在家裡。」

伊莉莎白雖然沒有改變想法，但聽到父親這樣回答，也只能表示滿意，悶悶不樂地走開了。她從不會鑽牛角尖，自尋煩惱；她相信自己已盡到了責任，要她再為了那些無法避免的害處去憂慮，那是不可能的。

要是讓莉蒂亞和母親知道這一次談話的內容的話，她們一定會氣死了。就算她們兩張利嘴同時夾攻，滔滔不絕地破口大罵，也還消不了她們的氣。對莉蒂亞來說，只要能去布萊頓一次，此生就別無所求了。她幻想著那華麗的浴場，街道上擠滿了軍官。她幻想著幾十個、甚至幾百個軍官，紛紛向她獻殷勤。她幻想著富麗堂皇的營帳，裡面擠滿了血氣方剛的年輕小伙子，都穿著光鮮亮麗的紅色軍服。她還幻想自己坐在帳篷裡面，同時向好幾個軍官賣弄風情。

要是她知道姐姐竟想妨礙她，不讓她享受這些美妙的事物，那怎麼忍受得了？只有她母親才能體會她的心情，而且跟她深有同感。班奈特太太知道丈夫絕不會去布萊頓，因此要是莉蒂亞能去，對她的痛苦也算是一種莫大的安慰。

她們母女倆完全不知道這回事。直到莉蒂亞離家的那一天，她們一直都處在歡天喜地的氣氛中。

伊莉莎白和韋克翰將要作最後一次會面。她回家之後已見過他不少次，早已沒有不安的情緒。他的文雅風度曾贏得她的歡心，現在她看出了這其中的虛偽，不禁心生厭惡，他現在對她的態度又使她更不愉快——他很快就露出想與她重修舊好的意思，完全不知道她對自己的反感。自從她得知這個人是個遊手好閒的輕薄公子後，便對他心灰意冷；但他卻以為只要重新示好，就能再度得到她的歡心，完全忘了自己已多久沒有向她獻殷勤，又是為了什麼原因。她看到他的態度，儘管表面上默不作聲，內心卻不停地咒罵。

民團離開梅利頓的前一天，他跟一些軍官來到朗伯恩吃飯。他問起伊莉莎白在漢斯福德的那一段日子，伊莉莎白想令他難堪，便趁機說出費茲威廉上校和達西曾在羅辛斯度過三週的事情，並問他是否認識費茲威廉。韋克翰忽然變得氣急敗壞，但很快又鎮定下來，笑嘻嘻地說自己曾見過他很多次。他說費茲威廉很有紳士風度，又問她喜不喜歡這個人；她也熱情地說自己很喜歡他。他立刻又用滿不在乎的語氣問道：「妳說他在羅辛斯待了多久？」

「差不多三個禮拜。」

「妳常和他見面嗎？」

「是的，幾乎每天都見面。」

「他的風度和他的表哥大不相同。」

「的確是。但我認為，或許達西先生跟人熟識之後就會變好了。」

「真的嗎！」韋克翰忽然吃驚地大叫道，「對不起，我能不能請問妳——」說到這裡，他盡可能讓自己看起來愉快些，然而又接著說：「他跟別人說話時，態度有變好一些嗎？他對人是否比以前更有禮貌？因為我實在不敢指望——」他的聲音越來越小，越來越嚴肅，「指望他的本性會變好。」

「沒那回事！」伊莉莎白說，「我相信他的本性跟過去沒有兩樣。」

韋克翰聽到她這麼說，又看見她那難以言喻的表情，感到有些害怕和焦急。他不知道自己該表示高興，還是不以為然，於是她又說下去：

「所謂達西先生跟人熟識之後就會變好，並不是指他的思想和態度會變好，而是指當你與他越熟，也就越瞭解他的個性。」

韋克翰一聽此話，不禁慌張了起來，變得面紅耳赤，神情也十分不安。他沉默了好幾分鐘，才收斂住了那股窘相，溫和地對她說：

「妳很瞭解我對達西先生的看法，因此妳也會明白，當我聽到他居然也懂得作表面功夫了，有多麼高興。他的傲慢即使對自己沒有好處，也對別人有好處；因為既然他傲慢，也就不會再做出對我的那種惡劣行為了。

只怕他雖然收斂了一些(或許妳是這個意思),但只是為了為了騙過他姨媽,好得到她的歡心罷了。我很明白,他和他姨媽相處時總是戰戰兢兢,這多半是為了和德.包爾小姐結婚。我敢說,這才是他最大的目的。」

伊莉莎白不由得微微一笑。她稍微點了點頭,一言不發。她知道韋克翰又想當著她的面重提舊事,她完全不想去鼓勵他。這一晚就這樣過去了,雖然他表面上還是跟平常一樣愉快,但沒有再向伊莉莎白獻殷勤了。最後他們客氣地互相道別,但或許都不想再見到對方了。

他們分手以後,莉蒂亞與福斯特太太回到梅利頓,計畫明天一早就出發。莉蒂亞離開家人時,與其說是依依不捨,倒不如說是歡天喜地。只有琪蒂哭出來,但那是因為嫉妒和煩惱。班奈特太太祝福女兒,又叮嚀她不要錯過了任何享樂的機會——沒有一個女兒會違抗這種叮嚀。她得意忘形地向家人大聲道別,聲音蓋過了姐妹們對她的祝福。

第四十二章

如果要伊莉莎白根據她們家的情況,來解釋何謂婚姻的幸福,何謂家庭的樂趣,那她一定說不出半句好話。她的父親當年就因為貪圖青春美貌,而娶了這樣一位愚蠢又小氣的女人,結婚沒多久,他對太太的情意就消失得無影無蹤。夫妻之間的信任和尊重蕩然無存,他對於家庭幸福的理想也完全破滅。換作別的人,或許會從此沉溺在荒唐或是不正當的娛樂之中,藉以自慰;可是班奈特先生卻不這麼做。他鍾情鄉村風光,熱愛讀書。說起他的妻子,除了能拿她的無知開玩笑之外,他對她就沒有別的感情了。一般的男人都不希望在妻子身上找這種樂趣,但他既然找不到其他的優點,也只好順其自然了。

伊莉莎白並不是看不出父親的缺點。她看不慣這些缺點,但她尊敬他的才學,又感謝他的寵愛,因此對於這些事只能睜一隻眼。即使一個父親不該叫孩子瞧不起他的母親，也不該讓夫妻關係日漸惡化，她也盡可能視而不見。然而，她對於一樁不美滿的婚姻為兒女們帶來的傷害，對於父親不當應用知識而產生的壞處，卻從未有現在這麼深刻的體會。要是他能好好利用自己的才學，即使不能讓母親變得有見識，至少也能讓女兒們有面子。

韋克翰的離去使得伊莉莎白感到安慰，但自從民兵團離開之後，外頭的宴會再也不像從前那麼有趣了。母親和妹妹成天抱怨生活煩悶，讓家中蒙上一層陰影。琪蒂在軍官走了之後，馬上又恢復安分守己的生活；但另外一個妹妹，本性已放蕩不羈，如今又身處兵營和浴場的環境中，難免會變得更加大膽，闖出更大的禍。她發現（其實她過去也發現過）當自己翹首以盼的事終於實現時，總是不像預期的那麼如意。她不得不在真正的幸福來臨前找出其他的寄託，好好安慰一下自己。如今她最開心的事，是馬上就可以去湖區旅行。家裡被母親和琪蒂鬧得雞犬不寧，一想起出門，便使她獲得了最大的安慰；要是珍也能陪她一起去，那就更完美了。

「幸好，還有一些開心的事，」她心想，「假如一切都很稱心的話，我反而會覺得失望。要是姐姐不能陪我去，雖然有些可惜，不過也讓我多了一分期待。圓滿的計畫往往不會成功，只有保留幾分煩惱，才能避免太過失望。」

莉蒂亞臨走前，答應會常常寫信給母親和琪蒂，告訴她們一路上的情形。但是她離開之後，總是隔了好久才寄信回家，而寫給母親的信上又往往只有寥寥數行，僅僅提到她們剛從圖書館回來，有許多軍官陪她們一起去，她們在那裡看到許多漂亮的裝飾品，她非常羨慕；或是她買了一件新衣服，一把陽傘，她本來想寫得更詳細，可是福斯特太太在叫她了，她們馬上就要到兵營去……諸如此類的事。至於寫給琪蒂的信，雖然比較長，但一樣空洞無物，因為有許多重要的話不方便寫出來。

她離開兩三週以後，朗伯恩又恢復了歡樂的氣氛。到城裡過冬的人們都搬回來了，他們都穿起夏天的服裝，到處是夏天的聚會。班奈特太太又像往常一樣喋喋不休。到了六月中，琪蒂完全恢復正常，這讓伊莉莎白很是高興；她希望到了聖誕節，琪蒂能變得理智一些，不要一天到晚提到軍官們——如果作戰部不要又開一次玩笑，再調一團人到梅利頓來的話。

他們北上旅行的日期越來越接近，只剩下兩個禮拜了。沒想到，加迪納太太這時卻寄來一封信，上頭提到，由於加迪納先生有事，行期必須延後兩週，七月才能動身；加上他只能離開倫敦一個月，行程很倉促，不能按照原訂計畫作長途旅行，沿途也無法慢慢欣賞。湖區是去不了了，行期也必須縮短，只能到德比郡為止。不過德比郡已足夠他們遊覽，並消磨短短三週的日子；加上加迪納太太非常嚮往那個地方。她以前曾那裡住過幾年，對於能夠舊地重遊——尤其是馬特洛克村、查茲華斯莊園、多佛戴、大山區等——感到心醉神往。

這封信讓伊莉莎白大失所望（她一心想去觀賞湖區風光），但很快就釋懷了。一提到德比郡，就免不了引起各種聯想。她立刻想到彭伯里和它的主人。「我可以大搖大擺地走進他的家，趁他不注意的時候偷撿幾塊漂亮的石頭。」她心想。

行期一延再延。四週過去了，加迪納夫婦終於帶著他們的四個孩子來到朗伯恩。四個孩子中有兩個女孩，一個六歲，一個八歲，另外兩個男孩年紀還很小。他們都要留在這裡，由珍代為照顧；因為他們都喜歡她，加上珍舉止穩重，性情溫和，非常適合應付小孩子。

加迪納夫婦只在朗伯恩待了一晚，隔天一大早就把伊莉莎白帶走了。這幾個旅伴都很適合——所有人都身強體壯，性格溫和，能忍受旅途中的任何不便。他們都朝氣勃勃，不僅感情豐富，人也聰明，萬一遇到了什麼突發狀況，也能夠安然自得。

關於德比郡的風光，以及他們遊歷過的一些名勝地區，例如牛津、布倫亨、瓦立克、肯尼爾沃斯、伯明罕等等，這裡就不多提了。加迪納夫婦曾在郡內一個名為蘭姆頓的小鎮中住過，近來她聽說還有一些熟人住在那邊，於是打算繞道過去看看。伊莉莎白聽舅媽說，彭伯里距離蘭姆頓不到五哩，雖然不在必經之途上，但也只不過多走一兩哩路罷了。當他們前一晚討論路線的時候，加迪納太太說希望去那裡看看，加迪納先生也同意，於是便徵求伊莉莎白的意見。

「親愛的，」加迪納太太說，「妳也聽過那個地方，想去看看嗎？妳的很多朋友都跟那裡有些淵源。韋克翰的少年時期就是在那裡度過的，妳知道。」

伊莉莎白感到困窘。她實在不想去彭伯里，只好說自己已經看膩華麗的房子了，沒有必要再去。

加迪納太太忍不住說她傻，「要是只有一幢華麗的房子就算了，可是那裡的庭園景色實在很漂亮，那裡的花草樹木也是全國最美的。」

伊莉莎白沒有回答，但她仍然不以為然。她想到有可能在那裡遇到達西，那多麼糟糕！一想到這裡，她立刻紅了臉，覺得應該把事情老實跟舅媽說出來。但又覺得這麼做不恰當。最後，她決定先私下打聽達西在不在家裡，要是在的話，再使出其他手段也不遲。

睡覺前，她向侍女打聽彭伯里的狀況，以及主人的姓名，又緊張地問起主人一家是否會回家避暑。她得到了想要的答案：他們不會回來。如今她可以壯著膽子了，但又忍不住好奇，想親眼看看那幢房子。第二天早上，當舅媽又來徵求她的同意時，她毫不在乎地答應了。於是他們決定前往彭伯里。

第四十三章

他們乘坐的車子行進著。當彭伯里的樹林映入眼廉，伊莉莎白頓時有些心慌；等他們走進了莊園，她更加心神不寧。

莊園很大，裡頭高低起伏，氣象萬千。他們從一個低窪處進入莊園，在一座陰暗遼闊的美麗樹林中行駛著。

伊莉莎白心中滿懷感觸，說不出話來，但她每看到一處美景，都讚賞不已。他們沿著上坡路緩慢行駛了半哩，來到一個山坡，這裡正是樹林的盡頭，彭伯里府邸立刻出現在眾人眼前。房子位於山谷另一側，有一條陡峭的路蜿蜒直上；那是一幢高大、漂亮的石造建築，屹立在高地之上；屋後有一片樹林茂密的小山坡，屋前那條優美的溪流正在漲潮，沒有一絲人工的氣息。兩岸的點綴既不呆板，也不做作。伊莉莎白愉快極了，她從不曾看過比這裡更有情調的地方，也沒有看過這樣天然的美景。大家都熱烈地讚美了一番，伊莉莎白頓時想到，或許在彭伯里當個女主人也不錯呢！他們走下山坡，過了橋，直接來到府邸門前，就近欣賞附近的景物。伊莉莎白不免又害怕起來，擔心旅館裡的侍女弄錯了。他們請求進屋參觀，於是立刻被請進客廳，等待女管家出來。伊莉莎白這時才想起自己身在何處。

女管家來了，她是一個態度端莊的老婦人，不怎麼漂亮，但禮數出乎意料地周到。他們跟著她走進餐廳。那是一個寬敞舒適、佈置精美的大房間。伊莉莎白隨便看了一下，便走到窗口欣賞風景。他們望著剛才下來的那座小山，那裡叢林密布，遙望更顯得陡峭，相當壯麗。她又縱目四望，只見一彎河道，林木夾岸，山谷蜿蜒曲折，看得她心曠神怡。他們再走到其他房間，每一間的擺設都不同，每扇窗戶的風景也各有特色；房間高大美觀，傢俱陳設也和主人地位相稱，既不俗氣，又不過於奢華，比起羅辛斯尤為風雅，伊莉莎白非常佩服主人的品味，她心想：「我差一點就成為這裡的女主人了！這些房間也許早就被我逛遍了！我不但不用以一個陌生人的身分來參觀，還可以當成自己的家來使用，把舅父母當成貴客歡迎。可是，不行，」她忽然想到，「這是不可能的。到那時我就見不到舅父母了，他絕不會允許我邀請他們。」

幸好她想起了這一點，才沒有後悔當初的決定。

她想問女管家，她的主人在不在，可是沒有勇氣。但她的舅舅卻代替她問了這個問題，她慌張地轉過頭去，她聽見這名雷諾太太回答說他的確不在家，接著又說：「但是他明天會回來，還會帶來許多朋友。」伊莉莎白十分慶幸，還好自己早了一天過來。

她的舅媽要她看一幅畫。她走上前，發現那是一幅韋克翰的肖像，就和其他幾張小型畫像一起掛在壁爐架上方。舅媽笑著問她覺得如何。女管家走過來，說畫上的年輕人是老主人帳房的兒子，老主人一手將他栽培起來。

「他現在加入軍隊了，我恐怕他已經變得很浪蕩。」她又補充說道。

加迪納太太笑盈盈地看了外甥女一眼，但伊莉莎白實在笑不出來。

「這就是我的小主人，」雷諾太太指著另一張畫像，「畫得真像。跟那一張是同時畫的，大約有八年了。」

「我常聽說他相貌堂堂，」加迪納太太望著那張畫像說道，「他的確很英俊……莉茲，妳認為畫得像嗎？」

雷諾太太聽說伊莉莎白跟自己的主人熟識，便對她露出幾分敬意。

「原來這位小姐認識達西先生？」

伊莉莎白臉紅了，連忙說：「不是很熟。」

「妳覺得他是位英俊的少爺嗎，小姐？」

「是的，很英俊。」

「我敢說，我從未見過這麼英俊的人。樓上的畫室還有一張他的畫像，比這張更大，畫得也更好。老主人生前最喜歡這個房間，這些畫像的擺法也還是維持他的喜好。他很喜歡這些小型畫像。」

伊莉莎白這才明白，為什麼韋克翰的像也放在一起。

雷諾太太接著又指出一張達西小姐的畫像，那是在她八歲的時候畫的。

「達西小姐也跟她哥哥一樣好看嗎？」加迪納先生問道。

「噢，當然！我從沒見過這麼漂亮的小姐，又那麼多才多藝！她每天彈琴唱歌。隔壁房間有一台剛買來的鋼琴，那是主人送給她的禮物，她明天就會跟他一起回來。」

那位女管家跟加迪納先生談得十分高興。她很樂意聊到她的主人兄妹倆，因為她以他們為傲，又跟他們交情深厚。

「妳的主人待在彭伯里的日子多嗎？」

「沒有我希望的那麼多，先生。他每年大概會在這裡待上半年，達西小姐總是在這裡避暑。」

「除非她去了蘭斯蓋特。」伊莉莎白心想。

「等妳的主人結了婚，妳就能常常見到他了。」

「是的，先生。但我不知道這件事哪時才會發生，我也不知道誰家的小姐配得上他。」

加迪納夫婦都笑了。伊莉莎白忍不住說：「他一定會很高興妳這樣想。」

「這是真的，認識他的人都這麼說。」女管家說。伊莉莎白覺得她的話太誇張了，但她又接著說道：「我從沒見他發過一次脾氣。我在他四歲時就跟著他了。」

這句讚美的話最令人她意外。她早就認定達西是個脾氣暴躁的人，這時卻聽到女管家這麼說，不禁引起了她的注意。她很想再多聽一些事，幸好她舅舅又開口說道：

「天底下沒幾個人擔得起這種讚美。妳真幸運，遇上了這麼好的主人。」

「是啊，先生，我也這麼覺得。世上再也沒有一個這麼好的主人了。一個人小時候脾氣好，長大了脾氣也會好。他從小就是個乖巧、溫和的孩子。」

伊莉莎白忍不住瞪大眼睛，心想：「達西真的是這樣的一個人嗎？」

「他父親是個了不起的人。」加迪納太太說。

「是的，太太，他的確是個了不起的人。他的獨子完全像他一樣，也那麼體貼窮人。」

伊莉莎白一直聽著，先是好奇，接著懷疑，最後又想繼續聽下去；但雷諾太太已經沒有其他令她感興趣的話了。她談到畫像，談到房間大小，談到傢俱的價格，她都不想聽。加迪納先生認為女管家之所以這樣吹捧主人，無非是出於家人的偏心，但他仍然聽得很愉快，於是話題很快又回到這上面。她一面津津有味地講到他的優點，一面帶著他們走上樓梯。

「他是個最好的地主，最好的雇主。」她說，「他不像時下那些輕浮的年輕人，一心只想到自己。沒有一個佃戶或僕人不愛戴他。有些人說他傲慢，可是我從不覺得他有哪一點傲慢。據我猜想，他只是不像一般年輕人那麼愛說話罷了。」

「他被妳說得多麼可愛！」伊莉莎白想道。

她舅媽一邊走，一邊小聲地說：「她拚命說他的好話，可是他對待我們那位可憐的朋友卻是那種方式，兩者好像不太符合。」

「我們可能被騙了。」

「不太可能，我們的根據那麼確實。」

他們走到樓上寬敞的穿堂，接著被帶進一間漂亮的客廳，這個房間最近才佈置好，比樓下的許多房間還要精緻。據說這裡是專門供達西小姐使用的，因為去年她在彭伯里看中了這個房間。

「他的確是一個好哥哥。」伊莉莎白一邊說，一邊走到一扇窗戶前。

雷諾太太想像當達西小姐走進這個房間，將會多麼高興。「他總是這樣，凡是能讓妹妹開心的事，他一定立刻去辦到。他從來不會拒絕她。」她說。

只剩下畫室和兩三間主要寢室要展示了。

畫室裡陳列著許多美麗的油畫，可惜伊莉莎白在藝術上完全是外行人。她覺得這些畫彷彿已經在樓下看過，因此她寧願去看達西小姐畫的那幾張粉筆畫，因為那些畫的題材都比較有趣，也比較容易看懂。

畫室裡都是家族成員的畫像，伊莉莎白從中找出了達西的那一張。他臉上的笑容就如同之前看到他時的那樣。她在這幅畫前站了幾分鐘，看得出了神。離開畫室之前，又走回去看了一下。雷諾太太說，這張畫像是他父親還在世時畫的。

伊莉莎白不禁對畫中的人產生了一陣親切之感，過去她見到他時從來沒有這種感覺。這應該歸功於雷諾太太對主人的稱讚，有什麼稱讚能比一個聰明僕人的稱讚來得寶貴呢？她認為，他作為一個兄長、一個地主、一個家主，都掌握著眾多人的幸福。他能夠給予別人許多快樂，又能夠給予別人許多痛苦；他可以做多少善事，又可以作多少壞事。而女管家所提到的每一點，都足以說明他品格優良。她站在他的畫像前，感覺到那雙眼睛盯著她看，不由得想起了他對自己的愛慕，於是一陣前所未有的感激之情油然而生。她一回想起他的鍾情，便不再計較他求婚的唐突了。

他們參觀了所有允許參觀的地方，最後走下樓，告別了女管家。女管家也吩咐一個園丁送他們離開。

他們穿過草地，走向河邊，伊莉莎白又轉過頭來看了一眼，舅父母也都停下腳步。她的舅舅正想估量一下這棟房子的建築年代，忽然看到屋主從一條通往馬廄的大路上走了過來。

雙方只相隔了二十碼，他的突然出現令她根本來不及躲避。一瞬間，他們四目相交，兩個人都滿臉通紅。主人驚訝得一動也不動，但又立刻回過神來，走向他們。他跟伊莉莎白說話，語氣並不怎麼鎮靜，但十分有禮貌。

伊莉莎白原本不由自主地走開了，但看到他走上前來，不得不停下腳步，害羞地接受他的問候。她的舅父母起初沒認出他，但一看到他和剛才那幅畫像的相似之處，又看到園丁驚恐的態度，立刻明白了眼前的人是誰。他們看到他正在跟外甥女說話，便稍稍站得遠一點。

達西客氣地問候了她的家人，她卻慌張得不敢抬起頭來看他，也不知道自己回答了什麼。他的態度跟上次分手時完全相反，這使她感到驚奇，因此他的每一句話都使她感到困窘。她左思右想，認為自己出現在這裡真是有失體統，這短短的幾分鐘成了她一生中最難捱的一段時間。他也不比她鎮定。他問她是什麼時候離開朗伯恩的，來德比郡多久了，同樣的問題提了又提，而且神色慌張。

最後他似乎無話可說，默默無言地站了幾分鐘，突然又回過神來，告辭而去。

舅父母這時才走到她面前，說他們很欣賞達西的儀表。伊莉莎白心事重重，一個字也聽不進去，只是一言不發地跟著他們走。她感到說不出的羞愧和懊惱，她這次的造訪真是世界上最不幸、最愚蠢的事了。他會多麼莫名其妙！像他那麼傲慢的人，又會多麼鄙視這件事！她為什麼要自己送上門來呢？或是說，他為什麼偏偏要提早一天回家呢？他們只要早十分鐘離開，就不會遇到他了；他顯然才剛抵達，剛跳下馬背，或是走出馬車。想起了剛才見面時的彆扭，她的臉色越來越紅。他的態度完全不一樣了，這是怎麼一回事呢？他居然會走來跟她搭話，光是這一點就夠不可思議的了！何況他的談吐與問候又是那麼地溫和有禮！她從不知道他的態度如此謙恭，語氣如此溫柔。上次他在羅辛斯將信交給她的時候，他的措詞跟今天形成了強烈的對比。她不知道該作何感想，也不知道如何解釋這些矛盾。

他們已經走到河邊一條美麗的小徑上，地勢逐漸降低，眼前的風光越來越壯麗，樹林的景色也越來越幽靜。他們慢慢地走著。沿途，舅父母一再提醒伊莉莎白欣賞眼前的景色，她隨口應了一聲，眼睛也隨意望了一下，但過了好久都看不到一景一物。她根本無心觀賞，一心只想著彭伯里府邸裡達西身處的那個角落。她想知道他現在思考什麼，他心中怎樣看待她，他是否仍然對她有好感。他也許是因為從心事中解脫了，所以對她特別客氣；但聽他說話的語氣，又不像是了無牽掛的樣子。她不知道他見到她的時候，是痛苦多一些，還是快樂更多一些？但看他的行為舉止，一點也不像是心神鎮定。

當舅父母問她為什麼心不在焉，她才終於意識到，應該裝出個樣子。

他們走進樹林，踏上山坡，跟這一彎溪流暫時告別。從樹林的空隙間望出去，可以看見山谷各處的景色。對面的一座座小山長滿了整片樹林，蜿蜒曲折的溪流不時映入眼簾。加迪納先生想在莊園裡散步，又怕走不動；園丁帶著得意的笑容告訴他們，走一圈有十哩路那麼遠，這才作罷。

他們沿著小徑繞了好一陣子，才從懸崖上的小樹林走出來，重新回到河邊，這是河道最狹窄的一處。他們從一座簡陋的小橋過河，這座橋和周圍的景色十分搭調。這裡比之前那些地方來得樸素，山谷到這裡也變成了一條小夾道，只能容納這一條溪流和一條小徑。小徑上灌木叢生，參差不齊。伊莉莎白很想循著小徑去冒險一番，但過了橋之後，加迪納太太早已走不動了，她一心只想趕快坐上車。於是，大家只好從河對岸抄近路朝住宅走去。他們走得很慢，因為喜歡釣魚的加迪納先生看見河裡有鱒魚，又跟園丁聊了起來。他們就這樣慢慢前進。

這時他們又嚇了一跳，尤其是伊莉莎白。原來達西又朝他們這裡走來，而且就快接近了。這一帶的小路不像對岸那麼隱蔽，因此他們遠遠就看得見他。但無論伊莉莎白多麼詫異，至少比剛才的見面有了更多心理準備。她打定主意，如果他真的是來找他們的，她就乾脆好好跟他交談一番。她原以為他會走到別條路上，因為他的身影忽然在轉彎處消失了。但再拐一個彎，他又立刻出現在他們面前。她偷偷瞥了他一眼，看見他仍然風度翩翩，於是也模仿他那彬彬有禮的樣子，開始讚美莊園的美麗風光。當她開口說了「動人」、「嫵媚」等形容詞後，又不高興地想到：或許自己對彭伯里的一番讚美，會遭到曲解，於是又面紅耳赤，一言不發。

加迪納太太站在後方不遠處。當伊莉莎白默不作聲的時候，達西卻請她為他介紹這兩位親戚。他的禮貌再度令她大感意外。當初他向她求婚是那麼傲慢，對她的親友又是那麼鄙視，如今卻要她介紹這些被他鄙視的親友。她幾乎要笑出來，「要是他知道這兩位是誰的話，真不知會有多麼吃驚呢！他大概誤以為他們是什麼上流人士了。」

不過她還是立刻為他一一介紹。她一面向他說起這兩位是她的至親，一面偷偷瞄了他一眼，想觀察他的反應。她想像他也許會掉頭就走，避開這些卑賤的朋友。當他知道了他們的親戚關係之後，果然感到驚訝，但他不僅沒有走開，反而陪他們一起走回去，還跟加迪納先生攀談起來。

伊莉莎白非常得意。她終於讓他知道，她也有幾個有頭有臉的親戚，這令她大感欣慰。她仔細聆聽著他跟加迪納先生的對話，她的舅舅的談吐也頗為高尚。他們立刻就聊到釣魚，她聽見達西客氣地對他說，既然他們就住在附近，只要高興，隨時都可以來釣魚，又答應借給他釣具，還指出這條河裡魚群最多的地方。加迪納太太牽著伊莉莎白的手，對她使了個眼色，暗示自己十分驚奇。伊莉莎白沒有回答，可是心裡卻相當自豪，因為達西的舉動顯然都是為了討好她。但她還是很詫異，一遍又一遍地問自己：「他的個性怎麼變得這麼多？這是為什麼？總不會是看在我的面子上，才把身段放得這麼軟吧？總不會因為我在漢斯福德罵了他一頓，就讓他改過自新吧？他不一定還愛我。」

一行人就這樣走了好一會兒，女在前，男在後。後來，為了欣賞一些稀奇的水草，他們各自散開，走到河邊。當他們重新集合時，前後次序就不一樣了。原來加迪納太太走累了，她認為伊莉莎白的手臂扶不動她，於是就挽著丈夫走。達西取代了她的位置，和她的外甥女並排行走。

兩人先是沉默一段時間，後來小姐先開口了。她向他解釋說，他們事先打聽到他不在家，才決定前來拜訪，因此她對他的突然返回感到吃驚。「你的女管家說你明天才會回來。在我們離開貝克威爾的時候，就打聽到你不會那麼快回到鄉下來。」達西承認了這一點，他說因為自己有事要找帳房，所以比其他人提早了幾個鐘頭出發，接著又說：「他們明天一早就會抵達，也有妳認識的人——賓利先生和他的姐妹們都來了。」

伊莉莎白點了點頭。她立刻回想起他們上次提到賓利時的情形，她從他的臉色看出他也在想這件事。

又沉默了片刻，他繼續說：「這些人之中，有個人特別想認識妳，那就是舍妹。我想趁妳還留在蘭姆頓時，介紹妳們認識，不知道這個請求是否太冒昧？」

她受寵若驚，不知道該不該答應。但她又認為，達西小姐之所以想認識她，多半是出於哥哥的慫恿，光想到這一點就足夠使她得意了。她發現儘管兩人有些過節，但他卻並未因此憎惡她，心裡感到很快樂。

他們又默不作聲地往前走，各自想著各自的事。伊莉莎白感到不安，因為這個要求實在太不近情理了，但她又感到得意。他想把妹妹介紹給她，這的確是她的榮幸。他們很快就追過加迪納夫婦，到達馬車時，那對夫婦還落後他們好一段距離呢！

他請她進屋休息，她回答自己還不累，於是兩人便一起站在草地上。這種場合下，不說些話可不行了；她想找話題，可是腦中一片空白。最後她想起了這一趟旅行，於是便聊起馬特洛克和多佛戴的景色。時間過得很慢，她的舅媽也走得很慢，這場談話還沒結束，她卻已心慌地找不到話題了。加迪納夫婦終於趕到，達西再三邀請他們進屋休息，可是客人們拒絕了，於是雙方很有禮貌地互相道別。達西扶著兩位女客上車，直到馬車開動，伊莉莎白才看見他慢慢走進屋裡。

舅父母開始發表他們的評論了。夫婦兩人都說達西的人品比他們想像的還要好。「他的舉止優雅，禮數也很周到，而且完全沒有架子。」舅舅說。

「他的確有點驕傲，」舅媽說，「但只是一點點而已，並不惹人討厭。現在我打從心底同意那位女管家的話，雖然有些人說他傲慢，但我完全看不出來。」

「沒想到，他竟然這樣款待我們。那不只是客套，而是發自內心的歡迎。其實他不用這麼麻煩，因為伊莉莎白跟他的交情又不深。」

「當然了，莉茲，」舅媽又說，「他沒有韋克翰那麼英俊，或者該說，他也不像韋克翰那樣談笑風生，因為他成熟穩重。但妳怎麼會說他十分討厭呢？」

伊莉莎白拚命解釋說，她上次在肯特郡見到他時，已經對他比較有好感了；還說她從未看過他像今天早上這麼和藹可親。

「不過，」舅媽說，「也不能太相信他的殷勤，這些有錢人都是一樣的。他請有空我去釣魚，我也不能太相信，也許哪天他會忽然改變主意，不讓我進他的莊園。」

伊莉莎白覺得他們完全誤解了他，但是並沒有說出口。

「我真想像不出，」加迪納太太接著說，「他這樣的人竟然會那麼狠心地對待可憐的韋克翰。他看上去心地不壞，說話也很討人喜歡；至於他的表情，的確有些威嚴，但也並不代表心腸就不好。只是那個女管家形容得也太誇張了，有幾次我差點要笑出聲來；不過，我想他一定是位慷慨的主人，在一個僕人的眼裡，這就代表了他的德行。」

伊莉莎白感到有必要替達西說幾句好話，以說明他沒有虧待韋克翰。她小心翼翼地把事情原委說了出來。她說，達西在肯特郡的朋友曾經告訴她，他的行為與外面流傳的完全不同，他的為人也不像哈福德郡的居民想像的那麼荒謬，韋克翰的為人同樣不像他們想像的那麼厚道。為了證明這一點，她又把這兩人的金錢往來一五一十地講了出來。儘管沒有透露這些消息的來源，但她保證這些話相當可靠。

這番話讓加迪納太太大感驚訝。但他們如今已經重回故地，她一切的心思早已拋到九霄雲外，只顧著沉溺在甜蜜的回憶之中。她把周圍有趣的事物一一指給丈夫看，根本無心想到其他的事上面。雖然一個早上的步行令她筋疲力盡，但一吃過飯，她又動身去拜訪舊友，並與老朋友共度了一晚，相當開心。

至於伊莉莎白，白天發生的事情就夠她細細回味了。她沒有其他心思去結交新朋友，只是一心想著，達西今天為什麼那樣禮貌周全。最令她訝異的是，他為什麼要把妹妹介紹給她。

第四十四章

伊莉莎白原以為，達西會在妹妹抵達的隔天帶她登門拜訪。但是她完全猜錯了，原來在她舅父母來到蘭姆頓的那天早上，那批客人就抵達了彭伯里。這對夫妻跟著幾個新朋友遛達完回到旅館，準備換衣服去朋友家吃飯，忽然聽到一陣馬車聲。他們走到窗前，看見一男一女坐在一輛兩輪馬車上，正從大街上行駛而來。伊莉莎白認出馬車伕的衣服，立刻有了心理準備。她告訴他們貴客馬上就要光臨了。她的舅父母非常驚訝，他們看見她說話時的困窘，再對照兩天來發生的事情，立刻得到了結論。雖然他們一直被蒙在鼓裡，但現在卻明白，達西一定是愛上了他們的外甥女，否則就無法解釋他的百般殷勤了。他們的腦中不停打轉，伊莉莎白也越來越心慌意亂；她不知道自己為什麼會坐立不安。她擔心達西因為愛慕她，而在妹妹面前過度吹捧她。她越是想討人喜歡，越是覺得自己一點也不討人喜歡。

她怕被舅父母看出心事，便離開了窗前，在房裡來回踱步，努力裝出鎮定的樣子。她發現舅父母的神色詫異，心中暗自發慌。

達西兄妹終於走進了旅館，雙方鄭重其事地介紹了一番。伊莉莎白看到達西小姐也跟自己一樣害羞，覺得有些意外。自從她來到蘭姆頓，總是聽說達西小姐性格傲慢；但她只觀察了她幾分鐘，立刻斷定她只是個害羞的女孩罷了。達西小姐對於任何問題都是唯唯諾諾，一個多餘的字也不說。

她的身材很高，比伊莉莎白健壯；雖然才十六歲，可是已經發育完全，行為舉止都像個大人，端莊大方。她沒有哥哥那麼好看，但她的臉蛋生得聰明伶俐，儀表又謙和文雅。伊莉莎白原以為她也像達西先生一樣尖酸刻薄，但事實完全相反，這讓鬆了一口氣。

不久後，達西告訴伊莉莎白，賓利也要來拜訪她。她正要回以一句客套話，就聽到賓利上樓梯的急促腳步聲。片刻工夫，他已經走進來了。伊莉莎白早已原諒他，縱使還有一些埋怨，一看到他那誠懇而歡欣的態度，也都一掃而空了。他親切地問候她們一家，雖然言語十分平凡，但他的容貌談吐依舊令人感到愉快。

加迪納夫婦也和她有同感，認為他是個值得結交的人物，他們早就想見見這號人物了。眼前的客人引起了他們極大的興趣；他們偷偷觀察達西跟他們外甥女的互動，立刻看出兩人之中至少有一個人已經陷入情網了。女方的心意一時還難以確定，但男方顯然情意綿綿。

伊莉莎白手忙腳亂。她既好奇這些客人對她的觀感，又好奇自己對這些人的觀感，同時又要博得所有人的喜愛——這也是她最擔心的。不過一切都非常順利，因為這些人早就對她抱有好感。賓利存心結交她，喬治安娜也想認識她，達西更是非取悅她不可。

一看到賓利，她自然又想到了姐姐；她很想知道他是否也想到了她的姐姐。她有時覺得他的話變少了，有時又覺得他努力想從她身上看出一點珍的影子，或許這只是她的憑空想像，但有一件事是確定的：有人說達西小姐是珍的情敵，但賓利對達西小姐根本沒有意思。他們兩人之間沒有任何愛情的表現，無論從哪個角度來看，都不會認為賓利小姐能夠如願。伊莉莎白覺得自己的推測十分正確。

之後又發生了幾件小插曲，伊莉莎白更相信賓利依舊對珍難以忘情，只是由於膽小才不敢主動聊到她。他趁著別人也在說話時，用一種惋惜的語氣對她說：「我好久沒有見到她了，真是可惜。」她還來不及回答，他又說：「有八個多月沒有見面了。我們是十一月二十六日分別的，那天我們都在尼德菲爾德莊園跳舞。」

伊莉莎白知道他對往事記得十分清楚，感到很開心。之後，他又趁著別人不注意的時候，向她問起她的姐妹們是不是還待在朗伯恩。這些話本身沒有意義，但說話者的態度卻耐人尋味。

她雖然不能時常注意達西，但只要她偶爾瞥他一眼，就能看見他臉上的親切。他的談吐沒有絲毫的高傲，也沒有半點蔑視她親戚的意味。她不由得心想，他在昨天的改變，即使只是暫時的，好歹也維持到了今天。幾個月前他不屑與這群人為伍，如今卻樂於結交他們，而且努力贏得他們的好感。他不僅對她禮數周到，甚至對那些他曾經鄙視的親戚們也相當客氣。他在漢斯福德向她求婚的場景歷歷在目，如今對比之下，簡直判若兩人。這些情形令她相當激動，驚訝的心情全寫在臉上。她從未見過他這麼殷勤，無論是在尼德菲爾德莊園與朋友一起時，還是在羅辛斯與那些高貴的親戚一起時，都不曾像現在這麼謙虛、健談。尤其他殷勤招待的這些人，並不能使他的面子增光，只會讓他受到尼德菲爾德莊園和羅辛斯的太太小姐們嘲笑罷了。

這些客人待了半個多小時。臨走時，達西要妹妹跟他一同邀請加迪納夫婦和班奈特小姐，希望他們在離開前到彭伯里去吃頓飯。達西小姐不習慣邀請客人，顯得畏畏縮縮，但還是立刻照做了。加迪納太太望著外甥女，想看她願不願意，畢竟這次邀請正是為了她；沒想到伊莉莎白卻轉過頭去不回答。加迪納太太認為她這種反應是出於害羞，而非不願意。她又看看丈夫；他本是個喜愛交際的人，立刻欣然答應。於是由她將日期訂在後天。

賓利很開心，因為他又多了一次見到伊莉莎白的機會。他有許多話要跟她講，還要向她打聽哈福德郡一些朋友的事。伊莉莎白知道他想打聽珍的消息，感到很是欣喜。儘管她當時並不怎麼興奮，但是客人離開了以後，她一想起剛才的情景，就不禁洋洋自得。她怕舅父母問東問西，因此一聽完他們對賓利的讚美之後，就立刻跑去換衣服了。不過她也沒必要擔心加迪納夫婦的好奇心，因為他們並不打算逼她說出心裡的話。她跟達西顯然不只是他們想像的那種泛泛之交，他必然愛上了她。舅父母發現了許多端倪，卻又不便過問。

他們回想著達西的優點。從他們認識他以來，在他身上找不到半點缺陷，他的親切也令他們感激涕零。要是只憑藉他們的觀點和那個女管家的話，而不參考其他資料，那麼，哈福德郡的那些人，簡直分辨不出這就是達西。如今他們都相信那個女管家的話，因為她從主人四歲起就服侍他，當然深知他的為人，加上她本身也令人起敬，不該輕易忽視她的話。而除了傲慢，達西也沒有其他可指摘之處。也許他真的傲慢，即使他不傲慢，小鎮的居民一整年見不到他，也難免會說他傲慢；但他倒是公認的慷慨大方的人。反觀韋克翰，他們很快就發現他在這一區風評不佳；雖然大家不清楚他和達西之間的關係，但都知道他離開德比郡時曾欠下多少債務，這些債都是由達西替他償還的。

這一晚，伊莉莎白一心想著彭伯里，更甚於昨晚。這一夜十分漫長，但她仍嫌不夠長，因為彭伯里府邸裡的那個人弄得她千頭萬緒。她在床上躺了整整兩個小時，左思右想，還想不清楚自己對他是愛慕，還是憎惡。她絕不恨他，恨早已消失；如果說她曾經討厭過他，她也為過去的這種心情感到慚愧。自從她發現他身上許多高尚的品格後，就對他肅然起敬──儘管她起初還不想承認。她聽到大家都對他讚譽有佳，昨天又親眼看到各種情形，明白他是個溫柔的人，於是在尊敬之外又添了幾分親切。

但最重要的不在於她對他的敬重，而在於她對他的好感。她很感激他，不僅因為他曾愛過她，而且即使她輕率地拒絕過他、誤會過他，他卻不計前嫌，依舊愛著她。她原以為他會憎恨她，絕不會再理睬她，但這一次巧遇後，他卻彷彿急者想與她重修舊好；且他的語氣神態也毫無粗鄙的表現，只是竭力地想獲得她親友們的好感，還誠懇地向她介紹他的妹妹。這麼傲慢的男人卻一下子變得這麼謙虛，這不僅令人驚奇，也令人感激，這只能歸功於濃烈的愛情。她雖然無法明白地解釋這種愛情，但她並不覺得討厭，甚至被深深打動了，想讓它繼續滋長下去。她一開始尊敬他、感激他，也就免不了關心他的幸福；她相信自己能吸引他再次求婚，問題在於她是否該這麼做，以使兩個人都幸福。

當晚她曾和舅媽商談，都認為達西小姐非常客氣，雖然早上才回到彭伯里，卻還是當天就趕來拜訪。她們就算不能像她那麼有禮貌，至少也應該回訪一次。最後，她們決定隔天一早就去彭伯里。伊莉莎白很高興，卻又不知道為什麼高興。

第二天吃過早飯之後，加迪納先生馬上就出門了，因為昨天他又跟人聊到了釣魚的事，約好今天中午到彭伯里去見幾位先生。

第四十五章

現在，伊莉莎白認定，賓利小姐之所以討厭她，原因不外乎是吃醋。她不禁覺得，這回前往彭伯里，一定不會得到賓利小姐的歡迎；儘管如此，她卻想看看這一次的久別重逢，是否會讓那位小姐顧及一些禮貌。

來到彭伯里府邸，家人們就帶著她們走過穿堂，進入客廳。客廳北面景色非常美麗，窗外是一片空地，屋後樹林茂密，崗巒聳疊，草地上種滿了美麗的橡樹和西班牙栗樹，真是一幅爽心悅目的夏日風光。

達西小姐在房間裡接待她們。跟她一起的還有赫斯特太太、賓利小姐，以及那位在倫敦與達西小姐同居的太太。喬治安娜對她們很有禮貌，但態度不太自然，這是由於她害羞，生怕自己失禮；但在那些自卑的人眼中，便容易誤會她是個傲慢的人。幸好，加迪納太太和她的外甥女絕不會錯怪她。

赫斯特太太和賓利小姐只對她們行了個屈膝禮。坐下之後，賓主雙方許久不曾交談，氣氛相當彆扭。安斯利太太首先開了口。這位太太是個和藹可親的貴婦，從她努力想找出話題的樣子，便看得出她比另外兩位女士有教養得多了。靠著她與加迪納太太首先交談起來，伊莉莎白又不時插上幾句話，才讓場面不至於太冷清。達西小姐似乎想說話，卻又缺乏勇氣，只用聽不見的聲音支吾了一兩聲。

伊莉莎白很快就發現賓利小姐正仔細地注視她的一舉一動，特別是當她跟達西小姐說話的時候。她與達西小姐坐得很近，她也毫不顧慮賓利小姐的目光，但由於找不到話題，加上她心事重重，因此聊得並不盡興。她時時刻刻都希望男士們趕快進來，但又不知道自己是期盼，還是害怕。就這樣坐了一刻鐘，賓利小姐沒有說話，只有一次冷冷地問候她的家人，她也同樣冷冷地敷衍幾句。

不久後，僕人們送來了冷肉盤、點心、以及水果——達西小姐一直忘了這件事，幸好安斯利太太不時向她使眼色，提醒了她身為主人的責任。這下大家有事可做了，她們一看見這些美麗的葡萄、油桃和桃子，便圍著桌子坐下。吃東西的時候，達西走了進來，伊莉莎白趁這個機會確認了自己的心情：究竟是希望他在場，還是害怕他在場？結論是，當他進來不到一分鐘，她又認為他還是不進來比較好。

達西原本跟兩三個家人陪著加迪納先生釣魚，一聽說加迪納太太和她外甥女要來拜訪喬治安娜，便立刻擺脫他們回到家裡。伊莉莎白一看見他，便打定主意要表現得從容不迫、落落大方，只可惜事與願違。她發現在場的人都在懷疑著他們。自從達西一走進來，幾乎所有的眼睛都盯著他身上。雖然每個人都好奇，但沒有一個人像賓利小姐那麼露骨，她對兩人說話時仍然滿臉笑容，既沒有嫉妒到不擇手段的地步，也還沒對他完全死心。達西小姐看見哥哥來了，話開始多了起來，伊莉莎白看出達西很希望她跟他的妹妹儘快熟識，並盡可能促進兩人對話。賓利小姐看著這些情景，很是氣憤，也顧不得禮貌了，一找到機會便冷冷地說：

「請問，伊莉莎小姐，聽說梅利頓的民兵團開走了，這對妳們家來說想必是個很大的損失吧？」

她不敢在達西面前提到韋克翰的名字，但伊莉莎白立刻明白她的話中之意，並為此感到羞愧。她決定對這種惡意的攻擊還以顏色，於是立刻用一種滿不在乎的語調回答了她。她一面說，一面不由自主地望了達西一眼，只見他漲紅了臉，懇切地望著她，達西小姐更是緊張得說不出話來。要是賓利小姐知道這個話題會使意中人難堪的話，她絕不會這麼說。她以為伊莉莎白曾經傾心於韋克翰，便存心使她出醜，讓達西看不起她，甚至讓他想起她的幾個妹妹曾為了那個民兵團鬧出的笑話。至於達西小姐計畫私奔的事情，她一點也不知情——達西對這件事守口如瓶，尤其是對賓利的親友們。他預料總有一天會與他們結親，於是十分關心賓利的幸福，但這並不是他設法拆散賓利和珍的原因。

達西看到伊莉莎白不動聲色，這才安下心來。賓利小姐有些失望，沒有再提到韋克翰，於是喬治安娜也恢復了平靜，但一時還羞於開口，也害怕看到哥哥的眼睛（事實上，達西根本沒想到她與這件事的關聯）。賓利小姐本來想用這個方法挽回達西的心，結果反而使他更加欣賞伊莉莎白了。

客人們很快就告辭了。當達西送她們上車的時候，賓利小姐趁機在達西小姐面前大發牢騷，把伊莉莎白的人品、舉止和服裝都挑剔了一遍。喬治安娜沒有回答，她受到哥哥的影響，也對伊莉莎白有了好感。她相信哥哥的眼光絕不會錯，也一樣認為伊莉莎白既親切又可愛。達西回到客廳後，賓利小姐又把剛才批評的話又重複了一遍。

「達西先生，」她大聲說，「伊莉莎．班奈特小姐今天的臉色多難看！從去年冬天到現在，她變得真多。我從沒看過一個人像她這樣，皮膚變得又黑又粗糙，路易莎和我簡直認不出她了。」

達西討厭這種話，但還是敷衍了她一下。他說自己看不出她的變化，雖然皮膚變黑了一點，但那只不過是夏天旅行的結果。

「老實說，我根本不覺得她美，」賓利小姐回答，「她的臉太消瘦，皮膚沒有光澤，五官也不清秀。她的鼻子很普通；而她的眼睛，雖然有人對它們讚不絕口，但我卻不這麼想。它們看起來有些刻薄，又有些惡毒，我一點也不喜歡。再說她的風度，一副自以為是的樣子，其實卻貽笑大方，令人受不了。」

賓利小姐早已認定達西愛上了伊莉莎白，但她仍使用這種不高明的手段。畢竟，人們在氣憤之下，往往會有失去理智的時候。她看出達西咬緊牙關，有些煩惱的神色，以為自己的詭計成功了，她想要激他說幾句話，於是又說道：

「我還記得在哈福德郡第一次認識她的時候，曾聽說她是個有名的美人，當時就覺得十分奇怪。還有一個晚上，她們在尼德菲爾德莊園吃過晚餐以後，你曾說過：『要是她也算得上漂亮的話！那她的媽媽就算得上聰明了！』我相信之後你有對她改觀，不過也就一下子而已。」

「是的，」達西終於忍無可忍，他回答道：「但那是我剛認識她的時候。最近的幾個月，我已經把她當成我所有女性朋友中最漂亮的一位。」

他說完就走開了，只剩下賓利小姐一個人。她本以為可以藉這個機會得意一番，卻自討沒趣。

加迪納太太和伊莉莎白回到旅館後，便談論起這次作客的情形，唯獨漏掉了大家都感興趣的那件事；她們談論了所有遇到的人，唯獨漏掉了她們在意的那個人；她們談到了他的妹妹、朋友、住宅、他請客人吃的水果，唯獨漏掉了他本人。事實上，外甥女一直希望舅媽提起對他的印象，舅媽也希望外甥女先扯到這個話題上。

第四十六章

回到蘭姆頓之後，伊莉莎白沒有收到珍的信，感到非常失望。第二天早上她又失望了一次。到了第三天，她就不再焦慮了，因為她一次收到了姐姐的兩封信，其中一封曾經送錯了地方——她並不意外，因為珍把地址寫得很潦草。

這兩封信送來的時候，他們正要出去散步。於是舅父母自己先走了，留她一個人慢慢讀信。先讀送錯過的那一封，因為那是五天前寫的。信的前半提到一些小型宴會和約會之類的事，又報導了一些鄉下的新聞；後半卻說了一個重要的消息，並註明是隔天寫的，看得出作者下筆時心緒很亂。內容如下：

親愛的莉茲：

寫完上半封信之後，發生了一件出乎意料的大事。我擔心嚇壞了妳，不過請放心，家裡一切安好。我要說的是關於可憐的莉蒂亞的事。昨晚午夜時分，我們正要就寢，突然收到福斯特上校的一封急件，他通知我們：莉蒂亞跟他手下一名軍官去了蘇格蘭——簡單來說，她跟韋克翰私奔了！妳能想像我們當時有多震驚。但琪蒂卻一點也不意外。我很難過，他們兩人就這樣輕率地結合在一起！但我仍然要從好的角度去想，希望是大家誤會了他的人格。儘管我認為他為人冒昧，但他這次的舉動未必居心不良（但願如此）。至少他選了莉蒂亞不是為了利益，因為她父親根本沒有嫁妝可以給她。可憐的媽媽傷心得要命，爸爸卻忍耐住了。感謝上帝，幸好我們還沒讓他們聽到外界的議論，我們自己也不必把它放在心上。據說，他們是在禮拜六午夜離開的，一直到昨天早上八點才被發現失蹤，於是福斯特上校連忙寫了那封信。親愛的莉茲，他們一定曾經經過附近。福斯特上校說他會馬上趕過來，莉蒂亞留了一封短信給福斯特太太，說明他們兩人的意圖。我不得不停筆了，因為我不能離開媽媽太久。妳一定覺得莫名其妙吧？我也不知道自己寫了些什麼。

伊莉莎白讀完了這封信之後，驚訝得說不出話來。她想也沒想，連忙抓起另一封信拆開。這封信比前一封信晚了一天。

親愛的妹妹：

妳現在應該收到了我那封匆促寫下的信了吧？希望這封信能把問題解釋得更清楚。不過，雖然時間還算充裕，我的頭腦卻一片混亂，並不能保證這封信有條有理。我親愛的莉茲，我簡直不知道該怎麼寫，但我總得把壞消息告訴妳，而且事不宜遲。

儘管韋克翰先生和可憐的莉蒂亞的婚姻十分荒唐，但我們卻恨不得儘快聽到他們結婚的消息，因為我們擔心他們沒有去蘇格蘭。福斯特上校前天寄出那封急件後，幾小時內就從布萊頓啟程，並在昨天抵達我們家。雖然莉蒂亞在信裡告訴福斯特太太說，他們將前往格雷納草場，但丹尼卻認為韋克翰不會去那裡，也不打算跟她結婚。福斯特上校聽了他的話後，便連忙從布萊頓前去追趕。他追到克拉普罕就停住了，因為他們到了這裡後，便把從艾普森雇來的馬車打發走，重新雇了一輛，之後的行蹤就難以追查。有人曾看見他們朝倫敦的方向行進。福斯特上校在倫敦努力打聽了一番以後，便來到哈福德郡。他在途經的關卡以及巴奈特和海特菲爾德兩地的旅館裡都搜索了一番，卻無功而返。最後他來到朗伯恩，把他的各種懷疑一五一十告訴了我們。我真替他們夫婦難過，誰也不能怪罪他們。

我們痛苦極了。爸爸和媽媽都對這件事的結果感到悲觀，但我不忍心這麼想。也許他們為了種種原因，打算在城裡私下結婚，所以沒有按照原訂計畫做。就算他欺負莉蒂亞年幼無知，無人倚靠，因此對她居心不良，難道莉蒂亞會那麼傻嗎？這絕對不可能！不過，聽到福斯特上校說他們不會結婚，我又不免傷心。我把我的想法告訴他，他只是不停搖頭，說韋克翰是個不可靠的人。可憐的媽媽快要病倒了，整天不出房門，要是她能克制一下就好了。至於爸爸，我從未見過他這麼難受。可憐的琪蒂也很生氣，她自責沒有事先把他們的親密關係說出來，但她能夠為他們嚴守秘密，我也不便怪罪她。親愛的莉茲，我真高興妳沒有見到這些痛苦的場面，但我又希望妳回來，這個要求總不會不合情理吧？如果妳不方便，我也不會勉強妳。

再見了！剛剛才說不會勉強妳回來，現在我又要提起筆來逼妳了。因為按照目前的情況來看，我不得不這麼做。舅父母和我交情很深，絕不會見怪，所以我才敢提出這個要求，而且我還有其他的事要拜託舅舅。父親馬上就要陪福斯特上校去倫敦找她，我不清楚他的具體做法，但從他那痛苦的表情，就能看得出他不太靠得住；而福斯特上校明晚就得回到布萊頓。情況如此緊急，非拜託舅舅幫忙不可，我相信他會體諒我此刻的心情，並對我們伸出援手。

「天哪！舅舅在哪裡？」伊莉莎白讀完信，不禁失聲叫道。她連忙從椅上跳起來，匆匆忙忙跑去找舅舅。她剛走到門口，僕人正好把門打開，達西走了進來。他看見她臉色蒼白，神情慌張，不由得嚇了一跳，正想開口說話，但她一心想著莉蒂亞的事，連忙叫道：「對不起！我沒有空！我有要緊的事要去找加迪納先生，一分鐘也不能耽擱！」

「老天！發生了什麼事？」他叫道，完全忘了顧及禮貌。鎮靜下來後，他又接著說：「我不想耽誤妳，不過請讓我代勞吧！或是讓僕人去也好。妳的身體不好，不能去。」

伊莉莎白猶豫不決，但是她雙膝發軟，的確沒有辦法去找他們。她只好叫僕人來，派他去找回加迪納夫婦。她說話時上氣不接下氣，幾乎聽不清楚。

僕人離開以後，她才坐下來。達西看到她身體搖搖欲墜，臉色非常難看，因此不放心離開。他用溫柔的語氣對她說：「我把女僕叫來吧！妳能吃點東西嗎？或是一杯酒？妳好像生病了。」

「不，謝了，」她竭力保持鎮靜，回答道，「我沒事。只是剛從朗伯恩接到了一個不幸的消息，使我很難受。」

她說著忍不住哭了起來，一句話也不說。達西一頭霧水，只好含含糊糊說了一些安慰的話，接著就同情地望著她。之後，她向他吐露實情：「我剛收到珍的一封信，告訴我一個非常不幸的消息。反正也瞞不了任何人，我就告訴你吧。我最小的妹妹拋下親友……私奔了……上了韋克翰先生的當。他們從布萊頓逃走了。你深知他的為人，後面我也不用說了。她沒錢沒勢，也沒有可利用之處……莉蒂亞的一生完了。」

達西愣住了。伊莉莎白又更激動地接著說：「我本來可以阻止這一件事的！我知道他的真面目！我只要把那件事的一小部分……我聽說的一小部分告訴家裡，只要大家都知道他的真面目，就不會發生這件事了！但現在為時已晚。」

「我很痛心，」達西說道，「而且震驚。這消息可靠嗎？真的可靠嗎？」

「當然可靠！他們是禮拜天晚上從布萊頓逃跑的。大家一直追蹤他們到倫敦，可是再也追不下去。他們一定沒有去蘇格蘭。」

「那麼，有沒有什麼方法找到她呢？」

「我父親去倫敦了。珍寫信要舅舅立刻回去幫忙，我希望我們半小時內就能動身。可是這件事毫無辦法，我認為毫無辦法。要怎麼對付這樣的一個人呢？又該怎麼找出他們？我實在不敢抱著任何一絲希望，越想越害怕。」

達西搖搖頭，表示默認。

「我早就看穿了他的人格，只怪我優柔寡斷，擔心造成不好的後果。全都是我的錯！」

達西沒有回答。他彷彿沒有聽見她的話，只是在房間裡來回踱步，心事重重地思考著。他眉頭緊鎖，滿臉憂愁。伊莉莎白看到他的表情，隨即明白了他的心思：她對他的吸引力正一點一滴消退中。家裡發生這件奇恥大辱，理所當然會令人鄙夷；她毫不感到詫異，也不責怪別人。就算他仍然願意接受她，她也未必就會感到安慰，或是減輕痛苦，反而更加看清自己。如今愛情已經失去意義，但她卻第一次感覺到自己真心地愛著他。

她難免想到自己，卻又不完全只想到自己。只要一想到莉蒂亞為大家帶來的恥辱和痛苦，她就立刻打消了所有個人的顧慮。她用手絹掩住臉龐，對一切再也不聞不問。過了好久，她聽見達西用充滿同情、拘束的聲調對她說：「恐怕妳早就希望我消失了吧？我實在沒有理由待在這裡，但我仍要對妳表示同情，儘管這種同情無濟於事。老天！但願我能說幾句話，或是盡一份力量，來安慰妳這種深切的痛苦！可是我不想說些空洞的場面話，讓妳難過，或是表現得想討好妳。恐怕這件不幸的事，會讓妳們今天不能去彭伯里看我妹妹了。」

「唉！是的。請替我們向達西小姐致歉。就說我們有急事必須立刻回家。請你盡可能隱瞞這一樁不幸的事——雖然我知道隱瞞不了多久。」

他答應替她保守秘密，又再次表達自己的同情之意，祝福這件事能有個圓滿的結局。最後，他請她代為問候她的家人，然後鄭重地望了她一眼，便告辭了。

他一走出房門，伊莉莎白不禁對這一回在德比郡的巧遇，以及他多次的禮遇大感意外。她又回想兩人的淵源，一種奇妙的心情油然而生；她曾恨不得斷絕這一段交情，如今卻又希望能繼續下去。一想到這些矛盾之處，不由得嘆了口氣。

如果說，愛情都是源於感激之情，那伊莉莎白的感情變化就十分合情合理；相反地，也有的人一見鍾情，或是聊了三言兩語就相互傾心。如果說，由感激產生的愛情，比起一見鍾情的愛情顯得不合乎情理，這麼一來，我們當然就不能再偏袒伊莉莎白。但還有一點能夠為她辯駁：過去韋克翰打動她的時候，她或許也採用過另一種比較乏味的戀愛方式。

當她看見達西離開，心中無限惆悵。莉蒂亞輕率的行為立刻造成了不良的後果，因此當她回想起這件糟糕的事，心裡就更加痛苦。自從她讀了珍的第二封信以後，她再也不指望韋克翰與莉蒂亞結婚了。她認為除了珍以外，誰都不會抱這種希望。她對事態的發展毫不意外，雖然她在讀第一封信時，曾覺得驚訝：韋克翰怎麼會與這樣一個無利可圖的女孩結婚？莉蒂亞又怎麼會愛上他？這些問題實在難以理解；但現在卻覺得再自然不過了。這樣子的巧合，光憑莉蒂亞的風流嫵媚就可能造成。

儘管她不認為莉蒂亞會存心與人私奔，而不打算結婚；但莉蒂亞無論在品德或是見識上都很欠缺，會經不起別人的勾引，也就不足為奇。

民兵團駐紮在哈福德郡時，她完全沒看出莉蒂亞對韋克翰有任何傾心之處，但又明白莉蒂亞有多麼容易受騙。她今天喜歡上一個軍官，明天又喜歡上另一個；只要對她獻獻殷勤，就能得到她的心。她的感情極不專一，卻又從不缺少談情說愛的對象；一切全怪她的家庭太過縱容，才使這樣一個女孩落到這種下場。伊莉莎白如今終於有了深刻的體會。

她非回家不可了——必須親自瞭解情形，並為珍分勞解憂。家裡的情況這麼糟，父親不在家，母親身體又不好，一切重擔都壓在珍一個人身上。至於莉蒂亞的事，雖然她認為已經無藥可救，但又認為舅舅的幫助極為關鍵。當僕人找到加迪納夫婦後，他們還以為外甥女得了急病，慌慌張張地趕了回來。他們發現伊莉莎白安然無恙，才放下了心；她連忙說出叫他們回來的原因，又把那兩封信唸出來，並氣急敗壞地唸了第二封信最後的那一段話。

儘管舅父母平常並不喜歡莉蒂亞，可是仍感到深深的憂慮，因為這件事不只涉及莉蒂亞，還涉及所有人的面子。加迪納先生先是大吃一驚，連聲嘆氣，然後便一口答應幫忙到底，讓伊莉莎白感激涕零。沒過多久，三人就收拾完畢，「可是彭伯里那邊怎麼辦呢？」加迪納太太說，「約翰說，妳叫他來找我們的時候，達西先生正在這裡，是真的嗎？」

「是真的。我已經跟他說我們不能赴約了，不用擔心。」

「那就沒問題了。」舅母喃喃自語道，一面跑回房間準備，「難道他們的感情已經好到可以談論這種事了嗎？哎！我真是越來越好奇了！」

可惜的是，她頂多能在這匆忙的一個小時中，稍微寬慰一下自己；即使伊莉莎白能忙裡偷閒聊上幾句，在這種狼狽的場合下，哪裡還有興致來談這種事呢？何況自己也和她一樣，有許多事需要處理。她必須寫信給蘭姆頓所有的朋友，並捏造一些藉口，解釋他們為什麼忽然離去。一小時之後，一切都準備就緒，加迪納先生也付清了住宿費，只差動身啟程了。伊莉莎白苦悶了一整個上午，終於能坐上馬車，朝朗伯恩出發了。

第四十七章

「我把這件事想了一遍，」離開城鎮時，舅舅跟伊莉莎白說，「我很嚴肅地考慮了一回，更加同意妳姐姐的看法。我認為，無論是哪個年輕人，絕不會對這樣的一位女孩心懷不軌。她並不是舉目無親，而且又住在他上司的家裡。我要從最好的方面去著想：難道他以為她的親友會善罷甘休嗎？難道他以為這一次得罪福斯特上校以後，還回得了民兵團嗎？我認為他不會痴情到冒這種險。」

伊莉莎白的表情立刻變得高興起來，連忙問道：「你真的是這樣想嗎？」

「妳可以相信我，」加迪納太太插嘴道，「我也贊成妳舅舅的看法。這件事實在太輕率了，他不會這麼膽大妄為的，我認為韋克翰沒有這麼壞。莉茲，難道妳就這麼瞧不起他，相信他會做出這種事嗎？」

「他也許會想到自己的利益，除此之外，我相信他什麼都不在乎。他最好能有所顧忌，但我可不敢這樣奢望。要是真的如妳所想，那他們為什麼不去蘇格蘭呢？」

「首先，現在還不能證明他們沒有去蘇格蘭。」加迪納先生回答道。

「哎！但他們把原來的馬車打發走，換了一輛新的馬車，光憑這一點就猜得到了！何況，往巴奈特的路上也沒有發現他們的蹤跡。」

「那麼就假設他們在倫敦吧。他們去那裡也許是為了躲避風頭，而沒有別的用意。他們都沒什麼錢，也許他們是想到，在倫敦結婚雖然沒有在蘇格蘭那麼方便，但卻省錢多了。」

「可是為什麼要這麼保密？為什麼不想被別人發現？為什麼結個婚要偷偷摸摸的？哦，不，不！妳的想法太不切實際。妳應該看到珍在信裡說的，連他最要好的朋友也認為他不會娶她，韋克翰絕不會跟一個沒錢的女人結婚的，絕對不會！莉蒂亞除了年輕、健康、愛開玩笑之外，還有哪一點可以吸引他，讓他為了她放棄致富的機會？至於他會不會擔心私奔的舉動讓他在部隊裡丟臉，我就無從得知了，因為我也不清楚他的這一次行為究竟會產生什麼樣的後果。至於妳說的另一點，我也不敢保證：莉蒂亞既沒有親兄弟為她出頭，她的父親又懶散、消極，因此他便以為他會置之不理。」

「但妳認為莉蒂亞會因為愛他，竟能不顧一切，就算不結婚也要跟他同居嗎？」

「這的確不可思議，」伊莉莎白眼裡含著淚水說道，「竟然有人會懷疑自己的妹妹如此可恥！但是，我真的不知該說什麼，也許我冤枉了她。她還年輕，又沒有人教過她該怎樣考慮這些重大的問題。半年以來——不，整整一年以來——她只知道尋歡作樂，愛慕虛榮；家人縱容她，讓她過著輕浮浪蕩的日子，讓她對任何事情輕信盲從。自從民兵團駐紮在梅利頓之後，她滿腦子只想著談情說愛，向軍官賣弄風情。她本性就已經很輕浮了，又一天到晚想著這些事，就更加——該怎麼說呢？——更容易被人欺騙。我們都知道韋克翰無論在儀表、言詞上，都有足夠的魅力可以迷住一個女人。」

「但妳必須明白，」她的舅媽說，「珍就不覺得韋克翰有那麼壞，她認為他不會有這種居心。」

「珍哪時候把別人當成壞人過？不管是誰，不管他過去的行徑如何，要是沒有確鑿的事實，她就絕不會把對方當成壞人。但說到韋克翰的背景，珍卻跟我一樣心知肚明，都知道他是個不折不扣的浪子，既沒有人格，又沒有尊嚴，只會虛情假意，花言巧語。」

這些話引起了加迪納太太極大的好奇心，她想知道外甥女是怎麼知道這些事情的，於是問道：「這些事妳真的都瞭解嗎？」

「當然瞭解！」伊莉莎白紅著臉回答，「那一天我已經把他對待達西先生的無恥行為告訴妳了。別人對他那麼寬宏大量，但妳上次在朗伯恩的時候，應該也聽到了他是如何毀謗對方的。還有一些事我不便明說，但他對於彭伯里家造謠中傷的事實，真是說也說不盡。他把達西小姐說成那樣子的人，害我一直以為她是一位驕傲、冷酷的女孩。然而事實完全相反，他一定也明白，達西小姐正如同我們看到的那樣和藹可親，一點也不裝腔作勢。」

「難道莉蒂亞完全不知道這些事嗎？既然妳和珍都這麼瞭解，她又怎麼會一無所知呢？」

「問題就在這裡。我也是在肯特郡與達西先生和他的親戚費茲威廉上校相處過後，才知道真相。等我回家之後，民兵團已經準備離開梅利頓了。當時我把這些事全部告訴珍，珍和我都認為不必對外聲張，因為鄰居們都對韋克翰抱有好感，這麼做對誰都沒有好處。甚至在莉蒂亞決定跟福斯特太太一起走的時候，我也沒有想過這麼做。我從沒想到她竟然會被他欺騙。妳知道的，我從沒想過會造成這樣的後果。」

「也就是說，他們前往布萊頓的時候，妳仍然沒發現這兩人已經愛上對方了？」

「完全沒發現。我記得兩個人都沒有流露出相愛的意思，只要能看出一點端倪，我們一家是絕不會不去討論的。他剛來到部隊時，她就十分仰慕他，當時我們都是一樣的。在前一兩個月中，梅利頓一帶的女孩沒一個不為他神魂顛倒，但他卻不曾注意過她。後來，那一陣熱潮消退了，她對他的幻想也就消失了，因為民兵團的其他軍官更加關心她，於是她的心又轉到他們身上去了。」

一路上，他們不停地討論著這個奇妙的話題。談到哪些地方值得擔心，哪些地方還有些希望，揣摩起來又是如何。最後，再也想不出新意了，只得暫時住口。但只停了一會兒，又回到這個話題上了。伊莉莎白的大腦總是擺脫不了這件事，她為此自怨自艾，沒有一刻能夠安心，也沒有一刻能夠忘懷。

他們匆匆忙忙地趕路，在途中住宿了一夜。第二天的晚餐時分，他們終於抵達朗伯恩，令伊莉莎白感到欣慰的是，至少她沒有讓珍等得太久。

他們駛進牧場，加迪納夫婦的孩子一看見馬車，便跑到台階上站著。當馬車來到門口時，孩子們個個驚喜交集，滿面笑容地跳來跳去，這是他們回來後第一次受到的愉快熱誠的歡迎。

伊莉莎白跳下馬車，匆忙地吻了吻每個孩子，接著便朝門口跑去。珍這時正從母親房裡跑下樓來，在那裡迎接她。

伊莉莎白與她熱情地擁抱著，姐妹倆都熱淚盈眶。伊莉莎白迫不及待地問她，是否打聽到那對私奔男女的下落。

「還沒打聽到什麼，」珍回答，「幸好親愛的舅舅回來了，我希望之後一切順利。」

「爸爸進城去了嗎？」

「進城了，禮拜二去的。我在信上告訴過妳。」

「有常常收到他的信嗎？」

「只收過一封，是禮拜三寄來的。信上提到他已平安抵達，又把他的詳細地址告訴我，那是我在他臨走前特別交代的。除此之外，他只說一有重要消息就會再寫信回來。」

「媽媽好嗎？家裡人都好嗎？」

「我認為媽媽還算好，只是精神受了很大的刺激。她在樓上的更衣間，看到妳們回來一定很開心。謝天謝地，瑪莉和琪蒂也都非常好。」

「但妳好嗎？」伊莉莎白又大聲問道，「妳的臉色好蒼白，一定操了不少心。」

姐姐說自己安然無恙。這時，加迪納夫婦帶著一群孩子走過來了，她們的談話暫時終止。珍走到舅父母面前表示歡迎和感謝，笑了一陣又哭了一陣。

大家都走進會客室之後，舅父母又學伊莉莎白問候了珍一遍，他們很快就發現珍沒有什麼消息可以奉告。她的心地善良，總是從樂觀的角度想事情，即使到了現在，她還沒有心灰意冷，總是期盼一切會有個圓滿的結局：遲早她會收到一封信，也許是父親寫的，也許是莉蒂亞寫的，信上會把事情的詳細經過解釋一番，或許還會宣布兩個人的結婚消息。

大家聊了一會兒之後，都來到班奈特太太的房間。班奈特太太一見到他們，立刻淚眼汪汪，長吁短嘆。她先是把韋克翰的卑劣行為痛罵了一頓，又為自己的病痛和委屈埋怨了一番，她幾乎把所有人都罵了一回，除了一個人——那個盲目溺愛女兒，使女兒鑄下大錯的人。

「要是當初照我說的，讓全家人都一起去布萊頓，就不會發生這種事了。莉蒂亞真是可憐，又可愛。最重要的是沒有人看住她，福斯特太太怎麼會讓她離開他們的視線呢？我看，八成是他們怠慢了她！像她那樣一個女孩，要是有人好好照顧，就絕不會做出這種事來。我一直覺得他們沒資格照顧她，可是最後還是受人擺佈。

可憐的孩子！班奈特先生已經走了，等他遇到韋克翰，一定會跟他拚個你死我活，最後被韋克翰打死，到時我們該怎麼辦？他屍骨未寒，柯林斯一家就會把我們趕出房子。兄弟，要是你不幫幫我們，我真的不知道該怎麼辦了！」

大家聽到她這些可怕的話，都叫了出來。加迪納先生告訴她，無論是對她，還是對她的家人，他都會盡力照顧；然後又告訴她，他明天就要去倫敦，盡可能幫班奈特先生找到莉蒂亞。

「不用著急，」他又說，「雖然應該作好最壞的打算，但也未必會得到最壞的結果。他們離開布萊頓還不到一週，再過幾天，或許我們就會得到一些消息。等我們把事情搞清楚，假如他們沒有結婚，而且不打算結婚，到時再失望也不遲。我一進城就去找姐夫，請他到我們家來，並一同商量出好辦法。」

「噢！親愛的，你說得太好了，」班奈特太太回答，「你一到城裡，一定要找到他們，不論他們在哪裡。要是他們還沒結婚，一定要讓他們結婚。至於結婚的禮服，就請他們委屈一下了；只要告訴莉蒂亞，等他們結婚之後，她要多少錢做衣服我都給她。最重要的是，別讓班奈特先生找他決鬥。告訴他，我真是受盡折磨，幾乎要神經錯亂了，一天下來沒一刻能夠安心。再跟我的莉蒂亞寶貝說，叫她不要隨便訂做衣服，等見到了我再說，因為她不知道哪一家的布料最好。噢，兄弟，你真是太善良了！我知道你會想辦法把一切都處理好。」

加迪納先生又再次安慰她，並保證自己一定會盡力效勞，但又叫她不要過度樂觀，也不要過度憂慮。大家一直談到吃中餐時才結束，反正，女兒們不在的時候，還有管家婆侍候她，她能繼續對她發牢騷。

雖然她的弟弟和弟媳都覺得她不需要單獨用餐，但他們並不打算反對她這麼做，因為她說話不經大腦，要是在僕人面前把事情全都說出來也不太好。因此，最好還是只讓一個僕人——一個最可靠的僕人侍候她，聽她嘮叨自己對這件事有多麼擔心、多麼牽掛。

他們走進餐廳不久，瑪莉和琪蒂也來了。這兩個姐妹待在各自的房間裡，一個在讀書，一個在化妝，因此一直沒有出來。她們的表情都相當平靜，看不出什麼變化，琪蒂講話的語調顯得比平常暴躁，這或許是因為她失去了一個心愛的妹妹，也或許是因為氣憤。至於瑪莉，她卻另有一番看法。等到大家坐下之後，她便擺出一副嚴肅的面孔，跟伊莉莎白低聲說道：

「這實在是件不幸的事，很有可能引起外界議論紛紛。我們一定要及時防範，免得事態一發不可收拾。我們要用姐妹之情來安慰彼此受創的心靈。」

她看見伊莉莎白不想回答，便接著說：「這件事雖然是莉蒂亞的不幸，但也給了我們一個啟示，那就是：只要一個女人失去貞操，就從此萬劫不復。她應該多提防那些輕薄的男人才對。」

伊莉莎白抬起眼睛，神情很是詫異。她心裡實在太鬱悶，所以一句話也說不出來。但是瑪莉仍然講個不停，她想從這件不幸的事情中得到一些啟發，聊以自慰。

到了下午，兩位年長的小姐有半個小時可以好好談心。伊莉莎白不放過機會，連忙向珍問東問西，珍也一一加以回答。她們先是嘆息了一番，伊莉莎白認為這件事不會有好的結果，珍也認為如此。於是伊莉莎白繼續說道：「請把我不知道的細節說給我聽，並說得詳細一些。福斯特上校說了什麼？他們私奔之前，難道沒有任何端倪嗎？照理說應該會看到他們經常待在一起呀？」

「福斯特上校說，他也曾懷疑他們有曖昧，特別是莉蒂亞，但他並沒有看出什麼可疑的形跡。我真替他難過，他是個殷勤善良的人，他早在想到那兩人沒有去蘇格蘭的時候，就打算來我們這裡慰問；等到人心惶惶的時候，他又連忙趕來。」

「丹尼認為韋克翰不會娶她嗎？他知不知道他們計畫私奔？福斯特上校有沒有見到丹尼本人？」

「見到了。他先是矢口否認，說根本不知道他們有私奔的打算，也不肯說出自己對這件事的看法。丹尼後來沒有再提過他們不會結婚之類的話。照這樣看來，希望上回是我聽錯了他的話。」

「我想在福斯特上校來這裡以前，妳們都沒有懷疑他們不會結婚吧？」

「怎麼會懷疑呢？我只是覺得有些擔心，怕妹妹嫁給他不會幸福，因為我早就知道他品行不佳。爸爸和媽媽完全不知道這件事，他們只覺得這門親事非常冒昧。琪蒂當時就得意地說，她比我們大家都瞭解內幕，莉蒂亞寫給她的最後一封信就隱約透露出一些口風了。看琪蒂那副神氣，彷彿好幾個禮拜前就知道他們相愛了。」

「該不會在他們去布萊頓之前就知道了吧？」

「不，我相信不會。」

「福斯特上校是不是表現出鄙視韋克翰的樣子？他知道韋克翰的真面目嗎？」

「我得承認，他不像過去那麼器重他了。他認為他行事荒唐，又愛好奢華。這件傷心的事發生之後，外面紛紛謠傳他離開梅利頓時欠了不少債，希望這只是謠言。」

「唉！珍，要是我們當初不隱瞞這個秘密，把他的事情老實說出來，或許就不會發生這種事了！」

「大概吧，」珍說，「不過，光是強調一個人過去的錯誤，而不重視他目前的行為，這樣也不太好。我們看待一個人，應該先從好的方面著想。」

「福斯特上校能把莉蒂亞留給他太太的那封信背出來嗎？」

「他直接把那封信帶來了。」

珍從口袋裡掏出那封信，遞給伊莉莎白。全文如下：

親愛的哈莉特：

當妳明早發現我失蹤時，一定會大為驚奇；等妳知道我去了哪裡後，一定又會發笑。我一想到這裡，也忍不住笑了出來。我要去格雷納草場。如果妳猜不到我是跟誰一起去的，那我就要說妳是個傻瓜，因為這個世界上只有一個男人是我所愛。他真是一個天使，沒有了他，我就不會幸福；因此，別以為我會惹出什麼禍來。如果妳不願意把我離開的消息告訴我在朗伯恩的家人，那也沒關係。我要讓他們收到我的信時，看到的簽名是「莉蒂亞．韋克翰」，因此大感意外。這個玩笑太有趣了！我幾乎笑得無法寫下去！請替我向普拉特說聲抱歉，我今晚不能赴約陪他跳舞了，希望他知道這一切之後，能夠原諒我。請告訴他，下次在舞會上相見時，我一定願意跟他跳舞。我抵達朗伯恩後就會派人去取衣服，請替我轉告莎莉，我那件平紋禮服裂了一條大縫，叫她替我收拾行李時順便補一補。再見。請代為問候福斯特上校。願妳為我們的一路順風而乾杯。

「好一個愚蠢的莉蒂亞！」伊莉莎白讀完了信，大叫道，「在這麼重要的時刻裡，竟然還有興致寫出一封信來！但至少可以顯示，她很重視這一次旅行。無論他之後會誘騙她到什麼地步，至少她沒有打算做出什麼丟臉的事情來。可憐的爸爸！不知道他對這件事有什麼看法！」

「我從未見過他那麼驚訝的模樣。他整整十分鐘說不出一句話來。媽媽立刻就病倒了，全家人都變得心神不寧！」

「噢，珍，」伊莉莎白叫道，「該不會所有的僕人都知道這件事了吧？」

「我不清楚，但願他們沒有。不過在這種時候，就算妳多麼提防，也很難不走露風聲。媽媽那種歇斯底里的老毛病又發作了，雖然我盡了最大的力量去安慰她，但還是不夠。我擔心會出什麼意外，嚇得不知如何是好。」

「妳這樣侍候她也真是夠累了。妳的臉色不太好，什麼事都妳一個人在操心，要是我也在就好了！」

「瑪莉和琪蒂都很好心，願意替我分擔疲勞。但我不想讓她們受累，因為琪蒂很纖弱，瑪莉要讀書，不應該再去打擾她們休息。幸好，禮拜二父親離開後，菲利普姨媽也到朗伯恩來了，一直陪我到禮拜四才走。她幫了我們不少忙，還安慰了我們。盧卡斯太太對我們也很好，她禮拜三早上來慰問過我們，說要是需要她們的幫忙，她和女兒們都樂意效勞。」

「叫她們乖乖待在家裡吧！」伊莉莎白大聲說，「也許她真是出於一片好意，但遇到了這麼不幸的事情，誰還想見到自己的鄰居？她們既幫不了我們，她們的慰問又會令我們難受。還是隨便她們怎麼在背後議論我們吧！」

接著，她又問起父親這次進城，打算用什麼方法找到莉蒂亞。

「他好像打算去艾普森，」珍說，「因為他們是在那裡換馬車的。他要去那裡找那些車伕，看能不能從他們口中打聽出一些消息。最重要的是查出他們在克拉普罕搭乘的那輛出租馬車的車號。那輛馬車是從倫敦過去的，他認為，一男一女在路上換車，一定會引起別人注意。因此他準備去克拉普罕調查，先查出馬車伕是在哪一家門前卸下前一位客人，再到那裡去詢問一下，也許能問出馬車的車號和停車處。至於還有什麼其他的辦法，我就不知道了。他匆匆忙忙地離開，心緒非常紊亂，我能從他口中問出這些已經很不容易了。」

第四十八章

第二天早上，大家都盼望班奈特先生的信。可是當郵差來時，卻沒有帶來他的任何訊息。家裡人明白他一向懶得寫信，總是拖延再三；但在這樣的時刻，她們都希望他能夠勤勞一些。既然沒有來信，她們因此認為他沒有任何好消息；但就算是這樣，她們也希望把事情搞清楚，加迪納先生也希望在動身以前能看到幾封信。

加迪納先生離開之後，大家都認為，至少今後可以常聽到一些事情的進展。他臨走前，曾答應一定會勸告班奈特先生儘早回家。她們的母親非常欣慰，她認為唯有這樣，才能保證她丈夫不會死於決鬥。

加迪納太太和她的孩子們還要在哈福德郡多待幾天，因為她認為留下來可以幫外甥女一些忙；她可以幫她們侍候班奈特太太，又可以安慰她們。菲利普姨媽也常常來訪，但她沒有一次不提到韋克翰的驕奢荒淫，每次上門都能舉出新的事例。當她離開以後，總是令她們比原先更為消沉。

三個月前，幾乎所有梅利頓的人都對這個男人讚不絕口；三個月後，整個梅利頓的人又都拚命詆毀他。他們說，他在當地的每一個商人那裡都欠了一筆債；又說他誘拐婦女，魔爪伸遍每一個商人的家庭。每個人都說他是世上最壞的年輕人，都說自己打從一開始就識破了他那偽善的面貌。伊莉莎白雖然對這些話半信半疑，但她卻更加深信妹妹會毀在他的手裡。連珍也幾乎感到失望。時間已經過了這麼久，如果他們兩人真的去了蘇格蘭，現在也應該有消息了。這樣一想，縱使她從來沒有感覺失望，現在也難免失望起來。

加迪納先生是禮拜天離開朗伯恩的，禮拜二的時候，加迪納太太收到他一封來信。信上說，他一到城裡就找到了姐夫，並勸他去聖恩堂街；又說在他抵達倫敦之前，班奈特先生曾去過艾普森和克拉普罕，可惜沒有查出任何滿意的消息；接著說他打算先到城裡各大旅館打聽一下，因為班奈特先生認為，韋克翰和莉蒂亞到了倫敦，可能會先住在旅館裡，然後再開始找房子。加迪納先生並不指望這個方法能行得通，但既然姐夫決定這麼做，他也只好幫助他。信上還說，班奈特先生暫時不想離開倫敦。他答應不久後就會再寫一封信來。信上還有這樣的一段附註：

我已經寫信給福斯特上校，請他找韋克翰在民兵團裡的好友打聽一下，看他有沒有什麼親友知道他躲在城裡的哪一區。要是能找出這樣的線索來源，那就大有用處。目前我們還是毫無方向，也許福斯特上校能得到讓我們滿意的結果。不過我又想了一下，認為莉茲也許比任何人都瞭解狀況，知道他還有些什麼親戚。

伊莉莎白不知道自己為何會受到這樣的抬舉，可惜的是，她拿不出什麼令人振奮的線索，因此也擔不起這樣的恭維。

除了聽韋克翰提過他的父母之外，她從不曾聽說他有什麼親友，何況他的父母已經去世多年。他在民兵團裡的朋友們，也許能提供一些情報，儘管她並不抱有太大的奢望，但仍然值得一試。

朗伯恩一家每天都過得非常焦急，尤其是等待郵差送信的時候。不管信上報導的是好消息，還是壞消息，她們都想知道，並盼望隔天能有更重要的消息傳來。

加迪納先生還沒寄來第二封信，但她們卻收到了其他地方寄來的一封信。原來是柯林斯寄給她們父親的信。珍事先曾受父親囑咐，要她代理他拆閱一切信件，於是她便開始讀這一封信。伊莉莎白知道柯林斯的信總是荒誕不經，因此也在珍的身旁一起閱讀。

親愛的老前輩：

我認為我有責任對您一家表達慰問，不論是出於我的身分地位，還是出於我們兩家的親戚關係。昨天我們接獲哈福德郡的來信，別擔心，柯林斯太太和我都發自內心地憐憫您可敬的家庭。您現在肯定相當悲痛，而這種痛苦又無法隨著時間消逝；因此，我相信我的存在能為這不幸的災難帶來一些安慰。

發生這樣的事，對於為人父母來說確實是一大折磨，甚至比女兒夭折還要痛苦。真是可悲！我親愛的夏綠蒂告訴我，您的女兒之所以做出如此放蕩的行為，全源於平日的驕縱。為了讓你們感到安慰，我寧可相信這個女孩本性惡劣，才會在年紀輕輕的時候，就犯下這般天理不容的罪行。

我已經把您的事告訴了凱薩琳夫人。她也與我們一樣，認為您的遭遇值得同情。她們都同意一點，就是一個女兒誤入歧途，也會連累到其他姐妹的未來；夫人甚至不屑地說，還有誰會想跟您的家庭扯上關係呢？她的話令我頗為慶幸，要是去年十一月我娶了伊莉莎白，現在就不得不與您分享這份憂傷了。為了盡可能地安慰您，我建議您與這名不孝的女兒斷絕親情，離開她，讓她承擔自己的罪行造成的惡果。

加迪納先生收到福斯特上校的回信以後，才寫了第二封信回朗伯恩。信上沒有任何好消息，沒有人知道韋克翰是否還有往來的朋友，卻知道他確實舉目無親。他以前交遊廣闊，但自從進了民兵團以後，與那些人都已疏遠，因此找不到任何人打探他的消息。他這回之所以保密到家，據說是因為積欠了一大筆賭債，又不想被莉蒂亞的親友發現。福斯特上校認為，要還清他在布萊頓的債務，需要一千多英鎊。他在鎮上已經欠了不少債，但賭債又更可觀。加迪納先生打算將這件事瞞著朗伯恩一家。珍看得心驚膽跳，失聲叫道：「好一個賭棍！這真是太出人意料了！」

信上又說，她們的父親明天（禮拜六）就可以回家了。原來他們兩人多番嘗試，卻毫無成果，情緒十分低落；因此班奈特先生決定立刻回家，把一切事情留給加迪納先生處理。女兒們本以為母親擔心父親會被人打死，聽到這個消息一定會很開心，誰知完全不是這麼回事。

「開什麼玩笑？」班奈特太太嚷道，「沒找到可憐的莉蒂亞，就這樣一個人跑回來？他還沒找到他們，怎麼可以離開倫敦！他一走，還有誰去跟韋克翰決鬥，逼他跟莉蒂亞結婚呢？」

加迪納太太也開始想回家了，她決定在班奈特先生動身回家的那一天，就帶著孩子們回到倫敦。到時候，可以先派一輛馬車載她到中途，順便接主人回家。

直到臨走前，加迪納太太仍然對伊莉莎白和達西的事摸不著頭腦。自從還在德比郡的時候，她就一直搞不清楚，這位外甥女從來沒有在她們面前提過他的名字；她原以為回來以後，那位先生就會來信，但結果並非如此。伊莉莎白一直沒收到從彭伯里寄來的信。

她看到外甥女兒情緒低落，但那也許只是因為家裡發生的事，沒有必要把她的表現牽扯到其他原因之上。於是她一直半信半疑。只有伊莉莎白知道自己的想法。她認為，假如自己沒有認識達西，莉蒂亞的事也許不會讓她那麼難受，也不會讓她夜夜失眠。

班奈特先生回到家裡，仍舊一副樂天知命的樣子，像平常一樣沉默，絲毫沒有提到他此行的目的，女兒們也是過了好久才敢提起。

一直到下午，他跟女兒們一起喝茶的時候，伊莉莎白才大膽地聊起這件事。她為父親吃的苦感到難過，但他卻回答：「別這麼說！除了我之外，還有誰該受這種罪呢？我自己造的孽，應該自己承擔。」

「您千萬不要太責備自己了。」伊莉莎白安慰他。

「別白費唇舌了，人類天生就會自怨自艾！不，莉茲，我一輩子從未自怨自艾過，這次就讓我嘗嘗這種滋味吧！我不怕憂鬱成疾，這種事一下就過去了。」

「您認為他們在倫敦嗎？」

「是的，還有什麼地方這麼容易躲藏呢？」

「而且莉蒂亞老是想去倫敦。」琪蒂在一旁多嘴道。

「那麼，」父親冷冷地說，「她這下滿足了，她也許要在那裡住一陣子呢！」

沉默了片刻以後，他又接著說：「莉茲，妳在五月勸我的那些話很有道理，我不能怪你，從事情的結果來看，妳的確是對的。」

這時珍走進來打斷了他們的對話，她來拿要給母親的茶。

「這件事給了我一個教訓！」班奈特先生大聲叫道，「都大禍臨頭了，竟然還顧著享樂！將來我要是有機會，也要穿著睡衣睡帽，坐在書房裡大吵大鬧，找人家麻煩。或是等琪蒂私奔之後再這麼做。」

「我不會私奔的，爸爸，」琪蒂氣惱地說，「要是讓我去布萊頓，我一定會比莉蒂亞守規矩。」

「妳去布萊頓？即使是東朗伯恩那麼近的地方，叫我跟人打賭五十鎊，我也不敢讓妳去！不，琪蒂，我已經學乖了，從今以後，沒有一個軍官能踏進我的家門，甚至不准從村裡經過！不許妳去參加舞會，除非有姐姐陪著；也不許妳走出家門一步，除非妳每天在家裡至少安分個十分鐘！」

琪蒂把這些威嚇的話當真了，不由得哭出來。

「好了！好了！」班奈特先生連忙說道，「別難過了。假如妳未來十年能作個守規矩的好女孩，那麼十年後我一定會帶你去看閱兵典禮。」

第四十九章

班奈特先生回家兩天了。這一天，珍和伊莉莎白正在屋子後的矮樹林中散步，女管家忽然朝她們走來，她們以為是母親派來叫她們回去的，於是迎上前去。但她們很快就發現自己猜錯了，女管家對珍說：「小姐，原諒我打斷妳們的談話，但我認為妳們一定知道了城裡來的好消息，所以斗膽來問一問。」

「什麼意思？希爾。我們沒聽到任何城裡來的消息。」

「親愛的小姐！」希爾太太驚奇地叫道，「加迪納先生派人送了一封信給老爺，難道妳們不知道嗎？他已經來了半小時啦！」

兩位小姐立刻頭也不回地往屋子跑去。她們走進大門口，來到客廳，又來到書房，到處都沒有見到父親。正想上樓去母親那裡找他，卻碰到了廚師。

「小姐，妳們在找老爺吧？他正在小樹林裡散步呢！」

她們聽了，又走過穿堂，跑過一片草地，只見父親正從容不迫地朝牧場旁邊的一座小樹林走去。

珍沒有伊莉莎白那麼敏捷，也沒有她跑得那麼快，因此很快就被拋在後頭。妹妹上氣不接下氣地跑到了父親面前，迫不及待地叫道：

「爸爸，有了什麼消息？您收到舅舅的信了嗎？」

「是的，他派人送了一封信來。」

「唔！信裡說了什麼呢……是好消息？還是壞消息？」

「哪來的好消息？」他一面說，一面從口袋掏出信來，「也許妳看了反而會高興。」

伊莉莎白性急地從父親手裡接過信來。這時珍也追上來了。

「唸出來吧，」父親說，「我幾乎看不懂上面寫了什麼。」

親愛的姐夫：

我總算能告訴你一些關於外甥女的消息了，希望它能讓你滿意。很幸運地，你禮拜六離開之後，我立刻打聽出他們在倫敦的住址。詳細情形等見面時再說，你只要明白我已經找到他們了，我已經看到他們倆——

「終於盼到這一天了！」珍不禁叫了起來，「他們結婚了吧！」

伊莉莎白接著讀下去：

我已經看到他們倆。他們並沒有結婚，我也看不出他們有結婚的打算。但我斗膽向你提出請求，要是你同意的話，他們很快就能結婚了。

我的請求只有一點。你本來已經為女兒們留了五千鎊遺產，準備在你們夫婦過世之後交給她們，那麼，請你現在就把她應得的那一份給她。你還必須和她訂下一個合約：在你有生之年，每年再補貼她一百鎊。這些條件我已再三衡量，自認為有權利代你作主，因此便毫不猶豫地答應了。我特地派人送了這封信給你，以便儘早得到回音。當你明白了這些詳情之後，就會明白韋克翰先生並不像一般人想像的那麼缺錢，他們都大錯特錯。我的外甥女除了自己名下的財產之外，等韋克翰還清債務之後，還有多餘的錢可以給她，這讓我很高興。

要是你看過信之後，同意由我代表你全權處理此事，那我將立刻吩咐哈格斯頓去辦理過戶的手續。你可以安心地留在朗伯恩，不必再進城；請放心，我辦事一向又快又可靠。勞煩您儘快回信，並寫得清楚些。我們認為最好讓她直接在我們這裡結婚，你應該也會同意。她今天會來我們這裡，如果有其他狀況，我們會立刻告知。

愛德華．加迪納

八月二日禮拜一寫於聖恩堂街

「這怎麼可能？」伊莉莎白唸完信，問道，「他竟然會跟她結婚？」

「也就是說，」珍說，「韋克翰並沒有我們想的那麼惡劣了。親愛的爸爸，恭喜您。」

「您回信了嗎？」伊莉莎白問。

「還沒，但必須馬上回。」

於是她懇切地請求父親馬上回家寫信，不要耽擱。

「親愛的爸爸！」她叫道，「立刻回信吧！這種事一刻也不能耽擱的。」

「如果您嫌麻煩，就由我代勞好了。」珍也說。

「我的確不想寫，」父親回答，「但不寫又不行。」

他一邊說，一邊轉身陪她們走回屋子。

「可以問您一句話嗎？」伊莉莎白說，「我猜，您一定會同意他提出的條件吧？」

「同意！他的條件這麼簡單，我反而覺得難為情呢！」

「他們非結婚不可了！儘管他是那樣的一個人。」

「是啊！怎麼不是！他們非結婚不可，沒有別的辦法了。可是有兩件事我不懂——第一，妳舅舅究竟拿了多少錢擺平這件事？第二，我以後要怎麼還他這筆錢？」

「錢？舅舅？」珍叫道，「您是什麼意思？爸爸。」

「意思是，一個頭腦清楚的人絕不會娶莉蒂亞，因為沒有任何利益。我每年給她一百鎊，死後也只留了五千鎊。」

「的確是，」伊莉莎白說，「我從沒想到這一點。他還清債務後竟還有節餘，那一定是舅舅給他的！真是個慷慨善良的人！真是難為他了，這想必得花不少錢吧！」

「沒錯，」父親說，「要是韋克翰沒拿到一萬鎊就娶莉蒂亞，那才真的是個蠢蛋呢！哎，我不該這樣說女婿的壞話才是。」

「一萬鎊！我的老天！就算一半我們也還不起。」

班奈特先生沒有回答。大家各懷心事，一句話也不說。回家後，父親到書房裡寫信，女兒們則走進餐廳。

她們一離開父親，妹妹便說：「他們真的要結婚了！太神奇了！但也該感謝上帝，至少他們結婚了。雖然不一定會過得幸福，而且他的人品又那麼差勁，但還是值得高興。哦，莉蒂亞呀！」

「我考慮了一下，」珍說，「我也覺得欣慰，要是他不愛莉蒂亞，又怎麼會娶她呢？我不相信好心的舅舅會拿出一萬鎊替他還債，他有那麼多小孩，以後還要養育他們，就是要他拿出五千鎊也不可能。」

「只要知道韋克翰究竟欠了多少錢，」伊莉莎白說，「以及他會給莉蒂亞多少錢，就能知道加迪納先生到底幫了多大的忙。因為韋克翰身無分文。我們一輩子也報答不了舅舅和舅媽。他們把莉蒂亞接回家，親自保護她，保住她的面子，這作出了多大的犧牲！莉蒂亞現在應該在他們那裡了，要是他們的好意還不能讓她覺得慚愧，那她就不配享有幸福。她見到舅媽會多麼內疚啊！」

「我們應該把他們兩人的過去都忘掉，」珍回答，「我還是希望他們幸福，也如此相信。他既然答應娶她，足以說明他已經改過向善。要是兩人能互敬互愛，自然也會變得成熟。我相信他們從此會安分度日，到時人們也會漸漸忘了他們過去的荒唐行徑。」

「他們既然有過荒唐行徑，」伊莉莎白說，「那麼無論是妳我，還是別人，都不可能忘記。談論這些是沒有意義的。」

姐妹倆想到母親也許還不知道這件事，於是便來到書房，允許父親讓她們告訴她這個消息。父親正在寫信，頭也沒抬，只是冷冷地回答：

「隨妳們高興。」

「我們可以把舅舅的信唸給她聽嗎？」

「隨妳們愛怎麼做都行，快走開。」

伊莉莎白從父親的寫字台上拿起那封信，與姐姐一起上了樓。瑪莉和琪蒂也陪著母親，因此可以一次說給大家聽。她們先是透露出一些口風，然後就把信唸了出來。班奈特太太喜出望外，尤其在珍讀到莉蒂亞可能馬上就要結婚時，更是欣喜若狂，越聽越高興。比起前陣子的憂慮驚恐，她現在可以說是歡天喜地。只要能聽到女兒快結婚的消息，她就心滿意足了，絲毫沒有想到女兒是否能夠幸福，也沒有想到她的行為有多可恥。

「我的莉蒂亞寶貝！」她叫道，「這太令人高興啦！她就要結婚了！在十六歲的這一年！我又可以見到她了！多虧我那好心的弟弟！我就知道事情會有個圓滿的結局，我就知道他能把一切處理好！我多想見到她，還有親愛的韋克翰！可是禮服呢？嫁妝呢？我要馬上寫信給弟媳。莉茲，乖寶貝，快下樓去，問問妳爸爸願意給她多少嫁妝。等等，還是我自己去吧！琪蒂，拉鈴叫希爾來。我馬上換好衣服。我的莉蒂亞寶貝呀！我多麼期待見到妳啊！」

大女兒見她得意忘形，便提醒她加迪納先生的恩情，好讓她興奮的心情稍微放鬆。

「哎！」母親叫道，「真是太好了。要不是妳舅舅，還有誰肯幫這種忙？要知道，要不是他有了妻小，他的財產都應該歸我和我的孩子們所有。他以前只送一些小禮物給我們，這一次才算真正幫了大忙。哎喲！我太高興了，我馬上就要有一個女兒出嫁了，她就要變成韋克翰太太了！這個稱呼多好聽！她要到六月才滿十六歲。親愛的珍，我太高興了，什麼也寫不出來，還是我口述妳寫吧！關於錢的問題，我們以後再跟妳爸爸商量，應該先把一切東西都張羅好。」

於是她一一報出項目：平紋布、印花布、麻紗——恨不得立刻備妥所有東西。珍好不容易才攔住母親，要她等父親有空時再商量，又說晚一天也沒關係。由於母親太開心了，因此不像平常那麼固執，但她又想出一些其他的花樣。

「等我穿好衣服，就要去梅利頓一趟，」她說，「把這個好消息告訴我的妹妹菲利普太太，回來時還可以順便去找盧卡斯太太和朗太太。琪蒂，快下樓去，吩咐他們替我準備好馬車。出去透透氣，一定會讓我精神爽快許多。孩子們，有什麼事要我幫妳們在梅利頓辦嗎？噢！希爾來了。我的好希爾，妳聽說了嗎？莉蒂亞快結婚了，她結婚的那天，妳們都可以喝到一杯潘趣酒。」

希爾太太立即表示非常開心，並向伊莉莎白等人一一道喜。伊莉莎白實在受夠了這個愚蠢的場面，於是便躲到自己的房間裡，好好思考一番。

可憐的莉蒂亞，雖然她的處境好不到哪裡去，但至少沒有糟到不可收拾的地步。她的確應該感謝上帝，儘管一想到妹妹的幸福就憂心不已，但比起兩個小時前的憂慮，她覺得現在的情形真是不幸中的大幸了。

第五十章

很久以前，班奈特先生就一直想把一部分收入存下來，好讓妻子和女兒們未來不至匱乏。如今，他更加後悔沒有這麼做。要是他早就累積一筆可觀的存款，那麼，這次莉蒂亞的事，也就不必勞煩她的舅舅破費，也不必讓她的舅舅去說服全英國最卑鄙的年輕人娶她為妻。

這件事百害而無一利，卻必須由他的妻舅獨自掏錢擺平，他感到過意不去。於是決定打聽加迪納先生到底幫了多大的忙，以便儘快報答這筆人情。

班奈特先生剛結婚時，完全不擔心錢的事，因為等他們生下兒子，並把他養育成人後，就不必由外人來繼承財產，他的妻女也能衣食無虞了。然而，五個女兒接連出世，卻始終沒有半個兒子。即使是在莉蒂亞出生好幾年之後，班奈特太太還一直指望生出兒子。如今，這個期望落空了，省吃儉用也已經太遲。班奈特太太不善於節省，還好在丈夫的管理下，總算沒有入不敷出。

當年的婚約上，規定了班奈特太太和女兒們一共能得到五千鎊遺產。至於女兒們如何平分，需由父母在遺囑上註明。班奈特先生毫不考慮地同意了妻舅的建議，他回信給加迪納先生，感謝他一片好心。這封信的措詞極其簡捷，只說自己接受一切既定的事實，並答應他提出的所有條件。

這一次竟能順利說服韋克翰娶他女兒，而且幾乎沒有帶來任何麻煩，這令他大感意外。雖然每年要付給他們一百鎊，但損失其實還不到十鎊；因為莉蒂亞在家中的開銷，以及母親給她的零用錢，加起來幾乎也不少於一百鎊。

另一點值得高興的，是他幾乎不必為這件事出什麼力氣。他一向希望麻煩越少越好，雖然起初曾因一時衝動，親自跑去找女兒，但如今早已冷靜下來，變回往日的懶散。他迅速回了信——儘管他做事總是拖泥帶水，但只要他願意，也能做得乾淨俐落。他在信上請妻舅把代勞之處詳細交代；至於莉蒂亞，她讓他太過生氣，因此連問候也沒有問候一聲。

好消息立刻在全家傳開了，並很快傳到左鄰右舍耳裡。大家都對此事興致勃勃；畢竟，要是莉蒂亞回家了，或是搬到某個偏僻的鄉下去，那實在是個有趣的話題。但人們還是難免議論紛紛；梅利頓那些惡毒的老女人，原本還誠心祝福她嫁個好丈夫，如今也都背地裡閒言閒語，因為她們看到她嫁給那種男人，都認為絕不會有什麼好下場。

班奈特太太已經兩個禮拜沒有下樓，聽到了這麼一個好消息，她立刻又歡欣雀躍，坐上了餐桌首席。她並不覺得羞恥，也不覺得掃興。打從珍十六歲那年起，她最大的心願就是嫁女兒，如今她就要如願以償了。她的思考與言語都脫不了婚禮的東西——上等的平紋布、新的馬車，以及男女僕人等。她還在附近一帶到處奔波，想為女兒找一個好住宅。她根本不知道家裡有多少收入，也從不去考慮這一點。她看了好幾間房子都不滿意，不是嫌面積太小，就是嫌不夠氣派。

「海耶莊園還不錯，」她說，「要是高爾汀家能搬走的話。要是史托克那間房子的會客室再大一些的話，也還可以。阿西沃斯離這裡太遠了！我捨不得讓她搬到十哩外的地方。至於波維斯宅邸，它的閣樓又太糟了。」

當僕人在場時，丈夫總是讓她盡情地說，不去打斷她的話。可是當僕人一離開，他就不客氣地告訴她：「親愛的，妳想為女兒和女婿租房子，無論妳要租一棟，還是租下全部，我都必須把醜話說在前頭：他們絕對不准住在附近，也休想我會招待他們來朗伯恩！」

這對夫婦又開始爭執。但班奈特先生這回早已鐵了心。當班奈特太太發現丈夫甚至不願意拿出一毛錢幫女兒買新衣服，不禁大為訝異；班奈特先生還堅決地說，莉蒂亞這一回別想再得到他的疼愛。她對丈夫竟憤怒到這種地步，連對女兒的婚禮都如此吝嗇，感到不可思議。她只知道女兒出嫁沒有嫁妝是件丟臉的事，至於她的私奔、她在結婚前就與韋克翰同居兩個禮拜，她絲毫沒有放在心上。

伊莉莎白後悔不已，當初實在不該因為一時難過，讓達西知道她的家人為她妹妹擔心的經過。如今既然妹妹能夠光明正大地結婚，那麼，過去那一段私奔的往事，當然最好別讓外人知道。

她不擔心達西會張揚這件事；說到保守秘密，世上幾乎沒有第二個人比他更值得她信任。但要是知道這件醜事的是別人，她絕不會像現在這麼難受。並不是因為對她本身有任何不利，反正她和達西之間早已隔著一條鴻溝，而是即使莉蒂亞能夠風光地出嫁，達西也絕不會再跟她們一家攀親，因為這家人本身的缺陷已經夠多，如今又與一個他一向鄙視的人成為一家人，一切自然化為泡影了。

她不會怪他放棄這門親事。她在德比郡就看出他想博取她的歡心，但在遭受了這一次打擊以後，難免改變心意。她感到羞恥、傷心，也覺得後悔，但又不知道後悔些什麼。如今她已不想高攀他的身分地位，卻又嫉妒他的身分地位；如今她再也聽不見他的消息，但又偏偏想要聽見；如今兩人再也不會見面，她卻又覺得要是兩人能朝夕相處，將有多麼幸福。她常想，四個月前她高傲地拒絕了他的求婚，如今卻又懇切地希望他再來求婚；要是讓他知道這件事，不知道他會多麼得意！她深信他是個寬宏大量的男人，但是，既然他是人，當然難免得意。

她開始理解到，他無論在個性還是才能上，都無疑是位最適合她的男人。縱使他的見解和脾氣與自己未必合得來，但一定能讓她稱心如意。這個結合對雙方都有好處，女方優雅、充滿活力，能令另一半感到柔情萬千；男方精明通達，見多識廣，能會使女方得到莫大的裨益。

可惜這件美滿的婚姻已經不可能實現。世上無數對想要締結幸福婚姻的情人，從此少了一個借鏡的榜樣。她的家中馬上就要締結一門完全相反的親事，也正是那門親事破壞了這一門。

她無法想像韋克翰和莉蒂亞要怎麼自立更生，但卻很容易能想到另一方面：這種只顧情欲、不顧道德的結合，實在很難得到永久的幸福。

加迪納先生很快就回信了。他先簡單回應了班奈特先生信上那些感激的言語，接著祝福了班奈特一家幸福，最後還要求班奈特先生再也不要提起這件事。他寫這封信的最大目的，是把韋克翰決定退出民兵團的消息告訴他們。

信上又寫道：

我很希望他完婚後立刻這麼做。我認為，無論是為他自己，還是為了我的外甥女，離開民兵團的確是個明智之舉，你應該也會同意這一點。韋克翰先生想參加正規軍，他從前的幾個朋友都能提供他管道，讓他進入北方某位將軍的兵團，並已替他覓得旗手的職缺。遠離這一帶也對他更有利。他的前途一片光明，但願他去了遠方之後能夠爭氣一點，並收斂自己的行為。我已經寫信給福斯特上校，把我們的安排告訴了他，並請他通知韋克翰在布萊頓一帶的債主們，就說我會替他償還債務。是否也能麻煩你向梅利頓的債主們通知一聲？隨信附上債主的名單，這是他告訴我的，他把所有債務都說了出來。只希望他沒有欺騙我們。我們已經委託哈格斯頓在一週內把事情辦好，到時要是你不願意招待他們去朗伯恩，他們就會直接前往軍隊。聽內人說，我的外甥女很希望在離開南方之前跟你們見個面。她一切安好，並請我代為問候你和她的母親。

愛德華．加迪納

班奈特先生和女兒們都和加迪納先生想得一樣明白，認為韋克翰離開有許多好處，唯獨班奈特太太不太高興。她正盼望著與莉蒂亞相見歡，沒想到她卻要搬去北方，感到大失所望。她一直打算讓女兒和女婿住在哈德福郡，再說，莉蒂亞剛和民兵團的人們混熟，又受到大家歡迎，離開也未免太可惜了。

「她那麼喜歡福斯特太太，」她說，「怎麼可以把她送走呢？而且還有好幾個年輕小伙子很合她的意。別團的軍官未必能這麼討她喜歡呢！」

她的女兒要求（其實是她自己的要求）去北方之前再回家一趟，沒想到立刻就遭到父親斷然拒絕。幸好珍和伊莉莎白顧及妹妹的心情和身分，希望她的婚姻能受到父母祝福，因此再三懇求父親，讓兩人結婚之後先來朗伯恩。她們說得情意真摯，又合情合理，終於讓父親點頭答應了。母親又得意起來，她可以趁著這個出嫁的女兒前往北方之前，把她當成寶貝展示給街坊鄰居看。班奈特先生回信給妻舅，說請他們結婚後立刻回朗伯恩一趟。伊莉莎白又想到，韋克翰會不會拒絕這件事？如果單純為了自己著想，那她實在不想見到韋克翰。

第五十一章

妹妹結婚的日子到了。珍和伊莉莎白都擔心不已，甚至她們的妹妹還要擔心。家裡派了一輛馬車去接新婚夫妻，預計吃午飯前就能回來。兩位姐姐都害怕他們的來到，尤其是珍。她心想，要是莉蒂亞的醜事發生在自己身上，或是她未來的下場降臨在自己身上，那將有多麼難受。

新婚夫妻來了。全家都在客廳迎接他們。當馬車停在門前，班奈特太太滿臉笑容，她的丈夫卻板起面孔。女兒們則喜憂參半，並十分不安。

門外傳來莉蒂亞說話的聲音，很快地，門被打開了，莉蒂亞跑進屋來。母親欣喜若狂，連忙拋上去擁抱她，一面親切地向韋克翰（他走在妻子後面）伸出手，祝他們幸福。她說得又快又響亮，說明了她對此深信不疑。

新婚夫妻接著轉向班奈特先生，他對他們就沒有妻子那麼熱情了。只見他臉色嚴峻，一句話也不說。這一對年輕夫妻那一派輕鬆的模樣，讓他看了就生氣。伊莉莎白感到厭惡，連珍也不禁訝異：她還是那個莉蒂亞——不安分、不害臊，整天吵吵鬧鬧，無法無天。她從一個姐姐面前走到另一個姐姐面前，要她們一一恭喜她。最後大家都坐下來。她環顧了整間房子，看到有些不一樣了，便笑著說自己好久沒有回來了。

韋克翰更是毫無愧色。他一向儀表大方，笑容可掬，只要為人再正直一些，婚姻再合乎禮儀一些，那麼，他的這次來訪也就不會那麼令人厭惡了。伊莉莎白從來不相信他這麼無恥，她坐下來，心想一個人怎能不要臉到這種地步。她面紅耳赤，珍也臉紅了，所有人都為他們感到難堪，但兩位當事人仍面不改色。

談話一直持續著。新娘和她的母親彷彿有說不完的話，韋克翰碰巧坐在伊莉莎白身旁，便向她問起附近一帶熟人的近況，他的從容不迫令伊莉莎白反而感到坐立不安。這一對夫婦一副心安理得的樣子，毫無羞恥之心。他們對自己的所作所為毫無悔意，莉蒂亞又大方地聊了許多事情——要是換成她的姐姐們，就絕對說不出這種話。

「妳們想想，」她大聲說道，「我已經離開三個月了！彷彿才兩個禮拜呢！雖然時間很短，卻發生了好多事情。天啊！我臨走前從沒想過，自己再回家時竟然已經結婚了！不過我也覺得，如果真的就這樣結了婚，倒也滿好玩的。」

父親瞪大了眼睛，珍也很難受，伊莉莎白啼笑皆非地望著莉蒂亞。但莉蒂亞依舊旁若無人，得意洋洋地說道：「噢！媽媽，鄰居們都知道我今天結婚嗎？我怕他們還不知道。我們在路上遇到威廉·高爾汀的馬車，為了讓他知道我結婚了，我把車窗放了下來，又脫下手套，把手放在窗前，好讓他看見我手上的戒指，然後又對他點頭微笑。」

伊莉莎白忍無可忍，她站起身來奪門而出，一直聽到她們進入餐廳的聲音才復返。一回來，她又看到莉蒂亞大搖大擺地走到母親右側，一邊對她的大姐說：「喂！珍，這次換我坐妳的位子了，妳得坐到末位去，因為我已經出嫁了。」

打從一開始，莉蒂亞就沒有絲毫愧疚之意，這時更是若無其事，而且越來越不在乎，越來越興奮。她想去看看菲利普太太，看看盧卡斯一家，還要把所有的鄰居都拜訪一遍，聽大家稱呼她韋克翰太太。吃過中飯後，她立刻把結婚戒指現給希爾太太和其他兩位女僕，炫耀自己結婚了。

「嘿！媽媽，」大家又回到客廳之後，她說道，「妳覺得我的丈夫如何？他很可愛對吧？姐姐們一定都很羨慕我，但願她們有我一半的好運！誰叫她們不去布萊頓呢？那裡才是找丈夫的好地方。真可惜，媽媽，我們沒有全家一起去！」

「妳說得對極了。要是我來說，我們早就該一起去了！可是，莉蒂亞寶貝，我不想讓妳去那麼遠的地方，難道妳非去不可嗎？」

「老天！當然要去了，有什麼關係呢？我很高興。妳和爸爸還有姐姐們，一定要來看我們呀！我們整個冬天都會住在紐卡索，那裡一定會有很多舞會，而且我一定會幫姐姐們找到不錯的舞伴。」

「那就真是太好了！」母親說。

「等妳要回家的時候，可以讓一兩個姐姐留下來。我保證今年冬天就會幫她們找到丈夫了。」

「謝謝妳的關心，」伊莉莎白說，「可惜我不認同妳這種找丈夫的方法。」

新婚夫妻只能和家裡待上十天。韋克翰在離開倫敦之前就接到了任命，必須在兩週內趕去軍隊報到。

只有班奈特太太對這件事感到惋惜，因此她盡可能把握時間，陪著女兒到處探親訪友，又常在家中舉辦宴會。大家都喜歡宴會，沒有心事的人當然願意赴宴，有心事的人更想趁機解解悶。

果然不出伊莉莎白所料，韋克翰對莉蒂亞的愛絲毫不如莉蒂亞對他的深厚。看得出來，兩人的私奔多半是由於莉蒂亞的狂熱，而不是韋克翰的。至於他不愛她，為什麼還要與她私奔，伊莉莎白也毫不覺得奇怪。因為他為了躲債，本來就必須逃跑，要是路上能有一個女人作伴，他當然不會放過這個機會。

莉蒂亞對他著迷不已，她每一句話都會提到「親愛的韋克翰」。沒有人比得上他，他無論在哪一方面都是世間第一。她還相信，九月一日那天，他射到的鳥一定比英國任何人都多。

他們回來還沒多久，一天早晨，莉蒂亞跟兩位姐姐坐在一起，她對伊莉莎白說：

「莉茲，我還沒有跟妳提過我結婚的經過呢！我跟其他人說的時候妳都不在場，難道妳不好奇這件喜事是怎麼完成的嗎？」

「一點也不想，」伊莉莎白回答，「我認為我們聊這件事聊得夠多了。」

「哎呀！妳真是奇怪！我一定要把經過告訴妳。妳知道，我們是在聖克萊門特教堂結婚的，因為韋克翰就住在那個教區。大家約定十一點鐘到場，舅父母跟著我一起去，其他人則約在教堂碰面。唔！到了禮拜一早上，我緊張得要死，因為擔心會出什麼意外，耽誤了婚禮，那我一定會生氣的。我打扮的時候，舅媽一直在旁邊嘮叨，好像在傳道一樣。但她的話我只聽進去十分之一，妳可以想像，我當時一心惦記著親愛的韋克翰。我一心想知道，他是不是要穿那件藍色衣服去結婚。」

「嗯！跟往常一樣，我們十點鐘吃早餐，那頓飯彷彿吃不完一樣；順帶一提，我住在舅父母家的那段時間，他們一直很不高興。說來妳也許不相信，我雖然在那裡住了兩個禮拜，卻沒有踏出家門一步，也沒有參加過一次宴會，沒有任何消遣！真是無聊透頂。老實說，倫敦雖然不太熱鬧，但至少還有小戲院。言歸正傳，那天馬車來了之後，舅舅卻叫來那個討厭的史東先生，妳知道，他們一說起話來就沒完沒了。我嚇壞了，不知道該怎麼辦才好，因為要是延誤時間，那天就結不成婚了。幸好他不到十分鐘就回來了，於是我們才一起出發。不過我後來又想到，要是他真的忙不過來，婚禮也不會延後，因為還有達西先生可以代勞呢！」

「達西先生！」伊莉莎白嚇了一跳，叫道。

「噢，是呀！他也要陪韋克翰去教堂呢。老天，我怎麼忘了！我不應該把這件事說出來的，我已經答應他們要保密了。不知道韋克翰會怎麼責怪我，這應該保守秘密的！」

「如果是秘密，」珍說，「那就請妳別再說下去了。放心，我絕不會再追問下去。」

「嗯，不會追問下去。」伊莉莎白說道，儘管心裡非常好奇，「絕對不會。」

「謝謝妳們，」莉蒂亞說，「要是妳們問的話，我還是會把一切都告訴妳們，只是這麼做會讓韋克翰生氣。」

她這麼說，顯然是想鼓勵伊莉莎白問下去。伊莉莎白只好立刻跑開。

不過，要不聞不問是不可能的，至少也要打聽一下。達西竟然會參加她妹妹的婚禮？那樣的一個場面，那樣的一對夫妻，他絕對不願意參與，也沒有理由參與。她左思右想，卻還是理不出一個頭緒。她很想從好的角度去想，認為他心胸寬大，想對兩人表示慶賀，但這種想法又太不切實際了。她百思不解，感到心裡很難受，於是連忙拿起一張紙，寫了一封短信給舅媽，請她解釋一下莉蒂亞說的那些話。

她在信上寫道：

您應該也知道，他與我們非親非故，竟然會跟你們一同參加這次婚禮，這怎麼能不令我好奇呢？請您立刻回信，好讓我弄清楚這件事。如果確實如莉蒂亞所說，此事非保守秘密不可，那我也只好絕口不提了。

寫完了之後，她又自言自語地說：「親愛的舅媽，要是妳不老老實實告訴我，我只好自己千方百計去打聽了。」

至於珍，她是個守信用的人。她無論如何也不肯把莉蒂亞告訴她的話偷偷說給伊莉莎白聽。伊莉莎白很滿意她的做法，反正她已經寫信去問舅媽，不管回信能不能讓她滿意，至少在得到回信之前，不要向任何人透露心事。

第五十二章

伊莉莎白果然如願以償，很快就得到回信。她跑到那座清靜的小樹林中，坐在一張長凳上，準備好好讀這封信。由於這封信很長，她斷定舅媽沒有拒絕她的要求。

親愛的外甥女：

剛接獲妳的來信，我便決定用一整個早上來寫回信，因為我估計三言兩語是無法把我心中的話解釋清楚的。

我得承認，妳的要求很令我詫異，我沒想到竟是由妳提出這個要求。請別以為我在生氣。我只是想說，我實在沒想到妳居然也會來問。如果妳仍然要裝作聽不懂的話，那只好請妳原諒我的失禮。妳的舅舅也跟我一樣詫異，我們都認為達西之所以這麼做，完全是為了妳。如果妳真的一無所知，那也只好由我來向妳解釋了。

就在我從朗伯恩回家的那一天，一個意外的訪客來找妳舅舅，也就是達西先生。他跟妳舅舅在房裡密談了好幾個小時。當我回家並得知這件事後，並沒有像妳現在這麼好奇。他是因為找到了妳妹妹和韋克翰的下落，特地趕來告訴加迪納先生的。他說，他已經見過他們，並跟他們談過話——尤其是跟韋克翰。據我猜測，我們離開德比郡的第二天，達西就立刻趕到城裡來找他們了。他把這件事歸咎於自己，說要是他早點揭穿韋克翰的真面目，就不會有任何正直女孩愛上他了。他自責不已，認為這次的事情全怪他過去的傲慢，他一直以為人們能看出韋克翰的品格優劣，不必由他親自揭發。他覺得這件事是自己一手造成的，因此有責任出面補救一切。他說這是他干涉這件事的動機；要是他真的別有用心，也沒什麼好丟臉的。他在城裡花了好幾天才找到他們。他有線索，我們卻沒有。也正因為這樣，他才堅決跟著我們而來。

據說有一位揚吉太太，她曾當過達西小姐的家庭教師，後來因為犯錯而被解雇，在愛德華街買了一棟大房子，租給別人。達西知道這位太太跟韋克翰很熟，於是一到城裡立刻去找她打聽消息。他花了兩三天，才從她那裡問出線索。我猜揚吉太太早就知道韋克翰在哪，只是想要一些賄賂罷了。他們的確一到倫敦便去了她那裡，可惜她無法留他們住下來。

我們這位好心的朋友終於查出他們的地址。他先去找韋克翰，然後又說要見莉蒂亞。據他所說，他的第一個目的就是勸莉蒂亞改過自新，等說服她的家人後，就送她回去，並保證幫她到底；但他發現莉蒂亞執迷不悟，完全不顧家人。她不要他的幫助，無論如何也不肯拋下韋克翰。她斷定他們結婚只是遲早的事。但他跟韋克翰談話後，發現他根本沒有結婚的打算；只是，既然莉蒂亞存著這種念頭，最好還是讓兩人儘快成婚。韋克翰親口承認，他之所以逃離民兵團，完全是為賭債所逼。至於與莉蒂亞私奔而引起的不良後果，他卻毫不考慮地把它歸咎於她的愚蠢。他說自己馬上就要辭職，他的前途一片黑暗。他應該去某個地方找份工作，可是又不知道該去哪裡，就快走投無路了。

達西先生問他，為什麼不立刻跟妳妹妹結婚。雖然班奈特家並不富裕，但也不無小補。他從韋克翰的回答中，發現他仍然指望攀上一門更好的親事；只是，他目前淪落到這個地步，也別無選擇了。他們見了好幾次面，商量好各個細節；韋克翰當然漫天討價，但最終還是講定了一個合理的數目。

下一步就是把這件事告訴妳舅舅。於是達西先生在我回家的前一晚拜訪了聖恩堂街，當時妳舅舅不在家，達西先生打聽到妳父親當時還住在這裡，但隔天早上就會離開。他認為妳父親不像妳舅舅那麼好說話，因此決定等到他走了再上門。他當時沒有留下姓名，直到第二天，我們只知道曾有位先生來找過妳舅舅。

禮拜六他又來了，那時妳父親已經離開，妳舅舅也在家。正如我剛才說的，他們談了很長一段時間。

禮拜天他們又見了一次面，我也有看到他。整件事一直到禮拜一才完全談妥，接著便立刻派人送信去朗伯恩。我必須說，我們的這位貴客實在固執。人們都指責他的不是，說他有各種缺點，但他最大的缺點在於把一切都攬在自己身上。其實妳的舅舅很樂意包辦一切，他們還因此爭執了好久。雖然那對年輕夫妻根本不值得他們這麼做。

最後，妳的舅舅決定屈就他，以至於他不但沒能替外甥女盡一點力量，還要心虛地接受你們的感謝，這完全違背他的心願。我相信妳今早的來信一定會讓他高興，因為終於可以把這件事講清楚，讓應該受讚美的人得到讚美。不過，莉茲，這件事只能讓妳知道，頂多再告訴珍。

現在，妳應該已體會到他為那兩個人盡了多大的力。我相信他代為償還的債務肯定遠遠超過一千鎊；而除了她名下的財產以外，他又另外給了她一千鎊，又替他買了個爵位。至於他有什麼理由要支付這些錢，我已經在上面說明過。他說這全是他的錯，因為他當初思慮不周，傲慢過度，才讓大家誤以為韋克翰是個好人。這番話或許有幾分道理，但我認為，這種事既不能怪他，也不能怪別人。親愛的莉茲，妳應當明白，他雖然把話說得很漂亮，但要不是考慮到他別有苦心，妳舅舅就絕不會答應他。

當事情都說定之後，他便回彭伯里應付他的朋友，約好婚禮當天再回倫敦，把有關金錢的一切手續都辦理好。現在我已經把所有事情都告訴妳了，這一篇敘述想必會讓妳大吃一驚，只希望妳至少別因此不高興。之後，莉蒂亞住進我們家，韋克翰也經常上門。他完全是我上次在哈福德郡見到他時的那副德性。而莉蒂亞在這邊的種種行為也讓我很不滿意。我本來不打算告訴妳，但禮拜三接到珍的來信，知道她在家依然死性不改後，我也不再顧慮那麼多了。我常一本正經地對她說，她這麼做實在大錯特錯，害得一家人都痛苦不已；豈知她連我的話都不肯聽。有幾次我很生氣，但是看在妳和珍的面子上，我還是對她百般容忍。

達西先生準時來到。正如莉蒂亞所說的，他參加了婚禮。隔天他又與我們一起吃了飯，計畫在禮拜三或禮拜四離開。親愛的莉茲，要是我告訴妳我有多喜歡這個人（我一直不敢說），妳會生我的氣嗎？他對於我們的態度，不論在哪一個方面，都跟在德比郡時同樣討人喜歡。他不論是見識、言行，都深得我心，也沒有任何缺點，除了不夠活潑之外——關於這一點，只要他選擇一個好對象，就還來得及補救。我認為他很神秘，因為他幾乎沒提到過妳的名字；不過年輕人好像都喜歡神秘感。

我似乎太多管閒事了，請妳原諒，至少別處罰我一輩子進不了彭伯里啊！我一直想把那個花園逛完一遍，只要準備一輛雙輪小馬車，再配上一對漂亮的小馬就行。

我不能再寫了，孩子們一直吵著要我過去，已經吵了半個鐘頭。

妳親愛的舅媽

九月六日寫於聖恩堂街

伊莉莎白讀完之後感到心神盪漾。她不知道自己是高興多一些，還是痛苦多一些。她本來也曾隱隱猜到達西很可能會成全她妹妹的好事，但又不敢奢望，認為他不會好心到這個地步。另一方面，她又想到要是他真的這麼做，那麼這份恩情也未免太重了，令人難以報答。如今，這些猜測卻成了千真萬確的事實！想不到他那天竟會跟著她和舅父母趕回城裡。他不惜肩負起一切責任來調查這件事，又不惜向一個自己鄙視的女人低聲下氣；不惜委曲求全，與一個他深惡痛絕的人見面，勸說他，甚至賄賂他。他如此盡心盡力，只是為了一個他不怎麼喜歡的女人。她告訴自己，他這麼做都是為了她；但一想到其他的事，又立刻打消了這個念頭。畢竟，就算他確實愛她，又怎麼能接受一個曾經拒絕過他的女人呢？還有韋克翰！只要是個有尊嚴的人，都一定不想跟他成為親戚，又怎能指望達西遷就他呢？

毫無疑問，他為這件事付出了很多，她簡直沒有臉去想像到底有多少。他之所以插手這件事，理由已經說得很明白了，無須妄加臆測。他怪自己當初做事不夠周全，這個解釋合情合理；他很慷慨，而且有能力慷慨；雖然她不願相信他這麼做是為了她，但也許能相信他仍對她舊情難忘，因此一遇到與她息息相關的事，他便願意盡心竭力。

一想起這個人對她們恩重如山，而她們卻無法報答他，這實在太痛苦了。莉蒂亞能夠回來，能夠保全了名譽，這一切都得歸功於他。她又想到自己過去竟然那麼厭惡他，竟然對他出言不遜，就感到黯然神傷。她十分慚愧，同時又為他感到驕傲，因為他出於同情，竟然如此委屈自己。她把舅媽在信上恭維他的那些話讀了又讀，雖然意猶未盡，但也已十分高興。她發現舅父母都認定她跟達西感情真摯，推心置腹，雖然她不免為此感到懊惱，但也難免得意。

這時，有個人走近打斷了她的沉思。她站起身來，正要從另一條小徑離開，只見韋克翰追了上來。

「恐怕我打擾了妳的悠閒吧？親愛的姐姐。」他走到她身邊說道。

「的確如此，」她笑著回答，「不過，打擾未必就是不受歡迎的。」

「我真是過意不去。我們一直是好朋友，現在又更加親近了。」

「是啊。他們都出來了嗎？」

「不知道。媽媽和莉蒂亞坐車去梅利頓了。親愛的姐姐，舅父母說妳去了彭伯里。」

她回答的確是這樣。

「我很羨慕妳的運氣，可惜我無福消受。否則，等我去紐卡索的時候，也可以順道前去拜訪一趟。妳應該見到那位年老的女管家了吧？可憐的雷諾太太！她從前那麼喜歡我。不過，她當然不會在妳面前提到我的名字。」

「她的確提到了。」

「她怎麼說的？」

「她說你加入了軍隊，恐怕——恐怕你過得不好。距離那麼遠，傳來的消息都不太可靠。」

「當然了。」他咬著嘴唇回答道。

伊莉莎白原以為這下子他可以住嘴了。但只過了一會兒，他又說道：

「上個月真是意外，我在城裡遇到了達西。我們見了好幾次面，不知道他去城裡做什麼。」

「也許是準備跟德．包爾小姐結婚吧，」伊莉莎白說，「他在這種季節進城裡，一定是為了什麼特別的事。」

「也對。妳在蘭姆頓見過他嗎？加迪納夫婦說妳見過他。」

「是的，他還向我們介紹了他的妹妹。」

「妳喜歡她嗎？」

「非常喜歡。」

「我想也是。的確，我聽說她這一兩年有了很大的改變。以前看到她，還覺得她一定不會有什麼出息。我很高興妳喜歡她，但願她能夠越來越好。」

「她一定會的。她已經過了最容易惹禍的年齡了。」

「你們有經過金普頓嗎？」

「我不記得是否有去過那裡。」

「我會提到這個地名，就是因為我當初應該在那裡當牧師的。那是個好玩的地方！那棟牧師公館也好極了！各方面都很適合我。」

「你喜歡講道？」

「非常喜歡。我原把它視為自己的天職，即使一開始會很辛苦，但久了也就習慣了。後悔是沒意義的，但這的確是很適合我的一份好差事！這樣清閒的生活，完全合乎我的夢想！只可惜一切都是往事了。妳在肯特郡有聽達西談到這件事嗎？」

「聽過，而且我認為他的話很可信。聽說交給你那個職位是有條件的，並且由那位女教徒全權決定。」

「妳聽說了？沒錯，一點也沒錯。我一開始就跟妳說過，妳一定還記得。」

「我還聽說你曾有一段時期並不像現在這麼喜歡講道，你曾經鄭重地宣布過自己絕不要當牧師，於是這件事就此解決了。」

「這妳也聽說了？當然，這也是可以理解的。妳也許還記得，我們第一次聊到這件事的時候，我也提過這一點。」

他們就快走到家門口了。她故意走得很快，想擺脫他；但看在妹妹的份上，又不想激怒他，因此只是和顏悅色地笑了笑，回答說：

「算了，韋克翰先生。我們現在已是一家人，不要再為了過去的事爭論了。但願我們將來不會有什麼衝突。」

她伸出手來，他殷勤地吻了它一下，但態度有些不自然。兩人於是走進了屋子。

第五十三章

韋克翰很滿意這場談話，從此也沒有再提起這件事，免得自取其辱，也免得惹他的二姨子生氣。伊莉莎白見他竟然從此閉口不語，也覺得很高興。

轉眼之間，新婚夫妻動身的日子來臨了。班奈特太太不得不跟他們告別，這次離別至少長達一年，因為班奈特先生否決了她的計畫，不肯讓全家搬去紐卡索。

「哦！我的莉蒂亞寶貝，」她哭道，「我們哪時候才能再見面呢？」

「天哪！我也不知道。可能兩三年都見不到了吧。」

「常寫信給我好嗎？好孩子。」

「我一定常常寫信。但妳也知道，結婚的小姐是沒什麼時間寫信的。姐妹們倒可以常常寫信給我，反正她們也沒事做。」

韋克翰的道別比妻子來得親切多了。他笑容滿面，儀態大方，又說了許多漂亮的客套話。

「他真是我見過最英俊的小伙子，」他們一離開，班奈特先生就說，「會假笑，會傻笑，又會說笑。我真為他感到莫大的驕傲。我敢說盧卡斯爵士也未必有這麼好的女婿。」

相反地，自從女兒走了之後，班奈特太太鬱悶了好多天。

「我常常想，」她說，「與親人離別真是最難過的事了。他們一走，我好像失去了依靠。」

「妳得明白，媽媽，」伊莉莎白說，「嫁女兒就是這樣。幸好妳還有四個女兒沒人要，這麼想一定會好過些。」

「才不是這樣。莉蒂亞並不是因為結婚才離開我，而是因為她丈夫的部隊駐紮在那麼遠的地方。要不是這樣，她才不用這麼急著走。」

這件事雖然讓班奈特太太沮喪了一陣子，不過很快就又恢復了。因為這時外面又傳來一個消息，讓她重新振作起來。原來，據說尼德菲爾德莊園的主人這幾天就會回到鄉下，用幾個禮拜打獵。他的女管家正在安頓一切。班奈特太太聽到這個消息，簡直坐立不安。她一下子望著珍，一下子發笑，一下子又搖頭。

「太好了，賓利先生竟然要回來了，妹妹，」她對第一個告訴她這件消息的菲利普太太說道，「太好了，真是太好了。不過我一點也不在乎。妳知道，我們一點也不把他放在心上，我的確再也不想見到他了。不過，既然他願意回到尼德菲爾德莊園來，我們當然還是歡迎他。誰知道會怎麼樣呢？反正與我們無關。妳知道的，妹妹，我們早就說好，再也不提這件事。他真的會來嗎？」

「放心好了，」她的妹妹說，「尼可斯太太昨晚去過梅利頓。我一看到她，立刻跑去找她打聽是不是真有這回事，她也說是真的。他最晚禮拜四就會回來，也有可能禮拜三就來。她還說，她要去肉店訂一些肉，準備禮拜三用來做菜；她還有六隻鴨子，隨時都可以宰來吃。」

珍聽到賓利要來，不禁臉色大變。她已經好幾個月沒有在伊莉莎白面前提到他的名字，但這次她一等到姐妹兩人獨處的機會，就立刻說道：

「莉茲，今天姨媽告訴我這個消息的時候，我看妳一直望著我，我知道我那時臉色很難看。但妳千萬別以為是因為這件事，只不過是因為我發現大家都盯著我看，所以一時不知所措。老實跟妳說，這個消息既不使我感到愉快，也不使我感到痛苦。我只慶幸一點：這次他是自己回來的。所以我們不會有太多機會看到他。我本身沒有什麼顧慮，只是怕別人閒言閒語。」

伊莉莎白不知該如何看待這件事。如果她上次沒有在德比郡見到他，也許會認為他此行沒有其他目的，但她仍然覺得他對珍難以忘懷。這次他究竟是得到了朋友的允許才來的？還是他自己大膽跑回來的？她無從猜測。

「真是令人難過，」她有時心想，「這個可憐的傢伙，只不過是回到自己的房子，卻還是讓人議論紛紛。我也別去管他了。」

不管珍說了什麼，想了什麼，是否希望他來；伊莉莎白卻很容易看出她的意志動搖了，而且比從前更加魂不守舍，驚慌不安。

大約在一年前，父母曾熱烈地爭論過這個問題，如今又要舊事重提了。

「等賓利先生回來後，親愛的，」班奈特太太對丈夫說，「你一定要去拜訪他。」

「不，不！去年妳逼我去看他，說只要我去拜訪他，他就會挑我們的一個女兒做太太，結果只落得一場空。我再也不做這種蠢事了。」

他妻子又說，等那位貴客一回到尼德菲爾德莊園，鄰居們都會去問候他。

「我恨透了這些繁文縟節，」他說，「要是他想結交我們，就自己過來吧，他又不是不知道我們住哪。鄰居每次來來去去，都要我去迎送，我可沒這種工夫！」

「唉，你不去拜訪他，那就太沒禮貌了。但我還是可以請他來家裡吃飯，我已經決定好。我們還要再請朗太太和高爾汀一家，加上我們家裡的人，一共十三人，剛好還剩一個位子給他。」

她打定主意，心裡頓時感到欣慰，也不再介意丈夫的不可理喻。就算這樣，鄰居們仍然會比他們先見到賓利。他回來的日子漸漸迫近了。

「我開始希望他不要來了，」珍對妹妹說，「其實又沒關係。我可以在他面前裝得若無其事；只是聽到別人老是提起這件事，實在有些受不了。媽媽是一片好意，但是她不知道（沒有人知道）她的話讓我多麼難受。但願他不要再住在尼德菲爾德莊園了！」

「我很想說一些安慰妳的話，」伊莉莎白說，「可惜一句也說不出來。妳一定明白，我不想跟別人一樣，看人家難過卻偏要勸他開心點——因為妳一向是個樂觀開朗的人。」

賓利終於來了。班奈特太太在僕人的幫忙下首先得到消息，但也提早陷入煩惱。既然不能趁早去拜訪他，她只好屈指數著日子，等待著寄邀請函的那一天。幸好，在他回到哈福德郡的第三天，班奈特太太便從更衣間的窗戶看見他騎著馬走進牧場，朝著她們家裡走來。

她喜出望外，急忙叫女兒們來分享這個發現。珍毅然坐在椅上不動，伊莉莎白為了讓母親滿意，便走到窗前看了一眼。她看見達西也一起來了，便走回去坐在姐姐身旁。

「媽媽，」琪蒂說，「還有另外一位先生也一起來了呢！那是誰呀？」

「八成是他的哪個朋友吧！寶貝，我不知道。」

「瞧！」琪蒂又說，「那好像是以前跟他在一起的那個人。我忘記他的名字了，就是那個非常傲慢的高個兒呀！」

「老天，原來是達西先生！一定是。老實說，要不是他是賓利先生的朋友，這裡才不歡迎他呢！我一見到他就討厭。」

珍驚訝而又關心地望著伊莉莎白。她完全不知道妹妹在德比郡見過達西，以為這是她自從收到他那封解釋的信之後，第一次跟他見面，因此一定會很尷尬。姐妹倆都很難受，她們彼此體貼，各自隱藏著心事。母親依舊嘮叨不休，說她多不喜歡達西，只因為他是賓利的朋友，所以才客客氣氣地接待他，這些話她們都沒有聽見。事實上，伊莉莎白心神不寧，還有其他原因，但珍一點也不知道。伊莉莎白始終沒有勇氣把加迪納太太的信拿給珍看，也沒有勇氣向珍敘述她對達西的感情變化。珍只知道他曾向她求婚，被她拒絕了；她還對他作出很低的評價。珍不知道伊莉莎白的心事不只如此。她認為他對自己一家恩重如山，她因而對他另眼看待；她對他的情意雖比不上珍對賓利那麼深厚，至少也像珍對待賓利一樣合情合理。達西這次回到尼德菲爾德莊園，並且主動來朗伯恩找她，確實使她吃驚奇，幾乎像她上次在德比郡見到他性格改變時一樣吃驚。

時間已經過了這麼久，但他的情意始終不渝。一想到這裡，她那蒼白的臉便重新恢復了血色，而且顯得更加鮮豔，她高興得笑顏逐開，兩眼炯炯有神，但又不免存著一絲懷疑。

「先看看他的態度，然後再來期待也不遲。」她想。

她坐下來專心打毛線，竭力裝得鎮靜，眼睛抬也不抬。等到僕人走近房門，她才著急起來，抬頭看了看姐姐的臉色。珍比平常蒼白了一些，但出乎意料地端莊持重；當兩位貴客上門後，她的臉漲得通紅，但還是從容不迫、落落大方地接待他們，既沒有顯露一絲埋怨的態度，也沒有過分殷勤。

伊莉莎白沒有跟兩人說太多話，只是禮貌性地敷衍了幾句，便重新坐下，專心打著毛線。她偶爾大膽地瞄了達西一眼，只見他的神態仍像往常一樣嚴肅，不像在彭伯里時的表情，而像在哈福德時的表情。也許是因為他在她的母親面前無法像在她舅父母面前那麼不拘禮節。這是個痛苦的揣測，但也未必沒有道理。

她也望了賓利一眼，立即看出他既高興，又忸怩不安。班奈特太太對他十分客氣，但對他的朋友則十分敷衍、冷淡。這讓她的兩個女兒覺得很過意不去。

事實上，她對兩位客人的態度應該反過來才對，因為她最心愛的女兒多虧達西的搭救，才能免於身敗名裂。伊莉莎白對這件事知之甚稔，覺得特別難受。

達西向伊莉莎白問起加迪納夫婦的事，伊莉莎白回答得相當慌張。之後達西便沒有再說什麼；他之所以沉默寡言，也許是因為沒有坐在她身旁的緣故。但他在德比郡時，卻不是這樣的態度。當時他只要沒機會跟她搭話，就會跟她的舅父母交談；但這一次卻接連好幾分鐘不曾開口。她再也忍不住好奇心了，便抬起頭盯著他的臉。只見達西不時望著她和珍，大部分時間又低著頭發呆。看得出他這次比之前更加心事重重，卻又不像那次一樣急於博得她的好感。她感到失望，同時又怪自己不應該失望。

「沒想到他竟然會這樣。那他又何必要來？」她想。

除了他之外，她沒有興致跟其他人談話，可是又沒有勇氣開口。

她只向達西問候了他的妹妹，之後又陷入沉默。

「你離開了好久呀！賓利先生。」班奈特太太說。

賓利先生連忙回答，的確很久了。

「我一開始還擔心你一去不回。聽說你打算等到米迦勒節就把房子退租，我一直希望這不是真的。自從你走了之後，附近發生了好多事。盧卡斯小姐結婚了，我也有一個女兒也出嫁了。你應該在報紙上看到這件事了吧？我知道《泰晤士報》和《快報》上都有刊登出來，不過寫得不太像話。只寫了『喬治．韋克翰先生將於近日與班奈特小姐結婚。』至於她的父親、她的住址，以及其他細節，則一點都沒提到。那是我弟弟加迪納寫的，不知道他怎麼辦得這麼糟糕。你看到了嗎？」

賓利說他的確看到了，並向她祝賀。伊莉莎白的眼睛抬也不敢抬，她不知道達西此刻作何感想。

「的確，」班奈特太太接著說，「順利嫁出一個女兒，真是樁開心的事。可是，賓利先生，她一離開我身邊，又讓我覺得難受。他們去了紐卡索，那在遙遠的北方，這一去不知什麼時候才能回來。他的部隊駐紮在那裡，他已經脫離原先的民兵團，加入了正規軍，你應該也知道吧？感謝上帝！至少他還有幾個朋友，不過要是能再多幾個就更好了。」

伊莉莎白知道她這些話是故意說給達西聽的，她羞愧得無地自容。不過這番話卻讓她終於能勉為其難地與客人聊起來。她問賓利是否打算暫時住在鄉下，他說會住上幾個禮拜。

「等你把自己莊園裡的鳥打完之後，賓利先生，」她母親說，「儘管來班奈特先生的莊園吧！你愛打多少就打多少。我相信他一定很樂意讓你來，而且會把最好的雉雞都留給你。」

伊莉莎白聽到母親說著諂媚逢迎的話，越來越難受。她想起一年前，她們也曾經滿懷希望；如今，雖然一切彷彿唾手可得，但也可能只要一瞬間就會再度落空。她覺得，就算未來真的能一輩子幸福，也補償不了她和珍這短短幾分鐘的痛苦。

「我最希望的事，」她心想，「就是永遠不要再跟他們來往。跟他們做朋友雖然愉快，卻彌補不了這種難堪的場面。但願我再也不要見到他們！」

然而，儘管終身的幸福也補償不了眼前的痛苦，但才過了幾分鐘，她發現姐姐的美貌又打動了她先前那位情人的心，因此也不感到那麼痛苦了。賓利剛上門時幾乎不跟珍說話，但很快又變得越來越殷勤。他發覺珍仍然和過去一樣美麗，個性溫和、態度自然，只不過話變少了。珍一心想掩飾自己的心思，雖然竭力裝出與以前一樣健談，但由於心事太重，偶爾會不自覺地陷入沉默。

班奈特太太早就打算討好這名貴客。當兩人告辭的時候，她忽然想起一件事，也就是邀請他們幾天後來朗伯恩吃飯。

「賓利先生，你還欠我一次回訪呢！」她說道，「你去年冬天進城時，承諾過回來之後要來我們這裡吃飯。你知道，我一直把這事放在心上，但你一直沒有來赴約，讓我好失望。」

賓利不禁愣了半晌，之後才解釋說他被事情耽擱了，相當抱歉。之後兩人便告辭而去。

班奈特太太原先打算當天就請他們吃飯，但她又想到，家裡平常的伙食雖然也不差，但對方是個有頭有臉、每年收入一萬鎊的人，她又對人家寄予厚望，不準備兩道好菜怎麼行呢？

第五十四章

他們離開後，伊莉莎白便到屋外漫步，讓自己透透氣。她不停想著那些讓她的精神更加沉悶的事情。達西的態度令她驚訝，也令她煩惱。

「要是他這次上門是為了沉默寡言、不聞不問，」她想，「那又何必要來？」

她越想，越覺得一點也開心不起來。

「他在城裡的時候，對我的舅父母十分和善，為什麼對我卻完全相反？如果他已經不再眷戀我，又何必沉默？好一位愛捉弄人的先生！今後我再也不去想他了。」

這時，姐姐走了過來，她只好暫時把這個念頭拋開。她看見姐姐神色欣然，便知道這兩位貴客雖讓她失望，卻讓她的姐姐感到得意。

「終於，」珍說，「第一次會面結束了，我覺得非常自在。既然我這次能進退自如，那即使他下次再來，我也不會感到難堪。我很高興他禮拜二會來吃飯，因為到時大家就能看出，我跟他只不過是普通朋友罷了。」

「好個普通朋友！」伊莉莎白笑著說，「珍，妳還是小心點吧！」

「親愛的莉茲，妳可別以為我那麼軟弱，或是又惹出什麼禍。」

「我想妳會惹出很大的禍，妳會讓他瘋狂愛上你。」

直到禮拜二，她們才又見到兩位貴客。自從班奈特太太發現賓利在上次短短半小時的拜訪中，竟然興致高昂，又有禮貌，因此幾天來就一直在打著如意算盤。

當天朗伯恩來了許多客人，一家人都盼望的兩位嘉賓也準時蒞臨。獵人們果然都很守時。當他們一走進餐廳，伊莉莎白連忙望向賓利，看他會不會坐在珍的旁邊——過去的宴會中他總是坐在那個位子上。她那精明的母親也想到了，因此並沒有請他坐到自己的身旁。他一開始似乎有些猶豫，這時珍碰巧轉過頭來，微微一笑，才讓他拿定主意，在她身邊坐下。

伊莉莎白看了相當得意，不由得也朝他的朋友望了一眼。只見達西仍然落落大方，若無其事。要不是她看見賓利又驚又喜地也對達西望了一眼，還以為他的開心也必須得到達西允許呢！

吃飯時，賓利果然對珍顯露出愛慕之意。雖然他的表現沒有從前那樣露骨，卻讓伊莉莎白覺得，只要賓利能自己作主，他和珍兩人的幸福就唾手可得。雖然她不敢過分奢望，但一看到他的態度又覺得高興。她的心情雖然不怎麼愉快，但精神上卻得到了極大的鼓舞。達西坐在她母親旁邊，和她離得很遠，這讓三人都如坐針氈，極不自在。她聽不清楚達西跟她母親聊了什麼，但她能看到他們很少交談，談起來又非常拘謹、冷淡。她看看母親對他的敷衍，又想想他對她們一家的恩情，格外難受。她恨不得告訴他，她家裡還有別人知道他的好心，並不是所有人都忘恩負義。

她只希望到了下午，雙方能夠親近一些，談話熱絡一些，不要讓他白走一趟，讓他除了進門時那聲打招呼之外，便一無所得。她感到焦急不安，兩位貴客還沒走進會客室，她幾乎要鬱悶得發怒起來。她懇切地盼望他們進來，因為這是一整個下午的重頭戲。

「如果到時他仍然不走到我這裡來，我只好永遠放棄他了。」她心想。

兩位貴客進來了。她看著他的神情，感到了一絲希望。沒想到，當珍正在斟茶，伊莉莎白在倒咖啡時，女客人們忽然朝她們的桌子圍過來，大家擠在一起，沒有多餘的空位可以擺放椅子。當他們靠近時，又有一個小姐擠到伊莉莎白身邊，小聲對她說：「我絕不讓這種男人分開我們。不管是哪個男人，我們都不要讓他靠近，好嗎？」

達西只好走開了。伊莉莎白看著他隨便跟另一個人說話，感到嫉妒不已。她幾乎沒有心情為客人們倒咖啡了。過了一會兒，她又埋怨自己不應該這麼痴心。

「他是一個被我拒絕過的男人！我怎麼會蠢到指望他重新愛上我？哪個男人會這麼沒有骨氣，向一個女人求第二次婚呢？他們絕不會做這種丟臉的事！」

這時，他親自把咖啡杯送回來，這讓她稍微開心了一些，並把握了機會跟他說話：

「你的妹妹還在彭伯里嗎？」

「是的，她要在那裡待到聖誕節。」

「只有她一個人？她的朋友都離開了嗎？」

「安斯利太太跟她在一起。其他人都在三個禮拜前跑去史卡波羅了。」

她想不出話題了。但只要他還願意跟她談話，就不愁沒辦法。他默默無言地在她身旁站了幾分鐘，那位年輕小姐又來跟伊莉莎白說悄悄話，他只好走開。

等到茶具撤走、牌桌擺好之後，女客們都站起來。這時伊莉莎白更希望他立刻就走過來，但他卻被她的母親拉去打牌，與其他人一起坐上牌桌。她的希望又落空了，她滿心的期盼都成為泡影。今晚她已經沒機會了。兩人坐在不同的牌桌，達西的眼睛頻頻朝她這裡看，最後兩個人都打輸了牌。

班奈特太太還打算留尼德菲爾德莊園的兩位貴客吃晚飯，遺憾的是，他們一大早就吩咐僕人套車了，因此她沒有機會留住他們。

「孩子們，今天玩得開心嗎？」客人們一走，班奈特太太便說，「我覺得一切都很順利。餐點都煮得很好吃。鹿肉的火候恰到好處，大家都說從沒見過這麼肥美的腰肉；至於湯品，比我們上禮拜在盧卡斯家裡喝到的美味多了；連達西先生也說雉雞燒得好極了，我猜他家裡至少有三個法國廚子呢！還有，親愛的珍，我從沒見妳這麼美過，朗太太也這樣講。我問她覺得妳美不美，妳猜她說了什麼？她說：『噢！班奈特太太，她遲早要嫁進尼德菲爾德莊園的。』她真的這麼說。我覺得朗太太真是個好人，她的侄女們都是些乖巧的好女孩，可惜長得一點也不好看。我很喜歡她們。」

總之，班奈特太太今天的確非常高興。她把賓利對珍的一舉一動全看在眼裡，相信珍一定能擄獲他。她又幻想著這門親事能為家中帶來多少好處。直到第二天，賓利沒有來求婚，她才又大失所望。

「今天真是有趣，」珍對伊莉莎白說，「來吃飯的都是些不錯的客人，大家相處得很不錯。我希望今後還能常常聚會。」

伊莉莎白笑了笑。

「莉茲，請妳不要笑，也不要懷疑我，那會讓我難受。告訴妳吧，我只不過是欣賞這位男士聰明和藹的談吐，並沒有其他非份之想。他的舉止最令我滿意的一點，就是他並沒有打算博取我的好感。但他的言談確實比別人美妙，也比別人隨和。」

「妳真是過分，」妹妹卻說，「說好不逗我笑，卻又無時無刻不引我發笑。」

「有些事是很難讓人相信的！」

「還有一些事簡直不可能讓人相信！」

「但妳為什麼要一直逼我，以為我沒有把真心話說出來呢？」

「這個問題我也無法回答。我們都喜歡替別人出主意，卻又不相信別人的主意。原諒我，無論妳怎麼說自己對他毫無感情，都休想讓我相信。」

第五十五章

沒過幾天，賓利又來了。這次只有他一個人，他的朋友當天早上去了倫敦，十天內就會回來。他在班奈特家坐了一個多小時，顯然非常高興。班奈特太太留他下來吃飯，他只是一再道歉，說自己已經有約了。

「希望你下次來的時候，能夠賞我們的臉。」班奈特太太只好說道。

賓利說自己隨時都樂意來，只要她不嫌麻煩的話。

「明天可以嗎？」

他明天沒有約會，於是爽快地接受了她的邀請。

第二天他果然來了，而且來得非常早。太太和小姐們都還沒有打扮好，班奈特太太穿著睡衣，頭髮才梳了一半，連忙跑進女兒房裡大叫道：

「親愛的珍，快下樓！他來了，賓利先生來了！他真的來了！快，快！莎莉，快點來幫大小姐穿衣服，先別管莉茲小姐的頭髮了！」

「我們馬上下去，」珍說，「但搞不好琪蒂比我們還快，因為她已經上來半個小時了。」

「哦，別管琪蒂了！關她什麼事？快，快！好孩子，妳的腰帶呢？」母親走了之後，珍再三拜託一個妹妹陪她下樓去。

到了下午，班奈特太太又一心想讓他們兩人獨處。喝過了茶，班奈特先生按照平日的習慣回去書房，瑪莉也上樓練琴了。班奈特太太接著又向伊莉莎白和凱薩琳使眼色。

「怎麼了？媽媽，妳幹嘛一直眨眼？要我做什麼呀？」琪蒂天真地說。

「沒什麼，孩子，沒什麼，我沒有眨眼。」她只好又多坐了五分鐘。最後她實在不願意再錯過機會，便突然站起來，對琪蒂說：

「過來，寶貝，我跟妳說句話。」說完，她便把琪蒂拉了出去。珍立刻看了伊莉莎白一眼，暗示她自己招架不住，請她不要也走開。但才一下子，班奈特太太又打開了半邊門，喊道：

「莉茲，親愛的，我要跟妳說句話。」

伊莉莎白只得走出去。

一走進穿堂，她母親立刻對她說：「我們最好別打擾他們，我跟琪蒂都要上去更衣室了。」

伊莉莎白沒有多說什麼，靜靜地留在穿堂裡，等母親和琪蒂都離開視線後，才又回到會客室。

班奈特太太的如意算盤落空了。賓利在各方面的表現無可挑剔，除了做她女兒的情人之外。他神色自若，心情愉快，在晚上的家庭聚會上大受歡迎。當班奈特太太多管閒事時，他總是竭力忍耐；當她說了不得體的話時，他也不動聲色，耐心地聽著，這讓她的女兒特別滿意。

他幾乎等不到主人邀請，便自動留下來吃飯。臨走前，又順著班奈特太太的心願，約定明天再來陪她丈夫打獵。

這一天之後，珍再也不說自己不在乎他了。姐妹倆一句也沒有提起賓利，但上床就寢時，伊莉莎白覺得非常愉快，她覺得只要達西別那麼早回來，這件事很快就能成功；但又認為事到如今，達西一定早就同意了。

第二天，賓利準時赴約，依照事前約定的陪班奈特先生消磨了一整個上午。班奈特先生的親切遠遠出乎他的意料，那也是因為賓利沒有任何傲慢或愚蠢之處供他嘲笑，或是惹他討厭；他比上次見面時更為健談，也沒有以前那麼古怪。賓利與班奈特先生回來吃了午飯，晚上班奈特太太又把別人支開，讓他和珍單獨相處。伊莉莎白今晚有一封信要寫，喝過茶以後，她便回房間寫信，因為那裡的人都坐下打牌。

等她寫好了信，回到客廳的時候，她對眼前的場景大吃一驚——她覺得母親果然比她聰明多了。只見珍和賓利都站在壁爐前，聊得正起勁。要是這場景還不夠可疑，那麼，只要再看看他們的臉色，看到他們慌張地轉過頭去，任何人都能一目了然。兩人都顯得難為情，但最難為情的莫過於她。他們坐了下來，一言不發。伊莉莎白正想走開，但賓利忽然站起來，跟珍悄悄地說了幾句話，便跑出去了。

珍遇到了開心事，從不會瞞著伊莉莎白。她立刻抱住妹妹，興高采烈地說自己是世上最幸福的人。

「太幸福了！」她又說，「太幸福了！我不配！唉！為什麼不能每個人都跟我一樣幸福呢？」

伊莉莎白連忙誠摯恭喜她，她心中的喜悅難以言喻。她每說出一句親切的話，就讓珍增添一分幸福的感覺。但珍不能再拖拖拉拉了，她還有別的事情要做，不能再說下去了。

「我得馬上去找媽媽，」珍說，「我不能辜負她的一片好意，我要親口告訴她這件事，不要靠任何人傳達。他已經去跟爸爸說了。噢！莉茲，妳知道，大家一聽到這件事，會有多麼高興啊！我怎麼受得起這種幸福呢！」

她連忙到母親那裡去，只見母親已經結束了牌局，跟琪蒂坐在椅上。

伊莉莎白一個人留在原地，想到家人被這件事困擾了好幾個月，如今心裡的大石頭終於放下了。她不禁笑了出來。

「這就是他朋友處心積慮的結局！也是他姐妹自欺欺人的下場！這實在是個最幸福、最圓滿、也最有趣的結局了！」她說。

沒過幾分鐘，賓利又回來了，他簡明扼要地跟她的父親談了一遍。

「妳的姐姐在哪？」一打開門，他連忙問道。

「她去樓上找我母親，馬上就會下來。」

於是他把門關上，並走到她面前，請她誠心地恭賀未來的姐夫。伊莉莎白由衷地為這對新人的美滿婚事感到歡喜，兩人親切地握了握手。她聽他不停說自己有多麼幸福，珍有多麼完美，一直到珍下樓為止。雖然這些話是出於一個情人之口，但她仍深信那幸福的願望終能實現，因為珍很聰明，脾氣更是溫柔，這都是幸福的要素，而且他們彼此的性格和興趣也十分相近。

這一晚大家都非常高興。珍的心情很好，使得臉上更加神采奕奕，顯得比平常更美。琪蒂不時傻笑，期望這樣的好運早日輪到自己頭上。班奈特太太與賓利聊了足足半個小時，她滿口讚美的言詞，卻又無法將滿腔的熱情完全表達出來；班奈特先生跟大家一起吃晚飯的時候，他的一舉一動也透露出極度的欣喜，但卻絕口不提這件事。等到客人一走，他才連忙轉過身來，對大女兒說：

「珍，恭喜妳。這下妳變成一個最幸福的女孩了！」

珍立刻走上前去親吻他，感謝他的祝賀。

「妳是個好孩子，」他說，「我很高興妳能得到這麼幸福的一門親事。我相信你們一定能好好相處；你們的性格相近，處事那麼隨和，這會讓你們在每件事上都猶豫不決；你們那麼寬大，這會使得每個僕人都欺負你們；你們那麼慷慨，最後一定會入不敷出。」

「但願不會。我不會在錢的事情上粗心大意的。」

「入不敷出！親愛的，」他的太太叫道，「這是什麼話？他每年有四五千鎊的收入，甚至更多呢！」她又對大女兒說：「我親愛的珍，我太高興了！我今天晚上一定睡不著了。我早就知道會這樣，我平常就這麼說。我一直覺得妳不會白白生得這樣漂亮。他去年初來哈福德的時候，我一看到他，就覺得你們兩人是天生一對。天哪！我一輩子也沒見過像他這麼英俊的男人！」

這一瞬間，她把韋克翰和莉蒂亞忘得一乾二淨。珍本來就是她最寵愛的女兒，現在更是沒有人比得上她。妹妹們都圍著珍，要她答應她們的願望。

瑪莉希望能使用尼德菲爾德莊園的圖書室，琪蒂則要她每年冬天在那裡舉辦幾次舞會。

從此以後，賓利成為了朗伯恩一家的常客。他總是還沒吃早飯就趕過來，一直待到吃完晚飯才走——除非有哪個不會看場合的鄰居硬要請他吃飯，他才不得不去應酬一下。

伊莉莎白幾乎沒有機會和姐姐說話。只要賓利一來，珍的一顆心就全在他的身上。但兩人仍然是有必須分開的時候；當珍不在時，賓利總是找伊莉莎白說話；而當賓利回家後，珍也總是找她打發時間。這使她在他們眼裡不至於毫無用處。

「我很高興，」有一晚，珍對她說，「他說今年春天根本不知道我在城裡，我以前一直不相信這點。」

「我以前也懷疑過這件事。他有沒有說為什麼會這樣？」伊莉莎白說道。

「那一定是他姐妹的傑作。她們當然不希望我和他在一起，因為他還能找到一個比我更好的對象。可是，我相信她們遲早會明白，她們的兄弟跟我在一起多麼幸福。到時候她們一定會漸漸改變看法，跟我回到原本的交情——只是不可能像從前那麼要好了。」

「這是我第一次聽妳說出埋怨的話。妳真是太好心了！老實說，要是再讓我看到妳被虛偽的賓利小姐欺騙，那我一定會氣死的！」

「莉茲，希望妳明白，他去年十一月進城的時候，的確很愛我。要不是聽信別人的話，以為我不愛他，那他一定早就回來了！」

「他也有些不對。不過全是因為他太謙虛的關係。」

珍也不由自主地讚美起他的謙虛，讚美他擁有各種高尚的品格，卻並不驕傲。

讓伊莉莎白高興的是，賓利並沒有洩露他朋友從中作梗的事。因為雖然珍寬宏大量，不會記仇，但要是知道了這件事，她一定會對達西有成見。

「我真是有史以來最幸福的一個人！」珍又大聲說道，「噢！莉茲。家裡這麼多人，怎麼偏偏是我最幸福？但願妳也能同樣幸福！但願妳也能找到這樣的伴侶！」

「即使給我幾十個這樣的人，我也不能像你這麼幸福。除非我的脾氣跟妳一樣好，個性也像妳一樣好。我絕不可能跟妳一樣幸福的，不，絕不可能，還是讓我祈禱吧！假如我運氣好，或許哪一天又能再遇到一個柯林斯。」

朗伯恩一家的事情沒有瞞得了多久。班奈特太太得到了允許，私底下將這件事告訴了菲利普太太，菲利普太太又擅自把它傳遍了整個梅利頓。就在幾週前，莉蒂亞才剛私奔，大家都認為班奈特一家倒透了楣；如今他們卻在頃刻間成為天底下最幸運的一戶人家了。

第五十六章

一天早上，大約是賓利和珍訂婚後的一個禮拜。賓利和女士們坐在餐廳裡，忽然聽到一陣馬車的聲音，大家都走到窗口，只見一輛大馬車正駛進莊園。時間還很早，照理說不會有客人上門；再看看馬車的規格，便明白這位客人絕不是附近的鄰居。馬是驛站的；至於馬車，以及車伕穿的制服，他們也不熟悉。賓利馬上要珍一同迴避，免得被這名不速之客纏住，兩人於是走到矮樹林裡去了。他們走了之後，剩下的三人仍然在原地猜測，可惜還是猜不出來者是誰。門終於開了，客人走進屋來，原來是凱薩琳·德·包爾夫人。

理所當然，每個人都十分詫異，完全沒料到這樣的事情。班奈特太太和琪蒂與她素昧平生，但反而比伊莉莎白更感到受寵若驚。

客人露出一副無禮的神氣。伊莉莎白向她打招呼，她只微微側過頭，便一屁股坐下，一句話也不說。雖然她沒有要求人家介紹，伊莉莎白還是將她的名字告訴了母親。

班奈特太太驚訝不已。但這麼一位高貴的夫人登門拜訪，又使她得意非凡，於是極有禮貌地接待客人。凱薩琳夫人一聲不吭地坐了一下子，便冷冰冰地對伊莉莎白說：

「我想妳一定過得不錯吧？班奈特小姐。那位太太八成是妳的母親？」

伊莉莎白簡單地回答了她的問題。

「那一位想必就是妳的妹妹吧？」

「是的，夫人。」班奈特太太連忙回答，她對於能跟這位貴婦攀談感到榮幸。「這是我的第四個女兒。我最小的女兒最近出嫁了，大女兒正和朋友在附近散步，那個年輕人很快也會成為我們的家人了。」

凱薩琳夫人沒有理睬她，過了片刻才說：「妳們這裡竟然還有個小花園。」

「哪裡能比得上羅辛斯呢？夫人。不過我敢說，至少比威廉·盧卡斯爵士的花園大多了。」

「到了夏天，這個房間一定不適合當客廳，窗子都朝向西邊。」

班奈特太太回答說，她們每天吃過中餐以後，幾乎不會坐在那裡，接著又說：

「冒昧請問夫人，柯林斯夫婦都好嗎？」

「他們都很好，前天晚上我才剛見過他們。」

伊莉莎白以為她這時會拿出一封夏綠蒂的信來。她認為凱薩琳夫人跑來這裡，絕不可能有其他理由。但是夫人並沒有拿出什麼信，這讓她摸不著頭腦。班奈特太太客氣地請夫人品嘗點心，但她什麼也不吃，堅決地拒絕了，態度非常失禮。接著又站起來，對伊莉莎白說：

「班奈特小姐，妳們這塊草地的另一側，風景似乎不錯。我很想去那裡走一走，能請妳陪我一趟嗎？」

「去吧！乖孩子，」母親連忙大聲對她說，「陪夫人到小路上走走。我想她一定會喜歡我們這個幽靜的小地方。」

伊莉莎白聽了母親的話，先回房間拿了一把陽傘，然後下樓侍候這位貴客。兩人走過穿堂後，凱薩琳夫人打開了通往餐廳和客廳的門，看了一眼，說這間屋子還算不錯，然後又接著向前走。

她的馬車停在門口，伊莉莎白看見裡頭坐著她的侍女。兩人默默無語地沿著一條通往小樹林的鵝卵石小徑前行。伊莉莎白感覺到這個老婦人比平常更傲慢、更令人討厭，於是決定不主動開口。

「她有哪一點像她的姨侄？」她仔細瞧了老婦人的臉，心想。

一走進樹林，凱薩琳夫人便對她說：

「班奈特小姐，妳一定知道我為什麼會跑來這裡，妳的良心會告訴妳。」

伊莉莎白大為驚訝。

「夫人，您想錯了。我完全不明白您這次大駕光臨的目的。」

「妳要知道，班奈特小姐，」夫人非常生氣，「我向來不讓別人在我面前開玩笑。無論妳多麼不誠實，但我完全不是那樣；我是誠實出了名的，何況遇到這樣的事，我當然要更坦白。兩天前，我聽到一個驚人的消息。聽說不光是妳姐姐即將攀上一門高親；連妳，伊莉莎白．班奈特小姐，也快要攀上我的姨侄，達西先生。雖然我知道這是無稽之談，雖然我不會認為他竟做出這種事，但我還是當機立斷，決定親自來這裡一趟，把我的意思告訴妳。」

伊莉莎白又是訝異，又是厭惡，臉漲得通紅。「太奇怪了，既然您認為不會有這種事情，又何必要自找麻煩，大老遠跑過來呢？請問您究竟有何指教？」

「我要妳立刻去向大家解釋。」

「要是真的有這種傳聞，」伊莉莎白冷冷回答，「那麼您跑來朗伯恩，不就等於證實了這項傳聞嗎？」

「要是真的有這種傳聞！妳難道打算不聲不響嗎？這不正是妳自己散佈出去的嗎？難道妳不知道這個消息早已人盡皆知了嗎？」

「我從來沒聽說過。」

「那妳能鄭重聲明，這件事全是無稽之談嗎？」

「我並不會假裝自己像您一樣誠實。隨便您怎麼問吧，但我絕不會回答。」

「豈有此理！班奈特小姐，我要妳把事情講明白。我的姨侄向妳求過婚沒有？」

「您自己剛剛還說過，絕不會有這種事情。」

「不應該有這種事情，如果他還有大腦的話。但妳千方百計地誘惑他，也許他會一時迷失，忘了他應該對自己負責，對家人負責。也許妳已經把他迷住了。」

「即使我真的把他迷住了，我也絕不會告訴您。」

「班奈特小姐，妳知道我是誰嗎？妳這些話實在太無禮了。我可以說是他最親近的長輩，有權過問他一切事情。」

「但您無權過問我的事，而且您的態度也休想讓我說出什麼。」

「讓我搞清楚。妳異想天開，妄想攀上這門親事，這是絕不會成功的——永遠也不會成功的。達西先生早就跟我的女兒訂婚了。好吧，妳還有什麼話說？」

「只有一句：如果事實果真如此，那您就沒有理由認為他會向我求婚。」

凱薩琳夫人遲疑了一會兒，然後回答道：

「他們的婚約跟一般人不一樣。他們從小就訂婚了，是由雙方的母親決定的，他們還在搖籃裡就決定了。眼見小倆口就要結婚，他們母親的願望就要實現，卻忽然冒出一個身分卑賤的女人從中作梗，何況這個女人跟他非親非故！難道妳完全不顧慮他家人的願望？也不顧慮他跟德．包爾小姐的婚姻？難道妳毫無分寸，毫無廉恥嗎？難道妳沒有聽到我說的，他一出生就註定要娶他的表妹嗎？」

「我確實聽說過，但那又怎樣？要是您沒有其他理由反對我跟您的姨侄結婚，我就絕不會退讓一步。您與姐妹用心計畫這段婚姻，但成不成功卻取決於別人；要是達西先生既沒有義務跟表妹結婚，也不想跟她結婚，那他為什麼不能另擇對象呢？要是他挑中了我，我又為什麼不能答應呢？」

「無論是從名譽上，從禮節上——還是從利益上來說，都不允許這麼做。沒錯，班奈特小姐，想想妳的利益。要是妳存心得罪所有人，妳也休想要他的家人或朋友們正眼看妳。凡是和他有關的人，都會斥責妳、鄙視妳、厭惡妳。你們的結合是一種恥辱，甚至連妳的名字，我們都不願意提起。」

「這還真是不幸，」伊莉莎白說，「但成為達西先生的夫人仍是一件幸福的事，因此也沒什麼好後悔的。」

「好一個不識好歹的丫頭！連我都為妳感到羞恥！今年春天我對妳那麼好，妳竟然這樣報答我嗎？難道妳一點感恩之心也沒有？讓我們坐下來談談。妳應該明白，班奈特小姐，我既然來了，就非達到目的不可，誰也阻止不了我。無論別人玩什麼花樣，我都不會屈服。我從來不會讓自己失望。」

「那麼做只會讓您更加難堪，對我卻毫無影響。」

「不准插嘴！好好聽我說。我的女兒和姨侄是天造地設的一對。他們的母親都出身高貴，父親雖然沒有爵位，卻也都是有頭有臉的名門望族，還都是富豪。他們兩家一致認為，這是命中註定的姻緣，沒有人能拆散他們。像妳這樣的女人，無論家世、親戚、財產，都差得遠了，難道光憑妳的一陣痴心妄想，就能把他們拆散嗎？這成何體統！簡直豈有此理！假如妳還有點大腦，就好好思考其中的利害關係，那樣就不會忘記自己的出身了！」

「我絕不會為了跟您的姨侄結婚，而忘了自己的出身。您的姨侄是個紳士，我也是一位紳士的女兒，我們地位相當。」

「說得真好。妳的確是一位紳士的女兒，但是妳母親呢？妳的姨父母和舅父母呢？別以為我不知道他們的底細。」

「不管我親戚是什麼樣的人，」伊莉莎白說，「只要您的姨侄不計較，那便與您無關。」

「爽快地回答我，妳究竟跟他訂婚了沒有？」

伊莉莎白本來不打算回答這個問題，但仔細考慮了一會兒之後，又回答道：

「沒有。」

凱薩琳夫人露出高興的樣子。

「妳願意答應我，永遠不跟他訂婚嗎？」

「我不能答應這種事。」

「班奈特小姐，妳真令我訝異！我沒想到妳是這麼不講理的女人。但別以為我會讓步，沒得到妳的答應，我絕不走！」

「我絕不會答應您的，休想叫我答應這種荒唐至極的事。妳只不過是希望達西先生跟您的女兒結婚；但就算我答應了您，您以為他們的婚姻就能長久嗎？如果他真的看中了我，就算我拒絕他，難道他就會因此去向表妹求婚嗎？恕我失禮，凱薩琳夫人，您這種異想天開的要求真是不近情理，您說的許多話更是膚淺無知。要是您以為這些話能讓我屈服，那就大錯特錯了。您的姨侄會允許您干涉他的事到什麼程度，我無從得知，但您絕沒有權利干涉我的事。因此我請您不要再為了這件事逼我了。」

「別這麼急！我的話還沒有講完。妳除了我說過的那些缺點之外，還有一件。別以為我不知道妳那個妹妹不要臉私奔的醜事。我完全曉得。那個年輕人會跟她結婚，完全是因為妳父親和舅舅付了錢。這樣一個丫頭也配當我姨侄的小姨嗎？她丈夫是他父親帳房的兒子，也配當他的家人嗎？看在上帝的份上，妳究竟是何居心？彭伯里的家名能這樣讓人糟蹋嗎？」

「您現在應該說夠了，」伊莉莎白恨恨地回答，「也把我侮辱夠了。我要回家去了。」

她一面說，一面起身。凱薩琳夫人也站起來，跟她一起回到屋裡去。老夫人真是氣壞了。

「那麼，妳完全不顧我姨侄的身分和顏面了？好一個冷酷、自私的丫頭！妳難道不知道，要是他娶了妳，將會被所有人瞧不起嗎？」

「凱薩琳夫人，我不想再說了。您已經明白了我的意思。」

「也就是說，妳非佔有他不可了？」

「我並沒有這麼說。我自有打算，怎麼做會幸福，我就怎麼做。您管不了，任何像您一樣的外人也都管不了。」

「好啊！妳死都不肯答應我，全然不顧本分、名譽、恩情！妳想讓他的朋友瞧不起他，讓世上的人都嘲笑他。」

「不管是本分、名譽，還是什麼恩情，」伊莉莎白說，「這都與我無關。我跟達西先生結婚，並不會有損這些原則。無論是他的家人因此厭惡他，還是世上的人因此憎恨他，我都不在乎——我相信世上還有不少明理的人，不見得所有人都會嘲笑他。」

「這就是妳的真心話！這就是妳堅持的觀點！好啊！現在我知道該怎麼對付妳了。班奈特小姐，別以為妳的妄想能夠實現。我只是來試探妳的，沒想到妳竟然這麼不可理喻。走著瞧吧！我一定說到做到。」

凱薩琳夫人就這樣喋喋不休，一直走到馬車前，才又急忙轉過頭來說道：

「我不會向妳道別，班奈特小姐。我也不會問候妳的母親。妳們都不識好歹，讓我非常不高興。」

伊莉莎白沒有理會她，也沒有請她回到屋子裡，只是自顧自地默默往回走。她上樓的時候，聽到馬車開走的聲音。她的母親在更衣室門口等得心急，一見到她，連忙問她凱薩琳夫人為什麼不回來坐一坐再走。

「她不想進來，她堅持要走。」女兒說：

「她是個多麼美麗的女人啊！她真是太客氣了，竟然會到這種地方來！我想，她這次來只是為了傳達柯林斯夫婦過得不錯。她或許要去什麼地方，路過梅利頓，就順便進來看看妳。她沒有特地跟妳說什麼話吧？」

伊莉莎白只好扯了個小謊，因為她實在沒辦法把這一段談話的內容說出來。

第五十七章

這位不速之客離開之後，伊莉莎白心神不寧，久久無法恢復平靜。她接連幾個小時不斷地思考這件事。凱薩琳夫人這次不辭辛勞，遠從羅辛斯趕來，原來只是因為她異想天開，認為伊莉莎白和達西訂了婚，特地趕來把他們拆散。這個方法倒還不錯。然而，他們訂婚的謠言究竟有什麼根據呢？伊莉莎白無法想像。接著她又想起達西是賓利的好朋友，她則是珍的妹妹；因此大家難免由一樁婚姻聯想到另外一樁婚姻。連她也早就想到，等姐姐結婚之後，她和達西見面的機會就更多了。也因為這樣，盧卡斯一家（她認為只有他們會跟柯林斯夫婦說這件事，進一步傳到凱薩琳夫人耳裡）才會以為這件事遲早會實現。但對她自己來說，只不過覺得這件事還有一絲希望罷了。

不過，一想到凱薩琳夫人的話，她又忍不住感到不安。假如她硬要干涉，誰也不知道會發生什麼事。她說自己一定要阻止這門親事，伊莉莎白認為她一定會去找她的姨侄。至於達西是不是也覺得跟她結婚有那麼多壞處，那她就不敢說了。她不知道他跟姨媽的感情如何，也不知道他是否對這位姨媽百依百順；但是照理來說，他一定更重視那位老夫人一些。只要她在他面前分析雙方的門第有多麼懸殊，以及跟這種出身的女人結婚有多麼糟糕，那一定會戳中他的心事。雖然伊莉莎白對凱薩琳夫人舉出的各種理由一笑置之，但在他那樣死要面子的人聽來，也許會覺得見解高明，理由充分。

如果他的意志本來就游移不定（他似乎總是如此），那麼，只要這位親人出面勸阻，或是央求他，他當然會立刻打消主意，不會為了追求幸福而自貶身分。要是那樣的話，他肯定再也不會回來了。凱薩琳夫人也許會順便進城找他，這下子，儘管他與賓利約好立刻回尼德菲爾德莊園，恐怕也只能取消了。

「要是賓利先生最近收到他的信，說他不能履約的話，」她又想，「那我就會明白，不用再對他抱任何期待，也不必奢望他始終如一。要是在我就快愛上他的時候，他卻不再愛我，而只是惋惜的話；那我對他就連惋惜的心情也不會有。」

至於她的家人，她們都對這位貴客的身分驚訝不已。但她們也學班奈特太太的方式，用幻想滿足自己的好奇心，而沒有對伊莉莎白問東問西。

隔天早上她下樓的時候，遇見父親正從書房裡走出來，手裡拿著一封信。

「我正在找妳，莉茲，」父親連忙叫她，「妳馬上來我房間一下。」

她跟著父親去了，但不明白他究竟想對她說些什麼。她認為一定跟他手上的那封信有關，因此感到十分好奇。她突然想到，那封信可能是凱薩琳夫人寫的；看來免不了要向父親解釋一番了，這令她煩悶不已。

她跟著父親走到壁爐邊，兩個人一起坐下。父親說：

「今天早上我收到一封信，讓我大吃一驚。這封信上寫的都是妳的事，因此妳應該心知肚明。我從來不知道自己有兩個女兒快出嫁了。恭喜妳情場得意。」

伊莉莎白立刻斷定，這封信是那名姨侄寫的，而不是那名姨媽。她於是漲紅了臉，不知道該為了他的來信感到高興，還是怪他沒有直接把信寄給她而生氣。這時，父親接著說：

「妳看來心裡有數，年輕小姐對這種事總是精明得很。可是即使以妳的聰明才智，應該也猜不出妳的這位愛人是誰。告訴妳，這封信是柯林斯先生寄來的。」

「柯林斯先生？他說了什麼？」

「說了所有事情。他先是恭喜我的大女兒快要出嫁，這個消息大概是愛管閒事的盧卡斯一家告訴他的。我就不唸這一段了，免得妳不耐煩。與妳有關的那一段是這樣寫的——」

我與內人誠摯地向您一家表示祝賀。接著，請允許我提到另一則消息，這則消息的來源與前一則相同：據說您的二小姐伊莉莎白，也即將緊接大小姐之後出嫁，而她的對象更是國內數一數二的高貴之人。

「莉茲，妳猜得出這位高貴之人是誰嗎？」

這位紳士是少有的傑出之人，他擁有每個人都期望的特質——富有、高貴，以及慷慨。姑且不提這些優點，我必須鄭重警告我的表妹伊莉莎白，以及您。雖然這門婚事能帶來諸多好處，但若輕易答應他的求婚，那將是件罪孽深重的事。

「莉茲，妳猜得到這位貴人是誰嗎？下面就快提到了。」

我之所以冒昧提出警告，是因為他的姨媽——凱薩琳．德．包爾夫人，對於這門親事的態度並不友善。

「這個人就是達西先生！妳明白了嗎？嘿，莉茲，妳一定大吃一驚吧？無論是柯林斯，還是盧卡斯一家，他們偏偏在所有人之中挑出這樣一個人來惡作劇，這不是太容易被拆穿了嗎？達西先生最瞧不起女人了，也許他從來沒有正眼看過妳呢！我真是服了他們！」

伊莉莎白陪著父親開玩笑，但她笑得十分勉強。父親的幽默從未像今天這樣令她厭惡。

「妳不覺得可笑嗎？」

「噢，當然了。請您接著唸下去。」

昨晚，我與夫人聊到這門親事的可能性，她立刻簡短地表示了看法。她考慮了您一家的缺點，認為這絕不是一樁她會衷心祝福的婚姻。我認為我有義務儘快給予表妹忠告，也就是：夫人與她尊貴的追隨者，都不會輕易認可這門親事。

我很慶幸莉蒂亞表妹的醜行被掩蓋下來了，遺憾的是，他們婚前就同居的事情早已甚囂塵上。出於職責，我必須對您在婚禮後接待他們的行為表示詫異，因為這麼做將會助長歪風；若我是朗伯恩的教區牧師的話，必然會大力反對此事。作為一名基督徒，您應該盡可能阻止這類事情，而非允許它在您的眼底下發生，或是讓兩人的名字在您耳邊被提起。

「這就是他所謂基督教的寬恕精神！下面寫的都是關於他親愛的夏綠蒂的事情。他們快要有小孩了。怎麼了？莉茲，妳好像不太想聽。妳該不會也跟其他女孩一樣愛耍脾氣，或是假裝正經，一聽到這些廢話就生氣吧？人活著就是要學著幽默，不然不就太無趣了嗎？」

「噢！非常有趣。」伊莉莎白叫道，「不過這件事太奇怪了！」

「的確奇怪──但也因為這樣才有趣。如果他們講的是別人還說得過去；可笑的是，那位尊貴之人根本沒有把妳放在眼裡，妳又那麼厭惡他！雖然我討厭寫信，但我還是要跟柯林斯保持通信。唔！我每次唸他的信，總覺得他比韋克翰還好玩。我那位女婿雖然既冒失又虛偽，但還是比不上他。對了，莉茲，凱薩琳夫人有什麼意見？她是不是特地跑來表示反對的？」

伊莉莎白聽了，只是微微一笑。父親的問題絲毫沒有懷疑的意味，因此無論他怎麼問，也不會讓她難受。但她卻感到為難──儘管心裡是另一種想法，卻不能夠表現出來；她想哭，但不得不強顏歡笑。父親說達西沒有把她放在眼裡，這句話讓她傷心，她只能怪父親為什麼這麼糊塗。另一方面，她又多了一件心事：也許不該怪父親看不出來，而該怪自己痴心妄想。

第五十八章

出乎伊莉莎白意料的是，賓利不但沒收到朋友失約的道歉信，反而在凱薩琳夫人上門之後幾天，就與達西一起來到朗伯恩。他們一大早就來了，珍一直坐立難安，擔心母親把夫人來訪的事告訴達西。幸好，班奈特太太還來不及提到這件事，賓利就建議大家出去散步，以便他和珍獨處；大家都同意了。班奈特太太沒有散步的習慣，瑪莉又不想浪費時間，於是只有五個人一起走出去。賓利和珍立刻就落在隊伍後面，留下伊莉莎白、琪蒂和達西三人同行。三人都不怎麼說話，琪蒂害怕達西，不敢說話；伊莉莎白則正在下定決心——也許達西也是。

琪蒂想去找瑪麗亞，於是一行人朝著盧卡斯家走去。伊莉莎白認為用不著所有人都去；於是當琪蒂離開之後，她壯著膽子跟著達西繼續走。現在是她拿出勇氣的時候了，她立刻鼓起勇氣對他說道：

「達西先生，我是個自私的人，只想著讓自己高興，也不在乎是否會傷了你的心；但你對我可憐的妹妹恩重如山，我再也不能不表示感激了。自從我知道這件事情之後，就一心想向你表示感謝；要是我家人都知道的話，他們也會這麼做的。」

「我很抱歉，真是太抱歉了。」達西說道，語調帶著驚訝與激動，「我原本不打算讓妳知道一切，以免妳誤會了我的用意。沒想到加迪納太太這麼靠不住。」

「你不該怪我舅媽。是莉蒂亞自己先說溜了嘴，我才知道你跟這件事情有關；既然如此，我就非打聽清楚不可。我要代表我的家人感謝你，感謝你的憐憫，不畏辛勞地找出他們。」

「如果妳真的要感謝我，」達西說，「那只要表示自己的謝意就夠了。我必須承認，我之所以如此賣力，除了有各種原因，也為了想討妳高興。妳的家人不用感激我，雖然我尊敬他們，但當時我心裡只想到妳一個人。」

伊莉莎白困窘得一句話也說不出口。沒過多久，她的朋友又說：「妳是個直爽的人，絕不會開我的玩笑。請妳老實告訴我，妳的心情是否還是和四月時一樣？我的心願和情感依舊如昔，只要妳說一句話，我便再也不提起這件事。」

伊莉莎白聽到他表明心跡，也感到焦急不安，不得不開口說話。她立刻結結巴巴地說，自從他第一次提起這件事到現在，她的心情已經有了很大的變化，如今她願意以愉快和感激的態度接受他的一番好意。這個回答讓他感到了前所未有的快樂，他立刻像一個熱戀中的人一樣抓住機會，誠摯、熱烈地地向她傾訴愛意。要是伊莉莎白這時能抬起頭，看看他那雙眼睛，就能看出他那一臉喜悅的神情，讓他變得多麼俊美。雖然她不敢看他的臉，卻能聽見他的聲音，聽見他道出千絲萬縷的情感，說她在自己心中有多麼重要，使她越來越明白這份情感的珍貴。

他們只顧著往前走，根本不在乎方向；他們還有好多心思要想、好多情感要體會、好少話題要聊，實在無心關注其他的事情。她很快就瞭解到，他們兩人之所以能心意相通，還得歸功於他的姨媽。原來，那位夫人回程時路過倫敦，果真跑去找他，把她來朗伯恩的經過、動機，以及與伊莉莎白的談話全都告訴了他，尤其是伊莉莎白說的每一句話。凡是她認為囂張乖僻、厚顏無恥的地方，她都再三強調；她認為這樣一來，就能從達西口中得到伊莉莎白不願作出的承諾。不過，不幸的是，這完全造成了反效果。

「這讓我燃起一絲希望，」他說，「過去我幾乎不敢奢望。我很瞭解妳的脾氣，我知道要是妳真的憎惡我，就再也沒有挽回的餘地。那樣妳一定會在凱薩琳夫人面前老實承認。」

「你說得對，」伊莉莎白紅著臉，一面笑一面說道，「你知道我是個直爽的人，因此才相信我會那麼做。既然我能當著你的面罵你，當然也會當著你任何親戚的面罵你。」

「妳罵我的話，的確都是活該。儘管妳的指責無憑無據，都是根據別人口中的傳聞；但我那天對妳的態度實在不可原諒，應該受到最嚴厲的責備。我一想起這件事就痛恨自己。」

「我們不必再追究誰該為那個下午的事負更多責任了，」伊莉莎白說，「嚴格來說，兩個人的態度都不好。不過，自從那次之後，我覺得雙方都變得比較有禮貌了。」

「我感到很過意不去。幾個月來，我一想起當時說的那些話，表現出的行為、態度、表情，就難過得不得了。妳對我的批評一點也沒錯，我一輩子也忘不了。妳說：『如果你的態度好一點──』妳無法想像這句話讓我多麼痛苦。不過，老實說，我也是很久以後才恍然大悟，明白妳罵得很對。」

「我不知道這句話對你的影響那麼大。我從沒料到這麼說竟然會讓你難受。」

「我相信這一點。妳當時一定覺得我虛情假意。我永遠也忘不了，妳當時竟然大發雷霆，說不管我怎麼向妳求婚，都不能打動妳的心，讓妳點頭答應。」

「唉！不要再提起那些話了，它們都沒意義了。我必須說，我也一直為那件事感到難為情。」

達西接著提起那封信。他說：「那封信……妳收到我的那封信以後，是否有改變對我的看法？信上說的那些事，妳相信嗎？」

她說，那封信對她的影響很大，在那之後，她對他的偏見漸漸消失了。

「我當時就想，」他說，「妳看了那封信之後一定會很難受，但是我逼不得已。但願妳已經把那封信銷毀了。其中有些話──特別是開頭那些，我實在不希望妳再去讀它，因為妳一定會恨透了我。」

「如果你認為一定要燒掉那封信，才能保住我的愛情，那我當然會燒掉它。不過話說回來，就算我多麼善變，也不會因為看了那封信就對你變心。」

「當初寫那封信的時候，我以為自己是冷靜的，」達西說，「但事後我才知道，當時全憑著一股怒氣。」

「開頭也許有幾分怒氣，結尾卻不是這樣了，結尾那句話完全出於一片善意。還是別去想那封信了，無論是寫信人，還是收信人，心情都已和當時大不相同；因此，一切不愉快的事都應該儘快忘掉。你得學學我的人生觀──就算要回憶往事，也只要回憶那些愉快的。」

「我可不認為妳有這種人生觀。對妳來說，過去的事沒有一件是應受指責的；因此妳回憶起往事時，只會感到沾沾自喜。這與其說是妳的人生觀，倒不如說是因為妳的天真。但我卻完全相反，我的腦中總是想起一些苦悶的事，既不能不去想，也不該不去想。雖然我不贊成自私，卻自私了大半輩子。從小我就被教導各種為人處世之道，卻沒有被教導如何控制脾氣；他們要我學習各種規矩，又讓我學會傲慢自大。不幸的是，我是一個獨生子，從小被父母慣養。雖然我的父母都是好人（尤其是我父親），卻縱容我自私、傲慢，甚至鼓勵我如此。他們教我除了家人之外，不要將任何人放在眼裡，也不要重視他們的見解與長處。從八歲到二十八歲，我受的都是這樣的教育。親愛的伊莉莎白，要不是多虧了妳，我可能直到現在還是如此！全部都是託妳的福，妳給了我一記當頭棒喝，當下雖然難以忍受，但仍使我受益匪淺。妳的羞辱十分合情合理，當時我一直以為妳會答應我的求婚，多虧妳讓我明白，要是我認定一位女士值得追求，卻又在她面前自命不凡，那是絕對不行的。」

「當初你真的以為我會答應嗎？」

「我的確是那樣想。妳一定會笑我太自信吧？我當時還以為妳一直在期望我向妳求婚呢！」

「那一定是因為我的態度不佳。但我並非故意表現出那樣，也並非有意欺騙你；但我往往因為一時衝動，犯下一些錯誤。那天下午之後，你一定非常恨我。」

「恨妳！一開始也許很生氣，但我很快就知道到底該生誰的氣了。」

「我簡直不敢問，那次我們在彭伯里見面時，你是怎麼看我的？你覺得我不該去嗎？」

「不，怎麼會。我只是感到驚訝。」

「你很驚訝，但我受到你的款待，恐怕比你還要驚訝。我的良心告訴我，我不配得到這種待遇。老實說，我當時真的一點也沒有料到。」

「我當時的用意，」達西說，「只是希望能盡到禮數，讓妳見識我的氣量，從此不計前嫌；還希望妳發現我聽妳的話誠心悔改後，能夠原諒我，減輕對我的厭惡。至於我從何時又有了非分之想，實在很難說，大概是看到妳的半小時之後。」

然後他又說，那次喬治安娜非常樂意跟她做朋友，不料交情突然中斷，使她十分掃興；接著自然又談到交情中斷的原因，伊莉莎白這才明白，當初他還沒有離開那家旅館以前，就已下定決心，要跟著她從德比郡出發，去找她的妹妹，至於他當時之所以沉悶憂鬱，並不是為了別的事操心，而是為了這件事在思考。

她又再次向他表示了感謝。但是這個話題讓兩人都很難受，因此沒有繼續。

他們悠閒地漫步了好幾哩路，完全不在乎走了多遠。最後看了看錶，才發現應該回家了。

「賓利和珍去哪裡了？」他們又聊到另一對男女的事情。達西早已知道他的朋友和珍訂婚，為此感到很高興。

「你覺得這件事意外嗎？」伊莉莎白問。

「一點也不意外。我臨走前就預感到它很快會發生。」

「那麼說來，你早就默許他了。我猜得沒錯。」雖然他還想辯解，說她完全誤會了，但她卻相信事實確實如此。

「在我去倫敦的前一晚，」他說，「我把這件事情向他坦白——其實早就該這麼做了。我把過去的事都告訴他，讓他明白我當初的妨礙真是既荒謬又冒失。他嚇了一大跳。我還告訴他，我過去以為妳姐姐對他冷淡，根本是我自己想錯了；我立刻看出他對珍依舊一往情深，因此我堅信他們的結合一定會幸福。」

伊莉莎白聽到他竟能這麼輕而易舉地影響他的朋友，不禁笑了出來。

「你告訴他我姐姐愛他，」她問道，「這是你自己體會到的？還是春天時聽我說的？」

「是我自己體會到的。最近我去了妳家兩次，仔細地觀察了她，便看出她對他十分深情。」

「我想，經過你的解釋後，他也立刻明白了吧？」

「一點也沒錯。賓利是個誠懇、謙虛的人。他的羞怯使得他在遭遇大事時總是猶豫不決，往往都聽從我的話；因此這件事進行得相當順利。我不得不向他承認一件事，我猜他會因此生我的氣。我老實告訴他，去年冬天妳的姐姐在城裡待了三個月，當時我就知道這件事，卻故意對他隱瞞。他果然很生氣。可是我相信，只要他明白了妳姐姐的心意，那股怒氣自然就會消散。他現在已經真心地原諒我了。」

伊莉莎白覺得，像賓利這麼輕信的人還真是罕見；她忍不住往想說他可愛。但她最後卻沒有說出口，因為現在還不適合開達西的玩笑。他繼續跟她聊下去，想像著賓利的幸福——這種幸福當然比不上他自己的。兩人一直聊到走進家門，這才分開。

第五十九章

「親愛的莉茲，你們去哪裡了？」當伊莉莎白一進門，珍便問她。等到兩人坐下來之後，家人們也都這麼問她。她只好回答，他們兩人隨意漫步，不知道走到什麼地方去了。她漲紅了臉，但不管她的神情如何，大家也絲毫沒有懷疑到那件事上面去。

下午就這樣平淡地度過了。公開的那一對情侶有說有笑，未公開的那一對卻一聲不響。達西性格冷靜，面不改色，伊莉莎白則心慌意亂。她知道自己幸福，卻還沒真正體會到有多幸福；因為除了眼前的尷尬之外，還有各種煩惱在後頭。她想像著事情公開之後，家人會作何感想；除了珍以外，她知道家裡沒有一個人喜歡他，甚至討厭他，哪怕他有萬貫家財也難以補救。

晚上，她把心事告訴珍。雖然珍一向並不多疑，但也幾乎不肯相信這件事。

「妳在開玩笑嗎？莉茲。不可能的！跟達西先生訂婚！不，不！別騙我，我知道這件事不可能。」

「老天！一開始就出師不利。我的希望全寄託在妳身上，要是連妳都不相信，就沒有人會相信了。我絕對沒有開玩笑，這些都是實話。他還愛我，我們已經說好了。」

珍半信半疑地看著她。「噢！莉茲，不可能的。我知道妳非常討厭他。」

「妳什麼都不知道，沒關係。也許我過去比不上現在這麼愛他，但這種不愉快的事就不必再提了，從今以後我要把它們都忘得一乾二淨。」

珍仍然露出不可置信的樣子。於是伊莉莎白又一本正經地強調這件事是真的。

「老天！這是真的嗎？但我應該相信妳了，」珍失聲叫道，「莉茲，親愛的莉茲，我要恭喜妳，我一定要恭喜妳！可是，很抱歉，我必須問妳一聲：妳能不能保證——能不能百分之百地確定，嫁給他一定會幸福？」

「這無庸置疑！我們都認為我們是世上最幸福的一對。但是，妳高興嗎？珍，妳能接受這樣一位妹夫嗎？」

「我非常、非常樂意，賓利和我都會很高興的。但是我們也曾經討論過這件事，都認為不可能發生。妳真的非常愛他嗎？噢！莉茲，什麼事情都可以草率，但沒有愛情就千萬不要結婚。妳真的覺得自己應該這麼做嗎？」

「一點也沒錯！等我把所有細節都告訴妳之後，妳一定會覺得這麼做還不夠呢！」

「什麼意思？」

「唉！我必須說，我對他的愛勝過對賓利的愛。妳一定會生氣吧。」

「親愛的妹妹，請妳正經一些，我想聽妳正經地說。凡是能告訴我的話，就馬上跟我說個明白。妳能告訴我妳愛上他多久了嗎？」

「這是漸漸發生的，我也說不清是哪時候開始的。但我想，應該是從看到他在彭伯里的美麗花園之後。」

姐姐又叫她嚴肅一些，這一次才終於產生了效果。她立刻聽珍的話，鄭重地把自己愛上他的經過說出來。當珍明白一切之後，也放下心了。

「我現在真是太幸福了！」她說，「因為妳也會跟我一樣幸福。我一向很敬重他，就算沒有，光憑他愛妳這一點，我也必須永遠敬重他。他既是賓利的朋友，現在又成了妳的丈夫，那麼將會是除了賓利和妳之外，我最喜歡的人了。可是，莉茲，妳真狡猾，平常連一點口風也不向我透露，像是彭伯里和蘭姆頓的事情！我的消息都是別人告訴我的，而不是妳親口說的。」

伊莉莎白只好把隱瞞事實的理由告訴她。原來她過去不想提到賓利，再加上她自己心神不寧，所以也不去提到達西；但是現在，她不必再向珍隱瞞達西為莉蒂亞的婚姻奔波的情節了。她把一切事情和盤托出，姐妹倆一直聊到半夜。

第二天早上，班奈特太太站在窗前，大叫道：「天哪！那位討厭的達西先生又跟著我們的賓利一起過來了！他為什麼那麼掃興，老是跑來這裡？真希望他去打獵，或者隨便做點什麼，就是別來吵我們。我們該怎麼辦？莉茲，又要麻煩妳陪他去散散步了，別讓他在這裡妨礙賓利。」

這正是伊莉莎白求之不得的，她忍不住要笑出來。但聽到母親老是批評達西，她也難免有些氣惱。

兩位貴客一進門，賓利便意味深長地望著她，並熱烈地跟她握手。伊莉莎白立刻明白他已經什麼都知道了。不多時，他果然說道：「班奈特太太，這附近還有什麼散步小徑，可以讓莉茲今天再去迷路一下嗎？」

「我建議達西先生、莉茲和琪蒂，」班奈特太太說，「今天早上去奧克罕山走走。這一段路走起來頗有樂趣，達西先生還沒見過那裡的風景呢！」

「這對他們再好不過了，」賓利說，「我看琪蒂一定走不動，是嗎？琪蒂。」

琪蒂也說自己寧可待在家裡。達西則表示他非常想去那座山上看看風景，伊莉莎白也默默表示同意。她正要上樓準備，班奈特太太又對她說：

「莉茲，真是抱歉，硬要妳跟那個討厭的傢伙在一起。妳可不要計較，要知道這都是為了珍。妳只要隨便敷衍他一下就好，不用花太多心思。」

散步的時候，兩人說好當天下午就去請求父親同意；母親那裡則由伊莉莎白去說。她不知道母親是否會贊成，因為她實在太厭惡他了；伊莉莎白有時候甚至覺得，就算憑他的財產地位，也挽回不了母親的心。然而，無論母親對這門婚姻是堅決反對，還是欣然同意，她都不會說出什麼好話，只會讓人感到她的膚淺；她要不就狂喜地表示贊成，要不就惡狠狠地表示反對。一想到這裡，伊莉莎白就覺得難以忍受。

當天下午，班奈特先生準備走進書房，達西也立刻站起來跟在後面。伊莉莎白焦慮不安，她並不是怕父親反對，而是怕父親不高興。她想，自己是父親最寵的女兒，要是她選擇的伴侶竟讓父親感到痛苦，讓父親為她的終身大事煩惱，那就不好了。她憂心地坐著，直到達西面帶笑意地回到她身邊，她才鬆了一口氣。他走到她跟琪蒂的那張桌子面前，看著她手裡的針線，輕聲地說道：「快去妳父親那裡，他在書房裡等妳。」她馬上就去了。

父親正在房裡來回踱步，露出既嚴肅又焦急的表情。「莉茲，妳在搞什麼？妳瘋了嗎？」他說，「妳怎麼會選擇這個人？妳不是一向厭惡他嗎？」

她心急如焚。假如她過去能夠理性一點，不要那麼出言不遜，現在也就不必這麼尷尬了。事到如今，她不得不費勁解釋一番。於是她慌張地跟父親說，自己愛上了達西先生。

「也就是說，妳已經下定決心非嫁給他不可了。他當然很有錢，可以讓妳穿比珍更高貴的衣服，坐更華麗的馬車。難道這就能讓妳幸福了嗎？」

「您認為我對他沒有感情，」伊莉莎白說，「除此之外，您還有其他的反對意見嗎？」

「一點也沒有。我們都知道他是個傲慢而不易親近的人；不過，只要妳真的喜歡他，這也無關緊要。」

「是的，我喜歡他。」女兒含淚回答道，「我愛他。他並非傲慢得不可理喻，他可愛極了！您不明白他真正的為人。因此，我求您不要這樣形容他，不然我會很痛苦的。」

「莉茲，」父親說，「我已經答應他了。像他那樣的人，只要他不嫌棄，對我們提出請求，我當然只能答應。如果妳已經決定要嫁給他了，我當然會同意。不過我勸妳再仔細考慮。我瞭解妳的個性，莉茲，我知道，除非妳對自己的丈夫心悅誠服，否則便不會覺得幸福。以妳的聰明才智，要是沒有挑選一個匹配得上妳的對象，那是不行的，妳將難逃羞恥和悲慘的下場。好孩子，別讓我以後瞧不起妳的終身伴侶，為妳傷心。妳得明白，這件事不是兒戲。」

伊莉莎白感動不已，她認真而嚴肅地回答了父親。她又再三保證達西確實是她萬中選一的伴侶，她對他的敬愛日益強烈；又說自己相信他的愛情絕非一朝一夕而成，而是歷經了數個月的考驗才磨練出來的；她又拚命讚美他的各種優點。這才打消了父親的疑慮，由衷贊成這門婚姻。

「這樣的話，親愛的，」他在女兒講完之後，回答道，「我沒有其他意見了。真是這樣的話，他的確配得上妳。莉茲，我可不希望妳嫁給一個不夠資格的傢伙。」

為了加深父親對達西的好感，她又把他幫助莉蒂亞的事說了出來。父親大為驚奇。

「這真是前所未聞！原來一切全是達西的功勞。他一手撮合兩人，為他們還債，幫他找工作！這真是太好了，為我省了多少麻煩，省了多少錢！假如這些事都是妳舅舅做的，我就非還他人情不可，而且可能早就還了；可是這些熱戀中的年輕人老愛自作主張。明天我就說要還他錢，他一定會自誇一番，說他有多麼愛妳，然後就一筆勾銷了。」

他想起前幾天在伊莉莎白面前讀柯林斯的信時，她是多麼局促不安。他忍不住取笑了她一番，最後才讓她離開。她正要走出房門，他又說：「如果還有什麼年輕人要向瑪莉和琪蒂求婚，也帶他們進來吧！我正閒著呢！」

伊莉莎白心中的大石頭終於放下了。她在自己房間裡冷靜了半個小時之後，便神色鎮定地去找大家了。這些歡樂來得太突然，一個下午就這樣心曠神怡地度過。現在再也沒有什麼重大的煩惱了，她感到心安理得。

晚上，母親要去更衣間時，伊莉莎白也跟在後面，把這件大事告訴了她。班奈特太太的反應有趣極了。她一聽到這個消息，先是一言不發地坐著，過了好幾分鐘，才漸漸明白這些話的意思，並意識到女兒即將攀上一門非同小可的親事。她終於回過神來，在椅上坐立不安；一會兒站起來，一會兒又坐下去，一會兒詫異，一會兒又祝福自己。

「哎呀！感謝老天！想想看！天哪！達西先生！誰會這麼想呢！這是真的嗎？莉茲，我的心肝寶貝！妳馬上就要大富大貴了！妳將有多少零用錢、多少珠寶、多少馬車啊！珍比起妳來差遠了……簡直是天壤之別！我真高興……真快樂！這麼可愛的丈夫！那麼英俊，那麼魁梧！噢，親愛的莉茲！我以前那麼討厭他，請妳代替我向他道歉吧！希望他不會計較。莉茲，我的寶貝！他在城裡有間大房子！華麗的東西一應俱全！三個女兒出嫁啦！每年有一萬鎊的收入！噢，我的天啊！我真是太高興了，我要發狂了！」

顯然，她完全贊成這樁婚姻。令伊莉莎白開心的是，幸好母親這些得意忘形的話沒有被其他人聽見。當她回到自己房間還不到三分鐘，母親又趕了過來。

「我的寶貝！」母親大聲叫道，「我腦子裡再也想不到別的事了！一年有一萬鎊的收入，可能還要更多！簡直就像個國王！而且還有結婚特許——妳當然會用到它。可是，我的寶貝，告訴我，達西先生愛吃什麼，讓我明天提早準備。」

這句話聽起來不太妙，看來母親明天又要在那位先生面前出醜了。伊莉莎白心想，雖然已經牢牢抓住了他的心，而且也得到家人的同意，但還是不願意出差錯。令她意外的是，第二天一切都很好，因為班奈特太太對這位未來的女婿相當敬畏，簡直不敢跟他說話，只是不時向他獻殷勤，或是恭維他的高談闊論。

伊莉莎白看到父親也盡力與他親近，覺得很滿意。不久後，班奈特先生又對她說，他越來越器重達西了。「我對三個女婿都很滿意，」他說，「也許韋克翰是我最滿意的一位。不過我想，妳的丈夫也會像珍的丈夫一樣討我喜歡。」

第六十章

伊莉莎白很快又恢復俏皮的個性，她要達西講一講自己愛上她的經過。「你是怎麼踏出第一步的？我知道，你只要踏出第一步，就會一直走下去。可是你一開始是怎麼冒出這個念頭的？」

「我也不清楚是什麼時候，在哪裡，看見妳什麼模樣，聽到妳什麼話，才開始愛上了妳。那是好久之前的事了。等我發現自己愛上妳的時候，一切都已經來不及了。」

「我的外表並沒有打動你的心，至於我的態度，也算不上禮貌，我沒有一次說話不想刺激你一下。請你老實說，你是不是愛上我的唐突？」

「我愛上妳的機靈。」

「倒不如說是唐突，唐突極了。其實是因為你對於他人的殷勤感到厭煩的關係；有很多女人，她們無論在說話、思想、表情上，都只為了博得你的一聲讚美，你對這種女人感到厭煩。我之所以引起了你的注意，打動了你的心，就是因為我跟她們不一樣。如果你不是一個真正可愛的人，就一定會討厭我這一點。可是，儘管你拚了命地想偽裝自己，但你的情感終究是高貴的、正確的；你打從心底瞧不起那些逢迎你的人。經我這麼一說，你就不必再花心思解釋了。我仔細考慮過了，覺得你的愛合情合理；老實說，你完全沒發現我有什麼明確的優點；不過，不管是誰，當他在戀愛的時候，都不會想到這種事。」

「當初珍在尼德菲爾德莊園生病的時候，妳對她的溫柔體貼，不就是一項優點嗎？」

「珍太善良了，誰不想對她好呢？你不如把這件事當成一種美德。我一切美好的特質都是你誇獎來的，你愛怎麼說就怎麼說吧！但我只知道找機會嘲笑你，與你爭論；我現在就要這麼做。我問你：為什麼你說話總是不乾不脆？為什麼你第一次來拜訪，第二次來吃飯時，一見到我就害羞？尤其是來拜訪的那一次，你為什麼露出一副彷彿不在乎我的表情？」

「因為妳板起了臉，一言不發，害我不敢找妳說話。」

「那是因為我覺得難為情呀！」

「我也一樣。」

「那麼，你來吃飯的那一次，怎麼不多說一些話？」

「要是我不這麼愛妳，話也就會多一些了。」

「真是不巧，你的回答總是合情合理，偏偏我又是個明理的人，不得不接受你的回答！我在想，要是我不理你，真不知你要拖拖拉拉到什麼時候；要是我不開口問你，真不知你什麼時候才肯說出來。這全是因為我下定決心，想感謝你對莉蒂亞的幫忙，才達成了這個目的。我也擔心，假如我們是因為打破了誓言，才得到了今天的歡樂，那又怎麼合乎道義呢？我實在不該提起那件事的。真是大錯特錯。」

「妳不必擔心，這完全合乎道義。凱薩琳夫人蠻不講理，想要拆散我們，這反而打消了我的疑慮。我並不認為目前的幸福全出於妳對我的感恩之情。我本來就不打算等妳先開口；我一聽到姨媽的話，便產生了一絲希望，決定立刻把事情弄個清楚。」

「凱薩琳夫人竟然幫了個大忙，她應該高興才是，因為她最喜歡幫人家的忙。可是請你告訴我，你這次來尼德菲爾德莊園做什麼？難道只是為了騎著馬來朗伯恩出醜的嗎？你沒有打算做一些正經事嗎？」

「我來這裡來的真正目的就是見妳。可以的話，還要設法看出妳是否有可能愛上我。至於在別人面前，或是在我的心裡，我總是說，這麼做是為了看妳的姐姐是否還愛賓利，我必須把這件事的真相告訴她。」

「你有沒有勇氣把這件事向凱薩琳夫人宣布？」

「比起勇氣，我更需要時間，伊莉莎白。可是這件事必須去做。如果妳能給我一張紙，我馬上就去做。」

「要不是我自己也有一封信要寫，我一定會像另外一位年輕的小姐一樣，坐在你身旁欣賞你那優美的字跡。可惜我也有一位舅媽，必須回信給她才行。」

過去，伊莉莎白一直不願意向舅媽解釋她對於兩人交情的臆測，因此沒有答覆加迪納太太的那封長信。如今，她一定會為這個喜訊感到開心；可是伊莉莎白卻覺得，讓舅父母晚了三天得知這個消息，未免有些過意不去。她寫道：

親愛的舅媽：

感謝您那封親切而令人滿意的長信，告訴了我一切詳情；本該早日回信道謝，無奈當時心情不佳，遲遲沒有動筆。雖然您當時的猜測有些誇張，但是現在，您想怎麼猜測都可以了。關於這件事，您大可發揮您的想像力，只要別以為我已經結婚就好。您得再寫封信讚美他一番，而且程度要超過您的上一封信。我要感謝您沒有帶我到湖區去旅行，我真傻，去湖區做什麼呢？您說要弄幾匹小馬在莊園裡玩，這個主意真不錯；今後我們就可以每天在那裡遛達了。我現在成了世界上最幸福的人。也許別人以前也說過這句話，但是沒有人像我這麼名副其實。我甚至比珍還要幸福，她只能微笑，我卻要放聲大笑。達西先生把對我的愛分一些給您，向您表示問候。歡迎你們來彭伯里過聖誕節。

您的外甥女

達西先生寫給凱薩琳夫人的信，格調和這一封不同，跟班奈特先生寫給柯林斯的信比起來更是大相逕庭：

親愛的閣下：

我得麻煩你再次向我道賀。伊莉莎白馬上就要成為達西夫人了。請多多安慰凱薩琳夫人，如果我是你的話，我一定會站在姨侄那一邊，因為他可以給你更多好處。

你忠實的好友

賓利小姐祝賀哥哥結婚的那封信，寫得無限親切，但缺乏誠意。她甚至還寫信祝賀珍，把過去那套虛情假意的話重提了一遍。雖然珍再也不會被她欺騙，但仍然深深感動；儘管不再信任對方，但還是回了一封信，信上的關切之情實在令她受之有愧。

達西小姐的來信上寫道，她得到喜訊時，就跟她的哥哥發出喜訊時一樣歡欣。這封信足足寫了四張紙，但仍不足以表達她內心的喜悅，以及她是多麼懇切地盼望嫂嫂的疼愛。

柯林斯的回信還沒來，伊莉莎白也還沒得到柯林斯太太的祝賀。這時候，朗伯恩一家卻聽說這對夫婦即將拜訪盧卡斯家。他們突然的造訪是很容易理解的。原來，凱薩琳夫人接到姨侄的信後大發雷霆，而夏綠蒂卻對這門婚事感到欣喜，不得不暫時走避，等待夫人的怒氣消去。對伊莉莎白來說，好朋友在這個時候來到，真是一件最愉快的事了。

見面的時候，她看到柯林斯對達西阿諛奉承的醜態，又不免覺得原先的愉快有些得不償失；但達西倒是鎮靜自如地應酬著。還有威廉·盧卡斯爵士，他稱讚達西得到了當地最珍貴的美人，而且還恭敬地說，希望今後能常在王宮見面。達西耐著性子聽完了這些話，直到威廉爵士離開以後，他才聳了聳肩。

至於菲利普太太，她的粗鄙或許更讓達西難以忍受。她就像她的姐姐一樣，一見到賓利態度溫和，說話也變得隨隨便便；她對達西則心懷敬畏，但談吐仍然粗俗不堪。雖說她對達西敬而遠之，舉止卻並未因此變得文雅些。伊莉莎白為了不讓達西被這些人糾纏，便盡可能讓他跟自己或是不令他厭惡的家人說話。雖然這些不愉快的事降低了戀愛的樂趣，卻加深了她對未來的盼望；她一心想著離開這些討厭的人物，到彭伯里和他的家人一起生活，舒適、優雅地過一輩子。

第六十一章

班奈特太太兩個最可愛的女兒出嫁的那一天，也正是這名母親一輩子最高興的一天。可想而知，未來當她拜訪賓利夫人，或是向人家談起達西夫人，會有多麼得意、多麼驕傲。看在她們一家的份上，我想在這裡作一個交代。她的每一個女兒後來都得到了歸宿，她一生最大的願望總算如願以償。說來值得慶幸，她後半生竟因此成為一個精明、親切，又有見識的女人。雖然她有時仍然神經衰弱、怪里怪氣的，但這或許也算是她丈夫的福氣，否則他就享受不到這種稀奇古怪的家庭幸福了。

班奈特先生非常捨不得二女兒，他經常去找她——他一輩子從未這麼頻繁地外出作客。他喜歡去彭伯里，而且都選在別人意想不到的時間。

賓利和珍只在尼德菲爾德莊園住了一年。雖然他的脾氣非常隨和，她的性情也極為溫柔，但夫妻倆都不太願意和她的母親以及梅利頓的親友住得太近。之後，賓利在德比郡附近的郡裡買了一棟房子，這下子他的姐妹們的心願總算實現了。而珍和伊莉莎白之間也增添一重幸福——她們倆從此距離不到三十哩了。

琪蒂獲益良多，她在兩位姐姐的家中消磨了大部分時間。並結交了許多高貴的人士，令她自身大有長進。她本來就不像莉蒂亞那樣驕縱，如今少了莉蒂亞的影響，又有人管教她，將她導向正途，她已不再像從前那麼輕狂無知了。當然，家人仍必須稍加留意，不讓她和莉蒂亞來往，免得再被她帶壞。韋克翰太太常說要接她去住，說自己那邊有多少舞會、多少美男子，但她的父親卻不讓她去。

只剩下瑪莉沒有出嫁。班奈特太太不肯善罷甘休，害得這個女兒無法繼續鑽研學問；她不得不多和外界應酬，只是她仍然用道德的眼光看待每一次的外出。她現在再也不用和姐妹們爭奇鬥妍了，因此她的父親不禁懷疑，她這種改變是否真的心甘情願。

至於韋克翰和莉蒂亞，他們的性格並沒有因兩位姐姐結婚而有所變化。韋克翰想到伊莉莎白已得知自己對達西忘恩負義的行徑，仍處之泰然，甚至還指望達西再給他一些錢。伊莉莎白結婚的時候，收到了莉蒂亞的祝賀信。她很明白，即使韋克翰本人沒有抱著這種希望，至少他的妻子也有這麼想。那封信是這樣寫的：

親愛的莉茲：

希望妳過得愉快。要是妳的達西先生比得上我的韋克翰的一半，那一定就非常幸福了。真高興妳能變得如此富有，希望妳閒來無事的時候能想起我們。我相信韋克翰很希望在宮廷裡找一份差事。要是再沒有人伸出援手，我們便很難維持生計了。隨便什麼差事都行，只要每年有三四百鎊就好。不過，要是妳不願意跟達西提起的話，那也沒關係。

伊莉莎白果然不願意提起，於是在回信中盡可能打消她的這個念頭。不過伊莉莎白還是盡可能省下一些平日的開銷，用來接濟她的妹妹。她很清楚，他們的收入那麼少，夫妻倆又揮霍無度，毫無遠見，當然不夠維持生活了。每當他們搬家，伊莉莎白或是珍總是接到他們的來信，要求支助他們一些錢以償還債務。即使是退伍回到家中，他們的生活仍舊難以安定。兩人東遷西徙，尋找便宜的房子，結果反而花了不少冤枉錢。韋克翰沒多久便對莉蒂亞失去興趣，莉蒂亞的愛維持了比較久一些，雖然她年輕荒唐，至少還是保住了婚後的名譽。

儘管達西一直不肯讓韋克翰來彭伯里，但看在伊莉莎白的份上，還是幫韋克翰找了份工作。每當丈夫去倫敦或是巴斯尋歡作樂的時候，莉蒂亞也不時上門作客。而當他們去賓利家的時候，總是一住下來就捨不得走，連賓利那樣性格溫和的人，也不得不感到生氣，甚至暗示他們離開。

達西結婚時，賓利小姐十分傷心，但又想保有去彭伯里作客的權利，因此漸漸打消了自己的怨氣。她比以前更喜歡喬治安娜，對達西也仍然一往情深，又彌補了過去對伊莉莎白的失禮之處。

喬治安娜現在長住在彭伯里了，她與嫂子之間就像達西原先預料的那麼融洽，甚至完全合乎她們的理想。喬治安娜非常敬愛伊莉莎白，雖然一開始看到她與哥哥說話時那麼調皮，忍不住大為驚訝，甚至有些擔心；因為她對哥哥的尊敬幾乎超過了手足情分，無法想像他竟成了別人開玩笑的對象。但她如今終於恍然大悟。在伊莉莎白的教導下，她開始明白，一名妻子可以放縱丈夫，但一位哥哥卻不能允許一個年幼十歲的妹妹調皮。

凱薩琳夫人對姨侄的這門親事惱怒異常。當姨侄寫信向她報喜時，她竟不留情面，回信把他們痛罵了一頓，尤其是對伊莉莎白。之後雙方曾短暫地斷絕往來，直到後來伊莉莎白說服了達西，才讓他不再計較她的無禮，上門求和。他的姨媽只是稍加拒絕了一下，便不再記恨——這也許是出於對姨侄的疼愛，或是出於對侄媳的好奇心。儘管彭伯里多了這一位女主人，而且這位女主人的舅父母也曾上門過，使得門戶蒙羞，但她還是屈尊拜訪了彭伯里。

新婚夫妻與加迪納夫婦一直保持著深厚的交情。達西和伊莉莎白都衷心喜愛他們，也相當感激，多虧他們帶伊莉莎白來德比郡，才成就了這一段美好的姻緣。

Mansfield Park

1814

曼斯菲爾德莊園

羞怯嫻靜的小范妮，
自幼寄人籬下，孤獨無助，
卻邂逅了正直善良的艾德蒙。
表兄妹兩小無猜、朝夕相處，
卻受一對不速之客的迷惑阻隔；
他，迷上了另一個她，
她，被另一個他愛上，
歷盡考驗的兩人能否終成眷屬？

Jane Austen

第一章

大約三十年前，亨丁頓的瑪麗亞．瓦德小姐走了好運，僅靠著七千英鎊的嫁妝，就贏得了北安普敦郡曼斯菲爾德莊園湯瑪斯．貝特倫爵士的傾心，一躍成為准男爵夫人，既有漂亮的宅邸，又有大筆的收入，說不盡的榮華富貴。亨丁頓的人無不驚嘆這門親事的好，連她那位當律師的舅舅都說，她名下至少得再多三千英鎊，才配得上對方的門第。

她的富貴讓兩個姐妹也跟著沾光；在親友當中，凡是覺得瓦德小姐和法蘭西絲小姐長得像瑪麗亞一樣漂亮的，都果斷地預言她們也會嫁給同樣高貴的人家。然而，世上的有錢男人肯定沒有漂亮的女人來得多。瓦德小姐蹉跎了五六年，最後只好委身於妹夫的一位朋友——幾乎沒什麼財產的諾里斯牧師；法蘭西絲小姐的情況更是糟糕。事實上，瓦德小姐的婚姻還算不上寒酸，湯瑪斯爵士欣然接受這位朋友做為曼斯菲爾德的牧師，並給他一份俸祿；因此，諾里斯夫婦每年差不多有一千英鎊的收入，小倆口過得十分甜蜜。

但法蘭西絲小姐的婚事卻沒那麼稱心。她竟看上一個沒修養、沒家產，也沒地位的海軍陸戰隊中尉，讓她的家人心寒不已。無論她嫁給誰，都比嫁給這個人好。湯瑪斯爵士出於個人尊嚴以及一片好意，加上希望自己的親戚過得體面一些，很樂意動用自己的人脈，為妻子的妹妹盡一份力。然而，在他妹夫的行業之中，他卻沒有任何舊識。

他還來不及想出其他方法幫助他們，這對姐妹卻已徹底決裂——這是輕率的婚事幾乎都會帶來的必然結果。為了避免遭到無謂的勸阻，普萊斯太太婚前從未在寫給家人的信中提到此事。貝特倫夫人是個冷靜的女人，個性隨和、懶散，索性不再去理會妹妹的這件事；但諾里斯太太卻是個好事之人，由於心有不甘，便寫了一封氣勢洶洶的長信給妹妹，罵她行為愚蠢，並威嚇她這樣的行為可能導致各種惡果。普萊斯太太被惹毛了，也在回信中把兩個姐姐都痛罵了一頓，並出言不遜地指責了湯瑪斯爵士的虛榮。諾里斯太太當然沒有對這些內容忍氣吞聲，於是這兩家與普萊斯太太一家斷絕了多年來往。

他們的住所相距遙遠，社交圈又大不相同，因此在之後的十一年中，彼此音訊全無。湯瑪斯爵士有時會感到驚訝，為什麼諾里斯太太能夠不時氣沖沖地告訴他們普萊斯家又誕生一個孩子的消息。

然而，在過完十一年後，普萊斯太太再也不能死要面子，白白放棄一群可能對她有好處的親戚。家中孩子眾多，而且還陸續出世；丈夫得了殘疾，不能再上戰場，但依舊揮霍無度。一家人的生計僅靠著一點微薄的收入，因此她急切地想與過去反目的親戚們重修舊好。

她寫了一封信貝特倫夫人，言詞淒涼，充滿悔恨之意；信中提到她的兒女成群，卻缺衣少食，只能求助於各位親戚。她即將產下第九胎，在訴說完一番困境後，又懇求他們擔任這個孩子的教父母，並協助撫養他；接著，她又不加掩飾地將另外八個孩子也推給了他們。長子是個十歲的男孩，既漂亮又活潑，一心想去國外，但她當然一籌莫展。她問湯瑪斯爵士，他在西印度群島的產業將來有沒有可能需要這個孩子呢？無論哪方面都行；他覺得伍利奇陸軍軍官學校怎麼樣呢？還有，怎樣把一個孩子送到東方去呢？

信沒有白寫。大家既往不咎，又開始關心起她來。湯瑪斯爵士表達了關切之意，並替她想辦法；貝特倫夫人寄了錢和嬰兒服給她，諾里斯夫人則負責寫信。

除了以上的好處，不到一年後，這封信又為普萊斯太太帶來一樁更大的好處。諾里斯太太常說，她放心不下可憐的妹妹和她的孩子們，雖然眾人已為她們付出了不少，但她仍然想再多幫一些忙。最後，她決定為普萊斯太太撫養一個孩子。

「她的大女兒九歲了，她那可憐的媽媽不可能讓她得到應有的照顧，我們來照顧她怎麼樣？這當然會為我們帶來一些麻煩跟開銷；但為了行善，這也算不了什麼。」

貝特倫夫人立刻表示贊同。「這樣再好不過了，」她說，「我們把那個孩子叫來吧。」

湯瑪斯爵士卻沒有這麼爽快。他猶豫不決，想著這件事可不是鬧著玩的。這個女孩離鄉背井而來，要是他們不能讓她一輩子豐衣足食的話，那就不是行善，而是造業了。他又想到自己的四個孩子——尤其是兩個兒子——想到了表兄妹之間的相處等。正當他謹慎地說出意見時，諾里斯太太卻打斷了他，對他的一切疑慮置之不理。

「親愛的湯瑪斯爵士，我完全瞭解你的意思，也讚賞你的想法；這真是慷慨又周到，正符合你一貫的作風！大致來說，我完全同意你的看法，要領養一個孩子，就必須盡量照顧好她。是的，在這件事情上，我絕不會吝於付出自己的微薄之力。我自己沒有孩子，要是有能夠幫上忙的地方，我不幫助妹妹的孩子，又能幫助誰呢？雖然諾里斯先生非常——你知道的，我不會形容。我們別因為一些小小的顧慮，就收回了我們的仁慈。讓一個女孩受教育，並把她帶入社交界，一定能讓她建立一個美滿的家庭，到時就不用再撫養她了。我知道，湯瑪斯爵士，我們的外甥女——也是你的外甥女，在這個環境裡成長一定會有不少助益。我不是指她能變得像兩位表姐一樣漂亮，那是不可能的；不過，在這麼好的條件下，將她帶進這一帶的社交界，她絕對能找到一個好人家。你為兩個兒子擔心，但她跟他們會像兄妹一樣長大，你擔心的那種事也絕不會發生。從道德上來說，這是不可能的，我從沒聽說過這種事。其實，這反而是防止他們結親的好方法；要是她是個漂亮的女孩，七年之後被湯姆或艾德蒙看見了，那或許才更糟糕呢！一想到她住在遠方，過著貧困和缺乏疼愛的生活，那兩個天性敦厚的好孩子可能就會愛上她。但是，假如讓他們從現在就一起生活，哪怕她美若天仙，他們也只不過會把她當成妹妹罷了。」

「妳說得很有道理，」湯瑪斯爵士回答，「我並非刻意阻撓一件對雙方都有好處的計畫。我只是想說，不能輕率從事，而要找出真正對普萊斯太太好、又能讓我們心安理得的方法。萬一到時妳的盤算落空了，沒有一個好人家看上她的話，我們就有責任讓她過著一個有身分女人的生活。」

「我完全瞭解！」諾里斯太太叫道，「你真是慷慨又體貼。我想我們在這一點上絕不會有什麼異議。你很清楚，只要能幫助我愛的人，只要是我辦得到的，我就願意盡力而為。雖然我對這個孩子的感情比不上對你孩子們感情的百分之一，也不像對你的孩子一樣把她視為我自己的孩子，但要是我對這個女孩置之不理，我一定會恨死我自己！難道她不是我妹妹生的嗎？如果我能給她一點麵包，又怎能忍心看她挨餓呢？親愛的湯瑪斯爵士，雖然我有各種缺點，但至少還有一副好心腸；雖然我窮，但寧願自己省吃儉用，也不做一個吝嗇的人。所以，要是你不反對的話，我明天就寫信給我那可憐的妹妹，向她提出這個建議。等事情一談妥，我就把那個孩子接來曼斯菲爾德，用不著你操心了！你知道我一向很熱心。我會派南妮專程去一趟倫敦，她可以暫住在她堂哥的馬具店裡，叫那個孩子去找她。那個孩子從普茲茅斯到倫敦並不難，只要把她送上驛馬車，託人照顧一下就行了。總會有個商人的太太還是其他人也會來倫敦。」

湯瑪斯爵士沒有反對，只覺得南妮的堂哥不太可靠。於是，他們決定換一個更周到、卻不怎麼省錢的方式。一切就這樣安排好了，大家都為這件善行沾沾自喜。事實上，每個人都打著各自的主意：湯瑪斯爵士決定當這個孩子真正而永久的撫養人；諾里斯太太卻絲毫不想為她花一毛錢，只想跑跑腿、耍耍嘴皮和出些主意罷了。她不只愛使喚別人，還愛錢——她懂得如何花朋友的錢，也懂得如何省自己的錢。她原本想嫁給一個有錢人，最後卻嫁給一個收入不多的丈夫，因此，她一直以來厲行節約。由於沒有兒女要撫養，她的那筆積蓄年年有增無減，她也從中得到幾分快慰。出於貪心的本性，加上對妹妹並非真正的憐憫，她頂多為這麼一筆所費不貲的計畫出些主意，絕不願意付出更多。儘管如此，在商量完後回家的路上，她或許仍得意地想著自己是世上最仁慈的姐姐、最寬厚的姨媽。

當再次提起這件事時，她又更加明白地表示了自己的立場。「姐姐，孩子要先住哪裡呢？妳們家還是我們家？」貝特倫夫人心平氣和地問道。諾里斯太太回答說，她絲毫沒有能力一起照顧那個孩子。湯瑪斯爵士頗為驚訝，他一直以為牧師家希望有個孩子作伴，卻發現自己完全想錯了。諾里斯太太歉疚地說，這個小女孩絕不可能住在她們家，因為諾里斯先生身體不好，無法忍受孩子的吵鬧——除非他的痛風病能夠痊癒，她才會高高興興地把孩子接回家撫養；但是目前，可憐的諾里斯先生隨時都需要照料，這件事只會讓他心煩意亂。

「那就讓她來我們家吧。」貝特倫夫人坦然地說道。

「好吧，」過了一會兒，爵士一本正經地說，「就讓她住在這裡吧。我們將盡力履行我們的義務。她在這裡至少會有兩個好處：一是能跟同齡的孩子做伴，二是有正規的老師教導她。」

「沒錯，」諾里斯太太嚷道，「這兩點都很重要。再說，李小姐教三個孩子跟教兩個也不會有什麼差別。但願我能多幫一點忙，不過，你也知道我盡力了，我可不是個怕麻煩的人。我會派南妮去接她，儘管這位女管家不在會為我帶來不便。我想，妹妹，妳可以讓那個孩子住在靠近育兒室的那間白色小閣樓，那對她來說再好不過了，離李小姐很近，離兩位小姐也不遠，還靠近兩個女僕，她們可以幫她梳妝打扮；妳總不會要艾莉絲同時侍候兩位小姐跟她吧？說真的，她不可能有其她更好的安排。」

貝特倫夫人沒有異議。

「希望她的個性夠好，」諾里斯太太接著說，「能為擁有這樣的親友感到慶幸。」

「要是她的個性不好的話，」湯瑪斯爵士說道，「為了我們的孩子好，就絕不能讓她繼續住下去。不過，沒有理由這麼悲觀。也許她會有一些缺點，我們必須先設想她不懂事、見識短淺、舉止粗俗；不過，這些缺點都並非不可克服的——我認為這些對她的玩伴不會有危害。假如我的女兒比她小，我就會鄭重考慮是否讓她和我們的孩子一起生活；但實際上，她們三個相處，對我的女兒既無害，對她也有好處。」

「我也是這麼想的，」諾里斯太太說，「今天早上我就跟我丈夫說過。我說，只要和兩個表姐待在一起，那孩子就會懂事。即使李小姐什麼都沒教，她也能跟表姐學習。」

「只希望她別去逗我可憐的哈巴狗，」貝特倫夫人說，「我才剛說服茱莉亞別去逗牠。」

「諾里斯太太，」湯瑪斯爵士說道，「當三個女孩漸漸長大，還得煩惱如何在她們之間劃清界線：如何讓我的女兒能明白自己的身分，又不會瞧不起這位表妹；如何讓表妹記得她不是貝特倫家的小姐，又不會因此消沉。我希望她們成為很好的朋友，絕不允許我的女兒對親戚傲慢；然而，她們卻不是一樣的人，她們的身分、財產、權利和前途，永遠是不一樣的。這是一個棘手的問題，妳得幫助我們找出不偏不倚的方式。」

諾里斯太太表示自己很樂意。儘管她也認為這個問題十分棘手，但覺得將這件事交給他們夫妻，絕不會有多大的困難。

不難想像，諾里斯太太寫給妹妹的信讓普萊斯太太大為驚訝，她明明有許多英俊的兒子，他們卻偏偏選了一個女孩。不過，她還是感激涕零地接受了這番好意，向他們擔保女兒的性情、脾氣都極好，儘管體型瘦弱了些。她樂觀地認為，只要換個生活環境，孩子將會面目一新。真是可憐！她大概覺得自己的許多孩子都該換個環境吧！

第二章

歷經長途跋涉後，小女孩平安抵達了北安普敦，在那裡受到諾里斯太太的接待。這位太太認為自己最先接到她，又將她帶到眾人面前，不禁為自己的功勞得意忘形。

范妮．普萊斯剛滿十歲，乍看之下沒有什麼可愛之處，但也沒有另人厭惡的缺點。她的身型比實際年齡瘦小，臉上沒有光澤，也沒有引人注目的美貌。她的個性膽怯羞澀，不喜歡被人注意；不過，儘管她的儀態略嫌笨拙，卻不粗俗，聲音也很動聽，說話時的表情也很好看。貝特倫夫婦熱情地接待了她，湯瑪斯爵士盡可能表現得和氣，這件事讓不苟言笑的他煞費苦心；然而，貝特倫夫人只需花費他一半的力氣，說出他十分之一的話，或是和顏悅色地一笑，就能馬上讓這個孩子感覺到，她沒有湯瑪斯爵士那麼可畏。

孩子們都在家，他們的禮貌都很得體，並表現得高高興興，毫不拘謹。兩個男孩分別十七、十六歲，個子比一般同齡孩子來得高，在小表妹的眼中就像個大人。兩位小姐年紀較小，加上父親一向對她們嚴厲，因此表現得有些畏縮，不像兩個哥哥般泰然自若。不過，由於她們常與客人應酬，也聽慣了稱讚的話，已沒有了天生的羞怯；她們看見表妹毫無自信，反倒更加自豪，很快就恢復從容，仔細地打量了她的臉龐和穿著。

這是令人稱羨的一家人，兩個兒子非常英俊，兩個女兒也十分漂亮，而且發育良好，比實際年齡還要早熟。如果是教育造成了他們與表妹在談吐上的差別的話，這些特徵又讓他們與表妹在外觀上形成了明顯的差別。誰也想不到，表姐妹之間的年齡如此相近；實際上，二表姐只大了范妮兩歲，茱莉亞十二歲，瑪麗亞僅大她一歲。

小客人如坐針氈，她害怕所有人，又感到自卑，懷念自己原本的家。她不敢抬頭看人，不敢大聲說話，一說話就忍不住流淚。從北安普敦到曼斯菲爾德的路上，諾里斯太太一直灌輸她一些觀念，說她三生有幸，應該萬分感激、好好表現才是。於是，這個孩子認為自己不快樂就是忘恩負義，卻不由得悲從中來，漫長旅途的勞頓更助長了這種情緒。湯瑪斯爵士屈尊地關懷她，卻無濟於事；諾里斯太太苦口婆心地說她一定會當個乖孩子，也無濟於事；貝特倫夫人笑容可掬，讓她跟自己和哈巴狗一起坐在沙發上，還是無濟於事；就連草莓餡餅也沒能讓她開心起來，她還吃不到兩口，就淚眼汪汪再也吃不下了。在這種時候，睡眠似乎才是她最需要的朋友，於是她被送到了床上。

「這可不是個好兆頭，」范妮走出屋之後，諾里斯太太說道，「我一路上跟她說了那麼多，還以為她會好好表現。我告訴她第一印象有多麼重要，希望她不要耍脾氣——她母親的脾氣可不小啊！不過，我們要體諒這個孩子，她因為離家而傷心也沒什麼不對，雖然那個家不怎麼樣，但終究還是她的家。她還不知道這裡比她的家好了多少，不過，以後一切都會好轉的。」

然而，范妮適應曼斯菲爾德莊園的速度，比諾里斯太太預料的要長。她的情緒極度消沉，令人難以理解，也難以照顧。沒有人想怠慢她，但是誰也不想刻意去安慰她。

第二天，貝特倫家讓兩位小姐放假，好給她們時間認識這位小表妹，陪她玩耍。結果並不怎麼好。她們發現她只有兩條彩帶，而且從沒學過法語，不禁感到鄙視。她們表演拿手的二重奏，卻發現她沒什麼反應，只好把自己不想要的玩具送給她，讓她獨自玩耍，她們自己則去玩當時流行的摺紙花遊戲——或是說浪費金箔。

無論范妮是否跟表姐在一起，無論在課堂、客廳還是在灌木林，她都同樣孤單。她對任何人、任何地方都感到懼怕。貝特倫夫人的沉默讓她氣餒，湯瑪斯爵士的嚴厲令她害怕，諾里斯太太的勸說使她惶恐，兩個表姐對她的身材和儀態的議論使她自卑。李小姐對她的孤陋寡聞感到納悶，女僕也譏笑她的衣服寒酸。面對這些傷心的事，再想起過去和兄弟姐妹相處、以及被大家疼愛的日子，她那幼小的心靈便越來越沮喪。

宅邸的華麗讓她驚訝，但絲毫無法為她帶來安慰。這裡的房間都太大，讓她感到靜不下心來；每碰到一樣物品，都生怕把它碰壞；走起路來總是躡手躡腳，以免惹出什麼事；還常常回到房裡哭泣。當她晚上離開客廳時，大家都以為她終於意識到了自己的幸運，沒想到她卻啜泣著進入夢鄉，以此結束自己一天的悲哀。一個星期就這樣過去了，沒人能從她的文靜中觀察出悲傷。然而，有一天早上，她的二表哥艾德蒙發現她正坐在閣樓的樓梯上哭泣。

「親愛的表妹，」他溫柔地說，「妳怎麼啦？」說完就在她身邊坐下，並努力地安慰她。他請她不要感到難為情，還勸她痛快地把心事都說出來。

「妳生病了嗎？有人罵妳嗎？跟瑪麗亞、茱莉亞吵架了嗎？功課上有什麼我能幫上忙的地方？反而，妳有沒有什麼東西是我可以幫妳弄到的，有沒有什麼事情是我可以幫妳辦的？」

他問了許久，得到的答覆都是：「沒有，沒有，真的沒有。不，謝謝你。」他仍然不停追問，當他一提到她原本的家，表妹終於泣不成聲了。於是，他明白了她傷心的理由。

「親愛的范妮，妳因為離家感到難過，」他說，「這代表妳是個好孩子。不過別忘了，妳和親戚朋友住在一起，他們都愛妳，都想讓妳開心。我們去院子裡走走吧，把妳兄弟姐妹的事告訴我。」

追問之下，他發現表妹雖然跟兄弟姐妹感情很好，但其中最讓她思念的名叫威廉。威廉是家中長子，比她年長一歲，是她最親密的伙伴，還是媽媽最寵的孩子。每次她闖了禍，他總是護著她。

「威廉不想讓我離開，他說自己一定會非常想我。」

「不過，我想威廉會寫信給妳的。」

「是的，他答應會寫信給我，但是要我先寫。」

「那妳什麼時候要寫呢？」

「我也不知道。我沒有信紙。」表妹低下頭來，怯生生地說道。

「如果妳是為了這個煩惱，那就交給我吧。妳想什麼時候寫都可以。寫信給威廉能讓妳快樂嗎？」

「是的，非常快樂。」

「那就寫吧。跟我去餐廳，那裡什麼都有，而且不會遇到別人。」

「但是，表哥，能幫我寄出去嗎？」

「是的，當然了，和別的信一起寄過去。只要妳姨丈蓋上免費郵遞的印章，威廉就不用再付錢了。」

「我姨丈！」范妮惶恐地重複道。

「是呀！等妳把信寫好，我就幫妳拿給父親蓋章。」

范妮認為這麼做有些冒昧，但也沒有反對。於是，兩人來到了餐廳，艾德蒙為她準備好紙，打上了橫格。他的好心並不輸她的親兄弟，而那一絲不苟的作風或許更勝一籌。當表妹寫信時，他一直守在一旁，為她削筆，或是教她單字怎麼拼。這些關心讓表妹受寵若驚，而他對她哥哥的好意更是令她高興不已。他親筆寫上了向威廉表弟問好的字句，並隨信附了幾個基尼。范妮的心情激動得無以言表，但她的神情和幾句平淡的言語卻透露了一切，表哥看出她是個討人喜歡的女孩，於是又跟她談了一下，由此斷定她有著一顆溫柔親切的心，以及想要示好的強烈願望。他發現她為自己的處境感到羞怯，因此更需要大家的關心；於是，他打算設法減少她對人們的懼怕，特別是勸她與瑪麗亞和茱莉亞一起玩，盡可能過得開心一些。

這一天之後，范妮變得自在多了，她感到自己有了一個朋友。艾德蒙表哥對她相當關心，使她跟別人相處時也變得開心起來。這個地方不再那麼陌生了，這裡的人們也不再那麼可怕了。即便她對一些人仍然畏懼，但已逐漸瞭解他們的脾氣，知道該如何面對他們。她起初那些令人不安、尤其是令自己不安的那些特質，都自然而然地消失了。她不再害怕見到姨丈，聽到姨媽的聲音也不再膽戰心驚。兩個表姐有時也願意陪她玩了，雖然由於年幼體弱的緣故，她還不能跟她們形影相伴。但當她們的遊戲需要第三個成員，尤其需要一個聽話的成員時，當姨媽問起她有什麼缺點，當艾德蒙請她們好好照顧她的時候，她們不得不承認：「范妮是個性格好的女孩。」

艾德蒙總是對她很好，湯姆也沒有招惹她，頂多逗她玩玩，這對一個十七歲的青年來說再平常不過。他剛進入社會，朝氣蓬勃，具有長子特有的灑脫，相信自己生來就是為了享受的。他對表妹的關心符合自己的身分和權利，一面送給她一些漂亮的小禮物，一面又取笑她。

隨著范妮笑顏逐開，湯瑪斯爵士和諾里斯太太對自己的慈善計畫越來越得意。兩人很快得到共同的結論：這個孩子雖然不算聰明，但是性情溫順，不會為他們增添多少麻煩。覺得她笨拙的還不只有他們，范妮會讀書、編織、寫字，但其他才藝卻未曾學過；兩個表姐發現，有些事她們早已熟悉了，范妮卻一無所知，因此認為她真是愚不可及。最初的兩三個星期，她們不停地把這些新發現帶到客廳裡去彙報。

「親愛的媽媽，妳想想，表妹連歐洲地圖都認不出來。她說不出俄國有哪些主要河流；她沒聽說過小亞細亞；她不會分辨蠟筆畫和水彩畫！多奇怪呀！妳有見過這麼蠢的人嗎？」

「親愛的，」她們體貼的姨媽說道，「這很糟糕。不過妳們不能指望每個人都像妳們那麼懂事、那麼聰明呀。」

「可是，姨媽，她真的什麼也不懂！妳知道嗎？昨晚我們問她，要是她想去愛爾蘭，會選擇哪一條路，她回答要去維特島。她的心裡只有維特島，還把它稱為『那個島』，好像世上再也沒有其他的島一樣。我敢說，我在比她還小的時候就知道了很多事，要不然就太丟臉了。我不記得是從什麼時候開始，她現在還一無所知的東西，我就已經懂了很多了。姨媽，我們按照順序背誦英國國王的名字，他們登基的日期，以及他們在位期間發生的事件時，那已經是多久前的事了啊！」

「是呀，」另一個女孩接著說，「還有古羅馬皇帝的名字，一直背到塞維魯。還有許多異教的神話故事，跟所有金屬的名稱、半金屬的名稱、行星的名字以及傑出哲學家的名字。」

「的確，親愛的。妳們有很好的記性，而妳們可憐的表妹可能什麼也記不住；但記性就跟其他的事一樣，每個人都有所不同。因此，妳們應該體諒妳們的表妹，包容她的缺陷。要記住，即使妳們懂事又聰明，還得保持謙虛。儘管妳們已經明白許多事，卻還有更多事需要學習。」

「是的，我知道在我十七歲前還有許多事要學習。不過我還得告訴妳一件跟范妮有關的事，既奇怪，又愚蠢。妳知道嗎？她說她既不想學音樂，也不想學繪畫。」

「毫無疑問，親愛的，這的確很愚蠢，表示她沒有天分，也缺乏上進心。不過認真考慮的話，我認為她不學也好。雖然妳們的爸媽是按照我的主意才收養了她，但完全沒有必要讓她和妳們一樣多才多藝。相反地，應該有一些差別。」

諾里斯太太就是這樣教育兩個外甥女的。儘管她們天資聰穎，小小年紀就懂得許多事情，但在自知、寬容、謙虛等方面卻十分欠缺。她們在各方面都受到良好的陶冶，唯獨個性和氣質例外。湯瑪斯爵士也不瞭解她們的短處，雖然他熱切地期盼她們品學兼優，但在他拘謹嚴肅的外表面前，她們根本活躍不起來。

貝特倫夫人對兩個女兒的教育更是不聞不問。她沒有工夫關心這些事情，只是整天穿戴整齊地坐在沙發上，做些冗長的針線活，既沒用處又不美觀。她對孩子還不如對哈巴狗的關心，只要她們不找她的麻煩，她也就放任她們，大事由湯瑪斯爵士作主，小事由她姐姐作主。即使她有更多的時間關心兩個女孩，她也會認為沒有這個必要，她們有保姆照顧，還有家庭教師指導，用不著其他人去操心了。

至於談到范妮在學習上的愚鈍時，「我只能說，這真是不幸。不過有些人天生就笨拙，除了范妮自己用功之外，我不知道還有什麼方法。我還要補充一句：這個可憐的小東西除了笨拙之外，倒也沒什麼缺點。我發現，叫她去送個信，或是拿個東西時，她總是非常靈巧，非常俐落。」

儘管范妮有著愚昧、膽怯等缺陷，還是在曼斯菲爾德莊園住下了，並漸漸把對家中的依戀轉移到這裡。她和兩個表姐一起生活，日子過得還算快活。瑪麗亞和茱莉亞本性並不壞，雖然她們經常讓她難堪，但她覺得自己不該要求過高，因而並不傷心。

貝特倫夫人每年春天都會去倫敦的宅邸住上一陣子。大約從范妮來的那時候開始，由於她健康欠佳，加上性格懶散，便放棄了城裡的宅邸，完全定居在鄉下，讓湯瑪斯爵士獨自履行在議會的職責；至於她不在身邊時，爵士過得好不好，她就無心過問了。於是，兩位貝特倫小姐繼續在鄉下學習知識，練習二重唱，並長大成人。她們的父親看著她們出落得亭亭玉立、多才多藝，也感到稱心如意。他的大兒子是個無所事事、揮霍無度的人，令他甚為憂慮，但其他三個孩子卻還挺有出息的。他心想，他的兩位千金如今為貝特倫家增添光彩，未來又必將覓得體面的親事；而艾德蒙憑著他的人品、德行和胸襟，也必然有所作為，為自己和家族帶來榮譽和歡樂。他將成為一位牧師。

湯瑪斯爵士在為兒女操心並感到欣慰的同時，也沒有忘了為普萊斯太太的兒女們盡點心力。他慷慨地資助她的兒子們上學；當他們長到適當年齡的時候，又為他們安排了工作。雖然范妮幾乎已與家人斷絕往來，但只要她聽說親戚為家中做了些什麼，或是家人的處境有了好轉時，也會感到由衷的喜悅。多年來，她只有見到威廉一次，至於其他的家人，她連影子也沒見過。看來，沒有人認為她會再度回到原本的家，家中的人似乎也不曾想起她。

在她離家後不久，威廉決定去當水手。就在他出海前，曾應邀來北安普敦，和妹妹相聚了一個星期。兩人都為了這次重逢感到無比喜悅，可想而知，男孩表現得興致勃勃，十分開心，而女孩在道別時則離情依依。幸好，這次相聚正處於聖誕節假期，她能夠從艾德蒙表哥那裡得到一些安慰。艾德蒙向她述說威廉未來將會做些什麼事，會有什麼發展。表妹聽完之後，也漸漸承認他們的離別或許是有好處的。

艾德蒙一直待她很好，他離開伊頓公學到牛津大學就讀，並未因此改變那善良的天性，反而有了更多的機會顯示他的體貼。他從不炫耀自己的善行，也不擔心自己的好意會帶來什麼後果，總是一心一意地關心她，體諒她的心情，開導她的優秀特質，幫助她克服羞怯，展露出好的那一面，並給予鼓勵。

在眾人的壓抑下，僅憑艾德蒙一人很難激勵她，但他的這番熱情卻有了另外的效用——改善了她的心智，增加了她的樂趣。他知道她聰穎、敏銳、思路清晰、又熱愛讀書，只要啟發得宜，一定能日益成長。李小姐教導她法語，聽她每天讀一段歷史，他則為她推薦課外讀物，培養她的鑑賞能力，並糾正原先的錯誤見解。他和她談論她讀過的書，以讓她體會讀書的好處，並透過評論使她感受讀書的魅力。由於表哥如此盡心，表妹愛他勝過威廉之外的所有人。她的心有一半屬於威廉，一半屬於他。

第三章

這個家族發生的第一件大事，是諾里斯先生的過世。事情發生在范妮十五歲左右，這不可避免地造成了一些改變。諾里斯太太離開了牧師公館，先是搬到曼斯菲爾德莊園，後來又搬到湯瑪斯爵士在村裡的一座小屋。她為失去丈夫安慰自己，心想自己一人依然能過得很好；也為收入減少安慰自己，心想今後要更節儉一些。

這個牧師職位本該由艾德蒙接任。要是姨丈死得早，艾德蒙還不到接受聖職的年齡的話，就會由某個親友暫代，未來再轉交給他。由於湯姆揮霍無度，職位只好另找他人替代，於是，做弟弟的不得不為哥哥的姿意妄為付出代價。事實上，家族還為艾德蒙保留了另一個牧師職位，儘管這件事讓湯瑪斯爵士在良心上較為好受，但他總認為自己不夠公平，便也想讓大兒子意識到這一點，並讓這一努力比他過去的任何言行都要有效。

「湯姆，我為你感到羞恥，」他以莊重的態度說道，「我為自己被迫採取這個做法感到羞恥。我想，我要同情你在此事上感受到當一名兄長的慚愧之情。你把本該屬於艾德蒙的一半收入剝奪了十年、二十年、三十年，甚至一輩子。也許我或是你（但願如此）今後有能力為他謀到更好的職位。不過，我們絕不能忘記，即使我們這麼做，也沒有超出一名父親或兄長應盡的義務。事實上，他為了替你償還債務，不得不放棄的那份好處，是說什麼也無法補償的。」

湯姆聽了，心中倒也有幾分慚愧。不過，為了儘快甩開這種心情，他很快又愉悅地想到：第一，他欠的債還不到某些朋友的一半呢。第二，父親已經給予他足夠的責備了。第三，無論下一任牧師由誰擔任，十之八九很快就會死去。

諾里斯先生死後，聖職落到了一位格蘭特博士身上，他因而在曼斯菲爾德住下。他是個四十五歲的健壯男人，因此湯姆的如意算盤看來落空了，但他仍然心想：「不，這傢伙脖子很短，很容易中風，加上貪吃貪喝，很快就會死了。」

新任牧師的妻子比他小十五歲左右，兩人並無子女。他們來到這裡後，就像以往初來乍到的牧師一樣，人們都謠傳他們是非常體面、和藹的人。

如今，湯瑪斯爵士覺得他的大姨子應該履行她對外甥女的那份義務了。諾里斯太太的處境已改變，范妮也逐漸長大，諾里斯太太原先反對范妮住在她家中的理由已不復存在，這反而成為了最妥當的安排。再說，湯瑪斯爵士在西印度的種植園近來遭受了一些損失，加上大兒子的揮霍，境況已大不如前，因此他也想擺脫范妮帶來的開銷，以及供養她的義務。他深信必須這樣做。

他向妻子提起了這種想法。當貝特倫夫人再次想起這件事的時候，她平靜地對范妮說：「看來，范妮，妳要離開我們去我姐姐那裡住了。妳覺得如何？」

范妮嚇了一跳，只是重複了一聲姨媽的話：「要離開你們了？」

「是的，親愛的，妳為什麼驚訝呢？妳在這裡住了五年，諾里斯先生去世以後，我姐姐一直想讓妳過去住。不過，妳還是得按時回來幫我縫圖案呀！」

這消息不僅讓范妮驚訝，而且令她不高興。她從未得到諾里斯姨媽的好處，因此也不可能愛她。

「離開這裡，我會很傷心的。」她聲音顫抖地說。

「是啊，我知道妳會傷心，這很正常。我想，自從妳來到這個家之後，還不曾遇過什麼煩惱的事吧？」

「姨媽，我應該沒有對不起你們吧？」范妮靦腆地說。

「是的，親愛的，我想妳沒有。我一直覺得妳是個很好的女孩。」

「我以後再也不能住在這裡了嗎？」

「再也不能了，親愛的。不過，妳肯定會有一個舒適的家。不論妳是住在這間屋子，還是住在其他屋子，對妳來說都不會有太大的差別。」

范妮心情沉重地走出房間去，她無法輕鬆看待這件事，她無法想像和大姨媽住在一起會有什麼好事。當她遇到艾德蒙，便把自己的心事說了出來。

「表哥，」她說，「有一件讓我很不開心的事。過去我遇到不開心的事情時，總是一經你開導後就能想通，但這一次卻沒辦法了。我要搬到諾里斯姨媽家去了。」

「真的？」

「是的，貝特倫姨媽剛剛告訴我的。事情已經決定了，我得離開曼斯菲爾德莊園，我想等諾里斯姨媽一搬進白房子，我就會一起搬過去。」

「哦，范妮，要不是妳說不喜歡，我還會以為這個安排很好呢！」

「噢！表哥。」

「這個安排從各個方面來看都很好。大姨媽這個決定是明智的，選擇妳做為伙伴再正確不過了，我很高興金錢沒有影響她的這個決定。妳應該回報她的厚愛，范妮，我希望妳別為這件事太難過。」

「我真的很難過。我不可能為這件事高興。我喜歡這棟房子，喜歡這裡的每一樣東西，而那裡的一切我都不會喜歡。你知道，我跟她在一起有多不自在。」

「我無法評論她在妳小時候的態度。不過，她對我們的態度也一樣，或者說差不多，她從不知道該怎麼對孩子好。不過，妳已經長大了，我想她現在會對妳好些了。等妳成為她唯一的伙伴後，她一定會更仰仗妳的。」

「我永遠不會被任何人仰仗的。」

「有什麼原因呢？」

「各種原因——我的處境，我的愚蠢跟笨拙。」

「關於妳的愚蠢跟笨拙，親愛的范妮，請相信我，妳完全沒有這種缺點，這兩個詞用得太不恰當了。無論在什麼地方，只要人們瞭解妳，就絕不會瞧不起妳。妳通情達理，性情溫柔，還有一顆感恩圖報的心，在我眼中，作為一名伙伴，沒有比這更好的特質了。」

「你人真好。」范妮說道，她聽到表哥的讚揚，不由得臉紅。「你把我想得這麼好，我該怎麼感謝你呢？

噢！表哥，就算我離開了這裡，也會永遠記得你的好，直到我死去。」

「哦，范妮，不過就是白房子那一點距離，聽妳說的，彷彿就要搬到兩百哩外，而不僅僅是莊園的另一頭一樣。不過，妳仍然是我們的一份子，兩家人一天到晚都能見面，唯一的差別在於妳跟姨媽住在一起，一定會更快成熟。這裡的人太多，妳可以躲在別人背後。但是跟姨媽住在一起，妳不得不為自己打算。」

「噢！不要這麼說。」

「我必須這麼說，也樂意這麼說。由諾里斯姨媽來照顧妳，比我母親合適得多了。諾里斯姨媽對於她真正關心的人，總能照顧得十分周到，還能讓妳充分發揮自己的才能。」

「我可不這麼想，」范妮嘆息了一聲，說道，「不過，我應該相信你，感謝你的安慰。要是姨媽真的關心我，我會為了還有人看重我而感到高興。雖然我在這裡微不足道，但我還是非常喜歡這裡。」

「范妮，妳只是離開這棟房子，而不是這個地方。妳還是可以自由地享受這個莊園以及裡面的花園。對於這樣一個名義上的變化，即使是妳那小小的心靈也不必為之害怕。妳依然能在原來的小路上散步，在原來的圖書室裡看書，看到原來的人，騎原來的那匹馬。」

「是啊，親愛的老灰馬。噢！表哥，我還記得當初我多麼害怕騎馬，一聽到別人要我騎馬就嚇得要死。每次談到馬的時候，一看到姨丈要開口說話，我就渾身發抖。再想起你費盡心思勸我不要害怕，要我相信只要騎一下子就會愛上；現在才覺得你的話有多麼正確，我希望你每次的預言能這麼正確。」

「我完全相信，妳和諾里斯太太住在一起會有好處。就像騎馬對妳的身體有好處一樣——也對妳未來的幸福有好處。」

談話就這樣結束了。至於對范妮有沒有好處，其實倒也無關緊要，因為諾里斯太太完全沒有收養她的意思，目前她只想盡可能地迴避這件事。為了防止別人打她的主意，她挑了曼斯菲爾德教區一間不失體面的小房子。這棟白房子只容得下她和僕人，還有一個為了朋友準備的備用房間——她不厭其煩地強調這一點，過去她的牧師公館從沒有什麼備用房間，現在卻念念不忘要為朋友保留一間。然而，無論她怎麼千方百計地防範，還是免不了讓別人想到她。而她反覆強調的備用房間，可能也讓湯瑪斯爵士誤以為是為范妮準備的。不久後，貝特倫夫人便明確地提出了這件事，她漫不經心地對諾里斯太太說：

「姐姐，等范妮跟妳一起住之後，我們應該就不需要再雇用李小姐了吧？」

諾里斯太太幾乎嚇了一跳。「跟我一起住？親愛的貝特倫夫人，這是什麼意思？」

「她不是要跟妳一起住嗎？我還以為妳跟湯瑪斯爵士早就談好了呢！」

「我？從來沒有！我一個字也沒跟他說過，他也沒跟我講過。范妮跟我一起住？我絕不考慮！凡是真正瞭解我們的人，誰也不會這樣想。天哪！范妮搬來的話我怎麼辦呀？我一個孤單的窮寡婦，什麼事都做不了，精神都崩潰了，要怎麼應付一個十五歲的女孩子呀！這麼大的孩子，正是最需要關心和愛護的年紀，連精力最旺盛的人也未必受得了。湯瑪斯爵士總不會真的指望我吧！湯瑪斯爵士是我的朋友，絕不會這麼做的。我相信，凡是為我著想的人，都不會提出這樣的事情。湯瑪斯爵士是怎麼跟妳說起這件事的？」

「我不知道，但我想他覺得這麼做最合適。」

「但他說了什麼呢？他總不會要我把范妮接走吧？我想他絕對不會這麼想的。」

「是的，他只是說他認為這麼做比較合適——我也是這麼想的。我們倆都覺得這對妳會是個安慰。不過，要是妳不想的話，那也不用多說了。她在這裡並沒有什麼妨礙。」

「親愛的妹妹！妳可以考慮一下我的悲慘處境。她怎麼能為我帶來什麼安慰呢？如今的我只是個可憐的窮寡婦，失去了世上最好的丈夫，我為了侍候他，把身體也弄壞了，我的精神狀態更糟糕，我在世上的寧靜全被摧毀了，只能勉強維持一個有身分的女人的生活，不至於辱沒我親愛的亡夫。要是再叫我負起照顧范妮的責任，我哪能得到什麼安慰呀！即使我自己想這麼做，也不能對那可憐的孩子做出這麼殘酷的事情。她現在受到高貴人家的養育，前程似錦。我卻在艱難和困苦中拚命掙扎。」

「那妳不在乎孤獨地一個人生活了？」

「親愛的貝特倫夫人！我除了孤獨還能怎麼樣呢？只希望偶爾能有個朋友住在我的小房子裡（我要永遠為

那位朋友留個床位），但我將來的大半歲月都將在與世隔絕中度過。我只想勉強維持生活，別無所求了。」

「姐姐，我想妳的情況不至於那麼糟——整體來看，湯瑪斯爵士說妳每年有六百鎊的收入。」

「貝特倫夫人，我不是在抱怨。我知道自己不能再像過去那樣生活了，而要盡可能地節省開支，學會做個更好的主人。我以前花錢不手軟，現在不得不省吃儉用了，我的處境像我的收入一樣發生了變化。諾里斯先生生前做了很多事，但現在不能指望我也這麼做。過去，許多素不相識的人到家裡，不知吃掉了我們的廚房裡多少東西；但到了白房子裡，一切必須嚴格管理。我必須撙節度支，否則往後的日子就苦了。坦白說，要是年底能有一點積蓄，我會感到非常高興的。」

「我想妳會的。妳不是一直在儲蓄嗎？」

「貝特倫夫人，我的目標是為下一代留下一些好處，也是妳的孩子們，因此才希望多存點錢。我沒有別人需要關心，只希望將來能為他們每個人留下一份像樣的財產。」

「妳真好，不過不必為他們操心。他們將來什麼都不會缺的，湯瑪斯爵士會打點好一切。」

「嘿！妳要知道，要是安地卡的種植園持續歉收的話，湯瑪斯爵士很快就會陷入困境了。」

「噢！這很快就會解決了。我知道，湯瑪斯爵士正在處理這件事。」

「好吧，貝特倫夫人，」諾里斯太太一面說，一面打算走開，「我只能說，我唯一的願望就是幫上妳的孩子。因此，要是湯瑪斯爵士再提出要我領養范妮的話，妳可以告訴他，我的身體和精神都不允許我這麼做。再說，這裡真的沒有讓她睡覺的地方，我得為朋友保留一個房間。」

貝特倫夫人把這次談話轉告了丈夫，使他意識到自己完全想錯了大姨子的心思。從此之後，諾里斯太太再也不擔心他對她有什麼期待，也不擔心他會再提起這件事。令湯瑪斯爵士感到奇怪的是，當初她是那麼起勁地慫恿他們領養這個外甥女，如今卻不肯為她付出任何一點心力。然而，由於她曾說自己的所有財產都將留給他們的子女，因此他很快就釋懷了，並開始為范妮的未來作打算。

很快地，范妮就得知，她原先的擔憂只是虛驚一場。艾德蒙原本還為了這件好事沒有辦成而失望，但范妮得知消息後卻喜不自禁，這多少讓他感到欣慰。諾里斯太太搬進了白房子，格蘭特夫婦也來到牧師公館，經過了這兩件事後，曼斯菲爾德又持續了一段平和的日子。

格蘭特夫婦和藹可親，又喜愛交際，剛認識他們的人都頗為滿意。但諾里斯太太很快就發現這兩人的缺點——博士非常貪吃，每天都要大吃一頓；而格蘭特太太不但沒有節省，反而給廚師很高的薪水，簡直就跟曼斯菲爾德莊園的廚師一樣高，她本身則很少進廚房和貯藏室。諾里斯太太一提起這件事，或是一提起那家人每天耗費的黃油和雞蛋，就忍不住生氣：「誰也不像我那麼好客，誰也不像我那麼大方！我相信，當我還在牧師公館的時候，該有的享受一樣不少，也從沒落得什麼壞名聲；但我卻無法理解他們現在的胡鬧。竟想在鄉下的牧師公館裡擺架子，實在太不適當了。我原來的那間貯藏室很不錯，格蘭特太太進去也不會有損身分——我打聽過了，聽說格蘭特太太的財產不超過五千鎊。」

貝特倫夫人對這些話沒什麼興趣。她不想過問別人的行為，只覺得格蘭特太太長相不美，卻也能過上這麼好的日子，簡直就是對漂亮的人的一種侮辱。於是她經常對此表示驚訝，就像諾里斯太太談論經營問題時一樣，只是不像她那麼喋喋不休。

這個話題延續不到一年，家裡又發生了一件大事，這自然也逃不過太太和小姐們的舌頭。湯瑪斯爵士認為，他應該親自去安地卡一趟，以便更有效地安排當地的事務，並順便把大兒子也帶去，藉此讓他擺脫在家鄉結交的損友。他們離開了英國，可能會在外面待上一年。

湯瑪斯爵士原不想離開家人，把正當妙齡的兩位女兒交給別人照顧。只是從錢的角度來看，他必須這樣做，而且這麼做對兒子或許也好，這才下定決心。他認為貝特倫夫人無法完全替他教育兩個女兒，甚至她連自己應盡的義務都做不到。但他非常相信諾里斯太太的謹慎和艾德蒙的明理，於是放心地離去了。

貝特倫夫人也不希望丈夫離開，但她之所以感到不安，既不是出於對丈夫安危的擔心，也不是出於對丈夫舒適的關心。她只想到自己會遭遇危險、困難和勞頓，而別人完全不會。

在這次離別中，最令人同情的還是兩位小姐。倒不是因為她們太過傷心，而是因為她們毫不傷心。她們並不愛她們的父親，凡是她們喜歡的事情，他似乎從未贊成過；因此令人遺憾的是，父親出門遠行，她們反倒大為高興，因為這樣她們就能從種種約束中解脫，做任何事都不會遭到父親禁止，從此能夠恣意妄為了。

范妮的解脫、欣慰之感絲毫不亞於兩位表姐，但是她心腸較軟，覺得自己這麼想也太忘恩負義了，她為自己不傷心而感到傷心。「湯瑪斯爵士對我和我的兄弟恩重如山，這一去也許再也回不來了。我看著他走，居然連一滴眼淚也沒有流下！簡直是太可恥了。」尤其是，在臨別的那天早晨，他曾對她說，他希望她在即將到來的冬天裡能再次見到威廉，並叮嚀她一聽到威廉的中隊返回英國，就寫信請他來曼斯菲爾德。「他對我多麼體貼啊！」他說那些話的時候，只要對她一笑，並叫一聲「親愛的范妮」，就能讓她忘記他過去皺著眉頭的冷漠態度。不過，他在那番話的最後補充了幾句，令她感到屈辱：「如果威廉來到曼斯菲爾德，希望妳能讓他明白，你們分別多年，妳並非毫無長進。不過我擔心，他一定會發現，儘管他的妹妹已經十六歲了，但在某些方面卻還像十歲時一樣。」姨丈走了之後，她就這麼想著，痛哭了一場。兩位表姐看見了，還以為她在裝模作樣。

第四章

湯姆過去一向很少待在家裡，因此他的離去並沒有為家人帶來什麼影響。貝特倫夫人立刻就驚訝地發現，即使一家之主不在，大家也能過得很好。艾德蒙可以代替父親切肉、跟管家商量事情、寫信給代理人、發工錢給僕人，幫她把一切勞累的事務都處理好。只不過她的信還是必須由她自己來寫。

兩位家人平安抵達安地卡的消息傳來了。在這之前，諾里斯太太一直擔心發生什麼可怕的事情，只要旁邊沒有人，她就要艾德蒙分擔她的煩惱。她相信，不論發生什麼災禍，她一定能第一個得到消息，因此她早就想好如何向眾人宣布噩耗。就在這時，湯瑪斯爵士來信了，信上傳達父子倆平安無事。於是，諾里斯太太只好暫時收起她的激動心情和宣布噩耗時的深情開場白。

冬天又過去了。家中並不需要那對父子，他們在海外的狀況也依然良好。諾里斯太太除了料理自己以及妹妹的家務、關注格蘭特太太的奢侈行為之外，還會想辦法討外甥女開心，幫她們梳妝打扮，展示她們的才能，為她們找個好對象，因此不再有心思去擔心兩位遠行的人了。

兩位貝特倫小姐已成為當地公認的美女。她們不僅長相出眾，多才多藝，而且舉止落落大方，又表現得端莊有禮，深受人們的喜愛。儘管她們也愛慕虛榮，但卻不表現在外，也沒有裝腔作勢的架子。她們的姨媽將外人的誇獎傳達給她們之後，讓她們越來越相信自己十全十美。

貝特倫夫人不跟女兒們一起出入社交場合。她極為懶散，甚至不願作出一點犧牲，感受一下做為母親的喜悅，親自去瞧瞧自己的女兒在社交場合的得意。她總是將這件事託付給姐姐——這讓她的姐姐求之不得。她風風光光地帶著外甥女出入社交場合，也不必自備馬車，還可以盡情享受妹妹家提供的一切便利。

社交季節的各種活動一點都沒有范妮的份，但當其他人都出門赴約，只留下她陪伴二姨媽時，她頓時為自己的用處竊喜不已。李小姐已離開曼斯菲爾德，每逢舉行舞會或宴會的夜晚，她自然就成了貝特倫夫人的伙伴。她陪夫人聊天，聽她說話，朗讀給她聽。在安靜的夜晚中談心，絲毫不必擔心聽到不中聽的話，這對於這個吃盡了苦頭的心靈來說，真有說不出的喜悅。至於表姐們的娛樂活動，她反而喜歡聽她們經口中講述，尤其是講述舞會的情況，以及艾德蒙和誰跳舞。她認為自己地位卑微，不敢奢望去參加那樣的舞會，因此聽的時候並不在意。大致說來，她的這個冬天過得還不錯，雖然威廉沒有回到英國，但她一直在心底期望著，這樣的想法已足夠珍貴。

隨之而來的春天奪走了她心愛的老灰馬，一時間，她不僅遭受心靈上的失落，也讓肉體蒙受了損失。儘管兩位姨媽都說騎馬對她有好處，卻沒有再為她準備一匹馬。「表姐不騎的時候，妳隨時可以騎她們的馬。」然而，儘管兩位表姐露出熱心的樣子，但天氣晴朗時總是騎馬出門，絲毫不想犧牲自己的遊興，跑去關心范妮。

在四、五月風和日麗的上午，她們歡天喜地地騎馬遊玩，而范妮不是整天陪姨媽坐在家裡，就是被另一個姨媽叫到外面散步，走得筋疲力盡。貝特倫夫人不喜歡運動，也認為任何人都沒有必要運動；但諾里斯太太整天東奔西跑，她認為每個人都應該天天走路。

偏偏這段時間艾德蒙不在家，否則這種不良的現象也會早一點得到改變。當他回來瞭解了范妮的處境，意識到這件事造成的不良後果時，他只想到一件事：「范妮必須有一匹馬。」他不在乎懶散的母親和苛刻的姨媽會如何反對，斬釘截鐵地作出決定。諾里斯太太只好又想到，也許能從莊園的馬匹中挑出一匹老馬來，或是向管家借一匹，或是叫格蘭特博士把負責去驛站取信的那匹矮種馬偶爾借給他們。她堅持認為，讓范妮像兩位表姐一樣氣派，擁有一匹專屬的馬，是絕對沒有必要、甚至也不妥當的。她斷定湯瑪斯爵士從來沒這麼打算過，又解釋說，他趁父親不在家時買一匹馬給范妮，為家中帶來一筆巨大的開銷，是很不合理。艾德蒙只是回答：「范妮必須有一匹馬。」諾里斯太太無法接受他的想法，但貝特倫夫人卻能接受，她很贊成兒子的決定，並認為她的丈夫也會這麼做。但她還是要兒子稍安勿躁，等到父親回來，由他親自處理這件事。湯瑪斯爵士九月就會回家，再等一下又何妨呢？

艾德蒙埋怨母親，更埋怨大姨媽，怪她最不關心外甥女。不過，他又不能不尊重她的意見，最後決定採取一個辦法，既不使父親感到不妥，又能使范妮立刻開始運動。他自己有三匹馬，但沒有一匹是適合女士騎的。有兩匹是狩獵用，另一匹是拉車用；他決定用這一匹換一匹讓表妹騎的馬。他很快便辦好了這件事。新換來的雌馬十分優良，稍加訓練後便得以駕馭。范妮從未想過，有別的馬會比過去那匹老灰馬更適合她，但當她一騎上艾德蒙的這匹雌馬後，感到比之前還要滿意。她又想到這全是表哥的一番好意，心裡更加滿足。她認為表哥是世上最善良、偉大的典範，他的高尚品格只有她能感受到，她對他的感激之情更是世上任何感情都無法比擬的。她對他的感情集合了尊敬、感激、信任、以及柔情於一體。

這匹馬在名義上仍歸艾德蒙所有，因此諾里斯太太也能夠容忍。至於貝特倫夫人，即使她想起原先曾表示反對，也不會怪罪艾德蒙沒有等到父親回來；因為到了九月，湯瑪斯爵士仍然在海外，而且近日還無法處理完事情。就在他開始考慮回國的時候，突然遇到了不利的狀況，他決定先讓兒子回家，由自己留下來善後。

湯姆平安地回來了，並傳達了父親健康狀況良好的消息。但諾里斯太太仍不放心，她覺得湯瑪斯爵士可能預感到自己大難臨頭，出於父愛，便把兒子先送回家。她心裡不禁冒出各種可怕的念頭，秋天的黃昏越來越長，在她那寂寞淒涼的小屋裡，這些可怕的念頭又讓她更加膽戰心驚，只好每天跑來莊園的餐廳避難。

冬天的應酬幫了對她一個大忙。在應酬的過程中，她滿心歡喜地替大外甥女籌畫未來的親事，心神因而平靜了許多。「假如可憐的湯瑪斯爵士註定永遠回不來，能看到親愛的瑪麗亞嫁給一個有錢人家，倒也是莫大的安慰了。」她經常心想。當她們和有錢男人共處的時候，尤其是別人介紹了一位剛在鄉下繼承了一大筆地產、一個肥缺的年輕人的時候，她更是這樣想。

拉什沃思先生對貝特倫小姐一見鍾情，加上一心想要成家，很快便認定自己墜入情網了。他是個粗大肥胖、智力平庸的年輕人，但至少在體態、言談上並不討人嫌惡，因此貝特倫小姐倒也為此感到得意。瑪麗亞今年二十一歲，開始有了結婚的念頭了；要是她能嫁給拉什沃思先生，就能享有一筆比她父親還高的收入，並確保在倫敦有一間宅邸，這正好是她目前最重視的一點。在這樣的原則下，她顯然應該嫁給拉什沃思先生。

諾里斯太太興致勃勃地撮合這門親事，使出了花言巧語以及各種伎倆，想讓雙方明白彼此有多麼般配。她結交拉什沃思的母親——她目前與兒子同住。諾里斯太太甚至硬逼妹妹一大早趕了十哩路，前去拜訪這位夫人。沒過多久，她便和這位太太熟識了。拉什沃思夫人說，她希望兒子能早日結婚，並且提到貝特倫小姐長相出眾、多才多藝，是她見過的年輕小姐中，最適合她兒子的。諾里斯太太稱讚拉什沃思夫人識人的眼光，她說，瑪麗亞的確是他們一家的驕傲與歡樂——她純潔無瑕，就像天使一般；當然，追求她的人很多，她難免猶豫不決，但諾里斯太太又說，在她眼裡，她認為拉什沃思先生才是最配得上她、也最能讓她看上眼的對象。

經過幾次舞會的共舞之後，兩位年輕人果然像兩位太太預料的那麼投緣。在象徵性地通知了海外的湯瑪斯爵士之後，雙方便訂婚了，兩家人都非常滿意，附近一帶的居民也非常高興，好多個星期以來，他們就一直覺得拉什沃思先生和貝特倫小姐非常般配。

湯瑪斯爵士的答覆必須等幾個月才能收到。但由於大家都認為他會欣然同意，因此兩家人便毫無拘束地互相來往，誰也不刻意保密。只有諾里斯太太在散播此事的時候，最終總不忘告誡別人不要張揚。

貝特倫一家之中，只有艾德蒙看出這門親事欠妥。無論姨媽怎麼稱讚，他都不認為拉什沃思先生是個理想的伴侶。他知道，妹妹的幸福只有她自己明白，但是他並不贊成把幸福都押在金錢上。當他跟拉什沃思先生相處時，心裡忍不住想道：「要不是這傢伙每年有一萬兩千鎊的收入，肯定只是個鄉巴佬。」

然而，湯瑪斯爵士卻對這樁親事由衷歡喜，因為這對於他的家族無疑是有利的，而且他從信上得知的全是好的一面。這是一門再合適不過的親事，兩家住在同一個地區，而且門當戶對。於是，他迅速向家人表示誠心的贊同，只有一個條件：婚禮要等他回來後再舉行。他也因此急切地盼望回國。這封信是四月寫的，他滿心希望能在夏季結束前處理好一切事情，離開安地卡。

時間來到七月，范妮剛滿十八歲，村裡的交際圈又多了格蘭特太太的弟弟和妹妹——克勞佛先生和小姐兩位成員，也是格蘭特太太的母親再婚後生下的孩子。他們都是擁有龐大財產的年輕人，克勞佛先生在諾福克有許多地產，他的妹妹也有兩萬英鎊。在他們小時候，姐姐總是非常疼愛他們；當姐姐出嫁不久，母親就去世，把他們委託一名叔叔照顧。由於格蘭特太太不認識這位叔叔，因此後來很少見到兩位弟妹。他們在那裡感受到了家庭的溫暖，儘管克勞佛將軍夫婦經常意見不合，但在疼愛孩子這件事上卻是一致的——除了寵愛的對象不同之外。將軍喜歡男孩，克勞佛夫人則溺愛女孩。

當克勞佛夫人去世後，這個女孩在叔叔家又住了幾個月。克勞佛將軍是個行為不端的人，一心想把情婦帶回家中居住，因此這名侄女不得不搬出家中。她投奔了格蘭特太太，這一舉也讓雙方各自受惠。原來，格蘭特太太對鄉下那些無兒無女的太太們已感到厭煩，她心愛的客廳裡擺滿了漂亮的傢俱，又養了不少奇花異草、良種家禽，很希望有新鮮的玩意兒。因此，妹妹的到來讓她欣喜若狂，她一向喜愛這個妹妹，很希望把她留在身邊，直到她出嫁為止。她唯一擔心的是，這個久居倫敦的年輕小姐在曼斯菲爾德會住不習慣。

克勞佛小姐並非沒有這層顧慮，然而她擔心的是不習慣姐姐的生活格調和社交圈。她先是勸哥哥和她一起住到他在鄉下的宅邸裡，但哥哥不答應，她才決定勉為其難去投奔其他親戚。遺憾的是，亨利．克勞佛很討厭居住在同一個地方，侷限在一個社交圈裡；他無法為了妹妹做出這麼大的犧牲。不過，他還是好心地陪她來北安普敦，並爽快地答應說，一旦她厭倦了這個地方時，只要她開口，他願意立刻帶她離開。

雙方對這次會面都很滿意。克勞佛小姐發現姐姐既不刻板，也不俗氣；姐夫的外表也還算體面；住宅寬敞，設備齊全。而格蘭特太太也發現這兩位年輕人儀表討人喜歡。瑪莉．克勞佛長得美麗動人，亨利雖然算不上英俊，卻頗有風度；兩人都活潑有趣。格蘭特太太頓時喜歡上了這兩人，尤其是瑪莉；她從不為自己的長相自豪，現在卻為了妹妹的美貌而驕傲，並打從心底高興。還沒等妹妹搬來，她就開始為她物色丈夫了。她看中了湯姆．貝特倫。一位小姐擁有兩萬英鎊，而且在格蘭特太太眼中又是那麼文雅、多才多藝，完全配得上一個男爵的長子。格蘭特太太一向心直口快，當瑪莉搬來不到三個小時，她就把自己的打算說了出來。

克勞佛小姐聽說有這麼高貴的一家人家住在附近，十分高興，而她的姐姐自作主張替她選擇的對象，也絲毫沒有引起她的不悅。結婚是她的夢想，只要能嫁個合適的人家就行。她曾在倫敦見過貝特倫先生，知道他無論是相貌還是家世都無可挑剔。因此，儘管她對姐姐的話一笑置之，但還是忍不住認真考慮了一番。沒過多久，格蘭特太太又把這個想法告訴了亨利。

「我有一個主意，」格蘭特太太說道，「能順利辦成這件好事。我希望把你們兩個都留在這附近，因此，亨利，我要你娶貝特倫家的二小姐，這位小姐漂亮、溫柔、又有才藝，一定能使你幸福。」

亨利鞠了個躬，向她道謝。

「親愛的姐姐，」瑪莉說，「要是妳能說服他下定決心，讓我跟這麼聰明的女人結成姑嫂，那對我來說真是一件好事。唯一遺憾的是，妳手邊可沒幾個朋友可以幫忙呀！你想說服亨利結婚，非得有法國女人的好口才不可，英國人是行不通的。我有三個高傲的朋友先後迷上了他，她們以及她們的母親（都是非常聰明的女人），加上嬸嬸和我，都煞費苦心地勸過他，求他結婚；但妳可以想像，他是個多麼可怕的情場高手啊！要是貝特倫家的兩位小姐不想嘗到心碎的滋味，就請她們躲得遠點吧。」

「親愛的弟弟，我不相信你會這樣。」

「是呀，我就知道妳不相信，妳比瑪莉老實多了。妳也知道缺乏經驗的年輕人總是猶豫不決。我個性謹慎，不想輕率地拿自己的幸福開玩笑。誰也不像我對婚姻這麼慎重，我認為，想獲得美滿的婚姻，就像詩人描寫的那樣：『上天最後賜予的禮物才是最好的。』」

「看吧！格蘭特太太，他多會耍嘴皮子。真是可憎，他被將軍寵壞了。」

「不管年輕人怎麼看待婚姻，」格蘭特太太說，「我才不在乎呢！如果他們嚷著不想結婚，我會覺得他們只是還沒找到合適的對象。」

格蘭特博士笑著讚賞瑪莉沒有發誓不結婚。

「噢！是的，我從不認為結婚有什麼羞恥的。我希望每個人都結婚，只要合乎程序就好。我不喜歡人們草率行事，不管是誰，該結婚的時候，就要結婚。」

第五章

這些年輕人打從一開始便互有好感。結識之後，先是按例寒暄了一陣，之後立刻變得親密。克勞佛小姐的美貌並未引起貝特倫家兩位小姐的不悅；她們本身就很漂亮，自然不會再去嫉妒別人。她們一見到她那活潑的黑眼睛、光滑的褐色皮膚，以及優雅的氣質，幾乎就像兩位哥哥一樣著迷。要是她長得再高一些，身材再豐腴一些，容貌再美麗一些，雙方就不相上下；但事實上，她無法與她們相提並論，她充其量算是個漂亮的女孩，但她們卻是當地最美的女孩。

她的哥哥可不英俊。第一次見面時，她們覺得他長得又黑又醜，但仍不失為一個謙謙君子，言談也討人喜歡。第二次見面時，漸漸覺得他沒有那麼難看了；當然，他確實醜陋，然而表情豐富，口齒伶俐，身材又勻稱，大家便很快忘了他難看的長相。等到第三次相見，在牧師公館一起吃過飯之後，再也沒有人說他醜陋了。事實上，他是兩姐妹見過的年輕人之中最可愛的一位，她們都同樣喜歡他。瑪麗亞已經訂婚，照理說他應該屬於茱莉亞了，茱莉亞對這一點十分清楚，因此，這名年輕人來到曼斯菲爾德還不到一週，她已經準備好愛上他了。

瑪麗亞心亂如麻，既不明白自己的立場，也不想去深究，只想保持曖昧。「喜歡一個翩翩君子又沒關係。大家都明白我的情形，反倒是克勞佛先生該好好把持住自己。」亨利並不想冒險，貝特倫姐妹都值得他討好，也準備接受他的討好。他起初只有一個目的，就是討她們歡心，但他並不想讓她們陷入情網。他的頭腦清醒，心情也很平靜，本該好好劃清界線。但他卻在這件事上優柔寡斷。

「姐姐，我很喜歡兩位貝特倫小姐，」那次宴會結束後，他把她們送上馬車後說道，「這兩個小姐很文雅、很可愛。」

「當然了。我很高興聽你這麼說。不過你比較喜歡茱莉亞。」

「噢！是的，我比較喜歡茱莉亞。」

「你真的比較喜歡她嗎？大家都認為瑪麗亞長得更漂亮。」

「我也這麼想。我欣賞她的美貌——不過我更喜歡茱莉亞。瑪麗亞當然比較漂亮，也可愛多了；不過我一定會更喜歡茱莉亞，因為妳要我這麼做。」

「我不會強迫你，亨利，但我知道你最後一定會比較喜歡她。」

「難道我沒說過，我一開始就比較喜歡她嗎？」

「再說，瑪麗亞已經訂婚了，別忘了這點，親愛的弟弟。她已經有對象了。」

「是的，我也因此更喜歡她。訂婚了的女人總是比沒訂婚的更可愛。她已經省了一樁煩惱的事，可以毫無顧忌地賣弄風情，因為一個訂婚了的小姐是絕對安全的，對誰都沒有害處。」

「哦，說到這個，拉什沃思先生是個很好的年輕人，完全配得上她。」

「但瑪麗亞根本沒把他放在心上，我知道妳是這麼想的。但我可不認為，我敢說，瑪麗亞對拉什沃思先生一往情深，當別人提到他時，我能從她的眼神中看出這一點。我覺得瑪麗亞是個好人，既然答應了別人的求婚，就不會虛情假意。」

「瑪莉，我們該拿他怎麼辦呢？」

「還是別去管他了，無論我們怎麼白費唇舌，他最後還是會上當的。」

「但我不希望他上當。我希望一切都是誠實而名譽的。」

「噢！親愛的，隨他去吧！上當也好，每個人都上過當，只是時間問題罷了。」

「並未必是在婚姻問題上，親愛的瑪莉。」

「正是在婚姻問題上，格蘭特太太。就已婚的人們而言，無論是男方還是女方，要說結婚時沒有上當的，一百人之中連一個也沒有。不管我怎麼看都覺得是這樣沒錯。這是必然的，因為在所有的交易中，只有這種交易有求於對方最多，而自己卻最不誠實。」

「啊！妳在希爾街住久了，在婚姻的看法上受到了一些不好的影響吧？」

「我可憐的嬸嬸肯定不會滿意自己婚姻。不過，根據我的觀察，婚姻就是在耍心機。我知道很多人結婚前滿懷憧憬，相信婚後會有各種好處，或者相信對方多麼優秀，到頭來才發現自己完全受騙了，不得不自食惡果！這不是上當又是什麼呢？」

「親愛的小姐，妳一定有哪裡搞錯了。原諒我不能苟同，我敢說，妳只看見了事情的壞處，卻沒有看到婚姻帶來的好處。生活中有著各種細微的摩擦和不如意，而我們往往要求過高。不過，要是第一次沒能獲得幸福，人們還會再接再厲，第一次失敗了，就會努力嘗試第二次，最後總會成功的。親愛的瑪莉，那些心懷不軌的人就只會小題大做；要說上當受騙，他們自己才是罪魁禍首呢！」

「說得太好了，姐姐，我很佩服妳的這種看法。要是我結了婚，也要這樣忠貞不渝。也希望我的朋友們都能如此，這樣的話，我就不會一次次的傷心了。」

「妳就跟妳哥哥一樣壞心，瑪莉。不過，只要你們住在這裡，我們就一定會把你們導入正途，曼斯菲爾德也會——而且絕不讓你們上當。」

克勞佛兄妹雖然不打算被導入正途，卻很願意住下去。瑪莉很樂意定居在牧師公館，客居的亨利同樣想繼續待著。他原本打算住個幾天就離開，但卻發現曼斯菲爾德或許有利可圖。至於格蘭特太太，她對弟妹的留下感到開心，而格蘭特博士也有同感。對於一個懶散、足不出戶的男人來說，能有瑪莉這麼伶俐的美貌女孩做伴，總是件快活的事；而亨利的存在，也能讓他找到天天喝紅酒的藉口。

貝特倫姐妹都愛慕亨利，這讓瑪莉欣喜異常。但她也承認，貝特倫兄弟都是出色的年輕人，這樣的對象即使在倫敦也很難遇見；何況兩人都風度翩翩，哥哥更是氣度不凡。他在倫敦久居過，比艾德蒙更加活潑、風流，也是優先選擇，尤其長子的身分更是另一個有利條件。瑪莉早就預感到，她應該更喜歡哥哥。她知道她該這麼做。

無論如何，她都應該覺得湯姆可愛，他是人見人愛的那類人。他的舉止瀟灑，朝氣蓬勃，交遊廣泛，又很健談，加上曼斯菲爾德莊園和准男爵爵位的繼承權，更是錦上添花。經過深思熟慮後，瑪莉很快就意識到，這個對象具備了所有優良條件——一座方圓五哩的莊園，一幢寬敞、優美、地段佳的新房（美中不足的是傢俱不夠新穎）、兩個可愛的妹妹、一個慈祥的母親，本人又討人喜歡——再加上兩個有利條件，一是他曾向父親保證不再沉迷賭博，二是他未來將繼承爵位；這些都再理想不過了。她認為自己應該接受他。之後，她便開始注意他那匹即將參加鄰鎮賽馬會的馬。

不久之後，湯姆將去參加賽馬會。家裡人根據他過去的習慣，判斷他這一走就是好幾個星期；因此，他對於克勞佛小姐的態度，馬上就會真相大白。果然，他津津有味地聊起賽馬會，引誘她去參加，並帶著嚮往的神情說將會邀請眾人一同前往——不過到頭來只是說說罷了。

至於范妮，不同於一般的十八歲的女孩，沒有人來徵求她的意見。她小聲地稱讚了克勞佛小姐的美貌；對於克勞佛先生，儘管兩位表姐一再誇讚他相貌堂堂，但她仍覺得他長相醜陋，因此絕口不提。

她也漸漸引起了大家的注意。「我開始熟悉你們每個人了，除了普萊斯小姐。」克勞佛小姐和貝特倫兄弟一起散步時說道，「請問，她進入社交界了嗎？我不明白，她和你們一起來牧師公館赴宴，彷彿像在參與社交，但卻又沉默寡言，一點也沒有參加社交的樣子。」

這些話顯然是說給艾德蒙聽的，於是他答道：「我想我懂妳的意思，但我不方便回答這個問題。我表妹已經不是孩子了，她不論在年齡或見識上，都已經是個成年人。至於是否參加社交，這不是我能回答的。」

「不過，大致上，兩者之間的差異很容易判斷，我能從人的外貌及言談舉止中精準區分出來。一個尚未進入社交界的女孩，總是一樣的打扮——例如戴著一頂無邊小圓軟帽，樣子嫻靜，總是一聲不響。你儘管笑吧！不過我敢保證事實就是如此。女孩子就該文靜莊重，我最看不慣她們一進入社交界立刻變了個人，從原先的矜持變得肆無忌憚！這也是時下風氣的一大缺點。人們都不想看到一個十八、九歲的姑娘一瞬間變得長袖善舞——而去年見到她時甚至連話都不會說呢！湯姆先生，你大概也見過這樣的變化吧？」

「我想是的，但妳這麼說未免有失公允。我知道妳的用意何在，妳在拿我和安德森小姐開玩笑。」

「才不呢。安德森小姐？我不知道你說的是誰，也不知道你的意思。不過，要是你肯告訴我來龍去脈，我倒很樂意和你開開玩笑。」

「啊！妳有一副好口才，但我絕不會上當。妳剛才說一個女孩變了，一定是指安德森小姐，因為妳形容得分毫不差，一下子就聽得出來。沒錯，就是貝克街的安德森一家。妳知道嗎？我們前幾天還提到過他們呢。艾德蒙，記得我曾提到查爾斯．安德森嗎？他們的情形的確像這位小姐說的那樣。大約兩年前，安德森把我介紹給他的家人時，他妹妹還沒有進入社交界，一句話也不跟我說。有一天上午，我在他們家等安德森，坐了一個鐘頭，屋裡只有安德森小姐和一兩個小女孩；家庭教師不在，她們的母親也拿著文件不停地忙進忙出。我簡直沒辦法逗那位小姐開口跟我說話，或是看我一眼。一點客氣的表示也沒有！她緊繃著嘴，驕傲地背對著我！之後我有一年沒見到她，那段期間她進入了社交界。當我在霍爾佛太太家遇見她（可是記不得她了）時，她走到我面前，說她認識我，然後兩眼緊盯著我，還有說有笑的，讓我頓時不知所措。我想，當時我一定成了全屋子人的笑柄——克勞佛小姐顯然聽說過這件事。」

「這個故事的確很有趣。我敢說，這種事一定不只發生在安德森小姐身上，這種奇怪的現象太普遍了。她們母親的管教方式肯定有錯，我說不出錯在哪裡，我不敢胡亂糾正別人，但我確實發現她們做錯了。」

「那些以自身作為女性典範的人，」湯姆奉承地說，「對於糾正她們的錯誤有著很大的幫助。」

「她們的錯是顯而易見的，」較不善逢迎的艾德蒙說道，「這些女孩沒有受過良好的教育，她們打從一開始就被灌輸了錯誤的觀念，一舉一動都是為了虛榮。她們的行為在進入社交界前未必就比較端莊。」

「這我可不敢保證，」瑪莉猶豫不決地回答，「不，我無法同意你的說法。那當然是端莊的表現了，要是女孩子在進入社交界之前就表現得盛氣凌人，那就太糟糕了。我就曾見過這種事，那比什麼都糟糕！都令人厭惡！」

「不錯，這的確會帶來麻煩，」湯姆說，「那將會偏離正途。妳那關於無邊小圓軟帽和忸怩的神態的貼切形容，能使人一見就明白如何應付。去年有個女孩就因為缺少妳說的這兩個特徵，而讓我相當難堪。去年九月——就是我剛從西印度群島回來時——我和一位朋友去了蘭斯蓋特一週。那位朋友叫史尼德——你應該聽說過吧？艾德蒙。他的父母和姐妹都在那裡，我第一次見他們。當我抵達他們在艾倫比亞的住宅時，他們都不在家。之後我在碼頭遇到了他們，禮貌地鞠了一個躬。由於史尼德太太身邊圍滿了人，我只好湊到她的一個女兒面前，一路上都走在她身邊，盡可能地討她開心。這位小姐態度非常隨和，既愛聽我說話，也愛說話。我一點也不覺得自己哪裡做得不對。那兩位小姐看上去沒什麼不同，穿著都很講究，也像別的女孩一樣戴著面紗，拿著陽傘。但後來我才發現，我一直討好的人是妹妹，她還沒有進入社交界；這讓那位姐姐大為惱火。奧古斯塔小姐還要再六個月才能進入社交圈，我猜她的姐姐至今還不肯原諒我。」

「這的確很糟糕。可憐的史尼德小姐！雖說我沒有妹妹，但也能體諒她的心情。年紀輕輕就被人忽視，一定十分沮喪。不過，這完全是她母親的錯。奧古斯塔小姐應該由家庭教師陪同，而不是這種一視同仁的對待方式。不過，我現在想知道普萊斯小姐的事。她參加舞會嗎？她除了來我姐姐家赴宴之外，還會去別處赴宴嗎？」

「不會，」艾德蒙答道，「我想她從未參加過舞會。我母親本身就不愛湊熱鬧，除了去格蘭特太太家以外，從不去其他地方吃飯，范妮就待在家裡陪她。」

「噢！這麼說我就懂了。普萊斯小姐還沒進入社交界。」

第六章

湯姆出發去隔壁鎮了，這讓瑪莉感到當地的社交圈失色不少。由於兩家人近來幾乎天天聚會，她這下肯定會由於他的缺席而黯然神傷。湯姆離開後不久，當大家在莊園裡吃飯的時候，她仍坐在她最喜歡的位置上，準備好感受那股惆悵的心情。她相信，這一定是場極其乏味的宴會。與哥哥相比，艾德蒙不善應酬，他無精打采地分著湯，喝起酒來笑也不笑，連句逗趣的話都不會說，切鹿肉時也不講一條鹿腿的有趣故事，更不會說「我的某位朋友」的趣聞。她只好不時注視著桌子一頭，或是觀察拉什沃思先生的舉動，聊以自娛。

自從克勞佛兄妹來了之後，拉什沃思先生首次在曼斯菲爾德露面。他剛去鄰郡拜訪一個朋友，這位朋友不久前改建了庭園。拉什沃思回家後，滿腦子也在思考這件事，一心想把自己的庭園也如法炮製一番。雖然他的見解不怎麼樣，卻很愛談論這個話題；剛才在客廳已經談過，在餐廳裡又提了出來。顯然，他希望能引起瑪麗亞的注意，並聽聽她的意見。瑪麗亞神情驕傲，絲毫不想逢迎他，但一聽對方提及索瑟頓莊園，忍不住興起了各種幻想，心頭湧現出一股得意之情，這才使她不致表現得過於無禮。

「我希望你們能去看看康普頓，」拉什沃思先生說，「簡直太完美了！我從沒見過一個庭園的改變如此之大。我對史密斯說，我幾乎一點也認不出來。如今，那條通往庭園的路是整個鄉間最講究的一條了，那棟房子也令人驚奇。我必須說，我昨天回索瑟頓的時候，它看上去就像一座監獄——一座陰森可怖的舊監獄。」

「胡說八道！」諾里斯太太嚷道，「一座監獄！怎麼會呢？索瑟頓莊園是世上最壯觀的鄉間古宅了。」

「那座莊園非整修不可，夫人。我從沒見過一個地方這麼急需改頭換面。那副破敗不堪的樣子，真讓我不知所措。」

「難怪拉什沃思先生會這麼想，」格蘭特太太笑盈盈地對諾里斯太太說，「不過，放心吧。索瑟頓會及時得到整修，包拉什沃思先生滿意。」

「我一定要把它改造一番，」拉什沃思說，「但又不知從何改起，真希望能有個朋友幫忙。」

「我想，」瑪麗亞平靜地說，「你最好的幫手想必是雷普頓先生了。」

「我也這麼想。他幫史密斯整修得那麼好，我想我最好馬上把他請來。他的價碼是每天五基尼。」

「哎！哪怕一天要十基尼，」諾里斯太太說道，「你也不必計較，錢不是問題。假如我是你，就不會去考慮花多少錢。我要一切都按照最高規格，而且盡可能地講究。像索瑟頓這樣的莊園，應該具備所有高雅的物品，不管付出多少代價，反正你有的是土地跟錢。就我來說，要是我有索瑟頓五十分之一的土地，我就會不停地種植花草，不停地改建美化，因為這是我的興趣。只不過，我現在的住處只有小得可憐的半英畝，一點發揮空間都沒有；假如面積再大一些，我一定會這麼做，之前我在牧師公館就曾這麼做過，讓它變得煥然一新。你們這些年輕人恐怕不記得它原本的樣子，要是親愛的湯瑪斯爵士在場，他一定會舉出我們做出的改變。要不是因為諾里斯先生身體不好，我們還會再做得更多。他真可憐，不能夠出門欣賞外頭的美景，害得我也無心經營下去了。要不是因為這樣，我們會把花園的牆繼續砌下去，在教堂墓地周圍種滿樹木，就像格蘭特博士那樣。事實上，我們總是不停地在改進；就在諾里斯先生去世前一年的春天，我們在馬廄的牆邊種下了一棵杏樹，現在長成了一棵大樹，而且枝繁葉茂呢！先生。」諾里斯太太對格蘭特博士說。

「那棵樹的確長得很茂盛，太太，」格蘭特博士回答，「那裡的土質很好。只是，那棵樹的杏子不值得採，我每次經過它時都為此感到遺憾。」

「那是摩爾莊園品種，我們買下了它，一共花費了——唔，其實它是湯瑪斯爵士送我們的禮物，但我看到了帳單，知道他花了七先令。」

「妳被騙了，太太，」格蘭特博士說，「那棵樹的杏子的味道，就和這些馬鈴薯差不多。說它沒有味道還算客氣的，因為我園裡的杏子沒一個能吃。」

「事實上，太太。」格蘭特太太隔著桌子，對諾里斯太太悄悄地說：「格蘭特博士也不清楚我們的杏子是什麼味道。他連嘗都沒嘗過，因為這種杏子只要稍經加工，就成了非常珍貴的食品。而我們的杏子長得又大又漂亮，還來不及成熟，就被我們的廚師摘下來料理了。」

諾里斯太太本來臉都紅了，聽了這句話才覺得心裡覺得好受些。就這樣，關於整修索瑟頓的話題暫時被打斷。格蘭特博士和諾里斯太太向來不睦，兩人一認識就有些嫌隙，習慣又截然不同。

過了一陣子，拉什沃思先生又重新提起被打斷的話題。「史密斯的莊園在當地是人人羨慕的對象。在雷普頓著手整修之前，那地方一點都不起眼。我想我也得把他請來。」

「拉什沃思先生，」貝特倫夫人說，「如果我是你，就會種一片漂亮的灌木林。天氣好的時候，人們都喜歡去灌木林中走走。」

拉什沃思很想對夫人的意見表示同意，並趁勢說些討好她的話。但他心裡卻相當矛盾，因為他既想贊成夫人的看法，又想說自己本來就這麼想，又想向所有的女士們示好，同時表明他最想博取其中某個人的歡心。他不知如何是好。艾德蒙建議大家喝一杯，想藉此打斷他，但一向少話的拉什沃思卻意猶未盡。「史密斯的莊園不過比一百英畝大一些，算得上是小了；但令人驚奇的是，他居然能把它改造得這麼好。而在索瑟頓，我們足足有七百英畝地，還不包括那些溼地。因此我認為，既然雷普頓能做得這麼好，我們又何必擔心呢？他把兩三棵離房子太近的老樹砍了，讓視野大為開闊；於是我也想，那些建築師肯定會把索瑟頓林蔭道兩邊的樹木砍掉，就是從房子西側通往山頂的那一條，妳知道的。」他說話時，刻意把臉轉向瑪麗亞。她認為最好這樣回答他：

「那條林蔭道？噢！我不記得了，我對索瑟頓還不太瞭解。」

范妮坐在艾德蒙另一邊，恰巧和克勞佛小姐正對。她一直專心傾聽著，這時忽然看向艾德蒙，小聲說道：

「把林蔭道旁的樹砍掉！多可惜啊？你一定記得考珀的詩句：『倒下的路旁大樹啊！我再一次為你們無辜的命運悲傷。』」

「這些樹恐怕要倒大楣了，范妮。」艾德蒙笑著說。

「我想在它們被砍掉前去看看索瑟頓，看看它那古雅的舊貌。不過看來是沒辦法。」

「妳沒去過索瑟頓？當然，妳不可能去過。遺憾的是那裡太遠了，又不能騎馬去，希望能有其他的方法。」

「噢！那沒關係。哪天我去了那裡，你再跟我介紹哪些地方改變了就好。」

「我曾聽說，」瑪莉說，「索瑟頓是座古老的宅邸，相當氣派。它是哪種類型的建築呢？」

「那座宅邸建於伊莉莎白時期，是一棟高大方正的磚造建築，堅固而壯觀，包含許多舒適的房間。但它的地點不好，蓋在莊園地勢最低處，造成了整修不易。不過，它的樹林倒很美，還有一條小河；這條小河值得利用。拉什沃思先生想讓它多一些現代的氣息，我覺得很有道理，而且無疑一切都會順利完成。」

瑪莉恭敬地聽著，心想：「他是個很有教養的人，這番話說得真好。」

「我並不想影響拉什沃思先生的決定，」艾德蒙接著說，「不過，假如我有一座莊園要更新的話，我絕不會放任建築師做主。我寧可整修得不夠華麗，也要親自掌控，一點一滴地改進。我寧可自己做錯，也不要讓建築師做錯。」

「我相信你會——但我就不行了。我在這方面既沒有眼光，又沒有主意，除非有現成的提議。要是我在鄉下有一座莊園，我真巴不得能延攬雷普頓先生，他拿錢辦事，一分錢一分貨。而在完工之前，我就不看它一眼。」

「我反而想監督整個工程的進展狀況。」范妮說。

「嗯——妳有這種素養，我卻沒有受過類似的教育，唯一的一次體驗也不是來自我欣賞的設計師。有了這個經驗之後，我再也不想親自參與整修。三年前，那位海軍將軍——也就是我那可敬的叔叔，在特威肯罕買了一棟農舍，請我們去避暑。我和嬸嬸歡歡喜喜地去了。那地方美極了，但我們馬上就發現不整修不行。於是，接連三個月，周圍塵土飛揚，亂七八糟，沒有一條好路可走，也沒有一張椅子可坐。我希望莊園裡應有盡有，像是灌木林啦、花園啦，還有許多木椅；不過我可不想親自去打造這一切。但亨利與我不同，他喜歡親自動手。」

艾德蒙本來對克勞佛小姐頗為傾慕，聽見她如此隨便地議論叔叔，心裡有些不快。他覺得她的言談毫無禮節，於是便沉默不語，直至對方再度露出笑臉後，才把這件事暫時擱置一旁。

「貝特倫先生，」瑪莉又說，「我終於得到我那把豎琴的消息了。我聽說它完好無損地留在北安普敦，可能已經在那裡十天了，儘管他們老是一本正經地說只是還沒送到。」艾德蒙對此表示驚喜，「其實，我們的打聽方式太直接了。先派僕人去，然後再親自過去；這在離倫敦七十哩外是行不通的。可是今天早上，我們透過正常的途徑打聽到了。是一個農民發現的，他告訴了磨坊主，磨坊主又告訴屠夫，屠夫的女婿再傳到那家商店。」

「不管是透過什麼途徑，至少得到消息了。我真高興，希望別再耽擱了。」

「明天就能收到了。不過，你覺得該怎麼運來呢？大小馬車都不行——噢！不行，村裡雇不到這種車，還不如雇搬運夫和手推車呢！」

「今年的草收割較晚，如今正是最忙的時節。妳應該很難雇到馬車。」

「我真驚訝，怎麼會把事情搞得這麼複雜呢？鄉下是不可能缺馬跟車的，因此我要女僕立刻去雇一輛來。我每次從更衣室朝窗外看，總能看到一個農場；而我每次在灌木林中散步時，也總能經過另一個農場；所以我認為要雇到馬車再容易不過了。但是，當我發現我需要的竟是世上最不合理、最難到手的東西，甚至惹得所有的農場主人、工人、教民生氣時，你知道我有多麼意外！還有我姐夫的那位管家，我想我最好離他遠一點；至於我姐夫，雖然他平常對人很親切，但一聽到我需要馬車，便立刻板起臉來。」

「妳過去不可能去考慮這種問題。但只要妳認真考慮過，就會明白收割有多麼重要。不管哪時候要雇馬車，都沒有妳想像的那麼容易。我們的農民沒有出租馬車的習慣，尤其是在收割的季節，更是一匹馬也不會租的。」

「我會漸漸認識你們的習慣的。但我剛來時仍然堅信倫敦的那一句格言：『沒有錢做不到的事。』看到鄉下人這麼固執，讓我有些百思不解。但是，我明天一定要拿回我的豎琴；亨利樂於助人，我要借用他的四輪馬車，這個方法不是很棒嗎？」

艾德蒙說自己最喜歡豎琴，希望有朝一日能一飽耳福。范妮從未聽過豎琴演奏，也非常期待。

「我很榮幸為兩位演奏，」瑪莉說，「你們想聽多久我就彈多久，搞不好你們聽煩了我還不想停呢！因為我很喜歡音樂，而演奏者總是希望遇到知音。貝特倫先生，你寫信給你哥哥的時候，請轉告他我的豎琴已經送達了，他曾聽我訴了不少的苦。如果可以的話，還請你告訴他，我會為了迎接他準備一首最悲傷的曲子，以表示同情，因為我預料他一定會輸掉他的馬。」

「如果我要寫信的話，一定會記得妳的請求。不過目前還沒有寫信的必要。」

「是呀，我想也是。即使他離家一年，要是你一直不寫信給他，他也不寫信給你，那就永遠沒有寫信的必要了。你們真是對奇怪的兄弟！除非事態嚴重，否則誰也不肯寫信；等到不得不通知對方某匹馬病了，或者某個親戚去世了，寫起來也是寥寥數語，簡短到不能再短。你們這些人全是一個樣子，我很清楚。亨利就是個稱職的哥哥，他愛我，會跟我商量事情，對我推心置腹，我倆一聊就是一小時，但寫起信來從不超過一張信紙，頂多就是『親愛的瑪莉，我已抵達。巴斯似乎是個熱鬧的地方，一切平安，亨利上』。這才是不折不扣的男子漢，這就是哥哥寫給妹妹的一封完整的信。」

「他們遠離家人的時候，」范妮說道，她想為威廉辯解，不由得臉紅，「就會寫很長的信。」

「普萊斯小姐的哥哥出海了，」艾德蒙說，「他就很善於寫信，因此普萊斯小姐覺得妳的話太過嚴苛了。」

「她哥哥出海了？當然，一定是在皇家海軍了。」

范妮本想讓艾德蒙介紹他的哥哥，但是見他不願多說，只好親自介紹。她說到哥哥的職業以及他去過的港口時，聲音有些激動；但一說到哥哥已離家多年時，又忍不住淚眼汪汪。克勞佛小姐很有風度地祝福他早日晉升。

「妳認識我表弟的船長嗎？」艾德蒙說，「他叫馬歇爾船長。我想妳在海軍有不少熟人吧？」

「在海軍將官中是有不少。但是——」瑪莉擺出一副自豪的態度，「位階低的軍官我就不怎麼認識了。戰艦艦長可能是了不起的人物，但是與我們沒什麼來往；至於海軍將官，我就能為你提供不少資訊，有關他們本人的、他們的船艦、他們的薪餉、他們的勢力糾葛。不過，大致上，我可以跟你說，那些人都不受重視，常常被欺壓。我在叔叔家中曾結識一幫海軍將官，少將或中將之類的貨色，我都見得夠多的了。」

艾德蒙的臉一沉，回答道：「這是一門高尚的職業。」

「是的，只在兩種情形下：一是發了橫財，二是不亂花錢。但是基本上，我不喜歡這個職業，對它也全無好感。」

艾德蒙又把話題拉回豎琴上，再次說自己非常高興能聽克勞佛小姐彈琴。

與此同時，其他人仍在討論整修莊園的事。格蘭特太太忍不住想跟弟弟說話，雖然這麼做會轉移了他對茱莉亞的注意力。

「親愛的亨利，你沒什麼話想說嗎？你就改建過莊園。根據我聽到的傳聞，艾佛林罕足以與全英國的莊園匹敵。它的自然景色非常優美，在我看來它一直都很美，那麼一大片豐饒的土地，那麼漂亮的樹林！我真想再去看看呀！」

「我很高興聽妳這麼說，」亨利回答，「不過我擔心妳會失望。妳會發現它並非妳所想像的那樣。就面積而言，它微不足道；至於改建，我出力的部分太少了，真希望有更多的工作。」

「你喜歡做這種事嗎？」茱莉亞問道。

「非常喜歡。不過，由於那個地點得天獨厚，就連小孩子也看得出，只要稍加改造——我後來的確做了些改建，在我成年後不到三個月，艾佛林罕就成了現在這副模樣了。我是在西敏斯特訂出計畫的——或許在劍橋就學時還做了些修改；二十一歲時動工。我真羨慕拉什沃思先生還有那麼多樂趣，我已經把自己的樂趣消耗完了。」

「心思敏銳的人，總是眼明手快，」茱莉亞說，「你絕不會找不到事做的。你不必羨慕拉什沃思先生，反而該幫他出主意。」

格蘭特太太聽了這些話，也拚命表示贊成，並說誰也比不上她弟弟的眼光。瑪麗亞也對這件事感興趣，全力給予支持；她說，找一個朋友商量一下，比起立即把事情交給一個專家來得好。拉什沃思先生很樂意請他幫忙。亨利對自己的才能謙虛了一番之後，便表示會盡力而為。於是，拉什沃思邀請亨利到索瑟頓一趟，並在那裡住下。

諾里斯太太彷彿看出兩個外甥女不樂意把亨利讓給別人，因此提出了另一個選擇：「克勞佛先生當然會去了，不過，何不多點人一起去呢？我們何不舉辦一個小型聚會呢？親愛的拉什沃思先生，這裡有許多人對你的改建工程感興趣，他們想去現場聽聽克勞佛先生的見解，也可以發表自己的意見，說不定會對你有些幫助。至於我，我早就想去拜訪你母親，只是因為我沒有馬，才沒有去成。現在我可以去陪你母親坐上幾個小時，而你們就四處參觀，商量要怎麼施工，然後我們再一起回來吃一頓晚餐，或是直接在索瑟頓吃，你母親也許會喜歡這樣。吃完飯後我們再坐車回家，做一趟愉快的夜間旅行。我敢說，克勞佛先生會允許我的兩個外甥女和我搭乘他的馬車。妹妹，妳知道吧？艾德蒙可以騎馬去，范妮就留在家裡陪妳。」

貝特倫夫人沒有反對，每一個人都爭相表示同意，除了艾德蒙。他從頭到尾一言不發。

第七章

「嗯，范妮，妳覺得克勞佛小姐怎麼樣？」隔天，艾德蒙在思考了一陣子後問道，「妳對她的印象好嗎？」

「很好啊，我很喜歡。我喜歡聽她說話，這令我感到快樂。她也很漂亮，我很喜歡看她。」

「她的外表的確可愛，神態也很嫵媚！不過，范妮，妳是否發現她的言談有些不妥？」

「噢！是的，她不該那樣批評自己的叔叔。我當時很驚訝。她跟叔叔一起生活了那麼多年，無論他有什麼過錯，他仍然善待了她的哥哥，據說就像親生兒子一樣。我真不敢相信她會那樣說她的叔叔。」

「我就知道妳聽不慣。她這麼說很不恰當——很不合禮節。」

「而且忘恩負義。」

「倒也沒那麼嚴重。我不清楚她叔叔是否對她有恩，但她嬸嬸一定有。她對嬸嬸的強烈感情使她誤入歧途。她的處境的確頗為尷尬，不僅有強烈的感情，又有少女的活力，因此很難在對嬸嬸的敬愛以及對叔叔的尊重之間拿捏分寸。我不想評論他們夫妻間的不睦，但將軍近來的行為卻會讓人偏向他妻子那一方。克勞佛小姐認為嬸嬸沒有過錯，這十分合理，也證明她個性隨和。我不指責她的看法，但是她將這些看法公開，無疑是不適當的。」

「克勞佛小姐是克勞佛太太一手帶大的，」范妮想了一想，「發生這種事，你不認為該歸咎於克勞佛太太嗎？在對待將軍的態度上，克勞佛太太不太可能灌輸侄女什麼正確的思想。」

「有道理。是的，我們必須把侄女的錯視為嬸嬸的錯。這麼一來，人們就更能看出克勞佛小姐的處境多麼嚴峻。但我認為，她現在的家肯定會對她有所助益，格蘭特太太在待人接物上十分得體。而克勞佛小姐在提到哥哥時流露出的情感也很有意思。」

「是的，除了抱怨他的信太短的時候。她的話害我差一點笑出聲來。不過，一個哥哥離開了妹妹之後，連一封像樣的信都不肯寫，這可不值得稱讚。我相信，不管在什麼情況下，威廉絕不會這樣對我。她憑什麼斷定，要是你出門遠行，也不會寫多長的信？」

「憑她的個性活潑，范妮。無論是什麼，只要能讓她或是任何人高興，她都不會輕易放過。只要別染上壞脾氣和粗俗無禮，活潑倒也沒什麼不好。從克勞佛小姐的儀容和言行看來，她的脾氣並不壞，也不粗俗無禮，為人也不刻薄。除了我們剛才討論的那件事之外，她表現出一個真正女人的氣質。而在那件事情上，她怎麼說都是不對的。我很高興妳跟我看法一致。」

艾德蒙不停向范妮灌輸自己的思想，還贏得她的好感，因此范妮難免與他看法一致。然而，在這個問題上，他們開始出現了分歧，因為他開始傾慕克勞佛小姐了，照這樣下去，范妮就不會聽他的話了。

克勞佛小姐的魅力不減。豎琴送來了，更為她添增幾分麗質、聰穎與溫柔。她滿腔熱情地為他們彈奏，每支曲子彈完之後，又會補充幾句妙語。艾德蒙每天都到牧師公館去欣賞他心愛的樂器，聽完又答應明天再來，因為小姐希望能有聽眾。於是事情便自然而然地發生了。

一位美麗、活潑的年輕小姐，依偎著一架和她一樣雅致的豎琴，臨窗而坐，落地窗外面向一小塊草地，四周盡是枝葉繁茂的樹林；這幅情景足以令任何男人心醉神迷。這樣的季節、這種景致、這種空氣，都使人變得溫柔多情。在一旁刺繡的格蘭特太太也多少有著點綴作用，使一切都顯得協調。一旦人類萌發了愛情，任何事物都變得有趣，就連那只擺三明治的盤子，以及正接待客人的格蘭特博士，也都值得一看。然而，艾德蒙既未認真思考，也沒意識到自己在做什麼。

就這麼來往了一星期之後，他深深地墜入了情網。而那位小姐也值得贊許，儘管這個年輕人不諳世故，不是長子，不懂奉承的技巧，言談也缺乏風趣，但她仍然喜歡上了他。她事前不曾預料到這種變化，現在亦難以理解。因為按照平常人的眼光來看，艾德蒙並不討人喜歡，沉默寡言，也不會恭維人；他的個性固執，對人也不熱情。或許在他那真摯、堅定和誠實中自有一種魅力，瑪莉雖然無法解釋這種魅力，卻感受得到它的存在。

不過，她並不願去多想，如今他能討她歡心，她又喜歡跟他在一起，這已足夠了。

艾德蒙每天早上都來到牧師公館，范妮早已習以為常，畢竟她並未獲得邀請。另一點令她習以為常的是，每當晚上散完步，兩家人再次離別時，艾德蒙總是自發地送格蘭特太太和她的妹妹回家，亨利則留下來陪伴莊園裡的女士們——儘管她很不喜歡這樣的交換，要是艾德蒙沒有在場為她調和酒水，她寧願不喝。令她感到驚奇的是，艾德蒙每天和瑪莉相處那麼久，卻沒有再從她身上發現他過去發現過的缺點，但每當她和她在一起的時候，總能找出一種同樣的特質，令她想起那些缺點。不過，事實就是如此。艾德蒙喜歡跟她聊到瑪莉，他似乎覺得瑪莉不再抱怨將軍，這已經難能可貴。范妮不敢向他提醒她說過的話，免得讓他覺得自己不夠厚道。

瑪莉第一次真正為她帶來痛苦，是由她想學騎馬這件事引起的。瑪莉來到曼斯菲爾德後不久，看到莊園裡的小姐們都會騎馬，於是也想嘗試。艾德蒙鼓勵她的這種想法，並主動建議她在初學期間騎他那匹溫和的雌馬，畢竟馬廄中就數這匹馬最適合新手。他並不想惹表妹難過，因此她仍然可以照常騎乘，只是在她使用之前，先借給牧師公館使用半小時。起初，這個建議並未讓范妮感覺委屈，反而因為表哥居然還徵求她的意見，讓她有些受寵若驚。

瑪莉第一次學習時很守信用，沒有耽誤范妮的時間。艾德蒙親自將那匹馬帶回，范妮和老車伕（表姐借給她的）還沒準備好出發，他就把馬牽來了。第二天就沒這麼準時了。瑪莉騎上了癮，欲罷不能；她個性活潑，膽子又大，雖然個子嬌小，體型卻很結實，彷彿出生就是為了騎馬。除了騎馬本身的樂趣之外，還有艾德蒙在一旁指導，加上她進步神速，因而覺得自己天賦異稟，更不想下馬了。范妮早已整裝待發，連諾里斯太太都責怪她怎麼還不去騎馬，但馬匹仍然沒有回來，也沒見到艾德蒙。於是范妮走出門，前去尋找表哥。

兩家相距不足半哩，卻望不見彼此。不過，自門口往前走五十碼，她就能順著庭園的方向，將牧師公館及佔地盡收眼底。就在村子的大路那一側，地勢微微隆起。她一眼就看到那群人正在格蘭特博士的草地上——艾德蒙和瑪莉都騎在馬上，並轡而行；格蘭特博士夫婦、亨利則帶著兩三個馬伕，站在一旁觀看。范妮看得出他們都很高興——他們的樂趣全集中於一人身上。她甚至能聽見他們的嬉笑聲，但這聲音卻無法令她開心。她很意外艾德蒙居然忘了她，心中感到一陣酸楚。

她目不轉睛地望向那片草地，注視著那裡的情景。起初，瑪莉和她的伙伴徐徐繞場騎行——那一圈可真不小。後來，顯然出於她的提議，兩人開始催馬小跑起來。范妮天生膽小，眼看瑪莉騎得這麼好，感到相當驚訝。沒過多久，兩匹馬都停了下來，艾德蒙開始跟她說話，似乎在教她如何控制轡繩，還抓住了她的手。范妮看見了這一幕——也許只是憑空想像。她對這一切並不感到納悶，因為艾德蒙對誰都很親切，這麼做再自然不過了。她只是覺得，克勞佛先生明明可以為他省下這份麻煩，由身為兄長的他來做這些事，不是更合適嗎？然而，儘管大家都說他為人敦厚，又善於騎馬駕車，竟會不明白這個道理，完全沒有艾德蒙熱心助人的美德。范妮開始憐憫起那匹馬，因為牠必須忍受兩個人的騎乘。她自己被遺忘也就算了，至少得有人替這匹馬著想。

她那紛亂的思緒很快得到了平復，因為她看見草地上的人群散了。瑪莉依然騎在馬上，艾德蒙則步行跟著。兩人穿過一道門走上小路，接著進入了庭園，朝她這裡走來。她立刻開始擔心起來，害怕自己表現得魯莽無禮，毫無耐性。於是她匆匆忙忙地迎上前去，免得他們起疑。

「親愛的普萊斯小姐，」瑪莉一走近便說道，「我向妳表示歉意，讓妳久等了。我沒有任何藉口，我知道已經超過時間了。請妳務必原諒我。妳知道的，自私永遠必須被原諒，因為這是不治之症。」

范妮客客氣氣地回答了。艾德蒙也說，他相信范妮絕不會不耐煩。「即使我表妹想比平時騎得更遠一倍，時間也綽綽有餘。」他說，「讓她晚個半小時出發，反而更好。雲現在出來了，她騎馬時就不會像剛才那麼熱了。但願妳不會覺得疲累，畢竟妳還得走回家，要是不用走就好了。」

「老實說，騎馬一點也不累，」瑪莉一面說，一面由艾德蒙攙扶下馬，「我很健壯。只要不是我討厭的事，做起來就不會覺得累。普萊斯小姐，真抱歉讓妳久等了，衷心希望妳享受騎馬的樂趣，也希望這匹可愛的馬能讓妳滿意。」

老車伕一直牽著馬在一旁等待，這時才走過來，扶著范妮跨上她自己的馬，接著一行人便走向庭園的另一端。范妮回過頭來，看見那兩人一起朝山坡下的村子走去。她忐忑不安的情緒久久無法平復。瑪莉也一樣有騎馬的興趣，而當她騎馬時，他一直在旁邊觀看。范妮又聽到隨從稱讚她的騎術，心裡十分難受。

「看到一位小姐騎起馬來這麼狂野，真是賞心悅目啊！」車伕說，「我從未見過任何小姐騎得這麼好。她好像一點也不害怕，跟妳完全不一樣呢！小姐。妳從開始騎馬到現在，就快六年了。老天！湯瑪斯爵士第一次把妳放在馬背上時，妳抖得多麼厲害！」

回到客廳後，瑪莉仍然備受讚揚。貝特倫姐妹十分賞識她不凡的力量和勇氣；她們也一樣愛騎馬，但沒辦法一開始就騎得這麼好，因此都興致勃勃地稱讚她。

「我就知道她一定會騎得很好，」茱莉亞說，「她天生就適合騎馬。她的身材跟她哥哥一樣好。」

「是的，」瑪麗亞接著說，「她也像哥哥一樣充滿活力。我認為，騎術的好壞跟一個人的精神狀態有很大的關聯。」

晚上道別時，艾德蒙問范妮隔天要不要騎馬。

「不，我不知道。如果你要用馬，我就不騎了。」范妮回答。

「我自己倒是不用，」艾德蒙說，「不過，要是妳哪天不想出門時，克勞佛小姐可能會想多騎一下子——一個早上。她很想騎去曼斯菲爾德的公有牧場看看，格蘭特太太常跟她說那裡風景很好，我相信她絕對騎得到那裡。不過，哪一天早上都可以，因為她也不想妨礙了你，她騎馬只是為了樂趣，而妳是為了鍛鍊身體。」

「我明天真的不想騎，」范妮說，「反正最近常出門，我寧可待在家裡。你知道，我現在身體很好，能走很遠的路。」

艾德蒙喜出望外，這讓范妮感到一絲欣慰。於是，第二天上午，一行人——除了范妮——出發前往曼斯菲爾德公有牧場。大家都非常高興，尤其是晚上討論的時候。這類計畫往往一項接著一項，當人們去過曼斯菲爾德公有牧場後，便打算隔天再去某個地方遊玩；雖然天氣炎熱，但是到處都有陰涼小道。一連四個晴朗的早上，他們帶著克勞佛兄妹遊覽這個地區，觀賞附近最美的風景。每個人都興高采烈、眉開眼笑，連炎熱的天氣也不放在心上。

直到第四天，其中一人的愉快心情蒙上了陰影——艾德蒙和茱莉亞獲邀前往牧師公館吃飯，卻硬是將瑪麗亞排除在外。這是格蘭特太太的安排，但這完全是為了拉什沃思先生著想，因為她判斷這天他可能會到莊園拜訪。然而，瑪麗亞卻感到自尊心受了傷害，她竭力掩飾內心的惱怒，直到回家。由於拉什沃思先生根本沒來，這股傷害逐漸擴大。她無法見到拉什沃思先生，只好將怒氣全部發洩在母親、姨媽和表妹身上，害得她們用餐時個個鬱悶不已。

十點到十一點之間，艾德蒙和茱莉亞走進了客廳，夜晚的空氣使他們容光煥發，心情愉快，與屋內的三位女士截然不同。瑪麗亞正埋頭看書，頭抬也不抬；貝特倫夫人半睡半醒；諾里斯太太被外甥女鬧得心神不寧，只問了一些關於宴會的問題，發現沒人理她，便也不再出聲。兄妹倆顧著讚美這個夜晚，以及天上的星辰，幾乎忘了別人的存在。當話題第一次中斷時，艾德蒙環顧了四周，問道：「范妮呢？她睡了嗎？」

「沒有，我想還沒吧。」諾里斯太太答道，「她剛才還在這裡。」

房間的另一頭傳來范妮輕柔的聲音，原來她在沙發上。諾里斯太太忍不住罵道：

「太愚蠢了，范妮，妳為什麼要在沙發上發呆呢？難道不能坐過來這裡，學我們一樣找點事情做嗎？要是妳沒事做，這個籃子裡倒是不少。我們上星期買來的印花布都還在這裡，原封不動。光剪裁它們就差點把我累垮了。妳應該學會替別人著想，說實在，一個年輕人老是懶洋洋地躺在沙發上，也太不像話了。」

她的話才說到一半，范妮已回到座位上做起活來。茱莉亞玩樂了一天，心情正好，便打算為她說句話。

「姨媽，我必須說，范妮躺在沙發上的時間比家裡所有人都少。」

「范妮，」艾德蒙仔細地觀察了她一番，說道，「我想妳一定又頭痛了吧？」

范妮沒有否認，但她說情況並不嚴重。

「我不相信妳的話，」艾德蒙說，「我一看妳的臉色就知道。妳痛多久了？」

「吃飯前不久開始的。沒什麼，只是中暑了。」

「妳在這個大熱天跑出門去？」

「跑出門去？當然了，」諾里斯太太說，「這麼好的天氣，你想讓她乖乖待在家裡嗎？我們全都出去了，連你母親都在外頭待了一個多小時。」

「的確是這樣，艾德蒙，」貝特倫夫人補充道，她被諾里斯太太的斥罵聲吵醒了，「我出去了一個多小時，在花園裡坐了三刻鐘，范妮在那裡剪玫瑰。確實很愜意，但也很炎熱，涼亭裡倒是滿涼快的，可是老實說，我真怕再走回家。」

「范妮一直在剪玫瑰，是嗎？」

「是的，這大概是今年最後一次開花了。可憐的孩子！她也覺得熱，不過花都開了，不能再等。」

「這真的沒辦法，」諾里斯太太小聲地說，「不過，妹妹，我懷疑她是不是那時就在頭痛了。站在大太陽下，不停地彎腰，這最容易讓人頭痛了。不過我敢說，明天就會好了，把妳的香醋分她喝一點，我總是忘了把我的帶來。」

「她喝過了，」貝特倫夫人說，「她第二次從妳家回來，就給她喝過了。」

「什麼！」艾德蒙叫道，「她又剪花又走路，在大熱天穿過庭園走去妳家，而且還走了兩趟，是嗎？姨媽。難怪她會頭痛！」

諾里斯太太正在和茱莉亞說話，對艾德蒙的話置若罔聞。

「當時我怕她受不了，」貝特倫夫人說，「但是剪完玫瑰後，你姨媽又需要——你知道的，必須把花拿到她家去。」

「可是有那麼多玫瑰嗎？非要要她跑兩趟？」

「的確沒有。但是要放在那個空房間曬乾，范妮不小心忘了鎖門，還忘了把鑰匙帶回來，因此又多跑了一趟。」

艾德蒙站起來，在屋裡來回踱步，一面說道：「除了范妮，難道沒有人可以做這件差事了嗎？說實在的，媽媽，這件事做得很不對。」

「我真的不知道該怎樣辦，」諾里斯太太再也不能置身事外，於是大叫道，「除非由我親自走一趟，但我又分不開身！當時我正在跟格林先生商量你母親的牛奶房女工的事——是你母親拜託我的。我還答應要幫約翰．葛魯姆寫信給傑佛瑞斯太太，講講他兒子的情形，這可憐的傢伙已經等了半個小時。我認為，沒人有資格說我偷懶，但我真的不能一次做好幾件事。至於要范妮替我跑腿，那也不過是四分之一哩左右，我想這沒什麼不合理的。我經常頂著日曬雨淋，一天跑三趟，但一句話也沒抱怨過。」

「但願范妮的力氣有妳的一半。姨媽。」

「要是范妮能保持鍛鍊，就不會這麼容易倒下了。她很久沒去騎馬了，我認為她沒騎馬時應該多走點路才是。要是她每天騎馬的話，我就不會要她跑那一趟。但我當時心想，她在玫瑰叢中彎了那麼久的腰，走一走反而有益；再說，儘管當時烈日當空，天氣卻沒有很熱。我偷偷跟你說，艾德蒙——」諾里斯太太意味深長地朝著妹妹點點頭，「她是因為剪玫瑰和在花園跑來跑去才會頭痛的。」

「恐怕真的是這樣，」貝特倫夫人比較坦率，她聽到了諾里斯太太的話，「我擔心她的頭痛是剪玫瑰引起的，那裡當時真是夠熱的。我自己也差點承受不住，我坐在那裡，不停叫哈巴狗別鑽進花壇裡，就連這件事也差點讓我受不了。」

艾德蒙不再理睬兩位太太，一聲不吭地走向另一張桌子，桌上的餐盤還沒撤走。他為范妮倒了一杯馬德拉白葡萄酒，勸她喝下一大半。范妮本想拒絕，但心中感慨萬千，熱淚盈眶，不得不喝了下去。

艾德蒙雖然對母親和姨媽不滿，卻更氣自己。他把范妮忘得一乾二淨，這件事比兩位長輩的行為更加糟糕。要是他多為范妮著想，就不可能發生這種事情；但他卻一連四天讓她孤零零地待在家裡，沒有鍛鍊身體的機會，也無法推託姨媽們無理的要求。他一想到害她連續四天無法騎馬，就感到內愧不已，於是鄭重地下定決心：儘管他不想讓克勞佛小姐失望，但這種事情絕不能再發生。

如同來到莊園的第一晚，范妮心事重重地就寢了。或許她的精神狀態也是生病的原因之一；幾天來，她感覺自己備受冷落，時常壓抑自己的不滿和嫉妒。她躲在沙發上是為了不讓人看見，當時她心中的痛苦遠遠超出了頭痛。而艾德蒙的關心帶來的突然變化，也使她幾乎不知該如何承受。

第八章

第二天，范妮又開始騎馬了。這是個清新宜人的早晨，天氣沒有過去幾天那麼炎熱。因此，艾德蒙心想，表妹在健康和玩樂上的損失很快就能得到彌補。范妮離開後，拉什沃思先生陪著母親上門了。他母親是專程前來問候的，好向眾人顯示她多麼有禮貌。兩週前，他們曾訂下去索瑟頓遊玩的計畫，但由於她不在家中，計畫不得不一再延後；她這次來就是邀請大家動身的。諾里斯太太和兩位外甥女聽了，不勝歡喜。

大家很快就訂出了日期，只等克勞佛先生抽出時間——女孩們並沒有忘記這一點。儘管諾里斯太太想出面邀請亨利，但她們既不希望姨媽這麼做主，自己也不想冒昧開口。最後，在瑪麗亞的暗示下，拉什沃思先生終於意識到，他正是最適合的人選。於是，他前往了牧師公館，詢問亨利禮拜三出發是否合適。

拉什沃思先生還沒回來，格蘭特太太和克勞佛小姐就進來了。她們出了門一趟，因此沒有遇見拉什沃思先生。但她們安慰眾人說，拉什沃思先生一定會在牧師公館見到亨利。之後，大家又聊起了索瑟頓之行，事實上，這裡也容不下其他話題，因為諾里斯太太對這一趟旅行興致勃勃，拉什沃思夫人又是個熱心、多禮，又虛榮的女人，只要與她和兒子有關的事，她都相當重視。她拚命地勸貝特倫夫人和大家一起去，儘管貝特倫夫人一再表示不願意，但她溫和的態度卻讓拉什沃思夫人誤認她其實想去。最後，諾里斯太太提高嗓門說了一番話，這才讓她相信貝特倫夫人沒有騙她。

「我妹妹經不起那番奔波，請相信我，親愛的拉什沃思夫人，她完全無法承受。妳知道的，去程有十哩，回程又有十哩。妳別勉強我妹妹了，就讓兩位小姐和我一起去吧！雖然索瑟頓能激起她的好奇心，但她實在力有未逮。反正，她有范妮和她做伴，一點問題也沒有。至於艾德蒙，雖然他不在場，但我保證他會很樂意和大家同行，妳知道，他可以騎馬去。」

拉什沃思夫人只能表示遺憾，不得不讓她留在家裡。「貝特倫夫人不能同行，真是莫大的遺憾。要是普萊斯小姐能賞光的話，我也會無比高興。她從來沒去過索瑟頓，這次又不能去，真是可惜。」

「妳真是好心，親愛的夫人，」諾里斯太太說，「不過對范妮來說，她有的是機會，往後的日子還很長呢！只是這次不行，貝特倫夫人不能沒有她。」

「噢！是呀——我還真離不開范妮。」

接下來，拉什沃思夫人打算將瑪莉列入她的貴客之列。格蘭特太太雖然一直沒有去拜訪過她，但仍客氣地婉拒了她的邀請；然而，她倒樂於為妹妹爭取這一份樂趣。在一番勸說和鼓動後，瑪莉便點頭答應了。拉什沃思先生從牧師公館帶回好消息。艾德蒙也回來得正是時候，他聽說了旅行的事情，又可以把拉什沃思夫人送上馬車，然後陪格蘭特太太與她妹妹走過半個庭園。

當艾德蒙回到餐廳時，諾里斯太太正在思考是否該讓克勞佛小姐一同前往，也許四輪馬車坐不下那麼多人。貝特倫姐妹笑她多慮了，因為車伕並不佔任何座位，坐四個人綽綽有餘；而車伕的位子上，還能多載一個人。

「不過，」艾德蒙說，「為什麼要用克勞佛先生的車呢？為什麼不用我母親的車呢？幾天前第一次提到這個計畫時，我就好奇你們怎麼不坐自家的車？」

「什麼！」茱莉亞叫道，「這麼熱的天氣，好好的四輪馬車不坐，難道要擠在驛馬車裡嗎？不！親愛的艾德蒙，我才不要。」

「而且，」瑪麗亞說，「我知道，克勞佛先生很希望我們坐他的車。我們當初就商量好了，他一定還記得。」

「親愛的艾德蒙，」諾里斯太太補充道，「一輛車就坐得下，又何必用到兩輛車呢？偷偷告訴你，馬車伕不喜歡從家裡到索瑟頓的道路，他總是抱怨那些鄉間小路兩邊的籬笆刮壞了他的車。你知道，誰也不希望湯瑪斯爵士回來後，發現車上的漆被刮掉了。」

「這可不是漂亮的藉口，」瑪麗亞說，「老實說，威爾考克斯是個笨手笨腳的老傢伙，根本不會趕車。我敢說，禮拜三我們絕不會因為路窄遇到什麼麻煩。」

「我想，坐在馬車伕的位子上，」艾德蒙說，「也沒什麼不好的。」

「不好？」瑪麗亞叫道，「噢！我相信所有人都會覺得那是最好的位子。要看沿途的風景，就屬它最適合了。搞不好克勞佛小姐就會挑那個位子。」

「那就沒有理由不讓范妮同行，車上並不會沒有她的位子。」

「范妮！」諾里斯太太重複了一聲，「親愛的艾德蒙，我們從沒考慮讓她一起去，她要留下來陪你母親。我跟拉什沃思夫人說過了，她知道她不會去。」

「媽媽，」艾德蒙對母親說，「除了妳自己的舒適之外，應該沒有別的理由阻止范妮跟我們去吧？要是妳離得開她，一定不會想把她留在家裡吧？」

「當然了，但我真的離不開她。」

「那我留在家裡陪妳就好了。我決定留下來。」

眾人都發出一聲驚呼。「是的，」艾德蒙說，「我沒必要去，我打算留下來。我知道范妮一直想去索瑟頓玩玩，她很少有這種樂趣。媽媽，我相信妳一定不會反對吧？」

「噢！是的，當然了。只要你大姨媽沒意見就行。」

諾里斯太太立刻提出了她最後一個反對的理由：她們已經跟拉什沃思夫人說好，要是再帶范妮過去，一定會令對方感到唐突，簡直太失禮了！富有教養和禮貌的拉什沃思夫人肯定難以忍受。諾里斯太太不喜歡范妮，從不想為她的快樂著想，但這次之所以反對艾德蒙，是因為她不想讓任何人打亂她的安排。艾德蒙告訴姨媽，她不必擔心拉什沃思夫人會有意見，因為在他送夫人離開時，曾趁機提出范妮可能也會同行，並得到了對方的認可。諾里斯太太氣惱不已，卻又不肯服氣，只是說：「很好，很好，隨你高興吧！我沒別的意見了。」

「這太奇怪了，」瑪麗亞說，「你不讓范妮留下來，卻自己留下。」

「她一定會對你感激涕零。」茱莉亞插嘴道，一面快速離開了房間。她意識到范妮應主動婉拒這件事。

「需要感激時她自然會感激。」艾德蒙只回答了這一句，話題就此中斷。

范妮聽說這件事之後，心中的感激勝過喜悅。艾德蒙的這番好意讓她感動萬分，但他從未察覺到她對自己的依戀之情，便也無法體會她的感動。另一方面，她又為艾德蒙的犧牲感到心疼，要是他不在，就算去了索瑟頓也沒有什麼樂趣。

兩家人再次碰面時，又對原先的計畫作了些許更動，總算皆大歡喜：格蘭特太太主動提出，當天讓她代替艾德蒙來陪伴貝特倫夫人，格蘭特先生也會來共進晚餐。貝特倫夫人十分滿意，女孩們也興高采烈起來，就連艾德蒙也慶幸不已，因為他又能跟大家一起去了。諾里斯太太也急忙說，她早就覺得該這麼做，只是被格蘭特太太搶先一步說出來了。

星期三的天氣晴朗，早飯後四輪馬車很快就到達了，由亨利趕車，他的兩個姐妹坐在車上。一切都準備就緒，只等所有人就座。大家都在想，那個最棒的雅座將會由誰坐上呢？貝特倫姐妹表面上裝得客客氣氣，心裡卻在盤算如何將它搶到手。就在這時，格蘭特太太替大家作出了裁判，她說：「你們總共五個人，要有一個人坐在亨利旁邊。茱莉亞，妳曾說過想學習駕車，我認為這是個很好的機會。」

茱莉亞喜出望外地跳上駕駛座，瑪麗亞則滿腹委屈地坐進車裡。在兩位太太的道別聲、以及女主人那隻哈巴狗的吠叫聲中，馬車緩緩駛走。

途中經過了一片風景優美的鄉野。范妮從未騎馬來到這麼遠的地方，她看著各種旖旎的風光，心裡不勝愉悅。其他人很少邀她加入談話，她也無心參加。她的心思和想法才是她最好的伙伴。她觀察著鄉村風貌、道路狀況、土質差異、收割情形、村舍、牲畜，以及孩子們，感到興味盎然，要是艾德蒙能坐在旁邊，聽她說說心裡的感受，那就太完美了。這是她與鄰座那位小姐之間唯一的相似處——除了對艾德蒙的敬重之情外，瑪莉處處都與她不同；她沒有范妮那高雅的情趣、敏銳的心思、細膩的情感。她眼睜睜地看著大自然，卻無動於衷。她只關注男人和女人，她的天資表現在輕鬆活潑的事情上。不過，每當艾德蒙落後她們，或是他的馬車即將在山坡上追過她們時，她們就會擠成一團，異口同聲地大喊：「他在那裡！」

在剛開始的七哩路中，瑪麗亞心裡不是滋味。她的視線總是停在克勞佛先生和她妹妹身上，他們兩人並排坐著，不停地有說有笑。一見到亨利面帶微笑地轉向茱莉亞，或是一聽到茱莉亞放聲大笑，她就感到惱火，但為了不失體面，只好忍住這口氣。

茱莉亞每次回過頭來，總是喜形於色，每次說話時總是興高采烈：「從這裡看到的風景真是迷人！多希望妳們都能看見啊！」但她只有一次提出換座位的想法——那是馬車爬上一個山坡時，她故作客套地向瑪莉說道：「這地方的景色突然變得很漂亮，坐在這裡就能看見。我知道妳絕不會想坐這個位子，但還是建議妳過來看看。」瑪莉還來不及回答，馬車又飛快地往前走了。

當馬車駛入索瑟頓的領地之後，瑪麗亞的心情總算好些了。她的心思在兩個人之間游移不定，一半屬於拉什沃思先生，一半屬於克勞佛先生；來到索瑟頓之後，第一種心思逐漸勝出了——拉什沃思先生的土地就是她的土地。她時而對瑪莉說：「這些樹林都是索瑟頓的。」時而又漫不經心地說：「我相信，道路兩旁的一切都是拉什沃思先生的財產。」她感到得意洋洋，越是接近那座即將屬於她的大宅邸，那座擁有專屬司法權的家族宅邸，她就越喜不自勝。

「克勞佛小姐，現在不會再有凹凸不平的路了，接下來的路都很平。自從拉什沃思先生繼承這塊土地之後，把路都修好了。這邊開始就是村落，那些房子真是寒酸。大家都說那座教堂的尖頂很漂亮，一般古老莊園的教堂總是緊鄰著府邸，幸好這裡不是這樣，教堂的鐘聲實在煩人！那裡是牧師公館，房子十分整潔，聽說牧師和他的太太都是正直人。那是救濟院，是這個家族的某人興建的。右邊是管家的住處，那位管家是個優雅的人。就快到莊園大門了，不過還要再走一哩才能穿過莊園。妳看！這裡的風景很不錯，這片樹林非常漂亮，不過府邸的位置糟透了，要再往下走半哩路才會到。太可惜了，要是這條路好一些，這地方倒不難看。」

瑪莉也很會讚美，她明白瑪麗亞的心思，認為應該吹捧她一下，好讓她高興；諾里斯太太也開心地說個不停，就連范妮也偶爾讚美幾句，令人陶醉不已。她以熱切的目光欣賞著眼前的一切，當她看見府邸之後，說道：「真是一幢宏偉壯觀的建築。」又說：「林蔭道呢？看得出房子面向東方，所以林蔭道一定位在後方。拉什沃思先生說在西邊。」

「是的，確實在房子後面，由距離房子不遠處開始，沿著山坡延伸半哩，再到達庭園的盡頭。妳可以從這裡遠遠看到一些樹，那都是橡樹。」

瑪麗亞說得頭頭是道，絲毫不像拉什沃思先生徵求她的意見時那麼一無所知。當馬車駛到正門前的寬闊石階時，她的心情受到虛榮和傲慢的影響，早已飄飄欲仙。

第九章

拉什沃思先生站在門口迎接他漂亮的未婚妻，並禮數周到地接待了其他人。進入客廳後，拉什沃思夫人同樣熱情地招待了大家。母子二人對瑪麗亞禮遇有加，正合她的心意。照例寒暄一番之後，客人們經過一兩個房間來到餐廳，那裡已備妥豐富而講究的茶點。大家講了一些應酬話，又吃了茶點，一切都很順心。接著開始討論起正事：克勞佛先生打算如何參觀庭園？怎麼去？拉什沃思先生提出可以乘坐他的輕便馬車，但亨利建議，最好找一輛能坐兩人以上的車。

「要是不讓其他人也去看看，發表一下意見，那就太令人遺憾了。」

拉什沃思夫人建議把那輛輕便馬車也駕去，但這個點子不怎麼受歡迎。小姐們既無笑容，也不出聲。她只好提出下一個建議，請初次到來的客人們參觀一下府邸。這個點子就受歡迎多了，瑪麗亞巴不得向人們展示一下府邸的氣派，其他人也很高興有些事做。

於是大家都站起來，在拉什沃思夫人的帶領下參觀各個房間。這些房間的天花板都很高，也很寬闊，按照半世紀前的風格加以裝飾，鋪著光亮的地板，加上堅實的紅木傢俱，有的罩著富麗的織花布，有的是大理石面，有的鍍金，有的刻花，各有千秋。還有許多的畫像，除了少數名作之外，大多是家族成員的肖像，大家只認得出畫著拉什沃思夫人的那一幅。拉什沃思夫人事前煞費苦心，從女管家那裡把解說的那一套全學了過來，如今才能稱職地帶領大家參觀房子。現在，她正在向瑪莉和范妮介紹著。但這兩位女孩的心態截然不同——瑪莉見過的宅邸不計其數，覺得每一間都大同小異，只是禮貌地裝出專注在聽的樣子；而范妮則對一切事物感到新奇，津津有味地聆聽拉什沃思夫人講述家族的歷史。她開心地把每一則事件與學過的歷史聯繫起來，或者在腦海裡盡情想像著。

由於這間宅邸位置不佳，從哪個房間都看不到太多景色。因此，當范妮等人正跟著拉什沃思夫人參觀，聽著她的解說時，亨利卻板起臉孔，對著一個個窗戶搖頭。從西側的每一間房望出去，都是一片草地，接著是高聳的鐵欄杆和大門，門外是林蔭道的起點。

他們又看了許多房間。有幾間幾乎沒有用途，只不過徒增窗戶稅以及女僕的工作量罷了。「禮拜堂到了。照規矩我們該從上面進去，但大家都是熟人，要是你們不見怪的話，我可以帶你們從這裡進去。」拉什沃思夫人說。

眾人走了進去，范妮原以為這是個宏偉莊嚴的地方，沒想到只是個長方形的大房間，加上一些做禮拜必需的物品——到處都是紅木擺設、樓上的家族座位鋪著深紅色的天鵝絨墊子，除此之外再也沒什麼特別了。「我有點失望，」她悄悄告訴艾德蒙，「這跟我想像中的禮拜堂不一樣，這裡一點也不莊重，一點也不嚴肅。沒有走廊、沒有拱門、沒有碑文，也沒有旗幟。表哥，既不符合詩裡的『天國的夜風吹動』，也不像有『蘇格蘭王安息於此』。」

「妳忘了，范妮，這裡建成不久，與城堡、寺院裡的古老禮拜堂相比，用途又非常有限，只供家族成員使用。我想，那些先人都葬在教區的教堂墓地吧！要是妳想看他們的旗幟，認識他們的功業，應該去那裡尋找。」

「我真是傻，沒想到這些事情，不過我還是很失望。」

拉什沃思夫人開始介紹：「這個禮拜堂是詹姆士二世時期裝潢的。據我所知，在那之前直接用壁板當座位，而且可想而知，講台和家族座位的墊子只不過是些布，只是我不確定。這是一座美觀的禮拜堂，過去往往從早到晚被使用著。許多人都還記得，家庭牧師常在這裡唸禱文。然而，這些都被已故的拉什沃思先生廢除了。」

「每一代都有所改進。」瑪莉笑著對艾德蒙說道。

拉什沃思夫人向亨利重複了剛才那番話，艾德蒙、范妮和瑪莉留在原地。

「真可惜，」范妮說，「這個習俗居然中斷了，這可是很珍貴的文化。一個禮拜堂、一個牧師，這對於一座府邸、一個氣派的家族來說，是多麼搭調啊！一家人按時聚在一起禱告，這多麼美妙！」

「的確很好！」瑪莉笑著說，「這對主人們再好不過了。他們可以強迫可憐的僕人們丟下工作和娛樂，一天來這裡祈禱兩次，而他們卻能找藉口不來。」

「范妮說的可不是這個意思，」艾德蒙回答，「如果主人們自己不參加，那反而不太好。」

「無論如何，在這種事情上，還是尊重個人意願比較好。人人都喜歡自由選擇禱告的時間和方式。要是被迫拘泥形式，又花費那麼多時間，那也太可怕了。過去那些跪在位子上打盹的禱告者，要是能預見這麼一天——他們迷迷糊糊地醒來後，還能上床睡個十分鐘，也不會因為沒去禮拜堂而受譴責——他們一定高興又嫉妒地跳起來。你應該能想像，拉什沃思家族過去的女人們有多麼不情願一天到晚來這間禮拜堂。年輕的艾麗諾太太們和布里吉太太們裝出一副虔誠的樣子，腦子裡卻是別的念頭——尤其是在牧師地位卑下的年代。」

她的話說完後，好一段時間無人回應。范妮滿臉通紅，兩眼直盯著艾德蒙，氣得說不出話來。艾德蒙稍微鎮靜了一下，才說：「妳的腦筋動得真快，即使是嚴肅的話題也能說得這麼輕鬆。妳為我們描繪出一幅有趣的畫面。就人性來說，倒有幾分道理。每個人都會有難以集中思想的時候，但要是妳認為那是常態——也就是說，由於疏忽，而使這種缺點變成了習慣——那麼就算獨自禱告又如何呢？難道妳以為一個任性的人，在禮拜堂裡胡思亂想，回到私人祈禱室卻能集中精神嗎？」

「是的，很有可能。至少有兩個理由：第一，不會再有那麼多分散注意力的事情；第二，禱告的時間不會再拖得那麼長。」

「依我看，當一個人在一種環境下無法約束自己，那在另一種環境下也很難集中注意力。當別人在旁邊虔誠禱告時，妳往往也能受到感染，產生比一開始更虔誠的情感。但我承認，做禮拜的時間越長，注意力有時越難集中。人們都希望不要這樣——我離開牛津還不算久，仍然記得在禮拜堂禱告的情景。」

這時，其他人分散在禮拜堂各處。茱莉亞要亨利注意她的姐姐，說道：「你看拉什沃思先生和瑪麗亞，他們並肩站在那裡，就像正在舉行婚禮似的，難道不是嗎？」

亨利笑了笑，表示默認，一面走向瑪麗亞，用只有她聽得到的聲音說道：「真不想看見貝特倫小姐離聖壇這麼近。」

她嚇了一跳，本能地躲開了一兩步，不過很快又恢復鎮定，強作笑容問道：「要是他願意把她交給新郎呢？」她的聲音跟亨利差不多小。

「讓我來交，恐怕會搞得非常難看。」亨利意味深長地說道。

這時，茱莉亞來到他們面前，把這個玩笑繼續開下去。

「老實說，不能馬上舉行婚禮，真是遺憾，要是有結婚證就好了。畢竟，所有人都在這裡，不是很合適，也很有趣嗎？」茱莉亞大喇喇地笑道。

拉什沃思先生和他母親也聽出這番話的含意。拉什沃思先生開始小聲地對瑪麗亞說起了溫情細語，拉什沃思夫人也面帶微笑地說，無論何時舉行婚禮，她都會覺得非常開心。

「要是艾德蒙是牧師就好了！」茱莉亞大聲說道，一面朝艾德蒙、瑪莉和范妮跑去，「親愛的艾德蒙，假如你是牧師，就能馬上主持婚禮了。可惜你還沒接受聖職，拉什沃思先生和瑪麗亞已經準備就緒了。」

瑪莉聽到這件事，露出了相當吃驚的表情。看在茱莉亞眼裡顯得相當有趣。范妮忍不住憐憫起她來：「她聽了茱莉亞的話後，心裡不知有多麼難受！」

「接受聖職？」瑪莉說，「怎麼回事？你要當牧師？」

「是的，等我父親回來，我就會擔任聖職——可能在聖誕節。」

瑪莉竭力讓自己恢復鎮靜，回答道：「要是我早點知道這件事，剛才講到牧師時就會更莊重一點。」隨即又轉入別的話題。

過了不久，大家都出來了，禮拜堂又恢復了平日的寂靜。瑪麗亞生妹妹的氣，很快就走開了，其餘的人也覺得在那裡待得夠久了。

房子第一層參觀完了。拉什沃思夫人樂此不疲，要不是她兒子擔心時間不夠，她還想繼續帶客人參觀樓上。拉什沃思先生說：「我們參觀屋內太久了，快沒時間參觀屋外了。現在已經兩點多，五點鐘就要吃飯。」顯然，任何人都看得出這一點。

拉什沃思夫人聽從了兒子的建議，儘管如何參觀庭園、由誰去參觀，還有一番更大的爭論。諾里斯太太已開始盤算該坐哪一匹馬車。年輕人來到通往室外的門口，下了台階後便是草地和灌木林，以及樂趣無窮的遊樂場。在敞開的大門引誘下，大家彷彿都有股衝動，想透透氣，自由活動一番。於是便一起走了出去。

「就從這裡下去吧。」拉什沃思夫人說道，一邊跟眾人走了出去，「我們種植的大部分花木都在這裡，還有珍奇的野雞。」

「請問，」亨利東張西望，說道，「能不能先看看這裡值不值得整修後，再接著往前走？我看這些牆上就有不少發揮空間。拉什沃思先生，可以跟你討論一下這塊草皮嗎？」

「詹姆士，」拉什沃思夫人對兒子說，「那片荒地也許會讓大家覺得新鮮。兩位貝特倫小姐還沒看過那裡呢！」

沒有人提出異議，但有好一陣子，大家既不想按照計畫行動，也不想去某個地方；而是被花木或野雞深深吸引，興致勃勃地四散各地。亨利第一個向前走去，想瞧瞧房子這一端該怎麼整修。草地四周被高牆包圍，第一塊花木區後面是滾木球場，球場後是一條長長的步道，再來是鐵欄杆；越過欄杆，可以看到隔壁荒地上的樹木——這是庭園美中不足的地方。

很快地，瑪麗亞和拉什沃思先生跟了上來，其他人也陸續隨後聚集。艾德蒙、瑪莉和范妮走在一起，他們走上步道，看見前面三個人正在熱烈地討論著，便離開他們，繼續往前走。而拉什沃思夫人、諾里斯太太和茱莉亞則遠遠落在後面。茱莉亞不再走運了，她寸步不離地跟在拉什沃思夫人身旁，極力地慢下腳步，以適應這位太太慢吞吞的步伐；她的姨媽也跟在後面，跟出來餵雞的女管家閒聊。可憐的茱莉亞彷彿正為了剛才的得意嘗到惡果，感到滿腹委屈。她從小被教育要有禮貌，因此無法脫身；而她又缺乏更高的涵養、為他人著想的胸懷、對自己心靈的認識，以及明辨是非的能力——這在她受過的教育中從不是最重要的。

「熱死了。」當他們在步道上來回一趟，再次接近通往荒地的門口時，克勞佛小姐說道：「你們不會反對休息一下吧？這片小樹林真不錯，真希望能夠進去。要是那道門沒上鎖就好了！不過，想當然，它一定鎖上了，因為在這麼大的莊園裡，只有園丁可以隨意走動。」

事實上，門並沒有鎖。他們興高采烈地走了出去，避開熾熱的陽光。走下了一段長長的台階後，就來到了荒地。這是一片兩英畝的樹林，雖然種植的主要是落葉松和月桂樹，山毛櫸已被砍倒，佈局也過於整齊，但與滾木球場與步道上相比，這裡顯得陰涼多了，也有一種自然美。大家都感到一陣痛快，便漫步欣賞風景。

「也就是說，你要當牧師了，貝特倫先生。我真意外。」過了一會兒，瑪莉說道。

「怎麼會意外呢？我總該有個職業，而且妳應該看得出，我既不像律師，也不像軍人，更不像水手。」

「沒錯。不過，總而言之，我沒想到你會當牧師。你知道的，長輩們總會為二兒子留下一筆財產。」

「這是個好主意，」艾德蒙說，「但並不普遍，我就是例外之一。正因為我是例外，不得不為自己做點打算。」

「但你為什麼要當牧師呢？我還以為那都是老么的職業，因為好工作都被哥哥挑完了。」

「那妳從不認為有人想進入教會了？」

「說沒有也太嚴重了，但也或多或少。我的確從來不這麼想。在教會能闖出什麼名堂呢？男人都立志出人頭地，無論做哪一行都能出人頭地，但在教會裡就不行。牧師是微不足道的。」

「我想，所謂的『微不足道』也是有所區分的。牧師不可能威風凜凜，衣著華麗；他不能成為群眾的領袖，也不能引領風潮。但這並不代表他就微不足道，因為對人類來說，牧師肩負的重責大任，無論從個人還是團體來說，無論從眼前還是長遠來看，都有著極為重大的意義——他維護著宗教和道德，也維護宗教和道德衍生出的言行規範。誰也不會把認為牧師微不足道，如果一個牧師真的微不足道，那一定是因為他怠忽職守、忽略了這個聖職的意義、背棄自己的使命的緣故。」

「你也太高估牧師的影響力了，沒人會認為牧師這麼重要，我也無法理解。人們很少在社會上看見他們的影響力，既然牧師人數稀少，又怎麼產生影響力呢？一個牧師每週佈道兩次，即使他講的多麼動聽，又能產生多大的影響力呢？他能在其他的六天裡約束廣大信徒的行為，使他們的言行合乎規範嗎？除了在講台上佈道外，人們很少在其他地方看到牧師。」

「妳說的是倫敦，我是說整個國家的情形。」

「我想，首都足以代表一整個國家。」

「我認為，就善惡的分布來說，首都並不能代表全國。我們並不到大城市裡尋找最高尚的道德典範。不管是哪個教派中的聖人，他們的善行都不是在大城市裡實行的。牧師的影響力也並非在大城市中最明顯；優秀的牧師能得到人們愛戴，但一個好牧師之所以能在教區附近造成影響，並不只是因為善於講道，還因為他的教區範圍有限，使人們得以瞭解他的品德與言行，而在倫敦就不行。在倫敦，牧師被無數的教民淹沒，大多數人只知道他們是牧師。至於說牧師影響公眾的言行，請別誤會我的意思，克勞佛小姐，我可不是指他們是良好教養的裁決人、禮儀規範的制定者，還是典章制度的專家。我所說的言行，更精確地說，也可以叫做行為，是正當原則的產物。簡單來說，是他們宣揚的教條所產生的效力。我相信，無論妳到哪裡，都能發現牧師分為盡責與失職的，全國各地都一樣。」

「的確是這樣。」范妮溫文而鄭重地說。

「看，」瑪莉叫道，「你已經把普萊斯小姐徹底說服了。」

「但願我也能說服克勞佛小姐。」

「我想你永遠也做不到。」瑪莉俏皮的微笑道，「我還是跟一開始一樣，對你想當牧師感到意外，你適合正當的職業。好了，改變主意吧！現在還不算太遲。法律怎麼樣？」

「法律！妳說得倒容易，就像建議我走到這片荒地來一樣。」

「你是想說法律比這塊荒地還要荒蕪是吧？我猜得出來。」

「妳怕我跟妳開玩笑是嗎？別擔心，因為我沒有開玩笑的天分。我是個一板一眼的人，即使想說出些妙語，想半個小時也想不出一句。」

接著是一片沉默，人人都各自思考。范妮首先打破沉默：「真奇怪，在這涼爽宜人的樹林裡散步，居然也會疲累。要是你們不介意，等會看到座位時，我想坐下來休息一下。」

「親愛的范妮，」艾德蒙立即挽住她的手臂，「我真是不夠體貼！希望妳沒有很累。或許——」他轉向瑪莉，「我的另一個伙伴願意賞個臉，讓我挽著她。」

「謝謝，但我一點也不累。」瑪莉嘴上這麼說，手卻挽住了他。艾德蒙第一次碰到瑪莉的手，開心得幾乎忘了范妮。「妳怎麼不抓緊一點呢？」他說，「讓我幫妳一點忙吧！女人手臂的重量和男人多麼不同啊！我在牛津上學時，經常讓一個小伙子靠著，一走就是一條街的距離。相較之下，妳就像隻蟲子那麼輕。」

「我真的不累。我也很好奇，明明在這個樹林裡走了一哩多，難道沒有那麼遠嗎？」

「連半哩都不到呢。」艾德蒙肯定地回答道。他還沒有被沖昏理智，對於距離或時間不像女人那麼毫無概念。

「噢！你忘記我們轉了幾個彎了。這條路彎彎曲曲的，從原點到這裡的直線距離一定有半哩長，我們離開大路這麼久了，還看不見樹林的盡頭。」

「但妳應該記得，我們離開大路之前，就能一眼看見樹林的盡頭。我們順著那片狹長的空地望去，看到了樹林盡頭的鐵門，那距離頂多一浪遠。」

「噢！我不懂你說的『一浪』是多長，但我敢保證這片樹林非常大，而且我們進來後就繞來繞去，因此一定走了超過一哩。」

「我們進來剛好一刻鐘。」艾德蒙拿出錶，「妳認為我們一小時能走四哩嗎？」

「噢！別管你的錶了，它往往不是快就是慢。我絕不會被它牽著鼻子走。」

大家又往前走了一段路，來到他們剛才說的小路盡頭。路旁的林蔭下有一條寬大的長凳，從那裡可以越過暗牆觀看莊園。於是他們都坐了下來。

「恐怕妳累了吧？范妮，」艾德蒙一邊打量她，一邊說道，「妳怎麼不早點說呢？要是把妳累壞了，那今天的玩樂就沒有意義了。克勞佛小姐，她除了騎馬之外，無論做什麼活動都很容易累。」

「那你還讓我佔用她的馬整整一週！這太過分了，真為自己感到羞恥。不過，以後不會再出這種事了。」

「妳對她這麼體貼，越使我感到自己的粗心大意。由妳來照顧范妮似乎更適合。」

「不過，我也不意外她會這麼累。我們今天上午的活動比什麼都累人——參觀了一座宅邸，逛遍了所有房間，聽了一大堆不懂的事，讚賞一大堆不喜歡的東西。這無疑是世上最累人的事，普萊斯小姐也總算體會到了。」

「我很快就沒事了，」范妮說，「大晴天裡坐在樹蔭下，觀賞這一片翠綠的草地，真讓人心曠神怡。」

坐了一會兒之後，瑪莉又站了起來。「我必須活動一下，」她說，「越休息反而越累。老是看著同一片景色，讓我都厭煩了。我要去鐵門那裡瞧瞧。」

艾德蒙也離開了座位。「克勞佛小姐，如果妳順著這條小路望去，就會認為這條路絕對不到半哩，甚至不到四分之一哩。」

「這條路長得很！」瑪莉說，「我一看就知道它長得很。」

艾德蒙又與她爭論，但無濟於事。她不肯去認真比較，只是笑著固執己見。這種反應似乎比堅持理性來得迷人，因此兩人相談甚歡。最後他們決定再去樹林裡走走，好確認它究竟有多大。他們想繼續沿著現在的路線前進，找出其他通往樹林的入口。范妮說自己休息夠了，也想起來走走，但他們不答應。艾德蒙懇切地勸她坐著，讓她難以拒絕。她想到表哥這麼關心自己，心裡感到歡喜，但又為自己身體不夠健壯感到遺憾。她望著他們的背影，直到他們轉過去；又聽著他們的交談，直到聽不見為止。

第十章

十五分鐘、二十分鐘過了，范妮仍然想著艾德蒙、瑪莉和她自己的事，沒有一個人來打斷她。她開始感到奇怪，為什麼他們還不回來，於是便側耳傾聽，想再聽見他們的腳步聲和說話聲。聽了一陣子，終於有聲音靠近了，但她很快就意識到那並不是她期盼的人。剎那間，瑪麗亞、拉什沃思先生和亨利已經從那條原路上走了過來。幾個人一看見她，忍不住起鬨。

「普萊斯小姐怎麼自己一個人？」

「親愛的范妮，這是怎麼回事呀？」

范妮把事情原委告訴他們。「可憐的小范妮！」她表姐叫道，「他們竟然這麼對妳！你早該跟我們待在一起的。」

接著，這位表姐坐了下來，兩位先生分坐兩側。她又回到了他們剛才的話題，興致勃勃地討論如何整修莊園，但沒有任何結論。不過，亨利有滿腦子的好主意，而且他的建議總會得到贊成，先是瑪麗亞，接著是拉什沃思。拉什沃思最大的功用，似乎就是對別人言聽計從。他只遺憾大家沒見過他朋友史密斯的莊園。

就這樣過了一陣子，瑪麗亞看著鐵門，說想穿過鐵門去庭園裡看看，以使他們的構想更為全面。這正符合其他人的心意。亨利很快就發現，半哩外有座小山丘，站在上面正好可以俯瞰整座府邸，他們必須登上去看看。然而，門鎖上了，拉什沃思不禁後悔沒有帶鑰匙，並下定決心以後一定要隨身攜帶；然而這麼做於事無補。由於瑪麗亞堅持想進入鐵門，拉什沃思自告奮勇地回去拿鑰匙了。

「我們離房子這麼遠，這顯然是唯一的辦法。」拉什沃思走後，亨利說道。

「是的，沒別的辦法了。不過老實說，你不覺得這座庭園比你預料的要差嗎？」

「一點也不會，完全相反。我覺得比我預料的更好、更氣派。它的風格尤其完美，雖然未必會是最傑出的。偷偷告訴妳，」亨利將聲音壓低說道，「我想，要是我以後再來索瑟頓，一定很難再這麼興奮了。到了明年夏天，我沒有自信將它改造得比現在更好。」

瑪麗亞不知該說些什麼，過了一會兒才回答：「你是個飽經世故的人，當然會用世俗的眼光看事情。要是別人覺得索瑟頓變好了，我相信你也會那樣覺得。」

「我恐怕沒有那麼飽經世故，因此不會去顧慮某些事是否對自己有利。我的情感不像那些人說變就變，我對往事的記憶也不沒有那麼容易受人影響。」

接著是短暫的沉默。瑪麗亞又開口了：「今天早上你駕車的時候，好像非常開心。我看到你那麼快樂，也感到很高興。你和茱莉亞一路上都在笑。」

「是嗎？也對，我想我們一直在笑，不過我完全不記得為什麼笑。噢！想必是我跟她說了我叔叔的愛爾蘭老馬伕的滑稽故事吧？妳妹妹很愛笑。」

「你一定覺得她比我更開朗。」

「更容易取悅，」亨利答道，「因此，妳知道的，」他笑了笑，「也更適合做伴。我想，在十哩長的旅途中，我很難靠一些愛爾蘭趣聞逗妳開心。」

「我想，我天性和茱莉亞一樣活潑，只是我現在的煩惱比她多。」

「妳的煩惱一定比她多。某種意義上，情緒亢奮意味著麻木不仁。不過妳前途光明，不應該情緒消沉才是。妳的前面有一大片明媚的風光。」

「你在暗喻什麼嗎？我想應該不是吧。風景的確不錯，陽光燦爛，庭園也賞心悅目。遺憾的是，這座鐵門、這道暗牆，都給我一種束縛的感覺。正如小說中那隻歐掠鳥說的：『我無法飛出牢籠。』」她一邊說，一邊向鐵門走去，亨利跟在她的後面。「拉什沃思先生怎麼去了這麼久！」

「沒有鑰匙，也沒有拉什沃思先生的許可，妳是絕對過不去的。不然的話，憑著我的力量，妳可以輕易地從門上翻過去。如果妳真的渴望自由，並且覺得這麼做不違法的話，我倒是可以幫幫妳。」

「違法！胡說八道！我當然可以翻出去，而且我也打算翻出去。你也知道，拉什沃思先生馬上就會回來，他一定看得到我們的。」

「即使他看不到，我們也可以請普萊斯小姐轉告他，請他到山丘上的橡樹林找我們。」

范妮覺得這麼做不妥，忍不住出言阻止。「妳會受傷的，貝特倫小姐，」她說道，「妳會被那些欄杆刺傷，或是撕破衣服；還會掉到暗牆裡面。妳最好別這麼做。」

話還沒說完，她表姐已經平安無事地翻到了牆那頭，臉上露出得意的微笑。「謝了，親愛的范妮，我和我的衣服都安然無恙，再見！」

范妮再次被丟下，她的心情更難過了。她對瑪麗亞和亨利的行為感到又驚又惱。他們採取一條奇怪的迂迴路線，朝小山丘走去，很快就消失無蹤了。就這樣又過了一陣子，她既沒看到別人，也沒聽見什麼動靜。整個小樹林裡似乎就只有她一個人。她幾乎認為艾德蒙和瑪莉已經離開樹林了，但艾德蒙絕不可能把她忘了。

突然又傳來一陣腳步聲，把她從懊惱的思緒中驚醒。有個人匆匆忙忙地順著小路走來。她以為是拉什沃思，沒想到卻是茱莉亞。只見她氣喘吁吁，滿臉失望，一見到范妮便叫道：「啊！人們都去哪兒了？我還以為瑪麗亞和克勞佛先生跟妳在一起呢！」

范妮說明了事情的經過。

「我敢說他們在作怪！我到處都找不到他們。」茱莉亞一邊說，一邊著急地東張西望，「不過他們一定不會離開太遠，瑪麗亞能做到的事，我也能做到，甚至不用別人幫忙扶。」

「但是，茱莉亞，拉什沃思先生馬上就會拿鑰匙過來。妳還是等等吧。」

「我才不要。我陪著這家人一個早上，都快煩死了。聽著，女孩，我剛剛才擺脫他那討人厭的母親。妳一個人快活地坐在這裡，我卻一直在受罪呀！也許當初應該讓妳代替我的，但是妳老是在逃避。」

范妮沒有計較這番不公平的責難。她知道茱莉亞正在氣頭上，個性又急躁，但是不會持續多久的。她問茱莉亞有沒有見到拉什沃思。

「有，看到了。他匆匆忙忙地跑走了，好像在逃命似的。他只簡短地說了自己要做什麼，以及你們都在哪裡。」

「可惜他白忙了一場。」

「那是瑪麗亞小姐的錯。我才不要因為她犯的錯過意不去。討厭的大姨媽拉著女管家東逛西逛，害我甩不掉拉什沃思夫人，但至少還甩得掉她兒子。」

茱莉亞很快爬過柵欄走掉了，也不管范妮問她有沒有看見瑪莉和艾德蒙。范妮一個人坐著，她擔心面對拉什沃思，不再去想他們久去不歸的事。她覺得他們愧對拉什沃思，卻必須由她轉述剛才發生的事情，因此非常難受。不到五分鐘，拉什沃思便趕來了。儘管范妮的敘述方式十分委婉，但拉什沃思顯然仍感到相當屈辱和氣憤。起初他什麼都不說，只是臉上表現出極度的驚訝和惱怒，隨即便走到鐵門前，站在那裡不知所措。

「他們要我待在這裡——瑪麗亞表姐叫我轉告你，可以在那座山丘附近找到他們。」

「我想我一步也不想走了，」拉什沃思氣呼呼地說，「我連他們的影子都沒看見。等我趕到山丘那裡，他們也許又跑到其他地方了。我已經走夠多路了。」

他在范妮身旁坐下，臉色異常陰鬱。

「我很抱歉，」范妮說，「真令人遺憾。」她很想再說些安慰的話。

沉默了一陣之後，拉什沃思說：「他們明明可以在這裡等我。」

「貝特倫小姐認為你會去找她。」

「要是她待在這裡，我就不用去找她了。」

范妮不禁語塞。又沉默一陣之後，拉什沃思繼續說道：「請問，普萊斯小姐，妳是否也像其他人一樣，對這位克勞佛先生推崇備至？我看不出他有什麼了不起的。」

「我覺得他一點也不好看。」

「好看？誰也不會說這個矮小的傢伙好看。他身高根本不到五呎九吋，說不定五呎八吋都不到。我覺得他不好看。我認為，克勞佛家的這對兄妹完全是多餘的，沒有他們我照樣能過得很好。」

范妮聽了不由得輕輕嘆了一口氣，她不知道該如何反駁。

「假如取鑰匙很困難的話，他們不等我也就算了。可是貝特倫小姐一說完，我就馬上跑回去了。」

「我敢說，你當時表現得十分爽快，動作也十分迅速。不過，從這裡回到屋子裡，的確有一大段距離。而等待的時間總是特別長，每半分鐘就彷彿有五分鐘那麼長。」

拉什沃思站起來，又走到鐵門前。「要是我當時帶著鑰匙就好了。」

范妮發現他的態度有所緩和，大受鼓勵，想再進一步安慰。「可惜你沒跟他們一起去，他們認為從那裡可以更清楚地觀察房子，好研究該如何改建。但只要你不在場，他們就決定不了任何事。」

范妮發現，把一個伙伴打發走，比把他留在身邊容易多了。拉什沃思終於被說動，「好吧！」他說，「如果妳認為我應該去的話，我也不甘心白白回去拿了鑰匙。」他打開了鐵門，沒打招呼便走掉了。

范妮的心思完全回到了分別多時的那兩人身上。她再也耐不住性子了，決定去找他們。於是，她沿著林邊小路，朝他們離開的方向走去；剛轉到另一條小路上，便再次聽到了瑪莉的說話聲。聲音越來越近，又轉了幾個彎後，那兩個人便出現在她眼前。

他們說，自己是剛從庭園回到荒地的。他們分手沒多久，便發現一扇沒上鎖的門，於是忍不住走了進去。他們在庭園裡逛了一陣，終於走到范妮一直想去的那條林蔭大道，並在一棵樹旁坐下。顯然，由於他們玩得太過開心，幾乎忘了時間。艾德蒙告訴范妮，他多希望她也能跟他們在一起，要不是當時她走不動了，他一定會回來叫她過去。這些話多少安慰了范妮，但還不足以消去她內心的委屈——表哥本來答應馬上就回來，卻丟下她整整一小時；也不足以滿足她的好奇心——她想知道他們在這段時間聊了什麼。到頭來，她只有感到失望和傷心，因為他們都打算回到屋裡去了。

拉什沃思夫人和諾里斯太太走到步道的台階前，準備朝荒野走去。這時距離她們離開宅邸已有一個半小時。諾里斯太太老是分心，因此走不快；儘管外甥女們都遇到不開心的事，但她一個早上都十分開心——女管家先是客氣地向她解說了野雞的事情，接著又帶她去乳牛場，把乳牛的狀況做了一番詳細介紹；還給了她一張領單，可以兌換一包高級的乳酪。茱莉亞離開之後，她們又遇到一位園丁。諾里斯太太很高興能認識這名園丁，因為她為園丁解答了他孫子的病症，還答應送他一張治瘧疾的符咒；為了報答她，園丁帶她觀賞了所有的奇花異草，還送給她一株非常稀有的石南。

會合之後，大家一起回到屋內，坐在沙發上聊天，或是看雜誌消磨時間，等待其他人回來吃飯。貝特倫姐妹和兩位男士回來時天色已晚，他們這次的散步似乎不怎麼愉快，也對這趟旅行的原先目的毫無幫助。據他們所說，他們一直在尋找彼此，雖然最後終於遇見了，但似乎來不及回復原來的和睦，也來不及做出整修莊園的任何決定。她看了看茱莉亞和拉什沃思，覺得不開心的不止她一個人，他們兩人都臉色陰沉。亨利和瑪麗亞快樂多了，吃飯的時候，亨利煞費苦心地想消除另外兩人對他的怨恨，使在場所有人都笑逐顏開。

飯後不久，送上了茶和咖啡。由於回家還要再坐十哩的車，不允許耽擱太多時間，因此到馬車備妥之前，眾人匆匆忙忙地做了一番無關緊要的應酬。諾里斯太太先是坐立不安地瞎忙了一陣，接著又從女管家那裡弄來幾顆雞蛋和一包乳酪，然後對拉什沃思夫人說了一連串客套話，之後便準備告辭了。

這時，亨利走到茱莉亞面前，說道：「要是我來時的伙伴不怕在黑暗中坐在一個毫無遮避的座位上，我希望她回程時也能與我坐在一起。」茱莉亞沒料到他會提出這種請求，但仍然和顏悅色地接受了，她這天的結局很可能像一開始那麼愉快。瑪麗亞本來心裡有所期待，現在卻感到失望，雖然她深信亨利真正喜歡的是她。這種想法足以令她欣慰，並能心平氣和地接受拉什沃思先生殷勤的道別——毫無疑問，他對亨利沒有讓瑪麗亞坐在駕駛座感到得意。

「范妮，我想妳今天一定過得不錯！」馬車駛過庭園時，諾里斯太太說道，「一整天都那麼開心！我想妳應該非常感謝我跟貝特倫姨媽，是我們讓妳來的。妳今天玩得多開心呀！」

瑪麗亞感到不滿，直截了當地說道：「姨媽，我想妳一定滿載而歸！妳懷裡好像抱滿了寶貝。旁邊的那個籃子不曉得裝了什麼，一直碰到我的手肘，害得我好痛。」

「親愛的，那只不過是一小株漂亮的石南，那個好心的老園丁堅持要我帶走它。不過要是它妨礙了妳，我就把它抱在腿上好了。喂！范妮，幫我拿好那個包裹，要小心，不要掉下來！裡面是乳酪，就是我們吃的那種高級乳酪。那位惠特克太太人真好，非送我一包不可；我一直不肯拿，但她急得都快哭了，我只好勉為其難拿了一包，我知道我妹妹喜歡這東西。惠特克太太真是個難得的好管家！當我問她僕人用餐時能不能喝酒時，她簡直感到不可思議！有兩個女僕因為穿白裙子被她開除了。小心乳酪！范妮。現在，我能顧好另一個包裹跟籃子了。」

「妳還佔了什麼便宜？」瑪麗亞說道。她聽了姨媽這樣恭維索瑟頓，頗感幾分得意。

「親愛的，怎麼是佔便宜呢！只不過是四顆漂亮的雞蛋，惠特克太太非要叫我拿，我不拿她就不高興。她說我一個人孤零零地生活，要是能養幾隻小寵物，一定會過得更有趣。一定會很好玩，我打算把它們交給牛奶房女工，讓那裡的母雞幫忙孵蛋。要是能孵出來，我就把牠們帶回家，擺在雞籠裡。寂寞的時候就逗弄牠們一下。要是養得好的話，還會送給妳母親幾隻。」

當晚夜色很美，萬籟俱寂。在如此靜謐的大自然中乘車旅行，真是再愜意不過。然而，諾里斯太太一停下嘴巴，車裡便沒有聲音了。所有人都疲憊不堪。幾乎每個人都在琢磨：這一天究竟為他們帶來愉快，還是痛苦。

第十一章

在索瑟頓的這一天，儘管有各種不盡人意之處，但對貝特倫姐妹來說，還比從安地卡寄來的信件愉快多了。思念亨利總比思念她們的父親來得有趣。信上說，她們的父親馬上就要返回英國——這是令她們最頭痛的一件事。

十一月是個令人沮喪的月份，因為父親決定在這個月回家。湯瑪斯爵士對此寫得斬釘截鐵，看得出他早已歸心似箭。他的事情眼看就要辦完了，因此計畫搭乘九月的郵船回國，並盼望十一月初就能與親愛的家人重逢。

瑪麗亞的處境比茱莉亞更可憐，因為父親一回來她就必須嫁人。他最關心她的幸福，回來後就會要她嫁給原定的對象。她的前景黯淡，只能期待父親不會準時回家，畢竟任何事都有可能耽誤，例如航行不順利或是發生意外等等。凡是不敢面對現實的人，往往會透過幻想尋求慰藉。或許有可能延遲到十一月中——離現在還有三個月，也就是十三週。十三週可能發生各種變化。

要是湯瑪斯爵士對女兒的想法略有耳聞的話，肯定會傷透了心；要是他知道他的歸鄉對另一位小姐的影響，也不會感到安慰。瑪莉和哥哥晚上來曼斯菲爾德莊園作客，聽說了這個好消息。雖說她裝出不關心的樣子，卻聚精會神地聽人轉述這件事情。諾里斯太太把信的內容一字不漏地告訴了大家，然後便結束了這個話題。然而，喝過茶之後，當瑪莉和艾德蒙、范妮一起站在敞開的窗前觀看暮色，貝特倫姐妹、拉什沃思和亨利在鋼琴旁點蠟燭時，她突然朝他們轉過身來，重新提起了這個話題。

「拉什沃思先生看起來多開心啊！他在期待著十一月呢！」

艾德蒙也轉過頭來看著拉什沃思，但什麼也沒說。

「你父親的歸來可是件大喜事。」

「的確是一件喜事，都離家這麼久了。不但久，而且又危險。」

「這件喜事還會帶來另一樁喜事——你妹妹將出嫁，而你將接受聖職。」

「是的。」

「說了你可別見怪，」瑪莉笑著說，「這件事讓我想起了某些異教徒的英雄，他們在外面立下戰功，平安歸來後就會向神明獻上一些祭品。」

「這件事上根本沒有什麼祭品。」艾德蒙一本正經地微笑道，但也一邊朝鋼琴那裡望了一眼，「那完全是她自己的意願。」

「噢！是的，我知道她是自願的，開個玩笑罷了。她沒有做出任何超出一般少女分寸的舉動，我相信她非常樂意。你不明白我指的另一件祭品是什麼。」

「我可以向妳保證，我當牧師就和瑪麗亞結婚一樣，完全是出於自願。」

「幸好你的意願跟你父親的需求恰好一致。我聽說，這一帶為你保留了一個收入豐厚的牧師職位。」

「所以妳認為我是因為這樣才當牧師的。」

「我知道他絕不是為了這個理由。」范妮叫道。

「謝謝妳的讚美，范妮，但我可不敢保證。正好相反，很有可能正是因為這一份生活保障，我才願意當牧師的，我認為這麼做並沒有錯。再說，我也沒什麼心理障礙需要克服。一個人為了俸祿而當牧師，並不代表他就不能成為一名好牧師。我從小就受正當的教育，並沒有得到不良的影響，而我的父親也是個認真負責的人。我承認我在這件事上是出於私人的考量，但這一點是無可指摘的。」

「這就像——」停頓了一會兒後，范妮說道，「海軍將領的兒子參加海軍，陸軍將領的兒子參加陸軍一樣；沒有人能指責這麼做不對。他們選擇了最好走的一條路，這沒什麼好奇怪的，也不代表他們就不適合那一行。」

「是的，親愛的普萊斯小姐，從道理上來說的確是。就軍人這個職業而言，這麼做再合理不過了——那是個受人尊敬的職業，它需要勇敢的精神，還要無懼於死亡，並表現得雄壯威武。軍隊在上流社會總是受歡迎的，沒有人會覺得從軍是件怪事。」

「妳的意思是，一個人在明知有俸祿的情況下當了牧師，他的動機就應該受到質疑，是嗎？」艾德蒙說，「也就是說，要是他想證明自己動機純正，就必須在不清楚是否會有俸祿的情況下去當牧師。」

「什麼！沒有俸祿就去當牧師？不，那真是瘋了，不折不扣的瘋了！」

「冒昧請問，要是有俸祿就不當牧師，沒俸祿也不當牧師，那牧師該從哪裡來呢？不問也罷，因為妳一定答不出來。不過，我想根據妳的觀點來為牧師們辯護：由於牧師不受妳所欣賞的那些特質吸引而跑去從軍，因此當他們選擇這項職業時，他們的真誠與善良更不該受到懷疑。」

「噢！的確真誠——寧可要一份現成的收入，而不肯靠勞力去掙錢。他們也的確善良——終其一生無所事事，好吃懶做。貝特倫先生，這正是懶惰！貪圖安逸、缺乏志氣、孤僻冷漠，正是這些毛病讓他們成為牧師。牧師不用做事，只看看報紙，看看天氣，和妻子吵架，佔些小便宜；把所有的事都丟給助理牧師做，他自己天天上門赴宴。」

「當然也是有這種牧師，但我認為並不多，妳把這種現象歸類為牧師的通病，是不恰當的。妳把所有牧師說得一無是處，這種陳腐的指責——允許我這麼說——也許不是妳自己的看法，而是受到那些存有偏見的人影響。妳不可能憑著自己的觀察瞭解這些事情，在妳如此無情地指責的那些人中，真正認識的沒有幾個，這些話全是在妳叔叔的餐桌上聽來的。」

「我所說的話，我認為是大眾普遍的觀點。而大眾的觀點往往是正確的。雖然我還沒親眼見過牧師們的家庭生活，但很多人都見識過，因此這些話絕非毫無根據。」

「任何一個有文化的人組成的團體，不論它屬於哪個派別，如果有人一概而論，認為它的每個成員都很糟，那這些話肯定有不厚道的地方，或是別有居心。妳叔叔和他的同事們除了隨軍牧師之外，並不瞭解其他牧師的狀況；而他們對於隨軍牧師也一向嗤之以鼻。」

「可憐的威廉！他曾受了安特衛普號的隨軍牧師多方關照。」范妮深情地說道，雖然這句話與話題無關，卻是她真情的流露。

「我才不喜歡聽我叔叔的意見呢！」瑪莉說，「既然你這麼逼我，那我只好說，其實我也並非毫無根據的。我現在就客居姐夫格蘭特博士的家中，雖然他對我關懷備至，雖然他是個真正有教養的人，還是個博學多聞的人，佈道也很受到歡迎，外表也人模人樣的；但是在我看來，他正是那種懶惰又自私的人，只想著吃喝玩樂，從不肯幫別人一點忙。要是廚師煮得不好吃，他就對他那善良的妻子發脾氣。老實告訴你們，亨利和我今晚就是被趕出來的，因為一隻鵝料理得不夠好，他就大發雷霆，我那可憐的姐姐不得不待在家裡受罪。」

「我能理解妳的不滿。他的個性有很大的缺陷，而縱欲的習慣又讓他的脾氣越來越壞。像妳這樣的好人，眼看姐姐遭受這種虐待，心裡一定不是滋味吧？范妮，我們不認同這種行為。我們可不能偏袒格蘭特博士。」

「的確不能，」范妮回答，「不過，我們不能因此否定他的職業。無論格蘭特博士做哪一行，都會把他的壞脾氣帶過去。要是他參加了軍隊的話，指揮的人一定會比現在更多，我想那一定比當牧師更讓人不幸。再說，我認為，無論我們希望格蘭特博士做哪一行，他處在緊張的世俗中或許會比現在還糟糕；因為那樣一來，他就沒那麼多時間來反省自己，而現在他卻不得不這麼做。像格蘭特博士這麼聰明的人，每個禮拜都在教育人們如何做人，每個禮拜日都要佈道兩次，他的個性又怎能不變好呢？這一定會讓他有所領悟。我深信，他當牧師比做哪一行都適合。」

「當然，我們無法證明這一點——但我祝妳好運，普萊斯小姐，別嫁給一個必須藉著講道才能讓個性變好的人。雖然他每個禮拜天能讓心情靜下來，但從禮拜一早上到禮拜六晚上老是因為鵝肉的事與妳爭吵，就已經夠糟的了。」

「我想，會經常跟范妮吵架的人，」艾德蒙親切地說，「即使講道也無法感化。」

范妮轉過臉去看看窗外。瑪莉神情愉快地說道：「我想，普萊斯小姐往往表現得值得稱讚，卻又不習慣被人稱讚。」

她剛說完，貝特倫姐妹誠摯地邀請她參加三重唱，她便輕快地向鋼琴走去。艾德蒙望著她的背影，揣摩著她的各種優點，無論是謙恭和悅的儀態，還是輕盈優美的步伐，都讓他心醉神迷。

「我相信她一定有一副好脾氣，」艾德蒙說道，「這樣的脾氣永遠不會為人帶來痛苦！她走路的姿勢多美呀！她多麼順從別人的請求呀！只可惜——」他想了想，「她居然落在她們手裡。」

范妮也同意他的說法。令她高興的是他仍繼續和她待在窗前，不去理會即將開始的三重唱，並且像她一樣望向窗外的景色。清澈燦爛的夜空在濃密的林蔭襯托下，顯得肅穆宜人，范妮忍不住抒發起自己的情感。「多麼和諧！」她說，「多麼恬靜！比任何圖畫或是音樂都美，連詩歌也難以述說它的美妙。它能讓你忘掉世上的一切煩惱，讓你發自內心地喜悅！每當我在這種夜晚眺望窗外時，就會覺得世上彷彿既沒有邪惡，也沒有憂傷。如果人們多留心大自然的美麗，少想到自己，邪惡和憂傷一定會減少。」

「我喜歡聽妳抒發自己的心情，范妮。這是個令人心曠神怡的夜晚，那些沒有妳這種素養的人——至少那些小時候沒被教育過欣賞大自然的人——是非常可憐的。他們失去了許多東西。」

「表哥，是你培養了我這方面的情懷。」

「我的這個學生很聰明。那是大角星，非常明亮。」

「是的，還有大熊星。要是能看見仙后星就更好了。」

「那得去草地上才能看見。妳怕嗎？」

「一點也不。我們好久沒有看星星了。」

「是的，我也不知道為什麼會這樣，」三重唱開始了，「我們等她們唱完再出去吧！范妮。」艾德蒙一邊說，一邊轉過頭去。范妮看見他緩緩朝著鋼琴走去，心裡感到一陣屈辱。當歌聲停下時，艾德蒙走到歌手面前，跟大家一起請求她們再唱一遍。

范妮獨自站在窗前嘆息，直到諾里斯太太要她當心著涼，她才離開。

第十二章

湯瑪斯爵士將於十一月回家，他的大兒子有事需要提前返回。接近九月時，湯姆發來了消息，先是獵場看守人收到他的來信，接著艾德蒙也收到一封。到了八月底，他就回來了。每當時機合適，或是克勞佛小姐要求時，他還會興沖沖地向她獻殷勤，聊聊賽馬和韋茅斯，或是他參加過的舞會和朋友。要是在六週前，瑪莉也許會對此感興趣，如今她卻清楚地意識到，她更喜歡他的弟弟。

這是件令人苦惱的事，她為此內疚不已。然而，她已不再想嫁給湯姆，甚至不想刻意討好他，只要稍為賣弄風情就夠了。他離開曼斯菲爾德這麼久，只知道尋歡作樂，對她從來不聞不問，這清楚地表明了他根本沒把她放在心上。她表現出的態度比他更為冷漠。她相信，即使湯姆立刻成為曼斯菲爾德莊園的主人，或是成為貝特倫爵士，她也不願嫁給他。

為了趕上這一季的活動，湯姆回到了曼斯菲爾德，而亨利則去了諾福克。九月初的艾佛林罕是少不了亨利的，他一去就是兩週。對於貝特倫姐妹來說，這兩週實在難熬。她們本該有所收斂，茱莉亞儘管與姐姐爭風吃醋，卻明白他的甜言蜜語不可輕信，並且希望他不要回來。

在這兩個星期中，亨利除了打獵、睡覺外，尚有充分的閒暇時間，如果他能反省一下自己的動機，思考一下自己愛慕虛榮究竟有何意義，他一定會翻然悔悟，明白不該急著回去。但是，受到優裕的生活和他人的影響，他變得又蠢又自私，短視近利。那兩姐妹聰明美麗，又對他迷戀不已，為他帶來不少歡樂。他感到在諾福克一點也不像在曼斯菲爾德和小姐們相處那麼快活，因此便滿心歡喜地趕回來，而他的玩伴也同樣滿心歡喜地迎接他的到來。

亨利還沒回來前，瑪麗亞身邊只有拉什沃思一人，聽到的盡是他打獵的事——他玩得多麼盡興、他的獵犬多棒、他嫉妒他的鄰居、懷疑他們的資格，或是追捕盜獵者等。然而，說者不善於表達，聽者也毫無興趣，談話相當無趣。也因此，瑪麗亞非常想念亨利。至於茱莉亞，她既未訂婚，又無事可做，覺得自己更有權利想念他。姐妹倆都認為自己才是他中意的人，茱莉亞的根據是格蘭特太太的話，而瑪麗亞則是靠著亨利的態度。一切又都回到過去那樣，亨利對兩位小姐興致勃勃、和顏悅色，沒有失去任何一個的歡心；他很能把握分寸，既沒有窮追不捨，也沒有過度關懷，免得讓大家起疑。

只有范妮看不慣這一切。自從去索瑟頓那天以來，她每見到亨利和這對姐妹在一起，都會忍不住地留心觀察，並時常疑惑不解，或是感到不妥。要是她對自己的判斷力有些自信的話，也許早把這件事鄭重地告知表哥。但事實上，她只鼓起勇氣暗示了一下，對方偏偏沒有意會。

「我很納悶，」她說，「克勞佛先生怎麼這麼快就回來了？他之前已經在這裡住了整整七週，我聽說他喜歡旅居各地，還以為他一離開這裡，肯定就會被其他的事吸引過去了。他適合比曼斯菲爾德更熱鬧的地方。」

「他能準時回來也好，」艾德蒙答道，「我敢說他妹妹一定會很高興，他妹妹不喜歡他的浪子性格。」

「兩個表姐多麼喜歡他呀！」

「不錯，他對女士們禮貌周到，當然會惹人喜歡。我想，格蘭特太太以為他看上了茱莉亞——我還沒看出端倪，但希望是真的。只要他真心愛著一個人，就一定會改掉那些毛病。」

「假如瑪麗亞小姐還沒訂婚，」范妮小心地說道，「我有時還以為他愛她勝過茱莉亞。」

「這也許能顯示他更喜歡茱莉亞，只是妳沒發現而已。常有這種事：一個男人在決定愛一個女人之前，會對她的姐妹或密友更加親切。克勞佛先生是個聰明人，如果他發現自己愛上了瑪麗亞，就不會再待在這裡。從瑪麗亞目前為止的表現來看，我用不著為她擔心。她的感情不怎麼強烈。」

范妮以為自己搞錯了，決定不再這麼想。然而，儘管她試著相信艾德蒙的說法，儘管她偶爾發現別人也認為亨利喜歡茱莉亞，但卻始終不知道該如何看待此事。一天晚上，她聽到諾里斯太太私底下說出了自己的心願，也聽到拉什沃思夫人對這個問題的看法；一邊聽著，一邊不由得感到驚奇。她並不想坐在那裡聽她們說話，但這時其他年輕人都在跳舞，她只能不情願地陪幾位老太太坐在爐邊，希望大表哥能過來——他是她唯一能指望的舞伴。這是范妮的第一次舞會，卻不像其他小姐在第一次舞會時那麼準備充分。這場舞會是下午臨時決定舉辦的，邀請了一位新來的提琴手，以及包括格蘭特太太和湯姆的新朋友在內的五對舞伴。然而，范妮仍然享受了這場舞會，她一連跳了四支舞，仍然意猶未盡。就在他期待著下一位舞伴時，無意間聽到了兩位太太的對話。

「我想，太太，」諾里斯太太說，她正注視著第二次共舞的拉什沃思先生和瑪麗亞，「現在我們又能看到幸福的笑臉了。」

「是的，太太，一點也沒錯。」拉什沃思夫人回答，一邊莊重地假笑一下。「現在才終於讓人高興一些，剛才看見他們被拆開，讓我心裡很不是滋味。在他們這種情況下的年輕人，沒有必要拘泥那些老規矩。我真不懂我的兒子為什麼不邀請她。」

「我相信他有，拉什沃思先生絕不會怠慢人的。不過，太太，親愛的瑪麗亞是一位難得的穩重女孩，不想讓人覺得她對舞伴挑三揀四啊！親愛的太太，妳只要看看她現在的表情——與剛才和別人共舞時有多麼不同啊！」

瑪麗亞的確滿面春風，說起話來也興致勃勃，因為茱莉亞和她的舞伴亨利就在她附近。范妮並未注意茱莉亞剛才的表情，因為她當時正專心和艾德蒙跳舞。

諾里斯太太接著說道：「太太，看到年輕人這麼快活、般配，又時髦，真是令人高興！我不由得羨慕起湯瑪斯爵士。妳覺得有可能再添一樁美事嗎？太太，拉什沃思先生已經樹立了好榜樣，這種事往往很有感染力。」

拉什沃思夫人心裡只有兒子，因此完全不懂對方在問什麼。

「那邊那一對呀，太太。妳沒看出他們之間的跡象嗎？」

「哎呀！茱莉亞小姐和克勞佛先生。沒錯，的確是很般配的一對。克勞佛先生有多少財產？」

「一年四千英鎊。」

「還不錯，有這麼多也該知足了。四千英鎊是個可觀的數字，而且他看上去又是個有教養、穩重的年輕人，我想茱莉亞小姐會非常幸福。」

「太太，這件事還不確定，只能私下聊聊罷了。不過，我毫不懷疑這件事會實現，他對她多麼專情啊！」

范妮無法接著聽下去，因為湯姆又來到屋裡。雖然她相信他一定會邀請她，但他卻沒有這麼做。他走向這群人，隨便拉了把椅子坐在她面前，向她說起了有一匹馬生病的事。范妮明白他不會請自己跳舞了，但她又立刻覺得自己不該那麼奢望。當湯姆說完馬的事情之後，便從桌上拿起一份報紙。

他從報紙上方望向她，慢條斯理地說：「范妮，要是妳想跳舞的話，我陪妳跳吧。」范妮相當客氣地回絕了。「還好，」湯姆愉快地說，隨即又把報紙撂到桌上，「我快累死了。真不懂這些人怎麼能跳這麼久。他們一定是全都戀愛了，不然不會對這種蠢事感興趣。我猜事實就是這樣。要是妳仔細瞧一瞧，就會發現他們都成雙成對——除了耶茨和格蘭特太太以外。偷偷告訴妳，格蘭特太太真可憐！她一定也需要一個情人。她跟博士一起生活，日子一定非常乏味。」

他一面說，一面朝格蘭特博士的位子扮了個鬼臉。想不到，博士竟然就坐在他旁邊，他連忙換了一種語氣，並找了其他話題，這讓心事重重的范妮忍不住笑出來。「美洲真是個奇怪的地方！格蘭特博士。你認為呢？請教國家大事找你就對了。」

「親愛的湯姆，」不久，他姨媽叫道，「既然你現在不跳舞，就來跟我們一起打牌吧！」說完便離開座位，走到湯姆面前勸他：「你知道，我們想為拉什沃思夫人湊滿一桌人。你母親很想打，但是她在織圍巾，沒空參加。現在加上你、格蘭特博士跟我，剛好湊齊一桌。雖然賭注只有半克朗，但你和博士可以賭半基尼。」

「我非常樂意，」湯姆大聲答道，一邊霍地跳起來，「我非常高興——不過現在得去跳舞了。來吧！范妮，」說著便抓住她的手，「別再坐著了，舞會就快結束了。」

范妮欣然被帶走了，但她並不怎麼感激表哥，也不懂自私的究竟是他，還是姨媽。

「真是個好差事！」這對表兄妹走開時，湯姆憤憤地說，「想把我綁在牌桌上陪她、格蘭特博士和那愛管閒事的老太婆？她和博士只會吵個不停，而那老太婆又根本不會打牌。真希望她安靜一點！居然當著眾人的面說出這種話！讓我根本無法拒絕！我最痛恨這樣，表面上裝做在求你，實際上卻不給你選擇的餘地——無論什麼事都一樣，這最令我氣憤！要不是我剛好想起可以找妳跳舞，可就脫不了身了。這真糟糕！不過，一旦姨媽起了什麼念頭，不達目的是絕不罷休的。」

第十三章

貴公子約翰．耶茨是一位新朋友。他的服裝講究，出手闊綽，是一位勳爵的二公子，有一筆可觀的財產；除此之外並沒有什麼可取之處。要是湯瑪斯爵士在家的話，很可能不會歡迎這個人到曼斯菲爾德。他和湯姆是在韋茅斯結識的，兩人在那裡一起參加了十天的社交活動。湯姆邀請他有空來曼斯菲爾德作客，他也答應前來，這讓他們的友誼——要是算得上的話——得以穩固起來。之後，他從韋茅斯來到雷文肖勳爵在康瓦爾的艾克斯佛府邸，參加一場娛樂活動，沒想到活動提前結束，他敗興而歸，並來到了曼斯菲爾德。

他滿腦子都是演戲的事，那場娛樂活動正是為了這個目的；他被安排了一個角色，兩天後就要登台演出了。不料主人的一個親戚去世，打亂了原先的計畫，參加者也陸續散去。眼看歡樂即將來臨，他就要大出一番風頭，並登上報紙版面，聲名大噪，一切卻瞬間泡湯了，這件事真是令人痛心！他的話題總是脫不了這件事，一開口便是艾克斯佛及演出的事，藉由誇耀這些話題聊以自慰。

幸運的是，這裡的年輕人都很喜歡戲劇，也夢想有個演出的機會。因此，儘管他說得沒完沒了，聽眾們卻百聽不厭。從最初的選派角色，到最後的收場，每一個細節都讓他們如痴如醉，躍躍欲試。

那一部戲劇是《情人的誓言》，耶茨原本要扮演卡塞爾伯爵。「一個不重要的角色，」他說，「一點也不合我的意，今後我一定不會再答應演這種角色。可是當時我不想得罪別人。劇中只有兩個角色值得演，但我還沒到艾克斯佛，那兩個角色就被雷文肖勳爵和公爵挑走了。雖然勳爵願意把他的角色讓給我，但你也知道，我不能接受。我替他感到難過，他居然自不量力挑了男爵這個角色！他的個子矮小，聲音又低，每次排練不到十分鐘嗓子就啞了！他一定會把這齣戲搞砸，但我又不想得罪人家。亨利爵士認為公爵演不好弗雷德里克，但那是因為他自己想演，不過就我認為，還是公爵適合一些。我從沒有想到亨利爵士的演技那麼遜！幸好他並不是重要角色。阿嘉莎演得好極了，也有些人覺得公爵演得很棒。總而言之，這齣戲正式公演時一定非常精彩。」

「老實說，沒順利演出真是不幸。」

「我真為你感到惋惜。」聽眾深表同情地說道。

「沒什麼好抱怨的，只是那個可憐的老寡婦死得真不是時候。你不由得會想，要是她的死訊晚三天公布就好了，三天就好。她只不過是他們的外婆，又死在二百哩以外，就算瞞個三天也沒什麼大不了的。據我所知，真的有人這麼提議，但雷文肖勳爵死都不同意，我認為他是全英國最講規矩的一個人。」

「喜劇沒演成，倒發生了悲劇，」湯姆說，「沒演成《情人的誓言》，勳爵夫婦只能去演《我的外婆》，外婆的遺產或許會為他帶來安慰。不過有朋友私底下說，也許是他怕演不好男爵的角色，才堅持取消了計畫。耶茨，為了彌補你的損失，我想我們應該在曼斯菲爾德建個小戲場，由你來主持。」

雖然這是一句玩笑話，但也並非只是說說而已。經他這麼一提，大家又生出了演戲的興趣，尤其是他本人。現在他成了一家之主，有的是時間，什麼有趣的玩意兒都能盡情玩個痛快；加上他的頭腦靈活，又有幽默感，的確很適合演戲。這個想法早已被許多人反覆提過。「啊！要是能用艾克斯佛的戲院和佈景演戲該有多好。」他的兩個妹妹也有同感。

亨利雖然體驗過各種樂事，卻從沒嘗試過這種娛樂，因此也感到躍躍欲試。「我真的覺得，」他說，「現在的我，無論是任何劇本裡的任何角色，像是夏洛克、理查三世，還是喜劇裡穿紅衣、戴三角帽唱歌的主角都能演。任何悲劇或喜劇，無論是慷慨激昂、暴跳如雷、唉聲嘆氣還是手舞足蹈，我都表演得出來。我們挑一齣戲來演吧！哪怕是半齣、一幕、還是一場。有什麼不行的呢？我們的長相總不會不合格吧！」他一邊說，一邊將目光投向貝特倫姐妹，「至於劇場，有什麼必要呢？我們只不過是玩玩，這座屋子裡的房間就夠用了。」

「得有個布幕，」湯姆說，「或許買幾碼綠絨布做一副就好了。」

「噢！完全夠用，」耶茨叫道，「只要再佈置一兩個側景、幾個房間的門、三四場佈景，就什麼都不需要了。反正只是玩玩罷了。」

「我認為還可以再簡化一些，」瑪麗亞說，「時間有限，還有各式各樣的困難。我們得採納克勞佛先生的意見，我們的目的是演戲，不是佈置舞台。許多最優秀的戲劇都不是靠舞台佈景取勝。」

「不，」艾德蒙大為驚訝，「我們可不能馬虎。真的想演戲的話，就要找個正規的劇場，正廳、包廂、樓座一應俱全，並且完完整整地演完一齣戲；不管是演哪一齣德國劇，在幕與幕之間都要有幽默滑稽的表演，還要花式舞蹈、號笛、歌聲。要是我們演得比艾克斯佛差的話，那就乾脆不要演了。」

「夠了，艾德蒙，別掃興了。」茱莉亞說，「你比誰都愛看戲不是嗎？」

「沒錯，但那是看真正專業的演出。要我去看一群笨手笨腳的少爺小姐們表演，即使就在隔壁房間，我也不看。這些人擁有不同的禮儀規範，演戲時勢必會受到束縛。」

沒過不久，又聊到了這個話題，而且熱情絲毫不減；所有人都很有興趣，又聽到其他人也這麼想，就越來越期待了。不過，談了半天什麼結論也沒有，只知道湯姆想演喜劇，他的妹妹和亨利要演悲劇，想找一個人人都愛的劇本還真不容易！儘管如此，他們想演戲的決心始終堅定不移。艾德蒙為此感到不安，他暗自打定主意，要試著阻止他們。然而，當他母親同樣聽到了這些話時，卻沒有絲毫的反對。

當天晚上，他找到了一個機會。那時候，貝特倫姐妹、亨利以及耶茨都在撞球室，湯姆離開他們回到了客廳。艾德蒙正若有所思地站在火爐前，貝特倫夫人坐在不遠的沙發上，范妮則在她旁邊做針線活。湯姆說道：「天底下不會有像我們家這麼糟的撞球室了！我再也無法忍受它了，它完全無法吸引我去打撞球。不過，我剛替它想出了一個用途。那個房間很適合演戲，無論是形狀和大小都剛好，房間裡面的幾扇門可以跟父親的房間相通，只要把他房裡的書櫃挪走。要是我們想演戲的話，這正符合我們的需要。父親的房間可以當演員休息室，它與撞球室相通，彷彿是為我們的需求打造的。」

「湯姆，你該不會真的要演戲吧？」艾德蒙在湯姆來到火爐旁時低聲說道。

「真的！老實告訴你，再真實不過了。有什麼好奇怪的？」

「我認為這麼做很不恰當。一般來說，私人演出容易被人議論，對於我們家的處境來說更是如此。父親不在家，而且隨時身處危險之中，演戲會讓人覺得我們太不重視父親。還有瑪麗亞的事，她現在這樣的立場，我們演戲也太不恰當了。」

「幹嘛把事情想得這麼嚴重？彷彿我們打算在父親回來前每週出演三次，還要邀請全國的人都來觀賞一樣。但我們不是要做這樣的演出，只不過是嘗試些新花樣罷了，既不要觀眾，也不想上報。我相信我們能挑選一個無可指摘的劇本。我想，借用某個偉大作家寫出的優美台詞來對話，總不會比用我們自己的語言對話來得糟。我一點也不擔心。就算父親還在海外，這也不該成為反對的理由，反而正是我們演戲的動機之一。母親一直盼望父親歸來，心裡焦慮不安，要是我們能讓母親忘卻憂愁，打起精神，那麼這幾個禮拜就會過得很有意義，我相信父親也會這麼想。」

他說話時，兩人都朝著母親望去。貝特倫夫人正靠在沙發一角安然入睡，她的模樣既健康，又貴氣；既恬靜，又安詳。范妮正在幫她做幾件頗費時的針線活。

艾德蒙微微一笑，搖了搖頭。

「啊！這個理由不算，」湯姆叫道，一邊坐到椅子上大笑。「親愛的媽媽，我說妳焦慮不安，算我錯了。」

「怎麼啦？」貝特倫夫人半睡半醒地問道，「我沒有睡著呀？」

「噢！當然，媽媽，沒有人懷疑妳睡著了。喂，艾德蒙，」一見母親再次睡著，湯姆又用剛才的語氣說道，「不過我還要堅持這一點：我們演戲沒什麼壞處。」

「我不同意你的看法，我相信父親絕不會同意這麼做。」

「我認為正好相反。父親比誰都贊成年輕人發揮所長。至於演戲、高談闊論、背誦台詞之類的事，我認為他一向很喜歡。小時候他還一直鼓勵我們培養這方面的才能呢！就在這個房屋裡，為了討他開心，我們好幾次為尤利烏斯．凱撒的死表示哀悼，好幾次學著哈姆雷特說『活！還是不活！』我還記得有一年的聖誕節，我們每晚都要學劇本裡說『我叫諾弗爾』。」

「那是另一回事，你也知道這不一樣。我們唸小學的時候，父親希望訓練我們的口才，但他絕不會希望他的女兒們長大後去演戲，他是很講究規矩的。」

「這我都知道，」湯姆不悅地說，「我跟你一樣瞭解父親，我會注意不讓他的女兒做什麼惹他生氣的事。你管好自己就好了，艾德蒙，我會照顧好家裡的其他人。」

「如果你一定要演的話，」艾德蒙堅決回答道，「我希望低調行事，不要大張旗鼓。我認為不要佈置什麼劇場，父親不在家，不要隨便使用他的房間。」

「有事一律由我負責，」湯姆果斷地說，「我們不會破壞他的房間，我會像你一樣用心愛護它的。至於我剛才提出的那些小小變動，例如挪動書櫃，打開一扇門，甚至一星期不打撞球等等，要是你覺得他連這些都會反對的話，那我們在這間屋裡多坐一下子，或在餐廳少坐一下子，或是把妹妹的鋼琴移動一點點，他大概也會反對吧？真是胡說八道！」

「即使這種小變動沒什麼不好，但花錢總是不好吧？」

「是呀，做這種事會花掉一大筆錢！也許會花掉整整二十鎊。毫無疑問，我們至少需要一個劇場，但一切要盡可能從簡：一副布幕，一些木工活兒——就這些而已，木工就在家叫克里斯多夫．傑克森做一做就好，一毛錢都不用花。父親絕不會有任何意見。別以為家裡只有你是聰明人。你不喜歡演戲，那你自己不要演就好，別以為你能管得住大家。」

「我沒這麼想。至於演戲，」艾德蒙說，「我絕不會參加。」

湯姆不等他說完就走出房間了，艾德蒙只好坐下來，憂心忡忡地撥動爐火。

這番對話全被范妮聽到了，她始終是支持艾德蒙的，因此很想安慰他，於是鼓起勇氣說：「也許他們找不到合適的劇本。你的哥哥和妹妹的喜好似乎不太一樣。」

「我不敢這麼樂觀，范妮。要是他們決心要演，就一定會找到劇本。我要跟兩個妹妹談談，勸她們不要演。我只能這麼做了。」

「我想諾里斯姨媽會站在你這一邊。」

「我相信她會，但她影響不了湯姆和我的妹妹。要是我說服不了他們，就只能放棄，用不著指望她。家人間爭吵是最糟糕的事情，我們絕不能吵起來。」

第二天早晨，艾德蒙找機會勸了妹妹。沒想到她們就跟湯姆一樣，一心想著尋歡作樂，對他的忠言毫不理睬。母親完全不反對這件事，他們也絲毫不擔心父親反對。大家都來自體面家庭，而且又是兄弟姐妹與朋友私下演戲，不對外人聲張，因此實在沒什麼好擔心的。茱莉亞雖然也提醒瑪麗亞謹言慎行（她自己則不受約束），但瑪麗亞顯然認為，正因為她訂了婚，才更加無拘無束，不用像茱莉亞事事需經過父母同意。艾德蒙已不抱什麼希望，但仍不放棄勸說。

就在這時，亨利走進屋裡，說道：「我們不缺演員了！貝特倫小姐。我妹妹希望大家讓她加入。無論是年老的保姆，還是溫順的女伴，只要是你們不想演的角色，她都樂意演。」

瑪麗亞瞥了艾德蒙一眼，彷彿在說：「你還有什麼話說？瑪莉也加入我們了，你還能批評我們不對嗎？」

艾德蒙啞口無言，心裡不得不承認演戲的魅力能使任何人著迷。他懷著無限深情，久久思考著她那助人為樂的精神。

計畫順利地進行著，反對是無益的。他原以為諾里斯姨媽會反對，但他錯了；大姨媽一向拗不過湯姆和瑪麗亞，她才剛提出一點異議，就馬上被他們說服了。事實上，她也很贊成他們的做法。這個計畫沒什麼開銷，尤其她自己一毛錢也不用花，雖然過程中免不了要忙碌一番，以突顯自己的重要。一想到這裡，她心裡不禁大樂。另外，她還能沾上一點便宜——她在家裡住，花的都是自己的錢，現在為了隨時幫上他們的忙，自己就不得不離開自己家，搬來和他們住。

第十四章

看來，范妮原先的預料比艾德蒙來得準確。事實證明，人人滿意的劇本並不好找。木匠接下了任務，測量了尺寸，解決了幾個難題——但顯然得擴大規模，增加開銷了。他已經開始動工，但劇本還沒有決定。其他準備工作也陸續開始，從北安普敦買來了一大捲綠絨布，並由諾里斯太太裁剪好（在她的精打計算下，省下了四分之三碼），由女僕們製成布幕。但劇本仍然還沒決定。就這樣過了兩三天，艾德蒙不禁燃起一線希望：也許他們永遠找不到合適的劇本。

說到劇本，要考慮各種因素，又必須讓人人滿意，劇中必須有夠多出色的角色；最為困難的是，這齣劇必須既是悲劇，又是喜劇。因此，看來問題是無解了，就像年輕氣盛的人做事一樣，總是僵持不下。

想演悲劇的有貝特倫姐妹、亨利和耶茨；想演喜劇的是湯姆，但他並非勢單力薄，因為瑪莉雖說沒有公開表態，但顯然也想演喜劇。不過，由於湯姆是一家之主，因此似乎也不需要盟友。除了這個難題外，他們還要求劇中的角色要少，但每一個都很重要，而且要有三個女主角。所有的好劇本都考慮了，卻沒有一本合乎條件。無論是《哈姆雷特》、《馬克白》、《奧賽羅》，還是《道格拉斯》、《賭徒》，都無法滿足主張演悲劇的人；而《情敵》、《造謠學堂》、《命運的車輪》、《法定繼承人》以及許多劇本，也一個個遭到更激烈的反對。只要有人提出一個劇本，總會有人加以挑剔。「噢！不！這齣戲絕對不行。我們不要演那些裝腔作勢的悲劇。人物太多了，沒有一個像樣的女角色。親愛的湯姆，隨便哪齣戲都比這齣好。我們找不到那麼多演員——誰也不想演這個角色，從頭到尾只會講蠢話而已。要不是有那些下流角色，這齣戲也許可以；如果一定要我發表意見，我一向認為這是最平淡無味的一齣戲。我並沒有反對，我很樂意幫忙，但我還是覺得無論是哪齣戲，都比這齣要好。」

范妮在一旁看著，眼見人人都那麼自私，卻又裝模作樣地掩飾著，不免好笑，好奇他們將會怎麼收場。要是為了自己的樂趣，她反而希望他們找出劇本，因為她這輩子從未看過一場戲，但是從更重要的角度來考慮，她又不贊成。

「這可不行，」湯姆最後說道，「我們在浪費時間，真是夠了！我們必須決定一個劇本，無論是什麼都行。我們不能再挑三揀四了，角色太多也沒關係，可以一人分飾兩角。我們得把標準降低，要是有角色不夠起眼，只要我們演好就行了。從現在起，我不再反對了，你們要我演什麼都行，只要是喜劇——就喜劇吧，我只有這個條件。」

接著，他一連五次提出要演《法定繼承人》，唯一猶豫不決的是，他究竟該演杜伯利勳爵，還是演潘格勞斯博士。他情懇意切地想讓大家相信，在剩下的角色中還有幾個出色的悲劇人物，但是誰也不理會他。

經過一番無效勸說之後，所有人陷入一陣沉默。湯姆從桌上的許多劇本中拿起一本，翻過來一看，突然叫道：「《情人的誓言》！雷文肖家能演它，我們為什麼不能呢？我們怎麼一直沒想到它？這非常適合我們。你們覺得如何？兩個重要的悲劇角色由耶茨和克勞佛來演，那個愛做打油詩的管家就由我來演——我知道別人都不想演它，不過我很樂意演，我說過自己演什麼都行。至於其他角色，誰都可以來演，只剩下卡塞爾伯爵和安哈特。」

這個方法得到眾人一致叫好。大家都對遲疑不決感到厭煩了，一聽到這個主意便立刻意識到，先前提出的那些劇碼，沒有一齣像這一齣這麼合適。尤其是耶茨，他在艾克斯佛時，就一直夢想飾演男爵這個角色；當雷文肖勳爵朗誦台詞時，他總是嫉妒不已，並跑回自己房裡照樣朗誦一遍。扮演維爾登漢男爵是他演戲的最大願望，他已經能背出一半的台詞，因此更迫不及待地想嘗試。不過，他也並不是非這個角色不可──他記得弗雷德里克也有一些出色的、慷慨激昂的台詞；亨利也對兩個角色都有興趣，他與耶茨互相禮讓了一番。瑪麗亞對劇中的阿嘉莎一角甚感興趣，於是主動替他們作出裁決。她告訴耶茨，在分配角色時應該考慮身高和體型；由於他個子比較高，因此演男爵最為合適。大家都覺得她說得很有理，兩位先生欣然接受自己的角色，她也為弗雷德里克的選角感到放心。已分配了三個角色，至於拉什沃思，他對瑪麗亞百依百順，什麼角色都願意演；茱莉亞也想飾演阿嘉莎，便以瑪莉為藉口，提出了異議。

「這麼做不公平，」她說，「這齣戲的女角色不多。艾蜜麗亞和阿嘉莎可以由瑪麗亞跟我來演，但是你妹妹就沒有角色可以演了，克勞佛先生。」

亨利請大家不要擔心，他認為瑪莉對演戲沒興趣，只是想幫大家一點忙，因此不必為考慮到她。湯姆立即表示反對，他毅然決然地說，要是克勞佛小姐願意飾演艾蜜麗亞的話，她無疑是最佳人選。「就像阿嘉莎由我的一個妹妹來演一樣，」他說，「艾蜜麗亞一角理所當然要分配給克勞佛小姐。對於我的兩個妹妹來說，這也沒什麼吃虧的，因為這個角色帶有很強烈的喜劇色彩，」

隨即是一陣短暫的沉默。姐妹倆都神色不安，認為阿嘉莎應該由自己來演，盼望有人推薦自己。這時，亨利拿起劇本，漫不經心地翻了翻第一幕，很快就決定了這件事。「我要懇請茱莉亞．貝特倫小姐，」他說，「請妳不要演阿嘉莎，否則我就無法保持嚴肅了。妳不能演，絕對不能，」他轉向她，「要是妳裝出一副悲傷的面容，我會忍受不住的。我們總是一起嘻笑玩鬧，我很難抹掉這個印象，就像弗雷德里克只能無奈地背著背包跑下台去。」

這番話說得既謙恭又風趣，但茱莉亞注意的不是他說話的態度，而是話中的內容。她看到亨利說話的時瞥了瑪麗亞一眼，顯然他們有意欺負她。她輸了，受青睞的是姐姐。瑪麗亞極力想壓抑那得意的微笑，以證明她完全領會了他的用意。茱莉亞還來不及回復鎮靜，哥哥又給了她一次打擊：「啊！是呀，必須讓瑪麗亞演阿嘉莎。雖然茱莉亞自以為適合悲劇，但我不相信她能演得好。她身上沒有一點悲劇的氣質，光樣子就不像！她的臉不是悲劇的臉，她走路太快，說話也快，總是忍不住笑。她最好演農夫太太的角色，沒錯，茱莉亞，妳就演這個角色。聽我說，農夫太太是個很棒的角色，這位老太太滿腔熱情地學丈夫做善事，非常了不起。妳就演她吧！」

「農夫太太！」耶茨大叫道，「你在說什麼呀？那是個最卑微、最低賤、也最無聊的角色，平庸至極——從頭到尾沒一段像樣的台詞。讓你妹妹演這個角色，簡直就是一種侮辱！在艾克斯佛，這個角色是由家庭教師扮演的。當時大家都一致認為，這個角色絕不能派給其他人。監督，請你公正一點。如果你對劇團裡的人才不能妥當安排，就不配作為一個監督。」

「啊，關於我安排得妥不妥當，親愛的朋友，在劇團演出之前誰也不知道。不過，我並非有意侮辱茱莉亞，但不能有兩個阿嘉莎，也必須有一個老太婆。我自願演老管家，不就是一個好榜樣嗎？如果說這個角色微不足道，就更能考驗她的演技。如果她不喜歡幽默的情節，就讓她說農夫的台詞，我敢說這個角色真是夠可悲的了！這對整齣戲也沒什麼影響。至於那個農夫，要是他的台詞能改成他妻子的台詞，我倒不介意演這個角色。」

「就算你喜歡農夫太太這個角色，」亨利說，「你也不能說她適合由你妹妹來演，不能因為你妹妹脾氣好，就硬逼她接受這個角色。艾蜜麗亞這個人物搞不好比阿嘉莎還難演，我認為整齣戲就屬艾蜜麗亞最難演。要把她演得活靈活現，需要很出色的演技，我見過一些優秀的演員都沒能演好。的確，幾乎所有的演員表現不出她的純真，這需要細膩的情感，而她們卻沒有。必須由一位大家閨秀——也就是茱莉亞小姐這樣的人。我想妳應該願意接受吧？」他帶著懇切的表情轉向茱莉亞，讓她心裡好受一些。但就在她猶豫不決的時候，她哥哥又插嘴說，瑪莉更適合演這個角色。

「不，不！茱莉亞不能演艾蜜麗亞，這個角色根本不適合她。她不會喜歡這個角色，也演不好的。她太高了，也太壯。艾蜜麗亞應該要是個嬌小玲瓏、稚氣未脫、活蹦亂跳的角色。這個角色適合克勞佛小姐，而且只適合她。她簡直就是這個人物的化身，我相信她會演得維妙維肖。」

亨利沒有理會這番話，繼續懇求茱莉亞：「請妳務必要答應，」他說，「真的，一定要答應。要是妳研究這個角色，一定會覺得她太適合妳了。妳可能選擇悲劇，實際上卻是喜劇選擇了妳。妳將拎著一籃食物來獄中探望我，妳不會不來探望我吧？我彷彿看見妳拎著籃子進來了。」

他的聲音產生的魔力動搖了茱莉亞。但他是否只是想稍微安慰她，使她忘了剛才受到的羞辱呢？她不相信，因為他剛才對她的冷落再明顯不過了。也許他不懷好意，想尋她開心。她懷疑地看了看姐姐，想從她的神情中尋找答案。她發現瑪麗亞露出一副安然自得的模樣——只有在她被捉弄時才會這樣。她立刻勃然大怒，聲音顫抖地對亨利說：「看來，你並不擔心我拎著一籃食物時，會讓你忍不住大笑——雖然你一定會笑，但只有我扮演阿嘉莎時才有可能！」她不說話了。亨利露出傻里傻氣的表情，彷彿不知如何是好。

「克勞佛小姐一定得演艾蜜麗亞。她會演得很出色的。」湯姆說。

「不用顧慮我！」茱莉亞氣沖沖地說，「要是我不能演阿嘉莎，就什麼都不演。至於艾蜜麗亞，那是我最討厭的角色，我恨透她了。一個唐突無禮、矯揉造作、又厚顏無恥的矮女人。我從來不喜歡喜劇，而這又是最糟糕的一齣。」她說完，便匆匆走出房去，讓在座的每個人感到局促不安。只有范妮同情她，她剛才一直靜靜地傾聽，看見她妒火中燒的模樣，不由得生起了憐憫之心。

茱莉亞離開後，大家沉默了一陣。但是，她哥哥很快又聊起了正事。他迫不及待地翻閱劇本，在耶茨的說明下，決定需要什麼樣的佈景。同一時間，瑪麗亞和亨利正在說悄悄話。瑪麗亞說：「我本來很樂意把這個角色讓給茱莉亞；但是，雖然我可能演不好，我卻認為她會演得更糟糕。」理所當然，她的這番話得到了對方的恭維。

這番情景維持了一段時間後，人們便散開了。湯姆和耶茨一起那間已經改名為「劇場」的房間進一步商量，瑪麗亞決定親自到牧師公館邀請瑪莉飾演艾蜜麗亞，而范妮則獨自留了下來。

她在寂寞中做的第一件事，就是拿起放在桌上的那本書，瞧瞧他們一直討論的這部劇本。她的好奇心被引起了，迫不及待地從頭開始讀，只在吃驚時稍加停頓。令她驚訝的是，居然選了這樣一齣戲，而且還得到了贊成！她認為，出於各種原因，阿嘉莎和艾蜜麗亞兩個角色絕不適合在家裡演，她們的處境、語言，都不適合一名大家閨秀飾演。她幾乎不敢想像，表姐們是否知道自己要演的是什麼。艾德蒙一定會反對的，她希望他能趕快讓她們醒悟。

第十五章

瑪莉爽快地接受了分派給她的角色。瑪麗亞從牧師公館回來後不久，拉什沃思也來了，因此又決定了一個角色：他可以在卡塞爾伯爵和安哈特之間擇一，起初他不知道該選哪個，請瑪麗亞替他決定。當他終於搞懂這兩個角色，並想起曾在倫敦看過這齣戲，還記得安哈特是個蠢貨後，便立即決定飾演伯爵。瑪麗亞很贊成這個決定，因為他的角色台詞越少越好。拉什沃思希望伯爵和阿嘉莎能一起出場，但她並不贊同；他一頁頁地翻著劇本，想找出這樣一幕。瑪麗亞在一旁等得不耐煩，但還是客氣地指出他的台詞，還替他把台詞縮減，並且告訴他：他必須盛裝打扮，挑選好衣帽領帶。拉什沃思一聽到可以穿戴華麗的服飾，不由得十分高興，只是表面上仍裝出鄙夷的樣子。他一心想著自己盛裝打扮的模樣，完全沒想到其他的事。這完全在瑪麗亞的預料之中。

艾德蒙整個早上都不在家，完全不知道事情進展到這一步。等他在午飯前回家時，湯姆、瑪麗亞和耶茨仍然在熱烈地討論。拉什沃思興高采烈地走上前去，向他報告這個好消息。

「我們選好了一部劇本，」他說，「是《情人的誓言》。由我演卡塞爾伯爵，先穿一身藍衣服、披一件紅斗篷出場；然後再換上華麗的打獵裝。我不知道這樣穿好不好看。」

范妮兩眼緊盯著艾德蒙，為他緊張不已。她看到了他的臉色，也看出了他的心情。

「情人的誓言！」他驚駭萬分地回答道，並轉向他的哥哥和妹妹們。

「是的，」耶茨大聲說道，「我們吵來吵去，最後發現這齣戲最適合我們，也最無可非議。奇怪的是我們一直沒有想到它，我太傻了！我在艾克斯佛見到的要素，這裡全部都具備。我們幾乎快分配完所有的角色了。」

「小姐們的角色是怎麼安排的？」艾德蒙一本正經地說，眼睛望著瑪麗亞。

瑪麗亞不由得臉紅，回答道：「我飾演跟雷文肖夫人一樣的角色，」她的眼神大膽了些，「克勞佛小姐飾演艾蜜麗亞。」

「我認為這種劇本很難從我們之中找到演員。」艾德蒙答道。他轉身走到他母親、姨媽和范妮坐著的爐火前，滿臉怒容地坐下來。

拉什沃思跟在他身後說：「我登場三次，有四十二句台詞，不錯吧？但我不大喜歡打扮得那麼漂亮，那會讓我認不出自己。」

艾德蒙無言以對。過了一會兒，湯姆被木匠叫出屋子，耶茨也陪他一起出去，隨後拉什沃思也跟出去了。這時艾德蒙才把握機會，說道：「剛才當著耶茨先生的面，我不方便說出對這齣戲的看法，否則會有損他在艾克斯佛的朋友們之間的名譽。不過，親愛的瑪麗亞，我現在必須告訴妳，我認為這部劇本極不適合在家中演出，希望妳不要參加。我相信，只要妳仔細閱讀一遍，就一定會對之卻步。只要把第一幕唸給媽媽或姨媽聽，她們就一定不會贊成，甚至不必請父親裁示。」

「我們對事情的看法大不相同，」瑪麗亞大聲說道，「我告訴你，我對這部劇本非常熟悉。當然，只要把劇中少數情節刪去，我認為沒什麼不合適的。你會發現，覺得這齣戲適合在家中演出的女孩不止我一個。」

「我深感遺憾，」艾德蒙回答，「不過在這件事情上，妳是大家的表率。妳應該以身作則，要是別人犯了錯誤，妳有責任糾正他們，讓他們明白怎樣才算是文雅端莊。在各種禮儀問題上，妳必須作為其他人的榜樣。」

瑪麗亞本來就愛指揮別人，受到這番恭維後自然洋洋得意，這讓她的心情比剛才好多了。「我非常感謝你，艾德蒙。我知道你是出於一片好心。不過，我還是認為你把這件事想得太嚴重了。在這麼一件事情上，我沒有理由對眾人說教。那麼做才最不合乎禮儀規範。」

「你認為我想要妳這麼做嗎？不，用妳的行為來說服他們。就說妳研究了這個角色，覺得自己無法勝任，扮演這個角色需要費一番工夫，還要有足夠的信心，但妳卻做不到。只要說得斬釘截鐵就行。頭腦清楚的人一聽就會明白妳的意思，放棄演出這齣戲，妳的成熟穩重也會自然而然受到敬重。」

「親愛的，不要演不恰當的戲。」貝特倫夫人說，「妳父親會不高興的。范妮，搖個鈴，我要吃飯了。茱莉亞肯定已經準備好了。」

「媽媽，我確信，」艾德蒙不讓范妮搖鈴，說道，「父親會不高興的。」

「喂，親愛的，妳聽見艾德蒙的話了嗎？」

「要是我不演這個角色，」瑪麗亞又變得興致勃勃，「茱莉亞一定會演的。」

「什麼！」艾德蒙叫道，「要是知道妳為什麼不演，她還會演嗎？」

「噢！她會覺得我們的立場不一樣，她用不著像我一樣顧慮各種事。我想她一定會這麼說的。不行，你要原諒我，我答應過的事絕不能反悔。這件事早就說好了，要是我反悔，大家一定會很失望的，湯姆也會生氣的。要是我們這麼挑剔，就永遠找不到一個合適的劇本。」

「我也正想這麼說呢，」諾里斯太太說道，「要是對每個劇本都挑三揀四，那就永遠也演不成——白做了那麼多準備，白花了那麼多錢——那肯定會丟光所有人的臉的。我不瞭解這齣戲，不過，就像瑪麗亞說的，要是劇中有什麼粗俗的內容（反正大部分劇本都有），把它刪掉就好了。我們不能太過古板，艾德蒙。拉什沃思先生也要參加演出，這就不會有什麼問題。我只希望湯姆好好監督木匠們的進度，他們做個邊門花了多少天呀！不過，布幕一定能做得很好的，女僕們都做得很用心，我看也許能省下幾十個幕環——我希望做到物盡其用，這麼多年輕人，總得有個老練的人在旁監督。就在今天，我遇到了一件事（我忘了告訴湯姆）。我在養雞場裡四下張望，正要走出去的時候，你猜我看見誰了？我看見迪克．傑克森手裡拿著兩塊松木板朝僕人房走去，肯定是要送去給他爸爸的。原來，他媽媽有事叫他送信來給爸爸，他爸爸就要他拿兩塊木板來。我明白發生了什麼事，因為這時僕人正要開飯。我不喜歡貪小便宜的人，但傑克森一家老是這樣，也就是我說的那種順手牽羊的人。你知道，這孩子已經十歲了，長得又高又大，也該知道羞恥了。因此，我直截了當地告訴他：『迪克，我幫你把板子送去，你快回家吧！』我想，可能是由於我的態度很不客氣，他一臉呆滯，一句話也沒說就走了。我敢說，他短時間不敢再來偷東西了。我恨他們這樣貪小便宜——你父親對他們一家這麼好呀！」

誰也沒有回答她。其他人很快都回來了。艾德蒙覺得，自己已經無能為力，唯一能感到欣慰的是，至少他努力過了。

餐桌上的氣氛非常沉悶。諾里斯太太把她整治傑克森的事又講了一遍；沒有人提起演出的事，艾德蒙的反對甚至影響了哥哥的情緒，儘管湯姆不會承認這一點。瑪麗亞少了亨利在旁聲援，也決定避開這個話題。耶茨努力想討好茱莉亞，他發現關於演出的話題比什麼都令她鬱悶。至於拉什沃思，雖然一心想著自己的角色和服裝，但他已經把能說的話都說完了。

不過，這個話題只暫停了一兩個小時。由於還有一些問題懸而未決，晚飯的酒又助長了他們的勇氣，於是，當湯姆、瑪麗亞和耶茨一在客廳會合，便圍著一張桌子坐下，把劇本攤開，準備深入研究一番。這時，克勞佛兄妹也進來了——這正合他們的意。儘管夜色已深，道路泥濘，但他們還是忍不住過來，並受到興高采烈的歡迎。寒暄之後，開始了如下的對話：

「喂，事情進行得如何了？」

「你們想到了什麼？」

「噢！少了你們，什麼也做不成。」

轉眼間，亨利和桌旁的三人已經坐在一起。他妹妹走到貝特倫夫人身邊，開始討好她：「我為選好劇本一事，向您表示祝賀。」她說，「儘管您以寬大的態度容忍我們，但我們沒完沒了的吵鬧肯定讓您心煩。劇本決定了，演戲者固然高興，但旁觀者也會感到萬分慶幸。夫人，我衷心祝您快樂；還有諾里斯太太，以及所有受到打擾的人。」她一邊膽怯又狡猾地瞥了艾德蒙一眼。

貝特倫夫人客氣地回了禮，但艾德蒙一句話也沒有說。他沒有否認自己只是一位旁觀者。瑪莉和爐子周圍的人繼續聊了一下子，便回到桌旁，站在那群人旁邊聽他們討論。這時，她彷彿突然想起什麼事，大聲叫道：「各位，當你們津津有味討論那些農舍和酒店時，也讓我瞭解一下我的命運吧！誰演安哈特？我將有幸和哪位先生談情說愛呢？」

一時間無人回答。接著，眾人便異口同聲告訴她一個可悲的事實：沒有人扮演安哈特。「拉什沃思先生飾演卡塞爾伯爵，還沒有人演安哈特。」

「我還有選擇的餘地，」拉什沃思說，「但我還是比較喜歡伯爵，雖然我不太喜歡我要穿的豪華戲服。」

「我認為你的選擇非常明智，」瑪莉笑著說道，「安哈特是個重要的角色。」

「伯爵有四十二句台詞，」拉什沃思回答，「這可不輕鬆！」

「沒有人演安哈特，」稍加停頓後，瑪莉說道，「我一點也不吃驚。這就是艾蜜麗亞的命運，這麼放蕩的女孩，的確能嚇跑所有男人。」

「可以的話，我很樂意演這個角色，」湯姆叫道，「遺憾的是，管家和安哈特是同時出場的。我想想有沒有其他辦法，讓我再看一下劇本。」

「應該讓你弟弟演這個角色，」耶茨小聲說道，「你認為他會拒絕嗎？」

「我才不想求他呢！」湯姆冷漠而堅決地說。

瑪莉又講了些其他事情。過了不久，她再次走向爐火邊的那群人。「他們根本不想讓我待在那裡，」她說著坐了下來，「我只會讓他們傷腦筋，不得不花費心思應付我。艾德蒙先生，你不參加演出，你的意見一定是公正的。因此，我想請問你，安哈特這個角色該怎麼辦？能不能讓一個人分飾兩角呢？」

「我的意見是，」艾德蒙冷靜地回答，「換一部劇本。」

「我並不排斥，」瑪莉說，「如果角色分配得好。也就是說，如果一切順利的話，我並不排斥飾演艾蜜麗亞。儘管如此，我還是不希望給人帶來不便。不過，坐在那張桌旁的人——」她回頭看了看，「他們是不會聽你的。」

艾德蒙沒有作聲。

「如果要說你適合哪個角色的話，我想就是安哈特，」沉默一陣子後，瑪莉調皮地說，「因為你知道，他是個牧師。」

「我絕不會因此就想演這個角色，」艾德蒙回答，「我不願意因為自己演技差，而把他演成一個可笑的人物。要想演好安哈特，讓這個角色不至於淪為一個古板的佈道者，那一定很不容易。一個人當了牧師，也許就不願意再上台扮演牧師。」

瑪莉啞口無言。她心中泛起幾分憤恨和恥辱，將椅子用力向茶桌那裡移了一點，接著把注意力轉向了坐在那裡的諾里斯太太。

「范妮，」湯姆在另一頭叫道，他們仍然熱烈地開著會議，說話聲不曾間斷，「我們需要妳的幫忙。」

范妮以為他們有求於她，連忙站了起來。儘管艾德蒙一再提醒，人們還是改不掉這樣使喚范妮的習慣。

「噢！我們沒有要妳過來，不是現在。我們只是要妳參加演出，由妳來演農夫太太。」

「我！」范妮叫了出來，滿臉驚恐地坐下，「不要逼我。無論如何，我都不能演。不行，我真的不能。」

「但妳一定要演，我們不能漏掉妳。用不著那麼害怕，那是個無關緊要的角色，總共才五六句台詞，就算觀眾沒聽到也沒什麼關係。所以就算妳的聲音小得跟蚊子一樣，也非出場不可。」

「要是連五六句台詞都害怕的話，」拉什沃思說道，「那我怎麼辦？我要背四十二句台詞呢！」

「我不怕背台詞，」范妮說。她驚恐地發現，屋裡這時只有她一個人說話，幾乎每一雙眼睛都盯著她。「但我真的不能演。」

「可以，可以，妳一定會演得很好的。妳只要記住台詞，其他的我們會教妳。妳只有兩場戲。我演農夫，要上場時我會帶著妳，該往哪裡走就聽我指揮。我保證妳會演得很好。」

「真的不行，貝特倫先生，請把我排除在外吧。你不懂，我絕對不能演。要是我真的去演，只會讓你們失望的。」

「夠了！夠了！別那麼忸忸怩怩的。妳會演得很好的，我們會體諒妳，不對妳要求太高。妳只要穿上一件褐色長裙，紮一條白圍裙，戴一頂頭巾，再讓我們畫上幾條皺紋，這樣就很像一個小老太婆了。」

「請把我排除在外吧！真的。」范妮大聲說道，她由於激動，臉越來越紅，苦澀地望向艾德蒙。艾德蒙親切地看著她，但又不想惹哥哥生氣，只能笑著在旁鼓勵她。范妮的懇求對湯姆完全起不了作用，他又重複了一次剛才的話。瑪麗亞、亨利和耶茨也一起慫恿她，范妮漸漸招架不住，這時，諾里斯太太又補上了一記——她凶巴巴地小聲對她說：「為一件小事浪費這麼多力氣！妳竟敢這樣為難妳的表哥表姐，他們對妳那麼好。我真為妳感到羞恥！算我求妳，痛快地答應，讓大家的耳根清淨一下吧！」

「別逼她了，姨媽，」艾德蒙說，「這樣不公平。妳看得出她不喜歡演戲，讓她別人一樣自己決定吧！我們都知道她會判斷是非好壞，不要再逼她了。」

「我不會逼她，」諾里斯太太厲聲說道，「不過，要是她不願意做她姨媽、表哥、表姐希望她做的事，那我會認為她是個固執、忘恩負義的孩子。只要想想她的身分，就知道她真是忘恩負義到了極點！」

艾德蒙氣得說不出話來。不過，瑪莉以驚訝的目光看了看諾里斯太太，又看了看淚眼汪汪的范妮，便諷刺地說：「我不喜歡這個位置，這裡熱得我受不了。」說著便把椅子挪到靠近范妮的地方，親切地對她說：「別在意，親愛的普萊斯小姐。這是一個火氣大的夜晚，人人都在發怒，欺負人；不過，我們不用去理會他們。」她十分關心地陪她說話，想讓她打起精神，又向哥哥使了個眼神，要他們別再強迫范妮了。艾德蒙看她這麼善良，又恢復了對她的好感。

范妮並不喜歡瑪莉，但如今瑪莉對她這麼好，她不禁十分感激。瑪莉先是讚美了她的刺繡，並向她要來刺繡的花樣；還推測，范妮正在為進入社交界做準備——等表姐結婚後，她當然要進入社交界。接著，瑪莉問她那位當海軍的哥哥最近是否有來信，說自己很想見他，又猜他是個英俊的青年。她還建議范妮，在哥哥再次出海前，找人為他畫張肖像。儘管這都是恭維的話，但范妮聽起來非常悅耳，也不由自主跟她聊了起來。

演戲的事還在商量之中。湯姆將瑪莉的注意力從范妮身上拉開，他相當遺憾地說，無論他如何絞盡腦汁，都想不出既演管家，又演安哈特的方法。「不過，要搞定這個角色一點也不難，」他補充說，「只要一句話，就能找出好多人選。我現在就能舉出附近一帶至少六位年輕人，他們會很樂意參加我們的劇團。其中有幾個人選很不錯，像是奧利佛兄弟和查爾斯．馬多斯三人，隨便哪一位都能勝任。湯姆．奧利佛是個聰明人，查爾斯．馬多斯則是個紳士。明天一早我就騎馬去史托克一趟，和他們商量商量。」

湯姆說這些話時，瑪麗亞不安地轉頭看了看艾德蒙。她怕艾德蒙會反對找來外面的人——這違背了他們的初衷。但艾德蒙沒有吭聲。瑪莉想了想，冷靜地回答：「對我而言，只要是大家覺得合適的事，我都不會反對。這幾個人之中有我認識的嗎？對了，查爾斯．馬多斯就曾經來我姐姐家裡吃過飯，是吧？亨利。那是個看上去很沉穩的年輕人，我還記得他。如果你願意，就請他吧！至少比請一個完全不認識的陌生人要好些。」

於是就決定邀請查爾斯．馬多斯了，湯姆說他第隔天一早就動身。這時，一直沒有意見的茱莉亞終於說話了。她先瞥了瑪麗亞一眼，又看了艾德蒙一眼，嘲諷道：「曼斯菲爾德的演出要把這一帶搞得雞犬不寧啦！」艾德蒙仍然一言不發，只是板著一張臉，藉以表明自己的想法。

「我對這齣戲不抱什麼期待。」瑪莉思考了一會兒，小聲對范妮說，「我要告訴馬多斯先生，在排練之前，我要先刪掉他的一些台詞，也把我的刪掉一些。這會很無趣，完全合乎我原先的期望。」

第十六章

瑪莉的安慰並不能讓范妮忘記發生的事。上床睡覺時，她仍然滿腦子想著晚上的情景：湯姆在眾人面前一再欺負她，大姨媽又冷酷地辱罵她。當時她已經感到痛苦不堪，現在獨自一人想起這些事情時，更是不可能覺得好過——她擔心明天又會舊話重提。雖然那時有瑪莉護著她，但要是他們再次脅迫（湯姆和瑪麗亞很有可能這麼做），而艾德蒙又不在場，那該怎麼辦呢？

她還想不出答案，就睡著了。隔天一早醒來，她仍然覺得這是個無解的難題。她來到姨媽家之後一直住在白色小閣樓，在這裡無法激發她的靈感，於是她穿好衣服，來到另外一個房間。這個房間比較寬敞，適合踱步與思考，長久以來也幾乎屬於她一人——那原本是孩子們的教室。李小姐曾住在這裡，小姐們也在這裡讀書、嬉鬧，直到三年前李小姐離開後，這個房間才失去了功用，只剩下范妮會來。她的小閣樓空間狹小，沒有書架；因此她把養的花草與書本放在這裡，有空就會來看看。她越來越喜歡這裡，也不斷地增加花草和書籍，在這裡度過許多時光。她就這樣自然而然地佔用了這個房間，由於這不會妨礙任何人，大家都公認這個房間屬於范妮。

從瑪麗亞十六歲開始，這個房間一直被稱為「東房」。現在，東房幾乎就像那個閣樓一樣，被當成范妮的房間。因為一個房間太小，再多一間也是很合理的，貝特倫姐妹出於自身的優越感，也不反對范妮使用那個房間。諾里斯太太早就聲明，范妮絕不能在屋內生火；在這個前提下，她倒不在意范妮使用那個沒用的房間。不過，她偶爾會提到范妮享受的待遇，那種口氣就彷彿這是屋裡最好的一間房。

這個房間的方位絕佳。即使不生爐火，在早春和晚秋時，像范妮這類易於滿足的女孩就還能時常待在這裡。只要有一縷陽光射入，她就能在冬天照樣待在這間房裡。在她沒事作的時候，這個房間為她帶來了莫大的安慰。每當她在樓下受到了欺負，她就能來這裡找點事情，或是思考心事，藉以獲得安慰。她養的花草、她買的書——自從她有零用錢開始，她就常常買書——她的寫字台、她為慈善製作的工藝品、她繡的花，全都在那裡。要是她沒有心情找事做，只想安靜地思考一番，那屋內任何事物都能為她帶來愉快的回憶。每一樣物品都是她的朋友，或讓她聯想起某個朋友。

儘管有時她遭受巨大的痛苦——她的動機時常遭受誤解，她的心情總是遭到漠視，她的見解往往不予尊重，她飽嘗了專橫、嘲笑、冷落——但每受到這樣的委屈時，總會有人安慰她。貝特倫夫人會為她說情，李小姐也鼓勵過她，尤其是艾德蒙總會為她打抱不平，與她交好。他支持她做的事，為她辯護，勸她不要哭，或是表示自己疼愛她，讓她破涕為笑——這一切隨著時間的經過更加和諧地交融在一起，使得每一樁痛苦的往事都帶上迷人的色彩。

這個房間更是彌足珍貴。房裡的傢俱原本就平凡無奇，又受過孩子們的摧殘；但即使用屋裡最精緻的傢俱來換，她也不願意。房裡有茱莉亞畫的一幅褪色腳凳，由於做工粗劣，不適合放在客廳。窗戶下方的三塊雕花玻璃，中間一塊雕的是廷頓寺，兩旁一塊是義大利的洞穴，另一塊是坎伯蘭的湖上月色。一組家族人物的側面像，因為掛在哪裡都不適合，因此就掛在這個房間的壁爐架上。側面的牆上釘著一張素描，畫的是一艘輪船，是四年前威廉從地中海寄來的，畫的下方寫著「H．M．S．安特衛普」幾個字。

范妮就來到了這個舒適的窩，嘗試安慰她那激動不安的心。她看了看艾德蒙的側面像，讓她的天竺葵透透氣。她不只為自己的固執擔心，還對自己該怎麼做感到猶豫不決。她在屋裡來回踱步，越來越困惑。她本該聽那些人的話，他們如此強烈地要求她做一件事，而這件事又對他們的計畫至關重要，她難道能夠拒絕嗎？這是否代表她自私，不想讓自己出醜？艾德蒙不贊成演戲，還說湯瑪斯爵士也會反對，這難道就能證明她的拒絕是正確的嗎？她懷疑自己是否該把參加演出看得這麼可怕，這麼做是否摻雜了私心。她環顧四周，看到表哥表姐送給她的一件件禮物，越來越覺得自己該知恩圖報。桌子上擺滿了針線盒和編織盒，幾乎都是湯姆送她的；她心裡納悶，收了別人這麼多禮物，究竟欠了多少人情。就在她思索該怎樣報答時，一陣敲門聲把她驚醒了。她溫柔地說了聲「請進」，便走進來一個人，那正是她現在最想見到的艾德蒙。她眼睛頓時一亮。

「可以和妳聊聊嗎？范妮。」艾德蒙說。

「當然可以。」

「我需要一些幫忙，想聽聽妳的意見。」

「我的意見？」范妮受寵若驚，不由得往後一縮。

「是的，妳的意見和建議。我不知該如何是好。妳知道，這次的演出計畫越來越糟；他們選的劇本已經夠糟了，現在為了湊足角色，又要請一個我們都不熟悉的人來幫忙。這麼一來，最初的原則全被打破了。我不知道查爾斯．馬多斯有哪裡不好，但讓他參加這次演出，勢必引起不適當的親密關係；不僅是親密，還會導致輕浮。我一想到這一點就受不了。我認為事關重大，必須盡可能加以制止。難道妳不這樣想嗎？」

「我也這樣看，但有什麼辦法呢？你哥哥那麼堅持。」

「只有一個辦法，范妮。我必須自己扮演安哈特。我很清楚，沒有其他辦法能讓湯姆安分。」

范妮無言以對。

「我並不喜歡這麼做，」艾德蒙接著說，「誰也不喜歡出爾反爾。大家都知道我從一開始就反對這件事，現在他們接連破壞原則，我卻反而要加入，看起來真是荒唐至極。但我想不出其他辦法，妳有辦法嗎？范妮。」

「沒有，」范妮慢吞吞地說，「暫時沒有，不過……」

「不過什麼？我知道妳的看法和我不同，仔細想想吧！以這種形式讓一個年輕人加入我們的團體——任意進出我們的家門，突然和我們變得親密無間——這種關係將可能帶來什麼樣的危害和不快！妳也許還不夠明白，只要想一想，每排練一次，他就會放肆一次，這多糟糕！想想瑪莉吧，范妮，想想跟一個陌生人演對手戲是什麼滋味。她應該受到同情，因為她顯然也這麼希望；我聽見她昨天晚上對妳說的話，很清楚她她不想和陌生人一起演出。她答應演出時可能沒有考慮太多，不曉得會發生什麼狀況；我們不能讓她在這種情況下受到委屈，那也太不顧道義了。她的心情應該被尊重，難道妳不這樣想嗎？范妮，妳猶豫了。」

「我替克勞佛小姐難過，但更替你難過。因為我看見你也被捲進去，被迫做不願意的事，同時也是你認為姨丈會反對的事。別人會多麼幸災樂禍啊！」

「如果他們發現我的演技很糟，就得意不起來了。也許還是有人會得意，但是，我才不管他們怎麼想。只要我能不讓這件事情外揚，稍微丟個臉也沒關係。我現在什麼影響力也沒有，因為我得罪了他們；但只要我退讓一步，讓他們高興，就有可能把事態控制住。我要邀請拉什沃思夫人和格蘭特一家參加，妳認為這個方法值得一試嗎？」

「是的，這是個好方法。」

「但妳還沒表示同意呢！妳能不能提出其他更有效的方法呢？」

「不，我想不出來。」

「那就贊成我吧，范妮。沒有妳的認可，我心中就不踏實。」

「噢！表哥。」

「要是妳不同意，我就該重新考慮了。總之，絕不能讓湯姆隨便找人加入，我認為妳能體諒克勞佛小姐的心情。」

「她會很高興的，這一定會讓她鬆一口氣。」范妮說道，想表現得更熱情一些。

「她昨晚對妳那麼親切，這是從來沒見過的。所以我也要好好對待她。」

「她真的很親切。我很高興能避免她跟陌生人——」

范妮沒能說完這句寬大的話，她的良心阻止了她。但是艾德蒙已經滿足了。

「吃完早餐我立刻去找她，」他說，「她一定會很高興的。好了，親愛的范妮，我不再打擾妳了，妳還要看書。但要是不找妳討論的話，我的心裡又無法踏實，畢竟一整夜不停想著同一件壞事，那樣很不好。要是湯姆醒了，我就直接去找他，把事情作個了結。等到吃早餐時，我們會為了能一起做一件蠢事而興高采烈。我想，妳待會要啟程去中國了吧？麥卡特尼勳爵，旅途順利嗎？」他說著，打開桌上的一本書，接著又拿起幾本，「要是妳讀膩了大本的書，這裡還有克雷布的《故事集》跟《懶漢》可以看。我很羨慕妳這個小小的書房，等我一走，妳就會忘掉那齣無聊的戲，舒服地坐在桌旁看書。不過，別在這裡待太久，免得著涼了。」

艾德蒙走了。但是，范妮沒有看書，沒有去中國，也沒有恢復平靜。艾德蒙為她帶來了最怪異、也最壞的消息，她毫無心情去想其他事情。要參加演出！先前他還那麼堅決地反對！她親耳聽見他當時說的話，親眼看到他當時的表情，知道他是認真的。這是真的嗎？艾德蒙竟會出爾反爾，難道他在自欺欺人？還是判斷錯誤？唉！都是瑪莉的錯。她發現瑪莉的一言一行都會對他造成影響，感到相當苦惱。艾德蒙來之前，她已對自己的行為產生疑慮和恐懼，聽完他的話後，這些疑慮和恐懼頓時變得無足輕重，更大的煩惱把它們淹沒了。事情總是會結束的，至於結局，她已經不在乎了。表哥表姐可以逼迫她，但總不能纏著她不放；他們拿她沒辦法。要是最後不得不屈服，那也沒關係，反正不會比現在更糟了。

第十七章

對湯姆和瑪麗亞來說，這一天真是大獲全勝。他們很高興能戰勝艾德蒙的謹慎，如今，他們心愛的計畫再不會任何阻礙了。兩人都相當滿意，私下祝賀著彼此，並把這一變化歸咎於嫉妒。艾德蒙大可以繼續板著臉，說他不喜歡演戲，但他們終究達到了目的。艾德蒙將參與演出，而且完全是受私心所驅使；他從起初堅守的崇高道德上跌落，他的挫敗讓他們兩個更加愉快而自豪。

不過，兩人仍然對艾德蒙很客氣，頂多在嘴角露出一絲微笑。他們似乎也很慶幸不必邀請查爾斯·馬多斯，彷彿他們從不希望他來。「完全由這個團體的成員來演，這正合我們的意。要是多了一個陌生人，只會破壞我們的興致。」艾德蒙趁機表示，他希望能限制觀眾的人數。由於他們心中得意，對任何要求都來者不拒。

真是皆大歡喜。諾里斯太太自告奮勇為他設計服裝，耶茨也向他保證安哈特和男爵將會增加戲份，拉什沃思則答應幫他檢查有幾句台詞。

「也許，」湯姆說，「范妮現在會願意幫忙我們。也許你能說服她。」

「不，她非常堅決，一定不肯演。」

「啊！好吧。」湯姆沒再說話。然而，范妮又感到不安起來，她原已將這股不安置之度外，現在又開始擔心。

艾德蒙的態度轉變後，牧師公館也像莊園一樣充滿歡樂。瑪莉笑得花枝亂顫，又興高采烈地回到這件計畫之中。艾德蒙心想：「我尊重她的心情果然是正確的，我很高興做出了這個決定。」這天早上就在愉快中度過，這陣愉快雖不濃厚，卻頗為甜蜜。這也為范妮帶來一些好處：在瑪莉的請求下，格蘭特太太便答應扮演原本屬於范妮的角色。

一天之中，只有這件事讓范妮開心。然而，她還是感到了痛苦，因為這件事全是託瑪莉的福，她得感謝她的好心幫忙，艾德蒙也對瑪莉讚賞不已。她逃過一劫了，但是這無法使她平靜。她的心情從未如此不安。儘管她自認並沒做錯什麼。無論在理智上，還是情感上，她都不贊成艾德蒙的決定。她不能原諒他出爾反爾，雖然他自己因此慶幸，卻害她很不好受。她的心裡充滿嫉妒和不安；當瑪莉滿面春風地走向她時，她感到恥辱；當瑪莉親切地跟她說話時，她也不能心平氣和地回答。她周圍的人個個忙碌而開心，所有人都有自己的工作、自己的角色、自己的服裝，以及自己心愛的橋段；每個人都在興高采烈的討論，只有她一人悶悶不樂。任何事都沒有她的份，無論她離開還是留下，都沒人會注意她，也沒人會擔心她。她覺得這真是最糟的情況了。

格蘭特太太成了眾人的焦點，大家稱讚她和藹可親，尊重她的喜好和見解，凡事都需要她在場，向她求教，圍著她說話。剛開始，范妮幾乎嫉妒起她的角色，但在一番深思熟慮後，心裡終於好受了一些；她認為格蘭特太太是可敬的，但她卻不可能受到這樣的對待。即使她能得到尊敬，也絕不會心安理得地參加演出，尤其是在想到她姨丈的時候。

在所有人之中，悶悶不樂的不只有范妮一人，她很快也意識到這一點——茱莉亞也傷心，但她是有理由傷心的。

亨利玩弄了她的感情，她卻一直和姐姐爭風吃醋，對他賣弄風情。這種行為本是可以理解的，她們也應該有所警覺。如今，她終於看清亨利喜歡的是瑪麗亞，並接受了這一事實，既不感到驚訝，也不去嘗試讓自己冷靜。她要不就陰沉地坐著一言不發，對任何事都無動於衷，要不就放任耶茨向她獻殷勤，並竭力強顏歡笑，或譏笑他們的表演。

亨利得罪茱莉亞之後的幾天，他仍試著消除嫌隙，盡可能討好她。然而，他也沒有太在意這件事，在失敗幾次後便不再堅持了。沒過不久，他就一頭栽入演戲之中，沒有心思再去調情。他逐漸忘了這次爭吵，不把它放在心上；這讓他與人們的期待漸行漸遠——格蘭特太太看到茱莉亞遭到排擠，心裡感到不悅。不過，這件事與她無關，只有亨利能夠作主。而亨利曾帶著誠懇的微笑告訴過她，他和茱莉亞從未對彼此產生感情。因此，格蘭特太太只好再次提起瑪麗亞訂婚的事，請他不要對她太過認真，以免自尋煩惱；接著便高高興興地去參加了年輕人的活動。

「我很好奇，茱莉亞怎麼沒有愛上亨利。」她對瑪莉說。

「我敢說她有，」瑪莉冷冷地回答，「我認為姐妹倆都愛他。」

「姐妹倆？不，不，這絕對不行，不能讓他知道。要為拉什沃思先生著想。」

「妳最好請瑪麗亞小姐去想吧，這麼做對她也好。我經常關心拉什沃思先生的財產和收入，心想要是換一個主人該有多好。有這麼多的財產，什麼事都不用做，就可以擁有一個郡。」

「我想他很快就會進入國會了。湯瑪斯爵士回來後，我敢說他會當上某個城市的代表，不過現在還沒有人支持他。」

「湯瑪斯爵士回來會發生各種大事的，」停了一會之後，瑪莉說道，「妳記得霍金斯．布朗模仿波普寫的《煙草歌》嗎：『神聖的樹葉！你芬芳的氣息，能使聖殿的騎士風度翩翩，教區的牧師頭腦清晰。』我也學唱一句：『神聖的爵士！你威嚴的神情，能使兒女們豐衣足食，拉什沃思頭腦清晰。』妳認為如何？姐姐。好像所有事都繫於湯瑪斯爵士一人。」

「告訴妳吧，只要妳看見他和家人的相處，就會明白他為什麼那麼有威望了。他的舉止優雅莊重，適合做為一家之主，讓家人們安份守己。而現在，貝特倫夫人說的話沒人要聽，沒有人管得住諾里斯太太——除了湯瑪斯爵士。不過，瑪莉，別以為瑪麗亞喜歡亨利；我知道茱莉亞不愛他，否則她今晚就不會和耶茨先生調情了。雖然瑪麗亞和亨利是很好的朋友，但我覺得她對索瑟頓的熱愛絕不會改變。」

「在正式訂婚前，要是有亨利在，我看拉什沃思先生就不會有什麼希望。」

「既然妳有這層疑慮，那就得採取一些措施。等戲演完之後，我們就和亨利好好地談一談，問問他到底是怎麼想的。要是他別無居心，我們就必須讓他搬走一段時間。」

茱莉亞的心中的確是痛苦的，只是格蘭特太太和其他人都沒有看出來。她愛上了亨利，現在依然愛著他。她那熱烈而又不理智的希望破滅後，深感自己受盡委屈，但她的性情高傲，還是強忍下這陣痛苦。她悲憤交加，只能靠著發洩怒氣尋求安慰。姐姐與她本來相處融洽，現在卻成了她最大的敵人。兩人日漸疏遠。茱莉亞希望這對情侶沒有好下場，希望瑪麗亞為這種愧對她與拉什沃思的可恥行為得到應有的懲罰。當這對姐妹沒有利害衝突時，還夠能心意相通；如今遇到了這樣的考驗，卻都把感情拋到一旁，彼此鉤心鬥角起來。瑪麗亞繼續洋洋得意地追逐她的目標，完全沒把茱莉亞放在心上。而茱莉亞一看到亨利對瑪麗亞獻殷勤，則恨不得他們引起一場軒然大波。

范妮也瞭解茱莉亞的這種心態，並深感同情。不過，她們兩人沒有太大交情，茱莉亞不主動搭理，范妮也不敢多管閒事。她們各有苦處，范妮在心中把兩個人連在了一起。

兩位哥哥和大姨媽對茱莉亞的煩惱不聞不問，也不管那煩惱的真正原因，因為他們已經沒有餘力，全都專注在其他事情上。湯姆一心想著演戲。艾德蒙既要研究他的角色，又要堅守自己的立場；既要考慮瑪莉，又要考慮自己；既要談情說愛，又要遵守原則，因此也沒有多餘的心思。諾里斯太太忙著作出各種籌畫，指導各個細節，並以節儉的原則監督戲服的製作；雖然沒人感激她，她還是為了能幫不在家的湯瑪斯爵士省下幾個半克朗感到自得，當然也沒空注意兩個外甥女的事情。

第十八章

一切都進行得很順利。劇場正在佈置，演員正在練習，服裝也在趕工。但范妮很快就發現，劇團裡的人並不是一直都那麼高興，他們都有了各自的煩惱。艾德蒙就有不少煩惱。其他人根本不聽他的意見，硬是從倫敦請來一個繪景師，增加了不少開銷；更糟的是，事情已經傳得沸沸揚揚。湯姆沒有遵照他的意見，反而向認識的每一家發出了邀請。他早就背熟了角色的台詞，還接下了許多小角色的戲份，迫不及待地想演出了。當他無所事事地過完一天，便會覺得他扮演的角色全都沒有意思，後悔應該選別的劇本。

范妮總是謙恭有禮，加上人們往往只找得到她一個傾聽者，因此幾乎都向她訴苦。她聽了各種事：大家都認為耶茨的大嗓門非常可怕；耶茨對亨利感到失望；湯姆說話太快，觀眾會聽不清楚；格蘭特太太總是笑場，令人掃興極了；艾德蒙還背不出他的台詞；拉什沃思也老是記不住台詞；他總是找不到人陪他排練……

拉什沃思也會找她訴苦，或是其他人抱怨。范妮看得很清楚，瑪麗亞在躲著他，並且總是多此一舉地與亨利排練他們共同出場的橋段，她很擔心拉什沃思會因此抱怨。她發現，沒有一個人滿意，他們都想再得到一些自己沒有的東西，並為別人帶來不快。不是嫌自己的戲份長，就是嫌短；沒有人準時到場，沒有人去記自己由哪邊出場。每個人都只知埋怨別人，誰也不肯服從指導。

雖然范妮不參加演出，卻也從中得到了相同的樂趣。亨利演得很好，范妮悄悄到劇場觀看排練的第一幕。儘管她對瑪麗亞的部分台詞反感，仍然感到相當愉快，她覺得瑪麗亞也演得很好。經過一兩次排練後，觀眾只剩下范妮一人。在她看來，亨利是個最棒的演員——他比艾德蒙有自信，比湯姆有判斷力，比耶茨有天分。她不喜歡他，卻不得不承認他是最棒的演員。但耶茨卻對他不滿，說他演得枯燥乏味。終於有一天，拉什沃思一臉陰沉地對她說：「妳覺得他哪裡演得好？老實說，我不欣賞他。偷偷告訴妳，這樣一個矮小、醜陋的人竟被人認為是好演員，讓我覺得好笑。」

拉什沃思的嫉妒心又復發了。由於瑪麗亞越來越渴望得到亨利，也就越不去重視拉什沃思的感受。也因此，他那四十二句台詞就更難背熟了。除了他母親以外，沒有人指望他把台詞背好；而他的母親反而認為兒子應該飾演更重要的角色。她要再等一陣子才會來曼斯菲爾德，好觀賞她兒子登場的每一幕。但其他人都只希望他至少記住開場語，其他的台詞照著唸就好。范妮同情他，努力幫助他記憶台詞，結果她背下了每一句，但他卻沒有太大的進步。

她心裡有許多不安的想法。但有這麼多事要她操心，她覺得自己在人群中絕不是無事可做，毫無用處，她原本擔心自己會在憂鬱中度過，結果卻並非如此。她偶爾會幫得上大家，她心裡也許和大家一樣平靜。

再說，還有許多勞作需要她幫忙。「來，范妮，」諾里斯太太叫道，「這幾天妳過得很快樂嘛！不過，不要老是在屋子裡走來走去，只會在一旁看熱鬧。我這裡需要妳，我一直忙個沒完，都快沒力氣站著了。我要用這些緞子幫拉什沃思先生做斗篷，妳可以幫我拼湊一下。只有三條縫，妳一下子就能縫好。我真想像妳一樣閒著沒事做，要是人人都像妳這麼悠閒，我們就很難有什麼進展。」

范妮也不想反駁，一聲不響地接下了東西。但她那位比較善良的姨媽卻替她說話。

「姐姐，范妮過得快樂也沒什麼不對。妳知道，她從來沒見過這種場面。妳跟我以前也都喜歡看戲，現在也還看。等我再閒一點，我也想去看看他們排練。范妮，這齣戲在演什麼？妳從來沒跟我說過呢！」

「噢！妹妹，請妳先不要問她。范妮可不是那種能一邊說話一邊幹活的人。那齣戲在說情人的誓言。」

「我想，」范妮對貝特倫夫人說，「明晚會排練三幕，妳可以一次看到所有的演員。」

「最好等布幕掛上後再去，」諾里斯太太插嘴說，「再過一兩天就掛好了。演戲沒有布幕就沒有看頭。我敢保證，幕一拉上就會呈現非常漂亮的皺褶。」

貝特倫夫人似乎很樂意等待，但范妮可不像她那麼處之泰然。她很關心明天的排練，要是明天排練三幕，艾德蒙和瑪莉就會第一次同台演出。第三幕有一場對手戲，范妮特別關注這場戲，既想看，又害怕；在那場戲中，兩人談情說愛，男方大談建立在愛情上的婚姻，女方則幾乎在傾訴愛情。

范妮滿懷苦澀、困惑的心情，把這一段劇本讀了一遍又一遍，心痛地想著這件事，並忍不住想觀看演出。她相信他們還沒排練過，也沒在私下排練過。

第二天來到了，范妮仍然為晚上的排練焦慮不安。她在大姨媽的使喚下，勤勞地做著工作，這陣忙碌掩飾了她的心神不寧。快到中午時，她拿著針線活回到了東房，因為她聽到亨利提出要排練第一幕，而她一點興趣也沒有，只想找個地方清靜一下，也避免遇到拉什沃思。她經過玄關時，看到兩位女士從牧師公館走來，她仍不改變回到房間的念頭。她在東房一邊幹活，一邊沉思，周圍沒有任何干擾。過了一刻鐘，有人輕輕敲門，接著瑪莉走了進來。

「我沒走錯吧？沒錯，就是這裡。親愛的普萊斯小姐，請見諒，我是特地來請妳幫忙的。」

范妮大為驚訝，但為了擺出房間主人的架子，還是客氣了一番，隨即又不好意思地看了看空爐柵上的鐵條。

「謝謝妳，我不冷，一點也不冷。請允許我在這裡待一下子，聽我背第三幕的台詞。我把劇本帶來了，要是妳願意和我一起排練，我會很感激的！我今天來這裡，本來想偷偷跟艾德蒙一起排練，但沒有遇到他。即使遇到他，我搞不好也不敢跟他一起練，我的臉皮不夠厚，因為那裡面有幾段──妳會幫我，對嗎？」

范妮非常客氣地答應了，不過語氣不是很堅決。

「妳有沒有看過我說的那一段？」瑪莉說，一面打開劇本，「就在這裡。剛開始我覺得沒什麼；但是，說實在的──瞧！妳看看這句話，還有這句，跟這句。我怎麼能盯著他說出這種話來？妳說得出口嗎？不過他是妳表哥，不太一樣。妳一定要陪我練一下，我先把妳想像成他，慢慢習慣。妳的神情有時真像他。」

「像嗎？我很樂意幫忙。不過我只能用唸的，背不出來。」

「我想也是，我會給妳劇本。現在就開始吧！我們需要兩張椅子，妳去台子前面拿，那裡有——用來上課也許可以，但可能不適合演戲。妳的家庭教師和姨丈要是看見我們拿這張椅子來演戲，不知道會說什麼？要是湯瑪斯爵士這時候看見了我們，非氣壞不可，因為我們把家裡到處變成了排練場。我上樓時聽見耶茨在餐廳裡大吼大叫。劇場一定又被那兩個不嫌累的排練者——阿嘉莎和弗雷德里克——佔用；順便告訴妳，我五分鐘前去看時，他們正在忍住不擁抱，因為拉什沃思先生就在旁邊。我發覺他臉色不對，就想引開話題，小聲對他說：『我們將有一個很好的阿嘉莎，她的一舉一動都有幾分母性，她的聲音和神情更是母性十足。』我說得不錯吧？他馬上轉怒為喜。現在開始練習吧！」

瑪莉開始唸了。范妮一想到自己代表艾德蒙，也不禁變得穩重起來，雖然神情、聲音完全是一個女性的。面對這樣的安哈特，瑪莉頓時冒出了勇氣。她們剛練完半場，就聽到有人敲門。艾德蒙走了進來，排練因而停下。

這樣的巧遇讓三個人又驚又喜，又感到難為情。艾德蒙來這裡的目的和瑪莉一模一樣，他也想找范妮陪他演練一下，為晚上的排練做準備。他就這樣遇見了瑪莉，兩人互相說了自己的打算，並異口同聲讚美范妮的善良。

范妮卻沒有那麼好的興致。在兩人興高采烈之際，她的情緒卻低落下來。她覺得，對其他兩人來說，她又變得微不足道了。他們現在要一起排練了，艾德蒙率先提出，態度既急切、又誠懇；瑪莉起初不太願意，後來也就不再拒絕了。范妮只能在一旁提著台詞，看他們排練。兩人賦予她一些權利，讓她能在一旁評判、提出自己的意見；但她感到有些畏怯，即使她有資格提出意見，她的良心也不能讓她貿然這麼做。這件事令她的心裡不是滋味，自然提不出客觀的意見了。就算只是提著台詞，對她來說也不容易，因為她總是心不在焉。

看著艾德蒙越來越投入，她感到焦躁不安。有一次，當他需要看台詞時，她卻把劇本闔了起來，轉過身去。她解釋說是因為她太疲勞，於是他們向她表示感謝，並給予同情；雖然他們怎麼也猜不到她最該得到多大的同情。一場戲終於練完，兩名演員互相誇獎，范妮也強打精神讚美了兩人一番。當他們走後，她想了想前後的情景，覺得他們的演技真情流露，肯定能大受好評，卻會為她帶來巨大的痛苦。無論結果如何，她都必須再忍受一次這樣沉重的打擊。

晚上要進行前三幕的首次正式排練。格蘭特太太、克勞佛兄妹已約好晚飯後就來參加，其他人也熱切地盼望晚上的到來。在這期間，人們個個眉開眼笑。湯姆為即將大功告成而得意，艾德蒙為了早上排練而高興，所有人的煩惱似乎就要一掃而光，大家都迫不及待。女士們很快就起身，男士們也隨即跟上；除了貝特倫夫人、諾里斯太太和茱莉亞以外，所有人都提早來到劇場。蠟燭點燃了，照亮尚未完工的舞台，只等格蘭特太太和克勞佛兄妹前來。

不久後，克勞佛兄妹來了，但格蘭特太太卻沒出現。因為格蘭特博士說他不舒服，不肯讓妻子來，雖然他的小姨子根本不相信他有病。

「格蘭特博士病了，」瑪莉裝出一本正經的樣子說道，「他一直不舒服，今天的雞一口也沒吃。他把盤子推到一邊，一直說不舒服。」

真是掃興極了，格蘭特太太那討喜的儀態與隨和的性情一向深受歡迎，今天的場合更是不可或缺。她不來，大家就演不好，整個晚上的樂趣也將消失殆盡。湯姆忍不住大傷腦筋。很快地，幾雙眼睛開始轉向范妮，有人說：「不知道普萊斯小姐願不願意代她唸一下台詞。」一瞬間，人們都開始懇求她，連艾德蒙也說：「來吧！范妮，如果妳不反感的話。」

范妮仍然躊躇不前。她不敢想像這樣的事。人們為什麼不去拜託瑪莉呢？為什麼自己明知道房間裡最安全，卻偏要來看排練？她早就知道來這裡不會有什麼好事，她不該來的，現在活該嘗到惡果。

「妳只要唸唸台詞就好。」亨利又一次懇求。

「我相信她背得出每一句話，」瑪麗亞補充說，「那天她糾正了格蘭特太太二十個錯誤。范妮，我想妳一定背得出來。」

范妮不敢否認。大家都拚了命地拜託，艾德蒙又帶著親切的表情求了她一次。她只好答應了，大家這才都滿意，開始準備排演。她的心仍然惶恐地劇烈跳動。

排練正式開始。大家只顧著鬧哄哄地演戲，沒注意屋子的另一端傳來一陣不尋常的吵雜聲。接著，房門突然打開，茱莉亞站在門口，驚慌地叫道：「我父親回來了！他正在玄關裡。」

第十九章

難以形容這群人驚恐失措的狼狽模樣。對大多數人來說，這是個驚駭萬分的時刻。湯瑪斯爵士回家了！從茱莉亞的表情可以看出，這件事是真的。經過一陣驚叫之後，大家又陷入沉默，所有人的臉都嚇得扭曲，張大雙眼盯著別人，所有人都覺得這個消息真是太糟糕，也太不是時候了！耶茨或許只為了排練被打斷而氣惱，拉什沃思或許只覺得幸災樂禍；但其他人卻個個沮喪、心虛，甚至驚恐，大家都在盤算：「我們會有什麼下場？現在該怎麼辦？」與此同時，每個人都聽到了開門聲和腳步聲，也越來越心驚膽戰。

茱莉亞是第一個移動腳步，也第一個開口的人。在大難將至的時刻，她暫時收起了嫉妒和憤怒之情；然而，就在她來到門口時，弗雷德里克正情意綿綿地傾聽阿嘉莎的告白，還把她的手壓在自己的胸口。茱莉亞一見到這個場景，發現亨利聽了這件壞消息後仍保持原來的姿勢，抓著姐姐的手不放，她那顆受傷的心又被刺激了，蒼白的臉再度氣得通紅。她轉身走出房去，嘴裡說：「我何必害怕見他呢？」

她一走，眾人宛如大夢初醒。兄弟倆立刻作出共識：他們必須立刻回客廳去。瑪麗亞也抱著同樣的想法，跟他們一起出去，這三人之中就屬她最有勇氣。原來，剛才讓茱莉亞負氣離去的場面，現在卻成了她最大的支持——在這樣一個危機的時刻，亨利仍然握著她的手不放；這足以打消她長期以來的懷疑和憂慮，她認為這是忠貞不渝的愛的象徵，不由得心花怒放，連父親也不怕了。

他們只顧著往外走去，拉什沃思反覆問道：「我也要去嗎？我是不是去一下比較好？這樣做好嗎？」沒有人理睬他。不過，他們一走，亨利便回答了他的問題，鼓勵拉什沃思最好趕緊去向湯瑪斯爵士致意，他這才興沖沖地跟了出去。

劇場上只剩下了范妮、克勞佛兄妹和耶茨。她的表兄姐不管她，她也不奢望湯瑪斯爵士會對她像親生子女那麼好，因此樂於留在原地。儘管事情不是她的錯，但她卻比其他人還要忐忑不安，就快昏倒了。她對姨丈一貫的敬畏感又再度恢復；同時，一想到他看見這副景象的反應，她又忍不住同情他，也同情幾乎所有的人——尤其是艾德蒙。她心裡盡是這些可怕的念頭，渾身直打哆嗦。至於三人，他們已經不再害怕，開始發起牢騷，埋怨湯瑪斯爵士不該這麼早回來；他們毫不憐憫爵士的遭遇，恨不得他在路上多花一倍時間，或是留在安地卡。

克勞佛兄妹倆比耶茨更瞭解這一家，也清楚爵士的歸來會造成什麼後果，因此聊起來也更加激憤。他們知道戲演不成了。但耶茨卻認為他們只不過暫時被打斷，等喝完了茶，迎接湯瑪斯爵士的混亂場面結束後，排練就能夠繼續。克勞佛兄妹不禁大笑，他們很快就商量好立刻溜掉，把事情留給這家人收拾。他們還建議耶茨跟他們一起回去，在牧師公館住一個晚上；耶茨只是道了謝，說道：「我還是不走比較好，既然主人回來了，我要大方地向他致敬一番。再說，偷偷溜走對主人也不尊重了。」

范妮剛剛恢復鎮定，想起繼續留在這裡似乎不妥。克勞佛兄妹託她代為表示歉意，范妮便在他們準備離開時走出房間，去履行面見姨丈的可怕使命。

一眨眼工夫，她來到了客廳門口。她在門外停了一下，想讓自己鼓起勇氣，但一點用也沒有。她硬著頭皮開了門，立刻看見客廳裡的燈火以及那一家人。走進房間後，范妮聽見有人提到她的名字。原來湯瑪斯爵士正在四下環顧，問道：「范妮呢？我怎麼沒看見我的小范妮？」他一看見她，便朝她走去，那種親切的態度令她受寵若驚。他叫她「親愛的范妮」，熱情地吻她，還高興地說她長高了！范妮說不出自己心裡是什麼滋味，也不知道應該看哪裡好。她的心情很複雜，湯瑪斯爵士從未對她這麼親切，他的態度好像變了，由於欣喜激動的緣故，說起話來不再慢條斯理，過去那可怕的威嚴也不見，變得慈祥起來了。

他把范妮帶到燈光前，再次端詳她，問她身體如何，接著又糾正自己說，他根本不需多此一問，因為看她的外表就知道了。范妮蒼白的臉上頓時泛起了紅暈，湯瑪斯爵士說的一點也不錯，她不僅變得健康，而且也越來越美了。接著，爵士又問起她家人的情形，尤其是威廉。姨丈如此和藹可親，范妮不禁責怪自己過去為什麼不愛他，還把他的歸來視為災難。她鼓起勇氣望向他的臉，發現他比以前消瘦了，受到疲勞和炎熱的摧殘，人變黑了，也更憔悴；這讓她心裡更是憐憫，因為還有說不盡的煩惱事在等著他。

一家人照著湯瑪斯爵士的吩咐圍著火爐坐下，湯瑪斯爵士又成了家人活力的泉源。他滔滔不絕地說話。離家多時，終於又回到熟悉的窩，回到妻子兒女中間，他興奮得停不下嘴巴。他想把自己在海外的每一樁見聞都說給大家聽，對於兩個兒子的問題也有問必答。他在安地卡的事後來辦得十分順利；他沒有搭乘定期船，而是坐上一條私人輪船去了利物浦，然後再從利物浦回家。他坐在妻子身邊，懷著由衷的喜悅，環視著周圍的一張張臉龐，一邊說著他辦的每一件事、他的每一回奔波。不過，在講述的過程中，他不止一次地補充幾句：儘管他沒有事先通知，但一回家就發現全部人都在，真是十分幸運——他在路上一直如此盼望著。他沒有忽略了拉什沃思，先是友善地接待他，跟他熱情地握了手，然後又對他特別關照，把他當成與曼斯菲爾德最親密的朋友之一。拉什沃思的外表沒有惹人厭的地方，湯瑪斯爵士已經喜歡上他了。

所有人之中，沒有人像貝特倫夫人那樣，自始至終帶著真誠的喜悅，傾聽丈夫敘述他的經歷。她看到丈夫突然回來真是高興極了，二十年來幾乎不曾這麼激動過。開頭的幾分鐘，她激動得不知如何是好，隨後才清醒地收起針線，推開身邊的哈巴狗，為丈夫在沙發上騰出一塊空間，並全心全意地注視著他。她沒有任何擔憂的事，不會影響到自己的愉快心情。丈夫出國期間，她過著無可指摘的生活，織了不少毛毯，還加上許多花邊；她不僅能坦然地為自己的行為擔保，還能為所有的年輕人擔保，保證他們個個行為端正，沒有為非作歹。她再度見到丈夫，聽著他談笑風生，感到十分愜意，也漸漸意識到，要是丈夫延後回家的話，那種朝思暮想的日子有多麼可怕！

諾里斯太太遠不如妹妹來得快樂。她根本不擔心家裡一團亂，會惹湯瑪斯爵士生氣。她早已失去理智，剛才妹夫進來時，她本能地藏起了拉什沃思的紅緞子斗篷，此外就沒有其他驚慌的表現。不過，湯瑪斯爵士回來的方式卻令她氣惱；她被撇在一邊，沒有任何作用。他沒有先請她出來，第一個與他相見，然後再由她散佈這則喜訊。他或許是相信家人的神經受得了這場驚喜，而與管家一起進入客廳。諾里斯太太一向相信，無論湯瑪斯爵士是死是活，都得由她來公布他的消息；如今她覺得自己被剝奪了一道特權。她想表現一番，卻又沒什麼需要她的地方。假如湯瑪斯爵士要吃飯，她就會去找女管家，嘮嘮叨叨地使喚僕人們；但湯瑪斯爵士堅決不吃飯，只想先喝茶。諾里斯太太仍不時勸他吃些什麼，當他正講到他回英國途中，被通知可能遭遇一艘法國戰船時，她突然插嘴，勸他喝湯。「親愛的湯瑪斯爵士，喝湯比喝茶要好多了。你就喝碗湯吧！」

湯瑪斯爵士依舊無動於衷。「妳還是一樣關心大家，親愛的諾里斯太太，」他答道，「我真的只想喝茶，別的什麼都不要。」

「好吧，貝特倫夫人，妳就吩咐上茶吧。催一催巴德利，他今晚老是拖拖拉拉的。」貝特倫夫人照著她的意思辦了，湯瑪斯爵士也繼續講他的故事。

最後，終於安靜下來。湯瑪斯爵士把一時能想到的話講完了，便開心地環顧四周的家人。沉默沒有持續太久，貝特倫夫人由於過度興奮，話也多了起來。她不顧孩子們的心情，說道：「親愛的，你知道這些孩子最近在做什麼娛樂嗎？他們在演戲！我們都在為演戲的事忙碌著。」

「真的啊！你們在演哪一齣戲呀？」

「噢！他們會全部告訴你的。」

「很快就會全部告訴您，」湯姆急忙叫道，裝出一副滿不在乎的樣子，「不過，用不著現在就說。我們明天再向您解釋吧！爸爸。我們只是因為上禮拜沒事做，想給母親找點樂子，排練了幾場，實在沒什麼好看的。從十月以來，幾乎每天都在下雨，我們一直悶在家裡。這個月的頭兩天還打了些獵物，再來就幾乎沒動過獵槍了。第一天我去了曼斯菲爾德樹林，艾德蒙去了伊斯頓那裡的矮樹叢，總共打了一打野雞。其實，我們一個人就能打到這個數目的六倍了。不過，請您放心，我們都有按照您的心意，好好愛護您的野雞。我想，您會發現樹林裡的野雞絕不比過去少。我長到這麼大，還從沒見過那裡的野雞像今年這麼多。我希望您最近能去打一次獵，爸爸。」

危險暫時過去了，范妮也稍微放心了。但是，茶端上來之後，湯瑪斯爵士忽然站起來，說想去看看他自己的房間，人們頓時又緊張起來。他們還來不及跟他提示一下房裡的改變，讓他做好心理準備，他就離開了。客廳裡的人一言不發，艾德蒙第一個開口。

「必須想個法子。」他說。

「該想想我們的客人。」瑪麗亞說。她彷彿覺得自己的手仍被按在亨利的胸口，對別的事情都不在乎，

「范妮，妳把克勞佛小姐留在哪兒了？」

范妮說他們走了，並傳達了他們的話。

「那就剩下可憐的耶茨一人了，」湯姆叫道，「我去帶他過來。等事跡敗露之後，他還能替我們解圍呢！」

湯姆向劇場走去，在那裡見到父親和他朋友初次見面的情景。湯瑪斯爵士看到自己的房間燈火通明，再四下一看，發現有被人使用過的痕跡，傢俱也雜亂無章，不由得大吃一驚。最引他注目的，是撞球室門前的書櫃被搬走了。他驚魂未定，聽見撞球室裡有聲音，又更加訝異了。有人在那裡大聲說話——他聽不出那是誰——不僅是說話，幾乎算得上吆喝。他朝著相通的那扇門走去，一打開，發現自己竟站在劇場的舞台上，迎面站著一個年輕人，正在大聲唸台詞，架勢彷彿要把他打倒在地一樣。

就在耶茨認出湯瑪斯爵士，並表現出前所未有的生動演出時，湯姆從房間的另一頭走進來了。他這輩子從未覺得這麼難做到不動聲色。他的父親意外地第一次登上戲台，愕然板著一張臉孔。慷慨激昂的維爾登漢男爵逐漸變成彬彬有禮、笑容可掬的耶茨先生，他向湯瑪斯爵士又是鞠躬，又是道歉，彷彿像在演戲一樣。畢竟，

這或許將是他最後一場演出——但也一定是最精彩的一場，而場下將會爆發出雷鳴般的掌聲。

不過，湯姆沒有時間沉浸在愜意的想像中；他必須走上前去，幫忙介紹一下。儘管心裡狼狽不堪，他還是盡力而為。湯瑪斯爵士出於禮貌，熱情洋溢地歡迎了耶茨，但對於被迫結識這樣一個人，尤其以這樣的方式，仍感到心裡大為不快。事實上，爵士也很瞭解耶茨一家及其親友，因此，當湯姆稱呼耶茨是他「特別要好的朋友」時，心裡反感極了。在自己的家中受到這樣的捉弄，在亂七八糟的舞台上演這麼可笑的一幕，在這麼倒楣的時候被迫結識一個他不喜歡的人——而在最初的五分鐘裡，這傢伙卻一臉滿不在乎，說起話來滔滔不絕，彷彿比他更像這一家的人——幸好湯瑪斯爵士因為剛回到家，正在興頭上，才忍住沒有發作。

湯姆明白父親的想法，也很希望他能保持好心情，不要發火。他現在總算明白，父親的確有理由生氣——他看見了天花板和牆上的泥灰，還一本正經地詢問撞球台跑到哪裡去了。雙方都有些不愉快，不過只持續了幾分鐘。耶茨熱切地請他對於舞台佈置發表意見，他勉強地說了幾句敷衍的話，接著三個人就一起回到客廳了。這時的湯瑪斯爵士更加悶悶不樂，每個人都能注意到這點。

「我剛去了你們的劇場，」他坐下時平靜地說道，「我沒有料到竟會闖進劇場，就在我的房間隔壁。話說回來，真令我意外，想不到你們竟然這麼大費周章。就我在燭光下看到的，似乎佈置得不錯，克里斯多夫．傑克森做得很好啊！」隨後，他本想換個話題，冷靜地邊喝咖啡邊聊些平凡的家事。但是，耶茨完全不會看人臉色，非要與湯瑪斯爵士繼續聊演戲的事不可。他拿這方面的問題和看法糾纏他，最後又把他在艾克斯佛遇到的事從頭到尾說給他聽。湯瑪斯爵士客氣地聽著，只覺得耶茨實在很沒禮貌，更加深了對他的壞印象。聽完之後，他微微鞠了個躬，沒有其他表示。

「其實，我們的動機就是由此引起的。」湯姆想了想說道，「我的朋友耶茨從艾克斯佛帶來了這股風氣。您知道的，這類風氣是很容易感染的，我們也難以倖免——您以前常鼓勵這種活動，所以我們也就更容易被感染了。」

耶茨迫不及待地打斷朋友的話，開始向湯瑪斯爵士述說他們正在進行的計畫。他講得興致勃勃，完全沒意識到在座的一些朋友早已坐立不安，臉上陰晴不定，身體動來動去，嘴裡也不住咳嗽。他對一切視而不見，連他面前那張臉的表情也看不清楚——湯瑪斯爵士緊皺眉頭，用急切的詢問目光盯著兩個女兒和艾德蒙，尤其是艾德蒙。他的目光彷彿像會說話，形成一種責備、一種訓斥。艾德蒙與范妮都能夠領會，她躲到姨媽的沙發後面，避開人們的注意，卻看見眼前發生的事。她從沒想到姨丈會用這種責備的目光看著艾德蒙；她覺得他不應該被這樣對待，因此感到生氣。湯瑪斯爵士的目光在說：「艾德蒙，我還以為你會有點主見，但你到底在幹什麼？」范妮的心彷彿跪倒在姨丈面前，氣憤地說道：「噢！別這麼對他。用這種目光去看其他人吧！但不要這樣看他！」

耶茨仍然滔滔不絕。「老實說，湯瑪斯爵士，今晚您回家的時候，我們就正在排練。我們先排練前三幕，大致說來還算得上成功。克勞佛兄妹已經先回家了，我們湊不齊人，今晚是演不成了。不過要是明天晚上您能賞光的話，我想不會有問題。您知道的，我們都是年輕人，請您包涵，請您務必包涵。」

「我會包涵的，先生，」湯瑪斯爵士板著臉，「不過，不要再排練了。」接著溫和地笑了笑，補充說道：「我回家來就是想要快樂，想要包容。」隨即轉過臉去，不知向著誰說道：「你們從曼斯菲爾德寄來的最後幾封信中，都提到了克勞佛先生和克勞佛小姐。和他們來往愉快嗎？」

只有湯姆能爽快地回答這個問題。他並不特別在意這兩人，無論在情場上還是在劇場上，他都不嫉妒這對兄妹，因此能大方地誇讚兩人：「克勞佛先生舉止文雅，很有紳士氣度。他妹妹是個溫柔漂亮、文雅活潑的女孩。」

拉什沃思再也不能保持沉默。「總體來說，我並不覺得他缺乏紳士氣度。不過，你應該告訴你父親，他的身高不到五呎八吋，不然的話，你父親會以為他相貌不凡呢！」

湯瑪斯爵士不太明白這番話的意思，帶著幾分莫名其妙的神情望著說話的人。

「要我說的話，」拉什沃思繼續說，「我覺得一直排練很麻煩，我已經沒有一開始那樣想演了。我認為大家舒舒服服地坐著，什麼事也不做，比演戲好多了。」

湯瑪斯爵士又看了看他，贊許地笑道：「我很高興我們在這個問題上的看法一致。就我的身分來說，本應謹慎、目光敏銳，考慮到我的孩子考慮不到的各種問題，這是理所當然的；還有，我應該遠比他們更重視家庭的安靜，避免家裡出現吵鬧的娛樂。不過，你這樣的年紀就有這種想法，這對你、以及每個與你有關係的人來說都是件好事。能有這樣一個志同道合的人，我覺得真是難能可貴。」

湯瑪斯爵士本想用更漂亮的字眼讚揚一下拉什沃思的見解，只可惜找不到。他知道拉什沃思不是什麼天才，但至少是個明辨是非、成熟穩重的年輕人，儘管不善言辭，頭腦卻很清楚，因此很器重他。在座的人聽了都忍不住想笑。拉什沃思對這種場面簡直不知如何是好，但湯瑪斯爵士的好評仍使他喜不自禁，他一言不發，想細細回味這番讚美。

第二十章

第二天早晨，艾德蒙的第一件事是單獨會見父親，向他坦率地談談整個演戲計畫。他從動機的角度開始解釋，為自己在這件事上的立場進行辯護，同時坦承自己的讓步並沒有帶來任何好結果。他不想說別人的壞話，但所有人之中只有一個人，她的作為既不需要她辯護，也不需要掩飾。「我們大家多少都有過失，」他說，「每個人都有，除了范妮。只有范妮一個人始終沒做錯，一直堅持正確的看法。她自始至終反對演戲，從沒忘記對你的尊重。你會發現范妮在各種方面都令你滿意。」

湯瑪斯爵士認為這樣的一群人，在這樣的時機下排練這樣一齣戲，是非常不像話的事，他就像艾德蒙預料的那樣反感至極，氣得說不出話來。他和艾德蒙握了握手，心想：等房間裡跟這些記憶有關的物品被清掉，回復原本的模樣後，他就要努力忘掉這件不愉快的事，忘掉他不在時家人如何不尊重他。他沒有責怪另外三個孩子，他寧願相信他們知道錯了，也不想對他們的錯追根究柢。命令他們停止這件事，並把演戲用的東西統統清理掉，這已經是足夠的懲罰了。

然而，這間房子裡還有一個人，他不能只透過自己的行動讓她領會；他必須用言語清楚地向諾里斯太太表明，他原以為她會出面阻止她明知不對的事情。那些年輕人制定計畫時有欠考慮，但是他們還很年輕；而且除了艾德蒙，都是些不穩重的人。因此，他固然對年輕人惹出的事情感到驚訝，但對他們的姨媽竟會默許這樣的錯誤，自然就更為驚訝。諾里斯太太有些不知所措，被說得啞口無言。她不好意思說自己看不出這件事哪裡不像話，也不願承認自己沒有那麼大的影響力；唯一能做的就是儘快扯開話題，把湯瑪斯爵士的思路引到一個愉快的方向上去。她可以舉出很多例子來表揚自己，例如處處關心他家人的利益和安樂、冬天不在爐邊烤火卻天天為他們一家奔忙、向貝特倫夫人和艾德蒙提出許多好建議，要他們提防僕人、注意節約開支，幫他們省下了大量開支，還查出幾個僕人手腳不乾淨；不過，她最大的功勞還是在索瑟頓——她幫他們跟拉什沃思家攀上了關係，這個功勞是抹煞不掉的。她把拉什沃思先生看上瑪麗亞全記在她的功勞上。「要不是我夠積極，」她說，「非要結識他母親不可，然後又說服妹妹上門拜訪人家；我敢百分之百斷定，絕不會有這麼好的結果。要知道，拉什沃思先生是那種既和藹又靦腆的年輕人，需要女方大加鼓勵才行。要是我們不採取主動的話，還有別的小姐在打他的主意呢！不過，我可是盡力了，我拚了命才說服妹妹。你知道去索瑟頓有多遠。而且還是隆冬季節，路幾乎都不通，但我還是把她說服了。」

「我知道我夫人跟子女很聽妳的話，也應該聽妳的，因此我更加不安，為什麼妳這次卻沒有——」

「親愛的湯瑪斯爵士，你要是看到那天的路況就好了！我當時就想，就算我們用四匹馬拉車，也沒辦法順利到達那裡；但可憐的老馬伕出於一片忠誠和善心，一定要為我們趕車。他有關節炎，我從米迦勒節開始就一直在幫他治療，他幾乎坐不了駕駛座。最後我治好他，但是他整個冬天仍然時常發作——那天就是這樣，出發前我不得不去找了他一趟，勸他不要逞強。我說：『老兄，你最好別去了，夫人和我不會有事的。你知道史蒂芬很可靠，查爾斯最近也常騎馬帶路，沒什麼好擔心的。』但我發現不行，他無論如何都也要去。我不喜歡多管閒事，就沒多說什麼了。但是，每次車子一顛簸，我就為他心疼。當車子到了史托克附近的坎坷小路時，石頭路面上又是霜又是雪，你無法想像有多糟糕，我真是心疼他呀！還有那些可憐的馬！你知道我一向愛惜馬匹。我們到了桑德克洛夫特山腳時，你猜怎麼了？你一定會笑我──我下了車，徒步往山上走。我真的是用走的。我這麼做也許減輕不了多少負擔，但總是有幫助吧？我不忍心坐在車上，讓那些馬吃力地爬坡。我那時得了重感冒，但我才不在乎呢！我達到了此行的目的。」

「我希望這家人真的值得花這麼大的力氣去結交。拉什沃思先生的儀態沒什麼出眾的地方，但昨晚我卻很欣賞他一點──他明確地表示了寧願一家人安靜地聚在一起，也不要吵吵鬧鬧地演戲。難得他有這種看法。」

「是呀，一點也不錯，你越瞭解他，就會越喜歡他。他不是個引人注目的人物，卻有許多優秀的品格！他敬佩你，大家為這件事取笑我，認為是我教他的。格蘭特太太那天說：『我敢保證，諾里斯太太，即使拉什沃思先生是妳兒子，也不可能比現在更尊敬湯瑪斯爵士。』」

湯瑪斯爵士被她的拐彎抹角和甜言蜜語迷惑了，便放棄自己的見解，認為她雖然不該縱容年輕人做這種娛樂，但那也是因為她太溺愛孩子，有時無法明辨是非。

這天上午他很忙。不管跟誰說話，都只用去一點時間。他要重新開始處理曼斯菲爾德的日常事務、與管家和代理人見一面、去巡視馬廄、花園以及附近的種植園。他是個勤勞的人，做事又有方法，還沒到吃午飯時，他不僅辦完所有事情，還叫木匠拆掉了撞球室裡新搭起來的舞台，並解雇了繪景師（他只糟蹋了一個房間的地板、毀掉馬車伕的海綿，帶壞了五個僕人）。只要再給他一兩天，他就能清除這齣戲留下的所有痕跡，甚至燒掉家中所有未裝訂的《情人的誓言》劇本。

耶茨終於開始明白湯瑪斯爵士的意思了，但仍然不理解原因。他和湯姆出去打獵了大半個早上，湯姆趁機為自己父親的苛求表示歉意，並解釋了可能即將發生的事。耶茨的憤怒是可想而知的，畢竟連續兩次遇到同樣掃興的事情；要不是為了朋友及他的小妹著想，他一定會批評爵士做事荒唐，並找他理論一番。他在樹林以及回來的路上時，一直堅定地抱著這種想法；但是，等大家圍著桌子吃飯時，湯瑪斯爵士身上散發的威嚴又令他退縮。他認識過許多討人厭的父親，常常為他們對兒女們的干涉感到吃驚，但有生以來他不曾見過像湯瑪斯爵士這麼蠻橫無理的人。要不是看在他兒女的份上，他一定無法容忍。耶茨之所以還願意留在他們家中，得感謝他的漂亮女兒茱莉亞。

這一晚表面上平平靜靜，但幾乎每個人都心煩意亂。湯瑪斯爵士要兩個女兒彈琴，這陣琴聲掩蓋了家中的不和諧。瑪麗亞焦躁不安，對她來說，最重要的是亨利應該立即向她表露愛慕之情；但日子一天天過去了，事情仍然沒有進展，她也感到惶恐。她整個早上都在盼著他來，到了晚上也是。拉什沃思一早就回索瑟頓了，她天真地希望亨利能立即表明心跡，那樣拉什沃思就再也不用回來了。然而，牧師公館始終沒有人來——連個影也沒有，也聽不到任何消息，只有格蘭特太太寫給貝特倫夫人的一封便箋，是向她表示問候的。這是好幾個星期以來，兩家人唯一沒有來往的一天。從八月初開始，沒有哪一天他們不聚集在一起。這是令人心急如焚的一天。

第二天的不幸雖然有所不同，但絲毫不亞於前一天——欣喜若狂之後，緊接著是心如刀割。亨利又來到了宅邸，是跟格蘭特博士一起來的。博士一心想拜訪湯瑪斯爵士，很快就被領進了餐廳，一家人大部分都在那裡。沒過多久，湯瑪斯爵士出來了，瑪麗亞看到自己的心上人被介紹給父親，心裡既高興又激動。當時亨利坐在她和湯姆之間的一張椅子上，他低聲地問湯姆，他們似乎還打算繼續演戲的計畫。如果還要繼續的話，那麼無論何時，他都會立刻趕回曼斯菲爾德——他馬上要走了，要趕去巴斯見他叔父。不過，要是還會再演《情人的誓言》的話，他一定會參加，無論有任何阻礙。

「從巴斯、諾福克、倫敦、約克；不管我在哪裡，」他說，「只要我接到通知，一個小時內就會動身，從英國的任何地方趕來參加你們的演出。」

幸好要回答的是湯姆，而不是他妹妹。湯姆毫不考慮地說道：「很遺憾你要走了。至於我們的戲，那已經完了——徹底完了，」他意味深長地看看父親，「繪景師昨天被開除了，劇場明天也幾乎會拆光。我一開始就知道會這樣。現在去巴斯也太早了，那裡沒有人的。」

「我叔叔常在這個時候去。」

「你什麼時候要走?」

「我也許今天就能趕到班伯里。」

「你在巴斯有馬廄嗎?」湯姆接著問道。當他們討論著這個問題時,瑪麗亞受自尊心驅使,決心冷靜地加入他們的談話。

不久,亨利朝她轉過頭來,把剛才對湯姆說過的許多話又重複了一遍,但神態變得比較柔和,且臉上掛著遺憾的表情。但這又有什麼用呢?他要走了——雖然不是出於自願,但也沒有反對。這裡頭可能也有他叔叔的意願,但他的一切行程都是由他自己做主的。儘管他能說自己逼不得已,但她明白他並不受制於誰。拉著她的手壓在他胸口的那隻手啊!那隻手和那顆心現在都僵硬了,冷冰冰了!

她強打精神,但內心十分痛苦。一方面要忍受聽他言行不一地表白痛苦,另一方面又要在禮儀的約束下抑制自己翻湧的情緒,好在這一切沒有持續太久,因為他還要應酬在座的眾人,很快就把她撇在一旁。接著,他又公開表示自己是來道別的,匆匆結束了這場告別式。他走了——最後一次觸摸了她的手,向她行了個臨別禮,她只能從孤獨中尋求安慰。亨利.克勞佛走了,走出了這座宅邸,再過兩個小時就會離開這個教區。他那自私的虛榮心在瑪麗亞和茱莉亞心裡激起的希望,就這樣化為了泡影。

茱莉亞為他的離去感到慶幸,她已經開始討厭他了。既然瑪麗亞得不到他,而她現在也冷靜下來,不想再去報復瑪麗亞。她不想在人家被遺棄後,還要刺激她的痛處。亨利一走,她甚至開始可憐起姐姐。

范妮則是以更純潔的心態感到高興。她覺得這是件好事。別人提起這件事都感到遺憾,還程度不同地誇讚亨利的優點,從艾德蒙出於偏心的稱讚,到他母親漫不經心的人云亦云。諾里斯太太納悶亨利和茱莉亞怎麼沒有陷入情網,她擔心是自己不夠盡力。但是,她有那麼多事要操心,即使她再怎麼努力,又怎能面面俱到呢?

又過了一兩天,耶茨也走了。這讓湯瑪斯爵士尤其高興。他喜歡自己一家人關上門過日子,就算有一個比耶茨更好的客人住在家裡,也會讓他感到厭煩;何況耶茨輕薄自負、好逸惡勞,更是惹人反感,偏偏他又是湯姆的朋友和茱莉亞的心上人。亨利的去留，湯瑪斯爵士倒不在乎；但當他將耶茨送到門口，祝他一路平安的時候，心裡實在樂不可言。家裡已經取消了演戲的一切計畫，清除了演戲的每一樣物品，讓屋裡恢復了原來的乾淨面貌，如今湯瑪斯爵士清除了與演戲有關的一個最惡劣的人物，也是會讓他聯想到這齣戲的最後一個傢伙。

諾里斯太太把一樣可能會惹他生氣的東西拿走了，沒讓他看見。她把她好不容易做好的精緻布幕拿回農舍——她剛好很需要綠色絨布。

第二十一章

湯瑪斯爵士的歸來，不僅讓戲劇停演，還讓家裡的氣氛發生了明顯的變化。在他的管理下，曼斯菲爾德完全變了個樣。有的人被趕走了，有的人情緒低落；其他的地方則千篇一律，一片沉悶。全家人在一起時總是板著面孔，很少有笑聲。他們跟牧師公館的人已不怎麼來往。湯瑪斯爵士不習慣與人保持密切關係，尤其是現在，但也有例外——他只希望家人與拉什沃思一家來往。

艾德蒙對父親的這種情緒並不感到奇怪，他也沒什麼遺憾，只覺得不該把格蘭特一家人排斥在外。他對范妮說：「他們有資格跟我們來往。他們就像我們的家人。但願父親能意識到他不在家時他們是怎麼關心母親和妹妹們的。我擔心他們會覺得受到冷落。其實，父親不太瞭解他們；他們來這裡不到一年，父親就離開英國了。要是他能多認識他們一下，就會贊成和他們來往的，因為他們正是他喜歡的那類人。我們一家人偶爾會缺乏活力，兩個妹妹無精打采，湯姆也心神不寧；格蘭特夫婦會為我們帶來活力，讓我們晚上過得更加愉快，甚至讓父親也感到愉快。」

「你是這樣想的嗎？」范妮說，「我認為，姨丈不喜歡任何外人闖入他的生活，只想在這個小圈子內過著平靜的生活。我覺得我們的生活並不比姨丈出國前單調，姨丈在家時，一家人也總是安安靜靜；真要說有什麼不同的話，我想只是因為他忽然回家，與家人們有些生疏。但我不記得過去的晚上有比較快樂，除非姨丈去了城裡；畢竟，只要一家之主在家，年輕人難免有些拘謹。」

「我想妳說得對，范妮，」艾德蒙想了想，「我們在晚上又變回過去的樣子。前陣子之所以不一樣，就在於晚上過得比較快活。然而，這幾個星期給人留下了多麼深刻的印象啊！我們以前似乎沒有這樣生活過。」

「我想，我比任何人都古板，」范妮說，「我並不覺得晚上難熬。我喜歡聽姨丈講西印度群島的事，我可以一連聽他講上一個小時。這比許多事更讓我快樂——不過，我想我跟別人不一樣。」

「妳怎麼會這麼說？」他笑了笑，「妳跟別人不一樣的地方，就在於妳比別人更聰明、更穩重。不過，范妮，無論是妳，還是別人，什麼時候聽過我的讚美？要是妳想被讚美，那就去找我父親，他會滿足妳的。只要問妳的姨丈怎麼看妳，就能聽到許多讚美。雖然大部分是針對妳的外表，不過，我相信他遲早會看出妳的內在美。」

范妮第一次聽到這種話，感到十分尷尬。

「我父親覺得妳很漂亮，親愛的范妮，情況就是如此。除了我之外，誰都會覺得大驚小怪；除了妳之外，人們都會為了過去沒人說自己漂亮而生氣。實際上，父親以前不覺得妳好看，但現在卻這麼覺得。妳的氣色比從前好，容貌也漂亮多了！還有妳的身材——別不好意思，范妮——反正只是姨丈嘛。連姨丈的讚賞都受不了，那怎麼行呢？妳得學著大方一些，對自己有自信一些。不要介意自己變成一個美麗的女人。」

「噢！別這麼說，別這麼說，」范妮叫道。艾德蒙無法體會她的苦衷，但還是中斷了這個話題，並補充道：「父親在各方面都很喜歡妳，但願妳能多和他聊聊。我們晚上在一起時，妳太少說話了。」

「但我跟他說的話比以前多了，昨晚你沒聽見我跟他打聽販賣奴隸的事嗎？」

「聽到了——我還希望妳再多問些其他問題。要是能繼續問下去，父親才會高興呢！」

「我很想問，但是大家都不說話。表哥表姐一言不發，好像對這個問題不感興趣，我也就不想問了。姨丈一定希望他的女兒聽他的話，要是我對他的消息表現出好奇，只怕其他人會覺得我驕傲。」

「克勞佛小姐那天在牧師公館提到妳，她說得一點也沒錯——別的女人擔心自己被冷落，但你卻怕別人注意自己。她眼力很好，在我認識的人之中，沒有人像她看得這麼準；在妳認識的人當中，又屬她最瞭解妳。至於對其他人，從她偶爾透露出的訊息可以看出，要不是她有所顧忌的話，肯定也會準確地說出許多人的性格特點。我真好奇她是怎麼看待我父親的！她一定會讚美他，覺得他相貌堂堂，儀態嚴正，也很有紳士風度。不過，他們沒見過什麼面，也許會對他的矜持寡言有點反感。要是能多一些相處的機會，我相信他們會喜歡上彼此。父親會喜歡她的活潑，而她也會敬重父親的才幹。要是他們能常見面就好了！希望她不會以為父親不喜歡她。」

「她一定知道大家都很器重她，」范妮有點哀怨地說，「不會這樣擔心的。湯瑪斯爵士剛從國外回來，只想和家人聚聚，這很正常，她不會因此有什麼怨言。等過了一陣子，我想我們又會像以前那樣見面了，只是那時已經換季了。」

「這還是她這輩子在鄉下度過的第一個十月——我認為唐橋和切爾頓罕不算鄉下。而十一月的景色又更加蕭條。我看得出，格蘭特太太擔心她嫌冬天的曼斯菲爾德太過單調乏味。」

范妮本來還有話要說，但還是忍住了，沒有去議論瑪莉以及她的朋友們，以免說錯話，顯得自己沒有氣量。再說，瑪莉對她評價不錯，就算是出於感激之情，也應該大方一些。於是她談起了其他事情。

「明天姨丈要去索瑟頓赴宴，你和湯姆也要去。這樣家裡就沒剩幾個人了，希望姨丈對拉什沃思先生的好印象能持續下去。」

「不可能的，范妮。明天見面之後，父親就不會那麼喜歡他了，因為他要陪我們五個小時。我擔心這一天會過得枯燥無聊，甚至出什麼大問題，讓父親留下不好的印象。他不會一直自欺欺人下去的。我為他們感到遺憾，當初拉什沃思和瑪麗亞根本不該認識。」

在這一點上，湯瑪斯爵士確實即將感到失望。儘管他想善待拉什沃思，而拉什沃思也很敬重他；但他還是很快看出了一些端倪——拉什沃思是個愚蠢的人，既沒有見識，也沒有能力，而且優柔寡斷，更毫無自知之明。

湯瑪斯爵士開始為瑪麗亞感到沉重，他想瞭解她真正的想法。稍加觀察後，他發現女兒的心完全是冷漠的。她對拉什沃思態度冷淡，根本沒把他放在心上；她不可能喜歡他，實際上也不喜歡他。湯瑪斯爵士決定跟女兒認真談一談。儘管這門親事對家中有好處，而且兩人訂婚已久，早已是人盡皆知；但又不能因此犧牲女兒的幸福。也許她與拉什沃思才剛認識就訂婚，後來對他深入瞭解後，卻又後悔了。

湯瑪斯爵士心平氣和而又嚴肅地跟女兒聊了一次，講出了自己的憂慮，並打探了她的心思。他說，如果她認為這門親事不會幸福，他就會不惜代價取消它。瑪麗亞一邊聽著，一邊在心裡掙扎著；但也只是一下子而已。當父親一說完，她立刻做出了明確的回答——她感謝父親的關心，但是他完全誤會了，其實她根本不想解除婚約，訂婚以來，她的心意不曾改變過，她對拉什沃思的人品和性情敬重無比，也從不懷疑和他在一起能夠幸福。

湯瑪斯爵士滿意了，也許是因為這個滿意的回答，讓他不再堅持事情必須照著他的意思去做。他捨不得放棄這一門親事。拉什沃思還年輕，還能進步；他跟上流人士在一起，肯定會有所長進。既然瑪麗亞相信和他在一起會幸福，而她的話又不是出於痴情或偏見，那就應該相信她的話；也許她的感情不很強烈，但她的幸福不會因此而減少。只要她不要求丈夫是個多麼完美的人。一個心地善良的年輕女人，如果不是因為愛情而結婚，往往能更重視自己的家庭。索瑟頓又離曼斯菲爾德很近，這樁婚姻一定能為她帶來最棒的結果。湯瑪斯爵士這樣盤算著。他很慶幸不必看見女兒的婚姻破裂，又為能締結一樁對家族有利的親事而高興；一想到女兒性情這麼好，更是萬分歡喜。

至於女兒，她也跟父親一樣滿意。瑪麗亞很高興自己把握住了命運——她再次下定決心要去索瑟頓——享利再也不能左右她的意志，毀掉她的前途。她滿意地回到房裡，決定今後對拉什沃思更謹慎一些，免得父親又起了疑心。

要是湯瑪斯爵士在亨利離開後的幾天內，在她的心情還沒平靜、對亨利還沒完全死心、或者還沒決心嫁給他的情敵前提出這個問題的話，她的回答也許就會完全不同。但是幾天過去了，亨利音訊全無，沒有一些回心轉意的跡象，也沒有因為分離而感到眷戀；這使她的心冷了下來，於是打算從傲慢和自我報復中尋求安慰。

亨利破壞了她的幸福，但是不能讓他知道這一點，不能再讓他毀了她的名聲、她的前途；不能讓他以為她在曼斯菲爾德傻傻地等他，為了他放棄索瑟頓和倫敦、放棄豐厚的家產和榮耀——尤其是豐厚的家產。越是留在曼斯菲爾德，就越感到缺了獨立的財產有多麼不方便。她越來越受不了父親的管束，無法忍受沒有自由的生活；她必須儘快逃離他，逃離曼斯菲爾德，她想要有錢有勢的生活，要交際應酬，要見見世面，藉以安慰那受傷的心靈。她心意已決，絕不改變。

既然有這樣的想法，事情就不能再拖延了。拉什沃思沒有像她這麼急著結婚，但她已經完全做好了心理準備：她討厭她的家，厭惡在家裡被約束，厭惡家裡的死氣沉沉；再加上失戀的痛苦，以及對未婚夫的蔑視，這一切讓她更急著出嫁。細節部分可以慢慢來，至於新馬車和傢俱，一到春天，她就要去倫敦採購。

較大的事情都定下來了，看來結婚的準備工作只要幾星期便可完成。

拉什沃思夫人很樂意隱居，為她的寶貝兒子挑選的媳婦空出位置。十一月剛到，她就按照寡婦的規矩，帶著僕人，坐著馬車搬到了巴斯。在這裡，她每晚向客人誇耀索瑟頓的奇妙景物；藉著牌桌上的興致，她的敘述就像親臨其境一樣生動。還沒到十一月中，就舉辦了婚禮，索瑟頓又有了一位女主人。

婚禮十分體面。新娘打扮得雍容華貴，兩位伴娘也恰到好處地有所遜色。新娘的父親把她交給新郎，母親拿著嗅鹽（用來喚醒昏迷者）站在一旁，準備激動一番；她的姨媽則努力擠著眼淚。格蘭特博士把婚禮主持得相當感人，鄰居們議論起這次婚禮，都覺得無可挑剔，除了載著新婚夫妻以及茱莉亞從教堂門口回索瑟頓的馬車是舊的之外。

婚禮結束了，新人也走了。湯瑪斯爵士感到了一名父親必然會感到的不安；他的妻子原本擔心自己會過於激動，沒想到激動的卻是丈夫；諾里斯太太欣喜萬分地幫忙婚禮的各種事，又安慰妹妹。她在向拉什沃思夫婦敬酒時多喝了幾杯，歡喜到了極點。婚事是她促成的，一切都是她的功勞；她那神氣又得意的樣子，彷彿不曾聽說過任何不幸福的婚姻，也不曾對這名從小看到大的外甥女有一絲瞭解。

新婚夫婦打算再過幾天就去布萊頓，在那裡租間房子住幾個星期。對於不曾見過世面的瑪麗亞來說，布萊頓的冬天幾乎就像夏天一樣愉快。等到嘗試過所有新奇玩意兒之後，就該去倫敦大開眼界了。

茱莉亞打算陪他們去布萊頓。姐妹們已不再爭風吃醋，逐漸恢復了以往的和睦。對瑪麗亞來說，除了拉什沃思以外，能有另一個人作伴也是很不錯的。至於茱莉亞，她像瑪麗亞一樣渴望新奇和歡樂，但不會要求得更多了，她甘願處於這種寄人籬下的地位。

他們的離開，對曼斯菲爾德造成重大的變化。這個家庭的小圈子又大大縮小了，貝特倫姐妹雖然很少為家裡增添歡樂，但她們一走，仍讓家人們思念不已。尤其是她們那心腸軟的表妹，她在屋裡踱來踱去，懷念她們，為了見不到她們而傷心——而這對姐妹從來沒有對她這麼好過！

第二十二章

兩位表姐離開後，范妮的地位提高了。現在，她成了客廳裡唯一的年輕女子，人們很難不開始注意到她。於是，「范妮去哪裡了」也就成為一個經常聽到的問題，即使沒人需要她幫忙時亦是如此。

她的地位不僅在家中提高，在牧師公館裡也提高了。自從諾里斯先生去世後，她一年去那裡不超過兩次，現在卻成了一個受歡迎的客人。在十一月的一個雨天，她就受到瑪莉的熱烈歡迎。她會去牧師公館，起初是由於偶然，後來卻是因為受到邀請。格蘭特太太一心想為妹妹解解悶，卻又自欺欺人，認為請范妮上門是對她的一件善行，為她提供了上進的機會。

原來，那天范妮被諾里斯太太派到村裡辦事，卻在牧師公館附近遇上一陣大雨。屋裡的人從窗戶看見她在院子外的一棵枯樹下避雨，便邀她進去。范妮先是謝絕了一個僕人的邀請，等到格蘭特博士親自拿傘走來，她才勉為其難地進去屋裡。可憐的瑪莉此時正沮喪地望著窗外的雨，感嘆不能到戶外活動，一見到渾身溼透的范妮，不禁高興了起來。她深深地感覺到，能在雨天迎來一個客人實在難能可貴。她頓時又變得活潑，不僅熱情地關心范妮，還為她拿出乾衣服。范妮不樂意地讓太太小姐和女僕們幫她換了衣服。她回到樓下，看著下不停的大雨，只好在客廳裡坐了一個小時。這件新鮮的事令瑪莉興致勃勃，一直維持到吃飯的時間。

這對姐妹對她相當客氣。要不是范妮想起自己正在打擾別人，一定會對在這裡作客感到開心。至於家人是否會擔心，她反而一點也不在意，因為只有兩個姨媽知道她出來，而她們從不會替她擔心。無論諾里斯姨媽說她躲在哪座農舍裡避雨，貝特倫夫人都會深信不疑。

天色不那麼陰暗了。這時，范妮看見屋裡有架豎琴，她說自己很想聽一聽，自從豎琴運來曼斯菲爾德後，她就從未聽過，因為她很少來牧師公館。瑪莉想起自己早就答應為她演奏，於是和顏悅色地說：「我馬上彈給妳聽，妳想聽什麼？」

她按照范妮的意思彈了起來，很高興自己又多了一名聽眾，這名聽眾對她滿懷感激，又對她的技藝讚嘆不已。她一直彈到天氣放晴，范妮露出想要離開的表情。

「再等一刻鐘，」瑪莉說，「看一下天氣如何。那幾朵雲看起來挺嚇人的。」

「不過，那些雲已經過去了，」范妮說，「我一直在注意它們。這場雨是南邊來的。」

「不管是南邊還是北邊，烏雲我一出現就能認出。天色還陰沉沉的，妳還不能走。再說，我想再彈幾曲給妳聽——一首非常好聽的曲子，也是妳表哥艾德蒙最喜歡的曲子。先不要走，聽聽妳表哥最喜歡的曲子。」

范妮也覺得她不能馬上走。她心裡本來就想著艾德蒙，經過她的提醒後，思緒又開始活動起來。她想像著他一次次地坐在這個房間裡，也許就坐在她現在的位子上，快樂地聽著他喜歡的曲子。在范妮的想像中，他聽到的演奏格外優美，演奏者的表情也格外豐富。儘管她自己也喜歡這支曲子，而且很高興跟他有同樣的喜好，但是曲子彈完之後，她比剛才更急著想走。瑪莉只好親切地邀請她再來。范妮心想，只要家裡不反對，這麼做倒也不錯。

這兩位小姐在貝特倫姐妹離開後逐漸建立了親密關係。但主要是出於瑪莉的好玩心，范妮則沒有什麼真實情感。范妮每隔兩三天就會登門拜訪，彷彿不這麼做心裡就不踏實。她並不喜歡她，想法也和她不同，更不感激她的邀請。不過，她還是常去找她，兩個人趁著這季節少有的溫和天氣，在格蘭特太太的灌木林裡漫步，一走就是半小時。有時甚至不顧天氣變涼，久久地坐在凳子上。范妮有時會感嘆起秋天的樂趣，直到一陣突如其來的冷風吹落了枝頭上的最後幾片葉子，兩人才會站起來，想走點路暖暖身子。

「這裡真美——非常美，」有一天，她們又一起坐著的時候，范妮環視四周說，「每次走進這片灌木林，我就覺得樹又變多了，樹林更美了。三年前，這裡只不過是一排不像樣的樹籬，誰也沒把它放在眼裡；現在卻變成了一條林蔭道，既提供了休閒，也美化了環境。也許再過三年，我們就會忘了它原來的模樣了。時間的力量多麼奇妙啊！」過了一陣子，她又接著說道：「要說人類的哪一種天賦最奇妙的話，我認為是記憶力。人的記憶力有好有壞，有時牢靠，有時又迷糊。人類的各方面都很奇妙，但還是記憶力最為奇妙。」

瑪莉對她的話無動於衷，因此沒有回答。范妮看出這一點，便把思緒又拉回她認為有趣的事情上。

「也許由我來讚賞有些冒昧，但我真佩服格蘭特太太在這方面的情趣。這條林蔭道設計得多麼幽靜、樸實呀！沒有太多人工雕琢的痕跡！」

「是的，」瑪莉漫不經心地說，「對這裡來說很不錯，人們在這種地方也不可能要求更多了。偷偷告訴妳，在我來曼斯菲爾德之前，從沒想過一個鄉下牧師竟然會弄一座灌木林出來。」

「我很高興，這些萬年青長得多麼好！」范妮回答，「姨丈的園丁常說這裡的土質比他那裡的好，從月桂和萬年青的樣子來看，的確是這樣。看這株萬年青！它長得多麼好看啊！大自然真是奧妙，同樣的土質、同樣的陽光，養育出來的植物居然會有不同的模樣。妳可能會以為我瘋了，但我一到戶外，尤其是在戶外靜坐的時候，就會陷入這樣的想像。人類即使是盯著大自然最平常的事物，也會產生漫無邊際的幻想。」

「說實話，」瑪莉答道，「我看不出這座灌木林有何奇妙之處，令人驚奇的是我竟會置身其中。要是一年前有人說這裡會成為我的家，說我會像現在這樣日復一日地住下去，我說什麼也不會相信！我在這裡住了快五個月啦！而且是我有生以來最清閒的五個月。」

「我想對妳來說太清閒了。」

「理論上來說是這樣，不過，」瑪莉兩眼發光地說道，「大致說來，我從沒度過這麼快樂的夏天。只是……」她臉上露出疑惑的樣子，將聲音壓低，「沒人知道以後會怎麼樣。」

范妮的心跳加快了，她不敢猜測她接下來會說什麼，也不敢要她往下說。可是瑪莉很快又興致勃勃地說道：

「我從沒想過自己會習慣鄉下生活，但現在感覺適應多了。我甚至覺得在鄉下住上半年也挺不錯的。一座雅致的、大小適中的房子，四處都有來往的親友，領導這一帶的社交圈，比富有的人更受到敬仰；等遊興過去後，至少還能跟最好的朋友促膝談心。這一點也不可怕吧？普萊斯小姐。有了這樣一個家，還需要羨慕新婚的拉什沃思夫人嗎？」

「羨慕拉什沃思夫人！」范妮只這麼說道。

「好吧，好吧，我們這樣苛責拉什沃思夫人也太不厚道，我還盼望她為我們帶來許多歡樂呢！我期待明年能去索瑟頓住上一段時間。瑪麗亞的這門親事對大家來說都是件好事，因為作為拉什沃思夫人，最大的樂趣一定是舉行高雅的舞會，並邀請無數的客人。」

范妮沒有出聲，瑪莉也重新陷入沉思。過了一會，她突然抬起頭，驚叫了一聲：「啊！他來了。」來的不是拉什沃思，而是艾德蒙。他正和格蘭特太太一起朝她們走來。「是我姐姐和貝特倫先生——我很高興你大表哥走了，艾德蒙又能被稱為『貝特倫先生』了。『艾德蒙．貝特倫先生』聽起來太呆板了，我不喜歡這麼叫。」

「我跟妳的想法不同！」范妮叫道，「我覺得『貝特倫先生』聽起來冷漠、呆板，一點也不親切！但是艾德蒙這個名字含有高貴的意義，它是英勇和威望的象徵——國王、王子和爵士們都用過這個名字。它彷彿洋溢著騎士的精神和熱烈的情感。」

「我承認這個名字不錯，而艾德蒙勳爵或艾德蒙爵士也的確好聽。但要是加上『先生』，那麼『艾德蒙先生』也不比『約翰先生』或『湯瑪斯先生』好到哪裡去了。好啦，他們又要罵我們這個季節不應該坐在外面了，趁他們還沒開口，趕快站起來吧！」

艾德蒙很高興遇見她們。他聽說兩人關係更加親密，不禁相當滿意，不過這倒是他第一次見到她們兩人共處。他心愛的兩個女孩能彼此要好，這正是他求之不得的。他還認為，她們兩人建立友情，范妮絕不是唯一的、甚至不是主要的受益者。

「嘿，」瑪莉說，「你不會罵我們太隨便吧？你不會覺得我們坐在外面就是討罵，希望別人求我們以後別再這樣嗎？」

「如果妳獨自一人坐在外面，」艾德蒙說，「也許我就會這麼做。但要是兩個人同時犯錯，我就會比較寬容。」

「她們還沒坐多久，」格蘭特太太說道，「我去樓上拿披肩的時候，從樓梯的窗戶看見了她們，那時她們還在散步呢！」

「老實說，」艾德蒙補充說，「天氣這麼暖和，就算妳們在外面坐幾分鐘也沒什麼。我們不能總是靠日曆來判斷天氣。有時候，十一月可能比五月還暖和。」

「真是的，」瑪莉叫道，「像你們這麼不體貼的朋友真是少見！你們一點都不替我們擔心，不知道我們凍成什麼樣子了！不過，我知道女人總是會玩弄一些心機，貝特倫先生是個不容易上當的人，我從一開始就不對他抱什麼希望。至於妳嘛，姐姐，我以為妳一定會嚇一跳的。」

「不要太相信自己，親愛的瑪莉。妳一點也嚇不到我。我也有我的擔心，但完全是在別的事情上。要是我能操控天氣的話，就要製造一場寒冷的東風吹著妳們。我有幾盆花，因為晚上還不冷，羅伯特非要把它們放在外面。我知道最近會突然變天，害我的花全部凍死。更糟的是，廚子剛告訴我火雞快壞了，我原本想留到禮拜天再吃，因為我知道格蘭特博士累了一天，會吃得更津津有味——這些事才值得擔心。」

「在鄉下做家事真是有趣啊！」瑪莉調皮地說，「乾脆把我介紹給園丁或是養雞人吧！」

「親愛的妹妹，只要妳先介紹格蘭特博士去當西敏寺教長或是聖保羅教長，我就把妳介紹給園丁或是養雞人。不過，曼斯菲爾德沒有這種人，妳還有什麼要求呢？」

「噢！像現在一樣就好——一天到晚被虐待，但是從不生氣。」

「謝謝妳。但是，瑪莉，無論妳住在哪裡，總是免不了一些小小的煩惱。等妳在倫敦安了家之後，我相信也會有一樣的煩惱。儘管妳有園丁和養雞人，但也許正是他們為妳帶來煩惱。他們住得太遠、不夠守時，或是開價太高，騙妳的錢——這些都會讓妳吃到苦頭。」

「我想要有錢，既不用受苦，也不用在乎這種事。錢才是幸福的保證，只要有了錢，就不缺花盆和火雞。」

「妳想要有錢？」艾德蒙說。范妮看得出他的眼神極為嚴肅。

「當然了。難道你不想嗎？難道有任何人不想嗎？」

「我不會去想辦不到的事。克勞佛小姐可以選擇她想要的富有程度。無論她訂下一年收入幾千鎊，無疑都能實現。至於我，只要不淪為貧窮就行。」

「只要省吃儉用，對於你這種年紀、收入有限、又沒什麼依靠的人來說，就能過得很不錯了。你也只想維持住生活吧？你平常沒什麼時間，你的親戚們既幫不了你，也不能讓你過得風光，那不如乾脆地當個窮人好了——但我可不羨慕你，甚至也不會敬重你。我對那些有錢又老實的人倒是敬重得多。」

「妳對老實人（不管他有沒有錢）敬重到什麼程度，我一點也不關心。我並不想當窮人，我絕對不要。如果我的生活能介於中等，只希望妳別瞧不起這樣的老實人。」

「如果能上進卻不上進，我就會瞧不起。本來可以出人頭地，卻又甘於屈居人下，我一概瞧不起這種人。」

「可是要怎麼做呢？我這個老實人要怎麼出人頭地呢？」

這不是個容易回答的問題，這位漂亮的女孩只是「噢」了一聲，然後補充道：「你應該進國會，或是十年前就該去參軍。」

「現在說這些已經太遲了。至於進國會，我看必須等到有一屆國會，肯讓窮人家的小兒子們加入再說。不，克勞佛小姐，」艾德蒙以更嚴肅的口氣說，「還是有其他方式的，我覺得我並非一點機會也沒有，但那完全是另一回事。」

艾德蒙露出難為情的樣子，瑪莉也神情不自然地笑著回答了一句。范妮覺得心裡不是滋味，她正與格蘭特太太走在那兩人後頭，感到再也無法跟著走下去了，巴不得馬上回家。就在此時，曼斯菲爾德莊園的鐘敲響了三下，她意識到自己這次在外面待得太久了，因此她順理成章地向其他人道別。艾德蒙也想起母親一直在找她，他是來這裡叫范妮回家的。

范妮著急了起來，她原本打算獨自離開，完全沒想到艾德蒙也要一起回去。大家趕緊走回房子。格蘭特博士正在玄關，艾德蒙也向主人告別，范妮心裡不禁油然生出感激之情。臨走前，格蘭特博士邀請艾德蒙隔天過來吃羊肉，格蘭特太太也隨即向范妮提出了邀請，這讓她受寵若驚，不知所措。她結結巴巴地表示感激，但又說自己作不了主，希望艾德蒙替她作決定。艾德蒙高興地看了她一眼，簡短地說，他認為母親絕不會攔著她，因此建議她接受邀請。雖說范妮仍然有些畏縮，但事情還是很快定下了。如果沒有收到特別的通知，就代表她會來。

「你們知道明天會吃到什麼，」格蘭特太太笑容滿面地說，「火雞！我保證是一隻烤得很棒的火雞。因為，親愛的，」她轉向丈夫，「廚子堅持要明天料理那隻火雞。」

「很好，很好，」格蘭特博士叫道，「這太好了。我很高興家裡有這麼好的東西；不過我敢說，普萊斯小姐和艾德蒙·貝特倫先生什麼都肯吃的。沒有人會在乎這一餐值多少錢，我們只是想要一個朋友的聚會，而不是大擺宴席。火雞也好，鵝也好，羊腿也好，隨便妳和廚子決定吃什麼。」

表兄妹一起走回家。一離開大門，兩人便聊起了明天的約會。艾德蒙顯得非常開心，他認為范妮能加入他們真是再好不過了。聊完這件事之後，艾德蒙立刻陷入沉思，不想再談別的事。兩個人默默地走著。

第二十三章

「可是格蘭特太太為什麼要邀請范妮呢？」貝特倫夫人問，「她怎麼會想要邀請范妮呢？你也知道，范妮從來沒像這樣去那裡吃過飯。我不能讓她去，我想她一定也不想去。范妮，對嗎？」

「要是妳這樣問她，」艾德蒙不等范妮回答，便叫道，「她馬上會說不想去。不過，親愛的媽媽，我保證她一定想去。我看不出她有什麼不願意的。」

「我搞不懂格蘭特太太怎麼會想邀請她。她以前從未這麼做。她有時也會請你的兩個妹妹，但從沒請過范妮。」

「要是妳需要我的話，姨媽——」范妮以準備放棄的語氣說。

「但是，我母親有我父親陪她一個晚上呀。」

「這樣的確也可以。」

「妳要不要問問父親的意見？媽媽。」

「這倒是個好主意。就這麼辦吧！艾德蒙。等你父親一進來，我就問他范妮能不能離開。」

「這件事由妳決定就好，媽媽。我的意思是請妳問問父親怎麼做恰當，是赴約？還是不赴約？我想他會認為應該赴約，無論是對格蘭特太太來說，還是對范妮來說。畢竟這是第一次邀請。」

「我無法決定。我們可以問問你父親；不過，他一定會很奇怪，格蘭特太太怎麼會邀請范妮。」在見到湯瑪斯爵士之前已經無話可說了。不過，事關貝特倫夫人隔天晚上的安樂，因此她也總是放不下心。半小時後，湯瑪斯爵士從種植園回到房間，就在他準備再次出門時，貝特倫夫人叫住了他：「親愛的，你等一下。我有話跟你說。」

她說話總是慢條斯理、有氣無力，但湯瑪斯爵士卻能聽得清楚，從不怠慢。他走了回來，聽妻子開始敘述這件事。范妮連忙悄悄離開房間，但她很焦急——也許焦急得太過頭了，畢竟，她去與不去又有什麼差別呢？不過，要是姨丈在深思熟慮過後擺出嚴肅的樣子，禁止她前往，她反而會感到難以接受。

「告訴你一件驚奇的事。格蘭特太太邀請范妮去吃飯！」貝特倫夫人說道。

「哦。」湯瑪斯爵士說道，彷彿並不覺得有什麼好奇怪的。

「艾德蒙想讓她去。但我怎麼捨得離開她呀？」

「她會回來得比較晚，」湯瑪斯爵士一邊說，一邊拿出錶，「但妳有什麼好為難的？」

艾德蒙覺得有必要替母親把細節說清楚，於是將事情從頭到尾地說了一遍。貝特倫夫人只補充了一句：「真奇怪呀！格蘭特太太從來沒邀請過她。」

「不過，」艾德蒙說，「格蘭特太太想為妹妹請來一位這麼可愛的客人，這不是很自然嗎？」

「的確再自然不過，」湯瑪斯爵士略加思索後說道，「即使不管她的妹妹，這件事也是十分自然的。格蘭特太太對普萊斯小姐——貝特倫夫人的外甥女表示禮貌，絕對沒有什麼奇怪的。我唯一驚訝的是，她直到現在才開始表現出來。范妮沒有立即作出回答也是對的。不過，既然年輕人都喜歡聚在一起，我想她心底也是想去的，因此沒有什麼理由禁止她。」

「但我離得開她嗎？親愛的。」

「我認為當然可以。」

「妳知道，我姐姐不在時，總是由她準備茶點。」

「也許妳可以勞煩妳姐姐在我們家待一天，而我也一定會在家。」

「那好，范妮可以去了，艾德蒙。」

這個好消息很快就傳達給了范妮。艾德蒙回房的途中，敲了敲她的門。

「好了，范妮，事情圓滿解決了。妳的姨丈沒有絲毫猶豫。他唯一的想法就是：妳應該去。」

「謝謝你，我好高興。」范妮回答。不過，等她關上門後，又不禁想道：「但是我幹嘛高興呢？我在那裡不也清楚看見了令我痛苦的事嗎？」

然而，儘管她心裡這麼想，卻還是難掩高興。這樣的邀約對別人來說或許不足掛齒，在她看來卻是非比尋常。除了去索瑟頓那天之外，她從未在別人家裡吃過飯。這次出門雖然只走半哩路，主人家也只有三人，但至少算得上是赴宴；因此出發前的各種準備，令人格外躍躍欲試。只不過，那些本該體諒她、指導她如何打扮的人，卻不曾幫她任何忙。貝特倫夫人從未想過幫助別人，諾里斯太太一大早被湯瑪斯爵士請來，心情很不好，似乎只想盡可能掃她的興。

「老實說，范妮，妳受到這樣的禮遇，真是太幸運了！妳應該感謝格蘭特太太邀請妳，還要感謝二姨媽讓妳去，而且應該小心謹慎。我希望妳明白，其實我們根本沒必要讓妳去作客，不要認為還會有下一次，也不要妄想別人邀請妳是為了討好妳；他們是看在妳姨丈、姨媽跟我的面子上才請妳的。格蘭特太太是為了討好我們，才這樣禮遇妳；不然的話，她絕對不會請妳的。我跟妳保證，要是茱莉亞在家，她絕不會請妳。」

諾里斯太太的這番話，把格蘭特太太的美意抹殺殆盡。范妮認為自己應該表示些什麼，只好說她很感謝貝特倫姨媽讓她去，並表示會盡力把姨媽晚上需要的東西準備好，不要讓她感到不方便。

「噢！放心吧，妳二姨媽才不需要妳，不然才不會讓妳去呢！我會一直待在這裡，所以妳一點也不必為她擔心。我希望妳今天過得很愉快，不過，我還是要說一句：五個人一起吃飯，這真是個尷尬的人數！我真納悶，像格蘭特太太這麼講究的人，怎麼就沒有想得周全一些呢？而且他們的桌子那麼大，把整個房間都給佔滿了！要是博士有點頭腦，用我們之前留下的那張飯桌的話，就不會這樣了，而他也會更令人尊敬得多！他那張餐桌太寬，比你們家的還要寬。誰要是做事不合乎分寸，就很難受人尊敬。記住我的話，范妮。五個人，那麼大的桌子只坐五個人呀！我敢說，就算有十個人都坐得下。」

諾里斯太太喘了口氣，又繼續說。

「有人忘了自己的身分，想突顯自己多了不起，實在是愚蠢、無聊！因此我要提醒妳，范妮，妳這次自己出去作客，我們都不在場，求求妳別做出什麼冒失的舉動，或是講出冒失的話，好像妳跟妳的表姐們平起平坐一般。相信我的話，這絕對不行！記住，不論在哪裡，妳都是地位最低的。儘管克勞佛小姐在牧師公館裡不算客人，但妳也不能坐她的位置。至於什麼時候回家，就全聽艾德蒙的，他想待多久，妳就待多久。」

「好的，姨媽，我不會有其他意見的。」

「我想可能快下雨了，因為我從沒見過這麼陰沉的天氣。要是下雨的話，妳要自己想辦法，不要指望我們派馬車去接妳。我今晚不會回去，因此也就不會用到馬車。妳要有些準備，把該帶的東西都帶好。」

外甥女覺得大姨媽的話很有道理。其實，她並不太講究舒適，幾乎就像諾里斯太太說的那麼卑微。過了不久，湯瑪斯爵士走了進來，說道：「范妮，妳希望馬車什麼時候來接妳？」范妮驚訝得說不出話來。

「親愛的湯瑪斯爵士！」諾里斯太太氣得滿臉通紅，大叫道：「范妮可以走過去。」

「走過去？」湯瑪斯爵士以不置可否的嚴肅語氣重複道，隨即向前走了幾步，「叫我的外甥女在這個季節走去赴宴？四點二十分來接妳可以嗎？」

「可以，姨丈。」范妮羞怯地答道，彷彿這麼說會招惹諾里斯太太似的。她不敢再跟大姨媽待在房裡，怕人家以為她在得意，於是便跟著姨丈走出房去了。她聽見諾里斯太太氣沖沖地說道：

「完全沒有必要！心腸也太好了！不過艾德蒙也要去，沒錯，是因為艾德蒙的關係。星期四晚上我發現到他的嗓子有點啞。」

不過，范妮並不相信她的話。她認為馬車是為了她派的，而且是專門為她派的。姨丈是因為聽到諾里斯太太的話才來關心她的，當她獨處時，一想到那時的情景，不禁流下感激的淚水。

車伕準時趕著車來了，隨後艾德蒙也走下樓來。范妮害怕遲到，一大早便坐在客廳裡等候。湯瑪斯爵士向來嚴格守時，準時地把他們送走了。

「范妮，讓我看看妳，」艾德蒙面帶哥哥般的親切微笑說道，「並說出我有多喜歡妳。光憑車裡的光線，我就看得出妳真的很漂亮。妳穿哪件衣服？」

「是表姐結婚時姨丈買給我的那套新衣。我希望它不會太花俏。不過，我覺得我應該把握機會穿它，搞不好整個冬天不會再有這種機會了。希望你不會覺得我穿得太花俏。」

「穿著一身白衣的女人，無論如何也不會太花俏。不，我覺得妳不會花俏，而是恰到好處。妳的長裙很漂亮，我喜歡上面這些光亮的斑點。克勞佛小姐是不是也有一件跟妳很像的裙子？」

快到牧師公館了，馬車從馬廄和馬車房旁邊經過。

「嘿！」艾德蒙大聲叫道，「還有其他客人，有一輛馬車！他們請了誰來陪我們呢？」說著放下車窗，想看個仔細，「是克勞佛的馬車！他一定也來了。真是想不到，范妮。我真高興能見到他。」

范妮沒有機會說出自己的心情與他多麼不同。事實上，要禮數周全地走進客廳已經夠讓她害怕了，一想到又多了一個人注視她，那顆膽怯的心便越來越忐忑不安。

亨利就在客廳裡，而且來得很早，已經做好吃飯的準備。另外三人眉開眼笑地站在他旁邊，表示對他突然離開巴斯來這裡住幾天有多麼歡迎。他和艾德蒙彼此親切地寒暄了一番。大家都很開心，除了范妮，雖然他的到來對她來說也有幾分好處——宴席上每增加一人，就會讓她受到的關注減少一分，這正是她求之不得的。她也很快意識到這一點。儘管諾里斯太太告誡過她，但出於禮儀上的考量，她還是勉強擔當起宴席上主要女賓的角色，並且領受了種種禮遇。不過，在餐桌上就座之後，她發現大家都興高采烈地聊著，沒有人要她參與談話。克勞佛兄妹有許多關於巴斯的話題，兩個年輕男人有打獵的話題，亨利和格蘭特博士有關於政治的話題，而他和格蘭特太太間更是無話不聊。於是，她只需要靜靜地坐著聽人說話，和樂地度過這段時光就好。

然而，她對那位新來的先生卻未表現出任何興趣。格蘭特博士建議亨利在曼斯菲爾德住久一些，並派人到諾福克接來他的獵馬，艾德蒙也這樣勸他，他的兩個姐妹更是拚命地慫恿。他很快就動心了，但似乎還希望范妮也來勸他。他問她暖和的天氣還能持續多久，范妮只是禮貌地給了一個簡短的回答。她不希望他在這裡住下，也不想跟他說話。

她看到亨利，就想起兩個出門在外的表姐，尤其是瑪麗亞。不過，對亨利來說，這些尷尬的往事並不會影響他的情緒。看起來，即使貝特倫姐妹不在，他也同樣願意住下來，彷彿不曾聽說過曼斯菲爾德有兩位小姐似的。在回到客廳前，范妮聽到他漫不經心地提起她們。回客廳後，艾德蒙和格蘭特博士到一旁專心地談正事，格蘭特太太則在茶桌旁陶醉地喝茶。這時，亨利終於具體地跟姐姐聊起了那對姐妹。他意味深長地笑道：「啊！這麼說來，拉什沃思和他的漂亮太太正在布萊頓——好一對幸福的佳偶！」他的笑容令范妮忍不住感到厭惡。

「是的，他們去了那裡，大約兩星期了吧？普萊斯小姐。茱莉亞也和他們在一起。」

「我想，耶茨先生也離他們不遠。」

「耶茨先生？噢！我們從來沒聽過耶茨先生的消息。我想，寄回曼斯菲爾德的信裡不太會提到他。妳也這樣想嗎？普萊斯小姐。我想我的朋友茱莉亞心裡有數，不會在父親面前提起耶茨先生。」

「拉什沃思真可憐，要背四十二句台詞啊！」亨利繼續說道，「沒人忘得了他背台詞時的情景。這傢伙真是可憐！他那拚命又絕望的樣子，我到現在還歷歷在目。唉！要是他可愛的瑪麗亞哪時候還想讓他講那四十二句台詞，那才怪呢！」他忽然正經地說：「瑪麗亞太好了，他配不上她——實在太好了。」接著，又換成一副溫柔的腔調對范妮說：「妳是拉什沃思先生最好的朋友。妳的善良和耐心令人難忘，還不厭其煩地幫他背下台詞！可惜像他這種沒大腦的人，八成看不出妳的心腸多麼好。不過我敢說，其他人全都感到敬佩不已。」

范妮臉紅了，沒有吭聲。

「真像一場夢，一場愜意的夢！」亨利想了一下，又感嘆道，「我將永遠懷著愉快的心情來回憶那場演出。大家都那麼興致勃勃，那麼活力百倍！每個人都活躍了起來，一整天隨時都有事做。我從未那麼快樂過！」

范妮憤憤不語，心裡在說：「從未那麼快樂過！從未因為這種不正當的事那麼快樂過！從未因為這種卑鄙、殘忍的行為那麼快樂過！唉！多麼腐朽的心靈！」

「我們運氣不好，普萊斯小姐，」亨利小聲地說道，以免被艾德蒙聽見。他完全沒有察覺范妮的心情，「只要再一個星期，一個星期就夠了。我想，要是我們能呼風喚雨——操縱秋季的風雨一兩週，情況就會完全不同了。不用狂風暴雨，只要一場持續不停的逆風，或是風平浪靜；我想，普萊斯小姐，只要那時大西洋能無風一個星期，我們就能盡興了。」

亨利似乎一定要對方回答。范妮轉過臉去，以少有的堅定語氣說道：「對我而言，先生，我不希望他晚回來一天。在我看來，整件事情已經夠離譜了。」

范妮從來沒有對亨利說過這麼多話，也從未對任何人如此憤怒地說過話。說完之後，她對自己的大膽感到驚訝。亨利也吃驚不已，他沉默地看了看她後，便用較平靜而嚴肅的語氣作出回答，彷彿心服口服：「我認為妳說得對。我們有些玩過頭了。」接著，他轉換了話題，想跟她聊點別的事情。但范妮總是回答既羞怯又勉強，無論換什麼話題都一樣。

瑪莉一直在密切地注意著格蘭特博士和艾德蒙，這時忽然說：「他們兩人一定在討論什麼有趣的事。」

「世上最有趣的事，」她哥哥回答，「就是如何賺錢——如何增加收入。格蘭特博士在教艾德蒙如何做一位牧師。我發現，艾德蒙再過幾週就要成為牧師了，他們剛才在餐廳裡就在講這件事。我真為艾德蒙感到高興，他會有一筆可觀的收入供他揮霍，而且不用花什麼力氣。我估計，他一年的收入不會低於七百英鎊，對一個小兒子來說夠多了。再說，他一定還會在家裡吃住，這筆收入全供他私人開銷。我猜他只需要在聖誕節和復活節各講一次道。」

瑪莉一笑置之，她說：「自己明明更有錢，卻一派輕鬆地說別人富有，這真是太可笑了。亨利，要是叫你一年只花七百英鎊，你一定會茫然不知所措。」

「也許是吧。不過，這只不過是相對而言，一切還必須取決於與生俱來的權利和個人的習慣。對一個小兒子來說，即使父親是准男爵，艾德蒙的這筆收入也算得上富足了。等他二十四、五歲時，他一年會有七百鎊的收入，而且得來全不費工夫。」

瑪莉想說這些錢並非不勞而獲，而且得來並不輕鬆，但她又抑制住自己，沒有理會他的話，反而擺出一副不置可否的面孔。過了不久，那兩個人也過來了。

「貝特倫，」亨利說，「我一定會來曼斯菲爾德聽你的初次講道。我要特地來鼓勵一個初試啼聲的年輕人。什麼時候講呢？普萊斯小姐，妳不想和我一起鼓勵妳表哥嗎？妳想不想去聽他講道呢？我一定會去，我要目不轉睛地盯著他，一字不漏地傾聽著，只在記錄優美詞句時才把目光移開。我們要準備好紙跟筆。什麼時候講呢？你知道的，最好在曼斯菲爾德，這樣湯瑪斯爵士和貝特倫夫人也能聽到。」

「我盡量不讓你聽到，克勞佛，」艾德蒙說，「因為你可能比誰都讓我緊張，所以我最不希望你來。」

「他沒有考慮到這點嗎？」范妮心想，「是的，他從不考慮應該考慮的事。」

所有人都聚到一起，互相交談著，范妮依然安靜地坐在一旁。用完茶點後，格蘭特太太為了討丈夫開心，組成了牌局。瑪莉彈起豎琴，范妮則無趣地聽著琴聲。在餘下的時間裡，她的平靜一直沒有被打擾，除了亨利不時會問她幾個問題，或是要她發表什麼看法。瑪莉被剛才聽到的消息弄得心煩意亂，除了彈琴之外，什麼事情也不想做，只想透過演奏驅趕自己的煩悶，並為朋友們帶來樂趣。

聽說艾德蒙即將成為牧師，這對她是個沉重的打擊。原來，她一直希望這件事不會那麼快實現，但今晚卻聽到這個消息，令她惱羞成怒，生艾德蒙的氣。她高估了自己對他的影響。她原本已開始喜歡上他，但現在卻決定像他一樣，冷漠地面對他。艾德蒙採取了一種明知對方絕不會屈服的態度，以表明自己對她沒有真正的情意；因此她也要用同樣冷漠的態度回報他。從此以後，要是他再向她獻殷勤，她頂多與他逢場作戲。既然他能控制自己的感情，她也絕不當感情的奴隸。

第二十四章

第二天早晨，亨利打定主意，要在曼斯菲爾德再住兩個星期。他派人把他的獵馬送來，並寫了一封短信向將軍解釋。信寄出之後，他便回過頭來看了看妹妹，微笑地說：「妳知道我不打獵時怎麼娛樂嗎？瑪莉。我已經不年輕了，一星期最多只能打三次獵。不過，我對不打獵的日子有一個計畫，妳知道我怎麼打算嗎？」

「一定是跟我散步，或是騎馬。」

「不盡然，儘管我很樂意。不過，那只是身體上的，心靈上也得活動呢！再說那只不過單純的享受，沒有一點需要動腦的成份在，我可不喜歡這種無所事事的生活！不，我的計畫是讓范妮．普萊斯愛上我。」

「范妮．普萊斯？胡說！不行，不行。有她兩位表姐你該滿足了。」

「不，不在她的心上戳個小洞，我是不會滿足的。妳似乎沒有發覺她多麼可愛。昨晚我們談論她的時候，你們好像都沒有注意到，在過去六個星期裡她的容貌發生了多麼奇妙的變化。妳天天看見她，因此也就不會注意到她改變；不過我可以告訴妳，她和秋天的時候相比簡直判若兩人。她那時只是一個文靜、靦腆、長得不算難看的女孩，現在卻漂亮極了。之前我覺得她氣色不佳，表情又呆板；但她那嬌嫩的皮膚——就像昨晚那樣——時常浮起一抹紅暈，真是嫵媚極了！再根據我對她的五官的觀察，我猜當她心動時，表情肯定很豐富。還有，她的神態，她的舉止，一切都不一樣了！從十月以來，她至少長高了兩吋。」

「好了！好了！那只是因為沒有其他高䠷的女人在場。她換了一件新衣，而你從沒見過她打扮得這麼漂亮。相信我吧，她跟十月時一模一樣，問題在於昨晚你只有她一個女孩可以注意，而你總需要有個人作伴。我一直認為她漂亮，但也不是十分漂亮。她的眼珠不夠黑，但她笑起來很甜美；至於你說的奇妙變化，我想應該是因為打扮的關係，而你又沒有別人可以看。因此，要是你真的想勾引她，我絕不會相信你是因為她的美貌，而只是出於無聊罷了。」

哥哥聽了這段批評，只是笑了笑，接著又說：「我並不清楚范妮小姐是怎麼樣的人。我不瞭解她，昨晚也看不出她的性格。她總是一本正經嗎？她是不是個怪人？她是不是有點做作？她為什麼要畏畏縮縮？我簡直無法讓她開口。我從沒和一個女孩待在一起這麼久，卻無法討她歡心！從來沒有一個女孩像這樣板著臉看我！我一定要扭轉這個局面。她的表情彷彿在說：『我不喜歡你，我絕不會喜歡你。』但我要說：我非讓她喜歡我不可。」

「傻瓜！原來這才是她的魅力所在！原來是這樣——因為她不喜歡你，你才覺得她皮膚嬌嫩，覺得她長高了，變得嫵媚、迷人！我真希望你不會為她帶來不幸。多了一些愛情也許能為她帶來活力，但我不准你讓她陷得太深。她是個好女孩，感情很豐富。」

「只不過兩個星期罷了，」亨利說，「要是兩個星期能要了她的命，那她也太弱不禁風了。不，我絕不會害她，可愛的小傢伙！我只想讓她親切地看待我，對我露出臉紅和微笑的表情，隨時都在身邊為我保留一個位子；等我坐下來跟她說話時，她要興致勃勃，還要跟我有一樣的想法，愛慕我的財產和娛樂，希望我在曼斯菲爾德住久一些；當我離開時，她會覺得自己永遠也快樂不起來了。我的要求僅此而已。」

「要求還真是少！」瑪莉說，「我沒有什麼顧慮了。好吧，你討她高興的機會多得是，因為我們經常在一起。」

她沒有進一步反對，便放棄了范妮，任她去接受命運的考驗。不過，瑪莉沒想到范妮早已有所戒備，否則或許真的會招架不住。在這個世界上，一定會有一些無法征服的十八歲女孩，任憑男人們怎麼枉盡心機，怎麼賣弄風采，怎麼獻殷勤，也無法使她們陷入情網。然而，范妮似乎不是這種女孩，她性情溫柔，又富有情趣，若不是芳心已有所屬的話，遇到亨利這種男人的追求——儘管過去對他的印象不好、儘管只有兩個星期——恐怕也很難不動心。雖然對另一個人的愛和對他的輕蔑能保證她不會對他的追求心動；但在亨利持續不斷地獻殷勤，而且又越來越迎合她那文雅穩重的性情下，用不了多久，她就不會像過去那樣厭惡他了。她沒有忘記過去，也還依舊瞧不起他，但卻漸漸感受到他的魅力。他為人風趣，言談舉止大有改進，變得客氣有禮，使她也不能不回以禮數。

不出幾天，就做到了這種程度。之後，又發生一件讓范妮高興萬分的事，這使得亨利有機會進一步討她歡心。她的哥哥——久居海外的威廉，回到了英國。她收到了他的信，那是他在軍艦駛入英吉利海峽時匆匆寫下的，只有寥寥數行。安特衛普號軍艦在史皮特黑德拋錨後，他把信交給一艘小船，送到了普茲茅斯。亨利拿著報紙走來，原想將這個消息告訴她，沒想到卻發現她拿著一封信，高興得發抖，一邊容光煥發地聽著姨丈口述回信，要邀請威廉前來作客。

亨利前一天才瞭解這件事，知道她有這樣一個哥哥，而且就在這艘軍艦上。不過，雖然他當時很感興趣，但也只是好奇罷了，打算回倫敦後順便打聽安特衛普號回國的日子。隔天早晨，他碰巧在報上發現這則新聞——多年以來，他一直訂閱登有海軍消息的報紙；然而，他晚了一步，范妮早已知道了這個消息。不過，她對他的好意還是表示了熱烈的感激，因為她對威廉的愛，早已超出了平時的羞怯心理。

親愛的威廉即將來到他們面前——毫無疑問，他會馬上請到假，因為他只是個海軍候補少尉。父母也住在當地，肯定已經見過他了；照理說，他一請了假就會立刻來拜訪妹妹和姨丈。在這七年裡，妹妹寫給他最多信，姨丈也盡力幫忙著他，替他尋求晉升。因此，范妮的信很快得到了回覆，確定了哥哥上門的日期。不到十天，這個令人振奮的日子就來了。范妮在玄關裡、門廊下、樓梯上，靜候著馬車到來的聲響。

馬車在她的期盼中抵達。既沒有繁複的禮節，也沒有可怕的事情耽擱。威廉一走進屋來，范妮便撲向他。在最初的時刻中，那股強烈的情感流露既沒有被打斷，也沒有人看見，除了那些小心翼翼的僕人。這種場景正是湯瑪斯爵士和艾德蒙精心策劃的，他們不約而同地勸說諾里斯太太留在原地，不要那麼急著往玄關裡跑。

過了不久，威廉和范妮來到大家面前。湯瑪斯爵士高興地發現，這位闊別七年的被保護人如今已是另一副模樣，他成為一個開朗、誠摯，又有禮的青年，完全有資格做他的朋友了。

范妮一直相當激動，過了很久才平靜下來。威廉的感情也像她一樣熱烈，加上他不太講究文雅和缺乏自信；漸漸地，她才開始感到欣喜不已，那發覺哥哥改變了的失落感也逐漸消失，開始從他身上找出了原本的威廉，並像她期盼多年的那樣與他交談。她是威廉最愛的人，只不過他現在意氣更高昂，性情更剛強，因此表現得相當坦然。隔天，當他們一起在外面散步時，才真正體會到重逢的喜悅，之後兩人每天都在一起談心。湯瑪斯爵士與艾德蒙為此頗為得意。

除了過去幾個月中，艾德蒙的體貼為她帶來的快樂外，范妮從未體驗過這種與哥哥及朋友無拘無束地生活在一起的幸福。威廉對她講述了他升遷的經過，講起了爸媽與弟妹們的情況；也興致勃勃地聽范妮講起曼斯菲爾德的事，以及她在這裡的各種舒適與不愉快——他同意妹妹對這一家人的看法，除了在聊到諾里斯姨媽時，比妹妹更加無所顧忌地破口大罵。

兩人一起回憶小時候表現得乖不乖，懷念著以往共同經歷過的痛苦和歡樂。越聊感情也越好，這種兄妹之情甚至勝過夫妻之愛。他們來自同一家庭，屬於同一血緣，幼年時有著相同的經歷、習慣，因此這種快樂是夫妻間無法感受到的。除了一些長期疏遠，而又未能重修舊好的兄弟姐妹，才會徹底忘卻兒時的珍貴情誼。但對威廉兄妹來說，這種感情既熱烈又新鮮，沒有被利害衝突損害，也沒有因為各有所戀而冷漠，長久的分離反而使這種感情越來越深。

兄妹之間相親相愛，使人們更加敬重他們。亨利也像其他人一樣深受感動，他讚賞這名水手對妹妹的一片深情，於是便把手伸向范妮的頭，一邊說道：「你知道吧，我已經喜歡上這種奇怪的髮型，雖然我剛聽說英國有人梳這種髮型時，簡直不敢相信。當布朗太太和其他女人梳著這種頭來到駐直布羅陀長官家裡時，我認為她們都瘋了。不過，范妮卻讓我對什麼事都能習慣。」當范妮聽著哥哥敘述出海時見到的事物時，不由得容光煥發，兩眼發亮，亨利也異常羨慕。

這是亨利從道德角度上頗為珍惜的一幅情景。范妮的吸引力增加了，因為情感本身就富有魅力，這使她氣色變得越來越好。他不再懷疑她有多情的時候，她也有感情、純真的感情。得到這樣一位女孩的愛，能讓她那年輕純樸的心靈產生初戀的激情，這是多麼難能可貴啊！他對她的興趣超出了自己的預想。兩個星期還不夠，他要無限期地住下去。

姨丈常常叫威廉為大家講述他的見聞，他想透過他的經歷來瞭解這個年輕人。他聽完威廉簡單明瞭、朝氣蓬勃的敘述後，感到十分滿意；因為從這些經歷中，可以看出他為人正派，工作認真，性情也很開朗——這一切將確保他在事業上一帆風順。儘管威廉還年輕，卻已有了豐富的閱歷；他去過地中海，去過西印度群島，又回到地中海。艦長喜歡他，每到一個地方，總會帶他上岸。七年當中，他經歷了大海和戰爭中的各種危險。有了這麼多不凡的經歷，講起來自然生動好聽。當他敘述海難或海戰時，諾里斯太太走來走去，不停地打擾別人，但人們仍然聚精會神地聆聽著。連貝特倫夫人聽了這些可怕的事也心驚不已，不時停下手裡的針線說道：「天哪！多可怕呀。我不懂怎麼會有人想去當水手。」

亨利卻不這樣想。他恨不得自己也當過水手，有過這麼多經歷。他心緒翻湧，對這個不到二十歲就飽嘗困難、充分顯示出聰明才智的年輕人感到無比敬佩。在他英勇、忠誠、吃苦耐勞的精神對比下，他那只會吃喝玩樂的作風簡直卑鄙至極。他真想成為威廉這樣的人，滿懷自尊和愉快的熱忱，靠自己的力量建功立業，而不是現在這樣！

但這種願望來得快，去得也快。當艾德蒙問他隔天的打獵怎樣安排時，他立刻從往事的夢幻和由此而來的悔恨中驚醒。他認為當一個有馬車有僕人的有錢人也不錯，或許還要更好，因為這樣就能輕易地對人施予恩惠。威廉對任何事都躍躍欲試，表示也想去打獵。對亨利來說，為威廉準備一匹獵馬毫無難處，只需要打消湯瑪斯爵士的顧慮——他比外甥更瞭解欠下人情的代價；還需要說服范妮不要擔心。

范妮對威廉不放心。即使威廉說他在好幾個國家騎過馬，參加過許多爬山活動，摔了多少次都沒事，她依然不相信他能駕馭一匹健壯的獵馬在英國獵狐。而且，除非哥哥平安無事地回來，她會一直覺得不該冒這樣的險，也不會感激亨利借馬給哥哥。事實證明，威廉什麼事也沒有，她才開始感覺到這是一番好意。亨利建議威廉下回再騎一次，又熱情地把馬完全交給了他，叫他在北安普敦作客期間儘管使用。這時，范妮甚至向亨利報以微笑。

第二十五章

這陣子，兩家人的來往幾乎又回到秋季那樣頻繁，這是他們誰也不曾料到的事。亨利的返回和威廉的到來發揮了很大的作用，不過，湯瑪斯爵士對於牧師公館的寬容態度更是功不可沒。他已經擺脫了當初的煩惱，漸漸有了閒情逸致，並發覺格蘭特夫婦和那兩個年輕伙伴的確值得來往。雖然他完全沒有考慮讓自己的孩子與對方一家結親——這對他們家極為有利，而且也很有可能實現——也對任何人在這件事上的態度不以為然；不過，他不用留意就能看出亨利對他外甥女的態度與眾不同。也許就是由於這樣，當他們發出邀請時，他便在無意中表示了欣然同意。

牧師一家經過反覆討論後，決定邀請這家人來吃飯。他們起初猶豫不決，不知道這樣做好不好，「因為湯瑪斯爵士好像不怎麼樂意，貝特倫夫人又懶得出門！」然而，湯瑪斯爵士欣然接受了邀請，他這麼做只是出於禮貌和友好，想和大家一起同樂，與亨利毫無關係。但也正是在這次作客中，他第一次意識到：無論任何人，只要仔細觀察，都會認為亨利愛上了范妮。

大家聚在一起，有愛講話的人，也有愛聽話的人，因此人人都感到快活。按照格蘭特一家平時的待客之道，飯菜既講究又豐盛，大家都覺得無可挑剔，除了諾里斯太太，她有時嫌餐桌太寬，有時嫌菜做得太多；每當僕人從她椅子後面經過時，她總要挑一點毛病，離席後又覺得，上了這麼多菜，一定有一些涼掉了。

到了晚上，在格蘭特太太和妹妹的巧妙安排下，剛好組成兩桌牌局，各自玩不同的遊戲。在這種情況下，所有人自然都必須參加了。當大家請貝特倫夫人決定玩哪種遊戲時，她頓時感到猶豫不決。她問了身旁的湯瑪斯爵士：

「我該選哪一樣好呢？親愛的。玩『惠斯特』還是『投機』？」

湯瑪斯爵士想了想，建議她選擇後者。因為他想打「惠斯特」，擔心跟她做搭檔沒有樂趣。

「好吧，」夫人滿意地答道，「那我就玩『投機』吧，格蘭特太太。我完全不會打，范妮妳得教我。」

范妮急忙說她也不會，這使貝特倫夫人又猶豫了一番，但所有人都跟她說這個遊戲十分容易。就在這時，亨利走上前來，懇切地請求坐在夫人和范妮中間，同時教她們兩位，於是問題解決了。湯瑪斯爵士、諾里斯太太和格蘭特夫婦幾位老練的人圍成一桌，其餘六人則聽從瑪莉的安排，圍著另一張桌子坐下。這種安排正合亨利的心意；他緊鄰著范妮，忙得不可開交，既要看自己的牌，又要注意其他兩個人的牌。不到三分鐘，范妮就掌握了玩法，他又鼓勵她必須更加勇敢、貪婪、凶狠——不過這並不容易，尤其在對手是威廉時。至於貝特倫夫人，他整晚都必須對她的輸贏負責。因此從發牌開始，他不停替她翻牌，並且從頭到尾指導她打出每一張牌。

他翻牌時瀟灑，出牌時敏捷，風趣又俏皮，為遊戲增添不少光彩。這一邊的牌桌輕鬆又活躍，與另一桌的秩序井然、沉悶不語形成了鮮明的對照。

湯瑪斯爵士兩次問妻子玩得開不開心、輸贏如何，卻沒問出個結果。牌局的步調太緊湊，使他無暇打聽。直到打完了第一局，格蘭特太太跑到夫人前討好她時，大家才明白她的情況。

「我想，夫人您很喜歡這種遊戲吧？」

「噢！是的，確實很有趣。真是奇怪的玩法，我不懂到底是怎麼打的，我根本沒看我的牌，全是克勞佛先生幫我打的。」

「貝特倫，」過了一陣子，亨利打得有些疲倦，便說道：「我還沒告訴你昨天我騎馬回來的路上發生了什麼事。」原來，當兩人到了離曼斯菲爾德很遠的地方時，忽然發現亨利的馬掉了一個蹄鐵，他只好一個人半途折返，「我跟你說過，我不喜歡問路，所以經過周圍有紫杉的那座舊農舍就迷路了。不過我沒有告訴你，我一向很幸運，剛好走到一個原先一直想去的地方。我轉過一塊斜坡，來到山坡上的一個幽靜小村莊，前面是一條小溪，右邊山丘上有一座教堂，這座教堂又大又漂亮，非常醒目。除了離教堂不遠處有一棟漂亮房子之外，周圍再也沒有任何體面的建築了。那棟房子一定是牧師公館。總而言之，我發現自己到了桑頓萊西。」

「聽起來應該是，」艾德蒙說，「不過，你過了西韋爾農場之後是往哪條路轉？」

「我不回答這種小細節。即使你問我一個小時的問題，也無法證明那不是桑頓萊西——因為那裡絕對是桑頓萊西。」

「那你向人打聽過了？」

「沒有，我從不問路。不過，我對一個正在修籬笆的人說那裡是桑頓萊西，他沒有反駁。」

「你的記性真好。我都不記得跟你說過這個地方。」

桑頓萊西是艾德蒙即將就任的教區，瑪莉很清楚這一點。這時，她正在打威廉手裡的「J」的主意。

「那麼，」艾德蒙接著說，「你喜歡那裡嗎？」

「的確很喜歡。你這傢伙很幸運，至少要整頓五個夏天，那地方才能住人。」

「不，不，沒那麼糟。跟你說吧，那個農舍將會遷移，其他我都不在乎。那座房子一點也不糟，等農舍遷走之後，就會鋪一條像樣的路。」

「農舍得徹底遷走，還要多種一些樹把鐵匠鋪隔開。房子由向北改為向東——我的意思是，房子的正門和主要房間必須朝向風景優美的一側，這是做得到的；那條路也應該修在那裡，讓它穿過花園；再在房子後面蓋一個新花園，面向東南方，這樣就大功告成了。那邊的地形很適合這樣改建。我騎馬順著教堂和農舍間的小路走了五十碼，向下瞭望一番，看出了怎麼改建最好。事情很容易，現在這座花園以及未來新花園外面的草地，從我站的地方向東北延伸，也就是通向貫穿村子的主要道路，最後匯集在一起。那片草地在樹木的點綴下十分漂亮，我想，它們應該屬於牧師的產業吧？不然你應該把它們買下來。還有那條小溪，也得稍微改變，不過我還沒想出辦法。我有兩三個方案。」

「我也有兩三個方案，」艾德蒙說，「其中一個是駁回你的計畫。我喜歡樸素，不想花太多錢；只要能把住宅變得舒適的，一看就知道是個有大人物住的地方，這樣就夠了。我希望所有關心我的人也能因此滿足。」

當艾德蒙說到自己的希望時，他的語氣、漫不經心的目光引起了瑪莉的猜疑和氣惱。她匆匆結束了和威廉的牌局，一把抓過他的「J」，叫道：「看！我要當個勇敢的人，把最後的本錢都賭上。我不會畏縮的，我天生就不是無所事事的人。即使會輸，也不是因為沒有勇氣力拚。」

這一局她贏了，只是贏來的還抵不上她付出的本錢。又打起了另一局，亨利再度談起了桑頓萊西。

「我的計畫也許不是最好的，當時我的確沒什麼時間考慮。不過，你真的得多下工夫，那地方值得這麼做，要是不這樣，你一定也不會滿意的。那地方值得下工夫，貝特倫。你聊到要讓它像一間大人物的住宅。要做到這一點，就必須拆掉那個農舍。我從沒見過這麼棒的住宅，它不是一幢不起眼的牧師公館，不是把一些矮小的房屋拼湊在一起，也不會土里土氣，像一座四四方方的農舍；而是一座牆壁堅固、室內寬敞的房子，看上去高貴氣派，彷彿裡面住著一個德高望重的古老世家，有二百年的歷史，一年要花掉兩三千英鎊。」

瑪莉一直仔細聽著，艾德蒙則表示贊同。「因此，你只要下點工夫，就能使它看起來像是大人物的宅邸。不過，你還能改建得更好。要是聽從我的建議去做，那就能提高這棟房子的格調。不僅是一座大人物的住宅，更是一座博學多聞、氣度優雅、又交遊廣闊的人的住宅。這棟房子就是要有這種氣派，讓每一個路過的人都認為屋主是教區裡的大地主，反正附近沒有真正的地主宅邸會搶了它的風采。偷偷告訴你，這種情況對於保持特權和獨立自主大有好處。我希望你同意我的想法。」他轉向范妮，溫柔地說道：「妳去過那裡嗎？」

范妮連忙否定了，極力想掩飾她對這個話題的興趣，並把注意力轉向哥哥。她哥哥正在勸她接受挑戰，但亨利卻緊接著說：「不，不，妳不能出『Q』。代價太高了，妳哥哥下的注還不到它價值的一半。不，不，先生，不准動——不准動。你妹妹不會出『Q』，她絕不會。這一盤妳會贏。」他又轉向范妮，「一定是妳贏。」

「范妮寧願讓威廉贏，」艾德蒙笑著對她說，「可憐的范妮！想故意輸都不行啊！」

「貝特倫先生，」過了一會，瑪莉說，「你知道，亨利是個了不起的改建專家，你想在桑頓萊西進行改建，不請他幫忙是不行的。你只要想想，他在索瑟頓發揮了多麼大的作用；只要想想，我們在八月的大熱天一起坐車在庭園裡亂晃，看著他大顯身手，在那裡取得了多麼卓越的成績。哪像我們，跑來跑去，什麼忙都沒幫上！」

范妮瞄了瞄亨利，露出責怪的神情；但是一接觸到他的目光，又馬上退縮了。亨利似乎意識到妹妹話中的意思，便向她搖了搖頭，笑著說道：「我不敢說自己在索瑟頓做了多少事；不過，當時天氣太熱，我們都在走路尋找彼此，弄得暈頭轉向的。」

大家吵吵鬧鬧地議論起來，亨利趁機偷偷對范妮說：「我很遺憾，大家拿我在索瑟頓那天的表現來評斷我的設計能力。我現在的見解與當時有所不同了，不要以我當時的表現來看待我。」

索瑟頓這個名字對諾里斯太太最有吸引力。這時，她和湯瑪斯爵士剛靠著妙計贏了格蘭特夫婦的一局牌，興致正濃，一聽到這幾個字，不禁興沖沖地叫道：「索瑟頓！是呀，那真是個好地方，我們在那裡度過好快樂的一天。威廉，你來得真不巧，等你下次來的時候，但願親愛的拉什沃思夫婦不要再外出了，我保證他們兩人都會熱情地接待你。你的表姐們有好處都不會忘掉親戚的，而拉什沃思先生又是個和藹可親的人。你知道，他們目前在布萊頓，住著最高級的房子，因為拉什沃思先生有的是錢，完全住得起。我說不出那裡有多遠，不過你回去普茲茅斯時，要是順路的話，應該去看看他們。我有一個小包裹要交給你的兩個表姐，你可以順便幫我帶去。」

「大姨媽，我很樂意去。不過布萊頓離畢奇角很近，即使我能跑那麼遠，像我這種小小的海軍候補少尉，在那種時髦的地方恐怕也不會受到歡迎的。」

諾里斯太太剛開口勸他放心時，湯瑪斯爵士便打斷了她的話。以威嚴的口氣說道：「威廉，我倒覺得你不必去布萊頓。我相信你們很快就有更好的見面機會。不過，我的女兒們在任何地方都樂於見到她們的表弟妹。你還會發現，拉什沃思先生真誠地把我們家的親戚當成他自己的親戚。」

「我寧願他是海軍大臣的私人秘書。」威廉喃喃自語道，這個話題因而中斷。

目前為止，湯瑪斯爵士還沒看出亨利的舉止有什麼值得注意之處。但是，等到「惠斯特」牌桌解散，只剩下格蘭特博士和諾里斯太太在為牌局結果爭論時，湯瑪斯爵士到一旁觀看另一桌的情況。他發現外甥女成了受矚目的對象。

亨利又滿腔熱情地提出一個改造桑頓萊西的方案，由於沒能引起艾德蒙的興趣，他便一本正經地向他漂亮的鄰居介紹起來。他打算明年冬天親自租下那棟房子。他租房子並不僅是為了打獵，雖然這也是個重要因素，但最大的原因還是因為不想為格蘭特博士帶來麻煩。他一心想在這裡找一個安身之處，隨時都可以來度假，並跟曼斯菲爾德一家保持來往。湯瑪斯爵士聽了他的話，並不覺得刺耳，畢竟這些話裡並沒有輕薄的詞語。范妮的反應冷淡，只是偶爾對某句話表示同意，聽到恭維時也沒有任何感激的態度。亨利發現湯瑪斯爵士在注意自己，便轉過身跟他聊起這個話題，語氣較平淡，但言詞依然熱烈。

「我想當您的鄰居，湯瑪斯爵士。我剛才告訴了普萊斯小姐，您可能已經聽見了。我是否有榮幸得到您的同意，允許您的兒子不要拒絕我這個房客？」

湯瑪斯爵士客氣地點了點頭。「先生，你想在附近定居，當我們家的鄰居，我非常歡迎，但卻不能以房客的身分。不過我相信，那棟桑頓萊西的房子將會由艾德蒙入住。艾德蒙，我這樣說對吧？」

艾德蒙聽到父親這麼問他，又打聽了他們剛才談論的話題，認為沒什麼不方便回答的。

「當然了，爸爸，我已決定要住在那裡。不過，克勞佛，雖然我排斥你這個房客，但我很歡迎你以朋友的身分搬過去，每年冬天都把房子的一半當成自己的。我們會根據你的計畫修改後增建馬廄，並根據你今年春天可能想出的修正方案，再進行一番改建。」

「我們的損失可大了，」湯瑪斯爵士接著說，「他要走了，雖然離我們只有八哩，但我們還是不希望家裡又少一個成員。不過，要是我的兒子連這種事都做不到，我將會感到莫大的恥辱。當然，克勞佛先生，你不會想得這麼多，一個牧師要是不經常住在教區，就不會知道教區有什麼需求，光靠代理人是無法瞭解那麼多的。艾德蒙大可以像人們常說的那樣，既履行在桑頓萊西的職責——也就是祈禱、講道——同時又不放棄曼斯菲爾德莊園。他可以每個禮拜天騎馬到他名義上的住宅去，當三四個小時的牧師，帶領大家做一次禮拜——如果他心安理得的話，但那是不可能的。他知道，人性所需要的教導不是每週一次的講道就能解決的；他還知道，如果他不生活在他的教民中間，不透過經常的關心表示自己是他們的祝願者和朋友，那他也無法為他們或自己帶來多少好處。」

亨利點頭表示同意。

「我再說一遍，」湯瑪斯爵士補充說，「在那一帶，桑頓萊西是我不希望亨利租用的唯一一棟房子。」

亨利又點頭表示謝意。

「毫無疑問，」艾德蒙說，「父親熟悉教區牧師的職責。我們應該期望他的兒子能表明自己也懂得這種職責。」

雖然湯瑪斯爵士簡短的說教無法對亨利產生什麼影響，卻讓瑪莉和范妮感到局促不安。其中一人，她從沒想到艾德蒙這麼快就要搬去桑頓，只能想像著不能天天見到他會是什麼滋味；另外一人，她聽了哥哥的敘述之後，原來還愜意地幻想著未來能偶爾去他在桑頓的豪華宅邸住上幾天，沒有教堂，也沒有牧師。現在，她被湯瑪斯爵士的話從夢中驚醒，因此對他滿懷敵意；他的性格和面孔令她生畏，她不得不強忍著怒氣，這使她越來感到難受。

現在她的如意算盤都落空了。牌局被說話打斷了，她很高興能結束這種場面，趁機換個地方坐坐，振作一下精神。

大部分的人都圍著火爐散亂地坐著，等待散場。威廉和范妮卻沒有跟著過來，依然坐在牌桌邊愉快地聊天，直到其他人想起了他們。亨利首先把椅子轉向他們，默默不語地在一旁觀察了一陣子。同一時間，湯瑪斯爵士也一邊與格蘭特博士閒聊，一邊觀察他。

「今晚應該會有舞會，」威廉說，「要是我在普茲茅斯，也許會去參加。」

「但是你不會希望現在正在普茲茅斯吧，威廉？」

「沒錯，范妮。當妳不在時，普茲茅斯就夠我玩了。我覺得參加舞會沒有什麼意思，我可能連個舞伴都找不到。普茲茅斯的女孩只看得上大官，小小的海軍候補少尉什麼都不是。還記得格雷戈里家的小姐嗎？她們已經出落成美麗動人的少女，但幾乎理都不理我，因為有一位海軍上尉在追求露西。」

「噢！真不像話，太不像話！不過，你不用放在心上，威廉。」她的臉氣得通紅，「不用放在心上。那些最偉大的海軍將領們年輕時也多少經歷過這種事。你只要把它當成每個水手都會遇到的挫折，就像惡劣的天氣和艱苦的生活一樣；但是這些挫折也有它的好處，就是它遲早會結束，到時你就不用再忍耐了。等你當上海軍上尉再說吧！你想想，威廉，等你當上海軍上尉，就不必計較這些無聊事了。」

「范妮，我覺得我永遠也當不上海軍上尉。別人都升官了，只有我沒有。」

「噢！親愛的威廉，別這樣垂頭喪氣。雖然姨丈沒有明講，但我相信他會盡力讓你得到提拔。他和你一樣清楚這有多麼重要。」

范妮發現姨丈竟然距離他們不遠，連忙住口。兩人只好開始聊別的事情。

「妳喜歡跳舞嗎？范妮。」

「喜歡，非常喜歡。但是跳一下子就累了。」

「我想和妳一起參加舞會，看妳跳得怎麼樣。北安普敦從不舉行舞會嗎？我想看妳跳舞，要是妳願意的話，還想跟妳一起跳，反正這裡沒人認識我。我們以前常常一起亂跳，對吧？當時街上還有人演奏起手搖風琴呢！我跳得很好，不過妳跳得比我更好。」這時，他們的姨丈走了過來，他對姨丈說：「范妮跳舞跳得很好吧？姨丈。」

范妮對這個突如其來的問題感到驚訝，不曉得眼睛該看哪裡，也不知道姨丈會說出什麼話。他想必會嚴厲地訓斥幾句，或是冷冷地不屑一顧，讓他們兄妹羞愧地無地自容。沒想到完全相反，姨丈只是說：「很抱歉，我無法回答這個問題。范妮從小到大，我從沒看過她跳舞。不過我相信，要是她跳起舞來，我一定會像個大家閨秀，也許我們很快就會有這種機會。」

「普萊斯先生，我曾見過妳妹妹跳舞。」亨利湊過來說道，「有什麼問題就儘管問我吧！我來回答，保證讓你滿意。不過我想，」他看到范妮神情尷尬，「以後再說好了。在場的人之中，有個人不喜歡我們議論普萊斯小姐。」

的確，亨利曾經看過范妮跳舞，也能回答她如何悠然地邁著輕盈優美的步履在舞場上跳舞；但實際上，他根本記不起她跳了什麼，只記得她理所當然去過舞場。

大家以為他只是想誇讚范妮的舞技罷了；湯瑪斯爵士沒有因此感到不悅，反而繼續談論跳舞，並興致勃勃地描述安地卡的舞會，或聽外甥聊到他見過的各種舞蹈。僕人來通報馬車到了他也沒聽見，直到看見諾里斯太太開始忙碌起來，他才意識到這件事。

「喂，范妮，妳在做什麼呀？要走了。妳沒看見二姨媽已經站起來了嗎？快！快！我不忍心讓威爾科克斯老人在外面等。你要多替車伕和馬匹著想。親愛的湯瑪斯爵士，我們先走了，等下馬車再回來接你和艾德蒙、威廉。」

湯瑪斯爵士不得不同意，畢竟這是他安排的，而且事前也告訴了妻子和大姨子。不過諾里斯太太似乎忘了這一點，還以為一切都是她的功勞。

臨走時，范妮感到有些失落。因為當艾德蒙正想從僕人手中接過披巾，罩在她身上時，亨利卻早一步搶了過去。儘管這種行為太過露骨，但她仍不得不表示感激。

第二十六章

威廉說想看范妮跳舞，姨丈一直把這件事銘記在心。他決定滿足威廉對妹妹的這份情意，滿足想看范妮跳舞的人們的心願，同時讓年輕人有一次娛樂的機會。深思熟慮後，他暗自下了決定。隔天早上吃早飯時，他重新提起外甥說過的話，並加以讚賞，又說：「威廉，我要你在離開北安普敦前參加一次活動。我很樂意看你們兩個跳舞。你上次提到北安普敦的舞會，你表哥表姐偶爾會去參加，但那裡的舞會並不適合我們，太累人了，你姨媽會受不了。依我看，我們別管北安普敦什麼時候舉辦舞會，可以在家裡自己開一個舞會，只要——」

「啊！親愛的湯瑪斯爵士，」諾里斯太太打斷了他的話，「我知道你想說什麼。要是親愛的茱莉亞在家，要是親愛的拉什沃思夫人在索瑟頓，舉辦這個活動就有了更充分的理由。你想在曼斯菲爾德開一個舞會，我知道你會這麼做的，要是她們兩人能在家裡為舞會增色，你就要在聖誕節舉辦。快謝謝你姨丈！威廉，快謝謝你姨丈！」

「我的女兒們，」湯瑪斯爵士一本正經地說，「她們在布萊頓有自己的娛樂活動，我想她們玩得非常快樂。在曼斯菲爾德舉辦的舞會是為她們的表弟妹舉辦的，要是全家人都在當然好；不過，不能因為有人不在家，就不給其他人娛樂的機會。」

諾里斯太太沒再說話。她看出湯瑪斯爵士心意已決，感到既驚奇又惱火，過了一會才平靜下來。竟然在這種時候舉辦舞會！他的女兒都不在家，也沒有先徵求過她的意見！不過，她立刻又感到欣慰，因為一切又會由她安排；貝特倫夫人從不出力，整件事自然會落在她身上，舞會也由她主持。一想到這裡，她的心情立刻大為好轉，又和大家一起有說有笑了。

艾德蒙、威廉和范妮一聽說要開舞會，紛紛表現出自己的欣喜和感激。正如湯瑪斯爵士所預料的。艾德蒙為那對兄妹感謝父親，父親過去做的好事，從沒有一件這麼讓他高興。

貝特倫夫人一動也不動地坐著，沒有任何意見。湯瑪斯爵士向她保證舞會不會為她增加什麼麻煩；她則向丈夫保證說，她根本不怕麻煩，其實也不可能會有什麼麻煩。

諾里斯太太正想提出用哪些房間舉行舞會，卻發現一切早已安排妥當；她想在日期上發表意見，但舞會的日期也已經訂好了。湯瑪斯爵士饒有興味地制訂了周密的計畫，當諾里斯太太終於能靜下來聽他說話時，他便唸了賓客的名單，由於通知發得較晚，預計能請到十二到十四對年輕人。接著又解釋了將舞會訂在二十二日的理由：威廉二十四日就得回普茲茅斯，因此二十二日是他臨行前最後一天；而且時間已經很倉促，不能再提早。諾里斯太太只好說，她本來也正是這麼想的。

舉辦舞會的事說定了。太陽還沒下山，這件事已經人盡皆知。邀請函迅速發送出去，不少年輕小姐像范妮一樣，當晚就寢時仍興奮地翻來覆去。但范妮思考的事有時幾乎超出了快樂的範圍；她年紀輕、經歷少，沒有太多選擇的餘地，加上對自己缺乏自信，因此打扮成了一個傷腦筋的問題。威廉從西西里島為她帶回的一個漂亮的琥珀十字架，是她唯一擁有的裝飾品。而這件裝飾品卻也為她帶來最大的煩惱。她只有一條緞帶能繫這個十字架，但是這一次，每位小姐都會穿戴貴重的裝飾品，她應該這樣戴著嗎？但要是不戴呢？威廉原先還想為她買一條金項鍊，但是錢不夠；因此，要是她不戴上這個十字架，一定會傷了他的心。這些顧慮使她焦慮不安。雖然舞會是為了她舉辦的，她也打不起精神。

舞會的準備工作如火如荼地進行著。貝特倫夫人依然坐在沙發上，什麼都不插手。女管家來了幾趟，女僕也為她趕製新衣，湯瑪斯爵士又叫諾里斯太太跑腿。貝特倫夫人什麼麻煩也沒有，正如她預料的：「這件事根本沒什麼麻煩。」

艾德蒙的心事特別多，他滿腦子都在考慮即將決定他一生的兩件事——接受聖職和結婚。這兩件事都很重大，其中一件將在舞會結束後來臨，因此他不像其他家人那麼重視這場舞會。二十三日他要去彼得伯勒附近找一位朋友，在聖誕節那週一起去接受聖職。到了那時，他的命運就決定了一半。

另外一半卻未必能順利解決。他的職責即將確定，但是為他分擔職責、替他帶來歡樂的妻子，卻可能還得不到。他清楚自己內心的想法，但對於瑪莉的想法，他並沒有太多把握。在某些問題上，他們的看法不盡相同，有時她甚至不很滿意。儘管他相信她的情意，幾乎決定當一切安排妥當後，就要馬上作出決斷；但對於後果如何，卻時常憂心忡忡。有時候，他相信她對他有意思，他能回想起她一直以來的情意綿綿，而且這股情意不是出於金錢的考量；但有時候，他的希望之中又摻雜著懷疑和擔心。他想起她曾表明自己不想住在鄉下，而想住在倫敦——這不是對他的斷然拒絕，又是什麼呢？除非他作出犧牲，放棄他的職位，這樣她也許能接受他，但那是絕對不行的，他的良心不允許他這樣做。

整件事取決於一個問題：她是否真的愛他，不惜放棄那些重要的條件？他經常問自己這個問題，儘管回答常常是肯定的，但有時也會是否定的。

瑪莉很快就要離開曼斯菲爾德了。她收到朋友的來信，請她去倫敦住一些日子，而亨利則決定在這裡住到一月，好送她去倫敦。當她說起朋友的這封信和亨利的好意時，兩眼不禁閃爍著喜悅的光芒。她談到這種喜悅時，艾德蒙從她興奮的語調中聽出了否定的回答。不過，那是在作出決定那天的事，還是在獲得這件喜訊後的一個小時之內？當時她心中只想著看望朋友。在那之後，她說起話來不一樣了，感情也有所不同，讓他心裡更加矛盾。他聽她對姐姐說自己捨不得離開，又說她即將見到的朋友，都比不上她即將告別的朋友。儘管她非去不可，也知道去了之後會很開心，但她已在期望重返曼斯菲爾德的那一天。難道這其中沒有肯定的答案嗎？

由於有了這些顧慮，艾德蒙無法像其他家人那麼興致勃勃地期盼那一晚。在他看來，那個夜晚除了能為表弟妹帶來歡樂之外，跟兩家人平日的聚會相比也沒什麼不同的。平常聚會時，他都渴望瑪莉進一步向他表白真情。但在熙熙攘攘的舞場上，也許反而不利於她這麼做。他事前和她約好跳最初兩支舞，這是這場舞會所能為他帶來的全部快樂，也是別人正在為舞會忙碌時，他所做的唯一一點準備工作。

舞會將在週四舉行。週三早晨，范妮仍想不出該穿什麼衣服，於是決定徵求其他人的意見。她去找了格蘭特太太和她妹妹，她們是大家公認最有見識的人。艾德蒙和威廉去了北安普敦，她猜想亨利也不會在家，於是便前往牧師公館。對她來說，這一次請教無論如何都必須在私底下進行，因為她對自己的操心感到害羞。

她在離牧師公館不遠處遇見瑪莉。瑪莉也正要去找她，而且似乎不樂意失散步的機會。於是范妮立即道明來意，說要是她願意幫忙出主意，無論是在室內還是室外說都一樣。瑪莉聽到有人向她求教，也感到很高興，稍加思考後，便顯出更加親熱的樣子，請范妮跟她一起回家，到她在樓上的房間裡小聲聊天，以免打擾了客廳的格蘭特夫婦。范妮感謝了朋友的一片好意。

她們走進房內，上了樓梯，不久就進入了正題。瑪莉很樂於指點范妮，盡力把自己的見識告給她，替她出主意，一邊又不斷鼓勵她，事情不僅變得容易，還多了些快樂的色彩。服裝的問題解決了，「不過妳戴什麼項鍊呢？」瑪莉問，「戴妳哥哥送的十字架嗎？」她一邊說，一邊解開一個包裹；當她們在門外相遇時，范妮就看見她手裡拿著這個包裹。她向瑪莉坦言了自己的心願和疑慮，而她得到的答覆是──瑪莉將一個小首飾盒擺在她面前，懇切地請她從一條金鏈子和金項鍊中任選一條。這正是那個包裹裡的東西，她起初就是想拿這些東西去找范妮，請她挑選。范妮嚇了一跳，面露惶恐，在瑪莉的再三相勸下才打消顧慮。

「妳看，我有那麼多條，」瑪莉說，「連一半都用不到。我又不是為了妳買的，只不過想送妳一條舊項鍊。請妳一定要賞這個臉。」

范妮仍然拒不肯收，這禮物太貴重了。可是瑪莉不願作罷，情意真切地向她說明理由，叫她為威廉和那個十字架想想、替舞會著想，也替她自己想想。范妮終於被說服了，她勉為其難地答應了瑪莉，開始挑選。她看了又看，想猜出哪一條的價值最低，最後挑了一條精緻的金項鍊。雖然她覺得另一條較長的、沒有特殊花樣的金鏈更適合她，但還是選擇了這一條，因為她猜想這是瑪莉最不想要的。瑪莉笑了笑，表示贊許，並把項鍊戴在她脖子上，讓她照一下鏡子。

范妮覺得很好看，也對於得到一件合適的裝飾感到高興。然而，她心裡的顧慮並未完全消除；她覺得假如欠的是別人的人情就好了。但她不該這麼想。瑪莉對她這麼好，事先考慮到她的需要，這證明她是真正的朋友。「我戴著這條項鍊時，會一直想到妳，」她說，「記住妳對我多麼好。」

「妳戴著這條項鍊時，還應該想到另一個人，」瑪莉回答，「妳應該想到亨利，因為這是他買的。他送給了我，現在我把它轉贈給妳，由妳記住這原來的贈與人吧！想到妹妹也要想到哥哥。」

范妮大驚失色，想立刻歸還禮物。接受別人轉贈的禮物──而且是她的哥哥──絕對不行！她慌慌張張地把項鍊又放回棉花墊上，似乎想再換一條，或是乾脆一條也不要。瑪莉覺得很有趣，她從未見過這麼多慮的人。「親愛的小姐，」她笑著說，「妳怕什麼呀？妳以為亨利看見後，會說妳從我這裡偷走這條項鍊嗎？妳以為亨利看到項鍊戴在那麼漂亮的脖子上，會特別高興嗎？要知道，在他看到那漂亮的脖子之前，那條項鍊已經買了三年了。也許──」她露出調皮的神情，「妳大概會懷疑我們串通好，而且是他要我這麼做的吧？」

范妮面紅耳赤，連忙辯解說她沒有這麼想。

「那好，」瑪莉不相信她的話，認真地說道，「為了證明妳不再懷疑，就把項鍊收下，什麼話都別說了。告訴妳吧！我不會因為這是哥哥送我的，就不能把它送人；同樣的，也不能因為這是哥哥送我的，我就不能再次送妳。他送我的禮物不計其數，我不可能每一樣都當成寶貝，他自己多半也忘記了。至於這條項鍊，我幾乎戴不到六次。它很漂亮，但我從沒來沒重視過它。雖然首飾盒裡的所有鏈子和項鍊我都願意送出去，但老實說，妳剛好挑了一條我最希望妳挑走的。拜託妳什麼都別說了。這麼一件小事，不值得我們浪費這麼多口舌。」

范妮不敢再推辭，又道了一聲謝；不過，她不像剛開始那麼高興了，因為瑪莉眼中透露著驕傲，令她看了不開心。

亨利的態度變了，她不可能察覺不出來。她早就發現了，他顯然想討她的歡心，就像過去對她的兩個表姐那樣。她猜想，他是打算像玩弄她們那樣玩弄她。他未必跟這條項鍊沒有關係，她是這樣相信的。瑪莉雖是個關心哥哥的妹妹，卻是個漫不經心的女人，不會體貼朋友。

回家的路上，范妮左思右想，滿腹疑雲。即使得到了自己一心想要的東西，卻不覺得有多高興。出門前的憂慮並未減少，只是換了一種形式。

第二十七章

一回到家中，范妮便急忙上樓回到東房，把這件可疑的項鍊放進專門收藏她心愛的小玩意的盒子裡。但是一開門，她大吃一驚。艾德蒙正坐在桌邊寫著什麼，這是從未發生過的事情。她不由得又驚又喜。

「范妮，」艾德蒙立刻放下筆，離開座位，手裡拿著什麼東西走了過來，「原諒我闖進妳的房間，我是來找妳的。我等了一下子，以為妳會回來，正在留言說明我的來意。不過現在我可以直接告訴妳了。我是來求妳接受這份小禮物——一條鏈子，可以把威廉送妳的十字架繫在上面。本來一週前就該交給妳的，但是我哥哥晚了幾天抵達倫敦，因此耽擱了。我剛從北安普敦拿回來，我想妳一定會喜歡，范妮。我是根據妳樸素的風格挑選的。不管怎麼說，我知道妳會體諒我的用心，把這條鏈子當成一位朋友的愛的象徵。」

他說完便匆匆走出去。范妮心裡百感交集，一時間什麼也說不出口。但在某種急切的願望驅使下，她忽然叫了出來：「噢！表哥，等等！請等一等。」

艾德蒙轉過身來。

「我不知道該怎麼感謝你，」范妮激動地說，「我說不出我多麼感謝你，這種感激之情難以言喻。你這麼替我著想，你的好意超出了……」

「如果妳只是要說這些的話，范妮——」艾德蒙笑了笑，又轉身要走。

「不！不！不只有這些。我想和你商量一些事。」

這時，范妮無意識地解開了艾德蒙交到她手中的包裹，她看到包裝非常考究，只有珠寶商才做得到。裡頭放著一條沒有花飾的金鏈，既樸素又精美。她情不自禁地叫道：「噢！真美！這正是我想要的東西！是我唯一想要的裝飾。跟我的十字架正相配，我一定會把它們戴在一起。而且來得正是時候。噢！表哥，你不知道我有多麼喜歡啊！」

「親愛的范妮，妳太誇張了。我很高興妳喜歡這條鏈子，也很高興明天用得上；但妳不需要這樣謝我。請相信我，妳的快樂就是我最大的快樂。是的，我絕對可以說，沒有任何快樂比得上它。」

范妮聽到他如此表白真情，長久說不出話來。過了一會兒，艾德蒙問了她一句話，才把她的心思拉了回來。「妳想和我商量什麼事？」

是關於那條項鍊的事。她現在想立刻把它退還，希望表哥能同意她這麼做。她敘述了剛才去牧師公館的經過，她的喜悅也跟著消失無蹤；因為艾德蒙聽說這件事後，對瑪莉的行為高興不已，也為自己與她有志一同感到開心。顯然，他的心裡有一種更大的快樂——雖然這種快樂有所缺憾。艾德蒙陶醉在充滿柔情的幻想中，完全忘了表妹的問題。等他回過神後，堅決反對范妮退還項鍊。

「退還項鍊？不！親愛的范妮，絕對不能退。那會嚴重傷了她的自尊心。世界上最不愉快的事，就是妳的一番好意被人踐踏。她的善行本該得到快樂，為什麼要掃她的興呢？」

「如果一開始就是給我的，」范妮說，「我就不會想還給她。但這是她哥哥送她的禮物，而且現在我已經不需要了，還給她不是理所當然的事嗎？」

「她不會知道妳不需要了。就算這禮物是她哥哥送的也沒關係，她不會因為這樣就不能送給妳，妳也不會因此不能接受。這條項鍊一定比我送妳的那條漂亮，也更適合戴去參加舞會。」

「不，它沒有你送的漂亮，也沒有你送的那麼適合我。你送的鏈子跟威廉的十字架非常相配，那條項鍊根本無法與它相比。」

「戴一晚吧！范妮，一晚就好。我相信，要是妳仔細考慮後，一定會選擇這麼做，而不會讓一個這麼關心妳的人傷心。克勞佛小姐的關心是妳應得的，而且始終如一。我相信，妳絕不會這樣回報她，因為那樣是忘恩負義的。明天晚上，妳就按照原來的計畫戴上那條項鍊；至於這一條，它本來就不是為這次舞會訂做的，妳把它收起來，留著在一般場合戴吧！這是我的建議。我不希望妳們兩人出現一點嫌隙。我很高興看見妳們關係這麼好，妳們的性格非常像，都忠厚老實、對人體貼入微，雖然由於家境導致了一些細微差異，但並不妨礙妳們成為知己。我不希望妳們兩人之間出現一點嫌隙。」艾德蒙將聲音稍微壓低重複道：「妳們兩個可是我在這世上最親的兩個人。」

他話未說完便離開了，只留下范妮一人盡力壓抑自己的心情。她是他最親的兩個人之一——這對她當然是莫大的安慰。但是另外一個人？那排在第一順位的？她以前從未聽他這麼直言不諱過，儘管這句話只是她早就明白的事實，仍刺痛了她的心。他的想法已經很明確了，他要娶瑪莉。儘管這早已在預料之中，但真的聽到後依然對她是個沉重的打擊。她茫然地一次又一次重複著那句話，卻不知道自己究竟在說什麼。要是她認為瑪莉配得上他，那就會感到好受一些；但是他尚未看清她，反而為她加了一些並不存在的優點，忽視了她的缺點。她為他識人不清痛哭了一場，心情才平靜下來。為了擺脫緊接而至的沮喪，她只好拚命為他的幸福祈禱。

她認為自己有義務克服對艾德蒙那些過分的、自私的感情。要是她把這件事視為自己的挫折，那也未免太自作多情，她謙卑的天性不允許她這麼做。要是她像瑪莉那樣對他抱有期待，那豈不是瘋了？無論如何，她絕不能對他抱有非分之想——他頂多只能當一個朋友。她怎麼能這樣想入非非，然後再自責一番呢？她的心中根本不該冒出這種非分之想。她必須讓頭腦清醒，要能判斷瑪莉的為人，並且理智地、真誠地關心艾德蒙。

她有堅定不移的高貴節操，也有年輕人性格中的各種情感。因此，在她下定決心自我克制之後，卻又一把抓起艾德蒙沒寫完的字條，滿懷柔情地讀了起來：「我非常親愛的范妮，妳一定要賞光接受——」她把字條和鏈子一起收起來，並把字條看得比鏈子還要珍貴。這是她從他那收到的唯一一封書信，內容和形式又都令她喜愛不已，她可能不會再收到第二次了。就算是最傑出的作家、最痴情的傳記作家，也從未寫過比這更令她珍惜的一句話。在她看來，無論紙上寫了什麼，光是那副筆跡就是一件神聖的寶物，儘管是匆忙寫就的，但仍完美無缺，尤其是開頭的「我非常親愛的范妮」，更是百看不厭。

就這樣，她將自己的理智和弱點巧妙地摻雜在一起，整理了自己的思緒，安撫了自己的情感，然後就走下樓，在貝特倫夫人身旁做起日常的針線活。看不出任何沮喪的樣子。

預期將帶來希望和快樂的星期四到了。對范妮來說，這一個難捱的日子開始得還算吉利，因為早飯後不久，亨利送來一封客氣的短信給威廉，說他隔天早上要去倫敦幾天，想找一個人結伴，要是威廉願意提早半天動身，就能順便乘坐他的馬車。亨利打算在叔父傍晚吃飯前趕到倫敦，請威廉和他一起在將軍家用餐。這個建議很合威廉的心意，他一想到能和這一位開朗又討喜的人共乘馬車，就大為高興，於是欣然地接受了。范妮出於另一考量，也覺得非常高興。按照原本的計畫，威廉得在隔天夜裡搭郵車從北安普敦啟程，休息不到一個小時後，又得坐進普茲茅斯的公共馬車。亨利的建議雖然讓威廉必須提早幾小時離開她，卻能使他免除旅途勞頓。湯瑪斯爵士也很贊成，他的外甥被介紹給克勞佛將軍，這對他大有好處，因為這位將軍很有勢力。總而言之，這封信真令人高興。范妮為這件事高興了半個上午，有一部分原因是那個寫信的人也要走了。

至於即將舉行的舞會，由於她過分激動、憂慮，使得興致遠遠不到她應有的程度，或者說遠遠不到許多女孩認為應有的程度。這些女孩像她一樣期待舞會，她們的處境比她來得輕鬆；不過在她們看來，這件事對范妮來說更為新鮮、有趣，也更值得高興。只有一半的賓客知道普萊斯小姐的名字，如今她要第一次露面了，勢必成為當晚矚目的焦點。誰能比普萊斯小姐更快樂呢？

然而，范妮從沒有受過這方面的教育，不知該如何進入社交界。要是她知道大家都認為這次舞會是為她舉辦的，就會更加擔心自己失態，因而大大減少了樂趣。她希望不要太引人注意、不要跳得太累、能一直持續跳上半個晚上、每一次都能找到舞伴、能和艾德蒙跳上一段、不要跟亨利跳太多、能看到威廉玩得盡興、能躲開諾里斯姨媽——這是她最大的願望，似乎也是她能得到的最大快樂。

在早上漫長的時間中，她幾乎是陪著兩位姨媽度過的。這是威廉待在這裡的最後一天，他決定好好玩一玩，外出打獵去了。她預料艾德蒙一定在牧師公館，只留下她一人獨自忍受諾里斯太太的找碴。由於女管家堅持按照自己的意見準備晚餐，諾里斯太太正在發脾氣；女管家大可以躲得遠遠的，但范妮卻不行。最後，她被折磨得一點情緒都沒有了，只覺得跟舞會有關的所有事都令人痛苦。當她被叫去換衣服時，感到十分苦惱，有氣無力地朝房裡走去。她覺得自己快樂不起來，彷彿快樂不屬於她似的。

她慢慢地走上樓，心中想起昨天的情景。大約就是昨天的這個時候，她從牧師公館回來，發現艾德蒙就在東房。「但願今天還能在那裡見到他！」她異想天開地自言自語道。

「范妮，」離她不遠處忽然有人說道。她吃驚地抬頭望去，只見艾德蒙正站在玄關對面的樓梯頂端。他向她走來。「妳看起來非常疲倦，范妮。妳走太多路了。」

「不，我根本沒有出門。」

「那妳一定是在屋裡待得太累了。這更糟糕，還不如出門去。」

范妮一向不愛抱怨，覺得最好不要回答。儘管艾德蒙像平常一樣親切地看著她，但她認為他已經不那麼在乎她的表情。他看起來心情也不好，大概是什麼事情辦得不順心。他們的房間在同一層樓上，於是兩人一起走上樓去。

「我是從格蘭特家回來的，」艾德蒙很快便說道，「妳猜我去那裡做什麼，范妮。」他看起來很難為情，范妮心想，他去那裡只可能為了一件事，心裡不禁感到不是滋味。

「我想約克勞佛小姐跳最初兩支舞。」他說。范妮發現艾德蒙在期待她回答，便說了一句什麼話，似乎是打聽他這一邀約的結果。

「是的，」艾德蒙答道，「她答應和我跳。不過，」他勉強地一笑，「她說這是她最後一次跟我跳舞。她不是認真的，我希望她不是。不過，我也不想聽到這樣的話。她說她過去從未跟牧師跳過舞，以後也絕不想跟牧師跳舞。為了我自己好，我但願不要舉行舞會——我是指不要在這個星期，也不要在今天舉辦——我明天就要離開家。」

范妮強打精神，說道：「我很遺憾你遇到了不順心的事。今天應該是個快樂的日子。這是姨丈的意思。」

「噢！是的，是的，今天會很開心的，一切都會很順利的。我只是一時氣惱，其實，我並不認為今天辦舞會不好。那是什麼意思呢？不過，范妮，」他一把拉住她的手，嚴肅地說道：「妳知道這是什麼意思。妳看得一清二楚，能說出我為什麼煩惱，也許比我更明白。讓我說給妳聽，妳心地善良，是個耐心的聽眾。她今天早上的表現傷了我的心，我怎麼也開心不起來。我知道她的性格就像妳一樣溫柔、完美，但是她受到認識的人們影響，因此有時會表現得不夠妥當，無論是說話的時候，還是發表意見的時候。她沒有惡意，雖然我知道她是鬧著玩的，卻覺得非常傷心。」

「是受到教育的影響。」范妮柔和地說。

艾德蒙不得不表示同意。「是的，她有那樣的嬸嬸，還有那樣的叔叔！他們損害了一顆最美好的心靈啊！范妮，老實告訴妳，有時還不只是談吐問題，似乎心靈本身也受到了汙染。」

范妮猜出他要她發表意見，於是略加思索後說道：「表哥，如果你只是要我傾聽，我會盡可能滿足你的要求。但如果要我發表意見就不行了，我沒有資格。」

「范妮，妳是對的。不過不用擔心，我永遠不會徵求別人對這種事的意見。像這種事，最好也不要管別人的意見，我想實際上也很少有人這麼做。我只是想跟妳聊聊。」

「還有一點。請恕我直言，請你說話前三思，不要對我說任何會讓自己後悔的話。否則遲早——」

范妮說著臉紅了起來。

「最親愛的范妮！」艾德蒙大聲叫道，一邊把她的手貼在自己的嘴唇上，那股熱情簡直像在抓著瑪莉的手。「妳無時無刻不替別人著想！但這次卻沒有必要。那一天絕不會到來，我開始感覺到這是絕不可能的，可能性越來越小。即使真的有這個可能，無論是妳，還是我，對於今天的談話也沒有什麼好後悔的，因為我永遠不會對自己的顧慮感到羞恥。只要我能看到她的變化，再回想起她過去的缺陷，就能更加感受到她人品的可貴，也才會打消那些顧慮。我只對妳說這些話。不過妳一向知道我對她的看法，可以為我作證，范妮，我從來沒有陷入盲目。我們在一起談論她的缺點多少次了！妳不用怕我。我幾乎已經不再認真考慮她了。無論在什麼情況下，要是我一想到妳對我的好意，卻不能感到由衷的感激，那我一定是個十足的傻瓜！」

這些話足以震撼一個十八歲的少女，范妮心裡感受到前所未有的欣慰。她容光煥發地回答道：「是的，表哥，我相信你一定是這樣的。你說什麼我都不會怕，說吧，想說什麼就說吧！」

這時，來了一位女僕，使得他們中斷了談話。對於范妮來說，這次談話結束的時機正好；要是讓艾德蒙再說上五分鐘，說不定就把瑪莉的缺點和他的沮喪都說完了。不過，儘管對話沒有繼續，當兩人分手時，男方面露感激，含情脈脈，女方的眼中也流露出可貴的情感。幾小時以來，她心裡從未這麼痛快。自從亨利給威廉的信帶給她的歡樂感逐漸消失後，她一直處於完全相反的心情——從周遭得不到安慰，心中又沒有什麼希望。如今，一切皆大歡喜，威廉的好運又浮現在她的腦海中，似乎比當初更加可喜可賀了。

還有舞會，一個多麼快樂的夜晚在等著她呀！現在，這舞會真令她感到興奮！她懷著女孩參加舞會前的那種狂喜之情，開始打扮起來。一切都很順利——她覺得自己並不難看；當她要戴項鍊時，她的好運似乎又達到了顛峰。經過試驗，瑪莉送她的那條項鍊怎麼也穿不過十字架上的環；因此，她順理成章地用了艾德蒙送的那條。她興高采烈地把鏈子和十字架——她最愛的兩個人送的紀念品——穿在一起，戴到脖子上。她看得出，也感受得到，這兩件禮物充分展示了她與威廉、艾德蒙之間的深厚情緣。於是她更毫不介意地決定將瑪莉的項鍊一起戴上，她認為應該這麼做，絕不能違背了瑪莉的好意。當這位朋友的情誼不再干擾、妨害另一個人更深厚的情誼時，她就能更公正地看待她，而且自己也感到快樂。這條項鍊的確好看。當范妮走出房間時，心裡大為舒暢，對一切事物都滿意極了。

貝特倫夫人完全清醒了，她立刻想起范妮。她想到范妮在為舞會做準備，光靠女僕的幫忙恐怕還不夠；於是，她穿戴打扮好之後，就吩咐自己的女僕查普曼太太去幫她。不過，這當然太晚了，什麼忙也幫不到。查普曼太太才剛到閣樓，范妮就從房裡走出來——她已經完全穿戴好了。不過，范妮仍然能感受到姨媽對她的關心。

第二十八章

走下樓後，范妮看見姨丈和兩位姨媽都在客廳裡。她立刻吸引了姨丈的注意，湯瑪斯爵士見她體態優雅，容貌出眾，心裡頗為高興。他當著她的面讚美了她的打扮，一等她離開，又毫不含糊地誇起她的美貌。

「是呀，」貝特倫夫人說，「她的確很好看。是我叫查普曼太太去幫她的。」

「好看？噢，是的，」諾里斯太太叫道，「那是應該的，她的條件那麼好：有一個家庭把她撫育成人，有兩個表姐的言行作她的榜樣。親愛的湯瑪斯爵士，你想想，我們一共給了她多少好處。你剛才看到的那件長裙，就是你在親愛的拉什沃思夫人結婚時慷慨送給她的禮物。要是我們不送她，她哪有衣服可以穿呀？」

湯瑪斯爵士沒再說話。但是，等人們圍著桌子坐下後，他從兩個年輕人的眼神中看出，一旦女士們離席，他們就能繼續暢談這個問題。范妮察覺出自己受到眾人的賞識，也意識到自己好看，面容也就更加亮麗。她有很多高興的理由，而且還會再變得更高興。她跟著兩位姨媽走出客廳，艾德蒙為她們開門，當她從他身邊走過時，他對她說：「范妮，妳一定要跟我跳舞。妳一定要為我保留兩支舞，除了最初兩支以外，隨時都可以。」范妮已經別無所求了。她這輩子幾乎從未這麼興高采烈過。她對兩位表姐過去參加舞會時的歡天喜地不再感到訝異了。她認為這的確令人著迷。趁著諾里斯姨媽在聚精會神注視男管家生起的爐火時，她竟偷偷在客廳裡練起舞步來。

又過了半個小時，范妮依舊興致勃勃。她只要回想起和艾德蒙的談話就夠了，諾里斯太太的坐立不安又怎樣呢？貝特倫夫人的連聲呵欠又怎麼樣呢？

男士們也進來了。過了不久，大家都開始期待著馬車聲。屋裡似乎瀰漫著一種悠閒歡樂的氣氛，眾人分散四處，又說又笑，時時刻刻都洋溢著快樂和希望。范妮覺得艾德蒙難免強顏歡笑，但看見他掩飾得這麼好，倒也感到安慰。

當傳來馬車聲，客人開始聚集的時候，她的滿心歡樂被壓抑下來了。看見這麼多的陌生人，使她又回到過去的羞怯。先到的一群人個個板著面孔，顯得十分拘謹，無論是湯瑪斯爵士還是貝特倫夫人的言談，都無法消除這種氣氛。除此之外，范妮還得不時容忍更糟糕的事情：姨丈時而把她介紹給這個人，時而又介紹給另一個人，她必須聽著別人嘮叨，或是不停向人行禮。這是件苦差事，每當她必須履行這份職責時，總要瞧瞧在後方悠然漫步的威廉，盼望能和他在一起。

格蘭特夫婦和克勞佛兄妹的到來是一個轉捩點。他們那討喜的舉止很快就驅散了拘謹的氣氛。人們三兩成群，個個都變得自在許多。范妮也幸運地從無止盡的應酬中解脫，若不是因為目光忍不住朝著艾德蒙和瑪莉那裡望去，她一定會覺得再快樂不過。

瑪莉俏麗動人極了，憑著那樣的美貌，還有什麼目的達不到呢？亨利的出現打斷了她的思緒，他立刻約她跳最初兩支舞。她的心情喜憂參半。一開始就能得到一個舞伴，這可是件好事；畢竟，舞會即將開始，而她又缺乏自信，要不是亨利提早邀請她，她恐怕很難找到任何舞伴。不過，亨利那不夠含蓄的態度又令她不悅，她看見他兩眼含笑，又瞥了一下她的項鍊，不禁臉紅起來，感到狼狽不已。雖然他沒有再瞥第二眼，而且他的用意似乎是為了討好她，但她還是無法消除不安的感覺；而一想到自己的心思被對方察覺了，又更加不安。直到他走開去找別人談話，她才回復鎮定，並開始為找到了舞伴而慶幸。

所有人步入舞廳後，她第一次遇見瑪莉。她也像她哥哥一樣，毫不含糊地將目光和笑臉投向她的項鍊，並開始發表意見。范妮恨不得立即結束這個話題，急忙說明了第二條項鍊的來歷。瑪莉仔細聽著，她原先準備用來讚美和諷刺范妮的話早已忘得一乾二淨，只剩下一個念頭。「真的嗎？真的是艾德蒙送的嗎？這的確像是他會做的事。我真是太佩服他了。」她環顧四周，彷彿想讓艾德蒙聽到這些話。但艾德蒙不在附近，他正在舞廳外陪著一群女士。格蘭特太太來到兩個女孩面前，一手拉著一個，跟著其他人一起往前走去。

范妮的一顆心沉了下去，但她沒有閒暇去考慮瑪莉的心情。她們待在舞廳，現場演奏著提琴，使得她的心緒也跟著顫動，難以集中在任何嚴肅的問題上。她必須留意周遭的大小事。

過了一會，湯瑪斯爵士走到她面前，問她是否已經有舞伴。「約好了，姨丈，是克勞佛先生。」這正合湯瑪斯爵士的意。亨利就在不遠處，湯瑪斯爵士把他帶到她面前，交代了兩句，似乎要讓她領舞。她從未想像過這種事，在此之前，她一直以為這件事理所當然該交給艾德蒙和瑪莉。姨丈的話令她忍不住驚叫出來，她連忙表示自己不合適，甚至懇求姨丈放過她。然而，湯瑪斯爵士只是笑了笑，試著鼓勵她，然後又板起臉斬釘截鐵地說：「必須如此，親愛的。」范妮不敢再說話。轉眼間，亨利已把她帶到舞場中央，兩人站在那裡，等待其他人結成舞伴，隨著他們起舞。

她簡直不敢相信。她居然處於這麼多漂亮小姐之上！這個榮譽太高了，簡直跟她的表姐們一樣！一瞬間，她的思緒飛向了身在遠方的表姐；她們不在家中，不能在舞廳中擁有一席之地，不能分享她們的樂趣，她由衷地為她們感到遺憾。過去，她常聽她們說，她們夢想能在家裡舉辦舞會，那將是最大的快樂！但真正舉辦的時候，她們卻離家在外，不得不由她來領舞，而且還是跟亨利一起！她希望她們不要嫉妒她現在的榮耀，然而，一回想起秋季的事情，回想起之前在這座房子裡跳舞時，她們彼此之間的關係，就對目前的安排感到無法理解。

舞會開始了。對范妮而言，與其說她感到的是快樂，不如說是光榮；至少在跳第一支舞時是這樣。她的舞伴熱情洋溢，並且盡可能想讓她感染這種情緒；可是她太過恐慌，沒有心思領受這番快樂，直到她認定沒有人在注意她，才漸漸有所好轉。不過，由於她年輕、漂亮、文雅，即使在不安的心情下，也表現得頗為優雅，在場的人們很少有不讚美她的。她嫵媚動人、舉止端莊，又身為湯瑪斯爵士的外甥女，據說還是克勞佛先生愛慕的對象。這一切足以使她贏得眾人的歡心。湯瑪斯爵士喜不自禁地看著她跳舞，他為外甥女感到驕傲，雖然他不像諾里斯太太那樣，把她的美貌全歸功於自己，卻為自己能提供她一切感到欣慰——他讓她接受教育，養成了嫻雅的氣質。

瑪莉看出了湯瑪斯爵士的心思，儘管他讓自己受了不少委屈，卻仍想討他高興，於是找了個機會走到他面前，將范妮讚美了一番。湯瑪斯爵士果然欣然地接受了，並在不失禮貌的情況下，跟她一起讚美起來。在這個問題上，他當然比他的妻子來得熱情。過了不久，瑪莉看到貝特倫夫人坐在附近的沙發上，趁著下一支舞還沒開始，她走了過去，向她讚美起范妮的長相。

「是的，她的確很好看，」貝特倫夫人平靜地回答，「是查普曼太太幫她打扮的，是我叫查普曼太太去幫她的。」她並非真心為范妮感到高興，只為自己派了查普曼太太去幫助她而沾沾自喜，總是念念不忘自己的這份恩情。

瑪莉很瞭解諾里斯太太，不敢在她面前讚美范妮，於是說道：「唉！太太，今晚我們多麼需要拉什沃思夫人和茱莉亞呀！」儘管諾里斯太太為自己攬了許多差事，一下組織牌局，一下提醒湯瑪斯爵士把年長的小姐們帶到適合的角落，但在聽了瑪莉的感嘆之後，仍然忙裡偷閒，對她頻頻微笑，並客氣地說個不停。

瑪莉想討好范妮，卻犯了個最大的錯誤。最初兩支舞結束後，她朝她走去，想挑逗一下那顆小小的心靈，激起她的得意之情。她看見范妮臉紅，以為得逞了，便意味深長地說道：「也許妳已經問過我哥哥明天為什麼要去倫敦了。他說是為了辦一些事，但又不肯告訴我是什麼事。他第一次有事瞞著我！不過每個人都會有這麼一天——被人取代的一天。現在，我想向妳打聽：亨利是去做什麼的？」

范妮顯得十分尷尬，她表示自己一無所知。

「那好吧，」瑪莉大笑說道，「我猜一定是為了專程送妳哥哥離開，順便聊聊妳的事。」

范妮慌張起來，這是由於不滿所引起的。瑪莉納悶她為什麼面無笑容，卻沒料到亨利的殷勤並未引起她的興趣。這天晚上范妮感受到無窮的歡樂，不過與亨利的示好並沒有多大關係。他又邀請了她共舞一次，但她不喜歡他這樣做，而且感到疑心大起，因為他事先向諾里斯太太打聽了晚飯的時間，也許他打算在那時將她搶到手。然而，她迴避不了，他讓范妮覺得自己成為眾人的焦點；然而，這件事又未必不好。他的態度既不粗俗，也不浮誇；當他聊到威廉時，更是表現出一副好心腸。

只不過，他的百般殷勤仍然無法為她帶來快樂。每到五分鐘的中場休息時，她可以和威廉一起漫步，聽他談論他的舞伴；只要望著他，看見他那麼興高采烈，就能讓她感到高興。她也對大家的讚美感到高興。同時，她還期待著和艾德蒙跳的兩支舞。在舞會的大部分時間裡，人人都想和她共舞，因此艾德蒙和她約定的兩支舞不得不一延再延。但輪到他們跳的時候，她仍然很高興，不是因為他興致勃勃，也不是因為他又流露出早上的溫情脈脈。他的精神已經疲憊了。令她高興的是他把她當成朋友，可以在她這裡得到安慰。

「我累慘了，」艾德蒙說，「我一整晚都在不停地說話，說到沒話了還在說。但是跟妳在一起時，我就能得到安寧。妳不會逼我說話。讓我們享受片刻安靜的樂趣吧！」范妮甚至連表示贊成的話都想省略不說。艾德蒙的倦怠感，也許是由於早晨的那些想法所引起的，因此需要她的關心。當他們兩人共舞時，顯得既穩重又平靜；旁觀者看了，絕不會認為湯瑪斯爵士打算讓這位養女嫁給二兒子。

這一晚，艾德蒙沒得到多少歡樂。瑪莉和他跳舞時倒是開開心心，但她的快樂不僅沒能增加他的喜悅，反而為他增添了苦惱。後來，他又忍不住去找她，但她議論起他即將從事的行業時，那種言辭和口氣傷透了他的心。一方拚了命地辯解，另一方卻不以為然地嘲諷，最後不歡而散。范妮很難不去注意他們，她見到的情景令她頗為滿意。在艾德蒙痛苦的時候高興，這無疑是殘忍的。但仍然難免感到竊喜。

她和艾德蒙跳完兩支舞後，再也沒有心情和力氣跳下去了。湯瑪斯爵士看見她垂著手，氣喘吁吁，腳步漸漸慢下，便要她坐下來好好休息。這時候，亨利也坐了下來。

「可憐的范妮！」威廉本來在跟舞伴拚命跳舞，這時忽然走過來看她，叫道：「這麼快就累垮了！嘿，我的興致才剛來呢！我希望我們能不間斷地跳上兩小時。妳怎麼這麼快就累了？」

「這麼快？我親愛的，」湯瑪斯爵士一邊說，一邊小心翼翼地掏出錶來，「已經三點鐘了，你妹妹可不習慣熬到這麼晚哪！」

「那麼，范妮，明天我離開前妳不要起床。妳儘管睡吧，不要管我。」

「噢！威廉。」

「什麼！她想在你出發前起床嗎？」

「噢！是的，姨丈，」范妮叫道，連忙起身朝姨丈走近一些，「我要起來陪他吃早餐。您知道這是最後一次，最後一個早上了。」

「妳最好不要起來。他九點半吃完早餐就要出發。克勞佛先生，你應該是九點半來叫他吧？」

然而范妮堅不退讓，兩眼充滿了淚水。最後姨丈只好客氣地說了聲「好吧」，算是答應了。

「是的，九點半，」威廉即將離開時，亨利對他說，「我會準時來叫你，因為我可沒有一個好妹妹會起來陪我。」他又壓低聲音，對范妮說：「明天我離開時家裡會一片安靜。妳哥哥明天會發現我和他的時間概念完全不同。」

湯瑪斯爵士稍加考慮後，提出讓亨利隔天來陪他們一起吃早餐，他自己也會在場。亨利爽快地答應了，這使湯瑪斯爵士意識到自己的猜測有著充分的根據。他不得不承認，這次之所以會舉辦舞會，有很大的原因是出於這種猜測：亨利愛上了范妮。湯瑪斯爵士的心中打著如意算盤。然而，外甥女對他的安排並不領情，她希望能與威廉共度最後一個早晨，但又沒有勇氣說出口。只是，她早就習以為常了，從來沒有人考慮她的心情，也從來沒有事情是按照她的意願；因此，在聽了這掃興的安排之後，她並沒有抱怨，反而覺得自己能堅持到這一步，已經足夠令她得意。

過了不久，湯瑪斯爵士再度干涉，勸她立刻去睡覺。雖然用了「請」字，但完全是命令的口氣。她只好起身，在亨利親熱地與她道別之後，便悄悄地走了。當她到了門口又停下來，回頭望了那快樂的場景，以及那幾對仍然樂此不疲地跳舞的賓客。最後，她慢吞吞地爬上樓梯，耳裡仍能聽見鄉村舞曲。期盼和憂慮的情緒弄得她心神蕩漾，她全身痠痛，激動不安，但仍覺得這是一場快樂的舞會。

湯瑪斯爵士在乎的也許不僅是她的健康。他或許認為亨利在她身邊坐了很久，或許想讓他見識她的溫柔聽話，顯示出她十分適合做他的妻子。

第二十九章

舞會結束了，早餐吃完了，吻別過了，威廉也走了。亨利果然準時上門，一頓飯吃得緊湊又愜意。送走威廉之後，范妮心情沉重地回到餐廳，為這令人難過的變化感到悲傷。姨丈好心讓她留在餐廳裡流淚，他也許正在想，兩個年輕人剛坐過的椅子能勾起她的一番柔情。正如姨丈所想的，她坐在那裡痛哭，但她哭是因為哥哥的離開，並不是因為別人。威廉走了，她現在覺得，自己那些無謂的操心和自私的煩惱，耗去了他在這裡一半的時光。

范妮天性敦厚，就連每次想到諾里斯姨媽住在那麼狹小、淒涼的小屋裡，都會責備自己不該對她那麼冷漠。如今，再想到兩週以來對威廉的態度，更覺得內疚。

這是一個令人沮喪的日子。早餐吃完不久，艾德蒙也向家人告別，騎馬去了彼得伯勒，一週後才會回來。於是，人都走了，昨晚的一切只剩下記憶，而且沒有人可以分享。范妮想跟人談談舞會，便說給了貝特倫姨媽聽，但是她記得的不多，又不怎麼感興趣，談話一點意思也沒有。貝特倫夫人不記得賓客穿的衣服，也不記得賓客吃飯時坐的位置，只記得她自己。「我不記得聽誰提過馬多斯家的哪位小姐，也不記得普雷斯考特夫人是怎麼評論范妮的。我忘了哈里森上校說誰才是舞廳裡最英俊的小伙子，是克勞佛先生？還是威廉？有人悄悄跟我嘀咕了幾句，我忘了問湯瑪斯爵士那些話是什麼意思。」這是她最長、也最清楚的一段話，其餘只是些懶洋洋的話：「是的——是的——很好——是嗎？他是這樣嗎？——我沒看出來——我分不出哪裡不一樣。」實在令人掃興，只比諾里斯太太刻薄的回答好一點。不過，諾里斯太太已經回家了，還帶走了剩下的果凍，說是要給一個生病的女僕吃。於是，雖然這一小群人沒有其他話好聊，卻也相安無事。

這天晚上就跟白天一樣沉悶。「我不知道我是怎麼了，」茶具撤去後，貝特倫夫人說道，「我有點昏昏沉沉的。一定是昨天睡得太晚了。范妮，妳得想辦法別讓我睡著。我沒辦法做事了，把牌拿來，我覺得頭昏腦漲。」

牌拿來了，范妮陪著姨媽一直玩到睡前。湯瑪斯爵士在旁默默看書，一連兩個小時，除了計分的聲音外，再也沒有其他聲響。「這樣就三十一點了。一開始四張牌，加上點牌八張。該妳發牌了，姨媽。要我替妳發嗎？」

范妮反覆地回想著這個房間以及整棟房子一天來的變化。昨天夜裡，無論是客廳內，還是客廳外，到處都是希望和笑容；大家忙忙碌碌，人聲鼎沸。如今卻死氣沉沉，一片寂靜。

范妮夜裡睡得很好，人也有了精神，第二天想起威廉時已不再那麼沮喪。早上她與格蘭特太太和瑪莉興致勃勃地聊起星期四晚上的舞會，個個都眉開眼笑，舞會過後的感傷也漸漸消退了。之後，她很快恢復了往日的心情，輕易地適應了這一週的平淡生活。

她感覺家中的人口從沒這麼少過。每次家裡有聚會，或是一起吃飯時，她之所以感到欣慰、快樂，是因為某個人也在場，而現在他卻不在了。不過，她必須學著適應這種情形。很快地，他就要經常離家了。令她慶幸的是，她現在能跟姨丈坐在同一個房間裡，聽到他的聲音，聽到他的提問；即使是在回答他的問題時，也不像過去那麼忐忑不安了。

「見不到兩個年輕人，心裡挺想念的。」接連兩天，當這一家人晚飯後坐在一起時，湯瑪斯爵士都這麼說。第一天，他看到范妮淚眼汪汪，便沒再說別的話，只提議為他們的健康乾杯。但在第二天，話題就扯得更遠了。湯瑪斯爵士又稱讚起威廉，期盼他能晉升。「我們有足夠的理由相信，他今後能常來拜訪我們。至於艾德蒙，我們要習慣他長期不在家。這是他在家中度過的最後一個冬天。」

「是的，」貝特倫夫人說，「不過，我真希望他不要離開，看著孩子們個個遠走高飛，真希望他們能待在家裡。」

她的願望主要是針對茱莉亞。茱莉亞不久前請求和瑪麗亞一同前往倫敦，湯瑪斯爵士認為這對兩個女兒都有好處，便答應了。貝特倫夫人生性隨和，當然也不會阻攔。然而，按照預定的日期，茱莉亞早就該回來了，貝特倫夫人不禁有些埋怨。儘管湯瑪斯爵士好言相勸，希望她多為兒女著想，讓兒女過得快快樂樂——她天生就有這樣的情懷。貝特倫夫人表示贊同，平靜地說了聲「是的」。她思考了一刻鐘後，又說道：「湯瑪斯爵士，我一直在想，我很高興我們收養了范妮。如今大家都走了，我們感受到了這麼做的好處。」

湯瑪斯爵士想把話說得更周全一些，立刻補充道：「一點也沒錯。我們當面誇獎范妮，讓她知道我們把她當成多好的一個孩子。現在，她是一個可貴的伙伴。我們一直對她好，她對我們也十分重要。」

「是的，」貝特倫夫人接著說，「一想到她會永遠和我們在一起，就令人感到欣慰。」

湯瑪斯爵士愣了一下，微微一笑，瞥了一眼外甥女。然後一本正經地回答：「希望她永遠不要離開我們，直到有一個比我們更幸福的家把她帶走。」

「這是不可能的，湯瑪斯爵士。誰會帶走她呢？也許瑪麗亞願意不時請她去索瑟頓作客，但不會想請她在那裡久住。我敢說，她在這裡比去哪裡都好；再說我也捨不得離開她。」

曼斯菲爾德府邸的這一週過得平平靜靜，但在牧師公館卻不是這樣，至少兩家的兩位小姐心情就大不相同。令范妮平靜和欣慰的事，卻令瑪莉感到厭煩和苦惱。因為兩人的性情不同——一個易於滿足，一個氣量不足。但最大的原因還是處境不同，使得兩人在某些問題上有著完全相反的想法。范妮覺得，艾德蒙的離家，就動機和目標而言，的確令人欣慰；但瑪莉卻痛苦不堪，她幾乎時時刻刻都想見到他，一想到他外出的動機，就會更加惱火。她哥哥走了，威廉也走了，他又偏偏選在這一週離開，讓這個原本充滿活力的小團體徹底瓦解，而他這次離去還能提高自己的身價。她心裡很不是滋味。現在只剩下他們三個可憐的傢伙，被大雨和大雪困在家裡，無事可做，也沒有什麼新鮮事。

雖然她恨艾德蒙固執，恨他不顧她的意願（出於憤恨，她與他在舞會上幾乎是不歡而散），但等到他離開後，又忍不住一直想起他，不停地回想他的優點和深情，又盼著能像從前那樣天天與他見面。他沒有必要出去這麼久，她就快離開曼斯菲爾德了，他不該在這時候外出一星期。接著她又責怪起自己。在最後一次談話中，她不該言詞激烈。在談到牧師這個職位時，她似乎用了一些激烈、甚至輕蔑的言詞，這太不應該了，這是沒教養的表現。她對這些話感到由衷的悔恨。

一個星期過去了，她的煩惱仍沒有完結，如今又雪上加霜——星期五到了，艾德蒙還沒有回來；星期六也到了，艾德蒙依然沒有回來；星期天，得知他在寫給家人的信上說，他要延後回來，會在朋友那裡多住幾天！

如果說她已經感到不耐煩、感到悔恨，或是對自己說過的話感到後悔，擔心那些話會為他帶來過度刺激的話，那她現在的悔恨和擔心又增加了十倍。除此之外，她還多了一種她未曾體驗過的心情——嫉妒。艾德蒙的朋友歐文有妹妹，他或許會迷上她們。無論如何，在她將要前往倫敦的時候，他卻身在外地，這實在太不像話了，讓她無法忍受。亨利也一直沒有回來，她無法離開曼斯菲爾德。她必須去找范妮，向她打聽一些事，至少能聽見他的名字也好，絕不能再這樣悶悶不樂了。她朝莊園走去。一週前，她會覺得路太難走，絕不肯走這一趟。

前半個小時白白浪費了，因為范妮和貝特倫夫人在一起，她不方便打聽。當貝特倫夫人終於離開後，瑪莉迫不及待地開口了：「妳的艾德蒙表哥離家這麼久了，妳有什麼想法？家裡只剩下妳一個年輕人，我想妳一定很難受。妳一定很想念他，沒想到他會逾期不歸吧？」

「我不確定，」范妮支支吾吾地說。「是的——我沒有想到。」

「也許他將來也常常無法準時回家。年輕男人總是這樣。」

「他以前只去過歐文先生家一次，那一次並沒有逾期不歸。」

「因為這次他發現那家人比以前更可愛了。他自己就是一個非常可愛的年輕人，我不由得在擔心，在我去倫敦前再也見不到他了。現在看來恐怕是這樣，我每天都在期待亨利回來，他一回來，曼斯菲爾德就再也沒有事物能攔住我了。老實說，我想再見他一面；不過，請妳代我向他表示敬慕之意，是的，敬慕之意。普萊斯小姐，英語中是否少了一個合適的詞——介於敬慕和愛慕之間——來表達我們友好相處的那種關係？我們相處了那麼久啊！不過，說敬慕也許就夠了。他的信很長嗎？他有沒有詳細說出自己在做什麼？他是不是要留在那裡過聖誕節？」

「我只聽說部分內容。信是寫給我姨丈的。不過，我想那封信不長，搞不好只有寥寥幾行。我只知道他的朋友堅持要留他住下，他也就答應了。至於住幾天，我就不確定了。」

「噢！寫給他父親的！我還以為是寫給貝特倫夫人或是妳的。如果是給父親的話，當然就不會寫太多了。誰會在湯瑪斯爵士面前說那麼多閒話呢？如果是寫給妳的話，就一定會很詳細。妳能夠瞭解舞會、宴會的細節；他會把每件事、每個人都向你敘述一番。歐文家有幾位小姐？」

「有三位成年的。」

「她們喜歡音樂嗎？」

「我不知道。從來沒有聽說過。」

「妳知道，」瑪莉說，一邊裝出若無其事的樣子，「每個喜歡樂器的女士打聽其他女士時，都會先問到這個問題。不過，妳不要傻傻地去打聽那三個年輕小姐；就算不這麼做，也知道她們是怎麼樣的——個個多才多藝，惹人喜愛，還有一個特別漂亮。每戶人家都會有一個美人，這是不變的定則，然後，會有兩個彈鋼琴，一個彈豎琴，每一個都會唱歌——要是有人教的話；搞不好沒人教反而唱得更好。諸如此類。」

「我一點也不瞭解歐文家的幾位小姐。」范妮平靜地說。

「果然，一無所知也是個好處。說得也是，妳何必在意從未見過的人呢？唉，等妳表哥回來，就會發現曼斯菲爾德靜悄悄的。愛說笑的人——妳哥哥、我哥哥和我全離開了。我很快就要出發，一想到要和姐姐分離，心裡就不好過。她捨不得讓我離開。」

范妮覺得自己必須說些什麼。「一定會有很多人想念妳的，」她說，「大家都會。」

瑪莉看著她，彷彿想再多聽一些。接著又笑道：「噢！是啊，大家會想念我的，就像惹人厭的吵鬧聲一旦消失，也會讓人思念一樣。我這麼說可不是想討安慰，妳也不用安慰我。要是真的有人想念我，我是看得出來的。誰都能輕易找到我，我不會住在什麼遙不可及的地方。」

范妮沒有心情說話，瑪莉感到有些失望。她還以為對方明白她的魅力，會說出一些投她所好的奉承話。她的心頭又罩上了陰影。

「歐文家的幾位小姐，」過了不久，她又說，「要是她們之中的某個人能在桑頓萊西找到伴侶，妳覺得如何？這一點也不稀奇。我敢說她們會盡力爭取，她們當然該這麼做；因為這一份產業對她們來說相當不錯。我完全不會覺得奇怪，也不會怪她們。每個人都想為自己謀求利益。湯瑪斯爵士的兒子也算得上有頭有臉，如今又和她們一家成為同業。她們的父親是牧師，哥哥也是牧師，這下又跟牧師撮合在一起。他理所當然屬於她們。普萊斯小姐，雖然妳故意裝得不知道，不過老實說，妳一定也心裡有數吧？」

「不，」范妮果決地說，「我完全沒有想到。」

「完全沒想到？」瑪莉叫道，「太奇怪了！不過我敢說妳一清二楚。我一直以為妳——也許妳認為他根本不想結婚。或是目前不想結婚。」

「是的，我是這樣想的。」范妮委婉地說道。她既不希望自己猜錯，又不知道該不該承認自己的看法。她的伙伴目光犀利地盯著她，范妮立刻漲紅了臉。瑪莉精神大振，說道：「這對現在的他來說是最好的。」隨即轉移了話題。

第三十章

這次談話大大減輕了瑪莉心中的不安，她又高興地回到家中。即使再下一星期的陰雨，即使仍然只有幾個人為伴，她都能忍耐下去了。不過，就在當晚，她哥哥從倫敦回來了，比平時還要興奮，這讓她無須再接受更多的考驗。亨利仍然不肯透露此行的目的，但反而讓她更加高興。若是在一天前，這只會惹惱她，但現在卻成了有趣的玩笑。她猜想，他之所以不說，一定是有什麼秘密瞞著她，想給她一個驚喜。

第二天，果真發生一件出乎她意料的事。亨利說要去問候貝特倫一家人，十分鐘後就回來，然而卻去了一個多小時。瑪莉等待哥哥回來，要跟他一起去花園散步；最後終於不耐煩了。當她在轉彎處遇到他時，大聲說道：「親愛的亨利，你到底跑哪去了？」她的哥哥說，他是在陪貝特倫夫人和范妮。

「陪她們坐了一個半小時！」瑪莉叫道。不過，這僅僅是她驚奇的開始。

「是的，瑪莉。」亨利挽住了她的手臂，沿著轉彎處走著，「我走不了。范妮的樣子多麼美呀！我已經下定決心了，瑪莉，我已經下定決心了。妳很吃驚嗎？不，妳應該意識到，我已經決心要娶范妮．普萊斯。」

瑪莉的驚訝幾乎到了極點。雖然她瞭解哥哥的一些想法，但做夢也沒料到他竟有這種打算。亨利看見妹妹愣住，於是又重複了一遍剛才的話，而且說得更加一本正經。當瑪莉明白哥哥心意已決後，心想他的決定也並非一無可取，甚至感到高興。她為能與貝特倫家結親而歡喜，雖然這門婚事有些委屈，她也不在意了。

「是的，瑪莉，」亨利說道，「我完全墜入了情網。妳知道我一開始只是出於好玩，但最後卻變成這樣。我自認為已經讓她對我產生好感，但我對她的感情卻是堅定不移的。」

「多麼幸運的女孩啊！」瑪莉鎮定後說道，「我的第一個想法是，這門親事對她來說太好了！親愛的亨利。而我的第二個想法是，我要真誠地說，我由衷地贊同你的選擇，我相信你一定能幸福的。你將有一個嬌小可愛的妻子，對你感激不盡，忠貞不二；而你也完全配得上這一個人。這實在太意外了！諾里斯太太常說她運氣好，不知她這回又會說什麼。這真是他們一家的喜事！他們會多麼高興啊！你給我從實招來，你是從哪時候開始認真考慮她的？」

雖然他很樂意聽到這種問題，卻又感到難以回答。他試著用不同的言詞形容自己的心情，還沒說完，就被妹妹迫不及待地打斷了：「啊！親愛的亨利，你就是因為這樣去倫敦的呀！這就是你去辦的事！你是去找將軍商量的。」

亨利矢口否認。他很瞭解叔父，不會拿婚姻上的問題徵求他的意見。將軍討厭結婚，一個有獨立財產的年輕人要結婚，這是他絕對無法原諒的事。

「要是他認識范妮的話，」亨利繼續說，「一定會非常喜歡她。她正是一個能打破將軍這種人的成見的女孩。她正是他以為不可能存在的種女孩。不過，在事情確定之前，我絕不會透露一點口風的。瑪莉，妳完全猜錯了，妳還沒猜到我去倫敦做什麼呢！」

「好了，好了，我明白了。至少我知道那件事跟誰有關了，其餘的我就不想追究了。范妮．普萊斯，太妙了，妙極了！曼斯菲爾德居然給了你這麼大的影響，你居然在這裡找到了心靈的歸屬！不過，你做得很對，你的選擇再好不過了。世上沒有比她更好的女孩，再說你又不需要錢。她的親戚也都是些好人。貝特倫家無疑是國內最高貴的家族之一，而她又是湯瑪斯爵士的外甥女，光憑這一點就足以自豪了。不過，你繼續說吧！再告訴我多一點。你有什麼計畫？她知不知道自已走運了？」

「不知道。」

「你還在等什麼？」

「在等一個更有把握的時機。瑪莉，她可不像她的兩個表姐，我可不想被拒絕。」

「噢！不會的，你不會被拒絕的。就算你沒這麼可愛，就算她還沒愛上你（但我相信她已經愛上你了），這件事也萬無一失。她性情溫柔，知恩圖報，只要你一求愛，她馬上就會屬於你。我認為，要是她願意嫁給你，就絕不會不愛你。要是世上還有一位女孩不愛慕虛榮的話，我想一定就是她了。儘管向她求愛吧！她絕不會狠心拒絕你的。」

兩人興致勃勃地交談起來。不過，對亨利來說，除了自己的感情，除了范妮的嫵媚之外，並沒有什麼好講的。范妮那俏麗的面孔和曼妙的身段，她那文雅的舉止和善良的心地，都成了談不完的話題。她那溫柔、和悅、賢淑的性情，更被熱情洋溢地讚美著。在男人眼中，這種溫柔正是一個女人最可貴的品格所在。至於范妮的脾氣，他也有足夠的理由去讚美；他經常見識到她的好脾氣，這一家人之中除了艾德蒙以外，誰不是無時無刻不在考驗她的耐心和包容？而她的感情顯然也是熾烈的，看她對哥哥多麼好！這不正能證明她的個性溫柔，而且充滿熱情嗎？這對於一個即將得到她的男人來說，難道不是最大的鼓舞嗎？她的智慧無庸置疑，她的言談舉止也顯示了她的莊重和涵養。

亨利雖然沒有認真思考的習慣，說不出一名妻子應該具有哪些美德，但他很聰明，能看出妻子身上具有什麼樣的美德。他說范妮為人穩重，舉止得體；又說她自重自愛、講求禮儀，這足以使人相信她能對丈夫忠貞不渝。他之所以這麼說，是因為他知道她有高尚的道德標準，以及虔誠的宗教信仰。

「我可以百分之百信任她，」他說，「這正是我所需要的。」

瑪莉認為他對范妮的誇獎並不過分，也對他的未來滿懷喜悅。

「我越想這件事，」她說，「越覺得你做得好。雖然我從不覺得范妮．普萊斯是你喜歡的那型，但卻相信她最能讓你幸福。你原本只是想惡作劇一番，讓她心神不寧，最後卻弄假成真。這對你們兩個都大有好處。」

「當初我竟想捉弄這麼好的人，真是太卑鄙了！但當時我還不瞭解她。我要讓她原諒我一開始的玩笑，我要讓她幸福，瑪莉！比她過去還要幸福，比她認識的任何人都幸福。我不會要她離開北安普敦，我要把艾佛林罕租出去，在這附近租一棟房子，也許是史坦威克斯宅邸。我要把艾佛林罕租出去七年，只要我一開口，一定能找到一個不錯的房客。我現在就能舉出三個人。」

「哈哈！」瑪莉大聲叫道，「在北安普敦定居！這太好了！那我們大家都在一起了。」

話一說出口，她又意識到不該這麼說。事實上，亨利以為她只是想繼續住在牧師公館，他回答說，自己很樂意請她來家中作客，只是她必須先滿足他的要求。

「妳必須有一半以上的時間屬於我們，」他說，「我不允許格蘭特太太、范妮和我平起平坐，我們兩人對妳都有部分權利。范妮將成為妳最棒的嫂子呀！」

瑪莉表示了感激，並含糊地做出了承諾。但她既不打算長住在姐姐家裡，也不想跟哥哥一起住。

「你打算輪流在倫敦和北安普敦兩地居住嗎？」

「是的。」

「這就好了。你在倫敦會有自己的房子，不再住在將軍家。我親愛的亨利，離開將軍對你也好，趁你的思想還沒被他毒害之前，趁你還沒染上貪吃貪喝的惡習之前。你不明白離開將軍有什麼好處，因為崇拜的心情蔽了你的雙眼。但是，在我看來，結婚也許能拯救你。要是你的言行、神情和姿勢變得跟將軍一樣，我會很傷心的。」

「好了，好了，我們在這件事情上的看法不大一樣。將軍有他的缺點，但他對人很好，尤其是對我。就算是做父親的也很難像他一樣。他支持我做的每一件事。妳不能讓范妮對他產生偏見，我希望他們相親相愛。」

瑪莉心想，世上沒有哪對兄妹像他們一樣，從品格到禮節都這麼格格不入；但她沒有說出口，總有一天他會懂的。不過，她卻忍不住發表了對將軍的看法：「我認為，亨利，要是像范妮．普萊斯這麼好的一個人，卻受到我那可憐的嬸嬸所受的一半虐待，也會像她一樣憎恨『克勞佛夫人』這個頭銜的。我也會盡全力阻止這樁婚事。不過，我瞭解你，我知道你會讓自己的妻子幸福；即使你不再愛她，她也能從你身上看到一位紳士的寬容大度和良好教養。」

亨利滔滔不絕地說，自己一定會盡力讓范妮幸福，還會永遠愛她。

「瑪莉，」亨利接著說，「要是妳看到她今天早上是如何溫柔、耐心地照顧她姨媽——滿足她的各種愚蠢要求，陪她一起做針線，又替她寫信；她表現得溫順自然，彷彿一切都是理所當然；她的頭髮總是梳得整整齊齊，寫信時一邊玩弄一撮秀髮，一邊耐心地聽我說話——妳就不會認為她對我的吸引力有消失的一天。」

「我最親愛的亨利！」瑪莉叫道，又突然停住，笑笑地望著他，「看到你這麼痴情，真讓我高興！可是，拉什沃思夫人和茱莉亞會怎麼說呢？」

「我不管她們怎麼說，也不管她們怎麼想。她們現在會明白哪一種女人才能討我喜歡，討一個聰明人喜歡。我希望這件事會讓她們有所醒悟。她們會意識到她們的表妹多麼實至名歸，我希望她們會誠心誠意地為自己過去的傲慢和冷酷感到羞愧。她們會氣瘋的！」亨利停了一下，又冷靜地補充道：「拉什沃思夫人會氣瘋的。這對她就像一粒苦藥，要先苦一陣子，然後吞下去，再忘掉。我不是一個沒大腦的花花公子，雖然她現在愛我，但我可不認為她的感情能持續多久。是的，瑪莉，我的范妮將會感受到某種變化，感受周遭人們的態度，無時無刻不在發生變化。一想到這全是我的功勞，是我讓她的提升到那樣的地位，我就樂不可支！相比之下，她現在寄人籬下，受盡了所有人冷落、遺忘。」

「不，亨利，並不是所有人。她表哥艾德蒙從來不會遺忘她。」

「艾德蒙——沒錯，大致來說，我認為他對她很好。湯瑪斯爵士對她也不錯，不過那是一個有錢有勢的姨丈該做的。湯瑪斯爵士和艾德蒙能為她做什麼？他們為她的幸福和尊嚴付出的努力，比起我即將為她付出的又算得了什麼？」

第三十一章

隔天早上，亨利又來到曼斯菲爾德莊園，而且比平常還要早。兩位女士都在餐廳裡，幸運的是貝特倫夫人正要離開。她客氣地打了個招呼，吩咐僕人去叫湯瑪斯爵士，然後就走出門外。

亨利心中竊喜，向她鞠了一躬，目送她離去。接著，他立刻走向范妮，掏出幾封信，眉開眼笑地說：「我得承認，無論是誰給我機會讓我跟妳單獨見面，我都會感激不盡。妳不知道我多麼盼望這樣的機會！我明白做妹妹的心情，不希望有其他人同時知道我即將告訴妳的消息。他晉升了！妳哥哥當上少尉了。我以無比高興的心情向妳祝賀。這是信上說的，我剛剛才收到。妳一定想看看吧？」

范妮一句話也說不出來。但從她的眼神、臉色的變化、心情的演變，由懷疑、慌張，到欣喜，就能看出一切。范妮接過信件。第一封是將軍寫給侄子的，他告訴侄子，他順利讓小普萊斯晉升了。裡頭還附了兩封信，一封是海軍大臣的秘書寫給將軍委託的朋友的，另一封是那位朋友寫給將軍的。從中可以看出，海軍大臣很高興地批准了查爾斯爵士的推薦信，而查爾斯爵士也很榮幸有機會向克勞佛將軍表示敬意。威廉．普萊斯先生被任命為英國皇家輕巡洋艦「畫眉鳥號」的少尉，這一消息令許多人為之高興。

范妮看著一封封信，手在信紙下顫抖，心中也激動不已。亨利急切地解釋起自己在這件事情上付出的努力。

「我不想說自己多高興，」他說，「儘管我欣喜萬分，但我只想到妳的幸福。與妳相比，還有誰稱得上幸福呢？這件事本該由妳第一個知道，我並不願搶先妳一步。不過，我一分鐘也沒耽擱！今天早上郵差來遲了，但我收到信馬上就過來了。我不打算強調自己的焦急不安。我在倫敦時沒能順利辦成，令我羞愧難當，失望至極！我一直待在那裡，盼望事情儘快辦好。要不是為了這麼一件對我至關重要的事，我絕不會離開曼斯菲爾德這麼久。但是，雖然我叔父熱情地答應了我的要求，立即著手進行，但依然遇到一些困難；一個朋友不在家，另一個有事脫不了身。最後我等不下去了，心想反正已託付給可靠的人了，就在星期一動身回來，相信很快就能得到回音。我叔叔是世上最好的人，他可是盡了全力，我就知道，他見過妳哥哥後一定會願意幫忙，他喜歡妳哥哥。昨天我沒有說出將軍有多麼喜歡他，也沒有透露將軍是如何誇獎他的。我要再瞞一些時間，等到他的誇獎被證明是真心誠意之後。今天總算證明了，現在我可以告訴妳，連我自己沒有料到，他們那一晚見面之後，我叔父會對威廉．普萊斯那麼讚不絕口，對他的事情又那麼熱心。這一切全是他心甘情願的。」

「那麼，這一切都是你努力的結果了？」范妮叫道，「天哪！太好了，真是太好了！真的是你提出來的嗎？我搞糊塗了。是克勞佛將軍要求的嗎？是怎麼辦到的？」

亨利興致勃勃地做了說明，並強調了自己在這件事上發揮的作用。他這次去倫敦不為別的，只想把她哥哥引薦到希爾街，說服將軍運用人脈幫他晉升。他從未對人說過這件事，甚至對瑪莉都隻字未提，因為他當時還不確定能否成功。他感慨地講起自己多麼關心這件事，還用了許多熱烈的字眼，像是「最深切的關心」、「雙重動機」、「不方便說出的期盼」，要是范妮仔細聽的話，想必也能聽出他的用意。然而，由於驚喜交集，她什麼都聽不進去，就連他說到威廉時也一樣。等他停下來後，她才說：「多好心啊！多麼好心啊！噢！克勞佛先生，我們對你感激不盡。親愛的，最親愛的威廉啊！」

她忽然站起來，匆匆朝門口走去，一邊叫道：「我要去找姨丈。應該馬上讓他知道。」亨利當然不肯錯過這個千載難逢的機會，他迫不及待了地追上去，「妳不能走，妳必須再給我五分鐘。」說著便抓住了她的手，把她帶回到座位上，又向她解釋了一番。

等她回過神來，發現對方說她引起了他未曾有過的感情，而他為威廉所做的一切也都是出於對她的愛時，她感到痛苦不已，良久說不出話來。她認為這一切實在太過荒謬，完全是虛假的逢場作戲罷了。她感到他的做法太不正當，但也正符合他的人格，與他過去的行徑如出一轍。然而，她還是強忍下來，盡可能不顯露出心中的不高興，畢竟他有恩於她，無論他多麼低俗、放蕩，她都不能忽視了這番恩情。她的一顆心仍在撲通亂跳，光顧著為威廉高興，忘了對自己受到的傷害感到憤恨。

她兩次把手縮回，卻擺脫不掉他，於是站了起來，激動地說道：「別這樣，克勞佛先生，我求求你不要這樣。我不喜歡這樣的話。我得離開了。我受不了。」但對方仍然不肯住口，繼續傾吐他的情意，求她予以回報。他的話越說越露骨，連范妮也聽出了其中的含意：他要把他本人、他的一生、他的財產，以及一切都獻給她，求她接受。他就是這麼說的。范妮越來越驚訝，也越來越慌張。雖然還分辨不出他的話是真是假，但她幾乎快站不住了。對方則催促她答覆。

「不！不！不！」范妮捂著臉叫道，「這全是無稽之談。別再讓我困擾了。我不想再聽這種話了。我很感激你對威廉的付出，但是，我不需要、不想要、也承受不了你的這些話。不！不！別管我了，不過，你不會管我的，我知道這是不可能的事。」

她掙脫了他。這時，湯瑪斯爵士正朝這個房間走來，一邊跟一個僕人說著話。亨利沒時間再傾吐愛情了，不過他太過樂觀自信，以為她只是因為害羞，才沒有立刻讓他得到他追求的幸福。她從另一扇門跑出去了。湯瑪斯爵士走進來，還在與這位客人寒暄，並聽他報告那一件喜訊時，她已經在東房內來回踱步了。她的心中極為矛盾，也極為混亂。

她思考著每一件事，也為每一件事擔憂。她激動、感激、快樂、苦悶，又惱怒。這一切簡直難以置信！亨利實在不可原諒，也不可理喻！不過，他一向如此，做任何事都居心不良。他先讓她成為世上最快樂的人，然後又羞辱了她；她不知道該怎樣說，不知該怎麼看待這件事。她想把它視為玩笑，如果真是玩笑，他為何要說那樣的話，許下那樣的願望呢？

不過，威廉當上了少尉。這是無庸置疑的事實，她樂意永遠銘記這一點，而把其餘的忘掉。亨利一定不會再向她求愛了，他肯定看出她多麼討厭他的做法。然而，她又該如何感謝他對威廉的幫助呢？

在確定亨利已經離開之前，她一直待在東房到樓梯口之間。等她確信他走了之後，便急忙下樓去找姨丈，跟他分享彼此的喜悅。湯瑪斯爵士正如她預料的那樣高興；他很慈愛，話也不少。她與姨丈聊起了威廉，談話非常投機，使她忘了不久前令她煩惱的事。可是，當談話快結束時，她得知亨利當天還會再來吃飯。這真是個掃興的消息。雖然他可能不會把過去的事放在心上，但是這麼快又要見到他，真令她感到彆扭。

她試圖讓自己平靜下來。快要吃飯時，她盡量讓自己回復到往日的心情，外表也跟平常一樣。但是，當客人進屋時，她又不由自主地表現出羞怯的樣子。她萬萬沒有想到，在聽到威廉晉升的當天，居然會有一件事害得她如此痛苦。

亨利很快走向范妮，並把妹妹的一封信交給她。范妮不敢直視他，但從他的聲音中，聽不出任何慚愧的意味。她迅速把信拆開，並慶幸能有一些事做。同樣讓她高興的是諾里斯姨媽也來了，她不停地動來動去，把讀信中的范妮擋住了。

親愛的范妮：

現在開始，我可能要永遠這樣稱呼妳，好讓我的舌頭解脫，不要再笨拙地叫妳普萊斯小姐。我要用這幾句話向妳表示熱烈的祝賀，並萬分欣喜地表示我的贊成和支持。勇往直前吧！親愛的范妮，不要畏懼，沒有什麼大不了的阻礙。我的信心和贊成一定會產生作用。因此，今天下午妳儘管拿出最甜蜜的微笑迎接他吧！讓他回來時比去時更加幸福。

妳親愛的瑪莉

這些話對范妮沒有絲毫幫助。她匆忙地讀著信，心慌意亂，猜不透瑪莉信裡的意思；但顯然，她是在恭喜她贏得了亨利的心，甚至信以為真似的。她不知所措，一想到這件事是真的，便感到憂愁、困惑。每當亨利跟她說話時，她都覺得煩惱，但他又偏愛找她說話。她發現，他對她的口氣和態度，都與別人有所區別。她的胃口早已消失殆盡，什麼都吃不下。湯瑪斯爵士開玩笑地說，她一定是高興得吃不下飯，她羞得無地自容，生怕亨利誤會了她姨丈的話。他就坐在她的右邊，雖然她一眼也不想看他，卻覺得他一直在盯著她。

她比什麼時候都更加沉默，就連談到威廉的時候也很少開口，因為他的晉升完全是她右邊那個人周旋的結果。一想到這一點，她就感到難受得不得了。

她覺得貝特倫夫人坐得比平常還要久，擔心這次宴席永遠散不了。幸好，大家還是來到了客廳，兩位姨媽各自談論起威廉的晉升。范妮終於有時間去做進一步的聯想。

諾里斯太太之所以格外高興，是因為湯瑪斯爵士能省下一大筆錢。「現在威廉可以自給自足了，這對他二姨丈來說十分重要，因為沒人知道他二姨丈在他身上花了多少錢。老實說，今後我也可以少送一些東西了。我很高興，這次威廉走的時候送了他一點東西，我的確很高興，當時手頭還算寬裕，還能送給他一些像樣的東西——對我來說是很不錯了，因為我的財力有限。現在，要是他需要佈置他的船艙，那東西就能派上用場了。我知道他要花一些錢，買不少東西；雖然他的父母會幫他把一切都處理好，但我很慶幸我也盡到了心意。」

「我很高興妳給了他不錯的東西，」貝特倫夫人對她深信不疑，說道，「我只給了他十英鎊。」

「真的呀！」諾里斯太太面紅耳赤地叫道，「我敢說，他臨走時口袋裡肯定裝滿了錢！再說，他去倫敦也不用花一分車錢呀！」

「湯瑪斯爵士說給他十英鎊就夠了。」

諾里斯太太無意去探討十英鎊到底夠不夠，只想從另一個角度看待這個問題。

「真令人吃驚！」她說，「看看這些年輕人，把他們撫養成人，再幫他們進入社會，朋友們總共要花多少錢啊！他們很少去想這些錢總共有多少，也很少去想他們的父母、姨父母一年要為他們付出多少。就拿我妹妹普萊斯一家來說吧，把所有孩子加起來，我敢說沒人相信他們每年要花湯瑪斯爵士多少錢，還不算我給他們的補貼。」

「妳說得很對，姐姐。不過，孩子們也沒有辦法。再說妳也明白，這對湯瑪斯爵士來說算不了什麼。范妮，威廉要是去東印度群島的話，叫他別忘了幫我帶一條披巾。還有什麼好東西也順便幫我買。我希望他去東印度群島，這樣我就有披巾了。我想要兩條，范妮。」

這種時候，范妮只有迫不得已時才會開口。她急著搞清楚克勞佛兄妹在打什麼主意。除了亨利的話和態度之外，無論從哪方面來看，他們都不可能是認真的。考慮到他們的習慣和思想，以及她的個人條件，無論是哪方面來看，這件事都是不合常理的。他見過多少女人，受過多少女人的愛慕，跟多少女人調過情，而這些女人都比她好得多。她們費盡心思想取悅他，他卻總是無動於衷；人們都認為他了不起，他卻瞧不起任何人。她又怎能激起這樣一個人的愛呢？而且，他的妹妹在婚姻上那麼重視門第和利益，她怎麼可能會想促成這麼一件事呢？他們的表現實在太反常了。

范妮越想越自卑。什麼事都有可能發生，唯獨他絕不可能真心愛她，他妹妹也不可能真心贊成他愛她。湯瑪斯爵士和亨利來客廳之前，她已對此深信不疑；而亨利進來後，她又更加堅信不移了。他有幾次將目光投向她，那目光蘊涵著一種懇切、明顯的情意。但她告訴自己，那只是他對兩位表姐和眾多女人都施展過的手段。她感覺出他想私下跟她說話。整個晚上，每當湯瑪斯爵士離開，或是湯瑪斯爵士跟諾里斯太太談得起勁時，他就一直尋找機會。然而，她總是小心翼翼地避開他，不給他任何機會。

最後，范妮的不安似乎要結束了，不過也不算太晚。他主動提出要告辭了。范妮如釋重負，但一瞬間他又轉過臉來，對她說：「妳有東西要我轉交給瑪莉嗎？不寫一封回信給她嗎？要是她什麼沒收到的話，一定會失望的。寫個回信給她吧！哪怕只有一行也好。」

「噢！是的，當然。」范妮說道，匆忙地站起來，急著擺脫這種場面。「我這就去寫。」

她走到常替姨媽寫信的桌旁，提筆準備寫信，但完全不知道該寫什麼。瑪莉的信她只讀了一遍，而且還看不懂，要答覆實在令人傷腦筋！然而，必須馬上寫出一點東西。她心裡只有一個明確的想法，那就是希望對方讀完後，不要覺得她真的有那種意思。她開始動筆了，身心都在激烈地顫抖：

親愛的克勞佛小姐：

非常感謝妳對威廉的事表示衷心的祝賀。信的其餘內容在我看來毫無意義，我對於這種事情，深感不夠資格，希望今後不要再提。我和克勞佛先生相識已久，深知他的為人；要是他對我同樣瞭解的話，想必也不會有此舉動。我感到十分惶恐，要是妳能不再提及此事，我一定會不勝感激。承蒙關心，謹在此聊表謝意。

結尾到底寫了些什麼，她在慌亂下也搞不清楚了。因為她發現亨利正朝著她走來。

「我不是來催妳的，」他看到她驚慌失措地將信裝好，小聲地說，「我沒有這個意思。我希望妳不要著急。」

「噢！謝謝你，我已經寫完了，剛寫完。馬上就好，要是你能為我轉交給克勞佛小姐，我將會非常感激。」

信遞過去之後。范妮立刻轉過臉，朝大家圍坐的火爐走去，亨利無事可做，只好一本正經地走掉了。

范妮覺得自己從未這麼激動過，既為痛苦而激動，又為快樂而激動。幸好，這種快樂不會隨著一天過去而消逝，她永遠不會忘記威廉的晉升；至於痛苦，她希望最好一去不返。她知道自己的信寫得糟透了，措詞還不如一個小孩子，畢竟她心慌意亂的，根本無心雕琢字句。不過，這封信會讓他們兄妹明白，亨利的百般殷勤既騙不了她，也不會讓她感到得意。

第三十二章

隔天早上醒來時，范妮並沒有忘掉亨利，也同樣記得自己那封信的內容，對它可能帶來的效果感到樂觀。要是亨利能遠走高飛就好了！這是她求之不得的。他原本就計畫帶著妹妹一起走，返回曼斯菲爾德就是為了接走妹妹。她不明白他們為什麼現在還不走，瑪莉一定不想在這裡多待一刻。他昨天上門時，范妮一直希望能聽到他動身的日期，但他只說不久後就會啟程。

就在她得意地想著自己的信將會產生什麼影響時，突然看到亨利又向宅邸走來，時間就跟昨天一樣早。她不由得大吃一驚。他這一趟上門可能與她無關，但她最好還是不要跟他見面。她決定就這樣待在樓上，一直等到他離開，除非有人來叫她。諾里斯太太正在屋裡，似乎沒有她出現的必要。

她忐忑不安地坐了一陣子，一面細聽，一面顫抖，隨時都在擔心有人來叫她。不過，一直沒有腳步聲傳來，這使她逐漸恢復鎮定，又坐下做起針線。只希望亨利就這樣離開，用不著她去理會。

半個小時過去了，她更加放心。就在這時，傳來一陣沉重的腳步聲——那是她姨丈的。她非常熟悉他的腳步聲，以往每聽到這種腳步聲就害怕得發抖。她想到，他來這裡一定是有話要對她說，不禁又開始顫抖起來。無論要說的是什麼，她都感到害怕。

湯瑪斯爵士推開了門，問她在不在房裡，他能不能進來。過去對他忽然造訪的那種恐懼似乎又萌生了，范妮覺得他彷彿是來考她法語和英語的。

她恭敬地為他拿了張椅子，盡可能裝出受寵若驚的樣子。由於心神不定，她沒有注意到房裡有什麼不足。湯瑪斯爵士進來之後，突然停住腳住，吃驚地問道：「妳今天怎麼沒有生火？」

外面已是遍地白雪，范妮罩了一條披巾坐在那裡，吞吞吐吐地說：

「我不冷，姨丈。這個季節我不會在這裡坐太久。」

「那妳平時會生火嗎？」

「不會，姨丈。」

「怎麼會這樣？一定是哪裡搞錯了。我還以為妳來這個房間來是為了取暖。我知道，妳的臥室裡不能生火。這是個很大的錯誤，必須改掉。妳坐在這裡很不好，即使只坐半個小時都很不好。妳身體虛弱，都凍成這樣了。妳姨媽一定不瞭解。」

范妮本想保持沉默，但又不能不回答。為了對那位最親愛的姨媽保持公正，她忍不住說了幾句，提到「諾里斯姨媽」。

「我明白了！」姨丈知道是怎麼回事了，也不想再聽下去，便大聲說道：「我明白了。妳的諾里斯姨媽很有見識，一向主張不要太寵孩子。不過，任何事都該適可而止。她自己也過得很苦，這當然會影響她如何看待別人的需求。從另一個角度來看，我也能完全理解。我理解她一貫的看法，她的原則本身是好的，但是對妳可能做得太過分了，我認為做得太過分了。我知道，有時我們無法做到一視同仁，這是不應該的；但我覺得妳很不錯，范妮，妳不會因此懷恨在心。妳是個聰明人，不會只從一個角度看待事情，妳會考慮不同的時間、不同的人、不同的情境；妳把那些教育妳、提供妳生活所需的人們視為朋友，彷彿一切是命中註定的。儘管他們的謹慎可能是多餘的，但他們的立意是好的。妳可以相信一點：吃一些小小的苦頭，受一些小小的約束，富足後的滋味就會更加甜美。我想妳不會辜負了我對妳的器重，任何時候都會以應有的敬重和關心來對待諾里斯姨媽。不過，不說這些了。坐下吧！親愛的。我要和妳聊聊，不會佔用妳太多時間。」

范妮照著作了。她垂下眼皮，紅著一張臉。湯瑪斯爵士停頓了一會兒，似笑非笑地說道：

「妳也許還不知道，我今天早上接待了一個客人。早餐後，我回到房裡沒多久，克勞佛先生就來了。妳大概猜得到他是來做什麼的。」

范妮的臉越來越紅，姨丈發現她難堪得說不出話，也不敢抬頭，便不再看著她，繼續講起了亨利的這次來訪。

亨利是來宣告他對范妮的愛，並明確提出求婚，請求她姨丈答應的，因為他就像是她的父母一般。他表現得如此有禮，又誠懇，湯瑪斯爵士的答覆和意見也十分妥當。他欣喜地敘述了他們談話的內容，全然沒有察覺外甥女的心思，還以為她也很樂意聽呢！他滔滔不絕地說著，范妮絲毫不敢打斷，也沒有心情去打斷。她心亂如麻，目不轉睛地望著一扇窗戶，惶恐不安地聆聽著。

姨丈停頓了一下，但她沒有察覺。於是他站起身來，說道：「范妮，我已經履行了我的部分使命，讓妳看到事情已經有了一個牢靠、順心的基礎，我可以履行我剩下的使命了——說服妳陪我一起下樓。雖然我認為妳對我剛才的話還算滿意，但樓下還有一個說話更動聽的人。也許妳已經猜到，克勞佛先生還沒走。他在我房間裡，希望在那裡與妳見面。」

范妮忍不住驚叫出來，使湯瑪斯爵士也嚇了一跳。但最令他震驚的還是她的激烈言詞：「噢！不！姨丈，不行！我不能去見他。克勞佛先生應該明白，他一定明白！我昨天已經跟他說清楚了，他應該清楚……他昨天就跟我說了這件事，我毫不掩飾地告訴他我不同意，我無法回報他的好意。」

「我不懂妳的意思，」湯瑪斯爵士說道，一邊又坐下來，「無法回報他的好意？這是怎麼回事？我知道他昨天對妳說過，而且據我所知，還從妳這裡得到了一個懂分寸的少女所能給予的鼓勵。我從他的話中我明白了妳當時的行為，覺得非常高興。妳表現得謹慎，這值得稱讚。可是現在，他已經鄭重而真誠地求婚了，妳還有什麼好顧慮呢？」

「妳誤會了，姨丈，」范妮叫道，她在情急之下甚至當面糾正姨丈，「你完全搞錯了！克勞佛先生怎麼能這麼說呢？我昨天並沒有鼓勵他。相反地，我對他說……我不記得具體說了些什麼……不過，我肯定說過，我不想再聽他講，我真的不想聽，求他千萬別再對我說那種話。我的確這麼說過，而且還不止這些。要是我當時能確定他是認真的話，還會再多說幾句，但我不願意這麼想……我不願意那樣看待他……不願意讓他有更多想像空間。我當時就覺得，對他來說，事情就算結束了。」

她說得幾乎喘不過氣來。

「這也就是說，」湯瑪斯爵士沉默了一陣，問道，「妳要拒絕克勞佛先生了？」

「是的，姨丈。」

「拒絕他？」

「是的，姨丈。」

「拒絕克勞佛先生！什麼理由？什麼原因？」

「我……我不喜歡他，姨丈，不能嫁給他。」

「太奇怪了！」湯瑪斯爵士以平靜但有些不悅的語氣說道，「我不能理解，向妳求婚的是一個各方面都很優秀的年輕人，有地位、有財產，人品又好，而且十分和氣，說話討喜。妳和他也認識一段時間了。再說，他妹妹是妳的親密好友，他又幫了妳哥哥那麼大的忙；即使他沒有別的優點，光憑這件事就足以打動妳的心了。要是靠我的人脈，難保威廉能夠晉升，但他卻辦到了這件事。」

「是的。」范妮有氣無力地說，又難為情地低下了頭。經姨丈這麼一說，她開始覺得自己不喜歡亨利簡直是太可恥了。

「妳一定察覺到，」湯瑪斯爵士接著說，「克勞佛先生對妳的態度特別不同。因此，妳不該對他的求婚感到意外。妳一定注意到他的示好，雖然妳的應對很得體，但至少我沒看出妳有任何排斥。我反而覺得，范妮，妳並不完全瞭解自己的情感。」

「噢！不，姨丈，我完全瞭解。他的殷勤總是……總是令我厭惡。」

湯瑪斯爵士越來越驚訝地看著她。「我不懂，」他說，「妳必須解釋一下。妳這麼年輕，幾乎沒遇過什麼人，妳的心裡不可能已經有……」

他住口了，兩眼緊盯著她。她的嘴唇彷彿要說「不」，卻沒有發出聲音，只有臉漲得通紅。然而，對一個靦腆的女孩來說，這種表情可能真的是出於天真無邪，他只好露出滿意的樣子，很快地說道：「不，不，我知道這不可能──完全不可能。好了，這件事就不提了。」

爵士沉默了一陣。他在沉思。他的外甥女也在沉思，好鼓起勇氣，做好心理準備，以防他進一步盤問。她寧死也不願吐露真情。她希望經過一番思索，能設法不洩露自己的秘密。

「除了被克勞佛先生看上可能帶來的好處外，」湯瑪斯爵士又以冷靜的語氣說道，「他願意這麼早結婚，也是我表示贊同的原因之一。我主張經濟能力許可的人儘早結婚，最好一過二十四歲就結婚。一想到我的大兒子還不結婚，我就感到遺憾。就我看來，他目前還不打算結婚，一點都不想。要是他能定下來就好了。」說到這裡，他瞥了范妮一眼，「至於艾德蒙，無論從氣質，還是從習慣來說，都有可能比他哥哥更早結婚。說真的，我近來覺得他遇到了中意的女孩，而我的大兒子想必還沒有。我說得對嗎？妳同意我的看法嗎？親愛的。」

「同意，姨丈。」

她說得很溫柔，卻又很平靜。湯瑪斯爵士不再懷疑她對某位表哥有意思了，然而，他越是猜不出外甥女為什麼拒絕，心裡就越不高興。他站了起來，在屋裡踱來踱去，緊鎖著眉頭。過了一會兒，才以威嚴的口氣說：「孩子，妳有理由認為克勞佛先生脾氣不好嗎？」

「沒有，姨丈。」

范妮很想補充一句：「但我有理由認為他品行不端。」只是，一想到說出口之後可能引起的爭辯，她便喪失了勇氣。她對亨利的不良印象是憑著自己的觀察而得的，為了顧及兩位表姐的面子，她不敢把實情告訴她們的父親。瑪麗亞和茱莉亞——尤其是瑪麗亞，跟亨利的行為不端有著很大的關聯；因此，要是她說出了對他的品行的看法，勢必會牽連到她們。她原以為，對於像姨丈這樣聰明、誠實、又公正的人，只要坦承自己不願意就行了。但讓她傷心的是，事實並非如此。

她戰戰兢兢，可憐兮兮地坐在桌旁，湯瑪斯爵士板著一張臉走向她，冷冷地說道：「看來，再說下去也沒用了，這場令人難堪的談話最好到此為止。不能讓克勞佛先生再等下去了。我有責任表示對妳的行為的看法，我只想再補充幾句：妳辜負了我對妳的一切期望，妳的個性與我原來想像的完全相反，范妮。我想妳能從我對妳的態度上看出，自從我回到英國之後，已經對妳產生了很好的印象。我原以為妳一點也不任性、不自負，也不像時下年輕人一樣我行我素。但是，我今天終於明白了，妳也會任性、也會固執，也會一意孤行，毫不尊重那些有權教導妳的人們的意見——甚至也不徵求他們的意見。妳的行為表明了妳和我想像中的截然不同。在這件事情上，妳似乎從未想到妳的家人——妳的父母、兄弟、妹妹；他們會得到多少好處，他們會為妳的這門親事多麼高興！但妳對這些無動於衷，妳心裡只有自己。妳覺得自己對克勞佛先生沒有年輕人幻想中的那種愛情，便決定立刻拒絕他，甚至不願花一些時間考慮，硬要憑著一股愚蠢的衝動，拋棄一個完成婚姻大事的機會。這門親事這麼美滿，妳也許永遠遇不到第二次。這個年輕人有頭腦、有人品、脾氣好、有教養，又有錢，還特別喜歡妳，向妳求婚無疑是最慷慨的舉動。我告訴妳吧！范妮，就算妳再等十八年，也不會遇到一個能有克勞佛先生一半財產、或是有他十分之一優點的人向妳求婚。我很樂意把我兩個女兒的其中一個嫁給他。雖然瑪麗亞已經嫁給了一個高貴人家，不過，要是克勞佛先生向茱莉亞求婚的話，我一定會點頭答應，比把瑪麗亞嫁給拉什沃思先生還更讓我感到由衷的高興。」

他停頓了片刻，又說：「要是我的女兒遇到一門這麼好的婚事，卻不徵求我的意見就斷然拒絕，我一定會驚訝不已。這種舉動會讓我大為訝異、傷心，我會認為這麼做是不孝的。我不會用這個標準衡量妳，妳沒有對我盡孝的義務。不過，范妮，要是妳心中並不覺得自己忘恩負義的話——」

他停了下來。范妮早已淚流滿面，雖然湯瑪斯爵士怒氣沖沖，但也不便再責罵下去。范妮的心都快碎了，姨丈居然把她看成這樣的人，給她冠上這麼多、這麼重大的罪名，而且越說越嚴重，真令人驚訝！在他眼裡，她任性、固執、自私、忘恩負義，一樣不少。她辜負了他的期待，失去了他的好感。

「我很抱歉，」范妮哽咽地說，「我真的很抱歉。」

「抱歉？是的，我希望妳覺得抱歉。妳也許會為了今天的行為一直抱歉下去。」

「如果我有其他選擇的話。」范妮強打精神，「但我深信我無法讓他幸福，我自己也會很痛苦。」

又一陣淚如泉湧。儘管她淚流不止，甚至用了「痛苦」這個詞，但湯瑪斯爵士開始在想，她這一次的痛哭或許代表她不再那麼堅持了；他還在想，要是讓那位年輕人親自來求婚，或許會更好。他知道范妮很害羞，又容易緊張，在這種狀況下，假如求婚人能堅持久一點、追得緊一些、表現得耐心一點，也露出一點迫不及待……若是能做到這些的話，一定會對她產生效果的。只要那位年輕人真心愛著范妮，能鍥而不捨地堅持下去，一切就還有機會。一想到這裡，他心裡不禁高興起來。

「好了，」他以嚴肅又不過於氣憤的口氣說，「好了，孩子，把眼淚擦乾。哭沒有用，也沒有好處。現在跟我一起下樓吧。我們讓克勞佛先生等太久了。妳得親自答覆他，不然他是不會滿意的。妳只要向他解釋他誤會的原因——一定是他誤會了，這真是不幸。我是無法解釋清楚的。」

范妮一聽說要下樓去見亨利，顯得很不樂意。湯瑪斯爵士考慮了一下，覺得應該順著她的意。他對這對年輕男女不再抱有太大希望了。但是，當他看到外甥女，看見她哭得不成人樣，又覺得馬上見面也未必是件好事。因此，他說完幾句無關緊要的話之後，便一個人走掉了，留下外甥女可憐兮兮地坐在原地哭泣。

范妮心裡一團亂。過去、現在、未來——一切都那麼可怕。不過，最讓她痛苦的還是姨丈的發怒。她在他眼中成了自私自利、忘恩負義的人！她會永遠為此傷心的。沒有人為她辯護，替她想辦法。她僅有的那一個朋友不在家，他也許會勸父親消氣，但是其他人呢？也許他們都會認為她自私。她恐怕要不斷地忍受這樣的責備，她知道周遭的人會永遠這樣責備她。她忍不住對亨利感到了幾分憎恨。不過，要是他真的愛她，而且也感到不幸呢？真是永無止盡的不幸啊！

大約一刻鐘後，姨丈又回來了，范妮差點暈了過去。不過，他說話時心平氣和，並不嚴厲，也沒有責備她。她稍微振作了一點。姨丈的態度和言語都給了她一絲寬慰，他一開始便說：「克勞佛先生已經走了，剛離開。我不需要重複我們剛才的對話。我不想告訴妳他是怎麼想的，免得又影響了妳的情緒。我只需說一句：他表現得很有紳士風度，也很慷慨，更加堅定了我對他的好印象。我向他轉述了妳的心情後，他立刻體貼地不再堅持要見妳了。」

范妮本來已抬起了頭來，一聽到這些話，又低了下去。「當然，」姨丈接著說，「他要求和妳單獨談談，哪怕只有五分鐘。這個要求合情合理，無法拒絕。不過，他並沒有訂下時間，也許是明天，也許等妳心情平靜之後。現在妳只要讓自己冷靜下來，不要再哭了，那對身體不好。要是妳願意接受我的意見的話，就不要放縱妳的情感，盡量保持理智、堅強。我勸妳去外面走走，新鮮空氣會對妳有益。到碎石子路上走一個小時，灌木林裡沒有別人。新鮮空氣和戶外活動會讓妳好起來，范妮。」他又轉過頭來，「我不會跟任何人說剛才的事，連妳的貝特倫姨媽也不例外。沒有必要去宣傳這種令人失望的事情，妳自己也別講。」

范妮求之不得，她深深領會這番好意。她可以免於諾里斯姨媽沒完沒了的責罵了！她打從心底感激姨丈。諾里斯姨媽的責罵比什麼都令人難受，即使與亨利見面也沒這麼可怕。

她立刻走到戶外，盡量按照姨丈說的止住了眼淚，竭力使自己冷靜下來。她要向姨丈證明，她想讓他高興，想重新贏得他的好感。她決心隱瞞兩位姨媽這件事，不要在外表和神態上露出馬腳。只要能逃過諾里斯姨媽的責罵，讓她做什麼都行。

等她散步回來，再回到東房時，不禁大吃一驚。一進房間，首先映入眼簾的是一爐熊熊烈火。生火了！這似乎太過分了，偏偏在這個時候對她好，讓她感激到幾乎是痛苦的地步。她很納悶，湯瑪斯爵士怎麼有心情注意這樣的小細節。但是沒過多久，生火的女僕便主動告知她，以後每天都會如此——湯瑪斯爵士已經吩咐過了。

「要是我真的忘恩負義的話，那我就不是人！」她自言自語地說，「上帝保佑，可別讓我忘恩負義啊！」

直到吃飯時間，她才又見到姨丈和諾里斯姨媽。姨丈盡可能像平常一樣對她，她感覺自己的良心發生了某種變化。不久後，大姨媽又對她抱怨起來，當她聽出諾里斯太太只是因為她沒跟她說一聲就跑出去散步時，她更覺得自己應該感激姨丈的好心，讓她沒有因為那件更大的事遭受同樣的責罵。

「我要是知道妳會出去，就會叫妳順便去我家裡吩咐南妮幾件事，」她說，「結果我只好辛辛苦苦地親自走一趟。我忙得要死，要是妳能說一聲妳要出門，就能免了我一番奔波。我想，去灌木林散步還是去我家一趟，對妳來說都一樣。」

「是我建議范妮去灌木林的，那裡比較乾燥。」湯瑪斯爵士說。

「噢！」諾里斯太太克制了一下，說道，「你真好，湯瑪斯爵士。但你不知道去我家的那條路有多乾！我向你保證，范妮去那裡走一趟也很不錯，還能順便辦點事，幫姨媽一點忙。這都怪她，要是她跟我們說一聲她要出門——不過范妮就是很奇怪，我以前就發現了，她老是愛單獨行動，不聽別人的話，一有機會就一個人跑去散步。她的確有些任性，我要勸她改一改。」

儘管湯瑪斯爵士今天也有過跟諾里斯太太一樣的看法，卻覺得她的這番指責極不公平，於是一次次地轉移話題。然而，諾里斯太太反應遲鈍，始終看不出他對外甥女的器重，看不出他多麼不想讓別人貶低外甥女，好突顯他自己的孩子有多好。她一直朝著范妮嘮嘮叨叨，為她的這次散步抱怨了半頓飯的時間。

不過，她總算罵完了。隨著夜幕降臨，范妮的心情比早上要平靜、愉快多了。不過，她仍然相信自己是對的，她的眼力沒有讓她做出錯誤判斷，她可以發誓自己的動機是純潔的。再說，她認為姨丈的不悅正在消退，要是他能更加公正地看待此事，那種心情就會繼續消失，並覺得沒有感情的婚姻多麼可悲、多麼可恥、多麼絕望，又是多麼不可原諒。凡是好人都會這樣想的。

等明天她擔心的會面結束後，她就可以樂觀地認為這個問題結束了。等亨利離開曼斯菲爾德後，一切就會恢復正常，好像什麼也沒發生一樣。她不願相信、也無法相信亨利對她的愛情能持續多久；他不是那種人，倫敦會很快打消他對她的情感。到時候，他一定會對自己的痴情感到莫名其妙，並慶幸她頭腦清醒，使他避免陷入不幸。

就在范妮沉緬於這些幻想時，姨丈被叫了出去。這件事沒有引起她的注意，直到十分鐘後，男管家又回來了，並徑直朝她走來，說道：「小姐，湯瑪斯爵士想在房間裡和妳談談。」她滿腹狐疑，面色蒼白，但還是立刻站身，準備聽從管家的吩咐。

就在這時，諾里斯太太大叫道：「別走！別走！范妮！妳要做什麼？妳想去哪兒？別這麼急急忙忙的。妳放心吧！叫的不是妳，一定是叫我的。」她看了看男管家，「妳也太愛現了。湯瑪斯爵士找妳做什麼？巴德利，你剛才是叫我吧？我馬上就去。我敢說你叫的是我，巴德利。湯瑪斯爵士叫的是我，不是普萊斯小姐。」

但巴德利非常果斷。「不，太太，叫的是普萊斯小姐，確實是普萊斯小姐。」隨即微微一笑，彷彿在說：「妳去了一點用都沒有。」

諾里斯太太自討沒趣，只好故作鎮靜，又做起針線活。范妮忐忑不安地走了出去。就像她所擔心的，轉眼間，她發現自己又單獨和亨利在一起了。

第三十三章

這場交談沒有范妮想像的那麼短暫，也沒有如她預期般解決問題。亨利沒有那麼容易打發，他就如同湯瑪斯爵士希望的那樣百折不撓。他一味地自信，起初還以為她的確愛他，只是她本人尚未意識到；後來，他又不得不承認，她目前的感情還含糊不清，但又自負地認為，自己遲早能讓她愛上他。

他深深墜入了情網，這種愛受到一種積極、樂觀精神的驅動，表現得格外熱烈。由於被范妮拒絕，他把她的感情看得更加珍貴，便決心要讓她愛上自己。

他不願絕望，也不願罷休。他有充分的理由不屈不撓地去愛她，他知道她人品好，能滿足他對長久幸福的強烈欲望。她說不願意，表示她既不貪心，性情又嫻淑，更激發了他的渴望，堅定了他的決心。他從未想到過，他想征服的這顆心早有所屬，他認為她很少去考慮這類事情，因此絕不會有這種可能性。他覺得她情竇未開，清純的心靈如同她曼妙的姿容一樣惹人憐愛。他還認定，她只是因為靦腆，才沒有領會他的示好；他的求婚太突然，使得她一時不知所措，根本想不到事情多麼美妙。

一旦他被理解，還怕不成功嗎？他對這一點深信不疑。像他這樣的人，不管愛上誰，只要堅持不懈，一定能得到回報。一想到不久後她就會愛上他，亨利不禁滿懷喜悅，就算她現在不愛他也沒關係。對於亨利來說，遭遇一些小小的困難，反而會越來越起勁。他以前總是輕易地贏得其他女孩的心，現在第一次遇到這種情況，更加激起了他的鬥志。

然而，范妮這輩子很少遇過什麼好事，因此對於這件事也絲毫不覺得高興，只感到不可思議。她發現他執迷不悟，即使在她說了那番話之後，他依舊死纏濫打，完全不可理喻。她對他說過，她不愛他、不能愛他、永遠不會愛他——這是絕不可能改變的。她求他不要再提這個問題，永遠離開她，這件事就算徹底了結；當對方進一步逼迫時，她又說，她認為兩人性情完全不同，彼此無法相愛，無論從性格、教養，還是從習慣來說，他們都不般配。這些話她都說過了，但還是無濟於事。他不認為兩人的性情有哪裡不適合，兩人的處境有哪裡不般配，卻更斬釘截鐵地宣布：他仍然要愛，仍然抱著期望！

范妮很清楚自己的意願，卻不清楚自己是如何表現於外在。她不知道，自己的文雅如何掩飾了她的堅定不移；她的羞怯、感恩、溫柔又使她的每一次回絕都像在自我克制，簡直就像跟他一樣痛苦。亨利已不再是原來的那位亨利，原先的亨利是瑪麗亞卑鄙、狡猾、又用情不專的情人；她厭惡他，不願見到他，也不願理睬他，認為他身上沒有任何優點。如今，他成了這樣的一個人，懷著熾熱無私的愛向她求婚。他的感情似乎變得真摯赤誠，他的幸福完全建立在有了愛情的婚姻之上；他滔滔不絕地述說起他在她身上發現的各種優點，還一而再、再而三地傾訴對她的感情，並竭力地向她證明：他之所以追求她，是因為她溫柔、賢慧，尤其是，他還幫助威廉獲得了晉升！

一切都不同了！她欠下了人情，這勢必影響到她的抉擇。她本來能像在索瑟頓庭園和曼斯菲爾德劇場裡那樣，以維護貞潔的尊嚴憤然地蔑視他；但他現在有權要求她另眼相待，她不得不對他謙恭有禮、憐憫有加，不得不感到受寵若驚、感恩戴德。因此，她的表現充滿了憐憫和焦慮，她拒絕的言語中夾雜著感激和關切之詞，這使得她的話在充滿自信的亨利眼中變得可疑。直到他把話說完時，仍打算不屈不撓地追求下去，並不像范妮認為的那樣荒誕無稽。

亨利不情不願地走了。但他的神情沒有絲毫絕望，范妮也不指望他能變得理智一些。

范妮現在生氣了，她被他這麼自私、偏執地糾纏，不禁有些怨艾。他又變回先前那個令她厭惡的人了，又變回她不屑一顧的那個亨利——只要自己快樂，就全然不顧人情與道義。即使她的感情並未另有所屬（或許也不該如此），他也永遠休想得到。

她坐在樓上，一邊感受爐火為她帶來的奢侈享受，一邊回想剛才的事。她的心裡十分悲哀，並猜想著下一步又會發生什麼事。然而，在緊張不安之中，她什麼都想不出來，只知道她絕不會去愛亨利。

第二天，湯瑪斯爵士見到亨利，並聽了他的敘述，感到相當失望。他本來還希望情況會好一些，原以為性情溫柔的范妮在亨利一個小時的懇求下，一定會被打動的。不過，一看到這位求婚者那堅決的態度，他又感到了安慰。眼看亨利那副胸有成竹的模樣，他也很快放下心來。

從禮貌、讚揚，到關照，凡是能派上用場的，他一樣都沒有放過。他讚賞了亨利的意志堅定，讚賞了范妮，認為他們的結合是世上最美妙的事，曼斯菲爾德莊園的大門永遠為亨利敞開；他也相信，范妮的每一個家人和朋友也一定都會贊成這件事。

凡是能鼓勵的話全都說了，每一句鼓勵的話讓亨利喜不自禁、感激不盡。兩位男士離別時成了最好的朋友。

眼見這件事有了一個極為樂觀的開頭，湯瑪斯爵士感到頗為得意，便不再去強迫外甥女，也不再公開干涉。對於范妮的個性來說，要影響她的最好辦法，就是關心她。她很明白一家人的心願，只要他們能寬容一些，就會自然而然地促成這件事。基於這個想法，湯瑪斯爵士利用一次和她談話的機會，以溫和而嚴肅的口氣說：「范妮，我又見到了克勞佛先生，從他那裡聽說了你們之間的事。他是一個與眾不同的年輕人，無論結局如何，妳應該明白他的情意非比尋常。不過，妳還年輕，不知道愛情有多麼善變，要不然妳一定會對他的堅持驚嘆不已。他這麼做，完全是出於感情，這實在是不值得誇獎，但也突顯他的決心有多麼可貴了！要不是他選了一個這麼好的對象，我一定會勸他放棄的。」

「老實說，姨丈，」范妮說，「我很遺憾，克勞佛先生居然還不放棄。我知道這是很大的榮幸，我認為自己完全配不上這樣的抬愛。但我也跟他說過了，我永遠不能——」

「親愛的，」湯瑪斯爵士打斷了她，「不用再說這些。我完全瞭解妳的想法，妳也必然瞭解我的願望和遺憾。不用再多說什麼，或是做什麼。從現在開始，我們不再談這件事了。妳不必擔心，也不必感到不安。我不會逼妳違背自己的意願，我考慮的是妳的幸福和利益，只希望妳在克勞佛先生再來勸妳時，妳能容忍他說下去。至於他這麼做會有什麼後果，那都是咎由自取，對妳完全無害。我已經答應，無論他什麼時候來，妳都要跟我們一起去見他，態度就跟過去一樣，彷彿什麼事都沒發生。他很快就要離開北安普敦，這樣的機會也不會太多了。將來的事還很難講，至少現在，它在我們之間了結了。」

亨利即將離去，這是令范妮唯一感到高興的事。儘管姨丈的溫柔和包容讓她感動，但她的頭腦仍然清醒；當她想到姨丈有多麼不瞭解真相時，就覺得他這麼做是理所當然的。他把自己的一個女兒嫁給了拉什沃思，怎麼可能會有體貼兒女的心呢？她必須盡到自己的本分，希望隨著時間過去，她不會再像現在那麼抗拒。

雖然她只有十八歲，卻預料到亨利對她的愛不會持久。她想，只要自己堅決地拒絕他，這件事遲早會結束的，至於要花費多久則不得而知了。

湯瑪斯爵士本來不想再談這件事，但又不得不再次向外甥女提了出來，想在告訴她的兩位姨媽之前，先讓她有個心理準備。亨利完全不打算掩飾這件事，那兩位姨媽很可能馬上會知道；牧師公館裡早已人盡皆知，因為亨利最喜歡跟姐妹討論他的未來，也喜歡把他在情場上的得意隨時報告她們。湯瑪斯爵士感覺到，必須立刻把這件事告訴妻子和大姨子，雖然他也害怕諾里斯太太的反應。對他來說，諾里斯太太是個心地善良，卻總是弄巧成拙的女人。

不過，諾里斯太太這回卻讓他放心了。他請她一定要包涵外甥女，不要多嘴。她照辦了，只是臉上顯得惡狠狠的。她很氣憤，簡直怒不可遏；不過，她之所以生范妮的氣，是因為亨利居然會向這種女孩求婚——這是對茱莉亞的侮辱！照理說亨利應該追求她才是。此外，她也不想看見一個被她百般欺壓的人如此受抬舉。

湯瑪斯爵士以為她終於變得謹慎了，因此讚揚了她。范妮也心懷感激，因為她只給了她臉色看，而沒有責罵她。

貝特倫夫人的態度大為不同。她是個美人，還是個富有的美人；只有美貌和財產能引起她的敬重。因此，得知范妮被一個有錢人追求，讓她對范妮刮目相看。她終於意識到范妮很漂亮，還可能攀上一門很好的親事。她不禁為了擁有這一個外甥女感到自豪。

「嘿，范妮，」當剩下她們兩人時，她說道。她已經迫不及待地想單獨和她在一起了，說話的表情也富有活力：「今天早上我聽說一件令我驚喜的事。我一定要這麼說：恭喜妳！親愛的外甥女。」她洋洋得意地望著范妮，補充道：「哼！我們果然是個美麗的家族。」

范妮臉紅了，起初不知道該說些什麼，但很快便靈機一動，回答道：

「親愛的姨媽，我相信，妳一定會贊成我的做法。妳不會希望我結婚的，不然妳會想我的，對吧？是的，妳一定會想我，不會希望我結婚。」

「不，親愛的，當妳遇到這麼一門好親事時，我不該考慮這一點。如果妳能嫁給像克勞佛先生那樣富有的人，我絕不會捨不得妳。妳要明白，范妮，這麼一個無可挑剔的對象，是每一個年輕女人都求之不得的。」

在這八年多裡，這幾乎是范妮從二姨媽那裡聽到的唯一一條原則與建議。她啞口無言，也明白多說無益；要是二姨媽不贊成她的意見，爭論也不會有什麼結果。

「聽我說，范妮，」二姨媽說，「我敢說他是在那次舞會上愛上妳的，一定是那天晚上。妳那天晚上真美，大家都這麼說，連湯瑪斯爵士也是。因為有查普曼太太幫妳打扮，我真高興我有叫她去幫妳。我一定要告訴他這件事，」她仍然愉快地說個不停，「聽我說，范妮，下次哈巴狗生孩子，我要送妳一隻。連瑪麗亞都沒有呢！」

第三十四章

艾德蒙即將回家，有許多意想不到的事情正在等著他。當他騎馬進村時，就看見亨利與妹妹正在散步。他以為他們早已離開了，他之所以兩個多禮拜沒有回來，就是因為想迴避瑪莉。在回曼斯菲爾德的路上，他早已做好觸景傷情的心理準備，沒想到一進村，就看見她風姿綽約地倚著哥哥的手臂，出現在他面前。就在剛才，他還以為這個女人遠在七十哩外，現在她卻用友好的態度歡迎他。

他是離家辦事的，完全沒料到會在歸途中遇到如此歡樂的笑臉，聽到如此簡單動聽的言語，不禁心花怒放。回家後，他很快就得知威廉的晉升及詳細情節，心裡也越來越欣喜。吃過飯後，趁著旁邊沒人，父親把范妮的事情告訴他。於是，他終於明白了曼斯菲爾德兩週以來發生的大事，以及現況。

他們在餐廳裡坐得比平常還久，范妮猜想他們一定在討論她。當他們終於起身去喝茶的時候，她一想到要再次見到艾德蒙，便覺得有些罪惡感。艾德蒙在她旁邊坐下，親切地握住她的手。要不是大家這時正忙著吃茶點、觀賞那些茶具，她肯定會將自己的情感完全宣洩出來。

不過，艾德蒙的舉動完全沒有給她太多支持和鼓勵。事實上，他完全站在父親那一邊。對於范妮拒絕了亨利一事，他並不像父親那麼驚訝，因為他認為范妮可能只是缺少心理準備；同時，他也覺得這件婚事在各方面都無可挑剔，只要他們彼此相愛，就能看出兩人的個性有多麼合適了——這是他深思熟慮後的結論。亨利太冒失了，他沒有給她培養感情的時間，第一步就走錯了。不過，男方條件極好，女方性情又溫柔，艾德蒙相信事情一定會圓滿收場。他發現范妮神情窘迫，便小心翼翼地避免用言語或神情刺激她。

第二天亨利來訪，為了慶祝艾德蒙的歸來，湯瑪斯爵士決定留他吃飯。亨利當然一口答應。這讓艾德蒙有機會觀察他和范妮之間的互動，然而，他發現亨利的一舉一動不僅沒有引起她的鼓勵，反而為她帶來了窘迫不安。他簡直不明白，他的朋友為何還要緊追不捨。范妮確實值得一個人堅持不懈地追求，但換作是他的話，只要他從一個女人的眼光中看不出任何希望，就絕不會死纏爛打下去。他真希望亨利能看清事實。這就是艾德蒙經過觀察後得到的結論。

到了晚上，又發生一些事，使他認為事情有了一絲希望。當他和亨利走進客廳時，他的母親和范妮正一聲不響地作著針線活，十分專注。艾德蒙不由得評論了幾句。

「我們也不是一直這麼安靜，」他母親回答，「范妮剛才在為我唸故事，聽到你們來了，才把書放下。」桌上的確有一本書，似乎才剛闔上，那是一本莎士比亞的作品，「她常從這裡頭挑一些故事唸給我聽。剛才她正在唸一個角色的一段美妙的台詞——那個角色叫什麼？范妮。」

亨利拿起了書，「請允許我為夫人唸完這段話。」他仔細地尋找那一頁，直到翻到紅衣主教沃爾西的一句台詞時，夫人才說正是這段話。范妮一眼也沒看他，也不主動幫忙，只管做著自己的針線。不過，由於她對這件事的興趣濃厚，很快地就情不自禁地聽了起來。亨利唸得很棒，而她又很喜歡優美的朗誦，雖然她的姨丈和表哥們唸得也很不錯，但亨利的朗誦有一種她從未聽過的獨特韻味。

國王、王后、白金漢、沃爾西、克倫威爾等人的台詞都一一唸過了。他的技巧純熟，又有跳讀、模仿的才能，總能輕易找出最精彩的場景，以及每個角色最精彩的台詞。不論是威嚴，還是驕傲；不論是溫柔，還是悔恨；他都表達得同樣完美。這是真正的舞台藝術，他曾在之前的演出中讓她明白戲劇的魅力，現在的朗誦又使她想起了他過去的表演。而且，由於這次朗誦是突如其來的，也沒有她上次看見他與瑪麗亞同台演出時的那種痛苦，反而更加愉悅。

艾德蒙一直在觀察范妮，感到既開心又得意。剛開始，她似乎專心地在做事，後來手上漸漸慢下來，然後一動也不動地坐著；最後，她那雙一整天都在躲避對方的眼睛轉了過來，緊緊盯著亨利，直到亨利的目光也望向她，她才又滿臉通紅，起勁地做起活來。不過，這足以讓艾德蒙替他的朋友高興了。他對他的朗誦表示由衷感謝，希望能藉此表達出范妮的心意。

「這一定是你特別喜歡的一齣戲，」他說，「你想必對劇本很熟悉。」

「我相信，從此刻開始，這將成為我特別喜歡的一齣戲，」亨利回答，「不過我從十五歲起，似乎就不曾看過任何莎士比亞的劇本。我好像看過一次《亨利八世》的演出，或是聽哪個看過演出的人提過——我記不得了。不過，人們總是很自然地就熟悉莎士比亞了，這是英國人天生的本能。只要一個人還有點頭腦，一翻開他劇本中的精彩處，便會馬上墜入他思想的洪流中。」

「我相信，人們在小時候就認識了莎士比亞，」艾德蒙說，「他那些著名的橋段被廣為引用。在我們看過的書中，有一半都曾引用過他的話。每個人都談論莎士比亞，使用他的比喻，引用他的語句來形容；但是，沒有人能像你那麼充分表達他的精神。一知半解很容易，但要全盤通曉他的戲劇，並朗誦得這麼好，可就不是一般的才華了。」

「您過獎了，先生。」亨利故作正經地鞠了一躬說。

兩位男士都瞥了范妮一眼，看她能否也說出一句類似的讚美。然而，他們都看出這是不可能的。反正，她剛才的聆聽已經算是讚揚了，他們該知足了。

貝特倫夫人表示了她的讚賞，而且措詞熱烈。「這就像正式演出一樣，」她說，「只可惜湯瑪斯爵士沒有聽到。」

亨利喜出望外。智力平庸的貝特倫夫人姑且如此讚賞，她那富有見識的外甥女又會多麼欣賞呢？想到這裡，他不禁得意起來。

「我認為你很有表演天分，克勞佛先生，」過了不久，貝特倫夫人又說，「聽我說，我想你早晚會在諾福克的家裡蓋一個劇場，我是指等你定居在那裡之後。我真的是這麼想的。」

「您真的這麼想嗎？夫人，」亨利急忙叫道，「不！不！絕不會的，您完全想錯了，艾佛林罕不會有劇場的！噢！不會的。」他帶著意味深長的笑容望著范妮，彷彿在說：「這位小姐絕不會答應在艾佛林罕蓋一座劇場。」

艾德蒙看出了蹊蹺，也看出范妮絕不會去理睬他的暗示。不過，這也正好表明她聽懂了對方的言外之意，總比完全沒聽懂要來得好。

兩位男士繼續討論朗誦的話題。他們站在爐火邊，談論學校內普遍忽略了對學生們進行朗誦訓練，談論大人們在這方面的粗鄙無知，而這全是學校的責任。他們曾經見識過，當這些人忽然需要朗誦時，由於控制不好自己的聲調，總是唸得結結巴巴、錯誤連連；這就是因為小時候沒有訓練過的結果。范妮再次聽得津津有味。

「即使是在我這一行，」艾德蒙笑著說，「也很少會去研究朗誦的藝術，很少有人會注意自己朗誦得是否清晰而優美。不過，那是過去，現在已經有很大的改進了。對數十年前的神職人員來說，朗誦就是朗誦，佈道就是佈道，但如今，這個問題得到了應有的重視。人們終於意識到，在傳播永恆不變的真理時，清晰的朗誦能發揮多大的作用！而且，跟以前相比，現在的人們已經多少有了這方面的素養，無論是在哪個教堂，台下的聽眾大多都懂得鑑賞、懂得批評。」

艾德蒙接受聖職後，已主持過一次禮拜。當亨利瞭解這一點之後，立刻向他提出各種問題，問他感覺如何，主持是否成功。這些問題問得有些隨便，雖然是出於友好的關心，絲毫沒有取笑的意思；但艾德蒙明白，范妮想必會感到太過唐突。因此，他趕緊回答了他的問題。亨利又問到主持禮拜時應該如何朗誦，並發表了自己的意見，以顯示自己曾考慮過這個問題，並且很有見解。艾德蒙很高興，因為這些話才正符合范妮的意思，光靠殷勤、機智、溫柔是贏不了她的心的。

「我們的禮拜十分講究，」亨利說，「即使在朗誦上馬虎一些也沒關係，但至少在部分累贅、重複之處，必須朗誦得讓聽眾聽不出來，像我自己就不是那麼專心，」他瞥了范妮一眼，「二十次裡面有十九次我都在思考該如何唸這樣一段禱文，希望自己也能試試看。妳剛說什麼？」他急忙走向范妮，用輕柔的聲音問她。當她回答了「沒有」之後，他又問：「妳真的沒說什麼嗎？我剛才看妳的嘴唇在動。我以為妳要叫我作禮拜時專心一些，不是嗎？」

「不，你很瞭解自己的本分，用不著我。即使……」

她停下來了，感到自己陷入了困窘，不願再多說一句話。於是，亨利只好又回到剛才站的地方，繼續說下去，彷彿不曾發生過這麼一段溫柔的插曲。

「要做一次完美的佈道，比把禱文唸好還困難。佈道詞寫得好沒什麼，要講得好才困難；也就是說，人們對寫作技巧有較深入的研究。寫出一篇好的佈道詞，又講得非常好，才能給人莫大的快樂。我每聽到這種佈道，就會感到無比羨慕、無比敬佩，簡直也想成為一名神職人員。一名傳道者，如果能把別的牧師談過千百遍的主題講得生動感人，那麼就值得大家欽佩。我很願意做這樣的人。」

艾德蒙大笑起來。

「我真的願意。我每次遇到優秀的傳教士，總是有點羨慕。不過，我需要一群倫敦的聽眾，我只講道給有知識的、能夠評價我的佈道的人們聽。我不知道自己會不會喜歡經常佈道，也許我只會偶爾講一講，或是整個春天講上一兩次，但不能經常講，絕對不行。」

范妮這時不由自主地搖了搖頭。亨利又馬上來到她身邊，求她解釋自己的行為。他拉了一把椅子緊挨著她坐下。艾德蒙明白，這是他又一次的攻勢。他一聲不響地退到角落，轉過臉去，拿起一張報紙，衷心地希望范妮能被說服，解釋一下自己為什麼搖頭，好讓她那位狂熱的追求者感到滿意；也希望自己喃喃的讀報聲，能蓋住那兩人之間發出的任何聲響。他讀著各式各樣的廣告：「南威爾斯最令人嚮往的地產」、「致父母與監護人」、「高明的老練狩獵者」。

范妮暗自埋怨沒能管好自己的脖子，並傷心地看著艾德蒙的反應。她試圖在她那文雅穩重的天性所能允許的範圍內，盡力打擊亨利，既避開他的目光，又不回答他的問題。但他卻百折不撓，仍不斷地擠眉弄眼，向她追問。

「妳搖頭是什麼意思？」他問，「一定是想表示什麼。恐怕是不贊成吧？可是不贊成什麼呢？我說了什麼話惹妳不高興了嗎？妳覺得我的言論不適當嗎？輕率無禮嗎？真是這樣的話，就請妳告訴我。我想請妳改正我的錯誤，應該說，我求妳。把妳手裡的活兒放下吧，妳搖頭究竟是什麼意思呢？」

「求求妳，先生，不要這樣。求求妳，克勞佛先生。」范妮連忙回答。但接連說了兩次都沒用，她脫身不了。亨利仍然緊挨著她，用低沉的聲音重複著剛才的問題。范妮越來越不安，也越來越不高興了。

「為什麼？先生？你實在讓我吃驚，我真不懂為什麼你仍然……」

「我讓妳吃驚了嗎？」亨利問，「妳覺得奇怪嗎？我對妳的請求有什麼奇怪的嗎？我馬上向妳會解釋為什麼我這樣追問你，為什麼對妳的一舉一動這麼感興趣，為什麼我會這麼好奇。我不會讓妳老是覺得疑惑。」

范妮忍不住微微一笑，但是沒有說話。

「妳是聽到我說不願意經常講道時搖頭的。是的，就是這個字，『經常』，我不怕它，我可以在任何人面前拼它、唸它、寫它。我看不出這個字有什麼好怕的。妳覺得我應該怕它嗎？」

「也許吧，先生，」范妮厭煩不已，終於開口了，「也許吧，先生。我很遺憾，你對自己並不總是那麼瞭解。」

總算逗得她開口說話了，亨利高興不已，決定讓她繼續說下去。范妮還以為只要狠狠地責備他一番，就會讓他啞口無言；沒想到卻弄巧成拙。他總能找出其他問題請她解釋。這個機會太好了，自從他在湯瑪斯爵士房裡見到她以來，就不曾有過這麼好的機會，這種機會在他離開前或許再也不會有了。貝特倫夫人正在桌子的另一端，但這無關緊要，因為她或許只是半睡半醒，而且還有艾德蒙讀報聲的掩護。

「喔！」經過一陣迅速的提問和勉強的回答後，亨利說道，「我太幸福了，因為我終於明白了妳對我的看法。妳覺得我不夠穩重，容易莽撞行事、容易受誘惑、容易放棄。也難怪妳這麼想，不過，妳等著看，我不會光靠著一張嘴，而是會用行為來證明——離別、距離、時間將為我作證，它們會證明我就有權得到妳。我明白，就人品而言，妳比我優秀，妳的一些特質是我過去認為不可能存在的，就像一個天使，不僅超出了人們所能看見的，更超出了人們的想像。不過，我仍然不氣餒，我不會期望跟妳一樣優秀，那是不可能的；我會讓妳看出誰最懂得妳的美德，誰最崇拜妳的人品，誰對妳最忠貞不二，誰最有資格得到妳的愛。我很瞭解妳，一旦妳明白我對妳的感情就像我表白的一樣，我就大有希望。是的，最親愛、最甜美的范妮。不僅如此，」他看到她不高興地往後退，「請原諒。也許我現在還沒有資格這麼叫，但又該怎麼稱呼妳呢？難道妳會以別的名字出現在我心目中嗎？不，我白天想的，夜裡夢的，全是妳的名字。它已經成了甜美的象徵，不會有其他的詞語能形容妳。」

范妮再也坐不住了，她幾乎想拔腿就走。就在這時，一陣腳步聲越來越近，為她解了圍。她早就期盼這陣腳步聲了，一直納悶它為什麼還不來。

由巴德利帶領的一伙人莊重地出現了，有端茶盤的、提茶壺的、拿蛋糕的，把她從痛苦的處境中解救了出來。亨利不得不移動位置，這讓范妮終於自由了，也得到了保護。

艾德蒙滿意地回到了人群中。他覺得兩人聊得夠久了，雖然看見范妮因為煩惱而漲紅了臉，但他仍然心想，既然談話持續那麼長的時間，說話的一方絕不會一無所獲。

第三十五章

艾德蒙已經打定主意，讓范妮自行決定是否提出她與亨利之間的事。要是她不主動說，他也絕對不提。但是，雙方沉默了一兩天之後，在父親的敦促下，他改變了主意，想利用自己的影響力幫上朋友的忙。

克勞佛兄妹動身的日期決定了，而且近在眼前。湯瑪斯爵士覺得，在這位年輕人離開曼斯菲爾德之前，不妨再為他做一次努力，這樣一來，他就有可能遵守他那忠貞不渝的誓言。

湯瑪斯爵士熱切地希望亨利能做到這一點，他希望他能成為對愛情忠貞不渝的典範。而要讓這件事成真的最好辦法，是不要過度地考驗他。

艾德蒙也樂於聽從父親的話，負責處理這件事。他想知道范妮心裡是怎麼想的，過去每當她有什麼困難，總會找他商量；再說，他那麼喜歡她，也希望自己能幫上她的忙，至少讓她得到一些安慰也好。然而，范妮跟他漸漸疏遠，什麼話也不跟他說；他必須打破沉默，他很明白，范妮也需要他這麼做。

「我去跟她談談，父親。我有機會就找她單獨談談。」這是他考慮後的結果。湯瑪斯爵士告訴他，范妮現在正獨自在灌木林中散步，他便馬上去找她了。

「我是來陪妳散步的，范妮，不介意吧？」他說，一邊挽起了她的手臂，「我們很久沒一起好好散步了。」

范妮用神情表示同意，但沒有說話。她的情緒十分低落。

「不過，范妮，」艾德蒙馬上又說，「要想好好散步，光走這條礫石路還不夠，還必須做點其他的事。妳得和我談談。我知道妳有心事，也知道妳在想什麼，大家都會跟我說。但是，難道我只能從大家那裡聽到，卻不能聽妳本人說給我聽嗎？」

范妮既激動又悲傷，回答說：「既然大家都跟你說了，表哥，那我就沒有什麼好說的了。」

「不是說事情的經過，而是說妳的想法，范妮。妳的想法只有妳能說。不過，我不想強迫妳，要是妳不想說，我就不再提了。我還以為這麼做能讓妳心裡好過一些。」

「我擔心我們的想法完全不同，就算我把心事說出來，也未必能感到好過。」

「妳覺得我們的想法不同？我可不這樣想。我敢說，如果把我們的想法拿出來比較一下，就會發現它們跟過去一樣是相似的。現在言歸正傳——我認為，只要妳接受克勞佛的求婚，就會帶來很多利益。全家人應該都會希望妳接受，這是合情合理的。不過，我同樣認為，要是妳不能接受，妳對他的拒絕也完全是合情合理的。我這樣想，與妳有什麼不同嗎？」

「噢，沒有！我還以為你要責備我，或是反對我。這對我是莫大的安慰。」

「如果妳想要這種安慰的話，那麼妳早有了。你怎麼會以為我會反對妳呢？你怎麼會認為我也主張沒有愛情的婚姻呢？即使我平常不太關心這種事，但一想到妳的幸福遭受威脅，又怎麼會不聞不問呢？」

「姨丈認為我錯了，而且我知道他和你談過了。」

「就妳目前的情況來說，范妮，我認為妳做得很對。或許我會覺得遺憾，或是覺得驚訝，也可能都不會，因為妳還來不及對他產生感情。我覺得妳做得很對，妳並不愛他，因此也沒有理由逼妳接受他的愛。」

這些天來，范妮的心情從沒有這麼舒坦過。

「目前為止，妳的行為無可指摘。無論誰想反對妳這麼做，都是不對的。但是事情還沒有結束。克勞佛的求婚與眾不同，他鍥而不捨，想樹立過去不曾有過的好形象，這不是那麼容易做到的。不過，」他親切地一笑，「讓他如願吧，范妮，讓他如願。妳已經證明自己是正直無私的，現在再證明妳知恩圖報，心地善良，這樣妳就成了一個完美女性的典範。我總覺得妳天生就註定成為這種典型。」

「噢！絕不，絕不，絕不！他絕不會得逞！」范妮說得非常激動，艾德蒙也嚇了一跳。當她稍加鎮定後，她聽見艾德蒙說道：「范妮，別說得這麼絕對！這不像妳會說的話，不像通情達理的妳會說的話。」

「我的意思是，」范妮傷心地說，「要是我能為未來擔保，我認為自己絕不會──我認為我絕不會回報他的情意。」

「我應該往好處想。我很清楚，克勞佛想讓妳愛上他，這談何容易！妳有著以往的感情和以往的習慣；他想贏得妳的心，就必須把它從繫著它的事物上解開，而這些事物在多年養成下早已十分牢固，一聽說要被解開，它們又拴得更緊了。我知道，妳擔心會被迫離開曼斯菲爾德，這個顧慮成為妳拒絕他的理由。要是他不那麼快說出自己的計畫就好了，要是他像我一樣懂妳就好了，范妮。偷偷告訴妳，我認為我們有可能讓妳回心轉意。我的見識加上他的經驗，絕不會徒勞無功。他應該照著我的計畫行事。不過我想，只要他以堅定不移的感情向妳表明自己值得妳愛，遲早會有所收穫。我認為，妳不會沒有愛他的願望──那種由感激形成的自然願望。妳一定會有這種類似的心情，一定會為自己的冷漠感到內疚。」

「我和他完全不同，」范妮避免直接回答，「我們的喜好、性格都大不相同。我想，即使我能愛他，我們也不可能幸福。絕沒有哪兩個人比我們更不相同了。我們的興趣沒有任何共通點，在一起會很痛苦的。」

「妳錯了，范妮。你們的差異並沒有那麼大。你們十分相似，也有著共同的興趣。你們有共同的道德觀念和文學修養，也有著熱烈的感情和仁慈的心腸。妳想想，范妮，誰在那天晚上聽過他朗誦莎士比亞的劇本，又看到妳在一旁聆聽之後，會認為你們不合適呢？我承認，你們在性格上有著明顯的差異，他活潑，而妳嚴肅。不過，這反而更好，他可以提高妳的興致；妳的心情容易沮喪，容易把困難誇大，他的開朗能夠抵銷這一點。他從不把困難放在眼裡，他的愉快和風趣將是妳永遠的支柱。范妮，你們兩人的差異並不意味你們在一起不會幸福。千萬別那樣想。我反倒認為這是個好處，我主張男女兩方的性格最好不一樣，像是在興致高低上、在風度上、在交際上、在談話上、或是在情緒上；我相信，在這些方面有些差異，反而有利於結婚後的幸福。當然，我不贊成極端，在這些方面過分相像，就有可能導致極端。彼此互相抵銷、平衡，這才是最理想的。」

范妮完全猜出了艾德蒙的心思——瑪莉又恢復了她的魅力。從他走進家門的那一刻起，他就一直興致勃勃地談論她。他已不再迴避她，第一天甚至在牧師公館吃過飯。

看著他沉湎於幸福的幻想，范妮好一陣子沒有說話。後來，她認為應該把話題拉回亨利身上，於是說道：「他跟我不只在個性上不合，還有其他更令我反感的地方。跟你說吧，表哥，我看不慣他的人品。從演戲的那時候起，我就一直對他印象不好，當時我就覺得他行為不端，不為別人著想。我現在可以說出口了，因為事情已經過去。他毫不留情地讓可憐的拉什沃思先生出醜，傷害他的自尊心，又不停地向瑪麗亞表姐獻殷勤；這讓我……總之，他在演戲的時給我的印象，我永遠也忘不掉。」

「親愛的范妮，」艾德蒙沒聽她說完就回答，「我們不該用大家胡鬧時的表現來判斷他們的為人。那也是我很不願意回想的一件往事。瑪麗亞有錯，克勞佛有錯，我們大家都有錯，但錯最多的是我。跟我比起來，別人的錯都算不了什麼。」

「作為一個旁觀者，」范妮說，「我也許比你看得更清楚。我覺得拉什沃思先生有時很嫉妒。」

「很可能，這也難怪，整件事實在太不成體統了。一想到瑪麗亞竟然做出這種事，我就感到震驚。不過，既然她扮演那種角色，發生什麼事也不足為奇。」

「在演戲之前，要是他沒有追求過茱莉亞，那就算我大錯特錯。」

「茱莉亞！我曾說他愛上了茱莉亞，但我一點也看不出來。范妮，雖然我不願意貶低我兩個妹妹的人格，但我認為她們至少有一人由於不夠謹慎，而希望得到克勞佛的愛慕。我還記得，她們顯然都喜歡和他來往。在這樣的鼓勵下，像克勞佛這麼活潑的人就有可能被引誘——這也沒有什麼大不了的，因為我們現在都知道，他對她們根本沒有意思，而是把心交給了妳。跟妳說吧，正因為他把心交給了妳，才大大提高了在我心目中的地位。這讓我對他無比敬重，也表明他非常看重家庭幸福和純潔的愛情，表明他沒有被他的叔叔帶壞。總之，他正是我希望的那種人，而非我擔心的那種人。」

「我認為，他對嚴肅的問題缺乏認真的思考。」

「不如說，他從來不去思考嚴肅的問題。我認為這才是真相。他從小受到那種教育，又被那種人影響，怎能不變成這樣呢？我認為，目前為止，克勞佛一直被他的情感所左右。值得慶幸的是，他的情感大致上算是健全的，其餘的就要靠妳來彌補了。他非常幸運，愛上了這樣一個女孩——這位女孩的行為很有原則，性格又那麼文雅穩重，完全能讓他得到薰陶。他的選擇實在太正確了。他會讓妳幸福，范妮，我知道他會。不過，妳也會讓他受益匪淺。」

「我才不想接下這種任務呢！」范妮以畏縮的口氣說道，「我才不想承擔這麼大的責任！」

「妳又像平常一樣，認為自己一無是處，認為自己什麼都勝任不了！好吧，我無法影響妳的看法，但我相信妳會改變的。老實說，我衷心地盼望妳改變，范妮。除了妳的幸福之外，我最關心的就是他的幸福了。妳也知道，我對他非常關心。」

范妮對這一點心知肚明，無話可說。兩人向前走了五十幾碼，都默默不語地想著各自的心事。艾德蒙又開口了：

「瑪莉昨天談到這件事情，我很高興她的看法竟然如此得體。我早就知道她喜歡妳，但我又擔心她覺得妳配不上她哥哥，擔心她會因為哥哥沒有挑一個有身分、有財產的女人而感到遺憾。我擔心她聽慣了那些世俗的倫理，難免會產生偏見。不過，實際情況並非如此，她說起妳的時候，話說得入情入理；她就像妳姨丈或是我一樣，希望這門親事能實現。我原先並不想提起這件事，但我進屋還不到五分鐘，她就用那特有的開朗性格、親切可愛的神態，以及純真的感情，向我說起了這件事。格蘭特太太還笑她迫不及待呢！」

「格蘭特太太也在屋裡？」

「是的，我到她家的時候，看到她們姐妹倆在一起。我們一談到妳就沒完沒了。後來克勞佛和格蘭特先生就進來了。」

「我已經一個多禮拜沒看到克勞佛小姐了。」

「是的，她也感到很遺憾。但她又說，這樣也許更好。不過，在她走之前，妳一定會見到她的。她很生妳的氣，范妮，妳要有心理準備。她說自己很生氣，不過妳可以想像是為什麼。那不過是一個妹妹替哥哥感到遺憾和失望罷了。她認為她的哥哥無論想要什麼，都能夠馬上弄到手。她的自尊心受到了傷害，假如事情發生在威廉身上，妳也會這樣的。不過，她全心全意地愛妳，敬重妳。」

「我早就知道她會很生我的氣。」

「親愛的范妮，」艾德蒙緊緊夾住她的手，叫道，「不要聽到她生氣就覺得傷心。她只是嘴上說說，心裡未必真的生氣。她那顆心生來只懂得愛別人、善待別人，不會記恨別人的。要是妳能聽到她是怎麼誇獎妳的，看到她在說妳跟亨利多麼般配時的表情，那就好了。我注意到，她提起妳的時候，總是叫妳『范妮』——她以前從沒這樣叫過。像是一個小姑子稱呼嫂子一樣，聽起來相當親熱。」

「格蘭特太太說了什麼？她有說話嗎？她不是一直在場嗎？」

「是的，她完全同意妹妹的意見。妳的拒絕似乎讓她們驚訝萬分，妳居然會拒絕亨利．克勞佛這樣一個人，這讓她們幾乎無法理解。我盡可能替妳辯解，不過老實說，就像她們講的，妳必須儘快改變態度，證明妳十分理智，不然她們是不會滿意的。不過，我只是在跟妳開玩笑。我說完了，妳可別不理睬我。」

「我倒認為，」范妮鎮靜了一下，強打起精神，「女人們都相信有這種可能：即使人人都說某個男人好，還是會有某個女人不答應他、不愛他；即使他把全世界的可愛之處都集中在自己身上，他也不該認為所有人都一定得答應他。即便如此，就算克勞佛先生真的像他的姐妹心中的那麼好，我又怎能一下子跟他心意相通呢？他讓我大吃一驚。我從沒想過他的行為背後有什麼用意，當然更不能因為他對我似理非理，就自作多情地去喜歡他。我身處這樣的地位，如果還去妄想克勞佛先生的話，那豈不是太沒有自知之明了？我敢說，他的兩個姐妹也一定會認為我自不量力的。因此，我怎麼能一聽他說愛我，就立刻愛上他呢？他的姐妹們也該為我想一想。他的條件越好，我就越不該動他的腦筋。還有，還有……如果她們認為一個女人會這麼快就接受別人的愛——看來她們就是這樣想的，那我和她們對於女性心理的看法就大不相同了。」

「我親愛的范妮，現在我知道真相了。妳有這種想法真是難能可貴，我以前就是這樣看妳的，我認為我能瞭解妳。妳剛才做的解釋，跟我向妳的朋友和格蘭特太太所說的完全相同，她們兩人聽完都釋懷了，除了妳那位熱心的朋友由於太喜歡哥哥的緣故，還有點難以平靜。我對她們說，妳是一個受習慣支配、不愛新奇的人，克勞佛用這麼特殊的方式向妳求婚，反而壞了大事。因為凡是妳不習慣的，一概忍受不了。我還做了各種解釋，讓她們瞭解妳的性格。克勞佛小姐說，她要鼓勵亨利不屈不撓地追求下去，希望在度過十年的幸福婚姻之後，他的求愛最終能被接受。逗得我們大笑起來。」

范妮勉強地敷衍一笑，心裡非常反感。她擔心自己是不是太多嘴了，才讓艾德蒙在這樣的時刻，硬是把瑪莉的玩笑話學給她聽，更讓她大為惱火。

艾德蒙從她臉上看出了倦怠和不悅，立刻閉口不談這個問題，甚至不再提起克勞佛這個名字。過了不久，他又說道：「他們禮拜一要動身。所以，妳這兩天一定會見到妳的朋友。他們星期一就要走了！我差點就答應在萊辛比待到那一天了！要是那樣，我一定會後悔一輩子。」

「你差一點在那裡待下去嗎？」

「差一點。人們非常熱情地挽留我，我差一點就同意了。要是我能收到一封曼斯菲爾德的來信，告訴我你們的狀況，我想我一定會待下去。但是，我不知道這兩週以來這裡發生了什麼事，覺得自己在外面住得太久了。」

「你在那裡過得愉快吧？」

「是的。他們都很討人喜歡，我不知道他們是否也這樣看我。我心裡不太自在，而且怎樣都擺脫不了，回到曼斯菲爾德才感覺好過一些。」

「歐文家的幾位小姐——你喜歡她們吧？」

「是的，非常喜歡。她們都是些可愛、和善、純真的女孩。不過，范妮，我已經跟一般的女孩合不來了；對一個和聰明的女士們相處慣了的男人來說，和善、純真的女孩是遠遠不夠的。她們屬於兩個不同的等級。妳和克勞佛小姐害我變得太過挑剔了。」

然而，范妮的情緒依舊消沉。艾德蒙從她的神情中看出，再勸也是沒有用的。於是他決定不再說了，親切地領著她徑直進了房子。

第三十六章

現在，艾德蒙認為，他對於范妮的想法已經掌握得一清二楚了，他為此相當滿意。正如他先前判斷的那樣，亨利這樣做有些操之過急，他應該給予充裕的時間，讓范妮先熟悉他的想法，再進一步產生好感。必須先讓她適應他愛她的這一事實，這樣很快就能得到回報了。

他把這個結論告訴了父親，建議父親不要對她說什麼了，也不要試圖再去影響她、勸說她，一切都要靠亨利自己的努力不懈，靠她感情的自然發展。

湯瑪斯爵士同意這麼做。他相信艾德蒙對范妮性格的判斷，也認為她的確有可能這麼想；不過，他又覺得她的這些想法非常不幸。他不像兒子那麼樂觀。要是她需要那麼多的時間適應，也許還來不及等到她接受，那個年輕人就不再向她求愛了。不過，也沒有其他辦法了，只能放任著她，並朝最好的方面去想。

她的「朋友」即將來拜訪，這對范妮來說是個可怕的威脅。她那麼敬愛哥哥，又怒氣沖沖，說起話來一定毫不留情；另一方面，她盛氣凌人，又自信滿滿；無論從哪方面來說，都是一個令范妮感到畏懼的人。唯一的安慰是到時候應該會有其他人在場。為了提防她的突然上門，她盡量不離開貝特倫夫人，不去東房，也不獨自到灌木林散步。

她的這一招果然奏效。瑪莉來訪的時候，她正和姨媽待在餐廳裡，就這樣逃過了一劫。瑪莉無論在表情還是言語上，都沒有任何特別之處。范妮心想，頂多再忍受半個小時，一切就會過去了。然而，瑪莉可不是那種會任人擺佈的人，她已打定主意要和范妮單獨談話，因此沒過多久，她就悄悄對范妮說：「我要換個地方和妳聊聊。」范妮大為震驚，但又無法不答應，只好帶著她走出了餐廳，心裡感到極不情願。

一來到玄關，瑪莉終於忍不住了。她對范妮搖了搖頭，眼裡露出狡黠而親切的責怪目光，隨即抓住她的手，脫口而出：「可憐呀！可憐的女孩！我不知道什麼時候才能不責備妳。」她只說了這一句，剩下的話要等進入房間後再說。范妮轉身上樓，把客人帶到了如今相當溫暖的那個房間。她開門的時候，心裡痛苦不已，覺得自己從未在這個房間裡遇到這麼難堪的場面。不過，瑪莉突然改變了主意，她發現自己又來到了東房，心裡不禁感慨萬千，這也延後了即將降臨在范妮身上的災難。

「哈！」她立即興奮地喊道，「我又來到這裡啦？東房。我以前只進來過一次呢！」她環顧四周，彷彿在追憶往事，接著又說：「只有一次。妳還記得嗎？我是來排練的，妳表哥也來了。我們一起排練，妳是我們的觀眾兼提詞人。我永遠也忘不了那次愉快的排練。就是這個位置，妳表哥在這裡，我在這裡，這裡是椅子。唉！為什麼快樂的事總是一去不返呢？」

幸好，她並不要求回答，只全心全意地陶醉在甜蜜的回憶之中。

「我們排練的那一場太棒了！它的主題非常……該怎麼說呢？他向我描繪婚姻生活，並且建議我結婚。當時的情景我仍然歷歷在目，當他背誦那兩段很長的台詞時，拚命想裝出莊重又沉靜的樣子，就像安哈特一樣。『當兩顆相通的心靈結合在一起時，婚姻就可以稱為幸福生活。』我永遠也忘不了他說這句話時的表情。奇怪，太奇怪了，我們居然會演這樣的一場戲！我這一生中，要是有哪一週的經歷令我印象深刻，那一定就是演戲的那一週。不管妳怎麼說，范妮，就是那一週。那麼剛強的人居然就那樣折服了！噢！美妙得無以言喻！可是，唉！就在那天晚上，一切全完了。那一晚，妳那最不受歡迎的姨丈回來了。可憐的湯瑪斯爵士，有誰想見到你呀？不過，范妮，不要認為我對妳姨丈不夠尊重，雖然我也恨了他好幾個星期，但我現在要公正地看待他。作為這樣一個家庭的家長，他本來就應該這樣。再說，在這傷心而冷靜的時刻，我願意愛任何人。」

說完，她便帶著溫柔、嬌羞的神情轉過身去，想鎮定一下。范妮從未見過她的這種表情，彷彿覺得她更加嫵媚了。「妳可能看得出來，我剛來的時候有些氣沖沖的。」接著她便笑著說，「不過，事情已經過去了。讓我們坐下來休息一下。范妮，我是為了罵妳才來的，但事到如今又罵不出口了。」說著，她極其親熱地摟住了范妮，「好范妮！我一想到這是最後一次和妳見面——因為我不知道要離開多久。我覺得，除了愛妳，我再也做不出其他的事了。」

范妮被打動了。她完全沒有料到這一招，她對於「最後一次」這個詞毫無抵抗力。她痛哭起來，就像她對瑪莉敬愛不已一樣。瑪莉看見她這樣，心腸也更軟了，親暱地說道：「我真不想離開妳。我即將去的地方沒有像妳這麼可愛的人。誰說我們成不了姑嫂呢？我知道我們一定會的。我覺得我們生來就註定要成為一家人。妳的眼淚使我相信妳也有同感，親愛的范妮。」

范妮警覺起來，只回答了她部分的問題：「不過，妳只是從一群朋友身邊去了另一群朋友身邊。妳是要去找一位非常要好的朋友的。」

「是的，一點也不錯。弗雷澤太太多年來一直是我的親密朋友。但我一點也不想去她那裡，我心裡只有我即將離開的朋友們，我的好姐姐、妳、還有貝特倫一家。你們比世界上任何人都重感情，都值得我信任，和其他人來往卻沒有這種感覺。我很後悔沒和弗雷澤太太約定復活節之後再去看她，那樣好多了。不過，現在已經沒辦法延後了。我到她那裡住一段時間後，還得去她的妹妹史托那威夫人那裡，因為她是跟我感情更好的朋友。不過，這三年來我卻沒怎麼把她放在心上。」

這番談話過後，兩位女士一言不發地坐了許久，各自想著心事。范妮思考著世上各種類型的友誼，瑪莉的想法卻沒有那麼深奧。她又先說話了：

「我很清楚地記得，當時我打算上樓找妳，卻根本不知道東房在哪裡，只好到處摸索。我還記得我一路上在想些什麼。我往房裡一看，看見妳在這裡，坐在這張桌子前做事。妳表哥一開門看見我在這裡，他多麼驚訝呀！當然，我也記得妳姨丈是那一晚回來的！我從沒遇過這種事。」

她又想出了神。之後，她再度向伙伴發起了攻勢。

「嘿！范妮，妳根本心不在焉呀！我看是在想一個也在想妳的人吧？噢！我多麼想把妳帶去我們在倫敦的社交圈裡，好讓妳知道，能征服亨利在他們眼中是多麼了不起呀！噢！會有多少人嫉妒妳、憎恨妳啊！人家一聽說妳這麼厲害，會多麼驚訝、多麼不可思議呀！妳應該到倫敦去，好看清自己有多麼了不起。要是妳看到有那麼多人追求他、看到有那麼多人為了他來討好我，那就好了！我很清楚，正因為妳和他的事情，弗雷澤太太絕不會再那麼歡迎我了。等她知道了這件事，很可能會希望我再回來北安普敦；因為弗雷澤先生有一個女兒，是前妻留下的，她急著想把她嫁出去，想讓亨利娶了她。噢！她的追求多麼熱烈！當妳天真無邪、一聲不響地坐在這裡，又怎麼知道自己引起了多大的轟動！妳不會知道有多少人急著看妳一眼，或是我得沒完沒了地回答多少問題！可憐的瑪格麗特．弗雷澤會不停地問我妳的眼睛長得怎麼樣、牙齒怎麼樣、髮型怎麼樣，或是鞋子在哪裡訂做的。為了我可憐的朋友著想，我真希望瑪格麗特趕快嫁出去，因為我覺得弗雷澤夫婦像大多數的夫婦一樣過得不太幸福。不過，對當時的珍妮來說，能嫁給弗雷澤先生已經很不錯了，因為他有的是錢，而她什麼都沒有。只是，他後來脾氣變壞了，也變苛刻了。我的朋友不知該怎麼辦才好，她的丈夫動不動就發脾氣。待在他們家裡，會讓我想起曼斯菲爾德牧師公館的情形，不由得戰戰兢兢。連格蘭特博士都能充分信任我姐姐，還能適度考慮她的意見，讓人覺得他們之間的確有感情。但我在弗雷澤夫婦身上則看不到這種痕跡。我要永遠住在曼斯菲爾德，范妮。以我的標準來說，我姐姐是個完美的妻子，湯瑪斯爵士則是個完美的丈夫。可憐的珍妮不幸上當了，不過她沒什麼地方做錯的。她並不是不假思索地貿然嫁給了他，她花了三天時間考慮他的求婚。在這三天之中，她徵求了每一個與她有來往的、有見識的人的意見，特別是徵求了我那親愛的嬸母的意見，因為我嬸母見多識廣，認識她的年輕人都理所當然地尊重她的意見。但她過分地偏袒弗雷澤先生。就這件事來看，似乎沒什麼能保證婚後的幸福！至於我的朋友芙羅拉，我就沒什麼好說的了。為了這位另人討厭的史托那威勳爵，她拋棄了皇家禁衛騎兵隊裡一位非常可愛的青年。史托那威勳爵的頭腦和拉什沃思先生差不多，但長得比拉什沃思先生還難看，而且像個無賴。我當時就懷疑她這麼做不好，因為他連上流人士的氣度都沒有。現在我敢肯定，她當時一定做錯了。順便告訴妳，芙羅拉・羅斯進入社交界的第一個冬天，她想亨利想瘋了！不過，要是讓我說出所有愛上他的女人，恐怕永遠也說不完。是妳，只有妳，殘忍的范妮，才會對他無動於衷。不過，妳真的那麼無動於衷嗎？不，不，我看妳絕不是這樣。」

這時，范妮早已困窘得滿臉通紅，這理所當然助長了瑪莉的疑心。

「妳真好！我不想強迫妳，一切都順其自然吧！不過，親愛的范妮，妳應該承認，妳並不像妳表哥說的那樣毫無心理準備。那是不可能的，妳肯定考慮過這個問題，肯定有所猜測。妳肯定看得出他在竭力討好妳。他在那次舞會上不是忠心耿耿地跟著妳嗎？還有，舞會的前一天還送給妳那條項鍊呢！噢！妳把它當成他的禮物收下了，妳心裡很明白，我記得一清二楚。」

「妳是說妳哥哥事先知道項鍊的事？噢！克勞佛小姐，這太不公平了！」

「事先知道？全是他一手安排的，是他自己的主意。說來真不好意思，我事先根本沒想到要這麼做。不過，為了他，也為了妳，我還是很高興地照做了。」

「我不想這麼說，」范妮答道，「我當時完全不擔心是這麼一回事，因為妳的神情讓我有點害怕。但不是一開始，一開始我還沒朝這方面想呢！千真萬確。要是我想到這一點，就絕對不會接受那條項鍊的。至於妳哥哥的行為，我當然也意識到有些不尋常，我意識到這件事已經有段時間了，也許兩三個星期。不過，我當時並沒有想到他的用意，只覺得這就是他的性格。克勞佛小姐，去年夏天和秋天他和這一家人之間發生的一些事情，我並非一無所知。雖然我嘴裡不說，眼裡卻看得清楚——我看到克勞佛先生向女人獻殷勤，其實一點誠意也沒有。」

「啊！這我不否認。他有時是個沒藥救的花花公子，毫不在乎會不會傷了女孩們的心。我經常為此罵他。不過他也只有這一個缺點，我還要說明一件事：值得珍惜的女孩其實並不多。再說，范妮，能征服一個這麼受女孩們歡迎的男人，這多麼光榮啊！唉，我敢說，拒絕接受這樣的榮耀，這不符合女人的天性。」

范妮搖了搖頭。「我不會瞧得起一個玩弄女人感情的人。這種人為女人帶來的痛苦往往比旁觀者想像的還要多。」

「我不會替他辯護，隨便妳怎麼處置他吧！等他把妳娶回艾佛林罕之後，妳怎麼罵他我都不管。不過，有一點我要聲明：他喜歡讓女孩們愛上他，這一點對於妻子的幸福來說，遠比不上他自己愛上別人來得危險。而他也從來沒有愛上哪個女孩。我打從心底相信，他是真的喜歡妳，他會一心一意地愛妳、永遠地愛妳。如果真的有男人會永遠愛一個女人的話，我想那就是亨利了。」

范妮淡淡一笑，但仍然無話可說。

「我覺得，」瑪莉隨即又說，「亨利幫助妳哥哥晉升之後，那種高興的心情真是前所未有。」

她這句話顯然是想觸及范妮的痛處。

「噢！是的。我們非常、非常地感激他啊！」

「我知道他一定費了很大的力氣，因為我明白他要委託的那些人。將軍既怕麻煩，又愛面子。再說，有多少年輕人想拜託他幫忙啊！不知道威廉會有多高興，要是能見到他就好了。」

范妮陷入了極度的痛苦。她一想到亨利為威廉做的事，就讓她的決心受到受到巨大的干擾。她坐在原處苦思著。瑪莉起初洋洋得意地看著她，接著又想起其他的事，突然把她喚醒，說道：「我原本想和妳坐在這裡聊一天，但我們不能忘了樓下的太太們，因此，再見了，我親愛的范妮，希望彼此能幸福地再次相見。我相信，等我們重逢時，情況將會有所改變，我們能對彼此推心置腹，毫無保留。」

這番話說完之後，就是一陣極其親熱的擁抱，神情顯得有些激動。

「不久後，我就能在倫敦見到妳表哥。他說他很快就會去那裡。我敢說，湯瑪斯爵士春天也會過去，相信一定能經常見到妳的大表哥、拉什沃思夫婦和茱莉亞。范妮，我拜託妳兩件事。第一是和我保持書信往來，第二件是多去看看格蘭特太太，算是彌補一下我離開的損失。」

這兩個要求，尤其是第一個，范妮都不想照做。但她不僅無法拒絕，甚至不得不欣然答應。瑪莉表現得這麼親熱，讓她難以招架。她天生就很珍惜別人對自己的友好，加上很少受到這種禮遇，因此對瑪莉的看重受寵若驚。此外，她還必須感激她，因為這次談話遠不如她想像中的那麼痛苦。事情過去了。她終於解脫了，既沒有受到責備，也沒有洩露秘密。她的秘密仍然只有她自己知道。既然如此，她覺得自己什麼都可以答應。

晚上還有一場道別。亨利來坐了一會。范妮對他心軟了一些——因為他看上去難受極了，跟平時大不相同，幾乎一言不發。他顯然相當沮喪，讓范妮也替他難過，不過她仍希望在他成為其他女人的丈夫之前，永遠不要出現在她面前。

臨別時，他要握她的手，並且不允許她拒絕。不過，他什麼也沒說，也可能是她根本沒聽見。他走出房間之後，他們友誼的象徵已經結束了，她感到越來越高興。

第二天，克勞佛兄妹走了。

第三十七章

克勞佛先生走了，湯瑪斯爵士的下一個目標是讓范妮思念他。雖然外甥女當下對克勞佛先生的百般殷勤感到不幸，但在失去了這種殷勤之後，做姨丈的又滿懷希望地認為她會感到惆悵。她已經嘗到了被人捧在手心的滋味，如今重新回到卑微的處境下，心裡想必會產生一種懊悔的情緒。

他抱著這個想法觀察范妮，但幾乎看不出她有任何情緒變化。她總是那樣文雅、怯懦，他無法辨別她的心情如何。他感到自己無法瞭解她，於是只好問艾德蒙，這件事究竟為范妮帶來什麼影響，她比原來快樂還是不快樂。

艾德蒙沒有看出任何懊悔的跡象。他心想，父親也太不切實際了，居然指望在三四天裡就看出她的後悔。

最讓艾德蒙意外的是，瑪莉過去對她那麼好，但她一走後，范妮卻沒有任何懊悔的態度。他相當納悶。范妮很少提起她，也很少主動說起這次離別引起的愁緒。

事實上，如今為范妮帶來不幸的罪魁禍首，正是亨利的這個妹妹。要是她能認為瑪莉未來的命運能像她哥哥一樣，從此與曼斯菲爾德毫無瓜葛的話，她心裡一定會感到無比輕鬆。但是，她越回想起往事，越仔細地觀察，就越認為事情正朝著瑪莉嫁給艾德蒙的結局發展。艾德蒙的願望比過去更強，瑪莉的態度也更為明朗。他過去的道德顧慮似乎早已蕩然無存——沒人知道是怎麼回事；而她那過去的疑慮和猶豫也同樣不存在了——而且一樣看不出原因。這只能歸因於兩人的感情越來越深。他的美好情感以及她不高尚的情感都向愛情屈服了，而這種愛情必然會讓他們結合。也許不用兩個星期，他就會把桑頓萊西的事情處理完，然後到倫敦去——他很喜歡聊到這件事。一旦他和瑪莉重逢，接下來會發生的事也是可以預期的了。他一定會向她求婚，她也一定會接受。然而，這裡頭仍包含了一些不高尚的情感，使她對未來傷透了心。不過，這傷心與她無關——她認為與自己無關。

在她們的最後一次談話中，瑪莉雖然萌生過一些親切的情感，做出過一些親熱的舉動，但她終究是瑪莉。從她的言行可以看出，她的思想依然處於迷茫困惑之中，但她卻渾然不覺。她的心裡是陰暗的，卻自以為光明。她可能愛艾德蒙，但是除了愛之外，她沒有任何一點配得上他。范妮認為，他們之間再也沒有第二個共同點。她認為瑪莉以後也不可能改變，既然艾德蒙在戀愛時也影響不了她的思想，那就算結了婚，他也註定要毀在她的手裡。范妮相信，古代的聖人會原諒她的這些想法的。

根據經驗，對這種情形中的年輕人不能太過悲觀。儘管瑪莉性格如此，仍不能因此認定她缺少一般女性的特質，有了這樣的特質，她想必也會接受她喜愛、敬重的男人的意見。不過，范妮仍然有自己的想法，這些想法為她帶來了極大的痛苦。她一提到瑪莉就傷心。

就在同時，湯瑪斯爵士仍然抱著希望，依然持續觀察，依然相信外甥女不再受人迷戀之後，她的心情會受到影響，重新渴望追求者過去的百般殷勤。他一直沒有觀察出這種跡象。但很快地，他就將這件事歸因於一位客人，因為這位客人讓外甥女的心情得到了撫慰——威廉請了十天假到北安普敦，以顯露出他的快樂，並展示一下他的制服。他是世上最快樂的海軍少尉，因為他才剛晉升。

威廉來了。他本來也想展示一下自己的制服，可惜軍規嚴格，禁止在值勤外的時間穿軍服，因此制服被留在普茲茅斯了。艾德蒙心想，等范妮有機會看到時，無論是制服的光鮮感，還是穿制服人的新鮮感，都早已不存在了。這套制服將會成為不光彩的標記。要是一個人當了少尉，一兩年都還沒升官，眼睜睜看別人一個個晉升校官，在這種情況下，又有什麼比少尉的制服更難看的呢？後來，他的父親提出了一個方法，讓范妮能透過另一種安排，一覽「畫眉鳥號」軍艦上的少尉那身光彩奪目的軍裝。

在這個方法中，范妮要隨哥哥回普茲茅斯，跟父母弟妹共度一段時間。湯瑪斯爵士是在一次鄭重思考時想出這個主意的，並認為這是一個最理想的方法。不過，在他下定決心之前，先徵求了兒子的意見。艾德蒙深思熟慮後，也覺得這麼做十分妥當。不僅事情本身妥當，這個時機也相當完美，他猜想范妮一定非常高興。

事情就這麼決定了。湯瑪斯爵士洋洋得意地回到房裡，心想這麼做帶來的其他好處。因為他想讓范妮離開的最大動機，並不是為了讓她回家見父母，更不是為了讓她好好玩樂。他當然希望她高興，但在此同時，他更希望她在結束這趟探親之旅前，就會深深厭惡自己的家。讓她脫離曼斯菲爾德優越奢侈的生活一段時間，將使她頭腦清醒一些，能更加正確地看待求婚者將為她提供的舒適家庭的價值。

湯瑪斯爵士認為外甥女的腦袋一定有些不正常了，而這便是他為她開出的藥方。在富裕家庭住了八年多，這讓她失去了比較和鑑別好壞的能力。她原本的家庭一定能讓她明白錢有多麼重要。他深信，他想出這個方法，會讓范妮這輩子變得更聰明，也更幸福。

要是范妮表現得出狂喜的話，那她一定會為姨丈的計畫欣喜若狂。姨丈建議她去看看她離別多年的父母弟妹，在威廉的陪伴下，回到她幼年生長的環境住一兩個月，而且可以一直見到威廉，直到他出海為止。范妮高興極了，但她並未將自己的情緒顯露在外，只是道謝並表示接受。直到她對這突如其來的快樂習以為常後，才能把自己的感受對威廉和艾德蒙說出來。不過，還有一些微妙的感情無法用言語表達——童年的快樂、被迫離家的痛苦，種種回憶湧上了她的心頭，彷彿回家一趟能醫好由於分離而引起的各種痛苦似的。回到這樣一群人之中，受到那麼多人愛戴，可以無憂無慮地感受人間的愛，覺得自己和大家是平等的，不必再擔心有人會提到克勞佛兄妹，也不用擔心誰會因此投來責備的目光！這是她懷著柔情憧憬著的情景，幾乎難以言喻。

還有艾德蒙——離開他兩個月，一定會對她有所幫助。離得遠一些，不再感受到他的目光或友愛，不再因為瞭解他的心，卻想避而不聽他的心事，而覺得煩惱不斷。她也許能讓自己的心境變得平靜一些，可以想到他在倫敦的幸福，卻不會覺得自己可憐。她在曼斯菲爾德無法容忍的事，到了普茲茅斯就會變成小事一樁。

唯一的問題是，她的離開是否會為貝特倫姨媽帶來不便。她對別人都沒有用處，但是對貝特倫姨媽來說，她不在將會造成一些不方便，這是她不忍去想的。湯瑪斯爵士對此同樣感到棘手，但也只有他能夠作出安排。不過，他畢竟是一家之主。要是他真的決心做一件事，就一定會堅持到底。現在，他針對這個問題與妻子談了很久，向她解釋范妮有義務回家看自己的家人，終於說服妻子點頭同意。不過，與其說貝特倫夫人是心服，倒不如說是屈服；因為她覺得，這只不過是湯瑪斯爵士一廂情願罷了。當她回到寂靜的更衣室後，好好思考了這個問題。她認為，范妮離開父母那麼久了，實在沒有必要回去看他們，但她自己卻一刻也離不開她。至於諾里斯太太，儘管她發表了一番議論，說明范妮的離去將不會帶來任何不便，但貝特倫夫人堅絕不同意這種說法。

湯瑪斯爵士希望她作出一些犧牲，好好克制一下自己；而諾里斯太太則希望她相信，范妮完全可以離開，需要的話，她願意用自己全部的時間來陪她。總之，范妮絕對沒有那麼重要。

「也許是這樣，姐姐，」貝特倫夫人回答，「我想妳說得很對，不過我一定會很想她的。」

下一步就是和普茲茅斯聯絡。范妮寫信表示要回家看看，母親的回信雖然很短，卻很親切，寥寥幾行中表達了母親即將見到自己久違的孩子時那種自然、慈祥的喜悅，這證明女兒的看法沒錯，跟母親在一起將會無比快樂，而且也相信，以前不怎麼疼愛她的媽媽，現在一定會是一位熱烈而親切的親人。至於過去的事，她很容易就歸咎於自己；也許是自己太敏感，也許是自己太膽小，沒去博得她的歡心，要不就是她不懂事，竟想比弟妹們多得到一些母愛。現在，她已經懂得如何體貼，如何克制、忍讓，她的母親也不用再受一窩孩子折磨，有了閒暇與心情來尋求各種樂趣。在這種情況下，母女之間很快就能恢復應有的親情。

威廉也幾乎跟妹妹一樣高興。范妮要在普茲茅斯住到他出海之前，也許他初次巡航回來後也還能見到她，他將為此感到無比的快樂！另外，他也很想讓她在畫眉鳥號出港前看看它——那無疑是目前最漂亮的一艘輕巡洋艦；海軍船塢做了幾處修建，他也很想帶她去看看。

他還毫不猶豫地補充了一句：她回家住上一陣子，對大家都有益處。

「我不知道自己為什麼這樣想，」他說，「不過，家裡似乎需要妳的一些良好習慣。那裡總是亂七八糟，我相信，妳會把一切都整理得有條不紊。妳可以告訴媽媽該怎樣做，妳可以幫助蘇珊，或是教教貝琪，讓弟弟們愛妳、關心妳。這多麼令人高興啊！」

等收到普萊斯太太的回信時，他們在曼斯菲爾德逗留的時間已經剩不到幾天了。其中一天發生的事，卻讓這對兄妹大吃一驚。原來，諾里斯太太發現自己想為妹夫省錢完全是多此一舉，她看見湯瑪斯爵士把搭乘驛馬車的錢交給了威廉，才意識到車裡坐得下第三個人，於是突然心血來潮，說要和他們一起去，好看看她那可憐的普萊斯妹妹。她說出了自己的想法，表明自己想和兩個年輕人一起回去，這對她來說是件難得的開心事，因為她已經二十多年沒見過她那可憐的妹妹了。她年紀大，又有經驗，可以在路途中照顧兩位年輕人。要是有這麼好的機會她卻不去，她那可憐的普萊斯妹妹一定會覺得她太不夠意思了。

威廉和范妮被她這個念頭嚇壞了。

這一次旅行的全部樂趣即將被破壞殆盡。他們滿面愁容，互相看了看對方，就這樣提心吊膽地過了一兩個小時。誰也沒有表示贊成，或是反對，事情全由諾里斯太太說了算。後來，她又想起曼斯菲爾德莊園目前少不了她，湯瑪斯爵士和貝特倫夫人都十分需要她，她連一個星期都走不開，因此只好犧牲了其他樂趣，一心為他們幫忙。這對兄妹才終於鬆了一口氣。

事實上，她突然想起，儘管去普茲茅斯不用花錢，但回來的路費卻免不了要自掏腰包。於是，她只好讓她那位可憐的普萊斯妹妹失望了。說不定要見面還得再等二十年。

艾德蒙的計畫受到范妮這次外出的影響，也必須像他姨媽一樣為曼斯菲爾德莊園做點犧牲。他本來打算這時候去倫敦，但是最能為父母帶來安慰的人就要離開了，他不能在這時候也離開他們。他默默地把他盼望中、決定他終身幸福的倫敦行延後了一兩週。

他把這件事告訴了范妮，接著又索性把瑪莉的事也對她說了。范妮心裡越來越不是滋味，認為這是他們之間最後一次隨意地提起瑪莉的名字了。但之後他又拐彎抹角地提到了她。晚上，貝特倫夫人囑咐外甥女一抵達就寫信給她，而且要保持通信，她也答應會時常寫信給外甥女。這時，艾德蒙抓住機會，小聲地補充一句：「范妮，等我有什麼事值得告訴妳，或是有什麼事妳想知道卻打聽不到時，我一定會寫信給妳的。」就算她聽不出他的弦外之音，當她抬起眼來看他時，也能從他那容光煥發的臉上看得一清二楚了。

她必須做好心理準備，以承受住這樣一封信的打擊。沒想到艾德蒙的來信竟會成為一件可怕的事！她開始感覺到，在這瞬息萬變的世界上，自己仍然得繼續去感受時間的推移和環境的變遷在人們身上引起的感情變化。她還沒有飽嘗人心的變化無常。

儘管她心甘情願、迫不及待地要走，但在曼斯菲爾德莊園的最後一晚，她還是憂心忡忡。她的心裡充滿了離愁，她為宅邸裡的每一個房間落淚，尤其為住在宅邸裡的每一個親人落淚；她緊緊抱住了姨媽，因為自己離開後會為她帶來不便；她泣不成聲地吻了姨丈的手，因為她惹他生氣過；輪到艾德蒙時，她既沒說話，也沒看他，心裡也沒想什麼，只知道他以兄長的身分向她滿懷深情地道了別。

這些都是前一晚的事，隔天一早他們就要啟程。當這一家所剩不多的成員聚在一起吃早餐時，他們議論著，心想威廉和范妮已經到下一站了。

第三十八章

離開曼斯菲爾德莊園越來越遠了。旅行的新奇、和威廉共處的快樂，很快激起了范妮的興致。當走完了第一站，兩人跳下湯瑪斯爵士的馬車，向老車伕告別時，她早已眉開眼笑。

兄妹倆一路上有說有笑，威廉興高采烈，當聊到嚴肅的話題時，他又說了一些笑話。嚴肅的話題圍繞著畫眉鳥號，威廉時而猜測畫眉鳥號將承擔的任務，時而計畫該怎麼好好表現一場，以免再次得到晉升，時而又琢磨在如何將作戰的獎金分給父母弟妹們，只留一部分把那座小房子佈置得舒舒服服的，好讓他和范妮在那裡安享下半生。

凡是涉及亨利的，他們隻字不提。威廉知道發生了什麼事情，他對妹妹拒絕了一個他視為世界上最好的人，打從心裡感到遺憾；但是，他現在正處在重視感情的年紀，也不想責備妹妹。他知道妹妹在這件事上的想法，便絲毫不提此事，以免惹她煩惱。

范妮認為亨利沒有忘記她。克勞佛兄妹離開曼斯菲爾德後的三星期裡，她不斷收到瑪莉的來信，每封信裡他都要附加幾行字，言詞極為熱烈而堅定。與瑪莉的通信正像她原先擔心的那樣，為她帶來極大的不快。除了不得不讀亨利的附言之外，瑪莉那活潑、熱情的文筆也令她痛苦，因為艾德蒙每次都要聽她唸完信裡的內容，然後當著她的面稱讚瑪莉言詞優美、感情真摯。其實，每封信裡都包含了許多消息、暗示和回憶，都聊到曼斯菲爾德；范妮猜想這是有意寫給艾德蒙看的。她發現自己被迫為這樣的目的服務，不得不保持通信，讓一個她不愛的男人沒完沒了地糾纏她，又逼著她忍受自己愛的男人熱戀別人，這對她是殘酷的侮辱。從這一點看來，她的離開還是有益處的。一旦她不再和艾德蒙住在一起，瑪莉也許就不會有那麼大的動力寫信。等她到了普茲茅斯，她們的通信會越來越少，直到停止。

范妮思緒紛紜，就這樣平安而愉快地行駛著。由於二月的道路比較泥濘，馬車走得還算迅速，很快駛進了牛津，不過她對艾德蒙上過的學院只是匆匆瞥了一眼。他們加緊趕路，直到紐伯里才停下來，一口氣把午餐和晚飯解決，舒舒服服地吃了一頓，結束了一天愉快和疲勞的旅程。

第二天早晨他們又一大早動身了。到達普茲茅斯近郊時，天還亮著，范妮環顧四周，讚嘆那一幢幢的新式建築。他們過了吊橋，進入市區。暮色剛開始降臨，在威廉的大聲吆喝下，馬車隆隆地從大街駛入一條狹窄的街道，在一座小屋門前停下了。這就是普萊斯家。

范妮激動不已，心裡撲通亂跳，滿懷希望，又滿腹疑慮。馬車一停下來，一個模樣邋遢的女僕走上前來，好像是在等著迎接他們的，但又像是來報信的。她立即說道：「畫眉鳥號已經出港了，先生，有一個軍官來過——」她的話被一個漂亮的十一歲男孩打斷了，他從房子裡跑出來，把女僕推開，嚷道：「你們來得正是時候。我們已經等了半小時了。今天早上畫眉鳥號出港了。我看到了，好美呀！他們想必一兩天內就會接到命令。坎貝爾先生四點鐘來過，要找你。他準備了一艘小艇，六點鐘要回到艦上，希望你來得及回來跟他一起走。」

威廉扶范妮下車時，這位小男孩只看了她一兩眼，也沒有拒絕范妮的親吻，但仍然一心一意地說著畫眉鳥號出港的情景。他對畫眉鳥號感興趣是很正常的，因為他很快就要到這艘船上開始他的水手生涯。

又過了一會兒，范妮已經進入這棟房子狹窄的門廊裡，投入了母親的懷抱。母親十分慈祥，她的容貌也讓她加倍喜愛，因為她就像貝特倫姨媽來到了眼前一樣。兩個妹妹也來了，蘇珊十四歲，已長成一個漂亮的女孩；貝琪是最小的孩子，大約五歲。兩人都很高興見到她，只是還不太懂得迎接客人的禮儀。不過范妮並不計較這些，只要她們愛她就夠了。

接著，她被引進了客廳。這個房間非常小，她起初還以為那只是個小房間，因此便站了一會，等待有人把她帶到更好的房間。可是，當她發現這個房間沒有其他的門，而且還有住人的跡象，便打消了自己的想法，並自責起來，深怕他們看出她的想法。幸好，她的母親沒有久留，又跑到門口去迎接威廉了。

「噢！親愛的威廉，真高興見到你。你聽說畫眉鳥號的事了嗎？它已經出港了，比我們預期的早了三天。

我不知道山姆要帶的東西該怎麼辦，來不及準備了！說不定明天就會接到命令。我完全措手不及！你還得馬上去史皮特黑德呢！坎貝爾來過了，為你著急得要命。現在我們該怎麼辦呢？我原本想和你好好聚一個晚上，但現在一下子冒出好多事情！」

兒子興高采烈地做了回答，跟她說一切都會有個圓滿結果的，至於必須馬上動身這件事，倒沒什麼關係。

「我當然希望它還沒離港，那樣我就能和你們歡聚幾個小時。不過，既然有一艘小艇靠岸了，我還是馬上走好了，這也是沒辦法的事。畫眉鳥號停在史皮特黑德的哪裡？『老人星號』那裡嗎？不過，沒關係。范妮在客廳呢！我們幹嘛待在走廊裡？來吧，媽媽，妳還沒有好好看看妳親愛的范妮呢！」

兩人都進來了，普萊斯太太又一次慈愛地親吻了女兒，又說她個子長高了，接著便關心起他們旅途上的勞頓和飢餓。

「可憐的孩子！你們一定都累壞了！想吃些什麼吧？我剛才還怕你們來不了呢！貝琪和我都等了半小時了。你們什麼時候吃飯的？現在想吃什麼？我不確定你們會想吃點肉，還是想喝些茶，要不然早就替你們準備好了。我還擔心坎貝爾很快就要到了，準備牛排又來不及，再說這附近又沒有賣肉的；街上沒有肉販真不方便，我們以前住的地方就方便多了。也許你們想喝點茶吧？」

兄妹倆都欣然同意。「那麼，貝琪，親愛的，快去廚房，看看蕾貝卡有沒有燒水，叫她趕快把茶具拿來。可惜鈴還沒修好，不過讓貝琪傳話就很方便了。」

貝琪歡樂地走了，得意地想在這位新來的漂亮姐姐面前表現一下。

「哎呀！」惴惴不安的母親接著說，「這爐火一點也不旺，你們倆一定凍壞了。把椅子靠近一點，親愛的。蕾貝卡這半天不知道跑哪兒去了，半小時前我就叫她弄一點煤來。蘇珊，妳該把爐子顧好呀！」

「媽媽，我剛才在樓上搬東西，」蘇珊以不服氣的口氣說道，讓范妮吃了一驚，「妳剛才說要讓范妮姐住在我的房間裡，蕾貝卡又一點忙也不幫。」

由於一片忙亂，她們沒有再爭執下去。先是車伕進屋來領錢，接著山姆和蕾貝卡又為了搬姐姐的箱子而爭執起來，最後是普萊斯先生進來了。他的嗓門很大，一邊咕噥一邊踢著走廊上的旅行包和紙箱，叫嚷著要蠟燭。由於一直沒有人拿給他，他於是走進了屋裡。

范妮懷著猶疑不定的心情起身迎接父親，但覺得父親在昏暗中並未注意到她，便又坐了下來。普萊斯先生親切地握了兒子的手，熱烈地說道：「哈！歡迎你回來，孩子。見到你真高興。聽說了嗎？畫眉鳥號今天早上出港了。你看，多匆忙！嘿！你回來得正是時候。你們的那位軍醫來找過你，他弄來了一艘小艇，六點就要離開去史皮特黑德，你最好和他一起走。我到特納的店裡去催了你的裝備，很快就可以做好。說不定你們明天就會接到命令。不過如果你們是要向西航行，現在的風還不適合啟航。沃爾許艦長猜想，你們一定會跟『大象號』一起去西邊巡航。嘿！這正合我意。可是史考利老頭又說，他猜你們會先被派到『特克塞爾號』上。反正，無論如何，我們已經準備就緒。話說回來，你早上沒能看見畫眉鳥號出港時的氣派，真是太可惜了！給我一千鎊我也不想失去這個機會。吃早飯時，史考利老頭跑來說，畫眉鳥號就要出港了。我立刻跳了起來跑到甲板上。如果說，真的有哪艘船稱得上完美的話，那就是它了。它就停在史皮特黑德，不管是哪個英國人，一看就知道。它每小時能航行二十八海哩。今天下午我在甲板上注視了它兩個小時，它停在『恩底彌翁號』跟『克麗奧佩特拉號』之間，就在大船塢的正東方。」

「哈！」威廉叫道，「換作是我，也會把它停在那裡的。那是史皮特黑德最好的錨位。不過，媽媽，范妮妹妹也在這裡。」說著他轉過身，將范妮拉了過來，「光線太暗了，你沒看見她。」

普萊斯先生說自己差點忘了這個女兒，然後便對她表示歡迎。他熱情地擁抱了她，說她已經長成大人，看來很快就要出嫁了。接著似乎又把她遺忘了。

范妮退回座位上，為父親的粗魯言語和一身酒味感到痛心。父親只和兒子說話，只聊畫眉鳥號的事。雖然威廉對這個話題很感興趣，但不止一次地想使父親回想起范妮，想到她多年離家，以及旅途勞頓。

又坐了一會，蠟燭來了。但是茶仍然沒有端來，從廚房回來的貝琪說熱水一時半刻還燒不好，於是，威廉決定先去換裝，隨時待命，然後再從容地喝茶。

他走出房間後，兩個臉色紅潤、衣著襤褸的八九歲男孩跑了進來。他們兩人剛剛放學，迫不及待地跑來看姐姐，報告畫眉鳥號出港的消息。他們一個叫做湯姆，一個叫查爾斯。查爾斯是范妮離開後出生的。她過去時常幫母親照顧湯姆，因此對這次重逢感到特別高興。她非常親切地吻了兩個弟弟，尤其想把湯姆拉到自己身邊，試圖從他的容貌回想起自己過去喜愛的那個嬰兒。然而，湯姆並不想讓姐姐這樣對他，他等不及到處亂跑、玩鬧去了。兩個孩子很快掙脫了范妮，砰的一聲出門了。

現在，所有家人都見到了，除了排行在她和蘇珊之間的兩個弟弟——他們一個在倫敦的政府機關任職，另一個在一艘來往於英國和印度的商船上當見習水手。不過，儘管她見到了家裡所有的人，卻還沒好好觀察他們的習慣。又過了一刻鐘，家裡越來越熱鬧了。威廉在二樓樓梯口大聲呼喊媽媽和蕾貝卡，嚷著有一把鑰匙不見了、貝琪動了他的新帽子、他的制服背心不合身等等。

普萊斯太太、蕾貝卡和貝琪都跑上樓，幾個人爭論不休。蕾貝卡叫得最大聲。威廉想把貝琪叫來樓下，要她不要妨礙別人，但只是白費力氣。樓上的喧鬧聲在客廳裡聽得清清楚楚，不時被山姆、湯姆和查爾斯的吵鬧聲蓋過，他們在整間屋裡追逐著，大吼大叫。

范妮被吵得頭昏腦漲。由於房子小、牆壁薄，這一切彷彿發生在身旁一樣，再加上旅途的勞頓，以及近來的各種煩惱，她簡直快支撐不住了。蘇珊很快也跟著他們出去了，房間內一片寂靜，只剩下了父親和她。父親掏出一張報紙（通常是從鄰居家拿來的）看了起來，似乎忘了她的存在。他把唯一的一支蠟燭舉在眼前，毫不在乎她是否需要光線。不過，她也的確沒什麼事好做，只是茫然地坐在那裡，陷入了斷斷續續、黯然神傷的沉思之中。

她回到家了。可是，唉！這樣一個家，受到這樣的接待，真是令她……她不再想下去，這麼做不合情理。她憑什麼要家人對她另眼相看？她離開了這麼久，根本沒有這種資格！家人最關心的應該是威廉，一向如此，他完全有這個資格。但她卻不是這樣，完全沒有人過問她，也沒有人問起曼斯菲爾德的事！他們忘了曼斯菲爾德，忘了提供他們那麼多幫助的朋友們，真讓她痛心！不過，這個事如今被另一個話題掩蓋住了，對畫眉鳥號的關注凌駕了一切。再等個一兩天，情況就會有所不同。只是她又不禁心想，若在曼斯菲爾德，絕不會有這種情況；在她姨丈的管理下，凡事都講究分寸，每一個人都能得到關心，但這裡卻不是這樣。

她就這樣左思右想了快半小時，才被父親打斷。不過他倒不是為了安慰她，而是因為走廊裡的腳步聲和喊叫聲實在太吵了。「你們這些該死的兔崽子！造反了啊！嘿！山姆的聲音最大！這小子適合當水手長。喂！你聽著——山姆——別再大吼大叫了，小心我揍你！」

顯然，沒有人理會這番威脅。雖然三個孩子很快就回到房裡坐了下來，但從他們個個滿頭大汗、氣喘吁吁的模樣看來，顯然只是因為他們累了。他們甚至還在父親眼底下互踢，或踩對方的腳，然後馬上又吆喝起來。

當門再次打開時，送來了比較受歡迎的東西——茶具。蘇珊和一個侍女送來了吃茶點的器皿。從這個侍女的外表，范妮看出先前見到的那位女僕原來是位管家。蘇珊把茶壺放在爐火上，看了姐姐一眼，似乎是為顯示了自己的勤快而得意著，又擔心這麼做會降低自己在姐姐眼裡的身分。

「我去廚房催莎莉，」她說，「幫她烤麵包，塗奶油。不然真不知什麼時候才吃得到茶點——我敢說，姐姐經過一路的奔波後，一定想吃點東西。」

范妮非常感激，並承認自己很想喝點茶。蘇珊立即開始泡茶，而且似乎很樂意這麼做。她裝出忙碌的樣子，又要弟弟們別吵鬧，好讓人覺得她很能幹。受到這種及時的照顧，讓范妮的身心終於得到了恢復，頭不再那麼痛了，心裡也好受許多。蘇珊長得像威廉，范妮希望她的個性也像威廉，並像威廉一樣對她好。

在這平靜的氣氛中，威廉又進來了，後面是母親和貝琪。他整齊地穿好了他的少尉軍服，看上去顯得更魁梧、英挺，也更風度翩翩。他滿面春風地走向范妮，范妮也站起來，懷著讚賞的目光看了看他，然後張開雙手摟住他的脖子，悲喜交集地哭了起來。

她不想讓人覺得自己不高興，立刻回復鎮靜，擦乾了眼淚。她看著威廉那身光彩奪目的服裝，並聽他興高采烈地說，在起航之前，他每天可以抽出一些時間上岸，甚至帶她去史皮特黑德看看這艘輕巡洋艦。

門再次打開時，畫眉鳥號的醫生坎貝爾先生進來了。他是個品行端正的年輕人，是專程來找他朋友的。由於房間擁擠，好不容易才為他擺了一張椅子；年輕的女孩也連忙為他準備了一組茶具。兩位青年情真意切地聊了十五分鐘。動身的時刻終於到了，一切都準備就緒。男人們都離開了──三個男孩不聽母親的勸阻，非要把哥哥和坎貝爾送到軍艦的入口，而父親則要把報紙拿去還鄰居。

終於能享受片刻寧靜了。蕾貝卡撤去茶具，普萊斯太太到處找一隻襯衫的袖子，忙了半天，最後才被貝琪從廚房的一個抽屜裡找了出來。接著，這群女人安靜下來了。母親又因為來不及替山姆趕制服裝嘆息了一陣後，才有閒工夫想起她的大女兒及曼斯菲爾德的朋友們。

她向范妮問起了幾個問題，首先是：「我的貝特倫姐姐是怎麼管教僕人的？是不是像我一樣，因為找不到像樣的僕人而傷腦筋？」一提到僕人，她的思緒便離開了北安普敦，回到自己家中的痛苦。普茲茅斯的僕人們全都素質惡劣，她覺得自己的兩個僕人尤其糟糕，開始數落起蕾貝卡的缺點，完全忘了貝特倫一家。蘇珊也舉出了蕾貝卡的許多不是，小貝琪舉的例子更多。她們把蕾貝卡說得一無是處，范妮猜想，她的母親打算在蕾貝卡做滿一年後開除她。

「做滿一年？」普萊斯太太叫道，「我真想早點開除她，因為她要等到十一月才做滿一年。親愛的，普茲茅斯的僕人真不好找，要是誰能雇用一個僕人超過半年，那就算得上奇蹟了。我不敢指望能找到合適的人，要是我開除蕾貝卡，可能會找到一個更糟的。不過，我認為自己不是很難侍候的主人；再說，她在這裡也夠輕鬆了，因為總是有個丫頭聽她使喚，何況我自己也常幫忙幹活。」

范妮默默不語，並不是因為她認為這個問題無法補救。這時她正望著貝琪，情不自禁地想起了另一個妹妹。那個小妹長得很漂亮，當年她離家的時候，年紀就跟現在的貝琪差不多。她離家幾年，那個小妹就夭折了。她特別惹人喜愛，當時她喜歡她勝過蘇珊；當她過世的消息傳到曼斯菲爾德時，她一度悲傷欲絕。這時看到貝琪，讓她不由得又想起小瑪莉；但她說什麼也不願提起她，以免害母親傷心。就在她懷著這種心思打量貝琪時，貝琪拿起一個東西讓她看，同時又遮遮掩掩，不想讓蘇珊看見。

「妳手裡拿的是什麼？親愛的，」范妮說，「讓我看看。」

原來是把銀刀。蘇珊忽地跳起來，說那把刀是她的，想要搶回去，貝琪立刻躲到了母親的保護下。蘇珊言詞激烈地責備她，顯然想博得范妮的同情。「這是我的刀，是瑪莉姐姐臨死前留給我的，早就應該歸我所有了。可是媽媽不肯給我，總是讓貝琪拿去玩，結果就被貝琪佔為己有了。媽媽明明向我保證過，絕不會交給貝琪。」

范妮大為震驚，妹妹的話和母親的回答，完全違背了她心目中母女之間應有的親情和尊重。

「現在，蘇珊，」普萊斯太太以抱怨的語氣叫道，「妳的脾氣怎麼這麼壞呀？老是在為這把刀爭吵。可憐的小貝琪，蘇珊對妳多凶啊！不過，親愛的，我叫妳去抽屜裡拿東西，妳不該把刀拿出來。要知道，我跟妳說過不要碰它，因為被蘇珊看到一定會生氣的。下一次我要把它藏起來。可憐的瑪莉死前兩小時把它交給我保管，她沒想到妳們會像狗搶骨頭一樣爭奪它。可憐的小傢伙！我只能勉強聽見她說的話，那些話真讓人感動：『媽媽，等我被埋葬以後，把我的刀送給蘇珊妹妹。』可憐的小寶貝！她多麼喜歡這把刀！她臥病不起的時候一直把它放在身邊。這是她的教母麥斯威爾夫人送給她的，那是她死前六個禮拜的時候。可憐的小寶貝！她死了也好，免得活下來受罪。我的貝琪，妳沒有她那麼好運，沒有那麼一個好教母。諾里斯姨媽離我們太遠了，不會想起妳這樣的小傢伙。」

范妮的確沒有從諾里斯姨媽那裡帶來任何禮物，只帶來了她的口信，希望她的教女做個好孩子，好好讀書。有一次，她曾在曼斯菲爾德莊園的客廳聽到她竊竊私語，說是要送貝琪一本祈禱書，但之後就再也沒有下文。事實上，諾里斯太太確實抱著這個念頭回到家裡，取下了她丈夫用過的兩本祈禱書，可是一拿到手裡，那股慷慨的心情又煙消雲散了。她覺得其中一本的字太小，不利於孩子閱讀，另一本又太笨重，不方便孩子攜帶。

范妮筋疲力盡，一聽她們要她去睡，便不勝感激地接受了。看在姐姐回來的份上，貝琪被准許比平常晚一個小時上床；不過一小時到了，她仍然吵吵鬧鬧，不肯去睡。范妮起身上樓了，樓下依舊一片混亂，男孩子們要麵包加乳酪，父親嚷著要加水朗姆酒，而蕾貝卡總是滿足不了大家。

范妮和蘇珊共住的這間臥室既狹小，又沒什麼裝飾，完全提不起她的興致。房間的狹窄遠遠超出了她的想像，她在曼斯菲爾德莊園住的那間閣樓，曾被人嫌太過狹小，現在回想起來，卻覺得闊氣多了。

第三十九章

范妮一夜好眠，早上醒來時神輕氣爽，想到能馬上再見到威廉，而湯姆和查爾斯都去上學了，山姆正在忙自己的事，父親則像往常一樣到處閒逛，家裡正處於平靜的狀態，她也就能用更明快的言詞來形容她的家庭。然而，她心裡十分清楚，仍然存在許多不愉快的事情。要是她的姨丈能明白她現在一半的想法，就會認為克勞佛先生一定能把她追到手，並為自己的妙計沾沾自喜。

不到一星期，她就大為失望。先是威廉走了——他接到了命令，在回普茲茅斯後的第四天就跟著畫眉鳥號出海了。在這幾天裡，她只見到哥哥兩次，而且他公務在身，見面不久便匆匆離去，沒能與她暢談，也沒能到堤防上散步，或是參觀海軍船塢與畫眉鳥號；總之，原來期盼的事一樣也沒實現，除了威廉對她的情意之外，其餘一切都令她失望。他臨走前仍不忘叮嚀道：「好好照顧范妮，媽媽。她比較脆弱，不像我們過慣了艱苦的生活。拜託妳了，好好照顧范妮。」

威廉走了，范妮不得不承認，少了他的這個家，幾乎在各方面都與她的期望背道而馳。這是一個吵鬧、混亂、又沒有規矩的家庭。沒有一個人是安分守己的，沒有一件事做得妥當的。她無法興起對父母的敬重之心。她對父親本來就沒什麼好感，但他比她想像的還要不負責任，他的習性比她想像的還要糟，他的言談舉止比她想像的還要粗俗。他並不是沒有才能，但除了他的行業之外，他對什麼都不感興趣，也什麼都不知道。他只看報紙和海軍名冊，只會聊海軍船塢、海港、史皮特黑德和母親灘之類的事。他愛謾罵、酗酒，骯髒又粗野。她想不起自己與他有過任何情份，只認為他粗魯又俗氣。而他對她也幾乎不屑一顧，只會拿她開下流的玩笑。

她對母親更加失望。她原本對她抱著很大的希望，但現在幾乎完全失望了。她對母親的種種美好期待迅速落空；自從剛來的那天晚上開始，她再也沒有對范妮更加親切。除了本能的反應之外，她已經沒有其他的情感來源。她的心、她的時間早已被填滿了，既沒有閒暇，也沒有情感可以花在范妮身上；她從來就不怎麼重視自己的女兒們，她愛的是她的兒子，特別是威廉。不過，貝琪算是第一個受到她寵愛的女兒，她對她嬌慣到誇張的地步。威廉是她的驕傲，貝琪是她的心肝，約翰、理查、山姆、湯姆和查爾斯則瓜分了她剩下的母愛。她時而為他們擔憂，時而為他們高興。這些事佔滿了她的心，她的時間則幾乎用在了她的家庭和僕人身上。她的日子總是在忙碌中度過，卻往往白忙一場；她想當個精打細算的人，卻又笨手笨腳；對僕人不滿意，卻又沒有本事改變他們，也得不到他們的尊敬。

和兩個姐姐相比，普萊斯太太不怎麼像諾里斯太太，反而更像貝特倫夫人。她管理家務是逼不得已，既不像諾里斯太太那麼愛管閒事，也不像她那麼勤快。她的性情倒像貝特倫夫人一樣懶散，她那不理智的婚姻為她帶來了這種終日操勞又壓抑的生活，若是她能像貝特倫夫人那樣富裕就好了，她也能像貝特倫夫人一樣當個體面的貴婦。反而是諾里斯太太能憑著微薄的收入做一個體面的九個孩子的母親。

這一切范妮當然意識得到。她可以不說出來，但她心中確實覺得母親是個偏心、是非不分的母親，還是個懶散邋遢的女人，對孩子既不教育，又不約束，她的家庭內外都是一片管理不彰的景象，令人生厭。她沒有才幹，言詞拙劣，也缺乏感情。范妮不想去瞭解她，也不稀罕她的親情，更不想讓她陪伴，或是安慰。

范妮很想做些有用的事，不想讓人覺得自己比其他家人優越，或是因為自己在外面受過教育，就不樂意替家裡分擔一些家務事。因此，她與山姆一同幹活，每天晚睡早起，勤奮不懈；等山姆終於登船遠航時，他需要的大部分衣物都完成了。她為自己能替家裡做點事而高興，同時又無法想像家裡少了她會怎麼樣。

儘管山姆講話大聲，又盛氣凌人，但他離開的時候，她仍然有些捨不得。因為他聰明伶俐，又十分勤於替家人跑腿。蘇珊向他提了一些意見，雖然那些意見都很合理，但由於時機不對，態度也不夠誠懇，他連聽都不想聽。然而，范妮對他的循循善誘，卻逐漸對他產生了影響。她發現，山姆一走，她頓時失去了最好的一個弟弟。湯姆和查爾斯的年紀小得多，因此心智上還無法和她交朋友，而且也令人傷透了腦筋。這位姐姐不久便失去了信心，覺得自己再怎麼努力也影響不了他們；當她心情好或是有空的時候，曾經勸導過他們，但他們什麼都聽不進去。每天下午放學後，他們都要在家裡玩起各式各樣的吵鬧遊戲。很快地，每到星期六下午——學校放假的時候，她都不免要長吁短嘆一番。

貝琪也是個被寵壞的孩子，不專心讀書，還常和僕人們一起廝混，一邊說著父母的壞話。父母也對她百般放任。范妮幾乎陷入絕望，她覺得自己無法愛這個妹妹，也無法幫她。她對蘇珊的脾氣也是滿腹疑慮。蘇珊時常與媽媽爭執，或是和湯姆、查爾斯吵架，對貝琪發脾氣；這些現象都讓范妮覺得心煩。雖然她承認蘇珊的舉動是有理由的，卻又擔心一個這麼喜歡爭吵的人，絕不會對人親切，也絕不會為她帶來平靜。

這就是這樣的一個家庭。她原本想讓這個家取代自己腦中的曼斯菲爾德，並學著克制自己對艾德蒙的感情。沒想到，現在反而對曼斯菲爾德更加念念不忘了，那裡可愛的人們、歡樂的氣氛，都與這裡的一切形成鮮明的對照。兩個地方截然不同，她無時無刻不想起曼斯菲爾德的風雅、禮貌、規範、和諧——尤其是那裡的平靜與安寧。

對於范妮這種弱小的身軀、怯懦的性情來說，生活在無止盡的喧鬧聲中無疑是巨大的痛苦。在曼斯菲爾德，從來不會聽見爭奪東西的聲音，不會聽見大吼大叫，或是有人突然發怒，或是某人在屋裡蹦蹦跳跳。一切都秩序井然，和氣融融。每個人都有一定的地位，每個人的意見都受到尊重；真要舉出缺點的話，就是少了健全的知識和良好的教養。至於諾里斯姨媽偶爾帶來的小小不快，與她現在這個家的吵雜相比，簡直是微不足道。在這裡，沒有人不吵鬧（除了她母親，她說起話來就像貝特倫夫人一樣輕柔，只是多了幾分煩躁不安），連僕人們也在廚房裡大聲爭執。門不停地砰砰作響，樓梯上總有人來來去去，做事情都要敲敲打打，沒有人安分地坐著，沒有一個人的話會被重視。

范妮根據回家第一週的印象，把兩個家庭做了比較。她想引用詹森博士關於結婚和單身的著名論點，來評論這兩個家庭：雖然在曼斯菲爾德莊園會有一些痛苦，但在普茲茅斯卻沒有任何快樂。

第四十章

瑪莉的來信沒有一開始那麼頻繁了，這一點完全在范妮的預料之中。但她沒想到的是，這件事並未替她帶來多大的安慰。這是她心理上又一個奇怪的變化。她接到來信時反而有點高興，她如今被逐出了上流社會，遠離了她一向感興趣的事物，在這種情況下，能收到那個圈子裡的人物寄來的信，而且又是封熱情、有文采的信，那自然是件十分稱心的事。信裡總是用應酬越來越多作藉口，解釋自己為什麼沒能儘早來信。

我現在寫的信，就怕不值得妳一讀，因為信的結尾少了世上最痴情的亨利充滿愛的致意和幾行熱情的話語。亨利去諾福克了。十天前，他有事去了艾佛林罕，也許這只是個藉口，其實是想趁妳外出旅行時，自己也去旅行一趟。不過，他現在的確在艾佛林罕。順帶一提，我的信寫得越來越少，都是因為他不在身邊的關係，我現在聽不到這樣的催促：「喂！瑪莉，什麼時候要寫信給范妮呀？妳還不寫信給她嗎？」

經過多次努力，我終於見到了妳的兩位表姐——親愛的茱莉亞和最親愛的拉什沃思夫人。她們昨天來訪時我正好在家，我們都對這次的重逢感到開心，也有許多話要說。想知道拉什沃思夫人在聽到妳的名字時的反應嗎？我一直認為她是個穩重的人，但昨天她卻有些沉不住氣了。茱莉亞的臉色好看多了，至少在提到妳時是這樣。但當我稱呼妳為「范妮」，並且用對待小姑的口氣提到妳的時候，那副面孔就一直沒有恢復正常。

不過，拉什沃思夫人得意的日子就要到來了。我們已經接到請帖，她即將在二八日舉行第一次舞會，屆時她會美不可言，因為她要展示的是溫波爾街最氣派的一棟宅邸。兩年前我去過那裡，當時的屋主是拉塞爾夫人。我覺得這棟房子比我在倫敦見過的任何一棟都好。到時她一定會覺得這場婚姻相當划算，亨利不可能給她這麼好的一棟房子。我希望她能記住這一點，滿足於當一個王后的生活，住在一座宮殿裡——雖然國王最好別出來拋頭露面。我不想刺激她，絕不會再當著她的面提到妳的名字。她會漸漸冷靜下來。

根據我的猜測，「維爾登漢男爵」仍在追求茱莉亞，我不知他是否得到過任何鼓勵。她應該挑一個更合適的人。一個可憐的貴族頭銜值不了多少錢，我也不覺得他有什麼可愛的，除了高談闊論之外，這位可憐的男爵一無所有。要是他不只有那一張嘴厲害，收起租來也一樣厲害就好了！

妳的艾德蒙表哥遲遲沒有來，可能是被教區的事務耽誤了。也許是桑頓萊西的哪個老太婆需要他的開導。我可不願意想像他是因為某個年輕女人而把我忘了。再見，我親愛的范妮，這封長信是在倫敦寫的，好好回我一封信吧！好讓亨利回來一睹為快；還要告訴我妳為了他拋棄了多少英俊的年輕艦長。

這封信裡有不少值得回味的內容，儘管不是多麼好的滋味，但它卻把她和遠在他鄉的人們聯繫了起來，講到了她近來特別想知道的消息。她很樂意每星期都收到這樣的一封信。只有和貝特倫姨媽之間的通信是唯一令她更感興趣的事。

普茲茅斯的社交活動並不能彌補家庭生活的缺陷。不論是她父親的社交圈，還是她母親的，都無法為她帶來絲毫的快樂。她對見到的人都沒有好感，害怕見到他們，不願意和他們說話。她覺得這裡的男人都很粗魯，女人都很唐突，沒有一個人不缺乏教養。她對老朋友還是新朋友都不滿意，別人也一樣不滿意。年輕女孩們一開始聽說她來自一位男爵家，便帶著幾分敬意接近她，但沒多久就看不慣她的「氣派」了——她既不肯彈鋼琴，又沒穿考究的皮外衣；進一步觀察後，更認為她沒有哪裡優越的。

家裡處處不合意，范妮得到的第一個安慰，是她終於對蘇珊有了較深入的瞭解，而且有可能對她產生影響。蘇珊對她一直很好，但她為人處事的潑辣性格卻使她感到震驚；一直到兩個星期後，她才開始漸漸瞭解這個女孩。蘇珊看不慣家裡的很多事情，想要加以改變。一個十四歲的女孩，在無人指導的情形下，僅僅憑著自己的理智就想改變一個家庭，會作出不適當的舉動也是理所當然的。然而，她這麼小就懂得明辨是非，這讓范妮感到十分欣賞。蘇珊遵循的正是她自己認同的原則，追尋的也是她認可的秩序，只不過她性格軟弱，不敢堅持己見罷了。她只會躲在一旁哭泣，但蘇珊卻能挺身而出，而且還發揮了一些作用：由於她出面干預，母親和貝琪那種難以容忍的放縱行為才受到了一些約束。

蘇珊每次和母親辯論，都是她有理，而母親也從未用母愛感化過她。她過去未曾受到疼愛，現在也沒有人疼愛，因此也就沒什麼感恩之情，也不會容忍別人受到過分溺愛。

一切逐漸真相大白了，蘇珊也慢慢成了姐姐同情和欽佩的對象。但是，她的態度不好，有時甚至非常惡劣，她的舉止往往有失妥當、不合時宜，她的神情和語言時常令人難以原諒，這一切范妮都感覺得到，不過她開始盼望有所改變。她發現蘇珊很敬重她，希望得到她的指導，於是便決心不時給她一些忠告，並利用自己受過的良好教育，讓她更明白應該怎樣待人接物，怎樣做才是最明智的。

她開始意識到自己的影響力，是在她一次對蘇珊的友好行為中。她起初對這件事有所顧慮，經過多次猶豫後才鼓起勇氣。她早就想到，雖然那把銀刀不時會引起爭吵，但是也許不用花太多錢，就能永遠地解決這個敏感的問題。她姨丈在臨別時給了她十英鎊，這筆錢足以使她慷慨。但是，除了對貧窮的人，她從來沒有施捨過。她怕別人認為她想表現得高高在上，來提高自己在家中的地位，因此遲遲不能決定是否該送這麼一件禮物。不過，她最後還是這麼做了，她買了一把新的銀刀給貝琪，貝琪也喜不自禁地接受了，並大方地讓出舊的那一把。如此一來，蘇珊完全重獲了舊刀的所有權。

范妮起初擔心母親會為此感到羞愧，不過她似乎完全沒這麼想，反而一樣高興。這件事達到了應有的效果，徹底解決了一個家庭糾紛的根源。蘇珊從此向她敞開心扉，她也多了一個可以關心的朋友。蘇珊是個細心的人，她雖然為了得到銀刀而高興，但又怕姐姐對自己印象不好。

她坦率地向姐姐承認了自己的疑慮，責怪自己不該那麼不懂事。這下子，范妮明白了她可愛的性情，意識到她多麼想聽她的意見、請她指教；她再度感受到親情的幸福，希望能對一個如此需要幫助、又應該得到幫助的人提供幫助。她給了她一些合理的建議，態度既溫和又體貼。看著自己的建議一一收到良好的成效，她心裡相當高興。蘇珊明白了做人的道理，明白了自身的利害，並採納了她的建議，進行自我要求；范妮也體諒妹妹，她知道對蘇珊這樣一個女孩來說，這麼做已是難能可貴，因此也沒有給她更高的要求。

過了不久，她發現最令她感到驚奇的，不是蘇珊不尊重她的好建議，而是她本來就已經有了很多良好的觀念。她在無人管教、沒有規矩的環境中長大，也沒有一個艾德蒙表哥來指正她的思想，灌輸為人的準則，卻仍然形成了這麼多正確的觀念。

兩人之間慢慢養成的親密關係為她們帶來了很大的好處。她們一起坐在樓上，避開了家中許多吵鬧的場合。范妮得到了安靜，蘇珊也理解了專注做針線活的樂趣。她們的房裡沒有生火，不過范妮早已習慣這種艱苦，就像在東房時一樣。這個房間與東房只有這一點相似；兩者在大小、光線、傢俱和窗外景色方面，沒有任何共同點。她每次想起東房的書籍、箱子和各種用具，就難免唉聲嘆氣。漸漸地，兩個女孩在樓上度過早上的大部分時間；起初只是做針線活、聊天，但沒過幾天，范妮又想念起東房的那些書籍，忍不住想找些書來讀。這個家裡一本書都沒有，但是她手中有錢。很快地，她就在一家圖書館裡花了一筆錢，租閱了一些書籍。她為自己成為這樣一個人感到驚訝——她居然能挑選想看的書！而且用她挑選的書來教育別人！蘇珊沒讀過書，范妮想讓她分享一下自己最大的興趣，讓她也愛上自己欣賞的傳記和詩歌。

另外，她也希望透過讀書，拋開自己對曼斯菲爾德的一些回憶。她覺得讀書有助於轉移她的思想，不要異想天開地想跟艾德蒙去倫敦。姨媽的上一封信提到他去了倫敦，她毫不懷疑這會產生什麼結果。艾德蒙曾說過，會將發生的事寫在信上告訴她，現在這可怕的事就快來臨了，她對郵差的敲門聲讓感到格外驚恐。要是讀書能讓她把這件事忘掉半小時，對她來說倒是個不小的收穫。

第四十一章

從艾德蒙預估到達倫敦的那天開始，已經過了一週，范妮還沒聽到他的消息。這可能有三個原因，她的心在這三種原因之間猶疑不定，每個原因都很有可能——可能是他又延後了出發日期，也可能是他還沒找到與瑪莉獨處的機會，或是他快樂到忘了寫信。

范妮離開曼斯菲爾德快要四個星期了，她每天都在數著日子。一天早上，她和蘇珊準備上樓的時候，聽到了有人敲門。蕾貝卡立刻向門口跑去，兩位小姐知道迴避不了，只好停下來，等著和客人見面。

是個男人的聲音，范妮一聽到這個聲音立刻面無血色。就在這時，亨利走進屋來。

她原以為自己在這種時候會啞口無言，但她卻驚訝地發現，自己居然能把他的名字介紹給母親，並為了加深母親的印象，特別強調他是「威廉的朋友」。不過，等介紹完，大家重新坐下後，她又對他這次來訪的意圖驚恐萬分，覺得自己就快昏過去。

這一位貴客向她走來，他就像平常一樣眉飛色舞。但一見到她畏懼不已的表情，立刻機靈而體貼地將目光移開，讓她從容地恢復正常。這時，他只和她的母親寒暄，態度極其斯文、得體，又帶有幾分親熱，那股風度簡直無可挑剔。

普萊斯太太也表現得不錯。她看到兒子有這麼一位朋友，感到相當激動，同時又希望在他面前舉止得體，便說了不少感謝的話，這番話發自內心，毫不做作，使人聽了相當得意。她很遺憾丈夫不在家——雖然范妮並不這麼想，父親若在家裡，更會令她感到羞恥。原本使她不安的事情已經夠多了，偏偏又讓對方看到自己待在這樣一個家裡，讓她簡直無地自容。

他們談起了威廉，這個話題是普萊斯太太最喜歡的。亨利熱烈地誇獎威廉，讓普萊斯太太聽得心花怒放，她覺得自己還未見過這麼討喜的人。這麼一位高貴、可愛的客人來到普茲茅斯，既不去拜訪海港司令、地方長官，也不去島上或船塢觀光，令她感到萬分驚奇。他是昨天夜裡到達的，打算待上一兩天，目前正下榻在皇冠旅社。來這裡之後，曾碰巧遇到過幾位熟識的軍官，但這不是他此行的目的。

敘述完這些事情後，他開始盯著范妮，跟她說話。范妮勉強忍受著他的目光，聽他述說他在離開倫敦的前一晚，跟他妹妹待了半個小時；他妹妹託他向她致上最真摯、親切的問候，但來不及寫信。他從諾福克回到倫敦，在倫敦待不到一天便又動身前來此地，因此能與瑪莉相聚半小時已是幸運了。根據他的瞭解，艾德蒙已經到倫敦好幾天了。他沒有親眼見到他，但聽說他過得很好，曼斯菲爾德的人們也都很好。他還像前一天一樣去了弗雷澤家吃飯。

范妮鎮定自若地聽著，甚至聽到最後的事情時也一樣。不僅如此，對她那疲憊不堪的心靈來說，只要知道一個結果也就夠了。她心想：「那麼，事情這下子全都決定了。」這個時候，她只是臉上微微發紅，並沒有流露出明顯的情緒。

他們又聊到了曼斯菲爾德，范妮對這個話題倒比較有興趣。亨利開始向她暗示一起出去散步。「今天早上天氣真好。這個季節的天氣令人捉摸不定，要好好把握早上活動活動。」這個暗示沒有獲得迴響，他只好開門見山地向普萊斯太太和她的女兒們建議去外面散散步。

對普萊斯太太來說，除了星期天之外，她平常幾乎足不出戶，因為家裡孩子太多，她沒有時間去外面散步。「那您是否能勸勸您的女兒們，趁著這良辰美景出去走走，並允許我陪伴她們呢？」普萊斯太太不勝感激，滿口答應。

「我的女兒們常把自己關在家裡，普茲茅斯這地方太糟了，她們很少出門。我知道她們一直想進城辦一些事情。」這個結果既奇怪，又難堪。不到十分鐘，范妮就不自覺地跟著蘇珊跟亨利一起朝街上走去。

過了不久，她更是尷尬。原來，他們剛走到大街上，便遇到了父親，他的外表依舊邋遢。范妮不得不把他介紹給亨利，她很明白亨利對她父親會產生什麼印象。他一定會替他難為情，對他感到厭惡，然後立刻放棄對她的求婚。雖然她一直想醫好他的相思病，但這種醫法簡直和不醫一樣糟糕。她寧願忍受一個聰明、可愛的年輕人的追求，也不想讓自己粗俗的至親來把他嚇跑。

亨利想必不會用時裝模特兒的標準來看待他未來的老丈人。不過，范妮立刻欣慰地發現，她父親和在家中的表現完全判若兩人。從他對這位尊貴陌生人的態度看來，他完全變成了另一個普萊斯先生。儘管他現在的言談舉止談不上優雅，但也不失體面。他和顏悅色，熱情洋溢，頗有幾分男子氣概。他說起話儼然像個疼愛兒女、通情達理的父親。他那巨大的嗓門在戶外聽來倒也算悅耳，而且沒有說出一句罵人的粗話。他看見亨利文質彬彬，本能性地肅然起敬。姑且不論結果如何，至少范妮在當下感到無比欣慰。

寒暄過後，普萊斯先生主動提出帶亨利參觀海軍船塢。亨利早已去過那裡好多次，但考慮對方一片好意，他又想再多陪范妮一下，因此表示十分樂意，只要兩位小姐不怕辛苦的話。於是大家都決定去海軍船塢。要不是亨利的提醒，普萊斯先生一定會直接帶他們去船塢，絲毫不會考慮女兒們還要上街辦些正事。在亨利細心的建議下，女孩們先去了商店一趟。這並沒有耽誤多少時間，因為范妮生怕別人等得不耐煩，當兩位先生剛在門口談起最近頒布的海軍條例，以及有幾艘現役的三層甲板軍艦時，他們的兩位女伴已經買完東西回來了。

大家動身前往海軍船塢。按照亨利的判斷，要是全交給普萊斯先生帶路，一定會搞砸的。他發現，普萊斯先生自顧自地往前走，完全不管女兒們跟不上他的腳步。亨利不想遠離她們，每當來到十字路口或是人多的地方時，普萊斯先生只是喊道：「來吧！女孩們。來！范妮。來！蘇珊。小心點！注意點！」而亨利卻特地跑回去關照她們。

進入海軍船塢後，他覺得自己有機會和范妮好好聊聊了，因為他們進來不久，便遇到一位常和普萊斯先生廝混的朋友。由他來陪伴普萊斯先生，當然比亨利稱職得多。很快地，兩位軍官便不亦樂乎地走在一起，談起了他們都感興趣的話題；而幾位年輕人則不時坐在院裡的木頭上，或是在參觀造船台的時候坐在船艦的座位上。范妮覺得疲勞，想坐下來休息，這為亨利提供了一些可趁之機；不過，他還希望她的妹妹離得遠一些，因為像蘇珊這種年紀的聰明女孩，正是最糟糕的第三者——與貝特倫夫人完全不同。在她面前，不能說重要的言語，只能說一些客套話，讓她也分享一些快樂；她不時對范妮使眼色，向她暗示。

他聊得最多的是諾福克，他在那裡住了一段時間，經過他的一番改造之後，一切都變得煥然一新。無論他從什麼地方來，或是從誰那裡來，總是會帶來一些有趣的消息，他的旅途生活和結識的人物都是他的本錢。除了熟人的趣聞之外，他還講了其他的事情，那是特地說給范妮聽的。他提到自己在這個不尋常的季節去了諾福克的真實原因，希望博得她的歡心。他是去辦正事的，為了重新訂下一個租約，因為原本的租約危害了一個好心家庭的幸福。他懷疑自己的代理人在耍手段，企圖讓他對一些認真工作的人產生偏見，因此決定親自跑一趟，徹底查清其中的真相。他這一趟做的好事超出了他的預期，幫助了比想像中更多的人，令他欣慰無比。他接見了一些過去從未見過的佃戶，還訪問了一些過去從不瞭解的農舍。

這些話得到了良好的效果。結交受欺壓的窮人！對范妮來說，沒有這更高尚的事了！她正想向他投去讚賞的目光，又突然退縮了，因為亨利又露骨地補充了一句：希望不久後能有一個助手、一個朋友、一個指導者，能跟他共同實行艾佛林罕的慈善計畫，能有一個人把艾佛林罕及周圍的一切治理得更加宜人。

范妮把臉轉向一邊，希望他不要再說這樣的話。她承認，他的品格也許比她過去想像的還要好。她開始感覺到，他有可能變好，但他跟她一點都不適合，而且永遠不適合，他不該再打她的主意。

艾佛林罕的事聊得夠多了，現在該聊點其他事情了，於是亨利把話題轉到曼斯菲爾德。這個話題再好不過了，幾乎立刻又把她的注意力吸引了回來。對她來說，不論是聽人談起曼斯菲爾德，還是自己談起曼斯菲爾德，都令她著迷不已。她和那裡的人分開了這麼久，現在又聽到他提起這個地方，彷彿聽見了朋友的聲音一般。他讚美曼斯菲爾德的美麗景色和舒適生活，令她連連讚嘆；他誇獎那裡的人，說她的姨丈頭腦機靈、心地善良，她的姨媽性格比誰都和藹可親，也讓她深有同感，連聲附和。

亨利說自己也很眷戀曼斯菲爾德，他希望未來能在那裡度過大部分的時間，或是住在附近一帶。他尤其盼望今年能在那裡度過一個快樂的夏季和秋季，他覺得一定能實現的；這個夏季和秋季會比去年好得多，像去年一樣生氣勃勃、多彩多姿，甚至比去年還要棒。

「曼斯菲爾德，索瑟頓，桑頓萊西，」他接著說，「在這些宅邸中會玩得多麼開心啊！到了米迦勒節，也許還會加上第四個地方——新蓋的狩獵小屋。艾德蒙曾熱情地建議我跟他一起住在桑頓萊西，但我有先見之明，覺得有兩個拒絕的原因——兩個充分、絕妙的、無法抗拒的原因。」

聽他這麼一說，范妮更加沉默不語了。但她又後悔沒有鼓起勇氣，表示自己明白其中的一個原因，並鼓勵他多講講他妹妹和艾德蒙的情況。她應該提出這個問題，但她畏縮不前，不久就完全失去這個機會了。

普萊斯先生和他的朋友把所有想看的地方都看過了，其他人也準備一起回去了。在回家的路上，亨利跟范妮說了幾句悄悄話，他說自己來普茲茅斯唯一的目的就是看她，只為了她，他再也受不了長久的分離了。范妮感到非常遺憾，但她仍然覺得，相較於上次見面時，他變得文雅許多，對人也更加誠懇、體貼。她從沒有見到他這麼和藹可親，他對她父親的態度無可挑剔，他對蘇珊更是親切。他有了明顯的進步。她希望第二天趕快過去，希望他在這裡住一天就走；不過，事情並不像她預料的那麼糟，談到曼斯菲爾德時真是和樂融融啊！

臨別之前，范妮還得為另一件事感謝他。她的父親請亨利來和他們一起吃羊肉，令范妮心中感到一陣驚慌，沒想到，這時他卻以自己有約在先為由婉拒了。他在皇冠旅社遇到了幾個熟人，與他們約好一起吃飯，無法推辭；不過，他仍能在隔天上午再來拜訪他們。雙方就這樣分開了，范妮逃過一場可怕的災難，心裡慶幸不已！

讓他來和她家人一起吃飯，把各式各樣的家醜暴露在他面前？這多麼可怕！蕾貝卡做的那種飯菜、送餐時的那種態度、貝琪毫無規矩的吃相……這一切連范妮都看不下去。她的厭惡是出於天性，但他卻是在養尊處優下長大的。

第四十二章

第二天，普萊斯一家正要動身去做禮拜，亨利又來了。他不是來作客的，而是和他們一起去做禮拜。他們邀請他一起去駐軍教堂，這正合他的意。

這家人現在看上去還不錯。上帝給了他們不凡的美貌，每個禮拜天，他們又梳洗得乾乾淨淨，穿上最好的衣服。這為范妮帶來了一些慰藉。她那可憐的母親平常一點也不像貝特倫夫人的妹妹，今天卻有模有樣；這不時讓范妮感到傷心。她的母親和貝特倫夫人一樣漂亮，還比她年輕，但與她相比卻面容憔悴、生活拮据，人也顯得邋遢、寒酸。不過，至少在禮拜天，她成了一個體面、快樂的普萊斯太太，帶著一群漂亮的孩子，暫時忘了平日的操心，除非看到孩子們有什麼危險，或是蕾貝卡在帽子上插著一朵花從她身邊走過。

進了小教堂，他們得分開就座，但亨利卻盡可能不跟幾位女士分開。做完禮拜之後，他仍然跟著她們，走在她們中間。

一年四季，每逢禮拜日天氣晴朗，普萊斯太太都會去堤防上散散步。一做完禮拜，她就會直接去那裡，直到午餐時間才回家。這是她的交際場所，在這裡見見熟人，聽些消息，談談普茲茅斯的僕人多麼可惡，好打起精神應付接下來的六天生活。

就這樣，他們來到了這個地方。亨利很高興，認為自己可以照顧兩位普萊斯小姐了。很快地，他就走在了她們姐妹倆中間，一手挽著一人。范妮完全不知道是怎麼一回事，她不知該如何抗拒，也不知該如何結束這種局面。她一度感到相當不自在，但仍然充分享受了舒適的氣候以及怡人的美景。

這時還只是三月，但天氣溫和，微風輕拂，偶爾掠過一抹烏雲，完全像是四月的景象。在這種天氣的感染下，萬物都顯得絢麗多姿。在史皮特黑德的艦船上，以及遠處的海島上，只見雲影相逐，漲潮的海水顏色瞬息萬變；堤岸邊的海浪澎湃激蕩，發出悅耳的聲響。種種魅力合在一起，漸漸地使范妮不再對目前的窘境感到在意。而且，要不是亨利用手挽著她，她很快就沒有力氣了；她已經一個星期沒有運動，這是很自然的。范妮開始感受到中斷運動的影響，自從來到普茲茅斯，她的身體大不如前；要不是亨利的攙扶，她早就筋疲力盡了。

亨利也感受到了天氣與景色的美妙。他們常常情趣相投地停下腳步，靠著牆欣賞一會兒。他雖然不是艾德蒙，范妮仍不得不承認他很能領會大自然的魅力，也很懂得表達自己的讚嘆之情。有幾次，范妮凝神遐想，他趁機端詳她的面孔；他發現她雖然還是一樣迷人，但臉色卻不像過去那麼亮麗了。儘管她說自己身體很好，但他還是認為她在這裡過得並不舒適，也不利於她的健康。他希望她回到曼斯菲爾德，她在那裡會快活得多，也能讓他快活得多。

「我想妳來這裡已經一個月了吧？」他說。

「沒有，還不到一個月。從離開曼斯菲爾德那天算起，到明天才滿四週。」

「妳算得真清楚！要我說的話，那就算是一個月。」

「我是禮拜二晚上才到的。」

「妳打算在這裡住兩個月，是吧？」

「是的，我姨丈說住兩個月。我想至少兩個月。」

「到時候妳要怎麼回去呢？誰來接妳呢？」

「我也不知道。我姨媽的信裡還沒提過這件事。也許我必須多住一陣子，等他們方便的時候來接我。」

亨利思考了一會，說道：「我瞭解曼斯菲爾德，瞭解那裡的情況，也明白他們虧待了你。他們可能把妳忘了，或是要看家裡人方不方便。我認為，要是湯瑪斯爵士親自來接妳，或是派妳姨媽的女僕來接妳，將會影響他下季的計畫，那他們一定會讓妳一直這裡住下去。這可不行。讓妳住兩個月太久了，我看六週就夠了。我擔心妳姐姐的身體，」他對蘇珊說道，「普茲茅斯沒有一個可運動的地方，這對她的身體不好。她需要經常透透氣，活動活動。如果妳像我一樣瞭解她的話，一定會認為她的確有這個需求，認為她不應該長期遠離鄉間的新鮮空氣和自由生活。因此，」他又轉向范妮，「要是妳發現自己身體不好，不想住滿兩個月，但是又回不了曼斯菲爾德的話，只需要向我妹妹透露一聲，她和我就會馬上趕來，把妳送回曼斯菲爾德。妳知道這對我來說輕而易舉，我也很樂意這麼做。妳知道那時候我們會是什麼樣的心情。」

范妮對他表示感謝，但是想要一笑了之。

「我是認真的，」亨利答道，「這點妳一定很清楚。我希望妳要是覺得身體不適，絕不要狠心地瞞著我們。真的，妳不應該隱瞞，也不能隱瞞。這麼久以來，妳在給瑪莉的每一封信上都寫著『我很好』。我知道妳不會說謊，也不會在信裡說謊，因此我們一直相信妳身體很好。」

范妮再次向他道謝，但她的情緒已經大受影響，根本不想說話，也不知道要說什麼好。他們就快走到終點了，他一直陪她們到家門口，才向她們告別。他知道她們就快吃飯了，便藉口說別處有人正在等他。

「很遺憾讓妳這麼累，」其他人都進了屋裡，他仍然纏著范妮不放，「真不忍心看妳累成這樣。有什麼事需要我替妳進城辦理嗎？我正在考慮最近是不是要再去一趟諾福克。我對麥迪遜很不滿意，我敢說他還想騙我，想把他的一個親戚安插在磨坊裡，取代我安排的人選。我必須和他說明白，讓他知道，他在艾佛林罕絕對騙不了我，我的財產由我作主。我以前對他不夠狠，讓這樣的人在莊園裡作亂，對主人的名譽和居民的生活造成的危害簡直難以估計。我真想立刻回一趟諾福克，把一切都安排妥當，讓他今後再也搗不了蛋。麥迪遜是個精明人，我不想解雇他，不過，要是繼續讓他這樣捉弄我，那我豈不是太傻了？而讓他用一個貪婪、冷酷的傢伙，取代我原本挑選的那個正直人，豈不是又更傻了？我該去嗎？妳同意我去嗎？」

「我同意！你很清楚該怎麼做。」

「是的。聽到妳的意見，我就知道該怎麼做了。妳的意見就是我的準則。」

「噢，不！別這麼說。每個人都有自己的判斷力，只要我們能聽從自己的意見，就比聽任何人的意見都好。再見，祝你明天旅途愉快。」

「沒有什麼事需要我去城裡辦的嗎？」

「沒有，謝謝你。」

「不給誰捎個信嗎？」

「請替我問候你妹妹。要是你見到我表哥艾德蒙，勞煩你告訴他：我猜我很快就能收到他的信。」

「我一定照辦。要是他懶得動筆，或是忘了這件事，我會寫信告訴妳原因。」

范妮不得不進屋了，亨利無法再說下去，他緊緊握了握她的手，又看看她，接著就走掉了。他去和其他熟人一起消磨三個小時，然後到一家高級飯店享用一頓大餐，而她則轉身回家，吃了一頓簡單的晚餐。

她家中的伙食與亨利平常吃的天差地遠，要是他能想像她除了沒有戶外活動外，還必須吃多少苦的話，他一定會納悶她的臉色怎麼沒有變得更難看。蕾貝卡做的布丁和肉末馬鈴薯泥，她簡直難以下嚥，而且盛食物的盤子又沒洗乾淨，刀叉更是骯髒；她常常忍住不吃家裡的飯菜，到晚上請弟弟為她買點餅乾和麵包。她在曼斯菲爾德長大，現在才回普茲茅斯磨練已經太晚了。如果湯瑪斯爵士知道這一點，一定不敢讓他的實驗繼續下去，否則遲早會要了她的命。

范妮回來後，心情一直不好。雖然能確保不再見到亨利，但她還是提不起精神。雖然她很高興能擺脫剛才跟她告別的那個朋友，卻又有點被人遺棄似的感覺，就像再次離開了曼斯菲爾德一般。她一想到他回城後能經常見到瑪莉和艾德蒙，心裡不免有點嫉妒，並因此厭惡自己。

周圍的事情絲毫沒有減輕她的消沉。她父親有一兩個朋友，他要不陪他們出門，要不就在晚上請他們過來，坐上很長一段時間，不停地吵鬧、喝酒。她心情十分沮喪，唯一欣慰的是，她覺得亨利有了令人驚異的長進。但她沒想到自己過去是拿他與曼斯菲爾德的人相比，現在卻是拿他與家裡的人相比，也難怪會有這種天壤之別了。她深信他比過去文雅許多，對別人也更加關心。在小事上姑且如此，何況是大事呢？他這麼關心她的身體、這麼體貼人，不僅表現在言語，更表現在神情；這麼一來，她又怎麼會繼續抗拒他的苦苦追求呢？

第四十三章

亨利似乎第二天早上就動身去倫敦了，因為他再也沒有來拜訪普萊斯一家。兩天後，范妮收到了瑪莉的一封信，證明他確實是隔天離開的。她急著瞭解另一件事，因此一收到信便連忙打開，迫不及待地讀了起來。

我最親愛的范妮：

我知道亨利去普茲茅斯看過妳了，上週六他和妳一起去海軍船塢玩了一下子，第二天又和妳一起去堤岸散步。妳那可愛的臉龐、甜蜜的話語，與清新的空氣、燦爛的海面交相映襯，極其迷人，讓他心神蕩漾，現在回想起來還欣喜若狂。這些是我所聽到的。

亨利要我寫信，但我不知道還有什麼好寫的，只能提一下他的這次普茲茅斯之行。他的那兩次散步，以及他被介紹給妳的家人，特別是妳一位漂亮的妹妹——一位漂亮的十五歲女孩。妳這位妹妹跟你們一起在堤上散步，我想你們給她上了愛情的第一課。我沒有時間寫太多，不過即使有時間也不能寫太多，因為這是一封談正事的信，必須傳達一些要緊的消息。

我親愛的、親愛的范妮，如果妳在我面前，我有多少話想對妳說，想請妳替我出主意啊！可惜信裡連百分之一也寫不下，因此只好作罷，由妳自行想像了。我沒什麼特別的新聞，政治上的新聞妳當然知道，而要是我把自己參加過的舞會和應酬的人們一一向妳列舉，那只會惹妳厭煩。我本該向妳描述一下妳大表姐第一次舉辦舞會的情景，但我當時懶得動筆，而它現在已成了陳年舊事。簡而言之，一切都辦得很得體，親友們都很滿意，她的穿戴和風度都十分耀眼。我的朋友弗雷澤太太很高興能住在這樣的房子，要是我能，也一定會很滿意的。復活節過後，我去拜訪過史托那威夫人，她的心情看起來不錯。我想史托那威勳爵的脾氣一定變好了許多，因為我感覺他沒有以前那麼面目可憎了；不過，跟妳的表哥艾德蒙相比仍然遜色許多。

對於我剛才提到的這位出色的人，我該說些什麼呢？如果我完全不提他的名字，妳一定會起疑。那麼，我就說吧！我們見過他兩三次，我在這裡的朋友們都對他印象很深，覺得他風度翩翩、一表人才。弗雷澤太太的眼力一向很好，她說像他這樣的長相、身高和風度，她在倫敦只見過三次。我必須承認，幾天前他在我們這裡吃飯時，在座的十六個人沒有一個比得上他。幸好他現在的服裝還沒什麼好挑剔的，但是……但是……

我差點忘了（這都怪艾德蒙，他害得我心神不寧），我得替亨利及我自己講一件非常重要的事，我是指把妳接回北安普敦。親愛的，別再待在普茲茅斯了，免得失去妳的美貌。惡劣的海風能毀掉美麗和健康，我那可憐的嬸嬸只要靠近大海十哩內，就會覺得不舒服；將軍當然不相信，但我明白就是這麼回事。我隨時聽候妳和亨利的吩咐，接到通知後一小時內便可動身。我贊成這個計畫，我們可以稍微繞個路，帶妳去看看艾佛林罕。也許妳不會反對我們穿過倫敦，到漢諾威廣場的聖喬治教堂裡瞧瞧。只是為了別讓我再見到妳的艾德蒙表哥，我不想再被他攪亂我的心了。

信寫得太長了！再說一句吧！我發現亨利想再去一趟諾福克，處理一件妳贊成的事。不過，這件事下禮拜之前還辦不好，也就是說，他在十四日之前絕對抽不了身。十四日晚上我們要舉辦舞會，妳無法想像他這樣的男人在這種場合中有多麼重要，那是無法估量的。他想見見拉什沃思夫婦，我不反對他們見面。他有點好奇——我認為他有點好奇，儘管他不承認。

她匆匆讀完了一遍，又從容不迫地細讀了一遍。信裡的內容頗耐人尋味，讀完後她仍然無法理解每件事。從信中看來，唯一可以肯定的是，事情尚未成定局，艾德蒙還沒有開口。至於瑪莉心裡究竟是怎麼想的、她打算怎麼辦、她會不會放棄自己的企圖、艾德蒙對她來說是否一樣重要等等，這些問題她左思右想，考慮了好幾天仍然得不出結論。她腦子裡想得最多的一件事，是瑪莉恢復了倫敦的生活習慣之後，原來的熱情可能冷卻，決心也可能有所動搖；但她也可能因為太喜歡艾德蒙，而不會放棄他。她可能壓抑自己的情感，去考慮更多世俗的利益；她可能會猶豫，或是戲弄他，可能會列出一些條件，或是提出很多要求，但最終還是會接受他的求婚。

這是范妮心中最常出現的揣測。在倫敦為她買一棟房子——那是絕對不可能的。不過，很難說瑪莉有什麼東西不敢要的。艾德蒙的處境似乎越來越糟，這個女人這樣子議論他，而且只針對他的長相，這算什麼愛呢？甚至還必須靠著弗雷澤太太的誇獎才能維持熱情，而他們卻已經親密無間地相處過半年！范妮真替她感到羞恥。相比之下，信中關於亨利和她的那一部分，對范妮的影響就沒那麼大了。亨利是哪一天去諾福克的，這與她毫無關係，雖然她也猜想他很快就會去。至於瑪莉居然想讓他與拉什沃思夫人見面，這真是太惡劣、太胡鬧了。她希望他不要受到這墮落的願望引誘，他曾說過自己對拉什沃思夫人毫無意思，做妹妹的應該承認，他的情感比她來得正直。

范妮收到這封信後，更加急切地盼望倫敦的來信。一連幾天，她的心思都在這件事情上，害得她心神不寧，連平時與蘇珊一起讀書聊天的習慣都中斷了。她想克制自己的注意力，卻做不到。如果亨利把她的話轉告了她表哥，那他無論如何都會寫信給她的，她認為這很有可能。他平時對她一向很好，絕不會不寫信給她的。她就這樣坐立不安，等了三四天仍然沒有來信，才逐漸斷了這個念頭。

最後，她終於平靜下來，將件事拋在腦後，不再為它操心。時間發揮了一點作用，她的自我克制也產生了影響，她又關心起蘇珊來，而且像以前一樣認真。

蘇珊已經非常喜歡她了。雖然她不像范妮小時候那樣熱愛讀書，個性也不像范妮那樣文靜，也沒有那麼渴求知識，但她又不希望自己在別人眼裡顯得無知。有了上述原因，再加上她的頭腦機靈，使她變成一個進步神速的學生。她把范妮視為聖人，范妮的講解和評論則是極為重要的補充。范妮說起歷史，比歷史學家的書更讓她印象深刻。她稱讚姐姐的解說比任何作家都來得好。

不過，她們的談話內容並不侷限於歷史、道德這種高雅的話題，其他話題她們也聊。在那些次要的話題中，她們最常談的就是曼斯菲爾德莊園和那裡的人物、規矩、娛樂、以及習俗。蘇珊一直很羨慕優雅有禮的人們，因此如痴如醉地聽著，范妮也說得更加起勁。她覺得這樣做並沒有錯。但是很快地，蘇珊就羨慕起姨丈家的一切，巴不得自己也能去一趟北安普敦。這似乎是在責怪范妮，不該在妹妹心裡激起這種無法滿足的願望。可憐的蘇珊幾乎和姐姐一樣排斥自己的家了。范妮完全能夠理解。她開始在想，當她離開普茲茅斯的那一天，自己也不會多愉快，因為她必須把蘇珊這樣的好女孩留在這種惡劣的環境裡。她越想越不是滋味。要是她能有一個家，能把妹妹接走，那就好了。要是她能回報亨利的愛，他絕不會反對她把妹妹接去，那會為自己帶來多大的幸福！她覺得他一定會很樂意支持她的做法。

第四十四章

七個禮拜快過去了，范妮終於收到她日夜期盼的那封信，艾德蒙來信了。她打開信封，一看見內容那麼長，便猜想信裡一定會詳細描述自己多麼幸福，傾訴他對主宰他命運的那位幸運兒的情愛與溢美之詞。

曼斯菲爾德莊園親愛的范妮：

原諒我現在才寫信給妳。克勞佛說妳正在盼望我的來信，但我在倫敦無法寫信，心想妳一定能理解我為什麼沉默。如果我有好消息報告，我是絕不會隱瞞的，可惜我沒有。要是我離開曼斯菲爾德時，心裡還有一些把握的話，當我回到曼斯菲爾德時，就不再那麼有把握了。我的希望大大減少了。這一點妳大概已經感受到了。瑪莉那麼喜歡妳，自然會向妳坦白心跡；因此，關於我的心境，妳應該也能猜到。不過，這並不妨礙我直接寫信告訴妳。我們對妳的信任毫無衝突，無論我與她存在多麼不幸的意見分歧，卻仍然一致地愛著妳，想到這裡，就令我感到幾分欣慰。我很樂意告訴妳我的現況，以及我目前的計畫，如果那稱得上是計畫的話。

我是禮拜六回來的。我在倫敦住了三週，以倫敦的標準來看，與她算得上時常見面。弗雷澤夫婦對我非常關心，這也是意料之中。我知道我有些不理智，居然希望能像在曼斯菲爾德時那樣來往。不過，問題不在於見面次數，而是她的態度。她從一開始就變了，接待我的態度完全出乎我的預料，我幾乎想馬上離開倫敦。具體情況我不細說了，妳知道她性格上的缺陷，能想像得到她那令我痛苦的心情和表情。她的思想一向過於活躍，加上她周圍都是些思想不健全的人，拚了命地慫恿她。

我不喜歡弗雷澤太太，她是個冷酷、虛榮的女人，她和丈夫結婚完全是為了他的錢；她的婚姻顯然是不幸的，但她沒有把不幸歸咎於自己動機不純、性情不好，或是夫妻年齡懸殊，反而歸咎於自己不如別人富有，尤其是她的妹妹史托那威夫人。因此，誰只要貪圖錢財、愛慕虛榮，她就會拚了命地支持。克勞佛小姐和這對姐妹關係密切，我認為她們是她和我生活中最大的不幸；多年來她們一直引誘她走上歧途，要是能把她和她們拆開就好了！

有時我認為這並非辦不到的，因為據我觀察，雖然她們很喜歡她，但她顯然不像喜歡妳那樣喜歡她們。而我一想到她對妳的深厚情誼，想到她作為一個小姑表現得那麼明理，就不由得責備自己不該對她那麼苛求。她只是性情活潑了一些。我不能放棄她，范妮，她是這個世上我唯一想娶的女性。要是我認為她對我無意，我就不會這麼說，但我確實是這樣想的。我相信她喜歡我。我不嫉妒任何人，我嫉妒的是世俗對她的影響，我擔心的是財富給人帶來的習性。她的想法並未超出她的財產允許的範圍，但是把我們的收入加起來也維持不了她的需求。即使如此，我還是感到一絲安慰。因為不夠富有而失去她，總比因為我的職業而失去她好多了。這只能說明她還沒有到達為愛犧牲一切的地步，其實我也不該要求她為我做出犧牲。如果我被拒絕，我想這就是最大的原因。我認為她的偏見沒有以前那麼深了。

親愛的范妮，我已經把想法如實告訴了妳，這些想法有時或許自相矛盾，卻忠實地代表了我的思想。既然開了個頭，我很願意把我的全部心思向妳傾訴。我不能放棄她，我們交往已久，也許還會繼續交往下去。放棄了瑪莉·克勞佛，就等於失去了幾個最親愛的朋友，就等於放棄了為我帶來安慰的房屋和朋友。我應該明白，失去瑪莉就意味著失去亨利和妳。如果事情已經無可挽回，如果我真的遭到拒絕，或許我知道該如何承受這個打擊，如何削弱她對我心靈的支配——在幾年內。但我在胡說什麼呢？如果我遭到拒絕，我必須忍受下去；在沒有遭到拒絕之前，則必須堅持不懈，這才是對的。

唯一的問題是，該如何爭取？什麼是最實際的方法？我有時會想，在復活節之後再去一趟倫敦，有時又想等她回曼斯菲爾德再說。她說六月還會回到曼斯菲爾德，不過，六月還很久，我想我必須寫信給她。我幾乎已經下定決心，透過書信來表明心跡。我的最大目標是儘快把事情弄清楚，目前的處境實在令人心煩。經過考慮之後，我認為最好還是在信上解釋，有些話不便當面說，卻能透過信上說出，這樣也能讓她仔細考慮後再回答。我不怕她考慮太久，而怕她一時衝動下匆匆答覆。最大的危險就是弗雷澤太太的意見了，我距離她太遙遠，實在無能為力。她收到信後一定會找人商量，要是有人在她下定決心之前亂出主意，就有可能使她做出令她日後遺憾的事。我必須再好好考慮。

這麼長的一封信，全講我一個人的事，就算是妳一定也會不耐煩的。我上次見到克勞佛是在弗雷澤太太的舞會上。就我的觀察，我對他越來越滿意。他絲毫沒有動搖，這回真的是鐵了心，打算堅持到底——這種品格真是難能可貴。我看見他和我大妹待在同一個房間裡，不免想起妳過去對我說的話；但我可以告訴妳，他們的相處並不融洽。我妹妹顯然很冷淡，兩人幾乎沒有說話。我看到克勞佛畏縮不前，驚惶失措；拉什沃思夫人仍然對他過去的冷落耿耿於懷，令我相當遺憾。

妳也許好奇瑪麗亞結婚後是否快樂。她看起來沒有什麼不好的，我想他們相處得非常好。我在溫波爾街吃過兩次飯，本來還能多去幾次，但是和拉什沃思這樣的妹夫在一起，讓我覺得不大光彩。茱莉亞似乎在倫敦玩得特別開心，但我在那裡就不怎麼開心了——回到這裡又更加鬱鬱寡歡了。家裡一點生氣也沒有，大家都非常需要妳。我無法用言語表達多麼思念妳，我的母親也很想念妳，盼妳早日來信。她無時無刻不提到妳，一想到還要再過那麼多星期才能見到妳，我不禁為她難過。

我父親打算親自去接妳，但要等復活節後他去倫敦辦事情的時候。希望妳在普茲茅斯過得愉快，但可不能每一年都回去。我需要妳待在家裡，好就桑頓萊西的事情徵求妳的意見。直到我確定它會有一位女主人之後，才有心思去進行全面改建。我想我一定要寫信給妳。格蘭特夫婦已經確定要去巴斯，準備禮拜一就離開曼斯菲爾德，我為此感到高興。我心情不佳，不想跟任何人來往。不過，妳姨媽似乎有點不走運，這麼大的一條新聞居然不是由她寫信告訴妳。

妳永遠的朋友

「我再也不想收到任何一封信了！」范妮看完後心想，「它們除了失望和悲傷之外，還能為我帶來什麼？復活節之後才來接我！我怎麼受得了啊？可憐的姨媽無時無刻不在想我呀！」

范妮盡力遏制這些思緒，但不到半分鐘，她又冒出了一個念頭：湯瑪斯爵士對姨媽和她太不厚道了。至於信裡提到的主要內容，也完全無法平息她的憤怒。她幾乎要生起艾德蒙的氣。「這樣拖下去沒什麼好處，」她說，「為什麼不快點確定呢？他什麼也看不清楚，沒有什麼能使他睜大眼睛。事實擺在他面前那麼久了，他都看不見，那就沒什麼能讓他看清楚了！他就是要娶她，去過那可憐兮兮的苦日子！願上帝保佑，不要讓他受到她的不良影響！」

她把信又讀了一遍。「『那麼喜歡我』！完全是胡說八道。她除了愛她自己和她哥哥之外，對誰都不愛。『她的朋友們一直在引誘她走上歧途』！也可能是她引誘她們走上歧途，或是她們幾個人互相腐蝕；不過，要是她們對她的喜愛，勝過她對她們的喜愛，那她受到的危害就應該輕一些。雖然她們的讚美也沒為她帶來好的影響。『這個世上我唯一想娶的女性』！這我百分之百相信。這番痴情將會左右他一輩子，不論對方會不會接受他，總之他的心已經永遠交給她了。『失去瑪莉就意味著失去亨利和妳』。艾德蒙，你根本不瞭解我！如果不是你作為媒介，這兩家絕不會來往。噢！寫吧！寫吧！馬上結束這種情形吧！別老是猶豫不決。決定下來，承諾下來，讓你自己去受苦吧。」

不過，這種類似怨恨的情緒不會影響她的心情太久。很快地，她的怒氣就消了，開始為他傷心起來。他的熱情關懷，他的推心置腹，都深深觸動了她的心弦。他對每個人都太好了。總之，她太珍惜這封信了，簡直是她的寶物。

凡是喜歡寫信，卻又沒有太多話可寫的人，必然都會同情貝特倫夫人，覺得格蘭特夫婦要離開的這則重大新聞，她居然未能加以利用，真是太不幸了。人們都會認為，這消息落入她那不知好歹的兒子手裡，被他在信的結尾寥寥幾筆帶過，實在令人生氣。若是由他的母親來寫，至少會洋洋灑灑地寫上大半張。貝特倫夫人正好擅於寫信。原來，她剛結婚時，由於閒來無事，加上湯瑪斯爵士時常不在家，因此漸漸養成寫信的習慣，並練就一手揮揮灑灑的文筆，一點芝麻小事就足夠她寫一封長信。當然，完全沒有題材的時候，她一樣寫不出來。她就這樣少了一個報導格蘭特博士的痛風病和格蘭特太太的上午來訪的好機會了。

然而，貝特倫太太很快就得到了更大的補償。范妮接到艾德蒙的信之後幾天，就收到了姨媽的一封來信。開頭寫道：

親愛的范妮：

我要告訴妳一個非常驚人的消息，相信妳一定非常關心。

這比格蘭特夫婦要去旅行的消息有用多了，這種事足以讓她報導好多天。原來，她從幾小時前收到的快信中，得知大兒子生了重病。

湯姆和一群年輕人從倫敦到了新市，從馬上摔落，卻沒有馬上就醫，接著又大肆酗酒，結果發燒了。等眾人離開，他已經病得無法動彈，一個人痛苦地待在朋友家裡，只有僕人相伴。他希望能早日康復，再去追趕他的朋友們，沒想病情越來越嚴重。沒過多久，他便同意醫生的意見，發了一封信回曼斯菲爾德。

貝特倫夫人敘述完主要內容之後又寫道：

妳可以想像，這不幸的消息使我們驚恐不安，心急如焚。湯瑪斯爵士擔心他的病情危急，艾德蒙則打算親自去照顧哥哥。不過，我要欣慰地告訴妳，在這個十萬火急的時刻，湯瑪斯爵士不打算離開我，怕我會受不了。艾德蒙一走，我們這些剩下的人也未免太可憐了。不過，我相信，而且也希望，他會發現病人的情況沒有我們想像的那麼糟，能很快把他帶回曼斯菲爾德。湯瑪斯爵士叫他儘快把湯姆帶回來，他認為這麼做是最妥當的。我希望能早日把可憐的病人接回來，卻又不會引起太大的不便或傷害。我深知妳對我們的感情，親愛的范妮，我很快會再寫信給妳，即使是在這令人心急的處境之下。

范妮這時的感情比姨媽的信還要熱烈、真摯許多。她真替他們一家焦急。湯姆病情嚴重，艾德蒙去照顧他，曼斯菲爾德只剩下可憐的幾個人，她一心掛念著他們，也顧不得其他的事了。她只有一點自私的念頭，那就是猜測艾德蒙是否已經寫信給瑪莉了。不過，她心中大部分都是純真的感情和無私的焦慮。姨媽總是惦記著她，一封又一封地來信。他們不斷收到艾德蒙的報告，姨媽又不斷用她那冗長的文體把情況轉告范妮，信裡依舊混雜著推測、希望和憂慮，各種不安因素相互影響，相互助長著。事實上，貝特倫夫人只是故作驚恐。在湯姆回到曼斯菲爾德，她親眼看到他那變了樣的容貌之前，她寫起自己的焦慮不安和可憐的病人時，心裡總是一派輕鬆。

寫給范妮的下一封信終於完成了，結尾的風格大不相同，真實地表達了她的情感與驚恐。這時，她寫的正是她內心的想法。

親愛的范妮：

他剛剛回來，已被抬到樓上。我看到他時真是大吃一驚，不知道怎麼辦才好。我看出他病得很厲害。可憐的湯姆，我真替他傷心、害怕，湯瑪斯爵士也一樣。要是有妳在這裡安慰我，真不知該有多高興。不過，湯瑪斯爵士估計他明天就會好轉，因為我們應該把路途勞頓的因素考慮進去。

這名母親心中的憂慮沒能立刻消失。或許是由於急著回到曼斯菲爾德，享受一下那舒適的家庭條件，湯姆太早被接回了家裡，結果又發起燒來。整整一週，他的病情比以前更加嚴重。家人們都驚恐不已，貝特倫夫人每天都把自己的恐懼寫信告訴外甥女，而這也正是那位外甥女現在的生活重心。她每天不是沉浸在當天來信的痛苦之中，就是期盼著明天的來信。她對大表哥沒有什麼特殊感情，但是出於惻隱之心，又怕他因此死去。她從純粹道德的角度替他擔心，覺得他這一生碌碌無為，又揮霍無度。

無論在這種時刻，還是在平常的日子裡，只有蘇珊陪伴她，聽她訴說心事。蘇珊總是願意傾聽，總能善解人意。沒有其他人會去關心這樣一件與己無關的事情——一個遠在百哩外的家庭有人生了病——就連普萊斯太太也不會把這件事放在心上，只不過看到女兒手裡拿著信的時候，簡短地問上幾個問題，或是偶爾平心靜氣地說一聲：「我那可憐的貝特倫姐姐一定很難過。」

這麼多年不見了，雙方的處境又大不相同，姐妹情誼早已蕩然無存。她們的感情就像她們的脾氣一樣恬淡，如今只剩下名義上的關係。普萊斯太太不會去過問貝特倫夫人的事，貝特倫夫人也不會去打聽普萊斯太太的事。就算普萊斯家的幾個孩子掉到海裡——只要不是范妮和威廉——哪怕全都死光，貝特倫夫人也不會放在心上；諾里斯太太甚至還會裝出虔誠的樣子說，這對她們可憐的普萊斯妹妹來說是件好事，因為今後就不用再為這幾個孩子煩惱吃穿了。

第四十五章

湯姆被接回曼斯菲爾德後一個星期，終於撐過了危險期。大夫說他性命無虞，他的母親也完全放心了。貝特倫夫人已經看慣了兒子那痛苦不堪、臥床不起的樣子，也聽慣了好的消息，從不去思考他人的言外之意，加上個性不易驚慌，因此，經醫生稍微一哄，就成了世上最快樂的人。事實上，湯姆的病本來就是發燒引起的，當然很快就會康復。

范妮也跟姨媽一樣樂觀。後來，她收到了艾德蒙的一封信，信裡只有幾行字，是特地向她說明哥哥的病情的。他說湯姆退燒後出現了一些咳嗽的症狀，並把他和父親從醫生那裡聽來的話告訴了她。他們認為醫生的疑慮缺乏根據，最好先別驚擾了貝特倫夫人，但是卻沒有理由瞞著范妮。他們在擔心他的肺。

艾德蒙只用寥寥幾行，就向她說明了病人及病房的情形，比貝特倫夫人好幾頁的信寫得還要清楚。曼斯菲爾德的每個人都能把情況描述得比她更好，誰都比她更幫得上她的兒子。她什麼都做不了，只會悄悄地進去看他。不過，當湯姆想跟人交談，或是讓人唸書給他聽的時候，他寧可讓艾德蒙陪他。大姨媽的吁長問短令他心煩，湯瑪斯爵士說起話來又缺乏溫柔，因此，艾德蒙成了他最需要的人。范妮毫不懷疑這一點，見他對病中的哥哥照顧有加，又對他更加敬重。她現在才知道，湯姆不僅身體虛弱，連神經也受了很大的刺激，情緒十分低沉，很需要撫慰和鼓勵。而且她還想像得到，他的思想需要正確的引導。

這一家人沒有肺病的病史，儘管范妮也為表哥擔心，但總相信他會好起來。只是一想起瑪莉，她的心裡就不那麼踏實了。她覺得瑪莉是個受上天眷顧的幸運兒，上帝為了滿足她的自私和虛榮，會讓艾德蒙成為獨子。

即使待在病榻前，艾德蒙也沒有忘掉幸運的瑪莉，他在信的附言中寫道：

關於我上一封信裡提到的問題，其實我已開始動筆，但一聽到湯姆生病，我又立刻停筆跑去看他。不過，我現在又改變了主意，我擔心她被朋友們影響。等湯姆病情好轉後，我還要再去一趟。

曼斯菲爾德就是處在這樣的情況。一直到復活節，這種情況都沒有什麼變化。艾德蒙在母親寫信時都會附上一句，好讓范妮瞭解那裡的情形。湯姆的恢復速度出乎意料地緩慢。

復活節到了。打從范妮聽說要到復活節後才能離開普茲茅斯後，就覺得今年的復活節來得特別慢。這一天總算來到了，但她仍然沒有聽到要接她回去的消息——甚至也沒聽到姨丈要去倫敦的消息，那正是接她回去的先決條件。姨媽常表示希望她回去，但是作決定的是姨丈，他既沒有通知，也沒有來信。范妮猜想他離不開大兒子，但這樣等下去，對她來說卻相當殘酷。四月就要結束了，她離開大家快三個月了，而不是原本說的兩個月。由於她愛他們，一直沒讓他們明白她自己的處境，但又有誰想到應該考慮她，或是來接她呢？

她迫不及待地想回到他們身邊，心裡無時無刻不想著考珀《學童》裡的詩句，嘴裡總是唸著那一句「她多麼渴望回到自己的家」。這句詩充分表達了她的思家之情，她覺得沒有一個小學生會像她這樣歸心似箭。

她剛來普茲茅斯時，還樂意把這裡稱為她的家，說自己回到了家。當時，「家」這個字對她來說是很親切的；如今，這個字依然是親切的，但它指的卻是曼斯菲爾德。那才是她的家，普茲茅斯就是普茲茅斯，她在心裡早就抱定了這樣的觀念。看見姨媽在信裡也採用一樣的說法，讓她心裡欣慰無比。「我不得不說，在這令人焦急的時刻妳不在家，我感到非常遺憾，精神相當難受。我真誠地希望妳再也不要離家這麼久了。」這是她最愛讀的語句。不過，她對曼斯菲爾德的眷戀只能藏在心裡。為了體諒父母，她總是小心翼翼，深怕流露出對姨丈家的偏愛。然而，思歸之心越來越強烈，使她終於失去警惕，不自覺地把曼斯菲爾德稱為「家」。她滿懷內疚，一臉羞愧地看著父母。不過她多心了，父母絲毫沒有顯露出不悅，甚至像沒聽見她的話一樣。他們一點也不嫉妒曼斯菲爾德，無論她想回去哪裡，都隨她高興。

對於范妮來說，不能領會春天的樂趣是很遺憾的。過去，她不知道在城裡度過三四月，會失去什麼樣的樂趣；她不知道草木吐綠生翠為她帶來多大的喜悅。鄉下的春季雖然也變幻莫測，但景色總是十分宜人。觀察季節變化的腳步，欣賞它與日俱增的美麗；從姨媽的花園中早開的花朵，到姨丈的種植場及樹林裡的繁茂花木，這一切曾令她心往神馳。如今她不僅失去這樣的樂趣，又生活在狹窄、喧鬧的環境中，感受的不是自由自在的生活、新鮮的空氣、百花的芬芳、草木的青翠，而是囚犯似的日子、汙濁的空氣、難聞的味道。然而，比起朋友們對她的思念，以及幫忙他們的渴望，就連這些憾事也微不足道了！

要是她還在家裡，就能對每位家人有所幫助。她覺得每個人都需要她，她能為大家分擔一點憂愁，或是出一份力氣。對於貝特倫姨媽來說，自己的在場能讓她消除寂寞，更重要的是，能使她擺脫那個焦躁不安、又好管閒事的姐妹。她喜歡想像自己如何讀書給姨媽聽，怎樣陪姨媽說話，既使她感到生活的快樂，又使她對可能的事做好心理準備。她可以讓她少上樓幾次，或是少寄幾次信。

令她驚訝的是，湯姆在危險中度過了好幾個星期，他的兩個妹妹居然能心安理得地待在倫敦不回家。這趟路對她們來說毫無困難，隨時都能夠回曼斯菲爾德，她無法理解她們為什麼還不回家。拉什沃思太太還能說有事脫不開身，但茱莉亞一定沒什麼問題。姨媽曾在來信中說過，茱莉亞曾表示願意回家，但也僅是說說罷了。顯然，她寧願待在原地不動。

范妮覺得，倫敦對人一點好的影響也沒有；不僅兩位表姐能證明這一點，瑪莉也可以證明。她過去對艾德蒙的鍾情多麼可貴，對她的友情也無可挑剔；但現在她的這些情感都去哪裡了？范妮已經很久沒有收到她的信了，她有理由質疑她的友情。幾週以來，除了從曼斯菲爾德的來信中得知一些情形外，她一直沒有聽到過瑪莉與她親友們的消息。她開始感覺到，除非她跟亨利再次見面，否則永遠不會知道他是否又去了諾福克；也感覺到今春再也不會收到瑪莉的來信了。就在這時，她收到了如下的一封信，喚起了她的舊情，還激起了幾分新情：

親愛的范妮：

很久沒有寫信給妳了，請妳見諒，這個請求一定不過分，因為妳一向是個善良的人。我希望能儘快收到妳的回信。我想瞭解曼斯菲爾德莊園的情形，我聽說，可憐的貝特倫先生一病不起，起初我以為他的病沒什麼，覺得像他這樣的人，隨便生個小病都會讓人大驚小怪，所以我比較關心的是那些照顧他的人。但是，聽說他的狀況越來越糟，病情極為嚴重。我想妳一定瞭解詳細情形，因此懇請妳為我證實，我聽到的消息有幾分正確。

我無需說明要是我得到的消息有誤，我會多麼的高興；可是消息已傳得沸沸揚揚，令我不禁為之顫抖。這麼一個儀表堂堂的年輕人，在風華正茂時英年早逝，真是萬分不幸！可憐的湯瑪斯爵士將會多麼悲痛啊！我真為這件事深感不安。可憐的年輕人啊！要是他死去的話，我就會面無懼色、理直氣壯地對任何人說，他的財富和門第將會落到一個最有資格享有的人手中。去年聖誕節，他一時衝動做了牧師，但那只是短暫的錯誤，在一定程度上是可以抹去的。虛飾和假象可以掩蓋許多汙點。他只會失去他名字後面的「先生」頭銜，對於我這樣的真情來說，其他的缺點我都不會去計較。

希望妳理解我焦急的心情，立即回信，把妳從曼斯菲爾德得到的消息一五一十地告訴我。現在，妳用不著為妳或我的想法感到羞愧。請相信我，我們的想法不僅是合乎常情，而且是仁慈、合乎道德的。請妳冷靜想想，讓「艾德蒙爵士」掌管貝特倫家的所有財產，是否會比其他人做出更多的好事。如果格蘭特夫婦在家，我就不會麻煩妳，但我現在只能向妳打探實情。我無法聯絡上他的兩個妹妹，拉什沃思夫人到特威肯罕和艾爾默一家過復活節了（妳一定知道），現在還沒有回來。茱莉亞去了貝德佛廣場附近的親戚家，但我不記得他們的姓名和住址。不過，即使我能立刻向她們打聽實情，我仍然寧可問妳；因為我覺得她們似乎不想中斷自己的尋歡作樂，總是對事實視而不見。我想，拉什沃思夫人的復活節假期很快就會結束，那無疑是她最放鬆的日子，艾爾默夫婦都挺討人喜歡，丈夫又不在家——她要他去巴斯把他母親接來。這麼做值得讚揚，但是她能跟那老寡婦和睦相處嗎？亨利不在這裡，我不知道他會說些什麼。要不是因為哥哥生病，艾德蒙早就來倫敦了，妳不這樣想嗎？

我剛開始摺信，亨利就進來了。但是他沒帶來什麼消息，因此不妨礙我寄出這封信。據拉什沃思夫人說，貝特倫先生的狀況越來越糟。亨利是今天早上見到她的，她今天回到了溫波爾街，因為老夫人已經來了。妳不要胡思亂想，他只不過是在里奇蒙德住了幾天，他每年春天都要去那裡暫住。放心，除了妳以外，他不會把任何人放在心上。此時此刻，他只想見到妳，整天忙著計畫如何見到妳，如何使妳分享他的快樂。舉例來說，他把自己在普茲茅斯說過的話又重複了一遍，而且說得更加情真意切，說是要把妳接回家。我也竭誠地支持他。

親愛的范妮，馬上回信，讓我們去接妳，這對我們大家都有好處。妳知道亨利跟我可以住在牧師公館，不會為曼斯菲爾德莊園的朋友們帶來麻煩。真想再見到他們一家，多了兩個伙伴，這對他們也好。至於妳自己，妳知道他們多麼需要妳，如果妳有能力回去，當然義不容辭（我知道妳是善良的）。亨利要我轉告的話很多，我沒有時間一一轉述；但請妳相信，他的每一句話都蘊含了堅定不移的愛。

妳永遠的朋友瑪莉

范妮對這封信的大部分內容感到厭倦，她很不想把寫信人和艾德蒙扯在一起，因而也不能客觀地判斷信的末尾提出的建議是否可以接受。就她個人來說，這個建議很吸引人，也許她三天之內就能回曼斯菲爾德，這是無比幸福的事；但是，一想到必須歸功於那兩個可恥的人，便覺得這份幸福大打折扣。這對兄妹，妹妹冷酷無情、居心不良，哥哥損人利己，愛慕虛榮，他也許又在和拉什沃思夫人互通款曲，再和他往來，豈不是自取其辱！她很快就作出了決定——斷然拒絕這個建議。要是姨丈希望她回去，自然會派人來接她；否則，即使她想回去，也沒有正當的理由。她向瑪莉表示了謝意，但堅決回絕了她。「據我所知，我姨丈要來接我。我表哥病了這麼多週，家裡一直都不需要我；我想我現在回去是不適合的，大家反而會認為我是個累贅。」

她根據自己的見解報導了湯姆的病情，估計天性樂觀的瑪莉讀過之後，會認為自己的心願有了希望。看來，在金錢的補償下，艾德蒙成為牧師一事將能得到諒解。她懷疑瑪莉對他的偏見就是這樣消除的，而他卻會因此謝天謝地。她的眼裡只有錢，其餘一概無關緊要。

第四十六章

范妮知道她的回信一定會讓對方失望。她瞭解瑪莉的脾氣，預料她會再次催促她。雖然整整一週沒再收到來信，但她仍然沒有改變自己的看法。就在這時，信來了。

她一接到信，就立刻斷定這封信寫得不長。從外表看上去，就像是一封匆忙寫下的事務信件。信的目的是無庸置疑的，她猜想一定是通知她他們當天就要來到普茲茅斯，不由得心中一陣慌亂。然而，要是困難來得快，去得一定也快。她又想，或許克勞佛兄妹已經得到了她姨丈的同意，於是又放下心來，開始讀信。

我剛聽到一個極其荒唐、惡毒的謠言，我寫這封信就是為了告誡妳，假如這種謠言傳到了鄉下，請妳千萬不要相信。這其中一定有什麼誤會，過幾天就會水落石出。不管怎麼說，亨利一點錯也沒有，只是一時不慎。他心裡沒有別人，只有妳。請妳別提這件事，既不要聽，也不要猜，更不要張揚，靜候我下次來信。我相信這件事不會傳出去，只怪拉什沃思太蠢。要是他們已經走了，我敢保證，他們一定是去了曼斯菲爾德莊園，而且茱莉亞也和他們一起。但妳為什麼不讓我們去接妳呢？但願妳不要為此而後悔。

妳永遠的朋友

范妮嚇傻了。她沒有聽說過什麼荒唐、惡毒的謠言，因此也看不太懂這封莫名其妙的信。她只意識到，這件事必然與溫波爾街和亨利有關。她只能猜想那裡剛發生什麼不光彩的事，鬧得沸沸揚揚，而且瑪莉擔心她聽說後會因此嫉妒。事實上，瑪莉根本不用替她擔心，她只會為當事人和曼斯菲爾德感到難過，要是消息能傳這麼遠的話。從瑪莉的信裡推斷，拉什沃思夫婦似乎自己去了曼斯菲爾德，真是這樣的話，在這之前就不應該發生什麼不愉快的事情，也不會引起人們注意。

至於亨利，她希望這能使他瞭解自己的卑劣的天性，讓他明白自己對哪個女人都不會忠貞不渝，也沒有臉再來糾纏她。

真是奇怪！她已開始相信他真正愛她，認為他對她的情意非比尋常，他妹妹也在說他心裡沒有別人。然而，他向她表姐獻殷勤時一定相當高調，也一定有不檢點的地方，不然的話，像瑪莉這樣的人才不會留意呢！

范妮坐立不安，而且在她接到瑪莉的下一封信之前，這種情況還會繼續。她無法把信上的內容從她腦中揮去，也不能找個人傾吐出來。瑪莉用不著拚命地叮嚀她保守秘密，她很清楚利害關係，瑪莉完全可以信任她。

第二天來了，第二封信卻沒有來。范妮感到失望。一整個上午她都沒有心思想別的事情，直到下午，她的父親像往常一樣拿著報紙回到家裡，她完全忘了可以透過這個管道瞭解一些資訊。

她想起別的事情，想起她第一晚在這個房子裡的情景，想起了父親讀報的畫面。太陽還要一個半小時才會下山，強烈的陽光射進客廳，不僅沒能為她帶來喜悅，反而使她更加悲哀。她覺得城裡的陽光與鄉下完全不同；在這裡，太陽只是一種強光，一種令人窒息、厭惡的強光，讓原本沉睡的汙穢顯露出來。城裡的陽光既不能帶來健康，也不能帶來歡樂。她坐在灼熱刺眼的陽光下，坐在飛舞的塵埃中，雙目所見只有四面牆壁和一張桌子，牆上有被父親的頭靠過的痕跡，桌上被弟弟們刻得面目全非，桌上的茶具從來沒有洗乾淨，牛奶上浮著一層薄薄的灰塵，塗有黃油的麵包沾上了蕾貝卡手上的油漬。茶還沒泡好，父親正在讀報，母親則像平時一樣在抱怨那張破地毯，抱怨蕾貝卡不去補一補。這時，父親讀到一則新聞，哼了一聲，思考了一下，然後把想得出神的范妮喚醒：

「妳在城裡的有錢表姐姓什麼？范妮。」

范妮定了定神，回答：「拉什沃思，父親。」

「他們是不是住在溫波爾街？」

「是的，父親。」

「那他們家倒大楣了！妳瞧，」他把報紙遞給范妮，「這些有錢的親戚會給妳帶來不少好處。我不知道湯瑪斯爵士怎樣看待這種事情，也許他做慣了侍臣和謙謙君子，不會因此討厭女兒。不過，我敢發誓，假如她是我的女兒，我一定會拿鞭子把她抽一頓。這是提防這種事的最好辦法。」

范妮唸起報上的告示：

在此向世人介紹溫波爾街R先生家的一場婚姻鬧劇。新婚不久、有望成為社交界女王的美麗R夫人，與R

先生的密友與同事、也是知名的風流人物C先生一起離家出走了。他們行蹤成謎，連本報編輯也不得而知。

「搞錯了，父親，」范妮馬上說道，「一定是搞錯了。這不可能，說的一定是其他人。」

她這麼說，只是本能地替當事人遮掩，但連她也不相信自己說的話。她一看見報紙就深信不會有錯，因而大為震驚。事情就像洪水一般向她襲來，她事後想起，很驚訝自己當時怎麼還能說出話來，或是喘過氣來。

普萊斯先生並不怎麼關心這則報導，因而沒有多問。「也可能全是謊言，」他說，「但是，如今有許多貴婦人就這樣毀了自己，沒人能說得準。」

「哦，我真希望這件事是假的，」普萊斯太太悽愴地說，「不然多嚇人啊！關於這條地毯的事，我跟蕾貝卡說了起碼十次了。對吧？貝琪。動手補一下，根本花不了她十分鐘。」

范妮對這件醜事已深信不疑，並開始擔心由此引起的不幸後果，她心裡的驚恐真是難以言喻。起初她目瞪口呆，接著又迅速意識到這件醜事有多麼駭人聽聞。她無法懷疑這段報導，不敢奢望這段報導是不實的。瑪莉的那封信她不知讀了多少遍，裡頭的每句話她都能背得滾瓜爛熟，那封信與這則消息吻合到可怕的程度。她急著替哥哥辯護，希望這件事不要張揚，為之忐忑不安——這一切都說明問題非常嚴重。如果世上還有一位良家女子能把這種惡行看成小事，試圖輕描淡寫地掩蓋過去，想要逃過譴責的話，那一定就是瑪莉了！范妮現在才明白自己一開始理解錯誤，沒有搞懂信裡說的人是誰——不是拉什沃思夫婦一起走了，而是拉什沃思夫人和亨利一起走了。

范妮彷彿從未受過這麼大的震驚。她完全不得安寧，晚上都沉浸在悲哀之中，一刻也睡不著。她先是感覺難受，然後又嚇得顫抖；先是陣陣發燒，然後又渾身發冷。這件事太駭人聽聞了！她心中甚至有種抗拒心理，覺得這件事絕不可能。女方新婚六個月，男方又口口聲聲說要娶另一個女人——而這另一個女人還是那個女人的近親！這種卑鄙至極的惡行實在令人作嘔，要不是一個極端野蠻的人，是絕對做不出這種事的！然而，她的理智告訴她，事實就是如此。亨利用情不專，貪慕虛榮，瑪麗亞卻對他一片痴情，加上雙方都不講究道德原則，於是導致了事情的發生。

後果會怎麼樣呢？誰能不受到傷害呢？誰能不為之震驚呢？誰能不永遠失去內心的平靜呢？瑪莉本人？艾德蒙？這種想法十分危險。她試圖克制自己，只去想那單純的家庭不幸。如果這一件罪孽得到證實，並且公諸於世，必然會把所有的人都牽連進去，尤其對姨丈和艾德蒙兩人的打擊最大。湯瑪斯爵士關心兒女，有著高度的榮譽感和道德觀；艾德蒙為人正直，沒有猜疑心，卻有純真強烈的感情。范妮覺得，在蒙受了這番恥辱之後，他們再也無法心安理得地生活下去，在她看來，拉什沃思夫人的親人們寧可選擇立刻毀滅。

第二天過去了，第三天也過去了，都沒有任何緩解她情緒的新聞。有兩班郵車來過，什麼消息都沒帶來，報上沒有，私人信件上也沒有。瑪莉沒有再來信解釋第一封信的內容，曼斯菲爾德也音訊全無。這是個不祥的徵兆。她心裡沒有一絲感到安慰的想法，整個人被折磨得情緒低落，臉色蒼白，渾身不停顫抖。除了普萊斯太太以外，沒有一個充滿愛心的母親會看不出這點。就在第三天，突然響起了敲門聲，又一封信遞到她的手裡。信上蓋著倫敦的郵戳，是艾德蒙寫來的。

親愛的范妮：

妳知道我們目前的悲慘處境。願上帝賜妳力量，讓妳能承受住妳所分擔的那份不幸。我們已經到達兩天了，卻一籌莫展，查不出他們的行蹤。

妳可能還沒聽說最後一個打擊——茱莉亞私奔了。她和耶茨去蘇格蘭了。我們到倫敦的時候，她才離開幾個小時。假如這件事發生在其他時刻，我們一定會感到可怕；但如今這似乎算不了什麼，頂多是火上加油罷了。幸好我父親還沒有被氣暈，他還能考慮問題、還能行動。他要我寫信叫妳回家，他需要妳回家照顧我母親。

我將在妳收到信的隔天上午趕到普茲茅斯，希望妳做好準備，我一到就立刻動身。父親還希望妳邀請蘇珊一起去住上幾個月，一切由妳決定。他在這樣的時刻提出這種建議，我想妳一定會感到他的一番好意！雖然我還搞不懂他的用意。妳能想像我目前的狀況，不幸的事朝著我們蜂湧而來。我乘坐的郵車明天一早就會到達。

從來沒有一封信能讓范妮這麼興奮。明天！明天就要離開普茲茅斯了！當眾人還深陷悲傷的時候，她卻擔心自己表現得喜不自禁。一場災難帶給了她這麼大的好處，她擔心自己會對這場災難漠不關心。這麼快就要走了，這麼親切地來接她，還要她帶蘇珊一起走，這真令她心花怒放！一瞬間，種種痛苦似乎都拋到了九霄雲外，連她最關心的那些人的痛苦，也無法幫忙分擔了。茱莉亞的私奔相較之下對她的影響不大，她為之驚愕、震撼，但也不會一直去想；但她不得不勉強自己去想，承認此事既可怕又可悲。否則，一聽說自己就要回去，她就會因為太過激動、高興、或忙碌，而把它忘掉。

想要解除憂傷，最好的方式就是找事做。做一些事，甚至是不愉快的事，都可以驅逐憂鬱；何況她要做的又是開心的事。她有很多事要忙，連拉什沃思夫人的私奔也不像先前那樣影響她的心情了。她沒有時間悲傷，她希望一天之內就離開；她得跟父母親道別，得讓蘇珊有心理準備，把一切都準備好。事情接踵而至，一天的時間似乎不夠用。她把消息告訴了家人，他們個個興高采烈，發生的不幸並未沖淡這份喜悅。父母親很贊成讓蘇珊一起走，弟弟妹妹都很高興，蘇珊也欣喜若狂，這一切使她難以抑制愉快的心情。

貝特倫家的不幸並未在普萊斯家引起太多同情。普萊斯太太談了一下姐姐的事情，但她最關心的是用什麼來裝蘇珊的衣服，家裡的箱子都被蕾貝卡弄壞了。至於蘇珊，她沒想到會遇見這種好事，加上她與那一家人素不相識，無法感同身受，在這種情況，她很難不眉開眼笑。

沒什麼事需要普萊斯太太作決定，也沒什麼事需要蕾貝卡幫忙，一切都準備得差不多了，兩位小姐就等著明天啟程了。動身前，她們本該好好睡一晚，但卻難以入睡，一個人滿懷高興，另一人則難以言喻地不安。

早晨八點，艾德蒙來到了普萊斯家。范妮走下樓來，一想到相見在即，又知道他心裡一定很難受，起初的悲傷又湧上了她的心頭。她走進客廳，看見艾德蒙滿臉憂傷，彷彿就要昏倒了。他很快迎上前來，把范妮緊緊抱在懷裡，斷斷續續地說道：「我的范妮……我唯一的妹妹……我現在唯一的安慰。」范妮一句話也說不出口，艾德蒙也久久說不出話來。

他轉過身去，想使自己冷靜下來，接著才又說話，但聲音仍在顫抖。他的神情表明想克制自己，決心不再提發生的事情。「妳們吃早餐了嗎？什麼時候可以啟程？蘇珊要去嗎？」他一連問了好幾個問題，希望能儘快上路。一想到曼斯菲爾德，時間頓時變得寶貴。以他當時的心情，只能在忙碌中求得安慰。大家說定，由他去叫車，半小時後趕到門口；范妮負責帶大家吃早餐，半小時內將一切準備就緒。艾德蒙已經吃過飯，不想待在屋裡等待，於是先去堤岸散步了。

他的氣色很不好，顯然正忍受著劇烈的痛苦，而又拚命加以壓抑。范妮知道他一定會這麼做，但這又令她害怕。

車來了，艾德蒙又進到屋裡，與這一家人再相處一會兒，好見識一下這家人送走兩位女兒時有多麼無動於衷。由於今天情況特殊，人們才剛要圍著餐桌就座。范妮在父親家吃的最後一餐，與第一餐吃得完全一樣。家人送她離開時的態度也像迎接她時一樣。

馬車駛出普茲茅斯的關卡時，范妮與蘇珊都滿懷喜悅和感激之情，雖然蘇珊坐在前面，而且有帽子遮著臉，看不見她的笑容。

這可能會成為一次沉悶的旅行。范妮時常聽見艾德蒙長吁短嘆。如果只有他們兩人，他一定會向她吐露苦衷的；但蘇珊也在場，他只得把心事埋在心底，儘管試著講些無關緊要的事情，卻無話可說。

范妮始終關切地注視著他，有時他注意到了，也朝她深情地微微一笑。第一天的旅途結束了，他隻字未提令他沮喪的事。第二天早上他稍微透露了一些。就在從牛津出發之前，艾德蒙和范妮站在火爐旁。他對范妮的臉色變化深感不安，他不知道她家中的生活多麼困苦，以為她的變化是源自於最近發生的這件事。他抓住她的手，用低沉但意味深長的口氣說：「這也難怪，妳一定大受刺激，一定感到痛苦。一個曾經愛過妳的人，為什麼會拋棄妳呢？不過，比起妳投入感情的時間，不如想想我吧！」

他們的第一段路程走了整整一天，到達牛津時，眾人都已疲憊不堪。但是，第二天的行程比前一天快得多。當馬車進入曼斯菲爾德郊野時，離吃午餐還有好一段時間。目的地越來越接近，姐妹倆的心情開始沉重起來。家中出了這樣的醜事，范妮害怕跟姨媽和湯姆相見。蘇珊有些緊張，她的禮儀風度如今將要經受實踐的考驗了，她不斷想著銀餐叉、餐巾和洗手杯。一路上，范妮看到鄉間的景色已與二月離開時大不相同，進入莊園後，她的感受尤其深刻，她的喜悅之情也尤為強烈。她離開莊園足足三個月了，時節由冬天變成了夏天，映入眼簾皆是翠綠的草地和種植園；林木雖然尚未茂密，卻綠意盎然。不過，她只能自得其樂，艾德蒙靠在座位上，比先前更加鬱悶不樂了；他雙眼緊閉，彷彿不想看見家鄉明媚的景色似的。

范妮的心情又沉重起來，一想到莊園的人們正忍受著什麼樣的痛苦，就連這座時髦、幽雅的的宅邸本身也蒙上了一層陰影。

陷入憂愁的人們之中，有個人正望眼欲穿地等著他們。范妮剛經過僕人身邊，貝特倫夫人就從客廳走出來迎接她。她一反平日慵懶的模樣，跑上來摟住了她的脖子。「親愛的范妮呀！這下我就開心多了。」

第四十七章

家裡那三個人真是可憐！每個人都覺得自己尤其可憐。不過，諾里斯太太或許還是最傷心的，因為她跟瑪麗亞感情最好。她一手促成了她的婚姻，而且時常引以為豪。現在的結局簡直讓她難以承受。

她完全變了個人，如今的她沉默少言、糊裡糊塗，對周圍的事漠不關心。這本來是她照顧妹妹和外甥、一手包辦整個家務的好機會，但她卻錯過了。她已經不能指揮別人，甚至認為自己沒有用了。當災難降臨時，她總會失去原先的積極，完全不想幫助他人，無論是貝特倫夫人還是湯姆。他們三人都同樣寂寞、可憐；如今別人來了，她的兩個同伴都減輕了痛苦，更顯得她格外淒慘。貝特倫夫人歡迎范妮，湯姆也高興能看到艾德蒙。

而諾里斯太太不僅不覺得安慰，反而覺得惱怒。假如范妮當初答應了亨利，就不會發生這樣的事。

蘇珊也是她的眼中釘。她覺得她是個窮酸的不速之客，看了就討厭，但蘇珊卻受到另一個姨媽友好的接待。貝特倫夫人無法在她身上花太多時間，也沒有跟她講太多話，但她認為既然她是范妮的妹妹，就有資格住在曼斯菲爾德。蘇珊非常滿足，因為她來之前就已經做好心理準備，知道諾里斯姨媽不會歡迎她。她在這裡十分快樂，也特別幸運，即使別人對她再冷淡，她也受得了。

現在，她可以支配自己的時間，盡可能地去熟悉宅邸和庭園，日子過得非常愉快；而那些本來照顧她的人卻關在屋內，各自圍著需要他們的人忙碌。艾德蒙不停安慰哥哥，藉此忘記自己的痛苦；范妮悉心侍候貝特倫姨媽，比以往更加熱情，她覺得姨媽這麼需要她，自己做得再多也是應該的。

對貝特倫夫人來說，能跟范妮聊聊那件可怕的事情，是她唯一的安慰。雖然她思考問題並不深入，但在湯瑪斯爵士的影響之下，對於重大的問題還是心裡有數。她完全明白事情的嚴重性，既不想去誇大這件醜事，也不想讓范妮來開導她。

她對兒女的感情並不深厚，她的思想也不固執。很快地，范妮就發現，她也許能把她的注意力引開，重新喚起她對日常生活的興趣。只不過，每當貝特倫夫人回想起這件事，就只有一個看法：她失去了一個女兒，還蒙受了永遠洗刷不掉的恥辱。

范妮從她那裡得知了已經公開的事實。雖然姨媽的敘述不太有條理，但憑著她和湯瑪斯爵士的幾封信件、她瞭解的細節，以及合理的判斷力，范妮很快就掌握了整件事。

瑪麗亞去了特威肯罕，跟她剛認識的一個家庭共度復活節。這家人性情活潑，風度討人喜歡，或許在道德上也臭味相投，使得亨利一年四季都常到這裡作客。范妮知道他就住在這附近。這時，拉什沃思去了巴斯，在那裡陪了母親幾天，然後把母親帶回倫敦；於是，瑪麗亞便順理成章地跟那些朋友廝混在一起。茱莉亞早在兩三週前就離開了溫波爾街，到父親的一位親戚那裡去了。據她父母猜測，她之所以會去那裡，或許是為了方便與耶茨見面。拉什沃思夫婦回到溫波爾街不久，湯瑪斯爵士便收到一位倫敦的好友哈丁先生來信，這位老朋友在那裡目睹了許多情形，大為震驚，便寫信建議他親自來倫敦一趟，制止女兒與亨利之間的親密關係，這種關係為瑪麗亞招來了非議，也引起了拉什沃思的不安。

湯瑪斯爵士準備接受信上的建議，卻沒有向家人透露半點口風。正當他準備動身時，又收到了一封信。這封信是那位朋友用急件發來的，上面寫道，這兩個年輕人的關係已發展到不可救藥的地步。瑪麗亞已經離開了丈夫的家，拉什沃思極為氣憤、痛苦，便來向他求助。哈丁擔心，會發生嚴重的不倫行為；他想盡力掩飾這件事，希望瑪麗亞還會回來，但拉什沃思老夫人卻一直想將這件事張揚出去。因此，必須先作好最壞的打算。

湯瑪斯爵士無法向家人隱瞞這個可怕的消息。他動身了，艾德蒙也要和他同去。留在家中的人個個惶惶不安，後來又收到倫敦的幾封來信，更讓他們憂愁不已。事情已經完全公諸於世，毫無挽回的餘地了。拉什沃思老夫人的女僕在主人的慫恿下，將她知道的情形散播了出去。原來，老夫人和媳婦同住不到幾天，便關係不睦。她會如此憎恨瑪亞，一半是氣她不尊敬自己，一半是氣她瞧不起她的兒子。

然而，即使她不那麼固執，即使她對兒子沒有那麼大的影響力，事情依然毫無希望。瑪麗亞沒有再出現，同時，有充分的理由能斷定，她和亨利一起逃走了，因為就在她出走的那一天，亨利藉口外出旅行，也離開了叔叔家。

但湯瑪斯爵士仍在倫敦多住了幾天，就算女兒名譽掃地，他還是希望找到她，不讓她進一步墮落。

范妮不忍心想像姨丈目前的處境。他的幾個孩子中，只剩下一個沒有為他帶來煩惱。湯姆聽到妹妹的行為後深受打擊，病情更加惡化；貝特倫夫人知道後驚恐不已，在給丈夫的信中不斷描述自己的心情；茱莉亞的私奔是湯瑪斯爵士到倫敦後所受的另一次打擊，范妮知道這必然會為他造成劇烈的痛苦。姨丈的來信表明了自己的痛心。這絕不是一樁稱心的婚事，何況又在這種糟糕的時機、用這種見不得人的方式產生的，這讓茱莉亞處於極為不利的境地，更顯示了她的愚蠢。儘管比起瑪麗亞來，茱莉亞的行為較能得到原諒，但湯瑪士爵士覺得，既然她走出了這一步，那她很有可能會跟姐姐得到一樣的下場。

范妮同情姨丈，同時又相信，他對事情的看法與諾里斯太太完全相反，他原先對她的不滿，如今將會煙消雲散。事實證明她是對的，亨利的行為表明了她當初的拒絕是完全正確的。不過，這對湯瑪斯爵士來說又有什麼可欣慰的呢？他只能把艾德蒙視為自己的唯一安慰。

然而，艾德蒙也並非沒有給父親帶來痛苦，只是沒有那麼激烈罷了。湯瑪斯爵士明白，艾德蒙在妹妹和朋友的連累之下，他和他一直追求的那位女孩必然決裂，雖然他很愛那位女孩，也很有可能得到她的心，要不是她有那麼一位卑鄙的哥哥的話，這門婚事還算得上合適。在倫敦時，這名父親就知道艾德蒙除了家人的痛苦之外，還有自身的痛苦，他知道艾德蒙已見過克勞佛小姐，這次見面又加深了艾德蒙的痛苦；基於這種考慮，他希望兒子儘快離開倫敦，便要他去接范妮回家照顧母親。這麼做對大家都有好處。湯瑪斯爵士不瞭解瑪莉，假如他知道瑪莉對艾德蒙說過什麼，就不會希望兒子娶她——儘管她的兩萬鎊財產已變成了四萬鎊。

艾德蒙與瑪莉從此一刀兩斷。然而，在確認艾德蒙的想法之前，范妮還不敢太過篤定。要是他現在還能像過去一樣對她推心置腹，那對她將是極大的安慰；然而，她發現這是很難做到的。她很少見到他，也很少與他單獨見面，他似乎一直在迴避她。范妮心想，艾德蒙一定正獨自忍受著痛苦，他意識到自己的感情不光彩，因而不肯向人吐露分毫。要讓他重提瑪莉的名字，或是想重新和他推心置腹地交談，必須等到遙遠的將來。

這種情況果真持續了很久。他們是禮拜四到達的，直到禮拜日晚上艾德蒙才和她談到這個問題。那是一個陰雨的夜晚，在這種時候，無論是誰，都會不由自主地對朋友敞開心扉。他們坐在屋裡，除了睡著的母親之外，沒有其他人在場。於是，艾德蒙像平常一樣，先說了一段開場白，然後又像平常一樣，聲明自己的話很短，只求她聽幾分鐘，以後絕不會再次打擾她——她不必擔心他舊話重提，那件事絕不能再談。他欣然聊到自己的一些想法，深信能得到她真摯的同情。

范妮專注地聽著他激動的聲音，雙眼小心翼翼地迴避他，心裡既痛苦、又喜悅。他一開口就令她大吃一驚。他見到了瑪莉，是應邀去拜訪她的。史托那威夫人寫信給他，求他過去一趟；他心想這是最後一次友好見面，又想到她身為亨利的妹妹，一定深感羞愧，徬徨無助，於是懷著一片溫情去了。她見到他時，表情很嚴肅，甚至很激動；但艾德蒙還沒說完一句話，她就扯到了一個話題，讓艾德蒙嚇了一跳。

「『我聽說你到了倫敦，』她說，『我想見到你，好聊聊這件令人傷心的事。我們的親人們怎麼會這麼愚蠢啊！』我無言以對，但她似乎從我的眼神看出不滿，人有的時候就是這麼敏感！於是她用更嚴肅的語氣說：『我不想為亨利辯解，把責任全推給你的妹妹。』雖然她一開始這麼說，可是後面卻又……范妮，我簡直不方便說給妳聽。我想不起她的原話，不過主要是在罵那兩個人愚蠢。她罵她的哥哥傻，不該被一個他看不上的女人勾引，幹出那樣的勾當，反而失去了他真正愛的女人；不過，瑪麗亞更傻，人家早已表明對她沒意思，她還自作多情，放著大好前途不要，卻陷入了這種困境。妳可以想像我心裡有什麼滋味，看看那個女人！她只是不痛不癢地用一個『傻』字帶過！這麼隨意！這麼輕描淡寫！沒有一點羞愧，沒有一點恐懼，也沒有一點矜持，甚至沒有一點基本的譴責！這是這個世界造成的，范妮，哪裡還能找到一個像她這麼優越的女人？被寵壞了，被寵壞了啊！」

略加思索後，他以一種絕望的冷靜接著說：「我把一切都告訴妳了，以後永遠不會再提。她只把那件事看成一場笑話，還是因為事跡敗露才變成笑話，缺乏應有的謹慎、應有的警覺；因為瑪麗亞在特威肯罕的時候，他不該住在里奇蒙德，她也不該被那個僕人發現了。噢！范妮，她生氣的是被人發現這一點，而不是他們做出的惡行。她說這全是因為一時衝動，逼著她哥哥放棄更好的計畫，跟她遠走高飛。」他停下來了。

「那麼，」范妮認為對方希望她回答，便問道，「你怎麼說呢？」

「什麼也沒說，什麼也不知道。我當時像暈過去了一樣。她接著往下說，說到了妳，是的，她說到了妳，很惋惜失去了這麼一位——她提到妳的時候反而相當理智，不過她對妳一向是公正的。『他拋棄了這樣一個女人，』她說，『再也不會遇到第二個了。她能管好他，讓他一輩子幸福。』最親愛的范妮，我提起這件事是希望妳能因此高興，妳不會希望我住口吧？如果是的話，只要看我一眼，或者說一聲，我就什麼都不說了。」

范妮既沒看他，也沒出聲。

「感謝上帝，」艾德蒙說，「我們當初都想不透，但現在看來，這是上帝仁慈的安排，使好人不致受苦。她很喜歡妳，對妳總是讚不絕口，雖然其中也有一些惡毒的居心，因為她不時又會驚叫道：『她為什麼不答應他？這全是她的錯！傻女孩！我永遠不會原諒她。要是她答應了他，也許他們現在就要結婚了，亨利就會多麼幸福、多麼忙碌，絕不會再去找別人，也不會和拉什沃思夫人恢復往來，就算在索瑟頓和艾佛林罕的舞會上見面，也只不過調調情罷了。』妳能想像有這種事嗎？不過，我也終於看清她的真面目了。」

「真惡毒！」范妮說，「太惡毒了！這種時候還說這種輕佻的玩笑話，而且還是說給你聽！惡毒至極！」

「妳說惡毒嗎？我的看法跟妳不一樣。不，她並不惡毒，我認為她無意傷害我的感情，她之所以這樣講話，只是因為聽慣了別人這麼說。范妮，她的錯在於她的思想，在於不知道體諒他人。或許這對我來說也好，因為這樣一來，我就不再遺憾了。然而，事實並非如此，我寧可忍受失去她的痛苦，也不願像現在這樣把她想得這麼壞。我這麼告訴她了。」

「是嗎？」

「是的，我離開她時對她這麼說了。」

「你們在一起待了多久？」

「二十五分鐘。她接著說，現在最重要的是讓他們兩人結婚。范妮，她說這句話的時候比我還要堅定。」他停了一下又接著說，「『我們必須說服亨利和她結婚，』她說，『他為了顧全面子，又知道范妮絕不會再嫁給他，因此很有可能會同意。我對他的影響還是不小的，我要全力促成這件事。一旦結了婚，再從她的家庭得到一些適當的支持，她就能重新在社會上立足了。雖然有些圈子永遠不會再接受她，但只要再準備幾桌盛宴，總會有人願意和她結交的。只有一點，你的父親必須保持沉默，不能插手干預這件事；要是他讓女兒脫離了亨利的保護，亨利娶她的可能性就會大大減少，還不如讓她與亨利在一起。我知道如何說服他，只要湯瑪斯爵士能相信他還愛惜名聲，還有憐憫之心的話，一切就會有個好的結局。但要是他強行把女兒帶走，那就會斷送了解決問題的最後一線希望。』」

艾德蒙說完這番話後，情緒大受影響。范妮一聲不響地注視著他，後悔不該談到這個話題。艾德蒙沉默了很久，最後才說：「范妮，我快說完了，我把她大部分的話都告訴妳了。當我有機會說話時，我對她說，我沒想到自己用這樣的心情走進這座房子，竟會遇到讓我更加痛苦的事情，她的每一句話都給我帶來了更深的創傷；我還說，雖然在我們相處的過程中，我常意識到我們的意見分歧，但從沒想過分歧竟會這麼大。她用那種態度評論她哥哥和我妹妹犯下的可怕罪行，卻沒有一句話是合理的。她認為對於這件事的惡劣後果，只能用不正當的、無恥的辦法平息；尤其不應該的是，她希望我們委曲求全、默認這一切罪惡，以求他們能夠結婚。根據我現在對她哥哥的看法，這樣的一樁婚姻不應該受到鼓勵，反而必須制止。這一切使我痛心地意識到，我以前一直不瞭解她，多少個月來，我眷戀的人全是我自行想像出來的，而非這位克勞佛小姐。這麼想也許能讓我不那麼遺憾，因為無論如何，我已經失去了對她的友誼、情意和希望；然而，我必須承認，假如我能恢復她原先在我心目中的形象，以重拾對她的愛和敬重，我很樂意增加失去她的痛苦——我當時就是這麼說的。她感到萬分驚訝，不只是驚訝，我看見她滿臉通紅，心情似乎極為複雜。她在竭力掙扎，不過只維持了很短的時間，習慣最終戰勝了真理。她只勉強笑了笑，一邊答道：『真是一篇很好的演講呀！這是你最近一次佈道的內容吧？照這樣下去，你很快就能開導所有曼斯菲爾德和桑頓萊西的人了。下一次再聽你演講時，你搞不好已經成為公理會哪個大教區的傑出教士，要不就是一個被派往海外的傳教士。』她裝出一副滿不在乎的樣子，但心裡顯然並不像表面上那麼輕鬆。我只回答說，我衷心地祝她幸運，誠摯地希望她能儘快學會公正地看待問題，不要總是在得到慘痛的教訓後才知道自己的責任，說完就走出屋外了。剛走了幾步，我就聽到背後開門的聲音。『貝特倫先生！』她說，我回頭望去，『貝特倫先生！』她笑著說，但是她的笑聲與剛才的談話很不協調，那是一種輕浮的笑聲，似乎是在勾引我，但我加以抗拒，只顧著往前走。有時我會突然後悔當時沒有回頭，不過我知道自己那樣做是對的。我們的交情就這樣結束了！這算什麼交情啊！我受了多麼大的騙啊！受了哥哥的騙，也受了妹妹的騙！感謝妳耐心聽我講完，范妮，我的心裡痛快多了，以後再也不講這件事了。」

可是才過了五分鐘，他們又聊到了這個話題，直到貝特倫夫人醒來才結束。他們談論瑪莉這個人，談論她多麼令艾德蒙著迷，她的個性多麼討人喜歡，要是能被好人家撫養，她會變得多麼好。范妮現在可以暢所欲言了，她認為自己有責任讓表哥明白瑪莉的真面目，便向他暗示說，瑪莉之所以願意徹底和解，與他哥哥的健康狀況有很大的關係。從感情上來說，這是個不太容易接受的事實，但艾德蒙的虛榮心並不強，很快就臣服於理智了。他接受范妮的看法，認為湯姆的病情左右了她的態度，他只保留了一個想法，聊以自慰——瑪莉對他的愛確實超出了預期的程度，他也的確為她帶來一些良好的影響。范妮完全同意他的看法。他們還一致認為，這樣的打擊必然在艾德蒙的心裡留下不可磨滅的印象，雖然時間將會沖淡一些痛苦，但這種事情是不可能徹底忘記的。至於他是否會再愛上另一個女人，那是完全不可能的，因為這件事讓他生氣。他只需要范妮的友誼。

第四十八章

無論如何，這時的范妮真是相當快活。儘管她為周圍人們的痛苦而難過，但她仍有著源源不絕的幸福泉源，她被接回了曼斯菲爾德莊園，是個有用處、受人喜歡的人，不會再受到亨利的騷擾。儘管湯瑪斯爵士回家後仍然憂心忡忡，但看得出他對外甥女十分滿意，也更加喜愛。不過，就算沒有這一切，她還是會感到高興，只要艾德蒙不再受到瑪莉的欺騙。

艾德蒙離高興還有一大段距離。他感到失望、懊惱，既為過去的事傷心，又一邊盼望著那永遠不可能的事。范妮知道他的情況，為他感到難過；但這樣的難過卻又建立在得意的基礎上，來自於心情的舒暢。因此，誰都願意用最大的快樂來交換這種難過。

湯瑪斯爵士意識到自己做為父親的過失，痛苦的時間最久。他覺得自己當初不應該答應這門婚事。他本來就瞭解女兒的心思，卻又同意了這門婚事，當然難辭其咎；他覺得自己為了一時的利益，犧牲了原則，受到私欲和世俗的支配。幸好，這股內疚之情很快就被時間所撫慰。

雖然瑪麗亞還沒有令人欣慰的消息，但其他子女卻為他帶來了意想不到的安慰。茱莉亞的婚事沒有他起初想像的那麼糟，她自知有愧，一心希望家裡原諒；耶茨也希望被她的家庭接納，很樂意仰仗他，接受他的指教。雖然他為人並不安分，但也有改過的空間。無論如何，他們發現他的地產並不少，債務也不多；他本人又對湯瑪斯爵士敬畏有加，這讓他感到欣慰許多。

湯姆也為他帶來了安慰，因為他的健康逐漸恢復，他那自私自利的個性也得到好轉。他嘗到了苦頭，終於學會為人著想。他對溫波爾街發生的事感到內疚，認為都是那一次演戲引起的後果，他負有責任。他已經二十六歲了，頭腦不差，也不乏良師益友，因此這種愧疚深深地印在他的心裡，長久地警惕著他。他成了一個安分守己的人，能為父親分勞解憂，不再為自己而活。

艾德蒙的精神狀態也有了改善。整個夏天，他每晚都和范妮一起散步，或是坐在樹下休息，透過一次次的交談，總算想通了，恢復了以往愉悅的心情。

這些現象漸漸緩解了湯瑪斯爵士的痛苦，使他不再為失去的一切憂傷。只是，對於自己教育女兒不當而感到的痛心，恐怕永遠也不會消失。

瑪麗亞和茱莉亞在家中受到的待遇截然不同。父親對她們非常嚴厲，而姨媽卻一味放縱她們，這對年輕人的品格養成有多麼糟糕，湯瑪斯爵士直到現在才明白。當初他看見諾里斯太太的做法不對，自己便反其道而行，後來才發現這麼做反而更糟。他只教會她們在他的面前壓抑情緒，使父親無法瞭解她們的真實想法，同時，卻又把她們交給一個只知道盲目溺愛的人，讓她們在她那裡恣意妄為。

雖然這樣的教育方式糟糕透頂，但他又感到，這還不是最可怕的錯誤。兩個女兒本身必然缺少了某種特質，否則，時間早已將那不良的影響消磨掉許多。他推測是缺少了某種原則，他從未教育她們用責任感去控制自己的興趣和脾氣；只要有了責任感，一切都能迎刃而解。她們只學了一些宗教理論，卻從來沒有去實踐這些理論。雖然她們才藝出眾，但這對她們的道德思想並沒有太多影響；他本希望她們好好做人，卻把心思花在了提升她們的智能和禮儀上，而不是她們的性情。令他遺憾的是，從來沒有人替她們說過，必須自愛，必須謙虛。

他感到痛心；女兒的教育存在這種缺陷，他直到現在還難以理解。他又感到傷心；他付出那麼多心血、金錢來教育女兒，但她們長大後卻不明白自己的義務，而他也不瞭解她們的品格和性情。

尤其是瑪麗亞，她目中無人，貪得無厭，直到產生了惡果之後，做父親的才有所省悟。無論怎麼勸說，她都不肯離開亨利，一心想嫁給他。後來，她意識到自己是空歡喜一場，並因此感到失望，脾氣變得極壞，還打從心底憎恨亨利。兩人最後勢不兩立，以分手收場。

她和亨利住在一起，亨利怪她毀了自己和范妮的美好婚事。當她離開亨利時，唯一的安慰是已經拆散了他們。這樣的一顆心，處在這樣的情形下，還有什麼比它更悲哀的呢？

拉什沃思沒費多少力氣就離婚了。這樁婚姻打從訂婚時就能預見，除非遇上意想不到的好運，否則絕不會有什麼好下場。他的妻子當時就瞧不起他，還愛上了另一個人，他很清楚這一點，但最終還是因為愚蠢和自私受到了懲罰，而他的妻子則得到了更嚴重的後果。他離婚之後，覺得臉上無光，心裡鬱鬱寡歡。他可以再試著找一個對象，但願這一次會比上次更加成功。即使受騙，至少也被一個脾氣較好的人騙。至於她，則必須懷著更沉痛的悲傷與恥辱，遠離人群，再也恢復不了名譽。

她的去處成了一個傷透腦筋的問題，需要家人好好商量。諾里斯太太在外甥女犯下大錯之後，似乎更疼愛她了，她主張大家原諒她，把她接回來住，但被湯瑪斯爵士拒絕了。諾里斯太太相信他之所以反對，全是因為范妮在家的關係，因而也就更憎恨范妮。不過，湯瑪斯爵士非常嚴肅地向她保證，即使家中沒有年輕的男女，不怕受到瑪麗亞人品的不良影響，他也絕不肯迎回這麼大的一個禍害。只要他的女兒願意懺悔，他會保護她，為她安排舒適的生活，鼓勵她重新做人，這是他們的家境能夠做到的，但他絕不會做得更多。瑪麗亞毀了自己的名譽，他不會姑息養奸，試圖為她恢復無法恢復的東西，也不會明知故犯，把相同的不幸再帶到另一個男人的家裡，好替她掩飾羞恥。

討論的結果，諾里斯太太決定離開曼斯菲爾德，好好照顧她那不幸的瑪麗亞。她要跟她搬到偏遠的鄉下，過著與世隔絕的日子。這兩個人，一個心灰意冷，一個頭腦糊塗，可以想像，她們的脾氣會成為對彼此的懲罰。

諾里斯太太一搬走，湯瑪斯爵士的生活就輕快多了，他從安地卡回來後，對她的印象每況愈下。無論是日常談話，還是辦事、閒聊，他都認為，要不是諾里斯太太老了，就是他當初高估了她的智慧，對她的行為又過於包容。他感到她隨時都在製造不良的影響，而自己又永遠擺脫不了她。因此，這一回她的離開，讓湯瑪斯爵士幾乎要為此歡呼。

曼斯菲爾德沒有任何人為諾里斯太太感到遺憾。就連她最喜歡的人，也沒有一個真正愛過她的。瑪麗亞私奔以後，她的脾氣變得非常暴躁，到哪裡都惹人討厭。連范妮也不再為諾里斯姨媽流淚，即使是她即將永遠離開的時候。

茱莉亞的下場沒有瑪麗亞那麼悲慘，這有一部分是因為兩人性情不同，處境也不同；但最大的原因是因為她沒有被姨媽當成寶貝，沒有那麼寵她。她自知美貌和才學都略遜於瑪麗亞，因此性情也隨和一些，儘管也有點急躁，但至少容易控制。她受的教育沒有使她變得過於自大。

她被亨利冷落之後，能好好把持住自己，雖然起初心裡很不好受，但很快就不再去想他了。當他們在倫敦再次相遇時，她非常明智地迴避了亨利，暫時先去拜訪其他朋友，以免自己再度墜入情網。這是她去親戚家的原因，與耶茨是否住在附近毫無關係；她明白耶茨一直在向她示好，但從未想過要嫁給他。當她姐姐出事之後，她害怕回家見父親，擔心會受到更嚴格的管教，因此急著不顧一切地躲避眼前的命運，這才給了耶茨可趁之機。她的心裡只不過有些自私的念頭，並沒有更糟糕的想法。可以說，是瑪麗亞的罪惡引起了茱莉亞的愚蠢。

亨利年少致富，家裡又有一個壞榜樣，因此長久以來，他沉迷於挑逗婦女的感情上，並引以為豪。他起初對范妮居心不良，後來卻逐漸返回正途；假如他能滿足於贏得一個女性的歡心，假如他能克服范妮對他的抗拒，逐步贏得她的尊重和好感的話，那他或許還能夠獲得幸福。他的苦苦追求已經取得了一些成效，范妮也對他造成了一些良好的影響；要是他能維持下去，無疑會有更大的收穫。尤其是，假如他妹妹和艾德蒙結婚，范妮就會放棄她的初戀，並經常跟他們在一起。假如他堅持下去，而且堂堂正正，那麼等艾德蒙和瑪莉結婚後，范妮也會以真心來回報他，而且是心甘情願。

如果他按照原來的計畫，離開後普茲茅斯後直接去艾佛林罕，或許他的幸福命運就能決定了。然而，有人勸他留下來參加弗雷澤太太的舞會，而出於好奇和虛榮心，他也想再見次到瑪麗亞。他不善於為正經事做出犧牲，也就抵擋不住眼前的誘惑。於是，他決定延後他的諾福克之行，心想寫一封信就能解決問題。他見到了瑪麗亞，她對他很冷淡。兩人本該從此形同陌路，但他覺得自己沒有面子，居然被一個曾被他玩弄於鼓掌之中的女人拋棄。他嚥不下這口氣，必須施展手段，把她那自不量力的怨恨壓下去。瑪麗亞之所以氣憤，全是因為范妮的關係，他要扼制這股怒氣，讓瑪麗亞像結婚前一樣迷戀他。

他懷著這種心態展開了進攻。在他的挑逗之下，很快就與她恢復了原來的親密關係；這是他一開始的目標，要是能就此停住，兩個人就還能得救。但這種謹慎還是被摧毀了，亨利早已把她迷住，她的感情熱烈到他不曾料到的程度。她愛上了他，公然表示接受他的一片情意，他已經無法退卻，陷入了虛榮的圈套。他認為，不能讓范妮和貝特倫一家知道這件事，不僅為了拉什沃思的名譽，更為了自己的名譽著想。他從里奇蒙德回來後，本來不想再見到瑪麗亞；後來發生的事全都是這位夫人莽撞行事的後果，亨利出於無奈，只好跟她私奔了。他甚至在當時就感到愧對范妮，而在風波結束後，更是無比懊悔。在那幾個月的教化下，他已經愛上范妮溫柔的性格、純潔的心靈、高尚的情操。

當今的社會，對於罪行的懲罰並不像人們希望的那樣嚴厲。不過，像亨利這樣一個聰明的人，儘管我們不敢期望他未來前途如何，但是公正而論，他如此報答人家對他的款待，如此破壞他人的家庭，如此拋棄了最好的朋友、最深愛的女孩，這必然為他招來了煩惱和悔恨，而這煩惱有時化為愧疚，悔恨則化為痛苦。

這件事讓貝特倫與格蘭特兩家深受其害，彼此也漸漸疏遠。不過，格蘭特家刻意將歸期延後了幾個月，最後更是永久搬走了。格蘭特博士透過一些私人關係，在西敏寺繼承了一個牧師職位；這既為離開曼斯菲爾德搬到倫敦提供了藉口，又增加了收入以支付費用，因此無論是要走的人還是留下來的人，都求之不得。格蘭特太太平易近人，雖然要離開習慣的事物總會有幾分惆悵。不過，像她這樣樂觀的性格，無論去了哪裡，與誰相處，都能夠感到快樂。她又可以為瑪莉提供一個家了。

瑪莉厭倦了自己的朋友，也厭倦了半年來的虛榮、野心，以及戀愛，她需要姐姐的親情，需要與她一起度過平靜而理智的生活。她們就這樣住在一起，直到格蘭特博士在一次連續宴飲導致的中風身亡後，姐妹倆仍然住在一起。瑪莉決定不再愛上一個次子，她周旋在那些貪圖她的美貌和兩萬鎊財產的國會議員及少爺之間，遲遲找不到一個合適的人。沒有一個人能滿足她在曼斯菲爾德培養的高雅情趣，也沒有一個人的品格和教養符合她在曼斯菲爾德形成的對家庭幸福的憧憬，更無法讓她徹底忘掉艾德蒙．貝特倫。

在這件事上，艾德蒙的情形比她好多了。他不必等待，也不必期盼，瑪莉留下的感情空缺就會有合適的人來填補。他才剛揮別失戀的陰影，才剛對范妮說過自己再也不會遇到這麼好的女孩，心裡就突然想到：一個不同類型的女孩是否也可以，甚至好得多？范妮的微笑、她的表現，是否能像過去的瑪莉一樣，使他覺得越來越親切，越來越重要？他是否能告訴她，她對他那熱烈的、親密的情意足以構成婚姻的基礎？

一切就交由讀者自行想像了。這一回我不說出具體的時間，因為大家都知道，要醫治難以克服的激情，轉移矢志不渝的痴情，需要的時間是因人而異的。只希望各位相信，到了那最恰當的時機，艾德蒙將不再眷戀瑪莉，而是急切地想與范妮結婚，而這也正是范妮所希望的。

一直以來，他都很關心范妮，這種關心源於她那天真、無助的處境。隨著她越來越可愛，他對她的關心也與日俱增。因此，如今的這種變化不是再自然不過了嗎？從她十歲那年起，他就愛她、教導她、保護她，她的思想有很大一部分是受他影響的，她的安心則取決於他的關心。他對她特別注意，她也認為在曼斯菲爾德之中，他比任何人都更重要，也更親密。

現在只需要說明一點：他必須放棄那雙閃閃發亮的黑色眼睛，重新愛上這雙柔和的淺色眼睛。由於他與她總是待在一起談心，再加上最近的失意提供了有利的轉機，沒過多久，這雙柔和的淺色眼睛便在他心中贏得了突出的地位。

一旦邁出了幸福的第一步，就再也不用小心翼翼地躊躇不前。他無須懷疑她的人品，無須擔心興趣不同，或是擔心如何克服性格上的矛盾。她的思想、氣質、見解和習慣，他早已一目了然，既不會受到蒙蔽，也不需再費心思去改變。即使在他迷戀瑪莉的時候，也承認范妮在心智上更勝一籌，現在就更不用懷疑了。他堅定不移地追求這份幸福，而對方也不會長久地不回以鼓勵。儘管范妮個性羞怯、多慮，但她的柔弱性格有時也會抱著堅毅的希望，只不過她要再等一下才把自己那令人驚喜的心意告訴他。當艾德蒙得知自己被這樣一顆心愛了這麼久之後，他那幸福的心情將會多麼地難以言喻啊！不過，另一顆心也是這樣的想法。一個年輕女人，在聽到一個她朝思暮想的男人表白衷情的時候，她的喜悅是沒有人能夠形容的。

互相表明心跡之後，剩下的就沒什麼困難了，既沒有利益問題，也沒有父母從中作梗。湯瑪斯爵士甚至早就有了這個意願，他已經厭倦了貪圖權勢和財富的婚姻，越來越重視道德和個性，更渴望穩固的家庭幸福。他早就在得意地盤算，這兩個失意的年輕人能夠從對方那裡得到安慰。當艾德蒙一提出來，他便歡天喜地答應了，他同意范妮當自己的媳婦，興奮得如獲至寶，態度和當初領養那可憐的小女孩時相比，形成了多麼鮮明的對照！

范妮果真是他需要的那種媳婦。他當年的善心為他孕育了最大的安慰，他的慷慨行為得到了最豐厚的回報。雖然他讓她的童年過得不怎麼快樂，事實上，那只是她的誤會，她以為姨丈是個嚴厲的人，因此一直畏懼他。現在，彼此終於真正瞭解，感情也變得更深了。他讓范妮住在桑頓萊西，無微不至地關懷她的生活，幾乎每天都來看望她，或是來把她接走。

長久以來，貝特倫夫人一直對范妮很好，因此不願意放她走。無論是為了兒子的幸福，還是為了外甥女的幸福，她都不希望他們結婚。不過，她現在能離開她了，因為有蘇珊頂替姐姐的位置。她成了這一家領養的外甥女——她很樂意維持這個身分，而且她也跟范妮一樣合適。范妮的性情溫柔，懂得知恩圖報；而她思想敏捷，做事也十分勤快。家裡一刻也少不了她。

她住在曼斯菲爾德，不僅能讓姐姐快樂，還能幫忙姐姐，當范妮的替身。看得出她也會長久地住在這裡。

她膽大心細、性格開朗，因此對這裡一切都很滿意。對於需要來往的人們，她也很快就能熟悉他們的脾氣，加上她直爽、坦率，立刻得到了眾大的喜愛。范妮離開後，她接下了照顧姨媽的任務，漸漸得到了比范妮更多的寵愛。她的勤快、范妮的賢慧、威廉的上進心，以及家人們的健康，這一切都成了湯瑪斯爵士心靈的寄託，他為之感到高興，並且認識到：小時候吃一些苦，受到一些管教，知道努力奮鬥的重要性，這是有好處的。

有這麼多真正的好品格，有這麼多真正的愛，既不缺錢，也不缺朋友，這對表兄妹的婚姻生活十分幸福。他們生來都喜歡家庭生活，也都醉心於田園樂趣，他們的家是一個恩愛、安樂的家。他們結婚後一段時間，剛開始覺得需要增加一些收入，或是搬到父母家附近的時候，格蘭特博士便去世了；艾德蒙繼承了曼斯菲爾德的牧師俸祿。這可以說是錦上添花。

就這樣，他們搬到了曼斯菲爾德。那座牧師公館在前兩位牧師名下時，范妮每次走近都有一種畏縮、恐懼的心理，但是很快地，她就覺得它變親切了，就像曼斯菲爾德莊園裡的其他景物一樣親切、一樣完美無缺。

Northanger Abbey

1818

諾桑覺寺

悠閒愜意的渡假勝地，
上演了異想天開的愛情喜劇。
一位冷酷而威嚴的將軍，
一座古老而神秘的寺院，
將構成什麼樣的驚悚情節？
活潑而俏皮的凱薩琳，
與聰明善諷的亨利，
又要如何譜寫出圓滿的結局？

Jane Austen

第一章

凡是在凱薩琳．莫蘭小時候見過她的人，都不會想到她將會成為女主角。她的家庭出身、父母的性格、自身的容貌氣質，無一對她有利。她的父親是個牧師，既有地位名望，家境也還算小康，是個可敬的人物；只不過取了個平凡的名字──理查，長得也不算英俊。他除了兩份優渥的牧師俸祿之外，還有一筆相當可觀的獨立資產──而且他不喜歡把女兒關在家裡。

她的母親是個樸實、能幹的女人，性情溫和，身體十分健壯。她在凱薩琳出世之前已生過三個兒子；在產下凱薩琳時，人們都擔心她會死去，不過她最後還是活了下來，而且又生了六個孩子，並注視著他們長大成人。要是一戶人家有十個孩子，個個頭腦聰明、四肢健全，總會被人們稱為美好的家庭。不過，莫蘭家例外，他們一無可取，孩子也都長得很普通。

凱薩琳就像其他孩子一樣難看，她身材瘦小，傻里傻氣，皮膚毫無血色，頭髮又黑又直，五官方正。她的相貌姑且如此，她的智力也一樣不適合當女主角。她對男孩們的遊戲情有獨鍾，不只不喜歡布娃娃，連那些適合女主角們的興趣──例如養寵物鼠、餵金絲雀、種玫瑰花，對她來說都遠不如打板球來得有趣。確實，她不喜歡花園，儘管偶爾會摘幾朵花，但也只是出於頑皮，因為她專門摘那些禁止採摘的花。她就是這樣的一個孩子。

她的資質也一樣很特別。無論什麼事情，不教她就學不會；即使教過了，也未必學得會，因為她總是心不在焉、笨頭笨腦的。她母親花了三個月才教她背完了《乞丐的心願》，她的大妹妹背得還比她好。但她也並不總是那麼笨，《野兔與朋友》這個寓言，她比英格蘭的每個姑娘學得都快。她母親希望她學音樂，凱薩琳也想學，因為她一向喜歡敲打那架舊鋼琴，於是她從八歲那年開始學習。沒想到，才過了一年她就吃不消了。莫蘭太太從不勉強女兒去做不喜歡的事，因此凱薩琳就這樣半途而廢了。解雇音樂老師那天是凱薩琳一生最快樂的日子。

她並不特別喜愛繪畫，不過，每當她從母親那裡要來一只信封，或是撿到一張稀奇古怪的紙片，她就會隨手畫起圖來，像是房子、樹、母雞或小雞，畫的東西全都長得一樣。她父親教她寫字和算術，母親教她法文。但是她哪一門學問都學不好，一有機會便逃避上課。真是個不可思議的怪人！才十歲就如此嬌縱。但是她既沒壞心眼，也沒壞脾氣，很少固執己見，或是與人爭吵，對弟妹也十分寬容，不會欺負他們。除此之外，她喜歡吵鬧玩耍，不喜歡待在家裡，也不愛乾淨；這世上她最喜歡的事，就是在屋後的綠草坡上打滾。

到了十五歲，她漸漸有了姿色，捲起了頭髮，對舞會也產生了渴望。她的膚色變好看了，臉蛋也變得豐滿起來，五官顯得十分柔和。她的眼睛充滿活力，身材也惹人注目。她不再像過去那麼邋遢，而是開始講究起打扮，人長得越漂亮，也就越注重形象。如今，她不時能聽到父母誇她的長相：「凱薩琳這孩子越長越好看，幾乎可以說是漂亮了！」每當她聽到這樣的讚美，心裡不知有多高興！一個女孩子十五年來一向相貌平平，忽然聽說自己變漂亮了，那比一個生來就擁有美貌的少女聽到時要高興得許多。

莫蘭太太是個賢慧的女人，很希望自己的孩子個個都有出息；可惜她的時間全被懷孕和撫養幼兒佔據，無暇照顧幾個大女兒。因此，也難怪凱薩琳這樣一個毫無女主角特質的人，在十四歲時居然寧可玩板球、棒球、騎馬和四處亂跑，也不想看書，至少不想看那些知識書籍。若是不用花腦筋的故事書，她倒是不排斥。不過，從十五歲到十七歲，她開始培養自己做女主角——凡是做女主角的，一定要讀過某些書，記住書中的名言，好應付瞬息萬變的人生，或是抒發心情；而凱薩琳也把這些書全部讀過了。

她從詩人波普那裡，學會如何譴責——

裝模作樣假慈悲的傢伙。

從詩人格雷那裡，學會——

花兒兀自綻放，而芬芳徒留荒野。

從湯姆森那裡，學會——

啟發幼小智慧之芽，不亦樂乎。

從莎士比亞那裡學到大量知識，包括——

對善妒之人而言，空氣般的瑣事亦如聖經之言般確鑿。

被我們踐踏的可憐昆蟲，它承受的疼痛與巨人臨死前感受的毫無兩樣。

墜入情網的少女，如同一塊墓碑，只能朝著悲傷微笑。

她在這方面已有了不少進步，其他方面也取得重大的進展。她雖然不會寫十四行詩，卻決心多加閱讀；她雖然不會當眾演奏自編的鋼琴曲，讓全場的人為之驚豔，卻能耐心地傾聽他人演奏。她最大的缺陷是在筆上。她不懂得繪畫，也不想為情人畫張側面像，好透露一下心意。她在這方面實在可憐，還達不到一個女主角該有的水平。目前，她還察覺不出自己的缺點，因為她還沒有情人。

她長到十七歲，還不曾見到一個令她動心的可愛男子，也不曾有人傾心於她。這真是奇怪！但是，只要找出原因，再怪的事情也能解釋清楚。原來，附近一帶沒有任何勳爵，甚至連一個准男爵都沒有。她們認識的家庭中，沒有一家撫養過某個偶然在門口撿到的棄嬰，也沒有一個出身不明的青年。凱薩琳的父親沒有被保護人，教區的鄉紳又膝下無子。

不過，當一位少女命中註定要當女主角時，即使附近有四十戶人家從中作梗，也擋不住她。命運一定會為她送來一位男主角。

莫蘭一家住在威爾特郡的富勒頓村，村莊一帶的土地大都歸一位艾倫先生所有。艾倫先生聽了醫生的建議，準備去巴斯療養痛風病。他的妻子是個和善的女人，很喜歡莫蘭小姐。她也許知道，要是一位年輕小姐在村裡遇不到好緣份，那就應該去外地試試。於是，她約凱薩琳一起去巴斯。莫蘭夫婦欣然同意，凱薩琳也滿心喜悅。

第二章

我們已經介紹了凱薩琳的容貌和才智。在即將開始的巴斯六週之旅中，她的容貌和才智就要面臨各種艱難的考驗。為了讓讀者對她有個更明確的認識，以免越讀越糊塗，在此還要說明：凱薩琳心地善良，性情樂觀直率，沒有絲毫的驕傲與做作。她剛脫離了少女的忸怩與靦腆，很討人喜歡，氣色好的時候更是嫵媚。跟一般的十七歲女孩一樣，她的頭腦也是那麼愚昧無知。

動身的日子將近。莫蘭太太身為母親，應該感到滿腹焦慮；親愛的凱薩琳就要離家遠行，她應該為女兒的安危擔憂，在臨別前哭得不成人樣；她與女兒在房裡道別時，應該憑著自己的經驗，向女兒提出許多實用的忠告；有的貴族和准男爵喜歡把年輕小姐誘拐到偏僻的鄉舍裡，要是莫蘭太太此時能告誡女兒小心警覺，她的滿腹憂慮肯定會輕鬆許多。誰說不是呢？可惜莫蘭太太並不瞭解貴族和准男爵們，對他們的惡作劇一無所知，也就毫也不擔心女兒會遭到他們欺侮。她只簡單地叮嚀道：「拜託妳，凱薩琳，晚上從舞廳出來時，記得讓脖子暖和一些。希望妳花錢時能記個帳，我特別把這個小帳本送給妳。」

莎莉，或者該叫莎拉（紳士家的小姐們長到十六歲，哪有不改個名字的呢？）她理應成為姐姐的摯友和知己，然而，她既沒要求凱薩琳每天寫信給她，也沒要求她在信上描述每一個新朋友的特徵，或是把巴斯的每一件趣聞報導一番。莫蘭一家人冷靜地處理了與這次旅行有關的一切事項，這種態度很符合日常生活中的一般感情，但並不符合淑女們的多愁善感，也不符合一位女主角初次離家時應該激起的纏綿柔情。她父親不但沒為她開一張旅行支票，也沒把一張一百鎊的鈔票塞在她手裡，只給了她十個基尼，叫她用完再要。

在這種平淡的光景中，凱薩琳辭別家人，踏上旅途。一路上平安無事，既沒碰到強盜，也沒遇上風暴，更沒有因為翻車而邂逅男主角；只有一次，艾倫太太發現鞋子似乎忘在旅店裡，幸好後來只是虛驚一場。除此之外，再也沒有發生特別的事情。

他們來到了巴斯，凱薩琳的心裡不由得興奮起來。當車子駛近景色優美的城郊，以及通往旅館的幾條街道時，她張大了眼睛，左顧右盼。她原本打算玩個痛快，如今她已經相當痛快了。

他們很快便在普爾特尼街的一棟舒適房子裡入宿。

現在應該來介紹一下艾倫太太，以利讀者猜測往後她將會如何造成各種煩惱，如何讓可憐的凱薩琳狼狽不堪；究竟是出自她的輕率、粗俗或是嫉妒，還是因為她偷拆了凱薩琳的信件，詆毀了她的名譽，甚至把她趕出屋外。

世上有許多這樣的女人，與她們交往過後總會納悶：天底下居然會有男人喜歡她們，甚至跟她們結婚！艾倫太太便是這樣的女人，她既不美，又無才藝，還缺乏風度。像艾倫先生這樣一個明理的人之所以挑中她，全是因為她有上流社會的淑女氣質、性情嫻靜溫厚，還喜歡開開玩笑。她和年輕小姐一樣，喜歡四處奔走，見識新奇事物；就這點來看，她倒是很適合當年輕小姐的介紹人。她愛好服裝，總喜歡打扮得漂漂亮亮；先是費了三四天打聽穿什麼衣服最時尚，並且買了一身時髦的衣服，然後才帶著我們的女主角踏進社交界。

凱薩琳自己也買了一些東西。等一切準備妥當，那個事關重大的夜晚就要來臨了，她即將被帶進舞廳。最好的理髮師為她修剪了頭髮，她再細心地穿好衣服。艾倫太太和她的女僕都說她非常好看，在這番鼓勵下，凱薩琳開始希望，當自己從人群中走過時，至少不會遭受批評；至於讚美，要是真有人讚美當然好，但她並不抱這個奢望。

艾倫太太磨磨蹭蹭地打扮了半天，害得兩人很晚才進入舞廳。目前正是最熱鬧的季節，舞廳裡擁擠不堪，兩位女士費了一番力氣才擠進去。至於艾倫先生，他徑直去了打牌室，讓兩位女士在亂哄哄的人叢中尋找樂趣。艾倫太太只顧著當心自己的新衣服，也不管凱薩琳是否受得了，便迅速地穿過門前的人群。幸好凱薩琳緊跟在她身邊，用力抓住她的手臂，才總算沒被擁擠的人潮沖散。不過，她很快就發現，穿過大廳絕不是擺脫重圍的辦法，她們越走，人群似乎就變得越擠。她原以為進來後就能很快找到座位，舒服地坐下來看人跳舞；沒想到事實完全不是這樣。她們好不容易擠到了大廳盡頭，但是情況仍然沒有改變，完全看不到舞者們的身影，只能望見一些女人頭上高聳的羽毛。

經過了一番波折後，她們總算來到最高一排長凳後方的走道。這裡的人比下面少了一些，因此凱薩琳可以環視下方的人群，也可以回顧剛才進來時所經過的重重阻礙。這真是個壯觀的景象，凱薩琳第一次感受到自己身處舞會。她很想跳舞，但這裡沒有一個認識的人；艾倫太太只好不時安慰她幾句，溫柔地說：「好孩子，妳要是能跳跳舞就好了。但願妳能找到舞伴。」一起先，凱薩琳很感激她的好意，豈知她一說再說，而且她的話從未成真，讓凱薩琳終於聽膩了。

她們好不容易才擠到這裡，體會一下高處的寧靜，沒想到好景不長，轉眼間，大家又起身去喝茶，她們也只好跟著人群一起擠出去。凱薩琳開始感到意興闌珊，她討厭被擠來擠去，而且這些人們也沒什麼值得注意之處，更無法與她聊上一兩句。終於來到了飲茶室，她更加感到找不著伙伴的苦惱，艾倫先生連個影子也沒有。兩位女士四下張望，找不到更合適的地方，只好無奈地坐在一張桌子旁。桌前早已坐了一大群人，兩人無事可做，只能跟彼此說話。

她們才剛坐好，艾倫大太便慶幸自己沒把長裙扯壞。「要是被扯破就糟了！」她說，「妳說是吧？這布料可精緻了，老實告訴妳，我在大廳裡還沒見過有人穿這麼棒的布料呢！」

「這裡一個熟人也沒有，」凱薩琳低聲說道，「真是難為情！」

「就是啊！孩子，」艾倫太太泰然自若地回答，「確實難為情。」

「我們該怎麼辦呢？同桌的人好像在議論我們來做什麼，彷彿我們是硬插進來的。」

「是啊，看起來是這樣。真令人難堪！要是能有一些熟人就好了。」

「哪怕有一兩個也好，至少有個伙伴可以壯壯聲勢。」

「一點也沒錯，好孩子。要是有我們認識的人，我一定馬上去找他們。史金納一家去年來過，要是這次也在就好了。」

「既然如此，我們是不是乾脆離開算了？妳看，這裡連我們的茶具都沒有。」

「的確沒有。真氣人！我看我們最好先坐著別動，人這麼多，非把妳擠死不可。好孩子，我的頭髮怎麼樣？有人推了我一把，我怕頭髮被碰亂了。」

「沒事，一點也沒事，看起來很整齊。不過，親愛的艾倫太太，這裡有這麼多人，妳真的一個也不認識？我想妳一定認識幾個人吧？」

「老實說，我一個也不認識。但願我有，那樣的話就能幫妳找個舞伴。我真想讓妳跳跳舞。瞧！那裡來了個怪模怪樣的女人！她穿了一件多古怪的長裙啊！真是件老古董！瞧瞧她的背後。」

過了一陣子，鄰座有個人請她們喝茶，兩人感激不盡地接受了，還順便跟那位先生寒暄了幾句。整個晚上，這是旁人與她們的唯一一次談話。直到舞會結束，艾倫先生才過來找她們。

「怎麼樣？莫蘭小姐，」他立即說道，「玩得很愉快吧？」

「的確愉快。」凱薩琳答道，忍不住打了個大呵欠。

「可惜她沒有跳到舞，」艾倫太太說，「要是我們能為她找個舞伴就好了；我剛才還在說，假如史金納一家今年冬天也來的話，那該有多好啊！或是帕里斯一家，假如他們果真如約來到這裡，那莫蘭小姐就可以跟喬治·帕里斯跳舞了。真遺憾，她一直沒有舞伴。」

「我希望下次會好一些。」艾倫先生安慰道。

舞會結束了，人們開始散場。現場漸漸變得寬敞，人們總算可以任意走動了。我們的女主角沒有在舞會上大顯身手，現在大家終於注意她、讚美她了。每過五分鐘，每當人群逐漸減少，都會為她帶來展現魅力的機會。許多原來不在她附近的年輕人，都接連來一親芳澤。不過，人們欣賞歸欣賞，誰也沒有感到驚為天人，大廳裡沒有任何議論的聲音，也沒有人稱她是仙女下凡。然而，凱薩琳確實迷人，要是那些人見過她三年前的模樣，一定會覺得現在的她美極了！

不過，確實有人在看她，而且是帶著幾分愛慕之情，因為她親耳聽到兩個男士說她是個漂亮的女孩。這些讚美產生了應有的效果，凱薩琳立刻覺得，這是她這輩子最快樂的一晚，她那點微小的虛榮心得到了滿足。她很感激那兩個青年對她發出這簡短的讚美，甚至連一個正常的女主角聽了別人讚美她容貌的十四行詩時，也不會像她那樣感激不盡。直到坐上轎子時，她仍然滿臉笑意，對於自己受到的那點注目，她已感到心滿意足。

第三章

現在，每天早上都有一些固定的事要做：逛逛商店，遊覽城內一些有趣的地方，到「礦泉廳」閒晃幾個小時，看看路過的人，可是跟誰也說不上話。艾倫太太仍然熱切地盼望能在巴斯找到幾個熟人，但每天早上都證明她根本不認識任何人，她只能繼續抱著一絲希望。

她們來到了下舞廳。在這裡，我們的女主角還比較幸運。主辦人為她介紹了一位年輕的紳士作舞伴，他姓蒂爾尼，大約二十四五歲，身材高大，表情和善，雙眼炯炯有神，儘管算不上十分英俊。凱薩琳覺得自己非常幸運。他的談吐優雅，雖然跳舞時無暇交談，但是坐下喝茶時，凱薩琳發現蒂爾尼先生就像她預料的那樣，非常和藹可親。他口齒伶俐，談笑風生，談吐中帶有幾分俏皮；雖然她有時難以領會，卻很感興趣。他們的話題不離周圍的事物，談了一陣子後，蒂爾尼先生突然對她說：「小姐，原諒我這個失禮的舞伴，還沒請教妳來巴斯多久了。以前來過這裡嗎？是否去過上舞廳、劇院和音樂廳？喜歡這裡嗎？我太冒昧了，不過，不知妳現在是否有空回答這些問題？如果有空，我馬上就開始問。」

「先生，你不必為自己找麻煩。」

「不麻煩，小姐，儘管放心。」他裝出一副笑臉，溫柔地問道：「妳在巴斯待很久了吧？小姐。」

「大約一個禮拜，先生。」凱薩琳答道，盡可能忍住不笑。

「真的？」蒂爾尼假裝大吃一驚。

「你什麼驚訝呢？先生。」

「為什麼驚訝？」他用理所當然的口氣說道，「妳的回答似乎想激起某種反應，而驚訝是最容易表現，也最合乎情理的。好了，我們接著說吧。妳以前來過這裡嗎？小姐。」

「從來沒有，先生。」

「真的？去過上舞廳嗎？」

「去過，先生，上禮拜一去過。」

「去過戲院嗎？」

「去過，先生。禮拜二看過戲。」

「聽過音樂會嗎？」

「聽過，先生。禮拜三。」

「喜歡巴斯嗎？」

「是的，很喜歡。」

「說到這裡，我得傻笑一聲，然後我們再恢復理智。」凱薩琳轉過頭去，不知道是否可以笑出來。

「我知道妳是怎麼看我的，」蒂爾尼一本正經地說，「明天我在妳的日記裡可要變成一副可憐的模樣了。」

「我的日記？」

「是的。我很清楚妳會寫什麼——『禮拜五，去了下舞廳。穿著鑲藍邊的花紋紗裙，以及黑鞋，打扮得非常漂亮。奇怪的是，被一個傻里傻氣的怪人纏了半天，硬要我陪她跳舞，聽他胡說八道。』」

「我才不會這麼寫呢！」

「需要我教妳該怎麼寫嗎？」

「請便。」

「『經金先生介紹，與一位帥氣的年輕人跳舞，跟他說了很多話。他似乎是位了不起的人物，希望能進一步瞭解他。』小姐，這就是我希望妳寫的。」

「不過，也許我不寫日記呢！」

「也許妳不坐在這屋裡，也許我不坐在妳身邊——這兩點也一樣值得懷疑吧？不寫日記？那妳的表姊妹們要怎麼瞭解妳在巴斯的生活？每天有那麼多的寒暄問候，要是晚上不寫在日記裡，怎麼能如實向人敘述呢？要是不經常參考日記，要怎麼記住妳那各式各樣的衣服，怎麼描繪妳那不同的膚色特徵，或是捲髮造型？親愛的小姐，我對年輕小姐的習性，並不如妳想像的那樣無知。女人的文筆通常都不錯，這正是歸功於寫日記的好習慣。眾所皆知，寫出賞心悅目的書信，這是女人特有的才能；個性固然也有影響，但我敢說，寫日記才是最大的原因。」

「我有時在想，」凱薩琳懷疑地說，「女人的信是否真的寫得比男人好。也就是說，我並不認為我們一向比男人高明。」

「就我所見，女人的寫信風格除了三個缺點外，一般都是完美無缺的。」

「哪三點？」

「內容空洞、斷句不清、文法錯誤。」

「這麼說來，好在我拒絕了你的恭維。因為你似乎沒有把我們看得很高明。」

「我不能以偏概全，因為女人的信寫得比男人好，就以為女人在唱歌、繪畫方面也比男人出色。在以興趣為基礎的各項能力上，男女是一樣傑出的。」

兩人正說著，想不到被艾倫太太給打斷了。「親愛的凱薩琳，」她說，「快把我袖子上的別針摘下來。搞不好把袖子扯破了吧？要是真的破了，那就太可惜了！因為這是我最愛的一件長裙，儘管一碼布只花九先令。」

「我也估計是這個價錢，太太。」蒂爾尼一邊說，一邊瞧著那塊布料。

「你也懂細紗布嗎？先生。」

「相當在行。我總是親自買領帶，大家都承認我是個傑出的內行人。我妹妹還經常託我替她買長裙呢！幾天前，我替她買了一件，女士們都說相當划算，一碼才花五先令，而且是貨真價實的印度細洋紗。」

艾倫太太十分羨慕他的天分。「男人通常很少注意這種事，」她說，「艾倫先生就一直不懂得區分我的兩件長裙。你的妹妹一定很滿意吧？先生。」

「但願如此，太太。」

「請問，先生，你覺得莫蘭小姐的長裙怎麼樣？」

「很漂亮，太太，」他說，一面鄭重地觀察著，「不過，我看這布料不耐洗，恐怕容易破。」

「你還真是——」凱薩琳笑著說道，差一點說出「怪誕」兩個字。

「我完全贊成你的見解，先生，」艾倫太太回答，「莫蘭小姐買的時候，我就這麼對她說過。」

「不過妳知道的，太太，細紗布還可以用在其他地方。莫蘭小姐可以把它做成一塊手帕、一頂軟帽或是一件斗篷。細紗布是相當實用的，每當我妹妹粗心大意，多買了一些布，或是漫不經心地把布剪壞了，就會抱怨說浪費了，我已經聽了不下幾十次。」

「先生，巴斯真是個迷人的地方！有那麼多好商店，可惜我們住在鄉下，索爾茲伯里倒是有幾間不錯的商店，但是太遠了，有八哩路那麼遠！艾倫先生說有九哩，但是我敢斷定，不會超過八哩。跑一趟真累人！每次我回來都快累死了。再看看這裡，你出門不用五分鐘就能買到東西。」

蒂爾尼先生很客氣，似乎對她的話還挺感興趣的。艾倫太太抓住細紗布這個話題，與他聊個不停，直到跳舞重新開始。

凱薩琳聽著他們的談話，心裡不禁有些擔心，覺得蒂爾尼有個喜歡譏諷別人的缺點。「妳在想什麼？」走回舞廳時，蒂爾尼問道，「應該不是在想妳的舞伴吧？因為從妳的搖頭可以看出，妳想的事情不怎麼令妳滿意。」

凱薩琳臉上一紅，說道：「我什麼也沒想。」

「妳回答得真委婉。不過我寧可聽妳直接說，妳不願意告訴我。」

「好吧，我不願意。」

「謝謝妳。我們馬上就會成為好朋友了，因為以後見面時，我都可以拿這件事來跟妳開玩笑，開玩笑最容易促進友誼。」

他們又跳起舞來。舞會結束後，兩人分手了。對女方來說，她很樂意繼續來往。她喝著溫熱的摻水葡萄酒，也許直到上床時還一直想著他，入睡後也夢見了他；但我倒希望她只是在半睡半醒間夢見他，或是頂多在早晨打盹時夢見他。因為有位作家認為，在男方向女方表露心跡之前，女方不應該先愛上男方。

假如真是這樣，那麼一個年輕小姐在不知道男方是否先夢見她之前，居然就先夢見對方，那顯然是很不像話的事。不過，無論蒂爾尼適不適合作為一個夢中情人，艾倫先生都沒有考慮到這點；他並不反對蒂爾尼與他年輕的被保護人交個朋友，因為當天晚上他就打聽到了凱薩琳舞伴的事情，他得知蒂爾尼是位牧師，出生在葛羅斯特郡的一戶高尚人家。

第四章

第二天，凱薩琳懷著熱切的心情趕到礦泉廳，心想能在中午之前見到蒂爾尼，準備用笑臉迎接他。不過她根本用不著這樣，因為蒂爾尼根本沒露面。到了最熱鬧的時刻，巴斯的人都陸續來到現場，除了他以外。每時每刻，都有一群群的人走進走出，上下台階，唯獨他沒來。

「巴斯真是個可愛的地方，」艾倫太太說道。這時，兩位女士在大廳裡走累了，便靠著大鐘坐下來，「要是我們在這裡有熟人，那該有多好。」

艾倫太太不知道這樣感嘆幾次了，雖然總是白白期待一場，但是正所謂「堅持不懈者才是贏家」、「勤奮為成功之母」，只要艾倫太太始終不放棄，總有一天會如願以償的。她坐下不到十分鐘，一旁有一位年紀與她相仿的女士，已經注視了她好一陣子，這時忽然禮貌地對她說：「我應該沒看錯吧？太太，我很久以前有幸見過妳，妳不是艾倫太太嗎？」

艾倫太太連忙說是，那位客人說自己姓索普。艾倫太太仔細一看，馬上認出她是自己過去的同窗好友，但結婚後僅見過一次面，那已經是十五年前的事了。她們都為這次重逢高興不已，先是讚美了彼此的容貌，接著又說時間過得真快，完全沒想到會在巴斯相遇，隨後又談起了家人、姐妹和表姐妹的現況。兩人喋喋不休，誰也沒聽進去對方說的話；不過，索普太太家中有一大群孩子，說起話來比艾倫太太佔了上風。她大提兒子們的才華、女兒們的美貌，述說著子女們的職業和志向——約翰在牛津、愛德華在泰勒公學、威廉是個水手，三兄弟在各自的崗位上備受尊敬，沒有人比得上他們……等等。艾倫太太沒有類似的內容可以吹噓，只好安靜地聆聽她的嘮叨；不過，令她感到欣慰的是，她那銳利的眼睛很快就發現，索普太太長裙上的花邊還比不上自己的一半漂亮。

「瞧，我的幾個寶貝女兒來了。」索普太太叫道，一面指出三個模樣俏麗的少女，她們手挽著手，正朝她走來。

「親愛的艾倫大太，我正想介紹她們，她們會很高興見到妳的。個子最高的是伊莎貝拉，我的大女兒。她真是個漂亮女孩，對吧？另外兩個也很受歡迎，但我認為最漂亮的還是伊莎貝拉。」

介紹完三位索普小姐後，被擱在一邊的莫蘭小姐也被介紹了一番。索普母女聽到莫蘭這個姓，似乎都愣住了。那位大女兒禮貌地跟她談了幾句之後，便高聲說道：「莫蘭小姐真像她哥哥！」

「簡直跟她哥哥長得一模一樣！」索普太太驚呼。

母女們不停重複說：「無論莫蘭小姐在哪裡，我都能認出她是他的妹妹！」一瞬間，凱薩琳訝異不已。不過，當索普太太和女兒開始敘述她們與詹姆士·莫蘭的認識經過時，她便忽然記起，她的大哥最近與一位姓索普的同學來往密切，他這次聖誕節放假，最後一週就是在他們倫敦附近的家度過的。

整件事解釋清楚以後，三位索普小姐都說了不少親切的話語，希望跟莫蘭小姐加深交情。凱薩琳十分高興，搬出了腦中所有的好話來回答。為了表示友好，索普大小姐伊莎貝拉馬上邀請凱薩琳挽著她的手，在礦泉廳裡繞了一圈。凱薩琳在巴斯又認識了幾個人，她不禁有些得意，幾乎要把蒂爾尼忘了。友誼無疑是對於情場失意的最大安慰。

她們談論著服裝、舞會、調情、嬉戲等話題，這類話題一般能使兩位年輕小姐剛形成的友情日益穩固。索普小姐比凱薩琳大四歲，在知識水平上也至少高出她四年；因此談起話來也較佔上風。她可以比較巴斯和唐橋的舞會，比較巴斯和倫敦的時尚，糾正她的新朋友對時髦的看法；她可以從任何一對男女的笑容中察覺出愛情，在擁擠不堪的人群中指出誰在嬉鬧。這些本領對凱薩琳來說是相當陌生的，不由得生出一股欽佩之情，想要敬而遠之；幸好索普小姐性格活潑，談吐大方，一再表示很高興結識她，才使她消除了一切敬畏之感，只留下一片深情厚意。兩人越來越投緣，在礦泉廳轉了五六圈之後仍然依依不捨，索普小姐索性把凱薩琳送到艾倫先生的家門口。當她們得知晚上還會在劇院裡見面，隔天早晨又要到同一座教堂做禮拜時，才互相感到欣慰，親暱地握了半天手才告別。凱薩琳直奔樓上，從客廳窗戶望著索普小姐的背影，對她那優雅的步履、婀娜的體態和時髦的服裝羨慕不已，也很慶幸能結識這樣一位朋友。

索普太太是個寡婦，家境不太富裕。她性情和善，心地善良，對子女溺愛有加。她的大女兒長得很美，兩個小女兒模仿姐姐的神態與打扮，倒也頗有姿色。

我們簡單介紹了這一家人，為的是不讓索普太太囉哩八嗦地講個沒完。她過去的那些經歷和遭遇，細說起來要佔去三四章的篇幅；那樣勢必要提起那些貴族及官員的卑劣行徑，並重複二十年前的某些談話內容。

第五章

當天晚上，凱薩琳坐在劇院裡，看見索普小姐頻頻向她點頭微笑，也花了不少時間回敬她。不過她也沒忘了在各個包廂裡搜索蒂爾尼的身影，可惜她始終沒能找到，顯然，蒂爾尼對戲劇的興趣比不上礦泉廳。她希望第二天的運氣能夠好一些。當她看見隔天早上天氣晴朗時，簡直要懷疑自己的願望實現了；因為在巴斯，每逢天氣好的禮拜天，人們都會出來玩耍、散步，跟熟人聊聊今天的天氣多好。

做完禮拜，索普一家便很快與艾倫夫婦聚到一起。大家先到礦泉廳玩了一會兒，發現那裡人太多，而且見不到一個像樣的人物，便又匆忙趕到新月街，好呼吸一下上流社會的新鮮空氣。在這裡，凱薩琳和伊莎貝拉手挽著手，無拘無束地暢談著，再次享受了友誼的美好。她們聊得十分起勁，只是凱薩琳與她的舞伴重逢的希望又落空了。到處都找不到蒂爾尼，無論是早晨的散步，還是晚上的舞會；無論在上舞廳，還是下舞廳；無論在化裝舞會，還是便裝舞會；無論是在散步、騎馬或趕車的人們之間，還是在礦泉廳的賓客名簿上，到處都沒有他的消息。他一定離開巴斯了，但他從沒說過這麼快就要走。男主角總是行蹤神秘，在凱薩琳的想像中，這種神秘感為他的容貌和舉止增添了一層魅力，使她更迫切地想進一步瞭解他。她從索普家那裡打聽不到什麼，因為她們遇見艾倫太太的時候，來到巴斯也不過兩天。

不過，她漂亮的朋友極力鼓勵她，勸她不要忘掉蒂爾尼。伊莎貝拉確信，蒂爾尼一定是個迷人的青年；她還確信，他一定很喜歡凱薩琳，因此很快就會回來。她還喜歡他的牧師身分，因為她說自己很喜歡這個職業。當她說完這些話，不由自主地嘆了口氣。也許凱薩琳這時應該問問她為什麼嘆息，但她對愛情和友情的奧妙還不夠瞭解，不知道什麼時候該插嘴，什麼時候該追問對方。

艾倫太太現在十分愉快，對巴斯也很滿意。她終於找到了熟人，還幸運地發現，她們是她一位老朋友的家人；尤其令她無慶幸的是，這些朋友的穿戴一點也比不上她的華麗。她的口頭禪不再是「要是我們在巴斯有幾位朋友就好了」，而是「我真高興能遇見索普太太」。她就像凱薩琳和伊莎貝拉一樣，迫不及待地想增進兩家人的感情。一天下來，她一直守在索普太太身邊，雖然表面上她們是在聊天，但兩人幾乎從不交換意見，也很少談論類似的話題。索普太太一直在聊自己的孩子，艾倫太太則聊自己的長裙。

凱薩琳與伊莎貝拉的友誼，一開始就很熱烈，進展得也很迅速。兩人越來越親密，開始互相以教名稱呼，總是手挽著手走路，跳舞時幫對方穿好長裙，並且堅持在同一個圈子裡跳；就算遇到早上下雨，她們也會不顧雨水與泥濘，堅決聚在一起，關在房間裡一起看小說——是的，小說，我不想跟一般的小說家一樣，採取卑鄙而愚蠢的作法，明明自己也在寫小說，卻用輕蔑的態度去批評小說。他們與自己的敵人聯合起來，對這些作品進行惡意中傷，從不允許自己作品中的女主角看小說。如果一位女主角偶然拾起了一本書，這本書一定乏味至極，女主角一定懷著憎惡的心情翻閱著；老天！要是一部小說的女主角不能從另一部小說的女主角那裡得到慰藉，她該指望從哪裡得到保護和尊重呢？我可不贊成這麼做！讓評論家任意去咒罵那些洋溢著豐富想像力的作品吧！讓他們使用那些充斥在報紙上的陳腔濫調去評論小說吧！但我們可不要互相背棄，我們是個被迫害的群體，雖然我們的作品比其他的文學形式提供人們更廣泛、真摯的樂趣，但還沒有任何一種作品遭到如此多的詆毀。由於傲慢、無知或追求時髦的關係，我們的敵人幾乎和我們的讀者一樣多！有人把英國史縮寫成百分之九，有人把密爾頓、波普和普萊爾的詩、《旁觀者》的一篇雜文、以及史騰的作品裡的某一章拼湊成一本書，這種才能受到了無數人的讚美；然而人們幾乎總是詆毀小說家的才能，貶損小說家的勞動，蔑視那些只以天才、智慧和情趣見長的作品。人們總是這麼說：「這以一本小說來說算得上很不錯——不過，我不是小說愛好者，別以為我常看小說啊！」「妳在讀什麼？小姐！」「哦！只不過是本小說！」人們一邊回答，一邊裝作不感興趣的樣子，或是露出羞愧的表情，連忙把書放下。「這只不過是一本《賽西麗亞》、《卡蜜拉》，或是《貝林達》，總之，只是這樣的作品罷了。」在這些作品中，智慧的力量得到了最大的發揮，將對人性最透徹的理解、將它的千姿百態、機智幽默，以最精湛的語言呈現出來。假如那位小姐看的是一本《旁觀者》雜誌，而不是這種作品，她一定會驕傲地把雜誌亮出來，並且唸出它的名字！不過，別看它厚厚一本，無論那位小姐讀的是哪一篇，它的內容和文體想必都會使一位情趣高雅的青年為之作嘔。這些作品往往描寫著一些不可能發生的事、矯揉造作的人物，以及與人們無關的話題，而且詞語總是拙劣粗俗，使人對於我們這個時代產生了不良的印象。

第六章

以下談話，是兩位朋友結識八九天之後的一個早晨在礦泉廳進行的，足以充分顯現出她們之間的情感，以及彼此的敏銳、謹慎、想像力和優雅的文學情趣。這一切表明了她們熱烈的友情是那麼合情合理。

伊莎貝拉比她的朋友早到了快五分鐘，她的第一句話就說：「我親愛的，什麼事耽誤了妳？我等了妳老半天了！」

「真的嗎？真對不起，我還以為我很準時呢！才剛過一點，但願沒讓妳等太久。」

「哦！等了大半天了！肯定有半個鐘頭。好了，先去大廳那邊坐下吧。我有好多話想跟妳說。首先，今天早上出門的時候，我很擔心會下雨，急得要死！妳知道吧，我剛才在米爾森街一家商店的櫥窗見到一頂帽子，妳想像不到它有多漂亮，跟妳的那頂很像，只是緞帶是橘紅色，不是綠色的。我當時真想買，不過，親愛的凱薩琳，今天早上妳在做什麼？是不是又在看《奧多芙》了？」

「是的，一起床就在看。已經看到黑紗那一段了。」

「真的嗎？太有意思了！哦！我絕不會告訴妳黑紗後面罩著什麼！妳想知道嗎？」

「噢！是的，很想知道。到底是什麼呢？不過別說，無論如何也別說。我知道是一具骨骸，我猜是勞倫提娜的骨骸。噢！我真愛這本書！老實跟妳說，我真想一直讀下去，可是我必須來見妳。」

「親愛的，妳真好。等妳看完《奧多芙》，我們就一起看《義大利人》。我給妳列了一張書單，有十幾本這種書。」

「真的！那真是太好了！都是些什麼書？」

「我唸給妳聽，全寫在我的筆記本裡：《伍爾芬巴赫城堡》、《克萊蒙》、《神秘預兆》、《黑森林的巫師》、《午夜鐘聲》、《萊茵河孤兒》，以及《恐怖的奧秘》。這些書夠我們看好久了。」

「是的，真是太好了！不過，這些書都很恐怖嗎？妳確定它們都很恐怖？」

「是的，保證沒問題。我的朋友安德魯小姐把這些書全看完了，她真是個可愛的女孩，要是妳也認識她就好了，妳一定會喜歡她的。她正在幫自己織一件漂亮的斗篷。我覺得她就像天使一樣美麗，令我生氣的是，居然沒有男人愛慕她！我要狠狠地責罵他們。」

「責罵他們？就因為他們不愛慕她？」

「是的，就是要責罵。我為了自己的好朋友，什麼事都肯做。只要我愛上某個人，絕不會心猿意馬，我的感情總是十分熱烈。今年冬天，我就在一次舞會上對杭特上尉說，要是他不承認安德魯小姐像天使一樣美麗，我就不跟他跳舞。妳知道，男人總以為我們女人之間沒有真正的友誼，我一定要讓他們看看事實絕非如此。要是我聽見有人說妳的壞話，我就會馬上發火。不過，那根本不可能，因為男人們最喜歡妳這種女孩。」

「噢，天哪！」凱薩琳臉紅了，「妳怎麼能這麼說呢？」

「我很瞭解妳。妳的性情活潑，這正是安德魯小姐欠缺的。坦白說，她這個人太無趣了。噢！我得告訴妳，昨天我們分手後，我就看到一個小伙子拚命盯著妳看。我敢斷定他愛上妳了。」凱薩琳害羞地不停否認，

「這千真萬確，我明白是怎麼回事。妳除了某位先生以外，對任何人的愛慕都無動於衷——我就不指明那位先生是誰了。好了，我不能責怪你了。」她的語氣更加嚴肅，「妳的心情很容易理解，我很清楚，要是妳真正愛上一個人，就不喜歡別人來獻殷勤。凡是與心上人無關的事，全都是那樣索然無味！我完全可以理解妳的心情。」

「不過，妳別讓我覺得自己這麼想念蒂爾尼先生，也許我再也見不到他了。」

「再也見不到？親愛的，別這麼說。要是妳這麼想，一定會很沮喪的。」

「不會的，絕對不會。我不會裝模作樣，說自己並不喜歡他；不過，只要我有《奧多芙》可以看，就沒有人能讓我沮喪。噢！那條可怕的黑紗！親愛的伊莎貝拉，我敢說，它後面一定是勞倫提娜的骨骸。」

「真奇怪，妳以前居然沒讀過《奧多芙》。不過我想，莫蘭太太反對看小說。」

「不，她不反對，她自已就常讀《查爾斯．格蘭迪森爵士》。不過，新書通常輪不到我們。」

「《查理斯．格蘭迪森爵士》！那不是一部無聊透頂的書嗎？我記得安德魯小姐連第一卷都看不完。」

「它和《奧多芙》完全不同，不過我還是覺得很有趣。」

「是嗎？真令我吃驚，我還以為不值一讀呢！不過，親愛的凱薩琳，妳決定今晚要在頭上戴什麼了嗎？無論如何，我決定跟妳打扮得一模一樣。妳知道，男人有時挺注意這種事呢！」

「他們注意又怎麼樣？」凱薩琳十分天真地說。

「怎麼樣？哦，天哪！我才不在乎他們說了什麼。要是妳不給他們一點顏色瞧瞧，讓他們識相點，他們一定會亂來的。」

「是嗎？我從來沒注意過這點，他們對我總是規規矩矩的。」

「哼！他們只會裝腔作勢，自以為了不起。噢，對了，我常常在想一件事，但總是忘了問妳。妳喜歡什麼膚色的男人？黑的還是白的？」

「我也不知道，我沒想過這個問題。也許介於兩者之間的棕色最好，不白也不黑。」

「好極了！凱薩琳，那不正是他嗎？我還沒忘記妳是怎麼形容蒂爾尼先生的——『棕色的皮膚，黝黑的眼珠，烏黑的頭髮。』唔！我的喜好可不一樣，我喜歡淺色的眼睛；至於膚色，妳知道我喜歡淡黃色的。要是妳在熟人之中見到這種人，千萬別洩露我的秘密。」

「洩露妳的秘密？什麼意思？」

「好了，別為難我啦！我似乎說得太多了。我們別再談這件事啦！」

凱薩琳有些訝異地聽從了。沉默了一陣子，她想再提起她這時最感興趣的勞倫提娜的骷髏，沒想到被她的朋友打斷了，她說：「看在上帝的份上，我們離開這裡吧。妳知道，有兩個討厭的小伙子盯著我半小時了，看得我不好意思。我們去看看來了哪些客人吧。他們不會跟過來的。」

她們走到賓客名冊那裡。當伊莎貝拉查看名冊的時候，凱薩琳就負責提防那兩個可怕的小伙子。

「他們沒跟過來吧？希望他們別再糾纏不清了。要是他們來了，妳就告訴我一聲。我絕不抬頭。」

過了不久，凱薩琳帶著真誠的喜悅告訴伊莎貝拉，說她不必再擔心了，因為那兩個男人剛剛離開了礦泉廳。

「他們往哪裡去了？」伊莎貝拉急忙轉過身問道，「有個小伙子長得真英俊。」

「他們往教堂大院那裡去了。」

「哦！我終於甩掉他們了，真是太好了！現在陪我去艾德格大樓看看我的新帽子，好嗎？妳曾說過想看。」

凱薩琳欣然同意了。「只不過，」她補充說，「或許會遇到那兩個年輕人的。」

「哎！別管那個。要是我們走得快，馬上就能超過他們。我一心想讓妳看看帽子呢！」

「但是，我們只要再等幾分鐘，就絕對不會再遇到他們。」

「告訴妳，我才不怕他們呢！我從不會對男人過分敬畏，那只會把他們寵壞。」

凱薩琳無法抗拒這番理論。於是，為了突顯索普小姐的倔強個性，突顯她想殺男人威風的決心，她們立刻以最快的速度向兩個年輕人追去。

第七章

不到半分鐘，兩位小姐就穿過礦泉院，來到聯盟路對面的拱門下，在這裡被擋住了去路。凡是熟悉巴斯的人都會記得，要在這個地方穿越奇普街，總是困難重重。這的確是一條傷透腦筋的街道，偏偏又連接去倫敦和牛津的大道以及城內的大旅館；因此無論是哪一天，無論女士們有多麼重要的事，無論是去買麵糰、女帽，還是像現在這樣去追趕男士們，總會在街旁被攔住，好讓馬車、騎士或大車先過去。伊莎貝拉來到巴斯以後，這種苦頭每天至少要吃三次，每次都要嘆息一番；如今也不例外。

她們剛來到聯盟路對面，便看見那兩位紳士正在那條別具風情的小巷裡，穿過人群往前走。偏偏就在這時，一輛馬車擋住了她們的去路，趕車的是一個神氣的人，趕著車在高低不平的街道上奔馳，隨時可能危及到他本人、他的夥伴和那匹馬的性命。

「噢！這些討厭的馬車！」伊莎貝拉舉目望了望，「我恨透它們了！」儘管她的憎惡理由充分，但持續的時間卻不長，因為她再定神一看，忍不禁驚叫起來。「太好了！原來是莫蘭先生和我哥哥！」

「天哪！是詹姆士！」凱薩琳同時叫道。兩位年輕人一看見她們，便猛地勒住了馬，差點沒讓牠跌倒。僕人急忙趕了過來，兩位先生跳下車，把馬車交給他照料。

這次巧遇出乎凱薩琳的意料，她欣喜若狂地迎接哥哥。詹姆士是個和藹的人，對妹妹十分愛護，因此也表現得很開心。當他盡情顯露自己的喜悅時，索普小組那雙明亮的眼睛不停地打量著他，想引起他的注意；很快地，詹姆士便帶著有些困窘的表情向索普小姐問好。假如凱薩琳善於揣摩他人感情，而不僅沉湎於自己的感情之中的話，那她或許會意識到：她的哥哥也跟她一樣，認為她的朋友十分漂亮。

這時，約翰．索普正在交代馬車的事，隨後也走了過來。凱薩琳馬上得到了應有的補償，因為他一邊漫不經心地拉了拉伊莎貝拉的手，一邊笨拙地向凱薩琳鞠了一躬。這是一位健壯的青年，中等身材，外表粗俗而笨拙。他似乎擔心自己太亮麗，因此穿了一身馬伕的服裝；又擔心自己太文雅，因此在講究禮貌的時刻表現得相當隨便，在可以隨便的時刻表現得更加放肆。

他掏出錶，說道：「妳猜我們從泰伯里到這裡總共走了多久？莫蘭小姐。」

「我不知道多遠。」她哥哥告訴她總共是二十三哩。

「二十三！」約翰嚷道，「整整二十五哩！」莫蘭加以反駁，並拿出了旅行指南、旅店老闆和里程碑作證據。但他的朋友全然不把這些放在眼裡，他有個更聰明的測量方法。「根據耗費的時間來計算，」他說，「我敢說是二十五哩。現在是一點半，城裡的鐘敲到十一點的時候，我們剛從泰伯里旅館出發。全英格蘭有誰敢說我的馬車每小時走不到十哩呢？這不正好是二十五哩嗎？」

「妳少說了一個小時，」莫蘭說，「我們離開泰伯里的時候才十點鐘。」

「十點？明明是十一點！我數過鐘聲。莫蘭小姐，妳這位哥哥想把我搞糊塗呢！看看我的馬，妳這輩子見過這麼快的馬嗎？」

僕人剛跳上馬車，準備駕車離開。「這麼出色的純種馬！三個半小時只跑二十三哩！看看那匹馬，妳認為這有可能嗎？」

「牠看起來的確氣喘吁吁！」

「氣喘吁吁？我們一直趕到沃爾考特教堂，牠都沒喘一口氣。瞧瞧牠的前身，瞧瞧牠的腰，只要看看牠走路的姿態，就知道牠不可能一小時走不到十哩。就算把牠的腿捆起來，牠也能往前走。妳覺得我這輛馬車怎麼樣？莫蘭小姐。夠輕巧吧？彈性也很好，是城裡製造的，我買下它還不到一個月。它本來是我在基督城的一個朋友訂做的，他用了幾個禮拜，後來因為缺錢，急著脫手。剛好我想買一輛輕便馬車，雖然雙馬車也不錯；說來也巧，上學期我在馬格達倫橋上遇到他，他正趕車去牛津。『哦！索普，』他說，『你想不想買這一輛小車子？它是這類車裡頭最棒的一輛，不過我用膩了。』『噢！該死，』我說，『我買了，開個價吧！』莫蘭小姐，妳猜他賣多少？」

「我當然猜不到。」

「妳看，這完全是雙馬車的裝潢——座位、行李箱、劍匣、擋泥板、車燈、銀裝飾線，一應俱全。那些鐵製零件跟新的一樣，甚至比新的還棒。他開價五十基尼，我當場點頭成交。」

「的確，」凱薩琳說，「我對這種事一無所知，無法判斷究竟便宜還是貴。」

「既不便宜也不貴。也許我可以少付一些錢，但我不喜歡討價還價，再說可憐的弗里曼需要現錢。」

「你的心腸真好。」凱薩琳十分高興地說道。

「噢，該死！在有能力為朋友盡點力的時候，我從不小氣。」

這時，兩位先生問小姐們打算去哪裡，問明之後，便決定陪她們一起去艾德格大樓，順便拜訪一下索普太太。詹姆士和伊莎貝拉在前面帶路。伊莎貝拉覺得自己十分幸運，眼前這位先生既是她哥哥的朋友，又是她朋友的哥哥，高興之餘，想讓他一路上也過得開心。她的心情是那樣純潔，絲毫沒有賣弄風情的意思；因此，當他們在米爾森街追過那兩個討人厭的年輕人時，她完全不想去挑逗他們的注意力，只不過回頭望了他們三次。

約翰則與凱薩琳走在一起。沉默了幾分鐘之後，他又談起了他的馬車：「莫蘭小姐，妳會發現，還是有人認為我買了便宜貨，因為第二天我本來可以轉手多賣十基尼的。奧里爾的傑克森一開口就出價六十基尼。當時莫蘭也在場。」

「是的，」詹姆士無意中聽見了，回答道，「不過你別忘了，還包括你的馬呢！」

「我的馬！哦，該死！給我一百基尼我也不會賣掉我的馬。莫蘭小姐，妳喜歡敞篷馬車嗎？」

「是的，非常喜歡。我一直沒機會坐這種馬車，不過我卻很喜歡。」

「那好極了。我每天都可以讓妳坐我的車出去。」

「謝謝，」凱薩琳回答道，她心裡有些忐忑不安，不知是否讓接受這樣的好意。

「我明天就帶妳去蘭斯當山。」

「謝謝你。可是你的馬不需要休息嗎？」

「休息？牠今天才走了二十三哩。真是胡扯！讓馬匹休息只會讓牠們累得更快。不，不能休息，我的馬每天必須運動四個小時。」

「真的嗎？」凱薩琳認真地說道，「那就是一天四十哩了！」

「四十？哼，說不定可以跑五十哩呢。好了，我明天帶妳去蘭斯當山。一言為定。」

「那一定很有趣！」伊莎貝拉轉過身，大聲叫道，「親愛的凱薩琳，我真羨慕妳。不過，哥哥，你的車坐不下三個人吧？」

「三個人？當然坐不下。我來巴斯不是為了帶妹妹四處兜風的，那豈不是要成為笑話！莫蘭會照顧妳的。」

那兩個人聽了這番話，互相客套了一番，不過他們具體說了什麼話，凱薩琳並沒聽見。她的同伴剛才那股興致勃勃的態度不見了，只有在見到其他女人時品頭論足一番。凱薩琳帶著年輕女性的謙遜與恭敬，盡可能地洗耳恭聽，隨聲附和，生怕自己的婦人之見冒犯了一個充滿自信的男人，特別是在牽涉到女性的美貌這樣一個話題上。最後，她終於鼓起勇氣改變話題，提出了她心裡思考很久的一件大事：「你看過《奧多芙》嗎？索普先生。」

「《奧多芙》？噢，天哪！沒看過。我從不看小說，我還有正經事要做。」

凱薩琳覺得十分羞愧，正想道歉，卻被約翰打斷了：「小說裡盡是胡說八道！自從《湯姆．瓊斯》之後，就沒有一本像樣的小說，除了《僧人》以外。我幾天前看過這本書。至於其他小說，全都是些無聊透頂的玩意。」

「我想，要是你看了《奧多芙》，一定會喜歡的，這本書有趣極了。」

「老實說，我才不會去看！如果要看小說，我會看雷德克里夫夫人的。她的小說很有意思，值得一讀！裡頭不乏逗趣的內容和對大自然的描寫。」

「《奧多芙》就是雷德克里夫夫人寫的。」凱薩琳說道。她說得有些猶豫，擔心對方會因此難堪。

「絕對不可能。真的是她寫的？噢，我想起來了，是她沒錯。我剛才想成另一本無聊的書了，就是那個被人們捧上天的女人寫的。她嫁給了那位法國移民。」

「我想你指的是《卡蜜拉》吧！」

「對！就是那本。簡直是胡扯！有一次我拿起第一卷隨便看了看，立刻發現不行，是的，我還沒讀過就猜出裡面在寫什麼了。我一聽說它的作者嫁給一個移民，就知道我無論如何也看不下去。」

「我從沒看過這本書。」

「那妳一點損失也沒有。放心好了，那本書真的無聊透頂，什麼內容也沒有，只不過在講一個老人玩蹺蹺板、學拉丁文之類的事。」

不幸的是，這番公正的評論並沒有對凱薩琳產生任何影響。說話間，大家來到了索普太太的家門前。索普太太從樓上看見了他們，立刻到走廊上迎接。一見到她，約翰那些敏銳而公正的情感消失了，取而代之的是一顆恭敬而親熱的孝順之情。

「哦，媽媽！您好！」索普說道，一面親切地與她握手。「您從哪裡弄到那麼一頂怪帽子！戴著它就像個老巫婆。莫蘭和我回家陪您住幾天，因此您得在附近為我們找個好房間。」這名母親聽到這些話，溺愛子女的心意似乎得到了滿足。接著，約翰對兩個妹妹一樣表現得很親熱，逐一向她們問好，還說她們的模樣真醜。

凱薩琳並不喜歡這種行為，但約翰畢竟是詹姆士的朋友，伊莎貝拉的哥哥；加上看帽子的時候，伊莎貝拉曾告訴她，約翰說她是世上最迷人的女孩；臨走之前，約翰又約她當天晚上一起跳舞，這使得她改變了先前的看法。假如凱薩琳年紀再大一些，虛榮心再強一些，這種攻勢也許就不會得逞。但是，一個既年輕又羞怯的少女，被人稱讚是世上最迷人的女孩，又被人邀請一同跳舞的時候，除非她異常堅定、理智，否則很難無動於衷。

莫蘭兄妹與索普一家坐了一小時之後，便動身返回艾倫先生家。一走出房子，詹姆士便說：「凱薩琳，妳覺得我的朋友索普怎麼樣？」假如這其中不存在友誼，而她又沒有受到讚美的話，那她很可能回答：「我一點也不喜歡他。」

不過，如今她卻立刻答道：「我很喜歡他。他看起來十分和藹。」

「他是個挺和善的人，只是有點喋喋不休。不過我想這一定很合妳們女人的意。妳喜歡他們家的人嗎？」

「很喜歡，的確很喜歡，尤其是伊莎貝拉。」

「我很高興聽妳這麼說。我就希望妳結交像她一樣的年輕女人。她富有理智，一點也不做作，十分親切。我一直想讓妳認識她。她似乎很喜歡妳，對妳讚譽有加。能被索普小姐這樣一位女孩讚美，就算是妳，」他親暱地握住她的手，「也會感到自豪。」

「我的確感到自豪，」凱薩琳回答，「我非常喜愛她，我很高興你也喜歡她。你去他們家之後，怎麼從來沒在信上提到她？」

「因為我以為馬上就會見到妳。我希望妳們在巴斯的這段時間能經常待在一起。她是個和藹可親的姑娘，又聰明過人！她們全家人都喜歡她，她顯然是一家人的焦點。在這樣一個地方，一定有不少人愛慕她，妳說是嗎？」

「是的，我想一定有很多人。艾倫先生認為她是巴斯最漂亮的小姐。」

「我想也是，我不知道有誰比艾倫先生更懂得鑑賞。親愛的凱薩琳，我不必問妳在這裡過得開不開心，有伊莎貝拉、索普這樣的朋友作伴，妳不可能不開心的。毫無疑問，艾倫夫婦對妳一定很好。」

「的確是，我以前從來沒有這麼愉快過，看到你又更愉快了。你真好，特地跑這麼遠來看我。」

詹姆士領受了這番感激之詞，同時，為了讓自己心安理得，又情意懇切地說道：「凱薩琳，我實在太愛妳了。」

兄妹倆聊起了家人的情況，以及其他家務事，除了詹姆士偶爾打岔，誇讚了索普小姐幾句之外，他們一直談論著這些事。到了普爾特尼街後，詹姆士受到盛情招待，艾倫先生留他吃飯，艾倫太太則要他猜猜她新買的皮手套和披肩值多少錢，並評論一下它們的優點。由於詹姆士有約在先，無法接受艾倫先生的邀請，只好在滿足艾倫太太的要求後便匆匆告辭了。與索普家在八角廳的見面時間已經決定，於是凱薩琳帶著驚恐不安的心情，以及天馬行空的想像力，盡情欣賞她的《奧多芙》，把打扮與赴宴的事情暫時拋在一邊，也沒時間去安慰害怕裁縫師遲到的艾倫太太，甚至來不及回味晚上即將去跳舞這件趣事。

第八章

儘管凱薩琳想看《奧多芙》，艾倫太太擔心裁縫師來遲，但普爾特尼街的人們還是準時來到了舞廳。索普一家和詹姆士只比他們早了兩分鐘。伊莎貝拉像平常一樣，一見到她的朋友便連忙上前迎接。她眉開眼笑，親切無比，時而讚賞凱薩琳穿的長裙款式，時而羡慕她頭髮的樣式。接著，兩人隨著幾位長輩，手挽手地步入舞廳，不時朝對方擠眉弄眼一番。

大伙兒剛坐下不到幾分鐘，舞會便開始了。詹姆士與妹妹一樣，早就約好了舞伴，因此再三催促伊莎貝拉起身。想不到，約翰跑去打牌室找朋友說話了，伊莎貝拉因此聲明：要是親愛的凱薩琳不能一同加入，她就絕對不先跳。「我告訴你，」她說，「如果你親愛的妹妹不一起來，我就絕不跳。否則，我們一整個晚上都要分開了。」凱薩琳很感激她，眾人就這樣又坐了三分鐘。

伊莎貝拉先是與身旁的詹姆士說著話，這時突然轉向凱薩琳，悄悄說道：「親愛的，我恐怕得離開妳了，妳哥哥實在等不及了。我知道妳不會介意我去的。約翰應該很快就回來，到時妳很容易就能找到我。」

凱薩琳雖然有點失望，但她的脾氣好，沒有加以阻攔。於是那兩個人站起身來，伊莎貝拉捏了捏朋友的手，說了聲「回頭見，親愛的！」便與詹姆士匆匆走開了。索普家的另外兩位小姐也在跳舞，凱薩琳依然坐在索普太太和艾倫太太中間，跟她們作伴。約翰還沒出現，這使她感到惱火，她不只渴望跳舞，而且也知道，她現在這樣，就跟那些枯坐一旁沒有舞伴的女孩們一樣丟臉。一個純潔、無辜的女孩，竟當著大家的面丟人現眼，而這完全是由於某人的疏失造成的，這或許也是女主角必須遇到的插曲吧！在這段插曲中，女主角表現得越堅強，人格就顯得越高尚。凱薩琳也是堅強的，她心裡感到屈辱，但嘴裡並不抱怨。

忍氣吞聲地等了十分鐘，凱薩琳心裡猛地一驚，頓時轉怒為喜。原來，她在離座位不到三碼遠的地方看見了他——不是約翰，而是蒂爾尼。他似乎正朝她們走過來，但是沒有看到她，這讓凱薩琳臉上泛起的微笑和紅暈又消失了，沒有辱及身為女主角的尊嚴。蒂爾尼看上去就像以往一樣英俊、活躍，正興致勃勃地跟一位時髦俏麗的年輕女子談話。那名女子搭著他的手臂，凱薩琳馬上猜出那是他的妹妹。

她本來大可認為他已經結婚，並永遠地放棄他；但現在卻錯失了這個大好機會。不過，就算從簡單、可能的情形來判斷，她也從未想過蒂爾尼有可能已經結婚了。他的言談舉止與一般的已婚男子並不相像；他從未提起自己有妻子，只說過有個妹妹。根據這些線索，她立刻斷定，在他身邊的那位是他妹妹。因此，凱薩琳沒有變得面色蒼白，也沒有昏倒在艾倫太太懷裡，只是直挺挺地坐著，頭腦十分清醒，臉頰只比平時略紅一點。

蒂爾尼與他的女伴跟在一位婦人後面，緩慢地朝她們走來。這位婦人認識索普太太，因此便停下來與她說話，蒂爾尼兄妹由她帶領，也跟著停下腳步。蒂爾尼先生一發現凱薩琳正在看他，便立刻露出微笑，與她相認，凱薩琳也愉快地對他笑了笑。他接著走了幾步，過來與凱薩琳和艾倫太太說話。艾倫太太客氣地跟他打了個招呼：「我很高興又見到你，先生。我原本還擔心你離開巴斯了呢！」蒂爾尼感謝她的關心，說他曾離開巴斯一個星期，就是他認識她們的隔天早上走的。

「唔，先生，你這次回來肯定不會後悔，因為這裡是年輕人的天堂——當然對其他人來說也是。當艾倫先生說他討厭巴斯時，我就告訴他，他不應該抱怨，因為這個地方實在太可愛了，每逢這樣的季節，待在這裡總比待在家裡好多了。我跟他說，他真有福氣，能來這裡療養。」

「我希望艾倫先生會發現巴斯對他大有助益，到時就會喜歡這裡了。」

「謝謝你，先生，我相信他會的。我們的一位鄰居史金納博士去年冬天來這裡療養過，回去後又變得生龍活虎了。」

「這個案例一定能帶來很大的鼓勵。」

「是的，先生。史金納博士一家在這裡住了三個月呢！因此我告訴艾倫先生，叫他別急著走。」

談話忽然被索普太太打斷，她請艾倫太太移動一下，讓出一些位子給休斯太太和蒂爾尼小姐。大家都坐下了，蒂爾尼先生仍然站在她們面前。他考慮了幾分鐘後，便請凱薩琳與他共舞；這本是件值得高興的事，沒想到卻讓女方感到悔恨交加，她相當遺憾地謝絕了。

約翰來了。要是他早來半分鐘，一定會發現她痛苦萬分。他為讓她久等而致歉，但這絲毫沒有讓她覺得好過些。當他們起身跳舞時，約翰提起剛才與他道別的那位朋友的馬和狗，還說他們打算互相交換，但凱薩琳完全提不起興趣，仍然不時朝她離開蒂爾尼的地方張望。她想讓伊莎貝拉看見他，可是伊莎貝拉早已不知去向，他們在不同的圈子裡。

她離開了自己的伙伴，離開了自己的所有熟人，討厭的事卻一樁接著一樁。她從這些事情中得出了一個有用的結論——在舞會前先約好舞伴，不見得能增加一位少女的尊嚴與樂趣。正當她這麼想的時候，忽然有人拍了拍她的肩膀，將她從沉思中驚醒。她一轉頭，發現休斯太太就在她背後，由蒂爾尼小姐和一位先生陪伴著。

「請恕我冒昧，莫蘭小姐，」休斯太太說，「我無論如何也找不到索普小姐。索普太太說，妳一定不會介意陪這位小姐。」休斯太太真是找對人了，在這間屋子裡沒有人比凱薩琳更樂意做這份人情了。休斯太太為她們互相介紹了一番。蒂爾尼小姐很有禮貌地答謝了對方的好意，凱薩琳則委婉地表示這沒什麼。安置好這位年輕小姐後，休斯太太便滿意地回到她的伙伴那裡。

蒂爾尼小姐身材苗條，臉蛋俊俏，十分惹人喜愛。她的儀態雖不像索普小姐那麼做作、時髦，卻更加端莊、穩重。她的言談舉止表現出卓越的見識和良好的教養，既不羞怯，也不故作大方。她年輕迷人，但是一到了舞會上，並不刻意吸引周圍男人的目光。無論遇到大小事，都不會故意裝出欣喜若狂，或是焦急萬分的表情。她的美貌以及她與蒂爾尼先生的關係，使得凱薩琳立刻對她產生了興趣，急於跟她結交。因此，每當想起什麼話題，她都很樂意與她聊聊。只不過初次見面，她們頂多只能談論一些普通的問題，例如是否喜歡巴斯、是否欣賞巴斯建築和鄰近鄉村、會不會畫圖、彈琴、唱歌，或是騎馬。

兩支舞曲剛剛結束，凱薩琳就發現伊莎貝拉抓住了她的手臂，興高采烈地叫道：「終於找到妳了！我親愛的，我找妳找了一個小時了。妳知道我在另一個圈子裡跳舞，為什麼還跑來這裡呢？少了妳，我一點勁也沒有。」

「親愛的伊莎貝拉，我要怎麼找到妳呢？我連妳在哪裡都看不見。」

「我就是這樣跟妳哥哥說的，但他就是不相信。我說『快去找你妹妹，莫蘭先生！』可是全是白費唇舌，他一動也不動，不是嗎？莫蘭先生。你們男人都一樣懶惰！我一直狠狠地罵他，親愛的凱薩琳，妳一定會覺得驚訝，妳知道我對這種人從不留情。」

「看看那個頭上戴白珠子的小姐，」凱薩琳輕聲說道，一邊把她的朋友從詹姆士身邊拉開，「那是蒂爾尼先生的妹妹。」

「哦，天哪！真的嗎？快讓我瞧瞧。多可愛的女孩啊！我從沒見過這麼美麗的人！她那位人見人愛的哥哥在哪？在大廳裡嗎？如果在，請馬上指給我看，我真想看看他。莫蘭先生，你不用聽，不關你的事。」

「那你們在說什麼？出了什麼事？」

「你看，我就知道是這麼回事！你們男人的好奇心真是太強烈了！還敢說女人好奇，哼！跟你們相比簡直是小巫見大巫。不過，你還是死心吧！休想知道是什麼事。」

「妳以為這樣我就會死心了嗎？」

「哎！真奇怪，我從沒見過你這種人。我們聊什麼關你什麼事？也許我們正在聊你，因此我勸你不要聽，否則你也許會聽到不太中聽的話。」

就這樣閒扯了好一陣子，原先的話題似乎早已忘個精光。雖然凱薩琳很樂意讓它中斷一下，但又忍不住懷疑：伊莎貝拉起初那麼急著想見蒂爾尼，怎麼才一下子就忘得一乾二淨？當樂隊重新奏起舞曲時，詹姆士又想把他漂亮的舞伴拉走，但是被拒絕了。

「你聽我說，莫蘭先生，」伊莎貝拉喊道，「我絕不會這麼做。你怎麼這麼糾纏不清！妳瞧，親愛的凱薩琳，妳哥哥想讓我做什麼？他想讓我跟他跳舞！雖然我跟他說這麼做不太恰當，要是我們不交換舞伴，豈不會讓人留下話柄！」

「老實說，」詹姆士說，「在公共舞會上，這是常有的事。」

「胡說，你怎麼能這麼說？你們男人為了達到目的，總是不擇手段。親愛的凱薩琳，快幫我勸勸妳哥哥，讓他知道這是不行的。告訴他，要是妳看見我這麼做，一定會大為震驚，不是嗎？」

「不，絕不會。不過，要是妳認為不恰當，那妳最好換一個舞伴。」

「你看，」伊莎貝拉叫道，「聽到你妹妹怎麼說的了。你總是無動於衷。你記住，要是我們被巴斯的老太太們在背後說閒話，那絕不是我的錯。來吧，親愛的凱薩琳。看在上帝的份上，跟我站在一起。」兩人拔腿就走，回到原來的位置。約翰這時早已不見了，凱薩琳想給蒂爾尼一個機會，讓他重提那個令人愉快的請求，於是快步向艾倫太太和索普太太走去。她的期待落空了，他早已不在那裡，不禁覺得自己的期望也太可笑了。

「唔，親愛的，」索普太太說，迫不及待地想聽聽別人誇獎她的兒子。「我希望妳找了一個愉快的舞伴。」

「愉快極了，太太。」

「我很高興。約翰十分迷人，是吧？」

「妳遇到蒂爾尼先生了嗎？好孩子。」艾倫太太說道。

「沒有。他在哪裡？」

「他剛才還跟我們在一起，說自己逛膩了，想去跳個舞。所以我想要是他遇見妳，也許會邀請妳跳的。」

「他可能在哪裡呢？」凱薩琳一邊說，一邊朝四下張望。很快地，她發現蒂爾尼正領著一位年輕小姐去跳舞。

「哦！他有舞伴了！可惜他沒請妳跳。」艾倫太太說道。沉默了一會之後，她又補充道：「他是個很討人喜愛的小伙子。」

「的確是，艾倫太太，」索普太太得意地笑道，「雖然我是他母親，但還是得說，天底下沒有比他更可愛的小伙子了。」

要是別人聽到這句文不對題的回答，也許會感到莫名其妙；但艾倫太太卻不感到困惑，只是思考了片刻，便小聲對凱薩琳說：「她一定以為我在說她兒子。」

凱薩琳又失望，又氣惱。就差那麼一點，她錯過了到手的好機會。沒過多久，約翰又來到她面前，說道：「莫蘭小姐，我想我們還是再來跳一下吧！」凱薩琳內心正懊悔不已，因此沒給他一個溫柔的回答。

「噢，不。多謝你的好意，我們已經跳了兩支舞了。再說，我累了，不想再跳了。」

「不想跳了？那我們就在屋裡走走，跟人開開玩笑。跟我來吧！我要讓妳瞧瞧這屋裡四個最滑稽的人——我的兩位妹妹和她們的舞伴。我這半個小時一直在嘲笑他們。」

凱薩琳再次謝絕了。最後，約翰只好獨自去嘲弄他的妹妹。凱薩琳感覺後半個晚上非常無聊。喝茶的時候，蒂爾尼被人拉走，去應酬他的舞伴那邊的人群。蒂爾尼小姐雖然與她們在一起，但是並不親近她。詹姆士與伊莎貝拉只顧著一起說話，伊莎貝拉沒空理會她的朋友，頂多對她一笑，捏她的手，叫一聲「最親愛的凱薩琳」。

第九章

晚上的事件是這樣為凱薩琳帶來不愉快的：當她還在舞廳時，先是對周圍的每個人都感到不滿，這種不滿又引起了極度的疲倦，急著想要回家；回到普爾特尼街後，又變成飢餓感；吃飽飯後，一心只想睡覺。這是她煩惱的終點，因為她一躺到床上，便立刻昏昏沉沉地睡著了。這一覺睡了九個小時，醒來時完全恢復了精神，心裡產生了新的希望與新的計畫。

她的第一個願望是進一步結交蒂爾尼小姐，第一件要做的事就是中午到礦泉廳去找她。剛來巴斯的人總會在礦泉廳裡露面，而且她已經發現，這裡十分適合突顯一個女人的優點，也適合促進女人間的友情，更是私下交談和傾吐心事的好地方。她有充分的理由盼望在那裡交到另一位朋友。

她上午的計畫就這麼決定了，吃過早飯後便安靜地坐下來看書，打算就這樣等到一點。由於早已習慣，艾倫太太的說話和喊叫並沒為她帶來太多干擾。這位太太內心空虛、不善思考，既不會滔滔不絕，也很難完全閉口不語；因此，每當她做針線活時，一旦針掉了、線斷了，或是聽見街上的馬車聲、看見自己衣服上有汙跡，她一定會大聲喊叫起來，也不管旁邊是否有人理會她。

大約十二點，她聽見一陣響亮的敲門聲，便急忙跑到窗口。然後告訴凱薩琳說，門口來了兩輛敞篷馬車，第一輛裡面只有一個僕人，第二輛裡面則是他哥哥和索普小姐。話還沒說完，就聽到約翰匆匆忙忙跑上樓來，一面大喊：「莫蘭小姐，我來了。讓妳久等了吧？沒辦法，那個該死的馬車工匠找了半天才弄到一輛能坐的車，我看我們還出不了這條街，那輛車就會散了。妳好，艾倫太太。昨晚玩得開心嗎？來，莫蘭小姐，快來，其他人都匆匆忙忙的，巴不得在路上摔一跤哪！」

「什麼意思？」凱薩琳說，「你們要去哪裡？」

「去哪裡？怎麼，妳忘了我們的約會？難道我們沒有約好今天早上一起坐車出遊嗎？妳的記性也太差了。

我們要去克拉弗頓高地。」

「我想起來了，的確有這麼一回事，」凱薩琳說道，一面望著艾倫太太，要她作決定，「但我沒想到你真的會來。」

「沒想到我會來？說得倒輕鬆！假使我沒來，不曉得妳會怎麼大鬧呢！」

凱薩琳對艾倫太太使的眼神全都白費了，因為她從來沒有使眼神的習慣，也不知道別人會這麼做。儘管凱薩琳渴望再次見到蒂爾尼小姐，但她認為這件事也可以延後一下，不如先坐車出去玩玩。她覺得，既然伊莎貝拉能和詹姆士一起出去，要她陪陪約翰也沒什麼不好。因此，她只好直接問道：「太太，妳覺得呢？我可以出去一兩個小時嗎？可以嗎？」

「妳想去就去吧！親愛的。」艾倫太太毫不介意地答道，凱薩琳立刻跑去做準備。約翰帶著艾倫太太把他的馬車誇獎了一番，然後又開始稱讚凱薩琳。還沒說幾句，凱薩琳就出來了，接受艾倫太太的祝福後，兩位年輕人便匆匆下了樓。上車之前，凱薩琳先去看了自己的朋友。「我親愛的，」伊莎貝拉大喊道，「妳至少打扮了三個小時！我還以為妳病倒了呢。昨晚的舞會太有意思了！我有好多話想跟妳說。快上車，我正急著走呢！」

凱薩琳聽從她的命令，一轉身走開，便聽見她對詹姆士說：「多可愛的女孩！我太喜歡她了。」

「莫蘭小姐，」約翰扶她上車時說道，「要是我的馬一開始有點急躁，妳可別害怕。牠有可能往前暴衝，也可能要賴一下子才肯走；不過，牠很快就會認得自己的主人了。這傢伙性子烈，雖然任性，但也沒有壞習慣。」

凱薩琳聽他這麼一形容，感覺大事不妙，但是又來不及反悔了；何況她年輕好勝，不肯承認自己害怕。於是只好聽天由命，安安靜靜地坐下來，約翰也在她身旁坐下。一切安排妥當後，主人以莊嚴的口吻，命令站在馬首的僕人啟程。就這樣，一行人出發了。馬既沒暴衝，也沒亂跳，什麼事都沒發生，牠的平穩簡直令人難以想像。謝天謝地，凱薩琳逃過了一場驚嚇。當她帶著驚喜的口氣說出自己的喜悅後，她的伙伴立刻輕描淡寫帶過，說那全是因為他駕馭有方之故。凱薩琳心想，約翰能這麼熟練地控制馬匹，卻又那樣嚇唬她，真是太奇怪了。儘管如此，她還是由衷地慶幸自己得到這樣一個好車伕的關照。她覺得那匹馬仍然安安穩穩地走著，一點也沒有惡作劇的樣子；而且，就算牠每小時能走十哩，牠的速度也並沒有快到令人害怕。於是，她放下了心，在這和煦的二月天裡盡情地呼吸新鮮空氣，享受這次令人心曠神怡的兜風。

在第一次簡短的對話之後，兩人沉默了幾分鐘。忽然間，約翰打破了這陣寂靜：「老艾倫跟猶太人一樣有錢吧？」凱薩琳沒聽懂，他又重複問了一聲，並且解釋道：「老艾倫，就是跟妳在一起的那傢伙。」

「噢！你是指艾倫先生吧。是的，我想他很有錢。」

「沒有孩子吧？」

「是的，一個也沒有。」

「真是便宜了他的其他親戚。他不是妳的教父嗎？」

「我的教父？不是。」

「但妳總是和他在一起吧？」

「是的，常在一起。」

「啊，我就是這個意思。他似乎是個挺好的老人，日子過得也不錯。他不會無緣無故得痛風病的。他是不是每天都喝一瓶呀？」

「每天喝一瓶？不。你怎麼會這樣想？他是個懂得節制的人，你不會以為他昨晚喝醉了吧？」

「老天！妳們女人總是把男人當成醉鬼。怎麼？妳不認為一瓶酒就能把人灌倒嗎？我敢說，要是人人每天喝一瓶酒的話，當今的世界絕不會有那麼多亂象。那對我們大家都好。」

「我無法苟同。」

「噢，天哪！那會拯救成千上萬的人。全英國消費的酒錢，應該不到所有消費的百分之一！像我們這種多霧的天氣，就需要一些酒。」

「但我聽人說，牛津人喝掉好多酒。」

「牛津？放心吧，牛津沒有人喝酒的。妳很難遇到一個人能喝超過四品脫。舉例來說，上次在我宿舍舉辦的宴會上，我們平均每人喝了五品脫，這已經讓人們大開眼界了。當然，那是上等好酒，妳在牛津很難見到這麼好的酒，或許這就是大家喝那麼多的原因。不過這只是讓妳對牛津人的酒量有個概念。」

「是的，確實有概念了，」凱薩琳激動地說，「也就是說，你們喝得比我原來想像的還多。不過，我相信詹姆士不會喝那麼多。」

約翰聽了又拉高嗓門，激烈地回答起來。至於具體說了什麼，一句也聽不清楚，似乎在賭咒發誓。他說完之後，凱薩琳越來越相信牛津那裡飲酒盛行，同時又為哥哥的節制感到高興。

這時，索普的心思又回到他的馬車上，他要凱薩琳誇獎他的馬走起路來多麼瀟灑、有力，馬的腳步、還有那精製的彈簧，讓馬車多麼平穩舒適。儘管凱薩琳竭力模仿他作出讚美，卻怎麼也比不上他。她想不出新鮮的讚美詞，只能不停地附和他的話。最後，兩人很輕易就得出共識：全英格蘭，就屬約翰的馬車設備齊全、也最輕巧，他的馬匹跑得最快，而他的趕車技術又最好。

過了一陣子，凱薩琳打算換個話題，於是說道：「索普先生，你真的覺得詹姆士的馬車會散掉？」

「散掉？哦，天哪！妳哪時候見過那麼搖搖晃晃的破東西？整輛車上沒有一個完好的零件，輪子至少磨了十年；至於車身，我敢說，只要妳用手一碰，就能把它碰碎。我從沒見過這麼破舊的玩意兒！感謝上帝！我們這輛比它好。就算給我五萬鎊，要我坐著它走兩哩路，我也不要。」

「天哪！」凱薩琳嚇壞了，大叫道，「那我們快點回頭吧！再往前走，他們一定會出事的。快回頭吧！索普先生。快停下跟我哥哥說說，告訴他這樣太危險。」

「危險？哦，天哪！那有什麼關係！車子垮了，頂多摔個跟斗。反正地上是土，摔下去才好玩呢！哦，該死！只要你會駕車，就安全得很。那輛破東西讓一個高手來駕駛，也還能用個二十幾年。願上帝保佑妳！要是有人肯給我五英鎊，我就駕著它來回約克郡一趟，保證一個釘子也不掉。」

凱薩琳驚訝地聽著。同一件東西，卻能有兩種完全相反的說法，她不知道要如何把它們搭在一起。她沒受過正規教育，不懂得怎麼耍嘴皮子，也不曉得虛榮心會引起多少毫無根據的謬論和肆無忌憚的謊言。她的家人都是些老實人，很少賣弄小聰明，她的父親頂多會說個雙關語，她母親最多講講諺語；他們沒有為了自抬身價而撒謊的習慣，也不會說前後矛盾的話。凱薩琳茫然不解地思考了好一陣子，不止一次地想請約翰把他的看法說得更清楚一些，不過還是忍住了，因為她認為約翰也無法解釋這段模稜兩可的話。除此之外，她又想到，要是約翰能輕而易舉地營救他妹妹和她朋友的話，他絕不會讓他們遭遇危險。最後，凱薩琳斷定，那輛車子實際上是安全的，因此也不再驚慌失措。

約翰似乎完全忘了這件事。他接下來的談話全都是關於他自己。他提到了馬，說他用一點小錢買下牠，再用高價賣出；提到了賽馬，說他總是能精準地猜中哪匹馬會贏；提到了打獵，說他雖然沒有認真過，但打下的鳥比他的同伴們加起來都要多。他還向凱薩琳描述了他有一次打獵時，由於他富有見識和善於指揮獵犬，糾正了許多老練獵手所犯的錯誤；同時，他騎起馬來勇猛無比，雖然一次也沒出事，卻時常為別人帶來了麻煩，他若無其事地說，一定有不少人因此摔斷了脖子。雖然凱薩琳沒有獨立思考的習慣，雖然她對男人的看法總是搖擺不定，但當她聽著約翰滔滔不絕的自吹自擂時，卻不得不懷疑這個人是否受歡迎。這是個大膽的懷疑，因為約翰是伊莎貝拉的哥哥，而且她還聽詹姆士說過，他的言談舉止曾使他博得了女士們的歡心。不過，兩人同遊不到一個小時，凱薩琳就對約翰感到厭煩了，直到返回普爾特尼街為止，這種厭惡感一直增加著。於是，她開始對哥哥的話感到抗拒，不相信約翰真的討人喜歡。

回到艾倫太太家後，伊莎貝拉發現時候不早了，不能陪凱薩琳進屋了，她表現得相當驚訝。「超過三點了！太不可思議了，這怎麼可能！」她既不相信自己的錶，也不相信她哥哥的錶，更不相信僕人的錶。直到詹姆士掏出錶，證實了這件事情後，她才一再說道，過去從沒有兩個半小時過得這麼快，還要凱薩琳證明她說的才是對的。然而，即使凱薩琳想取悅伊莎貝拉，也不能說謊。幸好伊莎貝拉還沒等她回答，就完全沉浸在自己的情緒之中。當她發現不得不離開時，感到難過極了。她帶著彷彿永遠不會再見面的心情，露出無比辛酸的微笑和沮喪的笑臉，告別了她的朋友。

艾倫太太無所事事了一個上午，剛剛回到家，一見到凱薩琳便馬上說道：「哦，好孩子，妳回來了！」凱薩琳完全沒力氣、也沒心思加以否認，「玩得開心吧？」

「是的，太太，謝謝。今天天氣很好。」

「索普太太也是這麼說的。她真高興你們都去玩了。」

「這麼說，妳見過索普太太了？」

「是的。你們一走，我就去了礦泉廳，在那裡遇到她，還說了好多話。她說今天早上市場上幾乎買不到小牛肉，奇缺無比。」

「妳還有看到其他熟人嗎？」

「看見了。我們決定去新月街逛一圈，在那裡遇見了休斯太太與蒂爾尼兄妹正在散步。」

「妳看見他們了？他們有跟妳說話嗎？」

「說了。我們一起沿新月街走了半個小時。他們看來都是很和悅的人，蒂爾尼小姐穿了一身漂亮的斑點薄紗。我猜她總是穿得很漂亮。休斯太太跟我聊了很多她家的事。」

「她說了些什麼？」

「噢！說了不少，她幾乎都在講這件事。」

「她有沒有說他們是葛羅斯特郡哪裡的人？」

「說過，但我想不起來了。他們出生在很好的家庭，很有錢。蒂爾尼太太原是德拉蒙德家的一位小姐，和休斯太太是同學。她有一大筆財產，父親留給她兩萬鎊，再加上五百鎊買婚紗。休斯太太看過那件衣服。」

「蒂爾尼夫婦都在巴斯嗎？」

「大概吧，但我不確定。不過我再仔細回想，他們好像又都過世了，至少那位夫人已經不在了。是的，蒂爾尼夫人一定過世了，因為休斯太太告訴我，德拉蒙德先生在女兒出嫁那天送給她一串美麗的珍珠，現在就歸蒂爾尼小姐所有，她母親去世時把這串珠子留給她了。」

「我的舞伴蒂爾尼先生是不是獨生子？」

「這我可不敢說，孩子。我依稀記得他是。不過休斯太太說，他是個很傑出的青年，可能很有出息。」

凱薩琳沒有追問下去。她覺得艾倫太太說不出太多可靠的消息，而最令她感到不幸的是，她錯過了一次跟那對兄妹見面的機會。早知道會這樣，她說什麼也不會跟別人一起出去。事實上，她只能埋怨自己倒楣，思忖自己虧大了，而且清楚地意識到，這次出遊一點也不開心，約翰也令人討厭。

第十章

晚上，艾倫夫婦、索普一家、莫蘭兄妹都來到劇院。伊莎貝拉坐在凱薩琳旁邊，她在兩人漫長的分離期間累積了一肚子話，現在終於有機會說了。「哦！天哪！親愛的凱薩琳，我們總算又在一起了！」凱薩琳一走進包廂坐下，她便說道，「你聽著，莫蘭先生，」她又對另一側的詹姆士說，「這一個晚上我不會再跟你說話了，所以我勸你別再期待了。親愛的凱薩琳，妳最近好嗎？不過我也用不著問，因為妳看起來很高興。妳的髮型比以前更漂亮了，妳這個調皮鬼，想把男人們迷住嗎？老實告訴妳，我哥哥已經深深愛上妳了。至於蒂爾尼先生——那也是無庸置疑——即使像妳這麼謙虛的人，也不能懷疑他對妳一見鍾情。他回來巴斯這件事就能說明這點。噢！我一定要見到他！我等不及了。我母親說，他是世界上最可愛的年輕人。妳知道，我母親今天早上見過他。妳一定要替我介紹一下。他在劇院裡嗎？看在上帝的份上，請妳找找看吧！老實說，我不見到他就受不了。」

「他不在這裡，」凱薩琳說，「到處都看不見他。」

「哦，太可怕了！難道我永遠也不能認識他了？妳覺得我這件長裙怎麼樣？應該沒什麼毛病吧？這袖子都是我自己設計的。妳知道，我對巴斯厭煩極了！妳哥哥和我今天早上都說過，在這裡玩幾個禮拜雖然不錯，但是絕不要住在這裡。我們很快就發現彼此的喜好完全一樣，都喜歡鄉下。的確，我們的意見完全一致，真是可笑。幸好妳當時不在旁邊，不然一定會說些奇怪的話。」

「不，我真的不會。」

「哦，妳會的！我比妳自己還要瞭解妳。妳一定會說，我們是天造地設的一對，或是諸如此類的話，讓我羞得無地自容，臉色變得跟玫瑰花一樣紅。我絕不希望妳當時在旁邊。」

「妳冤枉我了。無論如何我都不會說出那麼失禮的話，何況……我根本想不出這種話。」

伊莎貝拉懷疑地笑了笑，晚上的其餘時間就一直在與詹姆士說話。

第二天上午，凱薩琳仍然一心想再次見到蒂爾尼小姐。在去礦泉廳的時間來臨前，她不禁有些惴惴不安，生怕再遇到什麼阻礙。幸好，這種情形並未發生。三個人準時出發，來到礦泉廳，做著跟往常一樣的事，說著跟往常一樣的話。艾倫先生喝過泉水後，便與幾位先生一起聊起了政治，比較一下他們在報上看到的各種說法；兩位女士則一起閒逛，注視著每一張陌生的面孔，以及每一頂新女帽。

不到一刻鐘，索普母女與詹姆士出現了，凱薩琳立刻跟平常一樣，走到她朋友身邊，詹姆士緊跟著，也來到了她身邊。他們甩開了其他人，就這樣走了一陣子。凱薩琳的心中開始產生了懷疑，因為她雖然和另外兩人在一起，他們卻很少去注意她，總是熱情地討論什麼，或是激烈地爭論。不過，他們的感情是用輕聲細語來傳達的，爭論得激烈時又常哈哈大笑；雖然他們不時會請凱薩琳發表意見，但由於她一個字也沒聽清楚，總是講不出任何意見。

最後，她終於找到了一個離開她朋友的機會。蒂爾尼小姐與休斯太太進來了，她心裡十分高興，立刻跑了過去，決心與蒂爾尼小姐結交。其實，要不是她受了昨天的失望情緒的刺激，也許還鼓不起這麼大的勇氣！蒂爾尼小姐十分客氣地打了招呼，並以一樣友好的態度回報了她的友好。兩人一直說到各自的伙伴要離開為止，雖然她們說的每句話，都不知被人在這間大廳裡說了幾千次，但她們情意真摯，毫無虛榮浮誇的態度，仍然難能可貴。

「妳哥哥的舞跳得真好！」她們的談話快結束時，凱薩琳天真地說道。她的伙伴不禁又驚又喜。

「亨利！」她笑盈盈地答道，「是的，他的舞的確跳得很好。」

「那一晚他看到我坐著不動，卻聽我說已經有了舞伴，一定覺得很奇怪。可是我那天真的已經跟索普先生約好了。」蒂爾尼小姐只能點點頭，「妳無法想像，」沉默了一會兒，凱薩琳接著說，「我再次見到他時有多麼驚訝。我還以為他離開了呢！」

「亨利上次見到妳時，他只在巴斯停留兩天。他是來幫我們租房子的。」

「我完全沒想到。當然，我到處見不到他，就以為他離開了。星期一跟他跳舞的那位年輕女士是不是一位叫史密斯的小姐？」

「是的。她是休斯太太的一位朋友。」

「她大概很喜歡跳舞。妳覺得她漂亮嗎？」

「不怎麼漂亮。」

「我想，妳哥哥從不來礦泉廳吧？」

「不，有時會來。不過他今早跟我父親騎馬出去了。」

這時，休斯太太走過來，問蒂爾尼小姐想不想走走。「希望不久後有幸再見到妳，」凱薩琳說，「妳會參加明天的方舞會嗎？」

「也許——會的，我想我們一定會去。」

「那太好了，我們都會去。」對方也客氣地回答了一聲，兩人便分手了。這時，蒂爾尼小姐對這位新朋友多少有了一些認識，但凱薩琳一點也沒意識到，因為那是她自然流露出來的。

凱薩琳高高興興地回到家。今天早上她終於如願以償，現在她期待的目標是明天晚上的快樂。到時候她該穿什麼長裙，戴什麼首飾，成了她最關心的事。照理說她不該這麼講究穿戴，因為衣服只是虛有虛表的東西，過分講究往往會使它失去原有的作用。凱薩琳很清楚這一點，就在去年聖誕節，她的姑媽還這麼教育過她。

然而，禮拜三的夜裡，她躺在床上十分鐘了卻睡不著，心中不停盤算著究竟要穿那件斑點的薄紗裙，還是那件繡花的。要不是因為時間倉促，她一定要去買一件新衣服。要是她真的買了，那將會是一個很大的失算，她的哥哥在場的話，一定會對她加以告誡，因為只有男人知道：男人對新衣服從不在乎。有許多女人，假如她們能明白男人對於她們華麗或時髦的打扮多麼無動於衷，對於細紗布的質地好壞多麼不感興趣，對於她們喜歡斑點的、花紋的、透明的紗布或棉布多麼缺乏概念，那她們一定會覺得很傷心。女人的穿戴只能使自己得到滿足，男人並不會因此而更傾慕她，別的女人也不會因此更喜歡她。對男人來說，女人打扮得乾淨、整齊也就夠了；而對女人來說，穿著有點寒酸失體的同性反而更為可愛。不過，這些嚴肅的思想並沒擾亂凱薩琳內心的寧靜。

禮拜四晚上，她走進舞廳，心情與禮拜一大不相同。當時她為自己與約翰約好跳舞而感到雀躍，現在卻祈禱不要見到他，免得他再來約她跳舞。她雖然不敢指望亨利會再次請她跳舞，但是她的心思全都放在這上面。在這個時候，所有年輕小姐都會同情這位女主角，因為她們都曾經歷過同樣的不安，都曾被自己害怕的人追求過，或是曾以為自己遭遇過這種事，而且也都渴望過贏得心上人的青睞。

索普家的人一到，凱薩琳的苦惱就開始了。每當約翰朝她走來，她就會感到坐立不安，盡可能避開他的視線；當他跟她說話時，她就故意裝作沒聽見。方舞結束了，接著開始了鄉風舞，但她還是沒看見蒂爾尼兄妹的影子。「妳可不要太吃驚，親愛的凱薩琳，」伊莎貝拉小聲說道，「我又要跟妳哥哥跳舞了。我的確認為這麼做不好，我跟他說，他應該為自己感到害臊，不過妳和約翰也得替我們捧場。快，親愛的凱薩琳，到我們這裡來。約翰剛走開，馬上就會回來。」

凱薩琳還來不及回答，也不想回答，那兩人就走開了。約翰還在附近，她感到一切都完了；不過，為了顯得自己不注意他，也不期待他，她死命地盯著自己的扇子。現場有這麼多人，她卻以為可以馬上找出蒂爾尼兄妹！她正想責怪自己太傻，忽然發現蒂爾尼先生正在對她說話，再次邀請她跳舞。她的雙眼頓時閃閃發光，輕巧地與他走向舞池。逃離了約翰，而且又遇到亨利，得到他的邀請，彷彿他一直在找她似的！對凱薩琳來說，這真是一生最幸福的時刻。

沒想到，他們才剛擠進去，悄悄地佔了一個位置，凱薩琳便發現約翰在背後叫她。「嘿！莫蘭小姐，」他說，「妳是什麼意思？我還以為妳要跟我一起跳呢！」

「你怎麼會這麼想？你根本沒邀請過我。」

「啊！妳說什麼呢？我一進來就邀請過妳，剛才正要再去請妳，沒想到才一轉身，妳就溜了！這實在太卑鄙了！我是為了跟妳跳舞才專程過來的，我一直相信我們從星期一就約好了。對，我想起來了，妳在休息室拿斗篷的時候，我向妳提出了邀請。我剛才還跟屋裡所有的熟人說，我要和舞會上最漂亮的女孩跳舞。要是他們看到妳在跟別人跳舞，一定會狠狠地挖苦我。」

「哦！不會的。經過你那麼一形容，他們絕不會想到那個人是我。」

「我敢起誓，要是他們想不到是妳，我就把他們當成傻瓜踢出去。那傢伙是誰？」

凱薩琳回答了他的話。「蒂爾尼？」索普重複道，「哼！我不認識他。體態還不錯，長得挺俊俏的。他要買馬嗎？我有一位朋友山姆．弗萊徹，他要賣一匹馬，這匹馬適合任何人，牠跑得非常快，才賣四十基尼。我本來想買，可惜牠不符合我的需求——不能打獵。要是牠是一匹好獵馬的話，要我出多少錢都行。我現在有三匹，都是最耐騎的馬。就算給我八百基尼，我也不賣。弗萊徹和我計畫在萊斯特郡買棟房子，準備下個獵季使用，住在旅館裡真該死的不舒服！」

這是他能打擾凱薩琳的最後一句話。就在此時，一大群女士一擁而過，把他擠到一邊去了。凱薩琳的舞伴走上前來，說道：「要是那位先生再糾纏半分鐘，我就會忍耐不住了。他沒有權利轉移我的舞伴的注意力。我們已經約好了，今晚要使對方過得愉快，在這段期間內，我們的愉快只屬於我們兩人。誰要是纏住了其中一人，也會損害到另一人的權利。我把鄉風舞視為婚姻的象徵，雙方都必須忠誠、順從。那些不想跳舞、也不想結婚的男人，休想糾纏別人的舞伴或妻子。」

「不過，這是完全不同的兩件事。」

「妳認為不能相提並論？」

「當然不能。結了婚的人永遠不能分離，必須一同生活、顧家。跳舞的人只不過是在一間屋子裡，面對面站上半個小時。」

「原來妳是這樣定義結婚和跳舞兩件事的。照妳的看法，它們的確不太相似；不過，我想我可以用另一種觀點來看待它們。妳必須承認，男人在這兩件事上都享有選擇權，而女人只有否決權；兩者都是男女之間的協定，對雙方都有好處；一旦達成協定，他們都歸對方所有，直至協定解除為止；他們各自擁有義務，沒有理由後悔自己為什麼沒有選擇別人；最好的作法是不要對別人的才藝有非分之想，或是幻想自己找了別人會更加幸福。妳承認這一切嗎？」

「當然承認。你所說的聽起來都沒錯，但它們還是截然不同的。我怎麼也無法將它們一概而論，也不認為它們擁有同樣的義務。」

「在某種意義上，當然有所差別。結了婚，男人必須賺錢養家，女人必須為男人經營一個溫暖的家庭。一個是供養家庭，一個是笑臉相迎。但在跳舞時、兩人的職責剛好顛倒過來——男人要謙虛、順從，女的要提供扇子和薰衣草香水。我想，這就是妳認為兩者的不同之處吧？」

「不對，的確不對。我從沒想到這個層面上。」

「那我就困惑了。不過，我必須說，妳的脾氣真好。妳完全否認兩者在義務上有任何相似的地方，因此我是否可以推斷：妳對跳舞職責的看法並不像妳的舞伴所希望的那麼嚴格？難道我不該擔心，假如剛才與妳說話的那個男人再回來，或是其他男人要找妳說話，你會很隨意地與他講下去？」

「索普先生是我哥哥的一個好朋友，要是他找我講話，我還是得跟他講。但是除了他以外，我在這個大廳裡認識的年輕人還不到三個。」

「難道這是我唯一的保障？天哪！天哪！」

「唔，這可是你最好的保障了。要是我一個人也不認識，就不可能跟人說話。何況，我也不想跟任何人說話。」

「這個保障好多了。我可以大膽地繼續講下去。妳現在是否跟我上次問妳時一樣喜歡巴斯？」

「是的，非常喜歡。甚至更喜歡了。」

「更喜歡？當心到時候樂而忘返。正常來說，待上六週就該感到膩了。」

「我想，即使讓我在這裡待上六個月，我也不會覺得膩。」

「和倫敦相比，巴斯十分單調，每年大家都會意識到這件事，他們都會說：『我承認，只待六週的話，巴斯還是很有趣的；但是一超過這個時間，那它就是世上最令人厭惡的地方了。』可是他們每年冬天都會定期來這裡，把原訂計畫中的六週延長到十週、十二週，最後因為沒錢了，才紛紛離去。」

「唔！每個人的看法不同。那些去過倫敦的人大可瞧不起巴斯，但我生活在一個偏僻的鄉村小鎮上，絕不會這裡比我家還無聊。這裡從早到晚有著五花八門的娛樂，還有各式各樣的事可以做。這些都是我在鄉下沒見過的。」

「妳不喜歡鄉下嗎？」

「不，喜歡。我一直住在鄉下，也一直過得很快樂。但是，鄉下的生活肯定比巴斯單調得多。在鄉下，日子都是千篇一律。」

「但妳在鄉下生活得更有理智。」

「是嗎？」

「難道不是嗎？」

「我認為沒多少差別。」

「妳在這裡一整天都在消遣娛樂呀！」

「我在鄉下也一樣，只是沒那麼多好玩的事。我在這裡到處閒晃，在鄉下也是這樣；不過這裡的街上能看見形形色色的人們，鄉下只能看見艾倫太太。」

亨利覺得很有趣。「只能看見艾倫太太？」他重複了一聲，「那可真是無聊透頂！不過，當妳回家之後，就會有許多話可以說了。妳可以聊聊巴斯，聊聊妳在這裡做的所有事情。」

「哦，是的。我跟艾倫先生或其他人絕不會缺少話題了。我的確認為，我回到家後會拚命談論巴斯，我太喜歡巴斯了！假如能讓我父母和家裡的其他人都來這裡，那該有多好啊！我很高興大哥詹姆士來了，更高興的是，我們剛認識的那家人原來是他的老朋友，哦！還有誰會討厭巴斯呢？」

「像妳這樣對任何事都好奇的人，是不會討厭巴斯的。但是，對大多數常來巴斯的人來說，他們的父母、兄弟或好友早就來到不想來了，他們對舞會、戲劇以及日常風景的喜好也已成為過去。」

他們的談話到此停止。現在，舞步已到了無法分心的緊張階段。

快跳完的時候，凱薩琳發覺人群中有一位先生，就站在她舞伴的身後，正一本正經地注視著她。那是一個十分英俊的男子，儀表威嚴，雖然已不年輕，但仍然精神奕奕。他的雙眼仍然盯著凱薩琳，隨即又親暱地與亨利小聲說話。凱薩琳被注視得有些慌張，生怕自己的外表有什麼問題，才引起對方的注意。她紅著臉轉過頭去，但就在這時，那位先生走開了，她的舞伴又來到她面前，說道：「看得出，妳在猜想那位先生跟我說了什麼。他知道妳的名字，妳也有權知道他的名字。他是蒂爾尼將軍，我的父親。」

「噢！」凱薩琳回答道。她帶著真摯的興趣和強烈的敬慕之情，目送著將軍穿過人群，心裡暗暗讚嘆：「多麼漂亮的一家人啊！」

夜晚降臨了，在與蒂爾尼小姐閒談時，她的心裡又興起一層新的喜悅。自從來到巴斯，她還從未去鄉間散過步。蒂爾尼小姐熟悉人們常去遊覽的每個郊外景點，害得凱薩琳也忍不住想去走走。

當她表示沒人陪她去時，兄妹倆立刻提議找一個上午完成她的心願。「那好極了！」凱薩琳叫道，「我們別拖了，明天就去吧！」那對兄妹欣然同意，但蒂爾尼小姐提出一個條件——必須是個好天氣。於是，他們約好十二點到普爾特尼街找她。

「記住，十二點。」臨走前，凱薩琳又提醒了她的新朋友一次。至於她的另一位朋友伊莎貝拉，儘管與她認識得更早，情誼也更深，而且兩週來的交往也顯示了她的忠誠與美德，但她這一晚幾乎連個影子也沒看見。雖然她想讓伊莎貝拉知道自己的快樂，但還是欣然接受了艾倫先生的建議，早早離開了舞廳。回家的途中，她坐在轎子裡，身體與心靈都不停顫抖著。

第十一章

第二天早上，天色陰沉沉的，太陽只勉強露了幾次臉。凱薩琳猜想一切都會非常順利。她認為在這個季節，晴朗的早上通常都會轉雨，而陰沉的早上則會漸漸放晴。她希望艾倫先生證實她的看法，但他對這裡的天氣不熟悉，身邊又沒有晴雨計，不敢對她保證會出太陽。她又去找艾倫太太，艾倫太太的意見則明確多了：

「假如烏雲消散，太陽出來的話，我保證是個大晴天。」

十一點多，凱薩琳警戒的雙眼發現窗戶上滴了幾點雨，不禁萬分沮喪地叫道：「哦，天哪！真的要下雨了！」

「我早就知道會下雨。」艾倫太太說。

「我今天去不成了！」凱薩琳嘆息道，「不過，也許不會下雨，也許十二點以前會停。」

「也許吧。不過，好孩子，即使是那樣，路上也會泥濘不堪的。」

「噢！那沒關係。我從來不怕泥濘。」

「是的，」她的伙伴心平氣和地答道，「我知道妳不怕。」

於是沉默了一會。凱薩琳站在窗前，一邊觀察，一邊說道：「雨越下越大了！」

「真的越下越大了。要是再下下去，街上就會積水了。」

「已經有四個人在撐傘了！我討厭見到雨傘！」

「雨傘就是這麼惹人厭，我寧願坐轎子。」

「剛才天氣那麼好！我還以為不會下雨呢！」

「誰不是呢？要是下一個早上的雨，就不會有什麼人去礦泉廳了。我希望艾倫先生出門時穿上大衣，不過我敢說他不會穿的，因為叫他做什麼都行，就是不肯穿大衣出門。我不知道他為什麼那麼討厭大衣，穿大衣一定很不舒服吧？」

雨繼續下著，但不是很大。凱薩琳每隔五分鐘就看看時鐘，每次都發誓，只要再下五分鐘，她就乾脆死心算了。十二點到了，雨還在下。

「妳走不了了，親愛的。」

「我還沒完全絕望呢！不到十二點十五分，我絕不會放棄。天氣就快放晴了，我真的覺得天色有變亮了一些。好了，都十二點二十分了，我也只能徹底死心了。哦！要是這裡能有《奧多芙》裡描寫的那種天氣，或是至少有托斯卡尼或法國南部的那種天氣，那該有多好啊！可憐的聖奧賓死去的那一晚，天氣有多麼好啊！」

十二點半，凱薩琳不再關心天氣了，因為即使放晴了，她也沒有什麼好處。偏偏就在這時，天空漸漸放晴，雲層間射進一縷陽光，烏雲正在消散。她立刻回到窗前，一邊觀察，一面祈禱太陽快點出來。又過了十分鐘，看來下午一定是晴天了，這證明艾倫太太的看法是正確的——她說她總覺得天氣會放晴。但是，凱薩琳還不能期待她的朋友，也不確定蒂爾尼小姐會不會因為路上積水不多而決定出門。

外面太泥濘了，艾倫太太不能陪丈夫去礦泉廳，於是他便自己去了。凱薩琳望著他剛走上街，便發現駛來了兩輛馬車，那就是幾天前的早晨令她大為吃驚的那兩輛馬車，裡面坐著同樣的三個人。

「一定是伊莎貝拉、我哥哥和索普先生！他們也許是來找我的，可是我不去，我真的不能去，因為妳知道，蒂爾尼小姐可能還會來。」艾倫太太同意她的說法。約翰轉眼就上樓了，當他還在樓梯上，就傳來催促凱薩琳的聲音。

「快！快！」他撞開門，「快戴上帽子！別拖拖拉拉了。我們要去布里斯托。妳好！艾倫太太。」

「布里斯托？那不是很遠嗎？但我今天不能跟你們去了，因為我有約會。我在等幾位朋友，他們隨時都會來。」當然，她的話立刻遭到約翰的強烈反駁，認為這根本不成理由。他還請艾倫太太幫忙勸她。這時，樓下的兩個人也走上樓，為他說話。「我最親愛的凱薩琳，難道這還不好玩嗎？我們要坐車出去玩個痛快。妳要感謝妳哥哥和我想出這個點子，我們是吃早飯時突然想到的，我相信是兩人同時想到的。要不是因為這場可惡的雨，我們早就出發兩個小時了。不過這不要緊，晚上還有月亮，我們一定會玩得很愉快的。哦！一想到鄉下的空氣和寧靜，我簡直心往神馳！這比去下舞廳不知好玩多少倍。我們坐車直奔克里夫頓，在那裡吃晚飯。吃完飯要是有時間，再去金斯韋斯頓。」

「我不相信能走那麼遠。」詹姆士說。

「你這傢伙！就愛掃興！」約翰嚷道，「我們能跑十倍遠的路程。金斯韋斯頓！當然還有布萊茲城堡，凡是有名的地方都要去。但現在可好！你妹妹說她不想去。」

「布萊茲城堡！」凱薩琳叫道，「那是什麼地方？」

「英格蘭最棒的名勝。無論什麼時候，都值得跑五十哩路去瞧一瞧。」

「什麼！真的城堡？真的城堡？」

「英國最古老的城堡。」

「和書裡寫的一樣嗎？」

「沒錯，完全一樣。」

「不過，真的有城樓和長廊嗎？」

「有好幾十座。」

「那我真想去看看。但是不行，我不能去。」

「不能去？我親愛的，妳是什麼意思？」

「我不能去，因為……」她垂下眼睛，生怕伊莎貝拉嘲笑她，「我在等蒂爾尼小姐和她哥哥來找我去野外散步。他們答應十二點來，可是下雨了。不過現在天又放晴了，他們可能馬上就會來。」

「他們才不會來呢！」約翰嚷道，「剛才我們在布羅德街時看到他們。他是不是駕著一輛四輪敞篷馬車，套著栗色馬？」

「我不知道。」

「是的，我知道是的。我看見了，是昨晚跟妳跳舞的那個人吧？」

「是的。」

「我當時看到他駕著車子轉進蘭斯當路了，陪著一位時髦的女郎。」

「真的嗎？」

「真的，我敢發誓，我一眼就認出他了。他似乎也有兩匹很漂亮的馬。」

「這就怪了！我想他們一定覺得路上太泥濘，不能散步。」

「那也很有可能，我這輩子從沒見過路上這麼泥濘。散步！那簡直比登天還難！一整個冬天從沒這麼泥濘過，到處都水深及踝。」

伊莎貝拉也證實了這一點：「親愛的凱薩琳，妳無法想像有多泥濘！夠了，妳一定得去，不能拒絕。」

「我真想去看看那座城堡。我們能參觀一遍嗎？能登上每座樓梯，走進每個房間嗎？」

「是的，是的，每個角落。」

「不過，假如他們只是出去一個鐘頭，等路乾了又來找我怎麼辦？」

「妳放心吧，那不可能。因為我聽見蒂爾尼對一個騎馬的人說，他們要去威克岩那裡。」

「那我就去吧。我可以去嗎？艾倫太太。」

「隨妳高興，孩子。」

「艾倫太太，妳一定得勸勸她。」所有人異口同聲地叫道。艾倫太太只好從命。「嗯，孩子，」她說，「妳去吧。」不到兩分鐘，他們便出發了。

當凱薩琳跨上馬車時，心裡真不知是什麼滋味。她一面為失去一次歡聚的樂趣感到遺憾，一方面又希望立即享受到另一種樂趣，兩者雖然性質不同，但程度幾乎是一樣的。她認為蒂爾尼兄妹不該這樣對她，也不留一封信說明理由就隨便失約。距離約好的時間才過了一個小時，雖然她聽說在這一小時內路上積滿了泥濘，但根據她自己的觀察，認為還是可以散步的。她感到自己被人怠慢了，心裡十分難過；但是，在她的想像中，布萊茲城堡就像奧多芙城堡一樣，能到那裡探索一番倒是一件十分快樂的事，無論有什麼煩惱，也能從中得到安慰。

車子輕快地駛過普爾特尼街，穿過蘿拉巷。一路上大家很少說話，約翰對著馬自言自語，凱薩琳在沉思，時而想著失約的朋友和失修的拱廊，時而想著四輪馬車和假帷幔，時而又想到蒂爾尼兄妹和機關門。進入阿蓋爾大樓區時，她被同伴的話驚醒了：「剛才有個女孩不停盯著妳，她是誰？」

「誰？在哪裡？」

「在右邊的人行道上，現在幾乎看不見了。」凱薩琳回頭望去。她看見蒂爾尼小姐挽著哥哥的手臂，慢慢地在街上走著，他們兩人也都在回頭看著她。

「停下！停下！索普先生，」她著急地嚷道，「那是蒂爾尼小姐！真的是她。你為什麼說他們出去了？停下！停下！我要下車去找他們。」

但是約翰卻使勁地抽打著馬，讓牠跑得更快了。蒂爾尼兄妹不再回頭看她，轉眼便消失在蘿拉巷。再一轉眼，凱薩琳也被拉進了市場巷。但是，直到走完另一條街，她還在苦苦懇求約翰停車。「我拜託你，請你停下，索普先生。我不能再去了，我不想再去了！我得回去找蒂爾尼小姐。」約翰只是哈哈大笑，把鞭子甩得啪啪作響，催著馬快跑。雖然凱薩琳十分惱火，卻也下不了車，只好死了這條心。不過，她也沒有忘了責備約翰一番。

「你怎麼能欺騙我？索普先生。你怎麼能說你看到他們的車子駛進蘭斯當路？我真不希望發生這種事！他們看到我經過時連個招呼也不打，一定會覺得我很奇怪，很失禮！你不知道我有多生氣。我去克里夫頓也不會開心的，做什麼都不會開心。我真想現在就下車，走回去找他們！你憑什麼說你看見他們坐著車出去了？」

約翰理直氣壯地解釋說，他這輩子從沒見過那麼相像的兩個人，而且還一口咬定那就是蒂爾尼先生。

發生了這種事，一路上也很難愉快了。凱薩琳不再像上次兜風時那麼客氣，她勉強地聽他說話，只作簡短的回答。布萊茲城堡仍是她唯一的安慰。她對它仍然抱有一種愉快的期待感。在古堡裡，她可以穿過一排高聳的房間，裡面陳列著老舊的豪華傢俱，已經多年無人居住；沿著狹窄迂迴的地窖走去，忽然被一道低柵欄擋住去路，甚至連他們唯一的油燈，都被一陣突如其來的風吹熄，使得眼前陷入一片漆黑——這些都是遊歷古堡時能體驗到的樂趣。然而，凱薩琳寧可放棄這些樂趣，也不想錯過這次約好的散步，尤其不想讓蒂爾尼兄妹留下不好的印象。

他們繼續趕路。就快到基恩沙姆鎮的時候，後方的詹姆士突然喊了一聲，他的朋友只好勒住馬，看看發生了什麼事。那兩個人都走過來，詹姆士說：「我們最好還是回去吧！索普。今天太晚了，不能再往前走了。你妹妹跟我都這麼想。我們從普爾特尼出來已經整整一小時了，才走了七哩。我想，我們至少還得走八哩。這絕對不行，我們太晚出門了。最好改天再去，現在回頭吧。」

「反正都一樣。」約翰悻悻然回答道，隨即調轉馬頭，返回巴斯。

「假如妳哥哥不是用那麼一匹該死的馬，」過了不久，他說道，「也許我們早就到了！我的馬一個小時就能趕到克里夫頓，為了等那匹該死的駑馬，我只能一直勒住我的馬，都快把牠的脖子勒斷了。莫蘭真是傻瓜，不自己養一匹馬，買一輛輕便馬車。」

「不，他不是傻瓜，」凱薩琳激動地說，「我知道他養不起。」

「他為什麼養不起？」

「因為他沒有那麼多錢。」

「那該怪誰呢？」

「我想不該怪誰。」

約翰又像往常一樣，扯起嗓子，語無倫次地嘮叨起來，說吝嗇是件多麼可悲的事，要是有錢的人都買不起東西，那還有誰買得起。對於他這番話，凱薩琳根本不想去搞懂。這次出遊本來是要為她的失望帶來安慰的，但現在又令她失望了，因此她也越來越沒有心情應付她的伙伴，也越來越覺得他令人討厭。直到返回普爾特尼街為止，她一路上說不到二十句話。

進屋時，男僕告訴她，她離開後幾分鐘，就有一位先生和一位小姐來找她，他說她跟索普先生出去了，那位小姐便詢問她是否有留話，一聽說沒有，她打算留下名片，後來卻發現沒帶，只好告辭了。凱薩琳想著這些令人心碎的消息，慢慢地走上樓。他在樓上遇到了艾倫先生，他一聽說他們為什麼這麼早回來後，便說：「我很高興妳哥哥還算理智，回來得好，這本來就是個輕率的怪主意。」

那天晚上，大家在索普太太的住處度過。凱薩琳心煩意亂，悶悶不樂；但伊莎貝拉似乎覺得，和詹姆士搭檔打打牌，完全比得上在克里夫頓能享受到的鄉間樂趣。她不止一次地表示，她很高興自己沒去下舞廳。「我真同情那些跑去那裡的可憐蟲！我很高興我不是其中之一！我懷疑會有多少人參加舞會，他們還沒開始跳舞呢！我絕對不會去的，偶爾悠閒地過一個晚上，那有多愉快。我敢說，那個舞會沒什麼意思，我知道米歐爾家就不會去。我真同情那些傢伙。不過我敢說，莫蘭先生，你很想去跳舞，對吧？那麼就請便，屋裡沒有人會攔你。我敢說，少了你，我們照樣可以過得很愉快。你們男人老是自以為了不起。」

凱薩琳簡直想責備伊莎貝拉一點也不體諒她。她似乎根本不把她的煩惱放在心上，她那些安慰的話也說得不得要領：「別這麼垂頭喪氣的，親愛的，」她低聲說道，「妳簡直快讓我心碎了。這件事太不像話了，不過全怪蒂爾尼兄妹，他們幹嘛不準時一點？沒錯，路上很泥濘，但那又怎麼樣？約翰和我就一定不會在乎的。為了朋友，我們什麼困難都不怕，我的個性就是這樣，約翰也是，他是個重感情的人。天哪！妳這副牌太好了！

全是老K！我從沒這麼高興過！我一直希望妳抓到這種牌，這比我自己抓到還開心！」

現在。該打發我們的女主角上床去輾轉難眠，黯自落淚了，因為真正的女主角大多會這麼做；假如她能在三個月之中睡上一頓好覺，就會覺得自己十分幸運了。

第十二章

「艾倫太太，」第二天早上，凱薩琳說道，「我今天可以去看看蒂爾尼小姐嗎？不把事情解釋清楚，我就放不下心。」

「去吧，好孩子，當然可以了。不過要穿上白長裙，蒂爾尼小姐總是穿著白衣服。」

凱薩琳愉快地答應了。準備就緒之後，她就著急地趕到礦泉廳，打聽蒂爾尼將軍的住址，因為她雖然知道他們住在米爾森街，卻不確定是哪一棟房子，艾倫太太一下說是這棟，一下又說是那棟，讓她越來越糊塗。等她終於打聽到確切的門牌號碼之後，便一顆心撲通直跳地跑去拜訪她的朋友。經過教堂大院時，她躡手躡腳地走了過去，唯恐看見伊莎貝拉和她家裡那些可愛的人，因為她猜想她們就在附近的一家商店裡。幸好她沒遇到任何阻礙，順利地來到那棟房子前，確定了門牌之後，便舉手敲門，求見蒂爾尼小姐。

僕人說自己不確定蒂爾尼小姐是否在家，但可以幫她通報一下姓名，於是凱薩琳遞了一張名片。沒過幾分鐘，僕人回來了，帶著言不由衷的表情說他搞錯了，蒂爾尼小姐出門了。凱薩琳感到十分屈辱，紅著臉走開了。她幾乎相信，蒂爾尼小姐就在家裡，只是因為生氣不想見她罷了。她沿著街道往回走時，情不自禁地瞥了客廳的窗戶一眼，心想或許能見到她，但是窗口沒有人。

到了街尾，她又回頭一看。這時，門口走出一個人，那正是蒂爾尼小姐。她後面跟著一個男人，凱薩琳相信那是她父親，他們轉身朝艾德格大樓的方向走去。凱薩琳深感恥辱，繼續往前走去。對方只因為氣憤，就如此無禮地怠慢她，這使她差點也感到氣憤，但是她還是壓下了不滿。她不知道她受到的冒犯是否合乎世俗禮儀，她是否應該被這樣無禮地報復。她感到沮喪、羞愧，甚至決定晚上不去看戲。

然而，她的這些念頭沒有持續多久，因為她很快就意識到自己沒有任何理由待在家裡，再說那是她很想看的一齣戲。因此，他們全都來到了劇院。蒂爾尼兄妹沒有出現，省得她感到煩惱。她擔心，雖然蒂爾尼一家有許多優點，但是喜歡戲劇卻不在其中，不過這也可能是因為他們看慣了倫敦的好戲；她曾聽伊莎貝拉說過，任何戲與倫敦的一比，簡直就是一場糊塗！至少，她達到了散心的目的，那齣喜劇暫時轉移了她的憂慮。

不過，當第五幕開始時，她猛然發現蒂爾尼先生和他的父親來到了對面包廂，不禁又焦急起來。舞台再也激不起她的快樂，也無法吸引她的注意力；她每看一眼舞台，就要看一眼對面的包廂。整整兩場的時間，她都這樣注視著亨利．蒂爾尼，可是一次也沒對上他的目光。她再也不能懷疑他對戲劇的興趣了，整整兩場戲，他一直目不轉睛地盯著舞台。最後，他終於朝她看了一眼，還點了點頭，不過既沒有微笑，也沒有其他的禮節，眼睛也很快回到原來的方向。凱薩琳有些坐立不安了，她真想跑到他的包廂，要他聽自己解釋。一種女主角不會有的情感佔據了她的心頭。她不認為他們的誤會有損她的尊嚴，也不想裝成無辜的樣子，對他的懷疑表示憤慨，讓他自己費心地去尋找理由，不想用避不見面或是向別人賣弄風情的方式，來讓他明白一切是怎麼回事；相反地，她覺得這全是她自己的錯，至少表面上是這樣。她一心只想找機會把事情解釋清楚。

一幕結束了。亨利已經不在原來的位子上了，但是他父親還在，說不定他正朝她們的包廂走來呢！她猜對了，不到幾分鐘，亨利便出現了。他從一排排越來越空的座位中間走過來，很有禮貌地向艾倫太太和她的朋友打招呼。凱薩琳回答時卻沒那麼鎮定。「唔！蒂爾尼先生，我一直想找你談談，向你表示歉意。你一定覺得我太沒禮貌了，但這實在不是我的錯。妳說是吧？艾倫太太。他們不是跟我說蒂爾尼先生和他的妹妹坐著馬車出去了嗎？那樣一來，我還有什麼辦法？不過，我還是最希望和你們一起出去。妳說是嗎？艾倫太太。」

「好孩子，妳弄亂了我的長裙。」艾倫太太答道。

凱薩琳的辯解雖然孤立無援，但總算沒有白費。亨利臉上浮現出更加真誠、自然的笑容。他故意帶著有點冷淡的語氣說道：「無論如何，我們要感謝妳，因為我們在阿蓋爾街遇到妳時，妳至少還回頭祝我們散步愉快呢！」

「說真的，我可沒祝你們散步愉快，我根本沒想到。不過我苦苦央求索普先生停車。我一看見你們就對他大喊。艾倫太太，難道——哦！妳不在場，但我真的是這麼做的。假如索普先生把車停下，我一定會跳下去追你們。」

天下有哪位亨利聽到這句話還能無動於衷？至少亨利．蒂爾尼沒有。他帶著更加甜蜜的微笑，詳細敘述了他妹妹多麼憂慮、多麼遺憾、多麼相信凱薩琳的為人。「哦，請你別說她沒有生氣，」凱薩琳叫道，「我知道她生氣了。今天早上我登門拜訪，但她不肯見我。我一離開，就看到她走出屋來。我很傷心，但是並不恨她。也許她不知道我上門拜訪過。」

「我當時不在家。不過我從艾麗諾那裡聽說了，她事後一直想見妳，解釋一下如此失禮的原因。不過，也許我可以為她解釋。那是因為我父親，他們剛好準備出去散步，我父親因為時間晚了，不想再耽擱，才騙妳說艾麗諾不在家。我向妳保證，就是這麼回事。艾麗諾很懊惱，想趕快跟妳道歉。」

凱薩琳聽到這些話，心裡寬慰了不少，但難免還有幾分擔憂，於是又提出一個天真卻令對方為難的問題：「可是，蒂爾尼先生，你為什麼不像你妹妹那麼寬容？要是她都能相信我的好意，相信這只是一個誤會而已，那你為什麼要生氣？」

「我？我生氣？」

「是啊，你走進包廂時，我看到你的臉，就知道你一定在生氣。」

「我生氣？我哪有這個權利！」

「唔，凡是看見你的表情的人，誰也不會以為你沒有這個權利。」

亨利沒有回答，只是請她讓出一個位子，與她聊起了這齣戲。他實在太親切了，凱薩琳真捨不得讓他走。

不過他們離別前約定，要儘快實現他們的散步計畫。亨利離開她們的包廂時，凱薩琳除了有些感傷以外，大致說來，仍是世上最快樂的人。

他們交談的當下，凱薩琳驚奇地發現，約翰從未在一個地方老實地待上十分鐘。他現在正和蒂爾尼將軍說話，當她察覺自己可能正是他們談論的話題時，不止感到了驚訝。他們在聊她什麼呢？她擔心蒂爾尼將軍不喜歡她的長相，因為他寧可不讓女兒見她，也不肯把自己的散步延後幾分鐘。「索普先生怎麼會認識你父親？」凱薩琳著急地問道，一面指出那兩人。亨利不知道這是怎麼回事，不過他父親就像所有軍人一樣，交遊廣泛。

戲演完之後，約翰來牽她們出場。凱薩琳是他示好的首要目標，當他們在休息室等候轎子時，凱薩琳剛要提出一個問題，沒想到卻被約翰攔住了，只聽他洋洋得意地問她，有沒有看見他在和蒂爾尼將軍談話。「這個老頭真神氣！既健壯、又活躍，跟他兒子一樣年輕。老實說，我很景仰他，真是個氣度不凡的大人物。」

「你是怎麼認識他的？」

「認識他？巴斯附近的人，我沒幾個不認識的。我常在貝德福咖啡館遇見他。今天他一走進撞球室，我就認出了他的面孔。說起來，他是這裡最出色的撞球手。我們一起玩了幾回，不過我剛開始有點怕他。我們的勝算是五比四，對我不利。要不是我打出了或許是世上最漂亮的一擊——我正中他的球——沒有撞球台也解釋不清楚——但是我的確擊敗了他。他真是一表人才，又和猶太人一樣有錢，我很想跟他一起吃飯，他一定吃得很好。不過妳知道我們在談論什麼嗎？談論妳，真的是妳！將軍認為妳是巴斯最漂亮的女孩。」

「哦！胡說八道！你怎麼能這麼說？」

「妳知道我怎麼回答的嗎？」他壓低聲音。「『說得好啊！將軍，』我說，『我和你的想法完全一致。』」

凱薩琳聽到約翰的讚美，遠遠比不上聽到蒂爾尼將軍的讚美來得高興，因此她被艾倫先生叫走時，一點也不覺得遺憾。但是約翰堅持要把她送上轎子，坐上去之前，他一直甜言蜜語地奉承她，儘管對方一再要求他住口。

蒂爾尼將軍不但不討厭她，反而讚美她，這太令人高興了。凱薩琳欣喜地感覺到，她不必害怕見到他們家的任何人了。這一晚，她從沒想到會有這麼大的收穫。

第十三章

禮拜一到禮拜六就這麼過去了。每天發生的事、每天的希望與憂慮、屈辱與快樂，都已經作了說明，現在只需描述一下禮拜天的痛苦，讓一週劃下句點。去克里夫頓的計畫延期了，但是並未取消。今天下午去新月街散步時，這件事又被拿出來重提。伊莎貝拉和詹姆士進行了私下討論，伊莎貝拉堅持要去，詹姆士則一心想討好她，於是他們決定，要是天氣好，他們明天上午就去，而且要一大早動身。事情說好了，也得到了約翰的贊成，剩下的只差通知凱薩琳一聲。凱薩琳去找蒂爾尼小姐說話，離開了幾分鐘，他們就在這一段期間計畫好了一切。她一回來，他們立刻邀請她一起去。但是令伊莎貝拉意外的是，凱薩琳沒有愉快地答應，而是板著一張臉說自己不能去；她有約在先，上次就不該去，這次更不能奉陪了。她才剛與蒂爾尼小姐約定好，在明天進行原先說好的散步。這已經確定了，絕不能反悔。

但是，索普兄妹卻焦急地大喊，說她必須取消那個約會，他們明天一定要去克里夫頓，而且不能少了她。只不過是一次散步嘛！延遲一天有什麼關係呢？他們不允許她拒絕。凱薩琳感到為難，但是並沒屈服。「不要逼我，伊莎貝拉。我與蒂爾尼小姐約好了。我不能去。」但是這無濟於事。他們仍然固執地要她去，不讓她拒絕。「這很簡單，妳就跟蒂爾尼小姐說，妳剛想起先前的一次約會，必須把散步延後到禮拜二。」

「不，這很困難。我不能那麼做，我之前並沒有約會。」可是伊莎貝拉越逼越緊，她熱切地拚命懇求她，相信為了這一個小小的請求，她那最親愛的凱薩琳絕不會真的拒絕一個對她這麼好的朋友。她知道凱薩琳心地善良，性格溫柔，很容易被她愛的人說服。然而，無論怎麼說都起不了作用；凱薩琳認為自己理直氣壯，雖然不忍聽到如此情意懇切的請求，但也絲毫不動搖。這時，伊莎貝拉換了一種方式，她開始責怪起凱薩琳，說她只不過剛認識蒂爾尼小姐，就忘了最要好的老朋友，對她越來越冷淡。「凱薩琳。當我看見妳因為別人而忽略我時，我不能不感到嫉妒。我是這麼愛妳呀！一旦我愛上了一個人，什麼力量也無法改變我。我相信我比任何人都重感情，正因為太重感情，所以心裡總是不得安寧。我承認，眼看別人奪去了妳對我的友愛，我感到傷心透了。一切好處都被蒂爾尼兄妹獨佔了。」

凱薩琳覺得這番指責既奇怪、又不客氣。難道朋友就該把自己的感情暴露出來？在她眼裡，伊莎貝拉心胸狹窄、自私自利，除了自我滿足而外，別的什麼也不在乎。她心裡浮現了這些沉痛的念頭，但是嘴裡什麼也沒說。這時，伊莎貝拉拿起手帕擦眼睛，詹姆士看見這副情景，心裡很難受，忍不住說道：「夠了，凱薩琳，我想妳現在不能再固執了。為了成全這麼一位好朋友，犧牲那一點也不算什麼。如果妳還想推辭的話，那就太過分了。」

哥哥公開對抗她，這倒是第一次。為了不引起哥哥的不快，凱薩琳提出一個折衷的方式：只要他們把計畫延到禮拜二（這對他們毫無困難），她就跟他們一起去。想不到對方立刻回答：「不行！不行！索普說不定禮拜二又要進城。」凱薩琳十分遺憾，她已經無能為力了。接著又是一陣沉默，這時，伊莎貝拉帶著冷漠憤恨的口氣說道：「好吧，那這次計畫泡湯了。要是凱薩琳不去，我也不去。不能只有我一個女性，這太不像話，無論如何也不行。」

「凱薩琳，妳一定得去。」詹姆士說。

「可是索普先生為什麼不帶另一個妹妹去？我敢說她們兩個一定很樂意。」

「謝謝妳的建議，」約翰嚷道，「可是我來巴斯不是為了帶妹妹到處兜風的，那看起來就像傻瓜！不，假如妳不去，我也絕對不去。我只是為了帶妳去兜風。」

「你這麼說也不會讓我感到榮幸。」可惜約翰沒聽見她的話，轉身離開了。

另外三個人繼續走著，凱薩琳感到相當彆扭。他們有時一言不發，有時又不停哀求她、責備她。雖然心裡不和，她仍然挽著伊莎貝拉的手，一下子心軟，一下子又被激怒。但她雖然煩惱，心意卻始終堅定。

「我以前都不知道妳這麼固執，凱薩琳，」詹姆士說道，「妳以前總是很好說話。我的幾個妹妹之中就屬妳最和善、脾氣最好。」

「我希望自己現在也是這樣。」凱薩琳誠懇地回答，「可是我真的不能去。即使我錯了，我也是在做我認為正確的事。」

「我想，」伊莎貝拉低聲說，「這也沒什麼困難的。」

凱薩琳氣惱極了，一下子把手臂抽走，伊莎貝拉也沒反抗。就這樣過了十幾分鐘，約翰又回來了，他帶著較為愉快的神情說道：「嗯，我把問題解決了。我們明天可以安心地一起去了。我去找過蒂爾尼小姐，幫妳把約會推掉了。」

「你說謊！」凱薩琳叫道。

「我發誓我去過了。我剛從她那裡回來，我跟她說是妳叫我來的，說妳剛想起跟我們約好明天一起去克里夫頓，因此要到禮拜二才能陪她去散步。她也說好，禮拜二對她來說一樣方便。於是，一切困難都解決了。我這主意不錯吧？」

伊莎貝拉又一次笑顏逐開，詹姆士也跟著高興起來。

「你的主意的確妙極了！唔，親愛的凱薩琳，一切困難都解決了，妳已經光明正大地取消約會，我們可以好好大玩特玩了。」

「這可不行，」凱薩琳說，「我不能答應。我必須立刻追上蒂爾尼小姐，把真相告訴她。」

想不到伊莎貝拉抓住了她一隻手，約翰抓住另一隻，三個人再三勸她。就連詹姆士也生氣了。既然事情已經解決，蒂爾尼小姐也說禮拜二同樣適合，又何必再去節外生枝呢？

「我不管。索普先生沒有權利捏造這種謊言。假如我覺得應該延後的話，我可以親自告訴蒂爾尼小姐。索普先生的做法只會顯得更冒昧。我怎麼知道他已經……也許他又搞錯了，他禮拜五已經搞錯了一次。放開我，索普先生，別抓住我，伊莎貝拉。」

約翰告訴她，蒂爾尼兄妹是追不上的，因為剛才他們已經轉進布魯克街，現在應該到家了。

「我還是要去追，」凱薩琳說道，「無論他們走到哪裡，我都要追上去。再說也沒用，只要是我覺得錯誤的事，就沒人能說服我去做，也休想騙我去做！」說完，她掙脫身子，匆匆離去了。約翰本想衝出去追她，卻讓詹姆士攔住。「讓她去吧，她想去就讓她去吧。她固執得就像……」

詹姆士沒有說完他的比喻，因為那實在不是個文雅的比喻。

凱薩琳心裡非常激動，她快速穿過人群，生怕後面有人追來，不過她決心堅持到底。她一邊走，一邊回想剛才的情景。她不忍心讓他們失望、惹他們生氣，尤其是對她的哥哥，但她並不後悔剛才拒絕了他們。撇開個人的喜好不提，僅僅是與蒂爾尼小姐再次失約，而且還捏造藉口，這就一定是不對的。她拒絕他們並不單純是為了自己的願望，因為跟他們去旅行，看看布萊茲城堡，在某種程度上倒可以滿足她的願望；不，她考慮的是別人，是別人對她人格的看法。她相信自己沒有做錯，但這仍不足以讓她恢復平靜，不向蒂爾尼小姐說清楚，她的心裡就不會覺得踏實。

出了新月街之後，她加快腳步，剩下的路幾乎是用小跑步，一直到米爾森街盡頭才停下。由於她動作相當快，儘管蒂爾尼兄妹一開始領先很多，但當她看見他們時，他們才剛進屋，僕人仍然站在門口，門還開著。凱薩琳只客氣地說了一聲她馬上要與蒂爾尼小姐說話，便匆匆從他身邊走過，跑上樓去。接著，她順手推開第一扇門，立刻發現自己來到了客廳，蒂爾尼將軍和他的子女都在那裡。

她立刻作了解釋，不過，由於心情緊張和呼吸急促的關係，她的話根本不像在作解釋。「我急忙趕來了——這完全是個誤會。我從沒答應跟他們去。我打從一開始就告訴他們我不能去。我急忙地跑來解釋。我不在乎你們怎麼看我，我實在等不及讓僕人通報。」

這番話雖然不足以把事情解釋清楚，但很快就被理解了。凱薩琳發現，約翰的確傳了假話，蒂爾尼小姐誠實地表示，她當時聽了大為震驚，至於她哥哥是否比她更加憤怒，凱薩琳卻無從知道。無論他們在她來之前抱著什麼想法，經她這麼誠懇地一辯解，兄妹倆的神色和言語馬上變得和藹極了。

事情愉快地得到了解決，凱薩琳被蒂爾尼小姐介紹給她父親，立刻受到他十分殷切且客氣的接待。這使她想起了約翰的話，而且還高興地感到，原來他有時還是值得信賴的。

蒂爾尼將軍客氣到令人害怕的程度，他不知道凱薩琳進屋時走得有多快，卻怪僕人太過怠慢，竟然讓莫蘭小姐自己打開客廳的門。「威廉是怎麼搞的？我一定要追究這件事！」要不是凱薩琳極力向他解釋，威廉很可能因為她的闖入而永遠失去主人的寵信，甚至丟了飯碗。

凱薩琳坐了十五分鐘，便起身告辭。令她感到歡喜的是，蒂爾尼將軍問她是否願意給他女兒賞個臉，留在這裡吃頓飯，剩下的時間陪她一起玩耍。蒂爾尼小姐也說出了同樣的請求。凱薩琳大為感激，但她實在沒辦法，因為艾倫夫婦正在等她回去。將軍不便強留，但他相信，改天要是早一點通知，艾倫夫婦一定不會反對讓她過來的。

「哦，不會的。」凱薩琳保證他們不會反對，她自己也很願意前來。將軍親自送她到門口，下樓時又說了許多動聽的話，誇讚她步履輕盈，簡直和跳舞時的姿勢一模一樣。臨別時，他又向她鞠了一躬，如此優雅的態度，她以前從未見到過。

凱薩琳感到相當得意，興高采烈地回到普爾特尼街。她相信自己的腳步相當輕盈，儘管過去從未意識到。回到家裡，她沒有再見到被她得罪的那伙人。她勝利了，達到了自己的目的，也確定了散步的計畫。隨著她冷靜下來，她開始懷疑自己做的是否完全正確，自我犧牲總是崇高的，假如她答應了他們的要求，就不會那麼苦惱地覺得自己得罪了朋友，激怒了哥哥；也許她真的破壞了一次讓他們開心無比的遠遊計畫。為了安慰自己，讓一個公平的人來衡量一下她的行為是否有錯，她趁機向艾倫先生提起了這件事。

「怎麼，」他回答，「妳也想去嗎？」

「不。他們告訴我之前，我就跟蒂爾尼小姐約好一起去散步了。所以你知道，我絕不能跟他們一起去，對嗎？」

「對，當然不能。妳不想去，這很好。這種安排實在太不像話了，年輕小伙子跟年輕姑娘坐著敞篷馬車在鄉下到處亂跑！偶爾一次倒還不錯，可是一起去旅店或公共場所就不妥當了，我不知道索普太太怎麼會允許他們。我很高興妳不想去，我敢說莫蘭太太會不高興的。艾倫太太，難道妳不這樣想嗎？難道妳不認為這是個糟糕的行為嗎？」

「是的，的確糟糕。敞篷馬車太髒了。妳坐在裡面，一件乾淨衣服穿不到五分鐘，而且上下車還會濺一身泥。風會把妳的頭髮帽子吹得東倒西歪，我最討厭敞篷馬車。」

「我知道妳討厭，可是問題不在這裡。要是年輕小姐與年輕小人子非親非故的，卻常常坐著敞篷馬車跑來跑去，難道妳不覺得很不得體嗎？」

「是的，親愛的，的確很不得體。我看不下去。」

「親愛的太太，」凱薩琳叫道，「那妳為什麼不早點跟我說？要是妳告訴我這不合適，我就絕不會跟索普先生一起出去的。我一直希望妳可以指出我的錯誤。」

「我會的，好孩子，妳儘管放心吧！就像臨走前我對莫蘭太太說的，我隨時都會盡全力幫助妳的。但是人不能過於苛求，就像妳慈愛的母親常說的，年輕人畢竟是年輕人；妳知道，我們剛來時我不讓妳買那件有花紋的薄紗服，但妳偏要買。年輕人就是討厭有人老是阻礙他們。」

「但這是至關重要的事情，我想妳不會覺得我很難說服吧？」

「目前為止還沒什麼問題，」艾倫先生說，「我只想奉勸妳，好孩子，別再跟索普先生一起出去了。」

「我也正想這麼說呢！」他妻子補充道。

凱薩琳覺得欣慰多了，卻為伊莎貝拉感到不安。她稍微想了一下，又問艾倫先生：索普小姐一定也跟她一樣，不知道那是逾矩的行為，她是不是該寫封信給她，告訴她那麼做不恰當？因為她認為，就算遭遇了波折，要是沒人出面勸告，伊莎貝拉或許隔天還是會去克里夫頓的。誰知道，艾倫先生勸她不要這麼做：「好孩子，妳最好別去管她。她那麼大，該懂事了。不然的話，她母親會教育她的。索普太太實在太溺愛子女了。不過妳最好還是不要干預。索普小姐與妳哥哥執意要去，妳只會自討沒趣罷了。」

凱薩琳聽了他的話。雖然一想到伊莎貝拉的過錯不免有些惋惜，但艾倫先生對她的贊許卻令她大感欣慰。承蒙他的勸導，她才沒有犯下一樣的錯誤，這確實令她感到慶幸。她沒有跟他們去克里夫頓，實在是一次僥倖；假如她與蒂爾尼兄妹爽約是為了去做一件不對的事，那蒂爾尼一家人會怎麼看待她呢？

第十四章

第二天早晨，天氣晴朗，凱薩琳心想那些人大概又要來糾纏。有艾倫先生撐腰，她一點也不害怕，但她還是寧可不和他們起爭執。因此，當她既沒看見他們的影子，也沒聽見他們的消息時，感到由衷的喜悅。蒂爾尼兄妹按照約定的時間來找她，這次沒有出現新的麻煩，也沒有人突然想起什麼事情，或是出乎意料地被人叫走，更沒有哪位不速之客突然闖入，干擾他們的郊遊計畫；於是，我們的女主角能夠難得地實現了自己的約會，與男主角的約會。他們決定遊覽一下比琴斷崖。那是一座秀麗的山崖，山上草木蔥鬱，崖間懸著一片片矮樹叢；從巴斯的每個空地望去，都顯得十分惹人注目。

「我每次見到這座山，」他們沿河畔漫步時，凱薩琳說道，「總想去法國南部看看。」

「這麼說來，妳去過國外？」亨利有點驚訝地問道。

「哦，不！我只是在書裡看到的。這座山總讓我想起《奧多芙之謎》裡頭艾蜜莉和她父親遊歷過的地方。不過，也許你從不看小說吧？」

「為什麼？」

「因為小說對你來說太膚淺。紳士們都看更深奧的書。」

「任何一個人，不管是紳士還是淑女，只要不喜歡小說，一定很愚蠢。我讀過雷德克里夫夫人的全部作品，而且對大多數都很感興趣。《奧多芙之謎》是一本一旦開始看，就再也停不下來的書。我記得兩天就看完了，一直感到毛骨悚然。」

「是的，」蒂爾尼小姐補充道，「我記得你還唸給我聽過。後來我被叫走了，去回覆一封信，你連五分鐘也不肯等我，把書拿去看了，我只好先等到你看完。」

「謝謝你，艾麗諾，提供了一條寶貴的證據。妳瞧！莫蘭小姐，妳的觀點是不公正的。我迫不及待地想看下去，我妹妹只離開五分鐘我都不肯等她。我答應唸給她聽，可是又沒遵守諾言，讀到最有趣的地方卻不讓她聽，自己把書拿走了。妳要知道，那本書其實是她的，的確是她的。我想起這件事就覺得自豪，我想這會使妳對我有個好印象了。」

「這的確讓我很高興。今後我不會再為自己喜歡《奧多芙》而感到羞恥了。不過我以前的確認為，年輕男人對小說鄙視到令人驚訝的地步。」

「令人驚訝？如果他們真的是那樣，那的確令人驚訝，因為男人看過的小說幾乎跟女人一樣多。我自己就看過好幾百本。說起茱莉亞和路易莎的故事，妳休想跟我比。要是我們聊到特定某些書，沒完沒了地問說『你看過這本嗎？』『你看過那本嗎？』我一定會遠遠贏過妳；就像……該怎麼說呢？就像妳的朋友艾蜜莉遠遠拋下可憐的瓦蘭科特，與她的姑媽一起去義大利。妳可以想像我比妳多讀了幾年小說，我是從在牛津唸書時開始讀的，那時妳還只是個乖孩子，坐在家裡刺繡呢！」

「我想沒那麼乖吧。可是老實說，難道你不認為《奧多芙》是世界上最好的書嗎？」

「最好的？我想妳是指最精緻的吧？那得看裝訂了。」

「亨利，」蒂爾尼小姐說，「你真沒禮貌。莫蘭小姐，他現在對妳就像對妹妹一樣；他總是挑剔我措詞不當，現在又在對妳吹毛求疵了。妳用的『好』這個詞不合他的意，最好趁早換一個，免得被他拿強森和布萊爾把我們笑話一頓。」

「的確，」凱薩琳嚷道，「我並不是故意要說錯話。但那確實是一本好書，為什麼我不能這麼說呢？」

「說得很對。」亨利說道，「今天是個好的天氣，這是一次好的散步，妳們是兩位好的女孩。哦！這的確是個好形容詞！什麼場合都能用。一開始，它也許只是被用來形容整潔、恰當、精緻、優雅，用來描寫人們的衣著、感情和選擇，可是現在，這個詞卻成了一個萬能的讚美詞。」

「其實，」他妹妹說道，「這只適用於你，而且沒有絲毫讚美的意思。你這個人既講究又不聰明。來吧，莫蘭小姐，隨便他怎麼吹毛求疵吧，我們還是用自己喜歡的詞來讚美《奧多芙》。這是一本很有趣的作品。妳喜歡這種書嗎？」

「說實話，我不怎麼愛看別的書。」

「真的？」

「也就是說，我會讀詩歌和戲劇這一類的作品，也不討厭遊記。但是對歷史──一本正經的歷史，卻不感興趣。妳呢？」

「我喜歡歷史。」

「但願我也是。我是出於義務才讀歷史，但是歷史書中的事總是令我煩惱、厭倦。每一頁都是教皇與國王的爭吵，還有戰爭與瘟疫；男人都是蠢蛋，女人幾乎沒半個，真令人厭煩！我有時會納悶，雖然絕大多數的歷史都是虛構的，卻又那麼枯燥乏味。英雄口中說出的言語，他們的思想、野心，想必幾乎是虛構的吧？但在其他作品裡，虛構的東西反而受到我喜愛。」

「你認為，」蒂爾尼小姐說，「歷史學家不善於想像；他們想像出來的事物不能引起人們的興趣。我喜歡歷史，喜歡同時接受真實的與虛構的；那些重要的史實都是根據過去的史書、史料來寫的，我敢說，那些史書和史料就跟你沒能親自目睹的事實一樣真實可信。至於你提到加油添醋的部分，那的確是加油添醋，我喜歡這樣的內容。如果一篇演講寫得好，我才不管它是誰寫的，只要讀得開心就好。如果是休姆先生，或羅伯森博士寫的話，那也許會比讀卡拉克塔克斯、阿格里克拉或是阿弗雷德王的真實談話還有趣得多。」

「妳喜歡歷史！艾倫先生跟我父親也是這樣。我有兩個兄弟，他們也不討厭歷史。在我這個小小的生活圈裡就有這麼多例子，真是了不起啊！這樣一來，我就不用再同情寫歷史的人了。如果大家愛看他們的書，那當然很好；但是，我過去一直以為沒人愛看他們嘔心瀝血完成的一部部鉅著；以為他們辛辛苦苦寫出來只是為了折磨那些青年學子。雖然現在我知道他們這樣做是對的，也是絕對必要的，但是我過去常感到納悶，有人居然有勇氣坐下來寫這些東西。」

「青年學子本該接受折磨，」亨利說道，「對文明國家的人性有些瞭解的人都無法否認這一點。但是，我要為我們傑出的歷史學家說幾句話：要是有人認為他們缺乏更崇高的目標的話，他們想必會感到氣憤。他們憑著自己的寫作方式，完全有資格折磨那些最理智的成年讀者——我用『折磨』這個詞代替『教育』，反正它們現在是同義詞吧？」

「你認為我把『教育』稱為『折磨』很荒謬，可是，假如你以前像我一樣，經常聽見可憐的孩子一開始怎麼學習字母、學習拼寫；假如你看見他們整個上午如何駑鈍，害得我那可憐的母親如何精疲力竭；你就會承認：『折磨』和『教育』有時是意義相同的。」

「很有可能。不過，歷史學家對於學習字母的困難並不負有責任，他們似乎不怎麼在乎勤奮、刻苦；即便如此，恐怕妳也得承認，為了一輩子能夠看書，受那兩三年折磨還是十分值得的。請妳想想，假如沒有人讀書，雷德克里夫夫人的作品不就白寫了？甚至根本寫不出來。」

凱薩琳表示同意。她熱情洋溢地讚揚了那位夫人的事蹟，隨後就結束了這個話題。蒂爾尼兄妹馬上找到了另一個話題，不過凱薩琳完全插不了嘴；他們帶著繪畫行家的眼光，觀賞著鄉間的景色，並帶著高深的鑑賞力，認真地斷定能在這裡畫出一幅畫。凱薩琳茫然不知所措，她對繪畫一竅不通——她對富有情趣的東西都一竅不通。她聚精會神地聽著，可是一無所獲，因為他們說出的詞令她一頭霧水。她能聽得懂一點，但似乎與她過去對繪畫的認知有所矛盾——例如說，高山的山頂未必有好景色，晴朗的天氣未必是好天氣等等。她為自己的無知感到慚愧，但這種慚愧是不必要的。當人們想讓自己平易近人時，總是會表示自己孤陋寡聞，而自恃才情卻無法滿足別人的虛榮心，這是聰明人極力避免的；特別是女人，如果她不幸有點知識的話，應該盡可能將其遮掩起來。

已經有位女作家用她的生花妙筆描述了一個女人天性愚笨的好處。對於在這方面的論點，我只想為男人說一句公道話：雖然對於大部分較輕浮的男人來說，女人的愚蠢大大增添了她們的嫵媚；但是對那些既有理智、又有見識的男人來說，他們也不會在意女人的無知。不過，凱薩琳並不瞭解自己的長處，不知道一個美麗、多情，而又愚昧的姑娘，一定能迷住一位聰明的小伙子，除非運氣不佳。她承認自己孤陋寡聞，也痛恨自己孤陋寡聞，並且聲稱自己將不惜代價學會繪畫。於是，亨利馬上開始教授她該如何構圖，他講得一清二楚，使凱薩琳很快就從他欣賞的事物中看到了美。凱薩琳聽得十分認真，亨利也很滿意，認為她有很棒的審美力。他談到了近景、遠景、次遠景、旁襯景、配景法和光亮色彩。凱薩琳是個有潛力的學生，當他們登上比琴斷崖山頂時，她很有見地地說道，巴斯城不適合放入風景畫中。亨利對她的進步感到很高興，但又怕一下子灌輸太多，惹得她厭煩，便撇開了這個話題。他從一座嶙峋的山石和他想像中長在山石上的一棵枯櫟樹聊起，很快又談到一般的櫟樹——談到樹林、林場、荒地、王室領地和政府——不久就談到了政治，一談政治就很容易導致沉默。他對國家大事發表了一段簡短的評論之後，大家便陷入了沉默。直到凱薩琳用嚴肅的語氣打破它：「我聽說，倫敦馬上要發生駭人聽聞的事。」

這些話是對蒂爾尼小姐說的，她不禁大吃一驚，趕緊問道：「真的？是什麼樣的事？」

「這我也不知道，也不知道始作俑者是誰。我只聽說這比我們至今接觸過的任何事情都還要可怕。」

「天哪！妳是從哪裡聽來的呢？」

「是我一個好朋友昨天從倫敦寄來的信上說的。據說可怕極了，我想一定是謀殺之類的事。」

「妳說起來鎮定自若，真令人驚訝。不過我希望妳的朋友是誇大其詞。要是這樣的陰謀事先敗露，政府一定會採取適當措施加以阻止的。」

「政府?」亨利說道,盡量忍住不笑,「它既不想、也不敢干預這種事。兇殺是難免的,發生再多件政府也不會管。」

兩位小姐愣住了,亨利則笑了出來,接著說道:「喂,是要由我來幫助你們互相認識呢?還是讓妳們自己去摸索?不,我要高尚一些,我要證明自己是個男子漢,不僅有清晰的頭腦,還有慷慨的心靈。我最受不了某些男人,他們有時都不體諒女性的理解能力,不肯把話說得淺顯一些。也許女人的才智既不健全也不敏銳,既不健康也不敏捷;也許她們缺乏觀察力、辨別力、判斷力、熱情、天才和智慧。」

「莫蘭小姐,別聽他胡說。還是請妳為我解釋這起可怕的暴動吧!」

「暴動?什麼暴動?」

「我親愛的艾麗諾,那只是妳自己的想像。妳實在太愛胡思亂想了。莫蘭小姐說的並不是什麼可怕的事,只不過是一本即將出版的新書,十二開本,三卷,每卷兩百七十六頁;第一卷有個卷首插圖,畫著兩塊墓碑、一盞燈籠——妳懂了吧?莫蘭小姐,妳說得再清楚不過,但卻被我的傻妹妹誤會了。妳提到倫敦會出現可怕的事,任何聰明的人立刻就會想到,那一定是指流動圖書館的事,但我妹妹卻這麼理解:她立刻想像聖喬治廣場上聚集了三千名暴徒,襲擊英格蘭銀行,圍攻倫敦塔,讓倫敦街頭血流成河,全國的希望——第十二輕騎兵團立刻派了一個支隊從北安普敦前來鎮壓叛亂,當英勇的弗雷德里克.蒂爾尼上尉率領支隊衝鋒的當下,樓上的窗戶卻飛來一塊磚頭,把他擊下馬……請原諒她的愚昧,她的恐懼突顯了女人的缺陷。不過大致說來,她絕不是個傻瓜。」

凱薩琳板起了臉。「好了,亨利,」蒂爾尼小姐說,「你已經幫我們互相瞭解了,現在應該讓莫蘭小姐也瞭解你;除非你想讓她認為你對妹妹十分粗魯,你對女人的看法十分殘忍。莫蘭小姐並不習慣你的古怪行為。」

「我倒很樂意讓她多瞭解我的古怪行為。」

「當然。但那並不能解釋目前的問題。」

「那我該怎麼辦？」

「你知道該怎麼辦。當著她的面，大方地介紹一下你的性格。告訴她，你十分尊重女人的理解能力。」

「莫蘭小姐，我十分尊重世上所有女人的理解能力，特別是那些碰巧跟我在一起的女人，不管她們是誰，我尤其尊重她們的理解能力。」

「那還不夠。請你正經一點。」

「莫蘭小姐，沒有人比我更尊重女人的理解能力了。據我看來，女人天生就擁有聰明才智，而她們連一半都用不到。」

「莫蘭小姐，我們從他口中聽不到更正經的話了。他在嬉皮笑臉呢！不過我告訴妳，如果他有時對女人說了一句似乎不公正的話，或是對我說了一句似乎很無情的話，那他一定是被誤解了。」

凱薩琳也相信亨利是對的。雖然他的舉止有時可能令人詫異，但他的心態卻永遠是公平的。無論是她理解的事，還是不理解的，她都一樣崇拜。這次散步自始至終都令人相當愉快，雖然很早就結束了，但臨走時仍然十分開心。她的兩位朋友把她送回家中，離別時，蒂爾尼小姐恭敬地對凱薩琳和艾倫太太說，希望凱薩琳後天能賞光去他們家吃飯。艾倫太太沒有異議，凱薩琳則盡可能地掩飾內心的狂喜。

這個上午過得太快樂了，她把友誼和手足之情全都拋在腦後，因為散步期間她根本沒有想到伊莎貝拉和詹姆士。等蒂爾尼兄妹走後，她又思念起他們，但再怎麼思念也無濟於事。艾倫太太沒有消息可以消除她的憂慮。快到中午時，凱薩琳急需一條一碼長的絲帶，必須馬上去買。她出門來到城裡，在龐德街遇上索普家的二小姐，她站在世上兩位最可愛的小姐中間，正往艾德格大樓的方向走著。這兩位小姐一整個上午都是她的親密朋友。

凱薩琳很快就從二小姐那裡聽說，她的姐姐一伙人去了克里夫頓。「他們是今天早上八點出發的，」安妮小姐說道，「我實在不羨慕他們這次旅行。我想，我們沒去反而更好。那一定是天底下最無聊的事情，因為在這個季節，克里夫頓連一個人也沒有。貝拉是跟妳哥哥一起的，約翰的車載著瑪麗亞。」

凱薩琳一聽說這樣的安排，心裡的確感到很高興，嘴裡也這麼說。

「哦！是的。」對方插嘴說，「瑪麗亞去了。她迫不及待地想去。她以為那一定很好玩。我才不欣賞她的興趣呢！至於我，我從一開始就打定主意不去，就算他們逼我，我也不去。」

凱薩琳有點不相信，於是情不自禁地說道：「要是妳能去就好了。真可惜。」

「謝謝妳，這對我來說完全無所謂。是的，我無論如何也不會去的。妳剛才追上我們時，我正在對艾蜜莉和索菲亞這麼說呢！」

凱薩琳仍然不肯相信。不過她很高興，安妮居然能有艾蜜莉和索菲亞這兩個朋友的安慰。她告別了安妮回到家裡，心裡不再感到不安了。他們的出遊並未因為少了她而受到妨礙，這令她感到高興。她衷心祝福他們玩得十分愉快，讓詹姆士和伊莎貝拉別再埋怨她沒去。

第十五章

第二天一早，凱薩琳收到伊莎貝拉的一封信，信中字句寫得心平氣和、情意綿綿，懇求她的朋友立即去一趟，有極為重要的事情商量。凱薩琳一聽說有重要的事，感到十分好奇，便萬分喜悅地趕到艾德格大樓。客廳裡只有索普家的兩位小女兒，當安妮小姐跑去叫她姐姐時，凱薩琳趁機向另一位小姐問起昨天出遊的情形——這也正是瑪麗亞最大的樂趣。

她很快就聽說：那是世上最愉快的一次旅行，沒人想像得到有多好玩、多有意思。這是前五分鐘的談話內容，之後五分鐘又透露了更多細節。聽說他們一行人徑直駛到約克旅館，喝了一點湯，又吃了一頓午餐；接著趕到當地的礦泉廳，喝了些泉水，花了幾先令買了錢包和礦石，又從那裡去點心店喝茶，為了避免摸黑趕路，又馬上回到旅館，匆匆忙忙地吃完飯；回程相當愉快，只可惜月亮沒出來，下了點小雨，詹姆士的馬累到快走不動了。

凱薩琳打心底感到高興。看來，他們根本沒去布萊茲城堡，除了這一點，她沒有任何遺憾了。瑪麗亞說完後，還深情地對姐姐安妮表示了一番同情，說她因為沒去成，氣得不得了。

「她肯定永遠不會原諒我。不過妳也知道，我又有什麼辦法？約翰非要我去不可，因為他嫌安妮的腳跟脖子太粗，說什麼也不帶她去。她這個月大概再也高興不起來了。不過我可絕不會鬧脾氣，我才不會為一點小事情就發火。」

這時，伊莎貝拉快步地走進房裡。她神氣十足，滿面春風，讓她的朋友愣了一下。伊莎貝拉毫不客氣地打發了瑪麗亞，然後一把抱住凱薩琳，說道：「是啊！親愛的凱薩琳，的確如此，妳想得沒錯。唔！妳那雙眼睛真厲害！能洞察一切。」

凱薩琳沒有回答，只靈出一副疑惑不解的神情。

「唔，好了！我親愛的的朋友，」伊莎貝拉接著說道，「冷靜一點。妳看得出來，我心裡萬分激動，但我們還是坐下來舒舒服服地講。唔！這麼說來，妳一看到我的信就猜到了？哦！親愛的凱薩琳，只有妳瞭解我，能夠看出我現在多麼幸福。妳哥哥是世界上最可愛的男人，但願我配得上他。不過妳父母會怎麼說呢？哦，天哪！我一想起他們，心裡就亂了方寸了！」

凱薩琳終於領悟，她突然明白了這是怎麼一回事，不由得滿臉通紅，大聲叫道：「天哪！我親愛的伊莎貝拉，妳是什麼意恩？難道……難道妳真的愛上了詹姆士？」

凱薩琳很快就發現，她這個大膽的推測只猜對了一半。伊莎貝拉曾說過，凱薩琳總能從她的每個眼色、舉動中看出熱切的情意，而在昨天的遠遊中，詹姆士便可喜地向她表露出同樣的情意。於是，她把自己的忠貞和愛情交給了他。凱薩琳從未聽到如此有趣、奇異、又欣喜的事——她的哥哥和她的朋友訂婚了！沒經歷過這種事的人，不會明白這件事有多麼了不起。

凱薩琳認為這是日常生活中難得一見的大事。她無法表達內心的強烈情感，但這種情感卻讓她的朋友十分得意。她們首先傾吐了即將成為姑嫂的喜悅，兩位漂亮小姐緊緊地抱在一起，落下了歡喜的淚水。

對於這門婚事，凱薩琳真心誠意地感到高興。不過應該承認：在她們將來的親切關係上，她的預期遠不及伊莎貝拉。「凱薩琳，對我來說，妳比安妮和瑪麗亞不知道要親密多少倍。我覺得，我喜愛莫蘭家的人，將會遠遠勝過喜愛自己家的人。」

這是凱薩琳無法想像的一種友誼。

「妳真像妳的哥哥，」伊莎貝拉繼續說，「我一見到妳就喜歡得不得了。不過我總是這樣，什麼事情都是靠第一印象。去年聖誕節莫蘭來我們家的第一天，我第一眼見到他時，我的心就無法回頭了。我記得我穿著我那件黃色長裙，頭上盤著辮子。當我走進客廳，聽約翰介紹他的時候，我就想自己從未見過那麼英俊的人。」

凱薩琳一聽到這話，凱薩琳心裡暗自佩服愛情的魔力，因為雖說她很喜歡自己的哥哥，讚賞他的各種天賦，但她從不認為他長得英俊。

「我還記得，那天晚上安德魯小姐和我們一起喝茶，穿著她那件紫褐色的絲綢衣服，看上去就像仙女一樣，我還以為妳哥哥會愛上她呢！我想著這件事，一夜沒闔眼。哦！凱薩琳，我為妳哥哥忍受了多少個不眠之夜呀！但願妳不會遇到我遭受過的一半痛苦！我知道我現在消瘦許多，不過我不想敘述我的憂慮，免得讓妳難過。妳已經知道夠多了。我覺得我不斷在洩露自己的秘密，不假思索地說出了我喜歡牧師！不過我相信妳會替我保密的。」

凱薩琳心想，自己一定會守口如瓶的。但她又有點羞愧，因為對方沒料到她竟然一無所知，便不敢再爭辯。再說，伊莎貝拉硬要說她目光敏銳、為人親切、富有同情心，她也不便否認。

她得知詹姆士準備立即趕回富勒頓，說明他的事情，請求父母答應。伊莎貝拉為這件事有些忐忑不安。凱薩琳相信，她的父母絕不會反對兒子的心願，於是便盡力地安慰伊莎貝拉。「不可能有比父母更慈祥、更希望子女得到幸福的人了。毫無疑問，他們會立刻同意的。」

「莫蘭也跟妳說了一樣的話，」伊莎貝拉答道，「但我還不敢抱太多希望。我的財產太少了，他們絕不會同意的。妳的哥哥可以娶任何人。」

凱薩琳再次覺察到愛情的魔力。

「伊莎貝拉，妳真是太謙虛了。財產算得了什麼？」

「唔！親愛的凱薩琳，妳是寬大的。我知道，在妳看來，這算不了什麼，但我們不能期待所有人都這樣想。就我來說，我真希望我們能交換立場。即使我坐擁幾百萬鎊，主宰了全世界，也只會選擇妳哥哥。」

她這個有趣的想法既有見識、又別出心裁，讓凱薩琳愉快地想起了她所熟悉的那些女主角。她心想，她的朋友在說出這番崇高的觀點時，看上去從未這麼迷人過。「他們一定會同意的，」她斬釘截鐵地說，「他們一定會喜歡妳的。」

「至於我自己，」伊莎貝拉說道，「我的要求不高，哪怕是最微薄的收入也夠我用了。只要人們真心相愛，貧窮也能變成財富。我討厭奢華的生活，無論如何也不想住到倫敦。只要能在偏僻的村鎮有座農舍，也就夠棒的了。里奇蒙德附近有幾座小巧可愛的別墅。」

「里奇蒙德？」凱薩琳驚叫道，「你們必須住在富勒頓附近！你們不能離我們太遠！」

「要不是這樣，我一定會很沮喪的。只要能在妳附近，我就心滿意足了。不過這只是空談。在得到妳父親的答覆之前，我不應該考慮這些事。莫蘭說，今天晚上會把信寄到索爾茲伯里，明天就能收到回信。明天啊！我知道我一定沒有勇氣打開那封信。我知道它會要我的命！」

伊莎貝拉說完，就想出了神。當她再次開口時，聊起了要用什麼布料做結婚禮服。

她們的談話被那焦躁不安的新郎打斷了，在他動身前往威爾特之前，先到這裡道個別。凱薩琳本想向他祝賀，卻又不知道該說什麼，滿腹的話全寄託在眼神裡了。詹姆士一心急著回家，告別的時間並不長，要不是因為他的美人一再催他上路，結果反而耽擱了，他還要花更久的時間。有兩次，他幾乎走到門口了，伊莎貝拉卻又匆忙地把他叫回來，催他快走。

「莫蘭，我真的要趕你走了。想想你要騎多遠啊！我不能讓你這麼拖拖拉拉的。看在上帝的份上，別再浪費時間了。好了，走吧！走吧！你非走不可。」

如今，兩位朋友的心比以往黏得更緊密了，一整天都割捨不開。兩人就像姐妹一般一同取樂，忘了時間過得飛快。索普太太和她的兒子明白所有內情，彷彿只要莫蘭先生一點頭，就會把伊莎貝拉的婚事當成家中最開心的一件大事，因此也就不避諱地一起談論。他們那意味深長的眼神和表情，使得那兩位蒙在鼓裡的妹妹也感到十分好奇。凱薩琳頭腦比較單純，在她看來，這種莫名其妙的隱瞞似乎既不出於好意，也未能貫徹到底。要是他們一直隱瞞的話，她早就忍不住指責他們太無情了。沒想到，安妮和瑪麗亞機靈地說了一聲「我知道是怎麼回事」，才立刻使她放下心來。到了晚上，所有人居然開始鬥起智：一方閃爍其詞地故作神秘，一方又神秘兮兮地說自己知道，誰也不認輸。

第二天，凱薩琳又去和她的朋友做伴，想使她打起精神，消磨收到回信前的這段憂鬱時光。她這麼做大有必要，因為隨著日子一天天過去，伊莎貝拉變得越來越沮喪；信還沒到，她就憂心忡忡起來。然而，收到來信後，卻再也看不見憂慮的蹤影。

「我順利地得到了我慈愛的父母同意，他們答應將盡力促進我的幸福。」這是前三行的內容，頃刻之間，一切都得到了保障。伊莎貝拉頓時喜出望外、神采奕奕，一切的憂慮和焦躁似乎一掃而空，她幾乎壓抑不了內心的喜悅，說自己是世上最幸福的人。

索普太太喜極而泣，依序擁抱了女兒、兒子和客人，高興得簡直想把巴斯的一半居民都擁抱一遍。她心裡充滿了柔情，一下子說「親愛的約翰」，一下子又說「親愛的凱薩琳」，還說必須馬上讓「親愛的安妮和親愛的瑪麗亞」也來分享他們的喜悅，還在伊莎貝拉的名字前一次加了兩個「親愛的」——這個可愛的孩子當之無愧。約翰也毫不掩飾自己的快樂，他不僅推崇地把莫蘭先生稱為世上最好的人，而且還發誓地說了許多讚美他的話。

這封帶來一切喜悅的信寫得很短，裡面只提到事情順利達成，一切細節還得等到詹姆士再次來信。不過，伊莎貝拉完全可以等下去。她需要的一切全都得到了莫蘭先生的承諾：他保證將一切辦得稱心如意。至於如何籌措金錢，究竟要瓜分田產還是交付現金，她一概不關心。她知道，自己應該很快就會有一個像樣的家庭。她的想像圍繞著心中的幸福奔馳著，她幻想幾週以後富勒頓的新朋友都在關注她、羨慕她，普爾特尼的老朋友都在嫉妒她；她有一輛馬車供自己使用，她的名片換了新的姓氏，手指上套著光彩奪目的鑽石戒指。

約翰本來打算一收到信就出發去倫敦，現在他準備動身了。「莫蘭小姐，」他發現她獨自待在客廳時說道，「我是來向妳辭行的。」凱薩琳祝他一路平安，但他似乎沒有聽見，只是走到窗口，身子不安地扭來扭去，嘴裡哼著小曲，彷彿一心想著自己的事。

「你去德維澤斯不會遲到吧？」凱薩琳問道，約翰沒有回答。

沉默了一陣之後，他忽然又說：「老實說，結婚這個主意真是太棒了！莫蘭和貝拉的想法太妙了！妳覺得如何？莫蘭小姐，我認為這個主意不賴。」

「我當然認為很好了。」

「是嗎？這才算是真心話！我很高興妳不反對結婚。妳有沒有聽過《來婚禮，姻緣來》這首老歌謠？我是說，我希望妳來參加貝拉的婚禮。」

「是的，我已經答應你妹妹了。要是可能，我會來陪伴她。」

「但妳知道，」他繼續扭來扭去，勉強傻笑一聲，「我是說，妳知道，我們可以試試看這首老歌說的靈不靈驗。」

「我們？但我從來不唱歌呀。好了，祝你一路平安。我今天要和蒂爾尼小姐吃飯，現在該回家了。」

「真是的，別這麼急急忙忙。誰知道我們何時才能再見面呢？不過我兩個禮拜後還會回來，在我看來，這會是漫長的兩個禮拜。」

「那你為什麼要離開那麼久呢？」凱薩琳見他在等她回答，只好說道。

「妳真客氣，既客氣又溫柔，我不會輕易忘記的。我相信，妳的性格比任何人都溫柔，妳的個性好極了，不只有個性，而且……而且什麼都好。再說，妳還這麼……憑良心說，我從沒見過像妳這樣的人。」

「哦，天哪！像我這樣的人實在多得很，而且都比我好得多。再見。」

「但我的意思是，莫蘭小姐，如果妳不嫌棄，我很快就會去拜訪富勒頓的。」

「請便吧，我父母親見到你會很高興的。」

「我希望……我希望，莫蘭小姐，妳見到我不會很不高興吧？」

「哦，天哪，絕不會！我很少看到人會不高興的。跟人來往總是相當愉快。」

「我正是這麼想的。我常說，只要給我幾個我喜歡的伙伴，讓我跟這些伙伴待在喜歡的地方，剩下的事都見鬼去吧！聽到妳也這麼說，讓我打從心底感到高興。我有個想法，莫蘭小姐，妳我對大部分問題的見解十分相似。」

「也許吧，不過我從沒想到這一點。至於你說的大部分問題，老實說，我在許多事情上並沒什麼主見。」

「啊，我也是這樣！我從來不為那些與我無關的事傷腦筋。我對事情的看法很簡單，我常說，只要給我一位心愛的女孩，加上一棟舒適的房屋，就什麼都不需要了。財產根本不重要，反正我有一筆可觀的收入。要是那位女孩身無分文，那不是更好！」

「的確。在這件事情上，我與你的看法是一致的。如果一方擁有可觀的財產，另一方就不必再擁有什麼了。無論哪一方有財產，只要夠用就行。我最討厭『有錢人必須與有錢人為伍』這種想法，我認為，為了金錢而結婚，那是世上最卑鄙的事情。再見。無論你哪時候要來富勒頓，我們見到你都會十分高興。」

說完後，她拔腿就走。儘管約翰百般殷勤，卻再也留不住她了。凱薩琳有這樣一個消息要散播，還有一個約會要準備，因此，任憑約翰再怎麼強留，也不肯耽擱。她匆匆地離開了，只留下約翰獨自陶醉在自己的妙語和她的鼓勵之中。

凱薩琳剛聽說哥哥訂婚時，由於心情激動，不由得心想，要是她把這件奇妙的消息告訴艾倫夫婦，一定也能引起不小騷動。但是她失望了，她拐彎抹角提到的這件大事，早已被艾倫夫婦預料到。他們一心為這對新人祝福，艾倫先生讚美伊莎貝拉長得漂亮，艾倫太太則說她有福氣。在凱薩琳看來，這種鎮定的態度實在太令人驚訝了。不過，當凱薩琳說出詹姆士前一天去了富勒頓時，艾倫太太總算有了一些反應。她無法再心平氣和地聽下去，不時抱怨他們瞞著她這件事，要是她事前知道詹姆士要走的話，一定會託他向他父母以及史金納一家問好。

第十六章

凱薩琳預料去米爾森街作客一定非常快樂，但期望過高，難免有所失望。因此，雖然她受到蒂爾尼將軍客氣的接待，受到他女兒的友好歡迎；雖然亨利就在家裡，而且也沒有其他客人；但她一回到家裡，並沒有花幾個小時仔細檢視自己的情緒，便發現她的赴約原本是準備高興一番的，結果此行卻沒有帶來快樂。

她從當天的談話中發覺，她不僅沒有增進與蒂爾尼小姐的友誼，反而好像與她不像過去那麼親密。亨利在如此隨性的家庭聚會上，不僅沒有變得更可愛，反而更加沉默寡言，也不親切。雖然他們的父親對她非常殷勤，一再感謝她、邀請她、讚美她，但是離開他反而讓她鬆了一口氣。她對這一切感到困惑不解。這絕不是蒂爾尼將軍的錯，他和藹可親、個子高、長相英俊，又是亨利的父親；在他的面前，孩子們打不起精神，她也快活不起來，這完全不能怪他。對於前者，她只希望那是某種偶然；對於後者，她只能歸咎於自己太愚蠢。

伊莎貝拉聽了這次拜訪的詳情之後，作出了不同的解釋：「這全是因為傲慢！無法容忍的高傲、自大。我早就懷疑這家人傲慢，現在總算證實了。蒂爾尼小姐竟然這麼傲慢，我從來沒聽說過！既沒盡到地主之誼，也沒做到最基本的禮貌！對客人這麼傲慢，連話都不跟妳說！」

「不過還沒有那麼糟，伊莎貝拉。她並不傲慢，還算十分客氣。」

「哦，別替她說話了！還有那個哥哥，他以前對妳那麼傾心！老天！唉，有些人的感情真令人捉摸不透。這麼說來，他一整天連看都沒看妳一眼了？」

「我沒這麼說。他似乎只是不太高興。」

「多麼可悲！世界上的所有事情中，我最討厭用情不專。親愛的凱薩琳，我求妳永遠別再想他。說真的，他配不上妳。」

「配不上？我想他從沒把我放在心上。」

「我就是這個意思。他從不沒把妳放在心上，朝三暮四的傢伙！噢，跟妳我的哥哥多麼不同啊！我相信，約翰是最堅貞不移的。」

「不過說到蒂爾尼將軍，我敢保證，誰也不可能比他對我更客氣、更周到了，彷彿他一心只想招待我，讓我高興。」

「哦！我知道他沒什麼不好的。我認為他並不傲慢，我相信他是一個很有紳士風度的人。約翰非常敬重他，而約翰的眼光——」

「好了，就看看他們今天晚上會怎麼對我。我們要和他們在舞廳見面。」

「我也得去嗎？」

「難道妳不想去？我還以為都講好了呢！」

「好吧，既然妳一定要去，我也無法拒絕。不過妳可別逼我去討別好人，因為妳知道，我的心早已飛到四十哩外了。至於跳舞，我求妳也別提了，那是絕對不可能的。我敢說，查爾斯．哈吉斯會一直來煩我，不過我會叫他住嘴；他很有可能會猜出原因，那正是我必須避免的。我絕不能讓他把自己的猜測說出來。」

伊莎貝拉對蒂爾尼一家人的看法並沒有影響她的朋友。凱薩琳確信那對兄妹的舉止一點也不傲慢，也不相信他們心裡有什麼驕氣。晚上，她對他們的信任得到了回報。當他們見到她時，一個依舊客氣有禮，一個依舊殷勤備至。蒂爾尼小姐竭力親近她，亨利則請她跳舞。

凱薩琳前一天曾在米爾森街得知，蒂爾尼兄妹的大哥蒂爾尼上尉隨時都會到來。因此，當她看見一個素未謀面的時髦、英俊小伙子，而且顯然認識她的朋友們，她當場便知道他是誰。

她帶著稱羨不已的心情望著他，甚至認為他或許比弟弟還要英俊；雖然在她看來，他的神態頗有些自負，他的臉龐也不那麼討喜。而且，他的興趣和儀態肯定更差一些，因為他表示自己不想跳舞，甚至公開嘲笑亨利居然能跳得起來。由此可以判斷，無論我們的女主角對他有什麼看法，他對凱薩琳的愛慕卻不會太危險，不會使兄弟倆爭風吃醋，也不會為這位小姐帶來折磨。他不可能教唆三個穿著騎師大衣的惡棍，把她架進一輛馬車載走。在這個當下，凱薩琳並沒有因為預感到任何不幸，或感到擔憂，只不過可惜舞曲太短，跳得不夠過癮罷了。她像平常一樣，享受著與亨利在一起的樂趣，仔細聆聽著他的一言一語。她發現他迷人極了，自己也變得十分嬌媚。

第一支舞結束後，蒂爾尼上尉又朝他們走來，把他的弟弟拉走了，這讓凱薩琳大為不滿。兩人一邊走，一邊竊竊私語，雖然她那脆弱的情感沒有為之驚慌，也沒有揣測蒂爾尼上尉從哪裡打聽到了對她不利的傳言，正急急忙忙地告訴弟弟，想把他們兩個拆散；但她眼睜睜地看著舞伴被人拉走，心裡總感到不是滋味。她焦慮不安地度過了五分鐘，他們兩人又回來了。亨利問了她一個問題，立刻解釋了一切；原來，他想知道凱薩琳的朋友索普小姐是否願意跳舞，因為他哥哥很希望有人為他引薦一下。凱薩琳不假思索地回答說，她相信索普小姐絕不會答應。當他的哥哥聽到這個無情的回答後，立刻就走開了。

「我知道你哥哥是不會介意的，」凱薩琳說，「因為我聽他說過他討厭跳舞。不過他心腸真好，想跟伊莎貝拉跳舞。我想他看見伊莎貝拉坐在那裡，便以為她想找一個舞伴。不過他完全誤會了，因為伊莎貝拉說什麼也不肯跳的。」

亨利微微一笑，說道：「妳真是輕易就能看穿別人的動機。」

「為什麼這麼說？這是什麼意思？」

「妳從來不會考慮一個人可能受到的影響。例如說，年齡、處境、或是生活習慣，哪一種誘因最可能影響一個人的情感？妳只會考慮，一個人該受到什麼影響，以及一個人做某件事的動機是什麼。」

「我不懂你的意思。」

「這太不公平了，因為我完全懂妳的意思。」

「我的意思？是的，我的表達能力差，無法讓人聽懂。」

「好極了！這真是對語言的絕妙諷刺。」

「不過請告訴我你的意思。」

「真的要我說嗎？妳真的想聽嗎？可是妳不知道會有什麼後果，那會讓妳大為難堪，而且肯定會引起我們之間的爭執。」

「不，不會的，這不會發生的。我不怕。」

「那好吧。我只是說，妳把我哥哥想與索普小姐跳舞這件事歸因於他的心腸好，這使我相信，妳確實比世上所有人的心腸都好。」

凱薩琳滿臉通紅，連忙否認，這讓亨利的話得到了證實。不過，他話裡還有另一層含意，為她的狼狽帶來了安慰。這種含意佔據了她的心靈，使她暫時陷入沉默，也忘了傾聽，更差點忘記自己身在何處。直到伊莎貝拉的聲音把她驚醒，她才抬起頭來，只見她和蒂爾尼上尉正在跳著舞。

伊莎貝拉聳了聳肩，微微一笑，這是她對自己此時的異常舉動所能作出的唯一解釋。可惜凱薩琳還是無法理解，她直截了當地向她的舞伴說出了自己的訝異。

「我無法想像這是怎麼回事！伊莎貝拉是絕不會跳舞的。」

「難道她以前從沒改變過主意嗎？」

「哦！可是……還有你哥哥呢！他聽了我的話之後，怎麼還敢去請她跳舞呢？」

「我對這一點上絲毫不感到奇怪。妳要我為妳的朋友感到驚奇，因此我也照做了；至於我哥哥，我得承認，他會做出這樣子的事是完全正常的。妳朋友的美貌是一種明擺著的誘惑，而她的決心，妳知道的，只能由妳自行去體會。」

「你在嘲笑人。不過，我老實告訴你，伊莎貝拉通常都很堅定。」

「這句話很常聽到。總是很堅決——也一定很固執。什麼場合該妥協一下，這就得看個人的判斷力了。撇開我哥哥不說，我認為索普小姐決定在現在妥協一下，的確沒有選錯時機。」

直到跳舞全部結束以後，兩位朋友才得以聚在一起談心。當她們挽著手在大廳裡閒晃時，伊莎貝拉親自解釋說：「我知道妳感到驚奇。真是快把我累死了，他老是那樣喋喋不休！要是我沒有其他心事，那還挺有趣的；不過，我寧可老老實實地坐著。」

「那妳為什麼不坐著？」

「哦！親愛的，那樣會顯得特立獨行，妳知道我最討厭特立獨行。我拚命推辭，但他就是不肯甘休。妳可不知道他是怎麼逼我的，我求他見諒，請他另找舞伴，可是，不！他才不肯呢！他只想跟我跳舞，完全看不上屋裡的其他人；不只想跳舞，還想跟我在一起。嘿！真無聊，我告訴他，他的花言巧語是不會得逞的，因為我最討厭花言巧語和阿諛奉承。於是我發現，要是我不跟他跳，就不得安寧。再說，既然休斯太太都介紹了他，要是我再不跳，她一定會生氣的。還有妳那親愛的哥哥，要是我整個晚上都坐著，他也會不痛快的。太好了，總算跳完了！我一直聽他胡說八道，心裡厭煩極了！不過，他是個十分英俊的小伙子，我看見大家都盯著我們。」

「他的確非常英俊。」

「英俊？是的，也許英俊，也許一般人都會愛慕他，但他絕對不符合我的美貌標準。我討厭男人有紅潤的皮膚、黑眼珠；不過他也不難看。他當然自負了，妳知道，我自有辦法，我有幾次壓倒了他的氣焰。」

兩位小姐再見面時，她們聊起了一個更有趣的話題。詹姆士的第二封信到了，信中詳細說明了他父親的一番好意。莫蘭先生是教區的保護人兼牧師，牧師的俸祿每年約有四百鎊，等兒子長大後就交給他。這是個不小的數目，一家共十個孩子，一個就能獨得這麼多，算是相當大方；另外，詹姆士將來還能繼承一筆價值相當的資產。

詹姆士在信中表示了感激之情。他們必須再等兩三年才能結婚，這雖然不是個好消息，但並不出乎他的意料，因此也沒有怨言。凱薩琳不清楚父親的收入，因此對這種事也沒有任何期望，她的見解完全受到哥哥影響，因此也覺得十分滿意，衷心祝賀伊莎貝拉一切都十分順心。

「的確好極了。」伊莎貝拉沉著臉說道。

「莫蘭先生的確十分大方。」索普太太說道，一面不安地望著女兒，「但願我也能拿出這麼多。妳們知道，我們不能指望莫蘭先生再拿出更多，我敢說，要是他辦得到的話，一定會這麼做的，因為我相信他是個慈善的好人。靠著四百鎊的收入養家，那的確太少了；不過，親愛的伊莎貝拉，妳的需求不多，好孩子，妳也不好好想想，妳的要求一向有多低。」

「我本人的確沒有太多要求，但我不忍心連累親愛的莫蘭，讓他靠這麼一點錢過活，幾乎連維持日常的開銷都不夠。這對我倒不算什麼，我從不考慮自己。」

「我知道妳從不考慮自己，好孩子。妳的好心總會有好報的，大家都會疼愛妳。從來沒有一個年輕女孩能像妳一樣，受到每個熟人的喜愛。我敢說，莫蘭先生見到妳的時候，我的好孩子——不過我們還是別談論這種事，免得讓親愛的凱薩琳為難。妳知道，莫蘭先生表現得十分大方，我早就聽說他是個大好人。好孩子，我們不能去想說，假如妳有一筆相當的財產，他就會拿出更多的錢，因為我敢肯定他是個極為慷慨大方的人。」

「毫無疑問，誰也不像我那麼重視莫蘭先生。不過妳知道，每個人都有缺點，而且每個人都有權任意處理自己的錢。」

凱薩琳聽到這些影射，心裡很不是滋味。「我確信，」她說，「我父親所允諾的，已經盡了他最大的心力了。」

伊莎貝拉意識到自己說溜了嘴。「這點是無庸置疑的，親愛的凱薩琳。妳很瞭解我，應該相信，即使收入更少，我也會心滿意足的。現在我有點不高興，那可不是因為嫌錢太少，我討厭錢。如果我們現在就結婚，一年只有五十鎊，我也心甘情願。唉！我的凱薩琳，妳真是看透了我的心思。我一直有個心病——在妳哥哥繼承牧師職位前，還要再等待漫長的兩年半。」

「是啊，是啊，親愛的伊莎貝拉，」索普太太說，「我們完全看透了妳的心思，妳不會掩飾自己。我們完全理解妳現在的苦惱，妳有如此崇高、真誠的感情，大家一定更喜歡妳。」

凱薩琳不愉快的情緒漸漸減輕了。她盡力使自己相信：伊莎貝拉之所以懊惱，只是因為不能馬上結婚的關係。當她下次發現伊莎貝拉像平常一樣興高采烈、和藹可親時，她又盡力讓自己忘了她一度有過的那種想法。詹姆士來信不久，人也跟著回來了，並受到十分親切的款待。

第十七章

艾倫夫婦的巴斯之行如今已邁入第六週。還不確定這會不會是最後一週。凱薩琳聽到這件事時，心裡不禁撲通直跳。她與蒂爾尼兄妹的交往這麼快就要結束，這個損失是無論如何也彌補不了的。直到夫婦倆決定再續租房子兩週時，她的心才終於踏實了一些。有了這兩個禮拜，凱薩琳只想著可以時常看見亨利，至於還有什麼好處，她卻很少考慮。的確，自從詹姆士的訂婚讓她大開眼界之後，她有一兩次竟陶醉在某種想像之中。不過，一般來說，她的目光僅限於目前與亨利幸福地待在一起。所謂的「目前」還有三個禮拜，既然這段時間有了幸福的保證，她的下半生又是那樣遙遠，因此根本激不起她的興趣。

就在作出這個決定的那天早上，她拜訪了蒂爾尼小姐，向她傾訴了自己的喜悅。然而，這一天註定是個折磨人的日子。她才剛對艾倫先生的決定表示高興，蒂爾尼小姐便告訴她，她父親已經決定一個禮拜後離開巴斯。這真是晴天霹靂！與現在的失望相比，早晨的憂慮既安心、又平靜。凱薩琳的一顆心沉了下去，用真誠而關切的語氣重複了一聲蒂爾尼小姐的話：「一個禮拜後！」

「是的。我認為我父親應該好好嘗試這裡的礦泉水，可是他不聽。他本來期待能在這裡遇見幾位朋友，掃興的是朋友一直沒來。他最近身體也不錯，便急著回家。」

「真可惜，」凱薩琳沮喪地說道，「要是我早知道……」

「也許，」蒂爾尼小姐帶著為難的表情說道，「妳願意賞光……那我一定會十分高興，如果……」

凱薩琳正期待蒂爾尼小姐提出通信的請求，想不到蒂爾尼將軍忽然進來，打斷了她們。他像平常一樣客氣地招呼了凱薩琳之後，便轉向女兒，說道：「唔，艾麗諾，妳在求妳的漂亮朋友賞光。我可以祝賀妳成功了嗎？」

「爸爸，我正要開口說，你就進來了。」

「好吧，那就繼續說吧。我知道妳心裡多想提這件事。莫蘭小姐，」蒂爾尼將軍接著說道，不給女兒說話的機會，「我女兒有一個冒昧的請求，也許她已經告訴妳了，我們下禮拜六要離開巴斯。管家來信要我回去，我本來想在這裡見幾位老朋友朗登侯爵和考特尼將軍，現在見不到了，我也就沒必要再留在巴斯。要是妳能答應我們的自私請求，我們離開也沒什麼遺憾了。簡單來說，能不能勞駕妳離開這個旅遊勝地，到葛羅斯特郡和妳的朋友艾麗諾做伴？我簡直不好意思提出這個要求，雖說妳不會像巴斯人一樣覺得這麼說很冒昧。像妳這樣謙遜的人——雖然我不想用公開的讚揚來損及妳的謙遜——要是肯屈尊光臨的話，我們一定會非常高興的。的確，這是個繁華之地，我們家中沒有這麼多的樂趣，拿不出娛樂和奢華來吸引妳；因為，如妳所見，我們的生活方式既簡單又樸素。不過，我們會盡力讓諾桑覺寺得變得不那麼令人討厭。」

諾桑覺寺！這是多麼令人激動的名字啊！凱薩琳的心裡興奮到了極點，她幾乎按捺不住內心的喜悅，說話也恢復不了鎮靜。他們竟然這樣邀請她！這麼熱情地希望她做伴！一切是那樣榮幸、令人欣慰；眼前的喜悅、未來的希望全都包含在其中。凱薩琳迫不及待地接受了邀請，只提出一個條件：必須得到父母允許。「我馬上就寫信回家，」她說，「要是他們不反對，我敢說他們不會反對……」

蒂爾尼將軍曾到普爾特尼街拜訪過凱薩琳的友人。艾倫夫婦已經答應了他的請求，因此他感到相當樂觀。「既然艾倫夫婦都同意妳去，」他說，「其他人也會通情達理的。」

雖然蒂爾尼小姐比較溫和，但是幫腔起來仍然十分懇切。沒過多久，事情就已經說定，只等富勒頓的回信。

這一個上午，凱薩琳心裡嘗到了憂慮、放心和失望等各種滋味，可是如今卻安然沉浸在萬分喜悅中。她帶著欣喜若狂的心情，滿腦子想著亨利，滿裡不停叨唸著諾桑覺寺，匆匆忙忙地寫信給家裡。莫蘭夫婦已經把女兒交給了朋友，相信他們都很謹慎，覺得經過他們認可的友誼一定是正當的，於是便讓郵差送來了回信，欣然同意女兒去葛羅斯特郡作客。這個恩惠雖然並未出乎凱薩琳的意外，卻使她百分之百地相信，她的運氣比任何人都好。一切彷彿都在盡力成全她似的。最初，靠著艾倫夫婦的一番好意，她接觸到這些人、事、物；接著，伊莎貝拉對她的厚愛，又決定了兩人未來的姑嫂關係；至於她最想討好的蒂爾尼一家，又意外地採取這樣的作法，使他們的密切關係得以延續下去。她要成為他們的貴賓！跟她最喜歡的人在同一棟房子裡住上好幾週。

還不只這樣，這間房子還是座寺院！除了亨利之外，她最喜歡的就是古老的建築。當她不想亨利的時候，古堡和寺院經常構成她的幻想中最有魅力的東西。幾週以來，她一直心馳神往地想登上那些古堡的城牆高塔，或是寺院的迴廊去看一看，只要能逛一個小時就不錯了。這個希望看似不可能實現，然而，事情居然就要發生了！她要見到的不是一般的住宅、府邸、莊園、宮廷、別墅，而是個寺院。她即將住在寺院裡，每天接觸潮濕的長廊、狹小的密室、傾圮的小教堂；她還希望能聽到一些由來已久的傳說，見到一些關於一位被虐的不幸修女的可怕記錄。

令人驚奇的是，她的朋友們似乎並未因他們的家感到得意。他們一想起自己的家，總是表現得相當謙恭。這一點只能用他們本身的習慣來解釋。他們出身豪門，卻不因此驕傲。住宅的出身的優越感，對他們來說都算不了什麼。

凱薩琳急切地問了蒂爾尼小姐許多問題。但是她思想太過活躍，當蒂爾尼小姐回答了之後，她對諾桑覺寺的瞭解幾乎沒有增加，只是大略地知道：這間寺院在宗教改革時期原是一間富有的女修道院，改革衰微後，落入了蒂爾尼家族的一位祖先手裡；過去的建築有很大一部分被保留下來，成為目前住宅的一部分，其餘部分全都毀壞了。寺院座落於一座峽谷的低窪處，東面和北面有一片櫟樹林作屏障。

第十八章

凱薩琳心裡喜不自勝。她幾乎沒有意識到，兩三天過去了，她與伊莎貝拉的見面時間總共不到幾分鐘。一天早晨，她陪著艾倫太太在礦泉廳散步，找不到聊天的話題，這才讓她察覺到這件事，開始渴望與伊莎貝拉聊天。不到五分鐘，這個願望就實現了。她的朋友想與她私下商量一些事，把她帶回座位。她們在兩道門之間的一條長凳上坐下，從這裡可以清楚地看見走進門的每個人。隨後，伊莎貝拉說道：「這是我最喜歡的位置，十分安靜。」

凱薩琳發現，伊莎貝拉的目光總是注視著那兩道門，像是在等某人似的。凱薩琳記得伊莎貝拉常說她狡猾，心想何不趁機表現一下，於是快樂地說道：「別著急，伊莎貝拉，詹姆士馬上就來。」

「不！我親愛的，」伊莎貝拉回答，「別以為我是個傻瓜，只想一天到晚跟他黏在一起，那多難看，會變成人家的笑柄的。這麼說來，妳要去諾桑覺寺了？太好了，我聽說那是英國最美的古蹟之一，我希望能聽到妳最詳細的描述。」

「我一定會一五一十地告訴妳的。不過妳在等誰？妳妹妹要來嗎？」

「我沒有在等誰。人的眼睛總要看一些東西，妳知道，當我心裡想著一百哩外的時候，我的眼睛總是痴痴地盯著某個地方。我魂不守舍了，我想我是世上最魂不守舍的人。蒂爾尼說，有種人的心裡總是如此。」

「可是，伊莉貝拉，我還以為妳有什麼事要告訴我呢？」

「哦，是的！我是有件事要告訴妳。妳看，這不是印證了我剛才的話了嗎？我的頭腦不靈光了！把這件事全忘了。唔，事情是這樣的，我剛收到約翰的信，妳能猜到他寫了些什麼。」

「不，我猜不到。」

「我親愛的，別再假惺惺了，除了寫妳還會寫什麼呢？妳知道他迷上了妳。」

「迷上了我？親愛的伊莎貝拉。」

「好了，我親愛的凱薩琳，這太荒唐了。謙虛本身是很好的，但是偶爾坦率一點有時也是必要的。我真沒想到妳會謙虛過頭，妳這是沽名釣譽。約翰那麼殷勤，連小孩子都看得出來；就在他臨走前半小時，妳明明就還鼓勵過他。他信上是這麼說的，他說他幾乎算是向妳求婚了，而妳也情意懇切地接受了他的追求。現在，他要我替他求婚，向妳美言幾句。所以，妳裝傻也沒用。」

凱薩琳誠懇地表示，她對這種說法感到驚訝，再三聲明她根本不知道約翰愛上了她，因此也不可能去慫恿他。「妳說他對我獻殷勤，老實說，我從來沒察覺到這點，只知道他來的第一天曾請我跳過舞。至於求婚，這其中一定有某種誤會；妳知道，這種事我是看不出來的。我要鄭重聲明，同時也希望妳相信我：我們之間從未說過這種話。他臨走前半個小時？那完全是場誤會，因為那天早上我一次也沒見過他。」

「妳一定見過他了，因為妳整個上午都待在艾德格大樓。就是妳父親來信表示同意我們訂婚的那天，我知道得很清楚，妳走之前，曾經在客廳與約翰獨處過一陣子。」

「是嗎？既然妳這樣說，我想應該沒錯。不過，我什麼也不記得了。我只記得當時和妳在一起，他跟其他人也在場。不過，說我們獨處了一陣子——這根本沒必要爭論，因為不管他說了什麼，光憑我毫無印象這一點，妳也應該相信，我絕對沒有考慮、沒有期待，也沒有希望他向我求婚。我感到很不安，他居然會對我有意，不過我實在沒那個心思，我絲毫沒有想到。請妳儘快為我消除誤會，替我向他請求原諒。就說……我不知道該怎麼說，不過請妳以最妥當的方式讓他明白。伊莎貝拉，我實在不想對妳哥哥無禮，但妳很清楚，要是我對哪個男人有意思的話，那個人也絕不是他。」

伊莎貝拉啞口無言。她繼續說：「我親愛的朋友，請妳別生我的氣。我無法想像妳哥哥會如此看待我。妳知道，我們仍然會成為姑嫂。」

「是啊，是啊，」伊莎貝拉臉紅了，「我們有好多種方式能成為姐妹。不過我是怎麼胡思亂想的？唔，親愛的凱薩琳，這麼說來，妳是決心要拒絕可憐的約翰了，是吧？」

「我當然不能回報他的情意，當然也從來沒打算慫恿他。」

「既然情況如此，我保證不再嘲弄妳了。約翰希望我跟妳談談這個問題，所以我談了。不過老實說，我一讀到他的信，就覺得這是件十分愚蠢、輕率的事情，對雙方都沒好處。因為，假如妳們結合在一起，要靠什麼維生呢？當然，你們兩人都有一些財產，但如今只靠這些是無法養家的；不管那些浪漫主義者怎麼說，沒錢是絕對不行的。我只納悶約翰怎麼會有這種念頭。他可能還沒收到我最近的那封信。」

「那麼，妳願意承認我沒錯了？妳相信我從來不想欺騙妳哥哥，在這之前也從未發現他喜歡我嗎？」

「哦！說到這個，」伊莎貝拉笑嘻嘻地答道，「我不想裝得好像瞭解妳過去的想法和企圖一樣，這一切妳自己最清楚。有時候，一些無害的調情是難免的，人往往經不住誘惑，鼓勵了別人卻不肯承認。不過妳儘管放心，我絕不會苛責妳的，這種事對於年輕氣盛的人來說也是情有可原。妳知道，一個人今天這麼想，明天未必也會這樣。情況不同了，看法也就跟著不同。」

「但我對妳哥哥的看法從來沒有改變過，妳剛才說的都是不曾發生的事。」

「親愛的凱薩琳，」伊莎貝拉根本不聽她的，繼續說道，「我絕對不想催妳糊裡糊塗地訂下一門婚事；我認為，我不能為了成全自己的哥哥，而犧牲妳一生的幸福。妳知道，要是沒有妳，他最終可能也會一樣幸福，因為人們——尤其是年輕人——很少知道他們想要什麼，他們太反覆無常、朝三暮四了。我是指，我為什麼要把哥哥的幸福看得比朋友的幸福來得重要呢？妳知道，我一向很重視友誼，不過，親愛的凱薩琳，最重要的是，不要莽撞行事。請相信我，要是妳莽撞行事，以後一定會後悔莫及。蒂爾尼說，人最容易受自己感情的矇騙，我認為他說得很對。啊！他來了。不過沒關係，他一定看不見我們。」

凱薩琳抬起頭，看見了蒂爾尼上尉。伊莎貝拉一邊說話，一邊直直地盯著他，立刻引起了他的注意。他立刻走過來，在伊莎貝拉示意的位子上坐下。他的第一句話就讓凱薩琳嚇了一跳，雖然聲音很低，但還是聽得清清楚楚：「嘿！不好好看住妳不行，要不就親自出馬，要不就找人代替。」

「哼！胡說八道！」伊莎貝拉答道，語調同樣不高不低，「你跟我說這個做什麼？可惜我不信你那一套！你知道，我的心是不受約束的。」

「但願妳的心靈沒有受約束。那對我就足夠了。」

「我的心？是的，你跟我的心有什麼關係？你們男人沒一個有心肝的。」

「雖然我們沒有心肝，卻有眼睛。這雙眼睛讓我們受盡了罪。」

「是嗎？我很遺憾你在我身上發現了不順眼處。我要轉過臉去，希望這麼做你就滿意了。」她轉身背對他，「我希望你的眼睛現在不用受罪了。」

「從來沒有比這更受罪的了，因為還能看見妳那對臉頰的側面——不多，也不少。」

凱薩琳聽了感到困窘，不堪入耳。她很訝異伊莎貝拉怎能容忍這一切，並為哥哥吃起醋來，不由得站起身，要伊莎貝拉陪她去找艾倫太太。誰知道，伊莎貝拉不想去，她太累了，在礦泉廳散步又太無聊；再說，要是她離開座位，就遇不到妹妹，她們隨時都會來；因此，她親愛的凱薩琳一定得原諒她，並且乖乖地坐回位子上。想不到凱薩琳也會固執；而且就在這時，艾倫太太走了過來，建議她們馬上回家，凱薩琳與她一起走出礦泉廳，剩下伊莎貝拉跟蒂爾尼上尉坐在一起。

凱薩琳就這樣惴惴不安地離開了。在她看來，蒂爾尼上尉似乎愛上了伊莎貝拉，伊莎貝拉也無意中慫恿著他。這一定是無意識的，因為伊莎貝拉對詹姆士的鍾情就像她的婚約一樣，既是無庸置疑的，也是眾所皆知的，絕不能懷疑她的真心。然而，在她們的交談過程中，她的態度卻很奇怪。她希望伊莎貝拉說話能像平常一樣，不要老是提到錢，不要一見到蒂爾尼上尉就喜形於色。真奇怪！伊莎貝拉居然沒有發覺蒂爾尼上尉愛上了她！凱薩琳真想給她暗示，讓她留意一些，免得她那過於活潑的舉止為蒂爾尼上尉和她哥哥帶來痛苦。

約翰的多情彌補不了妹妹的缺陷。她簡直既不相信、也不希望她哥哥是一片真心，因為她認為約翰可能搞錯了。他說他已提出求婚，凱薩琳還慫恿他，這使她相信他的錯誤有時大得離譜！因此，她的虛榮心沒有得到滿足，反而感到了驚訝。約翰居然以為自己愛上了她，真是太奇怪了。而伊莎貝拉說他獻殷勤，凱薩琳也從來沒有覺察到。她希望伊莎貝拉的那些話是匆忙之下說出的，以後絕不會再提。她很樂意就想到這邊，然後暫時放鬆一下。

第十九章

幾天過去了，雖然凱薩琳不敢懷疑她的朋友，卻不得不密切地注意她。觀察的結果不怎麼令人愉快。伊莎貝拉似乎變了一個人；當她處在艾德格大樓或是普爾特尼街那些親密朋友之間時，她的儀態變化倒不明顯。她不時變得無精打采、心不在焉。假如沒有更糟糕的事，這點毛病也許只會煥發出另一種魅力，激起人們更大的興趣；但是凱薩琳發現，只要蒂爾尼上尉在公共場合對她獻殷勤，她就會變得像對詹姆士那樣親切，欣然接受他的好意，這時她的變化就相當明顯，難以逃過他人的眼睛。這種朝三暮四的行為究竟是什麼意思，她的朋友究竟在搞什麼鬼，凱薩琳無法理解。也許伊莎貝拉察覺不出自己為別人帶來的痛苦，但凱薩琳很難不對她的任性輕率感到氣憤。

她發現詹姆士變得陰沉、心神不寧。無論過去傾心於他的那個女人現在有多麼不關心他，她依舊隨時關心著哥哥。她對蒂爾尼上尉一樣關切，雖然他長得不合她的意，但他的姓氏卻贏得了她的好感；她帶著真摯的同情，想到蒂爾尼上尉即將面臨的失望——儘管她在礦泉廳聽到了他們的對話，但從蒂爾尼上尉的舉止來看，他彷彿不知道伊莎貝拉已經訂婚了。他也許會跟詹姆士哥爭風吃醋，不過一定不會有更多內情了。她希望透過委婉的規勸，提醒伊莎貝拉認清自己的處境，讓她知道這麼做對雙方都不好。然而，她總是找不到機會；就算能暗示幾句，伊莎貝拉也領會不了。

在這樣的煩惱下，蒂爾尼一家離開巴斯一事成了她很大的慰藉。他們幾天之內就要動身返回葛羅斯特，蒂爾尼上尉一走，至少可以使除了他以外的人們回復平靜。沒想到，蒂爾尼上尉目前並不打算離開，他不和家人一起回諾桑覺寺，而要繼續留在巴斯。凱薩琳得知後，跟亨利談了這件事，對他哥哥喜歡索普小姐感到遺憾，懇求他告訴他哥哥，索普小姐早已訂婚。

「我哥哥已經知道了。」亨利回答。

「知道了？那他為什麼還要留在這裡？」

亨利沒有回答，他岔開了話題，但凱薩琳著急地接著說：「你為什麼不勸他離開？他待得越久，對他越不好。為了他好，也為了大家好，請你勸他馬上離開巴斯。他留在這裡是沒有希望的，只會自尋煩惱。」

亨利笑了笑，說道：「我哥哥當然也不願意那樣做。」

「那你要勸他離開了？」

「這我辦不到。我曾親口告訴他索普小姐已經訂婚。他知道自己在做什麼，一切只能由他自己作主。」

「不，他不知道自己在做什麼，」凱薩琳大聲嚷道，「他不知道他為我哥哥帶來了痛苦。雖然詹姆士沒有明說，但我敢說他很痛苦。」

「妳確定這是我哥哥的錯？」

「是的，十分確定。」

「究竟是因為我哥哥獻了殷勤，還是因為索普小姐接受了殷勤，才引起這種痛苦的？」

「這難道不是同一回事嗎？」

「我想莫蘭先生會承認兩者並不同。沒有一個男人會因為有人愛慕自己心愛的女人而惱火，只有女人才會製造出痛苦。」

凱薩琳為自己的朋友感到羞愧，說道：「伊莎貝拉確實有錯，但我相信她絕不是故意的，因為她很愛我哥哥。自從她第一次見到我哥哥，就一直愛著他。當她還不確定我父親是否同意時，簡直要急出病來。你知道她一定很愛詹姆士。」

「我知道她正在跟詹姆士談戀愛，也在跟弗雷德里克調情。」

「哦，不，不是調情！一個女人愛上一個男人，不可能再跟別人調情。」

「也許，無論她是戀愛，還是調情，都不會比專情於一人來得圓滿。兩位男士都必須作出一點犧牲。」停頓了一會，凱薩琳繼續說道：「這麼說，你不認為伊莎貝拉很愛我哥哥了？」

「這我可不敢說。」

「但你哥哥又是什麼意思？要是他知道伊莎貝拉已經訂婚，他這麼做又有什麼意思呢？」

「妳真是緊追不捨。」

「是嗎？我只是問了我想知道的事。」

「但妳認為我回答得出來嗎？」

「是的，我想是的，因為你一定懂你哥哥的想法。」

「老實告訴妳吧！目前的情況下，我對他的想法只能猜測罷了。」

「所以呢？」

「所以？唔，如果是猜測的話，就讓我們各猜各的吧！受他人的猜測左右是可悲的。條件全都在妳面前了：我哥哥是個活潑、有時也許輕率的年輕人，他和妳的朋友大約認識了一週，得知她訂婚的期間也差不多那麼久。」

「是呀！」凱薩琳想了片刻，說道，「也許你能從這一切推測出你哥哥的用意，但我可做不到。難道你父親不會為此不安嗎？難道他不想讓蒂爾尼上尉離開巴斯嗎？當然，要是你父親來勸他，他一定會走的。」

「親愛的莫蘭小姐，」亨利說道，「妳對於哥哥的擔憂，是否也會出現誤判呢？妳是否作得太過火了？妳認為只有讓蒂爾尼上尉離開，才能保證索普小姐對妳哥哥專情，或是不做出不檢點的行為；但妳哥哥是否會感謝妳這樣想呢？妳哥哥是否只能在那種情況下得到安寧？或是說，索普小姐是否只能在不受誘惑的情況下，才對妳哥哥忠貞不渝？他不可能這樣想，而且妳大可相信，他也不希望妳這樣想。我無法叫妳不要擔心，但也請妳盡量別擔心。妳相信妳哥哥與妳的朋友是相愛的，因此請你放心，他們絕不會真的去爭風吃醋；放心吧！他們之間的不和是短暫的，他們的心靈是相通的，他們很瞭解彼此的要求以及容忍限度。妳儘管相信，他們的玩笑絕不會鬧到不可開交的地步。」

他發現凱薩琳依然半信半疑，又說道：「雖然弗雷德里克不跟我們一起離開，但他可能只待一下子，也許只晚我們幾天走。他的假期很快就要結束，必須回到軍隊；到時候，他們的友誼會怎麼樣呢？食堂裡的軍官們會為伊莎貝拉乾上兩個禮拜的杯，伊莎貝拉會和妳哥哥一起，一整個月都在嘲笑蒂爾尼這個可憐蟲的痴情。」

凱薩琳不再憂心了，她終於放寬了心。亨利一定最清楚內情，她責怪自己不該那麼驚嚇，決心不再把這件事看得太嚴重。

臨別時，伊莎貝拉的舉止更加堅定了凱薩琳的信心。凱薩琳臨走前一晚，索普家的人都在普爾特尼街度過。那對小倆口之間沒有發生任何讓她不安的事，詹姆士喜氣洋洋，伊莎貝拉也心平氣和，極其迷人。有一次，她不客氣地反駁了情人的話；還有一次，她抽回了自己的手。不過凱薩琳銘記著亨利的忠告，把這一切歸因於她的謹慎多情。

第二十章

艾倫夫婦為失去一位年輕的朋友感到惋惜。凱薩琳脾氣好、性情愉快，是一個難能可貴的伙伴；在這段日子中，艾倫夫婦不僅讓她快樂，也增加了自己的樂趣。不過，她希望跟蒂爾尼小姐一起去，他們也不便表示反對。再說，他們只打算在巴斯多待一週，就算凱薩琳現在離開，他們也不會再寂寞多久。

艾倫先生把凱薩琳送到米爾森街吃早飯，看到她坐在新朋友中間，受到最熱烈的歡迎。凱薩琳發現自己成為蒂爾尼家的一份子，不禁激動萬分，又提心吊膽，生怕自己舉止失當，失去了他們的好感。在最初的五分鐘裡，她簡直尷尬得想跟艾倫先生回到普爾特尼街。

蒂爾尼小姐禮數周全，亨利笑容滿面，讓凱薩琳的尷尬心情很快就減弱了些。但她仍然感到很不自在，或許是因為將軍的過度關注；他不斷地款待她，請她吃各種菜餚，儘管她從未見過如此豐盛的早餐，他仍一再擔心這些菜餚不合她的口味。她覺得自己不配受到這般尊重，因此感到手足無措。將軍不耐煩地等大兒子出現，當蒂爾尼上尉終於露面時，他氣得罵他懶惰，這讓凱薩琳更難靜得下心了。尤其令她痛苦的是，將軍對兒子的責罵，似乎是由於他怠慢了她。她感到局促不安，雖然她很同情蒂爾尼上尉，但是他再也不會對她抱有好感了。

蒂爾尼上尉一聲不吭地聽著父親訓斥，這證實了她的擔憂：上尉起得晚的真正原因，或許是因為伊莎貝拉害他心神不寧，久久無法入睡。這是凱薩琳第一次與他相處，她希望現在能看清他是個怎麼樣的人。豈知他父親在場時，他幾乎一句話也不說，即使當他的情緒大受影響後，她也聽不清他說了什麼，只聽到他小聲對艾麗諾說：「你們走了以後，我就痛快了！」

臨走的那陣忙亂是不愉快的。過了十一點，箱子才搬下來，按照將軍的計畫，這時早已該離開了米爾森街。他的大衣被拿下來，鋪在他跟兒子乘坐的雙輪馬車上。另一輛四輪馬車雖然要坐三個人，但中間的凳子卻還沒拉出來，艾麗諾的女僕在車裡堆滿了行李，讓凱薩琳連坐的地方都沒有了，她好不容易才保住了新買的寫字台，沒被扔到街上。最後，三位女士的馬車總算上路了，凱薩琳的精神又振作起來，和蒂爾尼小姐在一起使她感到自在。她對這條完全陌生的路、前方的寺院、後面的雙輪馬車都充滿了興趣，毫無遺憾地回頭望了巴斯最後一眼。

一行人在小法蘭西停留了兩個小時，無事可做，只能隨意晃逛，雖然肚子還不餓，周圍也沒有什麼好看的。起初，她很羨慕他們的旅行規格，羨慕那輛時髦的馬車，但這種排場卻帶來不少麻煩，讓她的羨慕減少了幾分。假如大家都相處融洽，這次耽擱也算不了什麼；豈知子女們在將軍面前總是無精打采，幾乎只有他一個人在說話。他對旅店裡的一切也都不滿意，一不耐煩就對侍者發火。凱薩琳對他越來越敬畏，兩個小時就像四個小時那麼漫長。出發之後，將軍建議凱薩琳坐在他兒子的馬車裡，這讓她大為吃驚。

「天氣很好，我想讓妳多看看鄉下的景色。」

凱薩琳立刻想到了艾倫先生對年輕人共乘馬車的看法，不禁漲紅了臉。她起初想拒絕，但轉念一想，又覺得蒂爾尼將軍不會害她。因此沒過多久，她就坐進了亨利的雙輪馬車，心裡高興不已。走了一小段之後，她漸漸意識到，雙輪馬車是世上最好的馬車了，四馬四輪馬車固然威風凜凜，卻是個笨重、麻煩的玩意兒；她不會忘了它在小法蘭西停了兩個鐘頭，雙輪馬車只需要休息一半的時間。不過，還不只是馬匹好，亨利駕車的技術也相當高超，和另一輛車的車伕相比，真有天壤之別！還有他的那頂帽子，戴在頭上十分合適，他大衣上的披肩既神氣又相稱！坐他的車，就像跟他跳舞一樣，無疑是世上最快樂的事。除此之外，她還能聽他讚美自己，感謝她答應來作客。他說他的妹妹生活寂寞，家裡既沒有女伴，父親又常常不在家，有時候根本沒人作伴。

「那怎麼可能呢？」凱薩琳說，「難道你沒有陪她？」

「諾桑覺寺只算是我的半個家，我在伍德斯頓有自己的家，離那裡將近二十哩，我常常需要待在那裡。」

「你一定感到很遺憾。」

「我離開艾麗諾時總是很難過。」

「是呀。不過，你除了愛護妹妹以外，一定也很喜愛那座寺院！住慣了諾桑覺寺這樣的家，再去一座普通的牧師住宅，一定感覺很彆扭。」

「妳對這座寺院已經有了很好的印象。」亨利笑著說道。

「當然了，難道它不是個優雅的古剎，就像書上寫的一樣？」

「『書上』的這種建築物中，都發生過許多恐怖事件。難道妳想見識一下？妳夠勇敢嗎？妳有膽量見到那些暗門與機關嗎？」

「啊！有的。我想我不會害怕，因為屋裡有那麼多人；而且，它也不是一直空著無人居住，你們也不會像書中的情形一樣，事前沒通知就突然回家。」

「當然了。我們用不著摸黑走進一間被柴火餘燼照得半暗不明的大廳，也用不著在地板上鋪床，因為房裡什麼傢俱都沒有。不過妳應該知道，一位年輕小姐無論是用什麼方式住進這樣的屋子，她總是要與其他人分開住；當大家舒舒服服地回到自己住的房間時，她卻被老管家桃樂西鄭重其事地帶往另一座樓梯，順著一道道陰暗的走廊，走進一個房間——自從一位親戚二十年前死在裡面以來，這個房間一直沒人住過——妳受得了這樣的招待嗎？當妳發現自己置身於這麼陰森的房間，它又高又大，整間房裡只有一盞微弱的燈光，牆壁四周的掛毯上畫著真人大小的人像，床上的被褥都是深綠色的尼龍，或是紫紅色的天鵝絨，簡直就跟出殯一樣——這時妳心裡能不發毛嗎？」

「哦！但我一定不會碰到這種事。」

「妳會如何惶恐不安地審視房裡的傢俱呀？妳會發現什麼呢？沒有桌子、梳妝台、衣櫃或是櫥子，只有一把破魯特琴，或是一只怎麼也打不開的大衣櫃；壁爐上方有一位英俊的武士畫像，讓妳莫名其妙地著了迷，妳的眼睛怎麼也無法從上面移開。這時，桃樂西一樣被妳的表情吸引，惴惴不安地看著妳，給了妳幾個意味深長的暗示；此外，為了讓妳打起精神，她還說了一些話，使妳猜想妳的房間肯定是鬧鬼的；她還告訴妳，在妳附近沒有住任何僕人。說完這些令人毛骨悚然的話之後，她就出去了，妳聽著她的腳步聲越來越遠，直到消失。

當妳怯生生地想去敲門時，卻驚恐地發現門上鎖了。」

「哦！蒂爾尼先生，多可怕呀！這真像是一本小說，不過我不會真的遇到這種事。你們的女管家也絕不會是桃樂西。好了，後來呢？」

「也許第一天夜裡沒有其他可怕的事了。妳克服了對那張床鋪的恐懼後，便上床休息，驚擾不安地睡了幾個小時。但是，就在第二天晚上，或是最遲第三天晚上，妳很可能會遇上一場暴風雨；一聲聲雷鳴在附近山裡隆隆作響，彷彿要把整間屋子都給震塌。雷聲還伴隨著一陣陣可怕的勁風，妳可能會發現掛毯上有一處比別處動得特別厲害，妳感到十分好奇，便馬上從床上爬起來，匆匆披上睡衣，開始搜索其中的奧秘。觀察了一會兒後，妳會發現掛毯上有一處機關，要很留神才看得出來；一打開機關，馬上出現一道暗門，門上只有幾根粗條和一把掛鎖，妳很輕易便打開了。妳拎著燈走進門，來到一個拱頂的小房間。」

「不，才不會。我都快被嚇死了，哪會做這種事。」

「什麼？就算桃樂西告訴妳，在妳的房間與兩哩外的聖安東尼教堂之間有一條密道之後，妳也不做嗎？這麼簡單的冒險，妳都畏縮不前？不，不會的，妳會走進這個拱頂的小房間，穿過這個房間，再走進另外幾個類似的房間，都沒發覺任何奇異的東西。也許，在某間房裡會有一把匕首，另一間房裡會有幾滴血跡，第三間房裡有某種刑具的殘骸，但是這一切都沒什麼特別的。妳手中的燈即將熄滅，妳必須回到房間。然而，當妳又走過那間拱頂小房間時，妳的眼睛會注意到另一只老式的烏木鑲金大衣櫃。雖然妳先前已經仔細地查看過傢俱，但這只櫃子卻被妳忽略了。妳懷著一種難以壓抑的預感，迫不及待地朝櫃子走去，打開門上的鎖，檢查著每一個抽屜；搜了半天，沒有發現任何有價值的東西，也許只找到一大堆鑽石。不過，最後妳碰到了暗簧，打開了裡面的抽屜，露出了一卷紙，妳一把抓了過來——裡面有好多張手稿。妳如獲至寶，急急忙忙地跑回自己房裡，當妳剛看出上面寫著：『哦！你——無論你是誰，一旦薄命的馬蒂爾達的這些回憶錄落入你的手裡——』妳的燈突然熄滅了，妳頓時陷入一團漆黑之中。」

「哦，不，不！你別再說了。唔，請繼續。」

但亨利被他自己激起的興趣逗樂了，再也講不下去。他無法裝出一本正經的樣子了，不得不懇求她在閱讀馬蒂爾達的不幸遭遇時，多發揮自己的想像力。凱薩琳一冷靜下來，便為自己的急切感到害羞，並誠摯地對他說，她絕不害怕真的遇到他說的那些事。她敢斷定，蒂爾尼小姐絕不會讓她住在一間像他口中那樣的房間裡。她一點也不害怕。

凱薩琳急著想見諾桑覺寺的心情，被亨利中斷了一陣子。當旅途接近終點時，她又變得迫不及待了。每到轉彎處，她都帶著肅然起敬的心情，期待看到它那砌著灰色石塊的厚牆，以及四周古老的櫟樹叢，還有被夕陽的餘暉映照著的哥德式的長窗。沒想到，那棟房子竟是那樣低矮；當她穿過大門，進入諾桑覺寺的庭園時，發覺自己連個古老的煙囪也沒看見。

她知道自己不應該太過驚奇，但事情仍然有些出乎她的意料。穿過兩排現代的小屋後，就輕易地進入寺院的領域，馬車疾駛在光滑平坦的石子路上，沒有障礙，沒有驚恐，也沒有任何莊重的氣息，這確實令她感到奇怪和不協調。不過，她沒有太多時間思考這些事，迎面而來的一陣急雨，使她不得不顧得保護她那頂新草帽。

事實上，她早已來到寺院的牆腳下，由亨利攙扶著跳下馬車，躲到舊門廊下面，甚至跑進了大廳。她的朋友和將軍正等著歡迎她，而她對自己未來的痛苦卻沒有任何可怕的預感，也不疑心這棟肅穆的建築物中曾有過什麼恐怖情景。微風沒有為她吹來一絲驚悚的氣息，只為她送來一陣濛濛細雨。她使勁抖了抖衣服，準備跟著人走進客廳，也好打量一下這個地方。

一座寺院！是呀，能親臨其境有多麼開心啊！但是，她朝屋裡環視了一下，不禁懷疑眼前的景象能否帶給她這種感覺。滿屋子富麗堂皇的傢俱，完全是現代的風格；至於那個壁爐，她原先期待見到大量樣式古老的雕刻，沒想到它完全是朗福德式的，用樸素而美觀的雲石板砌成，上面擺著十分漂亮的英國瓷器。她帶著信賴的目光朝那些窗子望去，因為將軍曾說過他保留了它們的哥德風格；但仔細一瞧，也與她想像的相距甚遠。顯然，尖拱被保留下來，風格也是哥特式的，但是每塊玻璃都太大、太清晰、太明亮！在凱薩琳的想像中，她希望見到最小的窗格、最笨重的石框，希望見到彩色玻璃、泥垢和蜘蛛網。對她來說，這種改變是令人痛心的。

將軍發覺她正在四下張望，便謙虛地說房子很小、傢俱簡陋，一切只不過是為了舒適罷了；但他又得意地說，諾桑覺寺也有幾個房間值得一看。正當他打算提一提那個奢華的鍍金房間時，忽然掏出錶，中斷了話題，並驚奇地宣布再過二十分鐘就五點了！這句話彷彿是解散的命令，凱薩琳發現蒂爾尼小姐催促她快走，那副樣子使她確信：在諾桑覺寺，必須極為嚴格地遵守作息時間。

大家穿過寬敞高大的大廳，登上廣闊油亮的櫟木樓梯，又走過許多座樓梯和轉彎處，來到一條又寬又長的走廊上。走廊的一側是一扇門，另一側是一排窗戶，把廊上照得相當明亮，窗外是個四方院。凱薩琳被蒂爾尼小姐帶進一個房間，她只說了聲希望她過得舒適，便匆匆地離開了，臨走時還急切地懇求凱薩琳盡量少換衣服。

第二十一章

凱薩琳只掃視了一眼，便發現她的房間與亨利用來嚇唬她的那個房間截然不同。它並未大得出奇，既沒有掛毯，也沒有絲絨被褥。牆上糊著紙，地板上鋪著地毯，窗戶和樓下客廳裡的一樣完備、光亮。傢俱雖不是最新的款式，卻也美觀、舒適，房裡的氣氛一點也不陰森。她放下心以後，便決定不再花時間去細看什麼東西，唯恐拖拖拉拉會惹將軍不高興。於是，她急忙脫掉衣服，準備打開隨身的行李。就在這時，她忽然發現一只又高又大的箱子，立在壁爐旁的一個深凹處，不由得心裡一震。她驚奇得一動也不動，專心凝視著箱子，心想：

「真奇怪！這裡怎麼會有這種東西！一只笨重的大箱子！裡面可能裝著什麼呢？為什麼會放在這裡呢？放得這麼偏僻，彷彿不想被人看見一樣！我要打開它，不管付出多大的代價，我也要打開來看看，而且趁著天亮趕快去做——要是等到晚上，蠟燭燒光就完了。」

她走過去，仔細觀察了一陣子。那是一只杉木箱，上面十分古怪地鑲著一些深色木頭，放在一只用同樣的木料做成的雕花架上，離地約一呎。鎖是銀質的，但是年代久遠，早已失去了光澤。箱子兩端有兩個殘缺不全的把手，也是銀質的，也許曾被某種奇怪的暴力破壞過。箱蓋中央有個神秘的銀質圖案，凱薩琳低頭細看，但是看不出那到底是什麼。無論從哪個角度看，她也很難相信最後一個字母是「T」。然而，在這個家裡不應該出現別的字母；假如這箱子不是他們的，那又是因為什麼奇怪的原因落到蒂爾尼家族手裡呢？

她那惶惶不安的好奇心快速增長著。她用顫抖的雙手抓住鎖，決心冒著一切風險查出裡面裝著什麼。她似乎遇到了一種阻力，好不容易才把箱蓋揭起了幾吋。沒想到，就在這時，一陣突如其來的敲門聲嚇了她一大跳，她立刻放手，箱蓋就砰的一聲關上了。這位不速之客是蒂爾尼小姐的女僕，被主人派來幫她的忙。凱薩琳隨口打發了她，但這也讓她想起自己該做的事，讓她不得不暫時撇開好奇心，繼續穿衣服。她穿得很慢，因為她的心思和目光馬上又回到那件有趣又可怕的物體上；雖說她不敢耽擱時間，但她的腳步又離不開箱子。終於，她把一隻手臂伸進了袖子，梳妝似乎也快結束，現在可以放心大膽地滿足一下她那迫不及待的好奇心了。她鼓起勇氣跳向前去，果斷地一用力，把箱蓋揭開了，兩眼驚奇地見到一條白布床單，疊得整整齊齊，就放在箱子一端，除此之外什麼也沒有。

凱薩琳怔怔地望著床單，驚奇的臉上剛泛起紅暈，沒想到蒂爾尼小姐就忽然走進房間。凱薩琳正為自己的胡思亂想感到難為情，現在又被人撞見她在翻箱倒櫃，更加羞愧滿面。

「那是一只古怪的舊箱子，是吧？」當凱薩琳急忙關上箱子，轉身看著鏡子時，蒂爾尼小姐說道，「它放在這裡不知道有幾代了，不知道一開始是怎麼被放到這個房間裡來的；不過我一直把它留在這裡，因為我覺得它有時可能有點用處，裝裝帽子之類的。最糟糕的是，它太重了，不好開。不過放在那個角落至少不會礙事。」

凱薩琳紅著臉說不出話來。她一邊繫衣服，一邊下定決心，以後再也不做這種蠢事。蒂爾尼小姐委婉地暗示她就快遲到了，不到半分鐘，兩人便慌慌張張地跑下樓去。她們的驚恐並非全無道理，因為蒂爾尼將軍正拿著錶在客廳裡來回踱步，一見她們進門，便用力拉了拉鈴，命令：「馬上開飯！」

凱薩琳聽到將軍嚴厲地說話，不由得顫抖起來。她膽怯地坐著，臉色蒼白，呼吸急促，一面為將軍的子女擔心，一面埋怨那只舊箱子。將軍看了看她，又重新變得客氣起來，開始責備女兒不該去催促她的朋友，害得她氣喘吁吁。凱薩琳害她的朋友挨罵，又想到遲到的理由，心中感到加倍難受；直到大家高高興興地圍著餐桌坐下，將軍露出一副得意的笑臉，她自己也餓了，心裡才恢復平靜。

這間餐廳是個華麗的大房間，比客廳要大得多，裝飾也十分奢華。可惜凱薩琳是個外行人，對這些事渾然不覺；她只看見房間寬敞，侍者眾多。她對房屋的寬敞讚美了一番，將軍立刻和顏悅色地接受了，他更進一步說道，自己一向重視餐廳的大小；不過他猜想，凱薩琳在艾倫先生家一定習慣於比這更大的房間。

「不，不是這樣的，」凱薩琳老實地回答道，「艾倫先生的餐廳還沒有這裡的一半大。」她還說自己從未見過這麼大的房間。將軍聽了更加高興，不過他又說，他相信比這小一半的房間可能更舒適；他敢說，艾倫先生的住宅一定大小適中，住在裡面十分舒適愉快。

當晚沒有其他的插曲。蒂爾尼將軍偶爾不在時，大家還覺得愉快；只有他在場時，凱薩琳才會稍稍感到旅途的疲乏。但即使是這種時候，她仍然覺得十分舒暢。每當她想到巴斯的朋友，一點也不會想跟他們在一起。

夜裡，暴風雨大作。整個下午都在斷斷續續地刮著風，宴席結束時更是掀起狂風暴雨。凱薩琳一邊穿過大廳，一邊帶著畏懼的心情傾聽著暴風雨。當她聽見狂風凶猛地吹過古寺一角，砰的一聲把遠處的某扇門刮上時，心裡第一次感到她的確來到了寺院。是的，這是寺院裡特有的聲音，讓她想起了這種建築、以及這種暴風雨下經常出現的可怕情景。令她深感欣喜的是，這棟屋子裡規矩森嚴，她無須懼怕午夜的刺客或是醉醺醺的色徒；亨利那天早上說的無疑是開玩笑。在這樣的一棟房子裡，她既探索不到什麼，也不會遭遇什麼不測；她可以放心地走去她的臥房，就像她在富勒頓的房間一樣。她一邊上樓，一面堅定自己的信心，特別是當她感覺到蒂爾尼小姐的臥室離她只有兩門之隔時，又更加大膽地走進房裡。房裡爐火燒得正旺，讓她的情緒更加高漲。

「好多了，」她說著，一面朝爐子走去，「回來時見到爐子已經生了火，這比在寒冷中發抖著等待要好多了。就像許多可憐的少女一樣，一定得等到全家人都睡了，才會有位忠實的老僕人抱著一捆柴火走進來，把你嚇一跳！諾桑覺寺真是好極了！假如它跟別的地方一樣，在這樣的夜晚下，我不知道會嚇成什麼樣子。不過，這裡實在沒什麼好怕的。」

她環顧了一下房內。窗簾似乎在動——這沒什麼，只不過是狂風從百葉窗的縫隙裡吹進來罷了。她勇敢地走上前去，滿不在乎地哼著曲子，看看是不是這麼回事。她大膽地朝每個窗簾後面望了一眼，在低矮的窗台上沒有發現可怕的東西。接著，她把手貼近百葉窗，更加確信了這陣風的力量。當她探查完之後，轉身看看那只舊箱子；她蔑視自己那憑空猜測的恐懼，淡定自若地準備上床。

「我應該從容一些，不要匆匆忙忙。即使我最後一個睡，我也不在乎。我才不要補充柴火，那樣會顯得太膽小了，彷彿睡個覺還需要亮光壯膽。」於是，爐火漸漸熄滅了，凱薩琳準備了大半個鐘頭，正想上床，沒想到當她又掃視一眼房間時，忽然發現一只老式的黑色大衣櫃。這只櫃子雖然處在很顯眼的位置，但是之前從未引起她的注意。

一瞬間，她立刻想起亨利的話，說她起初不會注意到那只烏木櫃。雖然那番話沒有什麼意義，但卻有些稀奇古怪，而且巧合得驚人！她拿起蠟燭，仔細端詳了一下木櫃。櫃身並非真正的烏木鑲金，而是上了黑黃色的日本漆；她舉著蠟燭看去，那黃色就像鍍金。

鑰匙就插在櫃門上，她有一種奇怪的念頭想打開看看，不過她絲毫不指望發現任何東西，只是對亨利的話有些在意。總之，她要打開看看才能睡覺。於是，她小心翼翼地把蠟燭放在椅上，一隻手顫抖著抓住了鑰匙，用力轉動，但她使盡了全力也轉不動。她感到驚恐，但是沒有放棄，換個一個方向再轉。突然，鎖簧發出了聲音，她以為成功了，奇怪的是櫃門依然紋絲不動。她屏住氣，愕然地停止了片刻。狂風在煙囪裡怒吼，大雨打在窗戶上，一切似乎都說明了她處境之可怕。但是，不把這只神秘的櫃子看個究竟，她就無論如何也睡不著。

她再次轉動鑰匙，懷著最後一線希望，果斷地朝每個方向亂轉了一陣之後，櫃門猛然打開了。這一勝利使她欣喜若狂，她把兩扇折門拉開，裡頭露出兩排小抽屜，小抽屜的上下都有大抽屜；中間有扇小門，也上了鎖，插著鑰匙，裡面也許是個存放重要物品的秘櫃。

凱薩琳心跳加速，但她並沒失去勇氣。心裡的希望使她臉上漲得通紅，眼睛好奇地瞪大，她用手指抓住一個抽屜的把柄，把它拉開了。裡面空空如也。她更加急切地拉開第二個、第三個、第四個——全部都空無一物。每一個抽屜都搜遍了，沒有發現任何東西。她在書上看過很多隱藏寶物的秘訣，並未忘記抽屜裡可能設有夾層，於是又急切而敏捷地把每個抽屜周圍都摸了一番，但還是什麼也沒發現。

現在只剩下中間還沒搜過。雖然她從一開始就不曾想過會在櫃子裡發現任何東西，但對自己迄今為止的徒勞也絲毫不感到灰心，再說，不趁機徹底搜查一番，未免太可惜了。那扇小門也讓她折騰了半天，因為那個鎖就像外面的一樣難開。最後她還是成功了，而且這次的結果不像先前那樣白忙一場。她那迅疾的目光立即落到一個紙卷上，這個紙卷被塞在櫃子的深處，顯然刻意被隱藏起來。此刻，她的心情真是無法形容；她的心在跳動，膝蓋在哆嗦，臉頰也變得慘白。她用顫抖的手抓住了這份珍貴的手稿，因為她眼睛稍微一瞥，就能辨別出上面有筆跡。這件事驚人地應驗了亨利的預言，她當場打定主意，要在睡前把這卷紙逐字逐句地細看一遍。

蠟燭發出幽暗的亮光，當她轉向這片微亮時，心裡不禁緊張起來。不過，它沒有立刻熄滅的危險，還可以再燒幾個鐘頭。於是她趕緊把燭花剪掉，想不到這一剪，竟然讓蠟燭熄滅了。再也不會有比這更可怕的結果了！有好一陣子，凱薩琳被嚇得一動也不動。蠟燭全滅了，燭心上一絲亮光也沒有；房裡一團漆黑，毫無任何動靜。忽然，一陣狂風呼嘯而起，頓時增添了新的恐怖。凱薩琳打了個冷顫。當風勢稍停後，那受了驚嚇的耳朵聽到一個聲音，就像是漸漸消失的腳步聲和遠處的關門聲。她再也忍受不住了，她的額頭冒出一層冷汗，手稿從手裡掉落下來。

她摸黑爬到床邊，急忙跳了上去，拚命鑽進被窩裡，藉以消除幾分恐懼。她覺得，這一晚是不可能睡著了。好奇心已經被引起，情緒也被激起，怎麼可能睡得著呢？她以前並不怕風，但是現在，似乎每一陣狂風都帶來了恐怖的預兆。她如此意外地發現了手稿，如此意外地證實了早上的預言，這該怎麼解釋呢？手稿裡寫著什麼？可能與誰相關？是怎麼隱藏了這麼久的？這件事太奇怪了，居然註定由她來發現！

不過，她不搞清楚其中的內容，心裡既不會平靜，也不會舒坦。她決定借助第一縷晨曦來讀手稿，但到那之前還得熬過好幾個沉悶的鐘頭。她打著哆嗦，在床上輾轉難眠。風暴仍在肆虐，她那受驚的耳朵不時聽到各種聲響，甚至覺得比風還要恐怖。有時她的床幔似乎在搖晃，有時她的房鎖在震動，彷彿有人企圖破門而入。走廊裡似乎響起低沉的嘆息聲，好幾次，遠處的呻吟聲簡直讓她的血都凝固了。時間一小時一小時地過去了，疲憊不堪的凱薩琳聽見屋裡各處的鐘打了三點，風暴平息了，也許是她不知不覺地睡熟了。

第二十二章

隔天早上八點，女僕進房間折百葉窗，才把凱薩琳吵醒。她一邊納悶自己是怎麼睡著的，一邊把眼睜開，見到了明亮的景象。爐火已經生起，一夜風暴過後，天氣一片晴朗。就在她醒來的瞬間，她想起了那份手稿，女僕一走後她便霍地跳下床，匆匆忙忙地撿起散落的每一張紙片，然後飛也似地跑回床上，趴在枕頭上津津有味地細讀。她現在清楚地發現，這篇手稿並不像她希望的那麼長，因為它們似乎只是些零零散散的小紙片，也沒有多厚，比她當初想像的薄得多。

她以貪婪的目光迅速掃視了一張，上頭的內容使她大吃一驚。這怎麼可能？莫非是她的眼睛在欺騙她？呈現在她眼前的似乎是一份衣物清單，潦草的字跡全是現代字體！如果她的眼睛還正常的話，她手裡拿著的正是一份洗衣帳單。她又抓起另一張，見到的一樣是那些東西，沒有什麼不同。她又抓起第三張、第四張、第五張，仍然沒有任何新鮮玩意兒。每一張都寫著襯衫、長襪、領帶和背心。還有兩張，出自同一人之手，上面記載著一筆同樣乏味的開銷：郵資、髮粉、鞋帶、肥皂……等等。包在最外面的那張大紙，寫著密密麻麻的字，第一行是：給栗色馬敷藥——一份獸醫的帳單！

就是這樣的一堆紙，讓她充滿了期望和恐懼，害得她半夜沒有闔眼！她覺得羞愧極了。難道那只箱子的教訓還不能使她學乖一點？她躺在床上，看了看箱子的一角，這個角彷彿也在責備她。她最近的想像實在太荒誕了，居然會以為幾百年以前的一份手稿，會被放在如此現代、如此適合居住的房間裡，而一直未被發現！那把鑰匙明明誰都能用，她居然以為自己第一個掌握了開鎖的訣竅！

她怎麼能如此欺騙自己？這種傻事千萬別讓亨利知道！說起來，這件事都要怪他不好，假如那只櫃子與他的描繪不相吻合，她也絕不會對它感到一絲好奇。這是她唯一感到的一點安慰。她迫不及待地想清除她做出傻事的痕跡，清除那撒了一床的收據，於是她立刻爬起來，把紙片一張張疊好，盡可能疊成以前的樣子，放回到櫃子裡原來的地方，衷心希望別再有人把它們拿出來，讓她丟臉。

不過，那兩把鎖為什麼那麼難開，卻仍讓她感到蹊蹺，因為她現在開起來易如反掌。這其中一定有什麼奧秘。她先是得意地沉思了半分鐘，後來突然想到：櫃門起初可能根本沒上鎖，是被她自己鎖上的。她不禁又羞紅了臉。

她想起自己在這間房裡的舉動，覺得十分難堪，便趁早離開了那裡，以最快的速度找到了餐廳。餐廳裡只有亨利一人，他一見面便說，希望夜裡的風暴沒有嚇著她，並且狡黠地聊起了這棟房子的特色；這些話讓凱薩琳十分不安。她最怕別人懷疑自己膽小，但她又撒不出大謊，只好承認昨晚的風害她睡得不好。

「不過，風雨過後，不就有個明媚的早晨了嗎？」她補充道，一心想避開這個話題，「風暴和失眠都過去了，也就無所謂了。多美的風信子啊！我最近才懂得風信子的美。」

「妳是怎麼懂的？是偶然，還是被人說服的？」

「跟你妹妹學的，我也不知道是怎麼回事。艾倫太太一直想讓我喜歡風信子，但我就是做不到，直到那天我在米爾森街見到那些花。我天生就不喜歡花。」

「不過妳現在喜歡上了風信子。這太好了，妳又多了一種新的生活樂趣，樂趣永遠不嫌多；再說，女人愛花是件好事，可以讓妳們多走出戶外活動，否則妳們絕不會這麼做的。雖說風信子算是一種室內樂趣，但誰敢說妳哪天不會愛上玫瑰花呢？」

「但我並不需要這樣的愛好引誘我出門。散散步、呼吸新鮮空氣，我早已有這樣的樂趣了。每逢天氣晴朗，我幾乎都會待在戶外。媽媽說我在家總是待不住。」

「無論如何，我很高興妳學會了欣賞風信子，能學會欣賞事物的習性本身就很了不起。年輕的小姐喜愛學習，這是十分可貴的。我妹妹的指導方式還令人愉快吧？」

凱薩琳正窘迫得不知該如何回答，這時將軍進來解救了她。他笑盈盈地向她問候，委婉地暗示說自己也贊成早起，看起來心情相當愉快。不過這並沒使凱薩琳的心平靜下來。

坐下吃飯時，那套精緻的餐具引起了凱薩琳的注意。那些都是將軍親自選擇的。他對凱薩琳的讚美感到喜不自勝，但還是謙虛地說這些餐具十分潔雅簡樸，畢竟應該鼓勵一下本國的手藝。他認為，用史塔福德郡的茶壺沏的茶，和用德勒斯登或塞夫勒的茶壺沏的茶沒什麼差別——總之，那是一套舊餐具，還是兩年前買的。近年來，工藝水平已有很大的進步，他上回進城時，就見過一些精緻的商品，要是他一點也不愛慕虛榮，也許早就買一套新的了。不過他相信，她很快就有這個機會。在座的人之中，大概只有凱薩琳聽不懂他的話。

吃過早飯不久，亨利便離開眾人前往伍德斯頓了，他有事要在那裡逗留幾天。大伙都來到玄關，看著他跨上馬。凱薩琳一回到餐廳，便連忙走到窗邊，想再看見他的背影。

「這趟可真夠妳哥哥受的了，」將軍對艾麗諾說，「伍德斯頓今天會是個陰天。」

「那地方好嗎？」凱薩琳問道。

「妳說呢？艾麗諾，說說妳的看法，因為說到女人對男人和地方的感受，還是女人最有資格發言。公正來說，妳得承認伍德斯頓有許多可取之處。房子座落在綠油油的草坪上，面朝東南，還有一塊很棒的菜園，也朝著東南。大約十年前，我為了兒子在那裡親手壘起了圍牆，種上了牧草。那是個家傳的牧師職，那一帶的大部分土地都是我的，我敢保證，那是個不差的職位。就算亨利只靠著這筆牧師俸祿維生，他也不會感到拮据的。這也許有點奇怪，我只有兩個年紀較小的孩子，居然還要亨利去工作。當然，我們有時也希望他能擺脫那些瑣事的煩擾；但是，雖說我可能改變了妳們年輕小姐的看法，不過我敢斷定，莫蘭小姐，妳父親會贊成我的見解，認為讓每位年輕小伙子找點事做還是有好處的。倒不是錢的問題，重點是要有點事做。妳看！就連我的長子弗雷德里克，他要繼承的地產也許不比本郡的任何居民來得少，但一樣有自己的職業。」這個例子產生了將軍期望的效果。凱薩琳默默不語，看得出這席話的確無可辯駁。

前一天晚上將軍曾說過，要帶領客人在屋裡參觀，如今他自告奮勇，充當她的嚮導。凱薩琳本來只想讓蒂爾尼小姐帶她去看，但他的提議也實在令人高興，她絕不會拒絕的，因為她來諾桑覺寺已經十八個小時了，才看過幾個房間而已。她興沖沖地把剛拉出的針線匣收了回去，準備跟將軍一起走。

將軍又提議道，等看完房子內部後，他希望能陪她去矮樹林和花園裡走走。凱薩琳行了個屈膝禮，表示默許。但將軍心想，也許她更想先去矮樹林和花園。現在天氣非常好，每年到這個季節，好天氣總是很難持久；反正寺院內部隨時都能看，也不怕下雨。他以為凱薩琳也是這樣想的，於是立刻去取帽子，準備陪她們走出屋子。凱薩琳露出失望、焦慮的表情，說她不想勞駕將軍陪她們到戶外去，但她的話被打斷了。蒂爾尼小姐有點窘迫地說道：「早上天氣這麼好，出去走走再好不過了。不要為我父親擔心，他每天總在這個時間出去散步。」

凱薩琳搞不懂這是怎麼回事。蒂爾尼小姐為什麼難堪呢？莫非將軍不想帶她參觀寺院？但那可是她主動提議的。他總是這麼早去散步，這不是很奇怪嗎？她父親和艾倫先生從不會這麼早出門散步。這件事真令人煩惱！她急著想看房子，對庭園一點興趣也沒有。要是亨利和他們在一起就好了，現在可好！即使她見到優美的景色，也無心欣賞。儘管她感到不滿，還是耐著性子戴上帽子。

出乎她的意料的是，當她第一次從草坪上觀看寺院時，不自覺地被它的壯麗景色迷住了。整座宅邸圍成一個大四方院，兩側聳立著點綴哥德裝飾的樓房，令人讚賞不已。建築的其餘部分被參天古樹和蔥鬱的林木遮掩，屋後有陡峭的山壁作為屏障，即使是在蕭條的三月，山景也很秀麗。凱薩琳從沒見過這麼美麗的景色，心裡驚喜萬分，並忍不住讚嘆起來，將軍也帶著感激的心情傾聽著。

接著是觀賞菜園。將軍領著她穿過莊園的一小段路，來到了菜園那裡。

這塊地的面積讓凱薩琳嚇了一跳，因為即使把艾倫先生和她父親的莊園合在一起，再加上教堂的墳地和果園，還不及它的一半大。園牆多得不計其數，而且無邊無際，園內的溫室多得就像是一個村莊似的，幾乎可以容納整個教區的人。將軍見她露出驚訝的神氣，不禁十分得意，但還是想聽她親口說出，她以前從未見過足以與它匹敵的菜園。當她說了之後，他隨即又謙虛地承認，他自己並沒有這種奢望，不過他的確相信這園子在國內是絕無僅有的。如果說他有什麼嗜好的話，那就是果菜園了；雖說他對吃不太講究，但他喜歡上等的水果——或是說他的朋友和孩子喜歡。不過，照料這樣的果園是件麻煩的事，那些最珍貴的果實即使費盡心血，也不見得能夠準時收成；去年鳳梨園總共只結了一百顆鳳梨。他認為艾倫先生一定也像他一樣，對這些事感到頭痛。

「不，他才不呢！艾倫先生並不關心果園，他連進都不會進去。」

將軍臉上浮出得意的微笑，但願自己也能做到這一點，因為他每次進園子，總會發現各式各樣的問題，達不到他的標準，讓他大為煩惱。

「艾倫先生的輪作溫室經營得如何？」將軍一邊往裡面走，一邊談起了自己這個輪作溫室的情況。

艾倫先生只有一個小溫室，到了冬天，艾倫太太利用它存放自己的花草，裡面不時生著火。

「他真有福氣！」將軍帶著欣喜而鄙夷的神情說道。

他帶著凱薩琳逛遍了每一區，每一個角落，直到她實在看膩了，也無力發出驚嘆了，才允許兩位小姐走出一道外門。接著，他又表示想檢查一下涼亭最新修繕的成果，建議凱薩琳若是不累的話，不妨再多走一段。

「妳要去哪裡？艾麗諾。妳為什麼挑一條又暗又潮濕的小路？莫蘭小姐會弄濕衣服的。我們最好從莊園裡穿過去。」

「我最喜愛這條小路，」蒂爾尼小姐說，「我總覺得這條路最好。不過，的確有點濕。」

那是一條狹窄的小徑，迂迴穿過一片茂密的蘇格蘭老杉林。凱薩琳被小徑的幽暗景致吸引了，急切地想要鑽進去，即使將軍不贊成，她也忍不住想往前走去。將軍看出她的心思，再次勸她保重身體，但卻無濟於事，便客氣地不再阻攔。不過，他本人不得不失陪，因為他受不了那陰暗的光線，他要走另一條路迎接她們。將軍轉身走了，凱薩琳驚奇地發現，他的離去讓她的精神如釋重負。她帶著欣喜的語氣說道，這樣的樹林會給人帶來一種愉快的憂鬱感。

「我特別喜歡這塊地方，」她的伙伴嘆了一口氣說，「我母親過去最喜歡在這裡散步。」

凱薩琳從未聽這家人提起過蒂爾尼夫人，艾麗諾的回憶激起了她的興趣，她臉色大變，靜靜地等著傾聽更多的細節。

「以前我常和她來這裡散步，」艾麗諾接著說，「雖然我當時並沒有那麼喜歡這裡，我很納悶她為什麼會挑中這個地方；可是現在由於對她的懷念，我也變得很喜歡這裡。」

「這樣的話，」凱薩琳心想，「她的丈夫不也應該要喜歡這裡嗎？然而將軍偏偏不願走進來。」蒂爾尼小姐仍然一聲不吭，凱薩琳冒昧地說道：「她的去世想必引起了巨大的悲痛。」

「巨大的、與日俱增的悲痛，」蒂爾尼小姐用低沉的語調回答，「母親去世時，我才十三歲。雖然對一個孩子來說，我也許夠悲痛了，但我當時並不知道，這會是多麼大的損失。」

她停頓了一下，然後以堅決的口氣補充道：「妳知道，我沒有姐妹。雖然亨利——雖然我兩個哥哥都很疼我，亨利也經常回家，但我仍然時常感到孤獨。」

「毫無疑問，妳一定很想念她。」

「要是我母親就會始終待在家裡，像個形影不離的朋友。母親的影響比任何人都大。」

「她是個十分可愛的女士吧？她長得很漂亮吧？寺院裡有她的畫像嗎？她為什麼那麼喜歡這片樹林？是因為情緒消沉的關係？」

凱薩琳迫不及待地提出一連串問題。前三個問題當場得到了肯定的回答，另外兩個則被忽略過去。無論她的問題是否得到回答，都讓她對已故的蒂爾尼夫人增添一分興趣。她相信她的婚姻一定不美滿，將軍一定是個無情的丈夫；他連他妻子散步的地方都不喜歡，那又怎麼會喜歡他的妻子呢？另外，雖然他儀表堂堂，但臉上有著某種異樣的表情，說明他虧待過妻子。

「我想，妳母親的畫像，」凱薩琳覺得自己的問題十分圓滑，不禁漲紅了臉，「就掛在妳父親的房裡吧？」

「不。原本打算掛在客廳裡，但我父親覺得畫得不好，有一段時間沒有掛上。母親去世後不久，我把它要來掛在我的臥房裡，我很樂意帶妳去看看，它畫得很像我母親。」這又是一條證據！妻子的畫像，而且畫得很像，做丈夫的卻不屑一顧。他對妻子一定殘酷至極。

儘管將軍對她殷勤備至，卻仍然引起了凱薩琳的反感。凱薩琳不想再掩飾自己的反感了，過去是敬畏和討厭，現在轉變成極度的憎恨——是的，憎恨！將軍竟然殘酷地對待一個如此可愛的女人，真令她感到可憎。她經常在書裡看到這種人物，艾倫先生說這些人物很不切實際，但這裡卻有個現成的例子。

她剛想清楚這個問題，不知不覺就來到小徑盡頭，遇上了將軍。雖然她滿腔怒火，卻又不得不和他同行，聽他說話，甚至陪著他笑。然而，她再也不能從周圍的景色中獲得樂趣了，腳步頓時變得懶散起來。將軍察覺了這一點，為了替客人的健康著想，他催促凱薩琳和他女兒趕快回屋，他自己十五分鐘後也會回去。他的關切彷彿在責備凱薩琳不該對他懷有那種看法。雙方再度分手，但很快地，他又把艾麗諾叫過去，嚴厲地提醒她說，在他回家之前，絕不准她帶著朋友在寺院裡亂逛。他又一次拖延了凱薩琳迫不及待想做的事情，讓她覺得實在奇怪。

第二十三章

一個小時過去了，將軍還沒回來。這段時間，他的年輕客人左思右想，對他的人格實在沒有任何好感。「跟人約定好卻遲到，一個人到處遛達，這證明他良心不安，感到心虛。」

最後，將軍終於出現了。無論他的思緒多麼鬱悶，依然面帶笑容。蒂爾尼小姐多少明白凱薩琳的好奇心，知道她想看看這棟房子，於是重提了這件事。出乎凱薩琳意料的是，將軍居然沒有找到任何拖延的藉口，只是停頓了五分鐘，提前交代僕人準備茶點，然後便準備陪她們去逛。

幾個人出發了。將軍氣派堂堂，步伐威嚴，卻打消不了熟讀小說的凱薩琳對他的疑慮。他帶頭穿過玄關，經過客廳和一間形同虛設的前廳，進入一個莊嚴寬敞、陳設華麗的大房間。這是正式的客廳，只接待重要貴賓。客廳十分宏偉、富麗——凱薩琳只想得出這些形容詞，因為她早已眼花繚亂，幾乎連緞子的顏色都分不清楚。將軍自吹自擂了一番。然而，無論是哪個房間，那些豪華精緻的傢俱對凱薩琳來說仍然微不足道，她不稀罕十五世紀以後的傢俱。將軍滿足了自己的好奇心，仔細地查看了每一件熟悉的裝飾。

接著，大家來到了書房。這個房間也一樣豪華，裡面擺著收藏的圖書。凱薩琳帶著比先前更加真摯的感情，聆聽著、驚嘆著，盡可能從這座知識的寶庫裡多吸收一些知識、多瀏覽了半個書架的書名，然後就準備走了。

但是她想看的那種房間並未出現。這座建築雖然很大，但她已看過了大半。她看過的六七個房間，加上廚房，環繞著院子的三面；但她仍然無法相信，無法消除心中的懷疑，總認為還有不少密室。唯一使她感到欣慰的是，當他們要返回原本的廳房時，曾穿過幾間不太重要的房間，每一間的都正對院子，院裡偶爾會有幾條錯綜曲折的通道，把幾側連結起來。途中，她更欣慰地聽說，她腳下踩的地方從前是修道院的迴廊，主人把一些密室的遺跡指給她看。她還見到幾扇門，主人既沒打開，也沒向她解釋。她接連走進撞球室和將軍的臥室，搞不清楚它們之間是怎麼連接的，離開時還走錯了方向。最後，他們穿過一間昏暗的小房間，這是亨利的臥室，屋裡亂七八糟地堆放著他的書籍、獵槍和大衣。

餐廳早已見過了，而且每天五點都要看一次。可是將軍為了讓凱薩琳瞭解得更清楚，又興致勃勃地用腳步量了它的長度，只是凱薩琳對此既不懷疑，也不感興趣。他們走捷徑來到了廚房。那是修道院的老廚房，既有古老的厚牆和煙燻痕跡，又有現代化的爐灶和烤箱。將軍的修繕技能沒有白白浪費，在這個廚房中，他運用了一切現代化設備，來改善廚師的工作環境。凡是別人無能為力的地方，他往往憑著自己的天賦，把事情解決得盡善盡美。僅憑在這裡的貢獻，就足以確保他在這座修道院的歷代主人之中，永遠是最出眾的一位。

寺院的全部古蹟到這廚房的四壁便結束了。院子的第四面建築由於瀕臨坍塌，早已被將軍的父親拆除，重新蓋了現在的房屋。這座新屋本來只打算作為下人房，後面又圈著馬廄，因此並未考慮到建築風格的一致。凱薩琳幾乎要大發雷霆！竟有人僅僅為了節省家庭開支，就毀掉了本該成為全寺最有價值的古蹟！假如將軍願意的話，她寧可不來這裡散步，免得心裡感到痛苦。然而，將軍的虛榮心全反映在他對下人房的安排上；他相信，一旦凱薩琳看到那些減輕下人負擔的便利設施後，一定會感到十分高興，因此他毫無歉意地領著她往前走。

他們把所有的設施稍微看了一下，令凱薩琳意外的是，這些設施是那麼眾多、那麼方便。在富勒頓，只要有幾個隨便的食品櫃和一個不舒適的洗滌槽也就夠了；但在這裡，一切既方便又寬敞。僕人來來往往，人數之多，與下人房的數量同樣使她感到驚訝。他們無論走到哪裡，都會有穿著得體的女僕停下來行禮，穿著便服的男僕則悄悄迴避。但是，這可是一座寺院！這樣安排家務，與她在書裡讀的可說是天差地遠——書裡的寺院和城堡雖然往往比諾桑覺寺來得大，但宅邸內的一切事務頂多由兩個女僕負責，她們怎麼忙得完？這常令艾倫太太感到驚愕；但當凱薩琳發現這裡需要這麼多僕人，她卻反而感到驚愕起來。

他們回到玄關，好登上主樓梯，讓客人瞧瞧它那精美的木質和富麗的雕飾。上了樓梯後，他們沒往凱薩琳臥室外的走廊走去，而是轉到相反的方向，進入了另一條走廊。這條走廊的格局與另一條一樣，只是更長、更寬。她在這裡前後看了三間大臥房，連同各自的更衣間，每一間的擺設都極其完備、華麗。凡是金錢和情趣能帶來的舒適和雅致，這裡應有盡有，因為都是最近五年內裝潢的。雖然這裡具備一般人喜愛的東西，但令凱薩琳感興趣的東西一件也沒有。看完最後一間臥房時，將軍隨口列舉了幾位經常光臨的名人，然後得意地看向凱薩琳，大膽地希望今後也能有「富勒頓的朋友」來這裡作客。凱薩琳受寵若驚，覺得自己不該鄙視一個對她如此親切、對她全家也如此客氣的一個人。

走廊盡頭是一扇折門，蒂爾尼小姐把門打開，走了進去，裡面又是一條長廊。她剛想闖進左邊的第一扇門，想不到將軍急忙走上前來，把她叫住（他似乎很惱怒），問她要去哪裡？還有什麼想看的？凡是值得看的不是都看過了嗎？走了這麼久，她的朋友難道不想吃些點心嗎？蒂爾尼小姐立刻縮回來，把那扇沉重的折門關上了。

但就在那一瞬間，凱薩琳趕在門關上前，趁機向裡面瞥了一眼，見到一條狹窄的走道上開著無數的門，隱隱約約還見到一條螺旋樓梯。她相信自己終於來到值得一看的地方了。當她心灰意冷地往回走時，心想要是可以的話，她寧願去看看房子這端，也不想參觀富麗堂皇的那部分。顯然，將軍並不想讓她看，這更加激起了她的好奇心。裡面一定隱藏著什麼，她的想像近來雖然出了一些差錯，但這回絕對錯不了。

兩人跟著將軍下樓時，蒂爾尼小姐見父親離她們比較遠，便趁機說道：「我本來想帶妳去我母親的房間，也就是她臨終前待的那間——」這句話雖然簡短，卻讓凱薩琳感到意味深長。難怪將軍不敢去那個房間。搞不好，自從某件可怕的事使他的妻子自痛苦中解脫，使他遭受良心的譴責以來，他就從未進過那個房間。

凱薩琳抓住另一次和艾麗諾獨處的機會，冒昧地表示想去看看那個房間，以及屋子那一端的其餘部分。艾麗諾答應方便時帶她去，凱薩琳理解她的意思：要等將軍不在家時，才能進去。

「我想那個房間還維持著原狀吧？」她帶著傷感的語調說道。

「是的，完全一樣。」

「妳母親去世多久了？」

「九年了。」

凱薩琳知道，一個備受折磨的妻子，她的房間往往要在死後多年才會收拾好。與一般的情況相比，九年的時間還不算長。

「我想，她臨終時妳一定在旁邊守著吧？」

「不，」蒂爾尼小姐嘆了口氣，「很不幸，我當時不在家。母親的病來得很突然，還沒等我回家，一切就結束了。」

凱薩琳聽了這番話，心裡不禁冒出一些可怕的聯想，感到毛骨悚然。這有可能嗎？亨利的父親竟會那麼做？然而有多少例子證明，即使再壞的猜疑都是有可能的。晚上，凱薩琳和她的朋友一起做針線活，見到將軍在客廳裡緩緩踱步，眉頭緊鎖，沉思了整整一小時。她感到自己絕對沒有冤枉他。那簡直是蒙托尼（《奧多芙之謎》書中的惡人）的神情！一個喪盡天良的人想起過去的罪惡，不免膽戰心驚，還有什麼比這更能顯露他的黑暗面呢？不幸的人！凱薩琳心情焦慮，再三地將目光投向將軍，終於引起了蒂爾尼小姐的注意。

「我父親常像這樣在屋裡走來走去，這沒什麼奇怪的。」她小聲說道。

「這才更加不妙！」凱薩琳心想，他這不合時宜的踱步，與他早晨不合時宜的奇怪散步是一樣的，絕不是好徵兆。

晚上過得很枯燥，彷彿也很漫長，使凱薩琳格外感到亨利在他們之中的重要性。當她可以離去時，她感到由衷的高興，儘管她無意中看到是將軍使眼色，要他女兒去拉鈴的。然而，當男管家正想為主人點上蠟燭，卻被將軍攔住了，原來他還不打算馬上去休息。「我要看完許多小冊子，」他對凱薩琳說道，「然後才能睡覺。也許在妳入睡之後，我還要花幾小時來研究國家大事。還有比這更恰當的分工嗎？我的眼睛為了別人的利益都快累瞎了，但妳的眼睛卻在為了明天的胡鬧而休息。」

但是，他說要辦公也好，那絕妙的讚美也罷，都動搖不了凱薩琳心中的念頭；她認為將軍長期晚睡，一定有某種不尋常的動機。家人入睡之後，還為了一些無聊的小冊子勞心好幾個小時，這是不太可能的，這其中一定有某種更深奧的緣故：他一定有什麼事，必須等全家人入睡後才能去做。

凱薩琳接著必然會得出這樣的結論：蒂爾尼太太很可能還活著，因為某種理由被監禁起來，每天晚上從她無情的丈夫手中接過一點殘羹剩飯。這個念頭雖然駭人聽聞，但至少要比不明不白的死亡來得好些；因為依照故事的發展，她很快就能得到釋放。據說她當時得了急病，女兒又不在身邊——或許另外兩個孩子也不在——這些事實都能夠說明，她被監禁的猜測可能是對的。至於監禁的原因——也許是爭風吃醋，也許是他天性殘忍——還有待查清。

凱薩琳一邊更衣，一邊思考這些問題，忽然想到自己早上說不定就曾經從囚禁那個不幸女人的地方走過，距離她苟延殘喘的囚室不過幾步之遙。那裡還保留著修道院建築的痕跡，整間寺院還有哪裡比那裡更適合監禁呢？再說，那條用石頭砌成的拱頂走廊，她已經心驚膽戰地在裡頭走了一回，對那一扇扇門記憶猶新，儘管將軍沒作解釋，但誰知道那些門會通往哪裡呢？為了證實她的推測，她又進一步想到：蒂爾尼夫人臥室所在的那段走廊被禁止進入，她記得那段走廊似乎就位於那排可疑的密室上方；她還瞥了一眼臥室旁的那座樓梯，認為一定有密道與下面的密室相通，為蒂爾尼將軍的暴行提供了方便。蒂爾尼夫人可能是被刻意迷昏之後被抬下樓的。

凱薩琳有時對自己的大膽推測感到吃驚，有時又希望自己太異想天開；但是從表面上來看，這些推測又是那樣地合乎情理，令她無法打消疑慮。

她確信，將軍的罪行發生在四方院的另一側，恰好與她這一側相對。因此要是仔細觀察的話，當將軍去囚室見他妻子時，他的燈光也許會從樓下的窗口透出來。上床之前，她曾兩次溜出房間，來到走廊相對的窗口，瞧瞧有沒有燈光；但是外面一片黑暗，也許時間還太早。從一陣陣上樓的聲音來看，她相信僕人一定還沒睡覺，因此午夜前也許不會有什麼發現；但是等過了午夜、萬籟俱寂的時候，她一定要再溜出去看一次。只不過，當時鐘打了十二點時，凱薩琳早已睡著了半個小時。

第二十四章

凱薩琳想要看看那幾個神秘的房間，但第二天並沒有得到機會。這天是禮拜日，早禱和晚禱之間的時間都被將軍佔去了；先是出去散步，後來又在家吃冷肉盤。儘管凱薩琳好奇心切，但是要她在晚飯後的六七點之間，藉著天空中漸漸變暗的光線去看那些房間，她還沒有那麼大的膽量；燈光雖然比較明亮，但是照明範圍有限，也不太可靠，因此她也不敢藉著燈光去看。於是，這一天就沒有任何讓她感興趣的事了，除了在教堂的家族座位前面，看到一塊十分精緻的蒂爾尼夫人的紀念碑。她注視著這座紀念碑，讀了那篇寫得很不自然的碑文，甚至感動得流淚。那名丈夫一定以某種方式毀了他的妻子，因為良心不安，便把一切美德加到了她的身上。

將軍立起這樣一座紀念碑，還能夠面對它，這也許不奇怪；但他居然能夠如此鎮定自若地坐在它的前方，擺出一副道貌岸然的神情，無畏地望著它；不僅如此，他甚至敢走進這座教堂；這在凱薩琳看來卻是異乎尋常的。不過，像這樣犯了罪還若無其事的案例也並不少見；她能列出幾十個做過這種事的人，他們一次又一次地犯罪，殺人無數卻毫無悔意，他們最後不是死於非命，就是皈依宗教、隱遁山林，了結這罪惡的一生。她懷疑蒂爾尼夫人的死，豎立這一座紀念碑也絲毫不能打消她的懷疑；即使讓她進入蒂爾尼夫人的墓室，讓她親眼瞧瞧盛放她遺體的棺材，又有什麼用呢？凱薩琳看過許多書，完全明白在棺材裡放一個蠟人，然後辦一場假葬禮有多麼容易。

隔天早晨，事情有了一線希望。儘管將軍的晨間散步不合時宜，但對凱薩琳來說卻很有利。她知道將軍離開屋子後，立刻要蒂爾尼小姐履行她的承諾，艾麗諾爽快地答應了。兩人正要動身，凱薩琳又提醒她另一項許諾，於是她們先到蒂爾尼小姐房裡看了那幅畫像。

畫像上是一個十分可愛的女人，她的容貌文靜、憂鬱，證實了凱薩琳一開始的預料。不過，這幅畫也並非各方面都吻合她的猜想；因為她一心希望見到這樣一個女人——她的容貌、神情、膚色必然酷似亨利或是艾麗諾。她心中經常想像的幾幅畫像，總是能顯露出母親與子女的極度相似。但現在，她不得不仔細打量，認真思考，來搜索出一絲相似之處。不過，儘管存在這個缺陷，她還是深情款款地注視畫像，要不是因為還有更感興趣的事情，她真會感到依依不捨。

兩人走進大走廊時，凱薩琳激動得幾乎說不出話來，只能默默地望著她的伙伴。艾麗諾顯得憂鬱而鎮靜，這種鎮靜說明了她對她們正接近的那些淒慘景象早已習以為常。她再次穿過折門，抓住了那只大鎖。凱薩琳緊張得幾乎喘不過氣來，她戰戰兢兢地轉身關上折門。就在這時，一個身影——將軍那可怕的身影，出現在走廊的盡頭，站在她的面前。

一瞬間，將軍聲嘶力竭地喊了聲「艾麗諾」，響徹了整棟建築。凱薩琳被嚇得心驚膽戰，她一看見將軍，本能地想躲起來，卻又知道躲不過他的眼睛。她的朋友帶著抱歉的神情，從她身旁匆匆地跑過，跟著將軍走掉了，她則連忙回到自己房間，鎖上門躲了起來，心想自己絕對沒有勇氣再下樓了。

她在房裡待了至少一個鐘頭，心裡極度不安，擔心她那可憐的朋友，一面等待著盛怒的將軍傳喚自己去他的房裡。然而，並沒有人來叫她。最後，她見到一輛馬車駛到寺院前，於是壯著膽子走下樓，仗著客人的掩護去見將軍。客人一上門，讓餐廳頓時變得熱鬧起來。將軍向客人介紹凱薩琳，那副恭敬的神態將滿腹的怒火掩飾得不露痕跡，凱薩琳認為至少目前性命無虞。艾麗諾為了顧及父親的面子，竭力保持鎮定。她一得到機會，便對凱薩琳說：「我父親只是叫我回來回一封信。」這時，凱薩琳開始希望：也許將軍真的沒看見她，或是出於某種考量，希望讓她以為是這樣。也因此，當客人告辭之後，她仍然大膽地留在將軍面前，而且也沒再發生什麼事。

考慮了一上午後，凱薩琳決定下回一個人前往。從各方面來看，這件事最好瞞著艾麗諾，以免讓她捲入再次被發現的危險，或走進一個令她心酸的房間。反正，將軍再怎麼生她的氣，總不會像對自己的女兒一樣；再說，要是沒人陪著，調查起來也會更方便一些。她不能向艾麗諾道出她的疑慮，因為對方說不定從來沒有過這種念頭，而且她也不能當著她的面，去搜索將軍做壞事的證據。她很有信心能在某個地方找到一本日記，斷斷續續地記錄到作者生命結束的那一刻。

她已經熟悉去那個房間的路了。她知道亨利明天會回來，希望趕在他回家之前了結這樁事，因此不能再耽擱了。今天天氣晴朗，她也壯了膽子。四點鐘的時候，離太陽下山還有兩小時，她決定現在就走，別人會以為她只是去換衣服。

她意志堅定，鐘還沒敲完便獨自來到了走廊。她匆匆往前走去，穿過折門時盡量不發出聲響。接著，也顧不得停下來張望，或是喘一口氣，便朝那扇門衝了過去。她手一轉，鎖打開了，而且很幸運地，沒有發出任何會驚動人的聲音。

她踮起腳尖走了進去，整個房間立刻呈現在她面前。但是，她有好一陣子呆立在原地，她眼前的場景讓她愣住了。那是一個寬敞、比例適中的房間，一張華麗的床上鋪著紗質被單，被女僕細心地整理得像是新的一樣；還有明亮的巴斯火爐、幾個桃木衣櫥、和幾張漆得光亮的椅子；夕陽和煦的光線射進兩扇窗戶，照射在椅子上。凱薩琳早就預料自己的情緒會變得激動，現在果真激動起來。

她先是感到驚訝與懷疑，接著，又按照常理想了想，感到幾分苦澀與羞愧。她不可能走錯房間，但是其餘的一切都大錯特錯了！她既誤會了蒂爾尼小姐的意思，又作出了錯誤的猜測！她原以為這個房間年代久遠，又經歷過可怕的事，結果它卻是將軍的父親修建的房子那一端。房間裡還有兩扇門，或許是通往更衣間的，但她一點也不想打開。既然別的通道都被堵死了，蒂爾尼夫人最後散步時戴的面紗，或者最後閱讀的書籍，會不會留下一些蛛絲馬跡呢？不，無論將軍犯下何種罪行，狡猾的他絕不會露出任何破綻。

凱薩琳逛膩了，只想靜靜地待在自己房裡，不讓別人知道她做出的這些蠢事。她正準備像來時那樣躡手躡腳地走出去，沒想到從某種傳來一陣腳步聲，嚇得她停了下來。讓人看見她在這裡！即使是被一個僕人看見了，那也是很難堪的事，而要是讓將軍看見了（他總是在最糟糕的時候出現），那又更糟糕了！她留神聽了聽，腳步聲停止了。她決定一刻也不耽擱，走出房間，順手把門關上。就在此時，樓下傳來急驟的開門聲，有人似乎正在疾步登上樓梯，偏偏凱薩琳必須經過那個樓梯口才能回到走廊。她無力往前走了，帶著一種難以言喻的恐懼，直直地盯著樓梯。過了不久，亨利出現在她面前。

「蒂爾尼先生？」她帶著異常驚訝的口氣叫道，亨利看起來也很驚訝。「天啊！」凱薩琳接著說道，沒注意對方向她打招呼，「你怎麼到這裡來了？你怎麼從這座樓梯上來了？」

「我怎麼從這座樓梯上來？」亨利十分驚奇地回答，「因為從馬廄走去我房間，走這條路最近。為什麼我不能從這裡上來呢？」

凱薩琳冷靜了一下，不禁羞愧得滿臉通紅，一句話也說不出來。亨利似乎正在盯著她，想從她的表情找出解釋。她朝走廊走去。

「現在該輪到我問妳為什麼到這裡來了，」亨利說道，順手推開折門，「從餐廳回妳房間，這似乎是一條不太尋常的路線；就像從馬廄回我房裡，這座樓梯也很不尋常一樣。」

「我來看看你母親的房間。」凱薩琳垂下眼睛說道。

「我母親的房間？那裡有什麼特別的東西好看嗎？」

「沒有，什麼也沒有。我還以為你明天才會回來。」

「我原本也預計是這樣。不過三個小時以前，我高興地發現事情忙完了，不必逗留了。妳的臉色很蒼白，大概是我忽然跑上樓，嚇到妳了。也許妳不明白——妳不知道這條樓梯是通往下人房的吧？」

「是的，我不知道。你今天騎馬時天氣很好嗎？」

「的確很好。是不是艾麗諾不理妳，要妳自己在屋子裡閒逛？」

「哦，不！禮拜六那天她帶我把大部分的房間都看過了，我們正要走過來這些房間，只不過——」她壓低了聲音，「你父親跟我們在一起。」

「於是妨礙了妳，」亨利說道，懇切地打量著她，「妳看過這條通道裡的所有房間了嗎？」

「還沒。我只想看看——時候不早了吧？我得去換衣服了。」

「才四點十五分而已，」他拿出手錶給她看，「妳現在不是在巴斯，不必像去戲院或去舞廳那樣打扮。在諾桑覺寺，只要花半小時就夠了。」

凱薩琳無法反駁，只好硬著頭皮不走了。不過，她仍然害怕亨利再追問，認識這些日子以來，她頭一次急著想離開他。他們順著走廊緩緩往前走。「我離開以後，妳有接到巴斯的來信嗎？」

「沒有。我覺得很奇怪，伊莎貝拉曾忠實地承諾說會馬上寫信。」

「『忠實的承諾』？真奇怪，我聽說過『忠實的行為』，卻沒聽過『忠實的承諾』。不過這也沒什麼大不了的，它只會欺騙妳，為妳帶來痛苦。我母親的房間夠寬敞吧？它看上去又大又舒服，更衣間也佈置得很講究。我一向覺得這是整棟樓最舒適的房間。我很好奇艾麗諾為什麼不搬進去。我猜，是她要妳來看的吧？」

「不。」

「所以這全是妳自己的主意了？」凱薩琳沒有回答。沉默了一會兒後，亨利仔細地觀察她，接著說道：「既然屋子裡沒什麼可以引起好奇的事物，妳的舉動一定是出於對我母親德行的敬慕之情。艾麗諾曾向妳描述過她的美德，令人不由得肅然起敬。我相信，世上沒有比她更賢慧的女人了。但美德並不足以引起這種興趣。一個默默無聞的女人，在家裡表現出一些樸實的美德，並不足以激起這種熱烈的崇敬之情，讓人們想去參觀她的房間。我想，艾麗諾說了很多關於我母親的事吧？」

「是的，說了很多，也就是說——不，並不多。不過她提到的事都很有趣。她死得很突然——」這句話說得很緩慢，而且有些吞吞吐吐，「你們……你們一個也不在家。我想，也許你父親不怎麼喜歡你母親。」

「在這些前提之下，」亨利答道，一邊敏銳地盯著她的眼睛，「或許妳推斷出存在某種過失——」凱薩琳不由自主地搖搖頭，「或者，也許是某種更加不可寬恕的罪行。」凱薩琳望著他，瞪大了雙眼。

「我母親的病，」亨利繼續說道，「奪走她性命的那場病，的確很突然。這種病——膽熱，纏擾了她好多年，病因與她的體質有關。簡單來說，到了第三天時，我們得到了她的許可，請了一名醫生來護理她。那是個很好的醫生，我母親一向信任他。我們依據他對病情的診斷，又在隔天請了兩個人，晝夜不停地照顧她。第五天，她去世了。在她患病期間，我和弗雷德里克都在家，不斷地去探視她。根據我們親眼所見，可以證明我母親受到了周圍人們充滿深情的百般照料，或是說，受到了她的身分應得的各種照料。可憐的艾麗諾的確不在家，她離家太遠了，趕回家時母親已經入殮。」

「但是你父親，」凱薩琳說，「他有感到悲傷嗎？」

「他曾經十分悲傷。妳誤會他不愛我母親，但我相信，他是盡他所能地愛著我母親。雖然我不敢說我母親在世時從未受過他的氣；不過，我父親從未虧待過她。他真心誠意地敬重她，也確實為她的死感到悲傷，雖然並未維持太久。」

「我很高興聽到這些，」凱薩琳說道，「要不然就太可怕了。」

「要是我沒猜錯的話，妳推測出一種難以言喻的恐怖。親愛的莫蘭小姐，想想妳的疑神疑鬼多麼可怕！妳是根據什麼判斷的？別忘了我們生活的國家和年代，別忘了我們是英國人，是基督教徒。請妳用大腦好好判斷，想想這可不可能，再看看周圍的實際情形。我們受的教育能允許這種暴行嗎？我們的法律能容忍這種暴行嗎？在這個如此進步發達的國家裡，每個人都互相監視，加上有交通和報紙傳遞消息，什麼事都能公諸於世。犯下這種暴行怎能不散播出去呢？親愛的莫蘭小姐，妳到底在想些什麼啊？」

他們來到了走廊盡頭，凱薩琳含著羞愧的淚水，跑回自己房裡。

第二十五章

神秘的幻想破滅了，凱薩琳完全清醒了。亨利的話雖然簡短，卻比任何挫折都更為有力，使她徹底意識到自己的想像有多荒誕。她羞愧得無地自容，痛哭不已。她不僅丟光了自己的臉，還會讓亨利鄙視她。她的愚蠢行為現在看來簡直就是犯罪，竟敢失禮地把他父親的想得這麼邪惡，他還會原諒她嗎？她那荒唐的好奇與憂慮，他還會忘記嗎？她說不出有多麼憎恨自己。在這之前，她彷彿認為亨利有幾次對她顯得相當親熱；可是現在——總之，她一直折磨了自己快半個小時，直到五點時才心碎地走下樓去，當艾麗諾問候她的身體時，她連話都說不清楚了。不久後，亨利也來了，他對她比平常更殷勤，似乎也意識到現在的凱薩琳最需要安慰。

夜晚慢慢過去了，亨利一直保持著那種禮貌的態度，使得凱薩琳的情緒總算平靜下來。但她並未因此忘了過去，也不會為過去辯解，她只希望別讓這件事洩露出去，別讓她完全失去亨利的好感。她不斷思考著她那因恐懼產生的錯覺，以及作出的傻事，因此很快就明白：一切全是她想入非非、主觀臆測的結果。只因為她想嘗到心驚膽戰的滋味，就誇大了一些芝麻小事，並找了一大堆證據來自圓其說。其實，在來到寺院之前，她就一直渴望體驗危險。她回憶起自己當初參觀諾桑覺寺時，懷著什麼樣的心情，才發現早在她離開巴斯以前，心裡就著了迷，種下了禍根。追本溯源，一切似乎都是受到她在巴斯讀的小說的影響。

雖然雷德克里夫夫人的作品很吸引人，甚至她的模仿者的作品也很吸引人；但這些書中也許毫無人性，至少毫無英格蘭中部人具有的人性。這些作品對阿爾卑斯山、庇里牛斯山及那些松樹林裡發生的各種罪行的描寫，或許是忠實的；在義大利、瑞士和法國南部，也許就像書上描繪的那樣充滿了恐怖。凱薩琳不敢懷疑國外的事情，即使是國內的事她也不敢篤定——也許在極北部和極西部會有這事；但在英格蘭中部，即使是一個不受寵的妻子，在法律和風俗的保護下，也能確保一定的安全感。殺人是不能容許的，僕人既不是奴隸，毒藥和安眠藥也不像藥材那麼容易取得。也許阿爾卑斯山和庇里牛斯山到處都是魔鬼般的壞人，但在英國就不是這樣；她相信，英國人的心地和習性往往是善惡混雜——儘管善惡的成分未必相等。

出於這個想法，將來即使發現亨利和艾麗諾身上有些小缺陷，她也不會感到吃驚。同樣出於這個想法，她也不必害怕承認他們父親的性格上有些真正的缺點。她以前對他產生過的懷疑是對他的莫大侮辱，將使她羞愧終生。如今，懷疑雖然澄清了，但仔細一想，她覺得將軍確實不是個和藹可親的人。

凱薩琳想清楚這些事之後，便下定決心：以後自己在判斷或是各種事情上，都要更加理智。她能做的就是這些，之後，她設法讓自己高興起來。時間幫了她很大的忙，她的痛苦漸漸地消去了。亨利為人極為寬容，他對過去的事隻字不提，這讓苦惱中的凱薩琳重新回復愉快的心情，而且就跟從前一樣喜歡聽他說話。但她仍然害怕聽到一些詞語，例如箱子和衣櫃，一聽到就忍不住打顫；她還討厭見到任何形狀的漆器。必須承認的是，偶爾想想過去的傻事，雖然很痛苦，但也不無益處。

不久，日常生活的憂慮取代了幻想的恐懼。她一天天地期待著伊莎貝拉的來信，迫不及待想知道巴斯的近況和舞廳裡的事；她尤其想聽說她請伊莎貝拉配的細綢線已經配好了，聽說伊莎貝拉與詹姆士依然十分親密。詹姆士說過，在回牛津之前不會再寫信給她，而艾倫太太在回富勒頓之前，也不可能來信；於是，她如今唯一的消息來源就剩伊莎貝拉了。但伊莎貝拉遲遲沒有來信。過去凡是她答應的事，她總會盡力達成，因此這實在太奇怪了！

接連九個早上，凱薩琳都大失所望，而且一次比一次還要失望。到了第十天早上，她一走進餐廳，亨利馬上開心地遞給她一封信。她由衷地向他表示感謝，彷彿這封信是他寫的一樣。她看了看姓名地址。「不過，這只是詹姆士的信。」她把信拆開，信是從牛津寄來的，內容如下：

親愛的凱薩琳：

雖然不想寫信，但我認為有義務告訴妳。我和索普小姐徹底結束了。昨天我離開了她，離開了巴斯，永遠不想再見到這個人、這個地方。我不想仔細解釋，因為那只會讓妳更加痛苦。妳很快就會從另一個來源聽到足夠的情報，知道錯在誰那一方。我希望妳會發現，妳的哥哥除了傻傻地輕信自己的一片痴情能得回報以外，並沒有其他的過錯。感謝上帝！我總算及時醒悟了！不過這個打擊也夠沉重了！儘管父親已經仁慈地同意了我們的婚事——但是不必再說了，她害得我一輩子再也快樂不起來！

快點來信，親愛的凱薩琳，妳是我唯一的朋友，我只能指望妳的愛了！希望妳能在蒂爾尼上尉宣布訂婚之前，結束在諾桑覺寺的訪問，否則妳將處於一個非常難堪的境地。可憐的索普就在城裡，我害怕見到他，這個老實人一定很難過。我已經寫信給他和父親。不過，最讓我痛心的還是她。我最後一次找她評理時，她還信誓旦旦地聲稱跟以前一樣愛我，嘲笑我太過多疑。我羞於去想自己對這件事姑息了多久，不過，我仍然確信她曾經愛過我。直到現在，我還不明白她在搞什麼花樣，即使想勾引蒂爾尼，也用不著捉弄我呀！最後我們兩人同意分手了。但願我們不曾相識！我永遠不想再遇見這個女人！最親愛的凱薩琳，當心別愛錯了人。請相信我——

凱薩琳還沒讀完三行，便臉色大變，悲哀地發出一聲短促的驚嘆。亨利看著她讀完了信，看得出信末的消息並不比開頭來得好。不過他絲毫沒有露出驚奇的表情，因為他的父親走進來了。他們立刻去吃早餐，但凱薩琳幾乎什麼也吃不下。她眼裡的淚水沿著臉頰往下滴落，她把信一下子拿在手裡，一下子放在腿上，一下子又塞進口袋，似乎不知道自己在做什麼。幸好，將軍正一邊看報一邊喝熱可可，沒有工夫注意她；但那對兄妹卻把她的痛苦看在眼裡。

到了可以退席的時候，她急忙跑回自己房裡，但是女僕正在裡面收拾，她只好又回到樓下。她轉進客廳想圖個清靜，想不到亨利和艾麗諾也在這裡，正在專心討論她的事。她說了一聲對不起，正想離開，卻被他們兩人拉了回去。艾麗諾親切地表示說，希望自己能幫她一點忙，給她一些安慰。說完兩人就出去了。

凱薩琳盡情地沉溺在憂傷與思考中，過了半小時，她覺得自己可以見見朋友了，至於是否要把自己的苦惱說出口，卻還得考慮一下。要是他們問起了，她也許能只說個大概——隱約地暗示一下，但絕不能多說。揭露一個朋友的瘡疤，而且還是一個像伊莎貝拉這樣的好朋友！而且這件事與他們的哥哥還有這麼密切的關連！她覺得自己乾脆什麼也不要說。

餐廳裡只有亨利和艾麗諾兩人。她走進去的時候，兩人都急切地望著她。凱薩琳在桌旁坐下。沉默了一會兒以後，艾麗諾說道：「應該沒收到來自富勒頓的壞消息吧？莫蘭先生、莫蘭太太，還有妳的兄弟妹妹，他們都沒生病吧？」

「沒有，謝謝妳。」她說著嘆了口氣，「他們都很好。那封信是我哥哥從牛津寄來的。」

大家沉默了幾分鐘，然後她淚眼汪汪地說下去：「我想我再也不想收到任何信了。」

「真對不起，」亨利說道，一邊闔上剛打開的書，「要是我早料到信裡有什麼壞消息的話，就會用另一種態度把信遞給你的。」

「沒有人想像得到這些消息多麼可怕！可憐的詹姆士太不幸了！你們很快就會知道是什麼原因。」

「有這麼一個寬厚、親切的妹妹，」亨利感慨地回答，「無論遇到任何苦惱，對他都是個莫大的安慰。」

「我要拜託你們一件事，」過了不久，凱薩琳局促不安地說，「要是你們的哥哥快回來的話，請告訴我一聲，我好避開他。」

「我們的哥哥？弗雷德里克？」

「是的。我實在不願意這麼快離開你們，但是發生了一件事，使得我害怕與蒂爾尼上尉共處一室。」

艾麗諾更加驚訝地凝視著她，暫時停下了手裡的針線活。不過亨利似乎猜出了一些端倪，便隨口說了一句話，話裡夾雜著索普小姐的名字。

「你腦筋動得真快！」凱薩琳嚷道，「真被你猜對了！但我們在巴斯談論這件事時，你根本沒想到會有這個結局。伊莎貝拉——難怪我一直沒收到她的信——她拋棄了我哥哥，就要嫁給你們的哥哥了！世上居然有這種朝三暮四的人，你們能相信嗎？」

「希望妳聽說關於我哥哥的消息是不正確的，希望莫蘭先生的失戀與他沒有太大關係。他不可能娶索普小姐，我想妳一定搞錯了。我真替莫蘭先生難過，替妳的親人遭遇不幸感到難過；但是整件事最令我驚訝的是，弗雷德里克竟然要娶索普小姐。」

「不過這的確是事實，你可以親自讀讀詹姆士的信。等等，有一段——」她想起最後一句話，不禁臉紅起來。

「不然，請妳把關於我哥哥的那些部分唸給我們聽吧！」

「不，你自己看。」凱薩琳說道，思考過後，她總算明白了一些，「我也不知道自己在想什麼，」她想起剛才的反應，不禁又臉紅了，「詹姆士只是想給我個忠告罷了。」

亨利欣然接過信，仔細地讀了一遍，然後把信還給她，說道：「如果這是事實，我也只能表示遺憾。弗雷德里克在擇偶上這麼不理智，真出乎我們的意料，不過像他一樣的人也不少。我可不羨慕他的地位，也不想當那樣的情人或兒子。」

凱薩琳又請蒂爾尼小姐看了信，蒂爾尼小姐也同樣表示憂慮和驚訝，然後便問起索普小姐的家世和財產。

「她母親是個很好的女人。」凱薩琳答道。

「她父親是做什麼的？」

「我猜是個律師。他們住在普爾特尼。」

「他們家很富有嗎？」

「不，不怎麼富有。伊莎貝拉恐怕連一點財產也沒有，不過你們家也不在乎錢；你父親多麼慷慨啊！他那天跟我說，他之所以重視錢，是因為錢能讓他的孩子們幸福。」

兄妹倆互看一眼。「可是，」艾麗諾想了一下，說道，「讓他娶這麼一個小姐，真的能過得幸福嗎？她一定是個不忠的女人，不然也不會那樣對妳哥哥了。真奇怪，弗雷德里克怎麼會迷上這種人！他親眼看到這個女人背棄了自己的婚約！亨利，這不是令人難以置信嗎？還有弗雷德里克，他一向目中無人，認為天底下沒有一個女人配得上他！」

「這種情況再糟糕不過了，沒有一個人會贊同他的。光想起他以前說過的話，我就認為他沒救了；此外，我認為索普小姐會謹慎行事的，不至於在得到另一個男人之前，就急忙甩掉自己的情人。弗雷德里克的確徹底完了！他毀了！一點理智也沒有了！艾麗諾，準備迎接妳的大嫂吧，妳一定喜歡這樣一個大嫂的。她為人坦率、正直、天真、老實，又多情，而且單純、不自負、不作假。」

艾麗諾莞爾一笑，說道：「亨利，這麼好的大嫂，我一定會喜歡。」

「不過，」凱薩琳說，「儘管她對我們家不好，對你們家也許會好些。她既然找到了自己真正愛的人，也許會忠貞不渝的。」

「是啊，也許她會的，」亨利答道，「也許她會忠貞不渝，除非再遇上另一位准男爵——這是弗雷德里克唯一的希望。我要弄一份巴斯的報紙，看看最近都來了些什麼人物。」

「所以你認為這一切都是為了名利嗎？是的，有些時候的確是。我還記得，當她聽說我父親會給他們多少財產時，似乎大失所望，還嫌金額太少了。我這輩子從未像這樣被別人的性格蒙蔽過。」

「妳從未被妳熟悉和研究過的人物蒙蔽過。」

「我對她已經夠失望了，或許可憐的詹姆士永遠也振作不起來了。」

「目前妳哥哥的確很值得同情；但是我們不能光顧著關心他的痛苦，而小看了妳的。我想，妳失去伊莎貝拉，就像失去了靈魂一樣。妳的心靈變得空虛，任何東西也填補不了，再也不想與人來往；一想起沒有她，就連過去妳們倆在巴斯一起分享的那些歡樂也變得可憎了。例如說，妳現在再也不想參加舞會了，妳覺得自己連一個談心的朋友也沒有了，妳覺得自己無依無靠、徬徨無助。是嗎？」

「不，」凱薩琳沉思了一下，「不——我應該這麼想嗎？老實說，我雖然因為不能再愛她，不能再收到她的信，或許也永遠不會再見到她而感到傷心，但我並不像大家想像的那麼痛苦。」

「妳的感情總是最合乎人情的。這種感情值得仔細探討，瞭解一下究竟是怎麼回事。」

不知怎麼搞的，凱薩琳突然發現這段對話讓她輕鬆了許多。真是不可思議，她不知不覺地就把事情說了出口，而且並不感到後悔。

第二十六章

從此以後，三個年輕人時常談論這件事。凱薩琳驚奇地發現，她的兩位朋友都認為伊莎貝拉既沒地位、又沒財產，很難嫁給他們的哥哥；姑且不論她的人格，光憑這一點，將軍就必然會反對這門婚事。凱薩琳聽了之後，不由得替自己驚慌起來。她跟伊莎貝拉一樣微不足道，或許也跟她一樣沒有財產；要是蒂爾尼家族的財產繼承人都嫌自己不夠威風、不夠富有，那他弟弟的要求又會多高呢？這個想法令她十分痛苦。

唯一能感到欣慰的是，將軍對她的偏愛也許能幫上一點忙，因為自從認識將軍那天起，她就從他的言談舉止中看出，自己有幸博得了他的歡心。同時，將軍對金錢的態度也使她感到慶幸；她不止一次聽他說，他在金錢上是慷慨無私的。一回想起這些話，她就覺得他一定是被孩子們誤解了。

不過，他們都相信，他們的哥哥不敢親自來請求父親的同意。他們一再向她保證，他們的哥哥目前絕不可能回諾桑覺寺，這才讓她安下心來，不再想著馬上離去。不過她又覺得，當蒂爾尼上尉來徵求父親的同意時，一定不會把伊莎貝拉的行為據實以告，因此，最好由亨利把事情原委全部告訴將軍，這樣他才能有個公正客觀的看法，也有一個合理的藉口來回絕，而非只因為金錢和門第。

她把這些話對亨利說了，想不到亨利對這個方法並不像她預料的那麼熱中。「不，」亨利說，「用不著在我父親面前火上加油了，弗雷德里克做的傻事用不著別人說，他應該自己去說。」

「但他只會說一半。」

「四分之一就足夠了。」

一兩天過去了，蒂爾尼上尉依舊沒有消息。他的弟妹也不知道是怎麼回事。他們有時覺得，他之所以沒有音信，是因為大家都懷疑他已經訂婚，但有時又覺得與那件事毫不相干。這段期間，將軍雖然每天早上都為大兒子沒有來信感到生氣，但並不真正感到著急；他最關注的反而是如何讓凱薩琳在諾桑覺寺過得愉快。他時常對這件事表示不安，擔心家裡就只有這些人，生活又那麼單調，遲早會讓她感到厭倦；他希望弗雷澤斯夫人能來鄉下，還不時提到要舉辦盛大宴會，有幾次甚至調查過附近有多少能跳舞的青年。可惜的是，這個季節既沒有年輕人，也沒有野禽獵物，更沒有弗雷澤斯夫人。最後，他終於想出了一個辦法。

有一天早上，他對亨利說，他下次再去伍德斯頓時，或許能挑一天去他家裡吃頓飯。亨利感到非常榮幸、愉快，凱薩琳也很喜歡這個主意。「爸爸。我什麼時候可以期待你光臨呢？我禮拜一必須回伍德斯頓參加教區會議，大概得待兩三天。」

「好吧，就挑這幾天吧，時間先不必決定，你也不用特地準備，家裡有什麼就吃什麼。我想我能保證，小姐們不會去挑剔單身者的伙食。讓我想想——禮拜一你很忙，我們就不去了；禮拜二我沒空，早上我的考察員要從布羅克罕帶報告回來；然後我還得去俱樂部一趟，要是我不告而別，以後就沒臉見朋友了。莫蘭小姐，我有個規矩，就算要犧牲一點時間、花費一點力氣，我也絕不得罪鄰居。他們都是體面的人物，諾桑覺寺每年有兩次會送給他們半隻鹿，我一有空還會跟他們吃飯。所以說，禮拜二是去不成的。不過，亨利，我想你可以在禮拜三那天迎接我們。我們一早就去你那裡，以便有時間四處逛逛。我想我們花兩小時四十五分就能趕到伍德斯頓。我們十點出發，這樣的話，大約十二點四十五分就會到了。」

凱薩琳很想看看伍德斯頓，她覺得舉辦舞會絕不會比這趟旅行來得有趣。大約過了一個小時，亨利走進來時，她的心還高興得撲通直跳。亨利穿著靴子和大衣，走進她和艾麗諾的那個房間，說道：「女士們，我是來說教的。我必須說，想在這個世界上獲得快樂，總是必須先付出代價，犧牲一些立即的幸福，而且還未必能得到回報。就以我為例，因為我希望禮拜三能在伍德斯頓見到妳們，所以必須立刻動身，比原訂計畫提早兩天；而且假如遇上壞天氣，或是其他原因，妳們還有可能來不了。」

「你要走？」凱薩琳拉長了臉說，「為什麼？」

「為什麼？這還用問嗎？因為我要把我的老管家嚇得魂不附體，還因為我要為你們準備吃的。」

「哦！這不是真的！」

「是真的，而且還是痛苦的，因為我實在不想走。」

「可是將軍明明都說了，他希望你不要特地準備，吃什麼都可以。」亨利聽了只是笑了笑，「你不必為你妹妹和我準備什麼，將軍也說不用特地準備了；再說，即使他沒有這麼講，他在家總是大魚大肉，偶爾吃得差一些也沒關係。」

「但願我能像妳這麼想，這對他與我都有好處。再見。明天是禮拜日，艾麗諾，我不回來了。」

他走了。無論什麼時候，要讓凱薩琳懷疑自己的看法，總比讓她懷疑亨利的看法來得容易；因此，儘管她不想讓他走，但很快又不得不相信他是對的。不過，她一直思考著將軍這種難以解釋的行為。她早就觀察出將軍對吃特別講究，但他為什麼總是心口不一呢？真是莫名其妙！照這樣下去，要怎麼去理解他呢？除了亨利，還有誰能明白他父親的心思呢？

無論如何，禮拜六到下禮拜三之間是見不到亨利了。不管凱薩琳在想什麼，最後總是會回到這件令人傷心的事情上。

亨利走後，蒂爾尼上尉一定會來信。她堅信禮拜三將會下雨。過去、現在和未來全都籠罩在陰影裡。她的哥哥如此不幸，她自己又因為失去伊莎貝拉感到痛心；亨利一走，又會影響艾麗諾的情緒！還有什麼能夠引起她的好奇和樂趣呢？樹林和灌木叢總是那麼平整、乾燥，她早就看膩了。這座寺院如今對她來說，就像一棟普通的房子一樣。一想起這座房子曾經害得她去做傻事，就只能感到痛苦。這是多麼巨大的心理變化！她以前一心渴望來到寺院，而現在，她覺得什麼也比不上一座簡樸、舒適的牧師公館更令人嚮往，就像富勒頓的那樣。不過，富勒頓還有一些缺點，伍德斯頓可能就沒有。她但願禮拜三快點到來！

禮拜三到來了，而且還是個晴天，凱薩琳高興得像要飛起來似的。十點鐘的時候，她們坐著那輛四馬馬車駛出寺院。在經過將近二十哩的愉快旅程之後，來到一個環境優美、人口稠密的大村子，這就是伍德斯頓。不過，凱薩琳不好意思讚美這個地方，因為將軍似乎對這裡平坦的地勢和狹小的村落表示歉意；儘管如此，她打從心底認為這裡比她去過的任何地方都好，羨慕不已地看著那些比農舍高一階的整潔住宅，和路旁一家家的小雜貨鋪。

牧師公館位於村子盡頭，與其他房屋有點距離。那是一座嶄新、牢固的石造屋，還有一條半圓形的道路和綠色大門。當馬車駛到門口的時候，亨利帶著他同居的伙伴——一隻魁梧的紐芬蘭小狗和兩三隻梗犬，正等著迎接他們。

凱薩琳走進屋時，心裡千頭萬緒，幾乎忘了去注視、說話；直到將軍問起她對這棟房子的意見時，還不知道自己身處的房間是什麼模樣。她向四周環顧了一下，立刻發現這裡是世上最舒服的一個房間。不過她很謹慎，沒有把這個看法說出來，只是冷漠地讚賞了兩句，讓將軍相當失望。

「這算不上一棟好房子，」將軍說道，「它不能與富勒頓和諾桑覺寺相比。我們只把它當成一棟牧師公館，也承認它的房間狹小，但是至少還算得上體面，也能住人，不會比一般房子差。換句話說，我相信，英格蘭的鄉間沒有幾棟牧師公館能比得上它的一半。不過，這棟房子也許還有改建的空間，我絕不會排斥改建，只要改得合理——例如說加個凸肚窗——不過偷偷告訴妳，我最討厭的就是外掛式的凸肚窗。」

這番話凱薩琳並未完全聽見，因此既搞不懂它的意思，也沒被它冒犯。亨利故意聊起了別的話題，並且一直滔滔不絕。同時，僕人端進滿滿的一盤點心。將軍馬上又恢復自鳴得意的樣子，凱薩琳也和平常一樣愉快。

這個房間是個相當寬敞、格局方正、裝飾華麗的餐廳。離開餐廳，來到庭院後，凱薩琳首先被帶去參觀一個較小的房間，那是屋主自己的房間，如今被收拾得特別整潔。隨後，大家走進未來的客廳，雖然還沒裝潢，但凱薩琳很喜歡它現在的樣子。這是一個形狀漂亮的房間，窗戶一直延伸到地上，窗外雖然只有一片綠草地，卻十分賞心悅目。凱薩琳很羨慕這個房間，她直言不諱地說道：「哦！你為什麼不把這個房間裝潢一下呢？蒂爾尼先生。不裝潢一下多可惜啊！我從沒見過這麼漂亮的房間，它真是世上最漂亮的房間！」

「我相信，」將軍滿意地笑了，「很快就會裝潢的，就等著看它的女主人喜歡什麼風格了。」

「唔，假如這是我的房間，我絕不住到別的地方。哦，樹林裡的那間小屋多麼可愛，而且還有蘋果樹！這間小屋美極了——」

「妳喜歡它，願意把它當成景物，這就夠了。亨利，記得跟羅賓森說一聲：小屋不拆了。」

將軍的這番恭維讓凱薩琳相當尷尬，她又一聲不響了。雖然將軍特地問她喜歡什麼顏色的壁紙和窗簾，但她就是不肯發表意見。但是，新奇的景致和新鮮的空氣又沖散了那些難為情的聯想。當他們來到屋子四周的觀賞植物區時，凱薩琳又回復了平靜。這裡有一塊環繞著小路的草地，亨利在半年前展開了整修，雖然草坪上的矮樹叢還沒有角落的綠色凳子高，但凱薩琳卻覺得她從未見過這麼漂亮的休憩地。

他們又走進其他草地，在村子的部分地區逛了一下，來到了馬廄，看了看某些修繕，和一窩剛學會打滾的小狗玩耍了一陣子，不知不覺就四點了。他們預計四點鐘吃飯，六點鐘啟程返家。從沒有一天過得這麼快！

凱薩琳注意到，將軍對這頓豐盛的晚餐似乎一點也不驚訝。不僅如此，他還希望在菜餚中間找到冷肉盤，結果沒有找到。他的子女們想的完全不一樣，他們發現，將軍除了在自己家以外，很少有吃得這麼痛快的時候。他們從沒見他對香濃欲滴的融化奶油如此滿不在乎。

六點鐘，將軍喝完咖啡，馬車也來接他們了。整趟訪問之行中，他的舉動大致上令人愉快，凱薩琳很明白他心中的期望；要是她對他兒子的期望也能如此瞭解的話，她離別時就不至於憂慮何時才能重返伍德斯頓。

第二十七章

第二天早晨，凱薩琳很意外地收到伊莎貝拉的一封來信：

最親愛的凱薩琳：

很高興收到妳的兩封來信，我很抱歉沒有及早回信，真為自己的懶惰感到慚愧！不過在這個令人厭惡的地方，總是擠不出時間。自從妳離開巴斯後，我幾乎每天都想提筆寫信給妳，但總是被各種無聊的瑣事打擾，不能如願。請馬上來信，寄到我的家中。

感謝上帝！我們明天就要離開這個討厭的地方。自從妳走後，我在這裡沒有一天愉快。到處都是灰塵，喜歡的人全都走了。我相信，假如能見到妳，其餘的一切我都能甘之如飴，因為誰也想像不到妳對我有多重要。

我對妳親愛的哥哥感到十分不安，自從他去牛津以後，我一直沒得到他的音訊。我擔心發生了什麼誤會，請妳務必居中調解，消除一切誤會。妳哥哥是我唯一愛過、唯一值得我愛的男人，我相信妳會讓他心服口服的。

春季服裝已經陸續上市，那些帽子真是難看極了！我希望妳過得愉快，但是恐怕妳一點都不掛念我。我不想多說和妳在一起的那家人的壞話，因為我不願意顯得氣量狹小，或是讓妳厭惡妳所器重的人，但是，妳很難知道究竟誰才是靠得住的，年輕人的想法一向善變。

我十分高興地告訴妳，我最討厭的那個年輕人已經離開了巴斯。妳一定猜得出，我指的那個人正是蒂爾尼上尉。妳也許還記得，就是他，在妳離開之前，就痴心妄想地追求我，挑逗我；後來他更變本加厲，幾乎與我形影不離。許多女孩都會上他的當，因為妳從沒見過這麼會獻殷勤的人，不過我太瞭解男人的花心了。他兩天前回軍隊了，我相信他再也不會來糾纏我了。他是我見過最典型的花花公子，令人厭惡透頂；臨走前兩天他又纏上了夏綠蒂·戴維斯，我很同情他的眼光，但是並沒理會他。我最後一次遇見他是在巴斯街，我立刻鑽進一家商店，避免跟他說話。我連看都不想看他。後來他走進礦泉廳，我說什麼也不願意跟著進去。他和妳哥哥真是天差地遠！

請來信告訴我妳哥哥的近況。我為他感到十分難過，他臨走前似乎很不舒服，不是感冒了，就是心情受了點影響。我本來想親自寫信給他，卻把他的住址搞丟了；再說，我前面提過，他似乎對我的行為產生了誤會。請向他解釋這一切。如果還有疑問，請他直接寫信給我，或是下次進城時來普爾特尼一趟，一切都會真相大白。

我好久沒去舞廳了，也沒看過戲，除了昨晚陪哈吉斯一家去看了一場喜劇。那是他們引誘我去的，我也不想讓別人以為我因為蒂爾尼一走就不想出門。我們剛好坐在米歇爾一家隔壁，他們見到我出門，裝出十分驚訝的樣子。我知道他們不懷好意，他們曾經對我很不客氣，現在居然變友善了；不過我不是傻瓜，絕不會上他們的當，妳知道我很聰明。安妮．米歇爾看到我上禮拜在音樂廳戴著一條頭巾，也弄來那麼一條，沒想到難看得要命！我相信，那條頭巾剛好適合我這的臉龐，至少蒂爾尼當時是這麼對我說的，他還說所有的眼光都在看我；不過，我最不相信他的話了。我現在只穿紫色，我知道我穿紫色很難看，但是沒關係，這是妳親愛的哥哥最喜歡的顏色。我最親愛的凱薩琳，請立刻寫信給妳哥哥和我。

妳永遠的朋友

四月寫於巴斯

這種拙劣的把戲連凱薩琳都騙不了。她從一開始就覺得這封信前後矛盾，謊話連篇。她真為伊莎貝拉感到羞恥，為自己曾經喜愛過她感到羞恥。她那些親熱的話語現在真令人作嘔，還有她的藉口那麼空洞，要求又那麼無恥。「替她寫信給詹姆士？休想！我絕不會再在詹姆士面前提起伊莎貝拉的名字。」

亨利一從伍德斯頓回來，她就把弗雷德里克逃過一劫的消息告訴了他和艾麗諾，真心誠意地向他們祝賀，並且悻悻然地把信裡最重要的幾段話大聲唸了出來，然後又叫道：「算了吧！伊莎貝拉，我們的友誼到此結束了！她一定以為我是一個蠢蛋，否則就不會寫這樣的信給我。不過，這封信也許幫助我看清了她的為人，而她卻沒有意識到我是怎樣的一個人。我明白她的居心何在，她是個愛慕虛榮的風騷女子，可惜她的詭計沒有得逞。我相信她從來沒把詹姆士和我放在心上，我只怪自己不該結交她。」

「妳很快就會像沒結交過她一樣了。」亨利說。

「我只有一件事不懂。雖然我知道她勾引蒂爾尼上尉失敗了，但我不曉得蒂爾尼上尉的目的何在。既然他那樣追求她，逼得她與我哥哥絕交，為什麼又要突然溜走呢？」

「我也無法解釋弗雷德里克的目的，只能猜測罷了。他和索普小姐一樣愛慕虛榮，但兩人的最大差別在於弗雷德里克頭腦較清醒，因此沒有嘗到苦頭。如果妳認為這種結果已經證明他不對了，我們最好就別再追究原因。」

「那麼，你認為他對索普小姐一直無動於衷嗎？」

「他假裝喜歡她只是為了惡作劇？」

「我相信是這樣。」

亨利點頭表示同意。

「那我必須告訴你，我一點也不喜歡他。雖然事情的結局不算太壞，我仍然一點也不喜歡他。的確，這次沒有造成很大的傷害，因為我相信伊莎貝拉不會真心去愛一個人。不過，假如這次她真的愛上弗雷德里克了呢？」

「我們必須先假設，伊莎貝拉會真心愛一個人；那樣的話，她將會是一個截然不同的女孩，而且也不會遭受這樣的待遇。」

「當然了，你一定站在你哥哥那一方。」

「如果妳能站在妳哥哥那一方，就不會為索普小姐的失望感到痛苦。但是妳心裡早就有了一條誠實至上的觀點，因此也就無法接受一家人應該互相袒護的道理，也不可能產生報復的欲望。」

凱薩琳聽了這番讚美，總算打消了心裡的怨恨。亨利如此和藹可親，而弗雷德里克也不會犯下難以饒恕的罪行。她決定不回信給伊莎貝拉，也不再去想這件事。

第二十八章

不久後，將軍有事必須去倫敦一週。臨走前，他熱情地表示，自己對於必須需要離開凱薩琳深感遺憾；他還懇切地叮嚀他的孩子們，要把凱薩琳的舒適和娛樂當作首要之務。

他的離開讓凱薩琳第一次體驗到一個道理：事情有失必有得。如今，他們的日子過得十分愉快，做任何事都自由自在，不再被人掌握住自己的時間、情緒和精力。她徹底意識到將軍對他們的束縛，也無比欣慰地感覺到解脫的滋味。這些舒適和樂趣使她一天比一天更喜歡這個地方，以及這裡的人們。要不是煩惱不久後就要離開艾麗諾，或是擔心亨利對她的愛比不上她對他的愛，她時時刻刻都能感到幸福無比。

現在已經是她作客的第四週了。在將軍回來之前，第四週就會結束，要是繼續待下去，豈不是像賴著不走？每次想到這裡，都令她感到痛苦。為了儘早擺脫這個精神負擔，她決定主動跟艾麗諾提出這件事，探探她的口風。

她知道，這種不愉快的事拖得越久，就越難開口，於是抓住第一次和艾麗諾獨處的機會，告訴她自己馬上就要離開了。艾麗諾露出十分關心的態度，她本來希望凱薩琳能陪她更久一些，也如此期盼著；她還相信，要是莫蘭夫婦知道女兒住在這裡能為她帶來多大快樂的話，一定會十分慷慨，不會急著催她回家。

「哦，這個嘛，」凱薩琳解釋說，「我父母倒不會著急。只要我過得開心，他們就放心了。」

「那麼，妳為什麼又這麼急著走呢？」

「哦！因為我在這裡住得太久了。」

「好吧，要是妳這麼說的話，我也不便強留了。要是妳覺得已經待太久——」

「哦，不！我沒有這個意思。要是為了自己的快樂，我很願意再住下去。」

於是兩人當場說定，讓凱薩琳再住在這裡四個禮拜。消除了一個不安的根源後，另外一件事也就不那麼令她擔心了。艾麗諾挽留她的時候，態度溫柔而誠懇，亨利一聽說她決定不走了，頓時也喜形於色，這說明了他們都非常喜歡她；她的心裡只僅剩下一點疑慮了，而這點疑慮對一個人來說似乎又是不可或缺的。她幾乎相信亨利愛著她，而且相信他的父親和妹妹也很愛她，甚至希望她成為他們家的人。既然有這樣的念頭，再去懷疑、不安就只是庸人自擾了。

雖然將軍希望亨利留在諾桑覺寺，以便照顧兩位小姐，但他在伍德斯頓的副牧師有事需要他，不得不離開兩天，便在禮拜六走了。儘管兩位小姐因此少了幾分樂趣，卻仍感到十分舒適。她們愛好一致，關係越來越親密，覺得暫時只剩她們兩人也很好了。亨利走的那天，她們直到十一點才離開餐廳——這在諾桑覺寺算是相當晚了。剛走上樓梯，兩人彷彿隔著厚牆聽見馬車駛近的聲音，轉眼間又傳來響亮的門鈴聲，證實她們沒有聽錯。艾麗諾惶恐不安地喊道：「天哪！出了什麼事？」原來是她的大哥。雖然他從未這麼晚回家過，但往往十分突然。艾麗諾連忙下樓迎接他。

凱薩琳朝自己的房間走去，她好不容易下定決心，要進一步結識蒂爾尼上尉。即使她對蒂爾尼上尉的印象不好，也覺得像他這樣時髦的男士一定瞧不起她；但令她安慰的是，那些尷尬的因素早已不存在。她相信他絕不會提到索普小姐，他對過去的事想必很慚愧，因此絕不會發生這種危險。她認為，只要避而不談巴斯，她就能對他客客氣氣。時間就在這番思索中過去了，艾麗諾如此高興地去見她大哥，有這麼多話要說，一定很喜歡他；因為他已經回來快半小時，艾麗諾卻還不上樓。

就在此時，凱薩琳似乎聽見走廊裡傳來艾麗諾的腳步聲，她側耳傾聽，但又沒聲音了。她正心想是自己的錯覺，忽然聽到有個東西朝她的房間接近，她嚇了一跳。似乎有人在摸她的門，一瞬間，門鎖輕輕動了一下，有人正在打開它。凱薩琳不寒而慄，但她決心不再被那些小事嚇到，也不想再胡思亂想，便悄悄走上前去，一把將門打開。艾麗諾就站在那裡。

凱瑟琳僅僅平靜了一剎那，因為艾麗諾臉頰蒼白，神情驚慌不安。她似乎想進來，但又顯得很吃力；進門以後，說起話又更加吃力。凱薩琳以為她是因為蒂爾尼上尉而感到不安，所以只能默默地注視著她。她要她坐下來，用薰衣草香水擦拭她的鬢角，帶著親切的神情看著她。

「親愛的凱薩琳，妳不必……妳真的不必……」艾麗諾終於吐出幾個字來，「我很好。妳這麼體貼我，真叫我心慌。我受不了了，我來找妳沒有好事。」

「有事？找我？」

「該怎麼跟妳說呢？唉！我該怎麼跟妳說呢？」

凱薩琳的腦中突然生出一個新的想法，一瞬間，她的臉色變得和她朋友一樣蒼白，大喊；「是伍德斯頓送信來了？」

「妳猜錯了，」艾麗諾回答，一面帶著同情的目光望著她，「不是伍德斯頓的人，而是我父親回來了。」她提到父親時，聲音不停顫抖，眼神垂向地面。將軍突然回來這件事已經夠讓凱薩琳沮喪了，有好一陣子，她幾乎認為不可能有比這更糟的消息。她沒有出聲。

艾麗諾竭力冷靜了一下，以便把話說得更堅決一些。不久她又開口了，但眼神仍然垂向地面。「我知道妳是個正直的人，不會因為我逼不得已做出這種事而瞧不起我。我實在不願意當這樣的傳話人。我們最近商量過，而且已經決定讓妳在這裡多住幾個星期，這讓我多麼高興，多麼慶幸啊！我怎麼能跟妳說有人不接受妳的好意？妳為我們帶來了那麼多歡樂，沒想到得到的報答卻是——我實在說不出口。親愛的凱薩琳，我們要分開了。我父親想起一個約會，禮拜一我們全家都要走。我們要去赫里福德附近的朗登勳爵家住兩週。我無法向妳解釋和道歉，也不能這麼做。」

「親愛的艾麗諾，」凱薩琳叫道，竭力壓抑自己的感情，「別這麼難過。訂下的約定當然必須履行了；當然，我們這麼快、這麼突然地就要分手，這使我非常難過。但是我並不生氣，真的不生氣，妳知道我隨時都能離開。我希望妳能來我家，等妳從這位勳爵家回來以後，能來富勒頓一趟嗎？」

「我無權決定，凱薩琳。」

「那等妳方便的時候再來吧。」

艾麗諾沒有回答。凱薩琳想起一件更有趣的事，便自言自語道：「禮拜一，這麼快，你們全走！不過，我相信至少我還來得及道別。妳知道，我可以只比你們早一步走。別難過，艾麗諾，我禮拜一走也可以，還沒通知我父母親也沒關係。將軍一定會派僕人把我送到半路的，我很快就會到達索爾茲伯里。從那裡回家只有九哩路。」

「唉，凱薩琳！假如真是這樣就好了。雖然對妳招待不周，但是，該怎麼說呢？已經決定讓妳明天早上離開，時間也已經決定好。馬車七點鐘就會過來，而且也不會派僕人送妳。」

凱薩琳被嚇呆了，默默無語地坐了下來。「剛才聽到這項決定時，我簡直不敢相信自己的耳朵。無論妳此時理所當然地有多麼不悅、氣憤，也比不上我的震驚。噢！但願我能向妳解釋一些理由！天哪！妳父親會怎麼說呢？是我們讓妳離開妳真正的朋友的，結果卻落得這般下場，離家也更遠了；如今還要不近人情、不顧禮貌地把妳趕出去！親愛的凱薩琳，我傳達了這些話，覺得就像自己侮辱了妳。但是我相信妳會原諒我的，因為妳在我們家住了不短的時間，看得出我只不過是名義上的女主人，根本沒有權力。」

「我是不是惹將軍生氣了？」凱薩琳聲音顫抖地說。

「唉！我以一個女兒的角度可以向妳保證，他沒有正當的理由生妳的氣。他現在的確心煩意亂，我很少見到他比現在更煩躁。他的脾氣不好，現在又出了一件事，讓他氣惱到如此罕見的程度。他有點失望，有點懊惱，似乎把這件事看得很重。但是我怎麼也想不出這跟妳有什麼關係，因為這怎麼可能呢？」

凱薩琳痛苦得說不出話，但看在艾麗諾的份上仍勉強說了幾句。「真的，」她說，「假如我冒犯了他，我感到十分抱歉，我絕不是有意這麼做的。不過妳別難過，艾麗諾，妳知道，既然約好了就應該去。唯一遺憾的是沒有早點想起這件事，不然我可以寫封信回家。不過這也沒什麼關係。」

「我誠摯地希望這不會影響到妳的人身安全。但是在其他方面，例如舒適、尊嚴和禮貌上，或是妳的家人和朋友上，卻有很大的影響。假如妳的朋友艾倫夫婦仍然待在巴斯，妳可以很輕易地找到他們，幾個小時就能到了。但妳要坐著驛馬車走七十哩啊！妳還這麼年輕，又孤零零地沒人做伴！」

「哦！這點路不算什麼，別為這個傷腦筋了。再說，反正我們都要分開了，差那幾個小時也沒什麼關係。我能在七點以前準備好，準時來叫我吧。」

艾麗諾看出凱薩琳想獨自清靜一會。她相信再聊下去對兩人都沒好處，於是說了聲「明天早上見」，便走出房間。

凱薩琳滿腹委屈。艾麗諾在的時候，淚水被友誼和自尊遏止住，但是艾麗諾一走，她的眼淚便像泉水一般湧了出來。被人家趕出門了！而且是這種形式！用這種匆忙、粗暴，甚至無禮的態度對待她，沒有任何正當理由，也不表示任何歉意！亨利遠在別處，甚至不能跟他道個別；對他的一切希望、一切期待，都必須暫時冰封起來，誰知道要冰封多久呢？誰知道兩人什麼時候才能再見面呢？蒂爾尼將軍本來是那麼彬彬有禮，那麼地寵愛她，誰知道他竟會這麼做！真是令人既傷心，又無法理解。事情究竟是怎麼引起的？結果又會怎麼樣？這兩個問題真讓人困惑而害怕。這種作法實在太不客氣，既不顧及她的方便，也不給她面子決定自己何時上路、如何離開，就匆匆忙忙地趕她走。明明有兩天的時間，偏偏選了第一天，而且是一大早，彷彿刻意讓她在將軍出發前離開，以免再與她見面。這麼做是什麼意思？不是存心侮辱她嗎？雖然不知道是什麼原因，但她一定是不幸得罪了他。艾麗諾不想讓她產生這種痛苦的想法，但凱薩琳認為，無論將軍遇到什麼煩惱或不幸，只要事情與她沒有關係，那也沒有理由遷怒於她呀！

這一夜真難熬。睡眠是不可能了，剛來的時候，她因為胡思亂想而受盡了折磨，現在她又在這個房間忐忑不安地輾轉難眠。然而，這次不安的原因與當初是大不相同的，無論在各種意義上，這回都比上回更令人傷心！她滿腦子想著這些惡劣的行徑，也就對她那孤單的處境、對那漆黑的屋子、古老的建築無動於衷了。外頭的風刮得屋裡不時發出奇怪的聲響，但她對這些聲響並不覺得好奇或害怕，只是清醒地躺在床上，一小時一小時地熬下去。

剛過六點鐘，艾麗諾便來到她房裡，急切地想表示關心，甚至幫她的忙。可惜能做的事已經不多了，凱薩琳幾乎已經穿戴完畢，東西也快整理完了。艾麗諾進房的時候，她突然想到將軍可能是派她來道歉的。人的火氣一消，接著難免會後悔，這有什麼奇怪的呢？她只想知道，自己應該用什麼樣的態度接受對方的道歉，才能不失尊嚴。

不過，即使知道了也沒用，因為艾麗諾根本不是來傳話的。兩人見面後沒說太多話，她們都認為少開口最好，因此只說了幾句無關緊要的話。凱薩琳急急忙忙地穿好衣服，艾麗諾出於一番好意，也笨拙地幫她整理行李。一切都準備好之後，兩人便走出房間，凱薩琳回頭看了那些她熟悉、喜歡的東西最後一眼，隨即便下樓來到餐廳。

早飯已經準備好了。她勉強地吃著飯，以免別人出言勸慰，也好安撫一下自己的朋友。然而，她吃不下，一比較今天和昨天的兩頓早餐，她又不自覺感受到新的痛苦，因此更加厭惡眼前的一切。上次在這裡吃完早飯還不到二十四小時，情況卻有了一百八十度的轉變！當時她心裡多麼快樂，多麼舒坦、幸福、安心！眼前的一切都是那麼地令她滿意，除了亨利要回伍德斯頓一天以外，她對未來的一切無憂無慮！那是一頓多麼愉快的早餐啊！當時亨利也在場，就坐在她旁邊，還幫她夾過菜。她久久地沉醉在這些回憶之中，艾麗諾也像她一樣，一言不發地坐在一旁沉思，直到馬車把她們喚回了現實中。一看見馬車，凱薩琳立刻漲紅了臉，她受到的侮辱此刻真讓她心如刀割，頓時只覺得十分氣憤。現在，艾麗諾迫不得已得說些話了。

「妳一定要寫信給我，凱薩琳，」她喊道，「妳一定要儘快來信。不收到妳平安到家的消息，我一刻也放心不下。我求妳無論如何都要來一封信，好讓我知道妳已經平安回到富勒頓，還發現家人安好。我希望能與妳保持通信，無論妳答不答應，都務必寫一封信，把信寄到朗登勳爵家，收信人寫上愛麗絲。」

「不，艾麗諾，如果將軍不讓妳收我的信，我想我還是不寫最好。我一定會平安到家的。」

艾麗諾只回答：「妳的心情並不奇怪，我也不便強求妳。當我們分隔兩地後，我相信妳會發發慈悲的。」這幾句話，加上說話者的憂傷表情，使得凱薩琳的自尊心頓時軟了下來，她馬上說道：「唉！艾麗諾，我一定寫信給妳。」

蒂爾尼小姐還有一件事急於解決，雖然有點不便開口。她認為凱薩琳離家這麼久，身上的錢也許不夠路上花用，於是便十分親切地想借錢給她。事情果真和她預料的一樣，直到現在，凱薩琳一直沒有想過這個問題，她一看錢包，才發現要不是朋友的關心，她恐怕連回家的錢都沒有了。臨別前，她們幾乎沒再多說一句話，兩人心裡都想著假如路上沒錢可能遇到什麼麻煩。不過，幸好這段時間不長，僕人來報告說馬車準備好了。凱薩琳立刻站起來，與艾麗諾熱烈地擁抱一番，以取代告別的話語。她們走進玄關時，凱薩琳覺得她們還沒提到某個人的名字，她還不能離開，於是便停下腳步，聲音顫抖地說道：「請代我向不在家的朋友問好。」她還來不及說出他的名字，就再也壓抑不住自己的感情了。她用手絹蒙住臉，一溜煙地穿過玄關，跳上馬車，轉眼駛出了大門。

第二十九章

凱薩琳靠在馬車的一個角落，淚如泉湧，直到馬車駛出寺院好幾哩後才抬起頭來，等到寺院的最高點終於看不見了，她才回過頭朝它的方向望去。不幸的是，她現在所走的這條路，恰好是她十天前興高采烈地往返伍德斯頓時經過的那條。沿途的十四哩路上，她帶著與上次迥然不同的心情目睹那些景物，心裡感到格外難受。每接近伍德斯頓一哩，她心裡的痛苦就加深一分。當她經過距伍德斯頓只有五哩的岔路口時，一想到亨利就在附近，卻又不知道這件事，就覺得焦慮而悲傷。

她在伍德斯頓度過的那天，是她一生中最快樂的一天。就在那裡，就在那一天，將軍提到亨利和她的時候，用了那樣的字眼，帶說話的神氣都使她百分之百地確信，將軍確實希望他們能結婚。是的，就在十天前，他那顯而易見的好感還使得她歡欣鼓舞，他那意味深長的暗示也使得她心慌意亂！但如今，她究竟做了什麼，或是少做了什麼，才惹得他改變了態度呢？

她認為自己只冒犯了將軍一次，但是這件事不太可能傳進他的耳裡。她對他的那些駭人聽聞的懷疑，只有亨利和她自己知道；她相信亨利會嚴守秘密，至少不會刻意出賣她。假如出現奇怪的不幸，讓將軍得知了她那些大膽的想像和搜索，得知她那些無稽的幻想和失禮的調查，那麼，無論他怎麼發怒，凱薩琳也不會感到驚奇。假如將軍知道她曾把自己當成殺人兇手，那即使他把她驅逐出門，她也不會感到詫異。但是她相信，這件令她痛苦的事情，將軍絕不可能知道。

雖然她心急如焚地思考著這件事，但是她顧慮最多的卻不是這件事。她還有個更迫切、更強烈的念頭：當亨利明天回到諾桑覺寺聽說她離開了之後，會有什麼想法、什麼感覺、什麼表情呢？這個問題比一切都重要，一直縈繞在她的腦際，使她時而感到煩惱，時而感到欣慰。有時她害怕他會不聲不響地默許，有時又幻想他一定會感到悔恨和氣憤。當然，他不敢責備父親，但是對艾麗諾——他會把有關她的事都跟妹妹說的。

她心裡困惑不已，不停地質問自己，可是沒有一個問題能為她帶來片刻安寧。時間就這麼過去了，她沒想到這趟路會走得這麼快。馬車駛過伍德斯頓後，滿腦子的牽掛使她無心去觀看眼前的景物，也無心去注意旅途的進程。路旁的景物雖然引不起她的注意，但也不會令她厭倦，因為她並不急著抵達目的地，雖然她離家已經十一個禮拜，但是這樣回到富勒頓，根本不可能嘗到與親人團聚的歡樂。她該怎麼不讓自己丟臉，也不讓家人痛苦呢？她只要把事實說出口，便會感到更加悲傷，也更加怨恨，也許還可能牽連到那些沒有錯的人。她永遠說不完亨利和艾麗諾對她的好，假如有人因為他們父親的緣故而討厭他們，那可會傷透了她的心。

出於這種心情，她並不期待看見那個象徵她離家只剩二十哩的高塔，相反地，她害怕見到它。她原本只知道，自己離開諾桑覺寺之後，接著會到索爾茲伯里，但是要怎麼到達，還得多虧驛站長告訴了她各個站名。她一路上並未遇到任何麻煩和恐懼，由於年紀輕輕，待人客氣又大方，因此在旅途中得到了各種照顧。車子除了換馬以外，一直沒有停下來，接連走了十一個小時，也沒發生意外或驚險。傍晚六七點鐘左右，便駛進了富勒頓。

小說家總喜歡這樣描述故事的結局：女主角在即將結束自己的冒險時，終於勝利地挽回了名譽，以伯爵夫人的高貴身分重返鄉里，後面跟著一長串的貴族親戚，分坐在好幾輛四輪敞篷馬車裡，還有一輛四馬拉的旅行馬車，裡面坐著三位侍女——的確，這種寫法為故事結局增添了光彩，小說家寫得如此慷慨，想必也讓自己沾光了不少。但是我的故事卻大不相同。我的女主角孤孤單單、顏面無光地回到家鄉，這讓我也提不起精神來詳細敘述了。堂堂女主角竟坐在出租驛車上，實在有失體面，再怎麼描寫壯觀或是悲愴的場面，也是挽回不了的。因此，車伕把車子趕得飛快，在禮拜日的人群眾目睽睽之下，一溜煙似地駛進村莊，女主角也飛快地跳下馬車，就這樣朝牧師公館走去，無論她的心裡有多麼痛苦，也無論作者敘述起來有多麼慚愧。

不過，她卻為家人帶來了非比尋常的喜悅：先是出現了馬車，接著又是她本人。由於旅行馬車在富勒頓並不常見，全家人立刻跑到窗前張望。他們看見馬車停在門口，個個都喜形於色，腦中也產生各種幻想。除了兩個最小的孩子——一個是六歲的男孩，一個是四歲的女孩，他們每次看見馬車都希望是哥哥或姐姐回來了——誰也沒料到會有這種喜事。第一個看見凱薩琳的人有多麼高興！宣傳這一發現的聲音有多麼興奮！只不過，這種快樂究竟屬於喬治還是屬於哈莉特，就無從得知了。

凱薩琳的父母、莎拉、喬治和哈莉特，全都聚在門口，親切而熱烈地歡迎她，讓凱薩琳感到由衷的高興。她跨下馬車，把每個人都擁抱了一遍。大家圍著她，安慰她，讓她感到幸福；頃刻間，一切的悲傷都被與親人團聚的喜悅蓋過。大家見到凱薩琳都很高興，顧不得心平氣和地盤問她，便圍著茶桌坐下。莫蘭太太急急忙忙地沏好茶，以便讓遠道而歸的可憐人解渴。然而，還沒等到有人開門見山地向凱薩琳提出任何問題，這名母親便注意到女兒的臉色蒼白，神情疲憊。

凱薩琳吞吞吐吐地開口了，她的聽眾傾聽了半個小時，還一直不明白她究竟為什麼突然回家，也搞不懂事情的詳情細節。他們這一家絕不是愛生氣的人，即使受人羞辱，反應也很遲鈍，更不會懷恨在心。但是，當凱薩琳把整件事情說清楚之後，他們卻認為這樣的侮辱不容忽視，也不能輕易饒恕。莫蘭夫婦想到女兒這趟漫長孤單的旅行時，雖然沒有因為胡思亂想而擔心受怕，但也感到這一定為女兒帶來了許多不愉快，而他們自己絕不願意去受這種罪。蒂爾尼將軍這樣對待他們的女兒，實在太不光彩，也太沒良心了，既不像個有教養的人士，也不像一個做父親的人。他為什麼要這麼做？什麼事惹得他如此怠慢客人？他原來十分寵愛她，為什麼突然變得這麼反感？這些問題令他們也像凱薩琳一樣莫名其妙。

不過他們並沒為此苦惱太久，胡亂猜測了一陣之後，便說道：「真是件怪事，他一定是個怪人。」這句話足以表達出他們所有的氣憤和驚訝。只有莎拉仍然沉浸在有趣的幻想中，她帶著年輕人的熱情，大聲地驚叫著、猜測著。

最後，她的母親說道：「乖孩子，妳不必自尋煩惱。放心吧，這件事根本不值得傷腦筋。」

「他想起了那個約會才希望凱薩琳離開，這是可以諒解的。」莎拉說，「但是，他為什麼不做得更客氣一些呢？」

「我替那兩個年輕人感到難過，」莫蘭太太回答，「他們一定很傷心。至於別的事情，現在不必再管。凱薩琳已經平安到家，我們的舒適又不必依賴蒂爾尼將軍。唔！」這時，凱薩琳嘆了口氣，這位豁達的母親又說道：「幸虧我當時不知道妳正在路上。不過事情都過去了，也許沒什麼大不了的。讓年輕人在外面闖闖總是有好處的，妳知道，我的凱薩琳，妳一向是個心浮氣躁的小可憐，可是這回在路上遭遇了那麼多的事，妳一定會變得更機靈一些。我希望妳別沒有把什麼東西忘在車上了。」

凱薩琳也希望如此，並且試圖對自己的長進感到高興，不想她早已精疲力盡，心裡唯一的希望就是獨自清靜一下，因此當母親勸她早點休息的時候，她立刻答應了。她的父母認為，她之所以面容憔悴和心情不安，只不過因為心裡感到屈辱，加上旅途勞頓的結果；因此相信睡一覺馬上就會恢復。

第二天早晨，大家見面時，雖然她尚未回復到他們預期的程度，可是也絲毫不懷疑她的心裡還有更大的仇恨。一個十七歲的女孩子，第一次出遠門歸來，做父母的居然一次也沒有想到她的心思，真是件怪事！

剛吃完早飯，凱薩琳便坐下來履行她對蒂爾尼小姐的承諾。蒂爾尼小姐相信時間和距離會改變這位朋友的心情，如今她的想法果真應驗了，因為凱薩琳已開始責怪自己離別時對艾麗諾時太過冷淡。同時，她還認為自己對艾麗諾的優點和感情不夠重視，她只剩下孤零零一個人，自己卻一點也不同情她。然而，感情的力量並未有助於她下筆，她過去寫信從沒有像寫給艾麗諾這麼困難。這封信既要適當地描寫出她的感情，又要適當地寫出她的處境，既要表達感激，又不露出謙卑、懊悔，要謹慎而不冷淡，誠摯而不怨恨，還要讓艾麗諾讀了不致感到痛苦，最重要的是，假如被亨利碰巧看到了，她也不至於感到害羞。這一切使得她遲遲無法下筆，茫然地思考了半天，最後才決定，只要把信寫得十分簡短就好。於是，她把艾麗諾借的錢裝進信封，又寫了幾句表示感謝和衷心祝福的話。

「這段友情真奇怪，」等凱薩琳寫完信，莫蘭太太說道，「來得快，去得也快。發生這樣的事真令人遺憾，因為艾倫太太認為他們都是很好的年輕人。真不幸，妳跟妳的伊莎貝拉也不走運。唉！可憐的詹姆士！也罷！人總是從失敗中成長，希望妳以後結交一些更值得器重的朋友。」

凱薩琳漲紅了臉，激動地答道：「艾麗諾就是一個最值得器重的朋友！」

「要是這樣，好孩子，我相信妳們遲早會再見面的，不要擔心。妳們搞不好幾年之內就會再次重逢，到時會有多高興啊！」

莫蘭太太的安慰並不怎麼有效。她希望他們幾年之內再相見，這只會讓凱薩琳聯想到，這幾年內的變化也許會使她不敢再見到他們。她永遠也忘不了亨利，她將永遠像現在這樣溫柔多情地想念他；但是他一定會忘掉她的！在這種情況下再次見面？凱薩琳想到這裡，眼眶不禁又充滿了淚水。做母親的意識到自己的勸慰產生了不好的結果，便又想出了一個打起精神的方法，建議她一起去拜訪艾倫太太。

兩家相距只有四分之一哩。途中，莫蘭太太心直口快地說出了她對詹姆士失戀的看法。「我們真替他難過，」她說，「不過，除此而外，這門親事破滅了也沒什麼不好。一個素不相識的姑娘，一點嫁妝也沒有，娶了她是不會什麼好處的；而且她又做出這種行為。我們根本就看不上她。雖然詹姆士現在很難過，但是這不會維持太久。我敢說，他這回做了錯誤的選擇，以後一定會變得更加謹慎。」

凱薩琳勉強聽完了母親的簡要看法，再多說一句，都有可能讓她失去理智，作出情緒化的回答；因為她很快又回憶到，自從上次經過這條熟悉的道路以來，自己的心情和精神上起了什麼變化。不到三個月前，她還欣喜地懷著希望，每天在這條路上來去十幾趟，心裡輕鬆愉快、無憂無慮，滿心期待著那些從未嘗試過的樂趣，一點也不害怕厄運，也不知道什麼是厄運。而如今呢？她回家以後簡直判若兩人！

艾倫夫婦一向疼愛她，他們見到她不期而來，立刻親切備至地招待她。夫婦倆聽完凱薩琳的遭遇後都大吃一驚，氣憤至極，儘管莫蘭太太敘述時並未加油添醋，也沒有刻意激起他們的怒火。「昨天晚上，凱薩琳把我們嚇了一大跳！」莫蘭太太說道，「她是一個人坐著驛車回家的，而且直到禮拜六晚上才知道要走。蒂爾尼將軍不知道哪根筋不對，突然不希望她待在家裡，差點把她趕出去！真不夠朋友！他一定是個怪人。不過，我們很高興她又回到我們身邊了！看見她變得精明，不再是個窩囊的可憐蟲，真是莫大的安慰。」

艾倫先生作為一個富有理智的朋友，很得體地表示了自己的憤怒。艾倫太太覺得丈夫的措詞十分恰當，也重複了一遍。接著，她又把自己的驚奇、推測和解釋都說了一遍；每當她找不到話可以接時，總會加上這麼一句話：「我實在受不了這位將軍！」

艾倫先生離開房間後，她又把這話說了兩遍。當時，她的氣還沒消，話題也還沒偏離。但說到第三遍時，她的話題漸漸扯遠了。說到第四遍時，便接著說道：「好孩子，妳只要想一想，在我離開巴斯以前，竟然補好了我最喜歡的那塊梅克林花邊──而且補得好極了，哪天我一定拿給你瞧瞧──妳就會覺得，巴斯畢竟是個好地方。老實說，我真不想回來！索普太太在那裡給了我們不少方便，對吧？想想我們兩個一開始有多可憐。」

「是啊，不過那也沒維持多久。」凱薩琳說道，一想到她在巴斯的生活最初是如何充滿活力的，眼睛就又亮了起來。

「的確，我們馬上就遇見了索普太太，然後就什麼也不缺了。好孩子，妳看到我這副絲綢手套有多麼厚實？我們第一次去下舞廳時我才剛戴上它，後來又戴了好多次。妳記得那天晚上嗎？」

「我記得嗎？噢！一清二楚。」

「真令人愉快，是吧？蒂爾尼先生跟我們一起喝茶，我始終認為有他參加真是太棒了。他是那樣討人喜歡。我好像記得妳跟他跳過舞，不過不太確定。我記得我穿著我最喜歡的長裙。」

凱薩琳無法回答。艾倫太太換了幾個話題以後，又回過頭來說道：「我實在忍受不了那位將軍！他看起來倒是個討人喜歡、值得敬重的人。莫蘭太太，我想妳一輩子都沒見過像他那麼有教養的人。凱薩琳，他走了以後，那座房子就被人租下了。不過這也難怪。妳知道的，米爾森街嘛！」

回家的路上，莫蘭太太極力想讓女兒明白：她能交到艾倫夫婦這麼好心又可靠的朋友真是幸運，只要她還能得到這些老朋友的疼愛，就算被蒂爾尼家那些交情淡薄的人怠慢，也不必放在心上。這些話說得很有道理，但是人的思想在某些時候總是不受理智支配。莫蘭太太每提出一個見解，凱薩琳幾乎都會產生幾分抗拒的情緒。目前，她的幸福全部取決於這些交情淡薄的朋友的態度。就在莫蘭太太用公正的論點成功印證自己的見解時，凱薩琳卻在默默思考著：亨利現在一定回到了諾桑覺寺，也一定聽說她不在了，或許他們現在已經動身去哈里福德了。

第三十章

凱薩琳不是個懶惰的人，但也算不上勤快。只是，不管她過去有什麼缺點，她的母親如今都能察覺這些缺點更加惡化了。無論靜坐也好，忙碌也好，她連十分鐘都堅持不了，總是在花園或果園裡閒晃，似乎除了散步以外什麼也不想做。看樣子，她寧願在屋外到處徘徊，也不願在客廳裡老實地待上一下子。然而她情緒的變化最大，她的遊手好閒只是過去習慣的延伸，但她的沉默和憂鬱卻和過去的性格完全相反。

最初兩天，莫蘭太太一切隨她，一句話也沒說。但是到了第三個晚上，凱薩琳仍然沒有恢復活力，仍然不肯做點正經事，莫蘭太太再也忍不住了。她溫和地責備了女兒幾句：「我的好凱薩琳，再下去妳會變成一位大小姐。要是可憐的理查只有妳一個親人的話，真不知道他的圍巾什麼時候才能織好。我知道妳一心想著巴斯，但是什麼事都得有個限度，有時可以跳跳舞、看看戲，有時也該編織。妳已經悠閒得夠久了，現在該做點正經事了！」

凱薩琳拿起針線，用沮喪的語氣說道：「我心裡並沒有想著巴斯呀！」

「那妳是在為蒂爾尼將軍煩惱了。妳真是傻！因為妳很可能不會再見到他了。妳不應該為這種小事自尋煩惱。」稍微沉默了一會兒，她又說：「凱薩琳，我希望妳不要因為家裡比不上諾桑覺寺氣派，就嫌這裡不好。要是這樣，那妳實在不應該去旅行的。無論妳在何處，都應該隨時感到知足，尤其是在自己家裡，因為妳必須在這裡度過大部分的時間。吃早餐的時候，妳一直在講諾桑覺寺的法式麵包，我實在不太想聽。」

「老實說，我對那種麵包並不感興趣。吃什麼都一樣。」

「樓上有一本書，書裡有篇很棒的文章，提到一些年輕小姐因為結交了有錢人，便嫌棄自己的家。我想大概是本《明鏡》雜誌。哪天我幫妳找出來，對妳一定有好處。」

凱薩琳沒再說什麼。她一心想做正確的事，於是便埋頭做起針線。但是沒過幾分鐘，她又不自覺變得無精打采，由於疲憊煩躁，不停地在椅子上轉動。莫蘭太太眼看女兒的老毛病又犯了，她由凱薩琳那恍惚不滿的神色應證了自己的看法，認為她之所以悶悶不樂，正是因為不安於貧困，於是她趕緊離開房間去取那本雜誌，迫不及待地想把這個可怕的毛病治好。她費了好大的工夫才找到那本書，接著又被家務事給纏住了，直到十五分鐘後，才帶著那本她寄予厚望的書走下樓。

她在樓上吵吵鬧鬧的，完全沒聽見樓下的動靜。因此不知道在這段期間內來了一位客人。她剛走進房間，便看見一個從未見過的年輕男士。這名男士恭恭敬敬地站起來，女兒則忸忸怩怩地介紹道：「這是亨利．蒂爾尼先生。」

蒂爾尼先生帶著十分敏感和窘迫的表情，開始解釋自己的來意。他坦承，由於發生了那樣的事情，他不奢望自己會在富勒頓受到歡迎；他之所以冒昧趕來，是因為他急於知道莫蘭小姐是否已經平安到家。幸好，聽他說話的不是個偏頗、記恨的人，莫蘭太太並未把蒂爾尼兄妹與他們惡劣的父親混為一談，始終對他們抱著好感。她很喜歡亨利的儀表，於是也用純樸而真摯的感情接待他，感謝他如此關心自己的女兒，並讓他放心，只要是她孩子的朋友，這個家一律歡迎。最後她請求客人，別再提及過去的事了。

亨利欣然聽從了這個請求。他一聲不響地回到座位上，很有禮貌地回答著莫蘭太太關於天氣和道路的家常話題。這時的凱薩琳心中既焦慮、激動，又覺得愉快、興奮，一句話也說不出口。她的母親一見到她那緋紅的臉頰和明亮的眼睛，立刻明白，這次善意的訪問或許能讓女兒的心靈恢復平靜。她高興地將那本《明鏡》雜誌暫時擱在一旁。

莫蘭太太看到客人因為父親的事感到尷尬，覺得很過意不去。她希望丈夫能來幫她的忙，一方面陪客人說話，另一方面也趁機鼓勵他。沒想到，莫蘭先生竟然不在家，莫蘭太太孤立無援，不到十五分鐘就無話可說了。

沉默了兩分鐘之後，亨利把臉轉向凱薩琳，突然愉快地問她，艾倫夫婦目前是否在富勒頓？這個能夠輕易回答的問題，凱薩琳卻含糊不清地說了好幾句。亨利弄懂她的話中含意後，立刻表示想去拜訪一下他們，然後又紅著臉問凱薩琳，是否能請她帶路。

「先生，你從這個窗戶就能看見他們的房子。」莎拉插嘴道。

亨利點了點頭表示感謝，沒想到那位做母親的也向莎拉點了點頭，請她住嘴。原來，莫蘭太太轉念一想，認為客人之所以想去拜訪她的鄰居，也許是為了找機會與凱薩琳獨處，好解釋一下他父親的行為。於是她立刻成全了他的心意。

兩位年輕人出發了。莫蘭太太沒有完全誤會亨利的意思，他的確想解釋一下父親的行為，但他最大的目的還是解釋自己的想法。還沒走到艾倫先生的庭園，他已經解釋得很清楚了，而且令凱薩琳覺得百聽不厭——他向她表白了自己的愛，而且也向她求愛。

事實上，他們兩個都很明白，她的那顆心早就屬於他了。不過，儘管亨利如今對凱薩琳一片痴情，儘管他喜歡她性格上的各種優點，真心地想和她在一起；但我必須坦白地說，他的愛只是出自一片感激之情。也就是說，他只是因為知道對方喜歡自己，才開始喜歡她的。的確，這種事情在小說裡絕無僅有，而且也有損女主角的自尊；不過，要是這種事情在現實中也絕無僅有的話，那就姑且算是我異想天開吧！

他們在艾倫太太家稍坐了一會，亨利隨便說了些既沒意義又不連貫的話，凱薩琳只顧得沉醉在快樂之中，幾乎沒有開過口。告辭之後，他們又熱烈地親密交談起來。談話還沒結束，凱薩琳便明白了蒂爾尼將軍對兒子這次求婚抱持的態度——兩天前，亨利從伍德斯頓回來，在寺院外遇見了他那焦躁不安的父親。父親氣急敗壞地把莫蘭小姐離開的事告訴了他，並且命令他不准再去想她。

現在，亨利就是在這樣的禁令下前來向她求婚的。凱薩琳戰戰兢兢地傾聽著，幾乎快被嚇壞了。但令她高興的是，多虧亨利思慮周全，直到求婚之後才把這些事說出來，否則凱薩琳或許會謹慎地拒絕他。當亨利接著說到詳細情節，解釋他父親這麼做的動機時，她頓時鐵了心，甚至感到一種勝利的喜悅。

原來，她並沒有什麼可指責的，她只是不自覺地成為了別人欺騙的工具，而將軍的自尊心無法容忍受到那樣的欺騙。凱薩琳唯一的錯誤，就是沒有將軍一開始想像的那麼富有。在巴斯的時候，將軍聽到別人謊報了她的財產，便拚了命地巴結她，請她來諾桑覺寺作客，還打算讓她當自己的媳婦。他發現自己的錯誤之後，為了表示對凱薩琳的憤怒，對她家人的鄙視，他認為最好的辦法就是把她趕走，雖然這麼做還遠遠不足以洩憤。

最初是約翰欺騙了他。某天晚上，將軍在戲院裡發現兒子正在與凱薩琳交談，便問約翰是否瞭解她的身世。約翰一向喜歡和蒂爾尼將軍這樣的顯赫人物攀談，於是便得意洋洋地吹噓了起來。當時，詹姆士隨時都可能與伊莎貝拉訂婚，而約翰又決心要娶凱薩琳，因此他的虛榮心誘使他把莫蘭家形容得極為富有，比他的虛榮心和貪婪心所想像的還要富有。無論他和誰結為親戚，為了抬高自己的身價，總要吹捧對方的身分。於是，他不停地誇大詹姆士即將繼承的財產，不僅把這家人的財產提高了兩倍，把莫蘭先生的收入增加了一倍，把他的私產增加了兩倍，還捏造出一個有錢的姑姑，把孩子的人數減去一半；經過誇大之後，這個家族便在將軍眼裡變得極為尊貴了。約翰還知道，凱薩琳是將軍詢問的目標，又是他自己追求的對象，因此特別替她加油添醋了一番：除了能繼承艾倫先生的家產以外，她父親還會再給她一萬或一萬五千鎊。

將軍根據這些情報展開了行動。他從未懷疑這些情報是否可信，因為約翰的妹妹很快就要和莫蘭家的一名成員結婚，而且他又看上了另一名成員，這似乎足以保證他的話句句屬實；除此之外，艾倫夫婦有錢而無子女，莫蘭小姐又受他們照顧，對她如同親生女兒。他早已從兒子的臉上看出他對凱薩琳的喜愛，因此立刻下定決心，要不遺餘力地讓這門婚事實現。

這一切發生的時候，凱薩琳就和將軍的兩個孩子一樣，全都被蒙在鼓裡。亨利和艾麗諾看不出凱薩琳有什麼值得他們的父親特別欣賞的地方，但他卻忽然對她關心起來，而且無微不至，不禁感到十分驚訝。後來，將軍曾經向兒子暗示（甚至像是命令），要他盡可能去親近凱薩琳。亨利由此推測，他的父親一定是認為這門親事有利可圖。直到真相大白之前，他們絲毫沒想到父親是因為受騙才這麼做的。

將軍進城的時候，碰巧又遇到了約翰。這時，約翰才親口告訴他那些情報都是假的。他的心境早已與上次大不相同，他遭到凱薩琳的拒絕，十分惱火，加上近來他始終無法讓詹姆士與伊莎貝拉和好，看來他們是永遠分手了，於是他放棄了這段無利可圖的友誼，並推翻了自己過去吹捧莫蘭家的那些話。他承認，他對他們的家境和人品的看法完全是錯誤的，他誤信了某位朋友的吹噓，以為莫蘭先生是個有錢有勢、德高望重的人，但是與他來往了兩三週後才發現並非如此。第一次提親的時候，莫蘭先生急著表示同意，還提出不少無比慷慨的條件，但是當他機警地談到實際的問題上時，他不得不承認，莫蘭先生甚至無法為這對新人提供一點最基本的生活費。實際上，他們是個窮人家，子女眾多；尤其他最近又偶然發現到，這家人一點也不受鄰居的敬重，雖然經濟能力不佳，但仍然過著奢侈的生活，還盼望能攀上幾門好親事，來改善自己的家境……總之，這家人真不要臉，愛說大話，又愛耍詭計。

將軍嚇了一大跳。他用訝異的表情提起了艾倫先生的名字。約翰回答說，他在這件事上也誤會了，他相信艾倫夫婦和莫蘭家做了那麼多年的鄰居，早就知道他們的真面目了；再說，他也認識那個將來要繼承富勒頓產業的年輕人……將軍再也不想聽了，除了自己以外，他幾乎對所有人都感到惱怒，第二天便動身回到諾桑覺寺。至於他在那裡的所作所為，讀者們已經見識過了。

至於亨利當時將事情解釋了多少部分？這些事情中有哪些是聽他父親說的？哪些是他自己推測的？哪些還必須等詹姆士來信才能證實？這些問題就留給讀者自行想像了。為了便於讀者閱讀，我將這些線索串連在一起，請讀者也為我留個方便，自行將它們揭開吧！無論如何，凱薩琳聽到的情報已經夠多了，她覺得自己先前懷疑將軍謀殺或是監禁他的妻子，實在沒有侮辱他的人格，也沒有誇大他的殘暴。

亨利在敘述父親的那些事情時，幾乎就像自己當初聽到這些事情時一樣令人同情。當他不得不透露父親那句氣量狹小的勸告時，不由得羞紅了臉。他們父子倆在諾桑覺寺的對話相當不客氣。亨利聽說凱薩琳受了虧待，明白了他父親的意圖，還被強迫表示服從時，終於大膽地表示了自己的憤慨。一直以來，家裡的大小事總是將軍一人說了算，他以為別人頂多在心裡反對自己，從沒想過有人敢公然違抗他。他的兒子受到理智和良心的驅使，態度十分堅決，令他無法容忍。在這件事情上，儘管將軍的發怒令亨利感到震驚，卻嚇阻不了他；而他之所以如此意志堅定，是因為他相信自己才是對的。他認為，無論是在道義上，還是感情上，他都對凱薩琳負有責任；同時他還相信，父親命令他贏得的那顆芳心，如今早已屬於他了，無論是拙劣的手段，還是無理的惱怒，都動搖不了他對凱薩琳的忠誠，也不會影響他定下的決心。

亨利拒絕陪父親去哈里福德，因為這個約會是為了趕走凱薩琳而臨時捏造的。他還毅然宣布自己要向凱薩琳求婚。將軍氣得大發雷霆，兩人在一番爭執之後分手了。亨利的內心十分激動，本來要好幾個小時才能鎮靜下來，但他立刻回到伍德斯頓，隔天下午就動身前來富勒頓。

第三十一章

當亨利請求莫蘭夫婦同意他和凱薩琳的婚事時，夫婦倆最先感到驚訝。他們從沒想到這兩個人會相愛。但很快地，他們又產生了一種自豪感，顯得十分高興而激動。他們絲毫沒有理由反對這門親事，亨利舉止可愛、富有見識，這些優點是顯而易見的；雖然雙方從未相處過，但是光憑著好感，他們便相信了他的人格。「凱薩琳一定會是個粗心大意、笨手笨腳的主婦！」做母親的事先警告，但馬上又安慰道：「多試幾次就會了。」

只剩下一個阻礙了，要是不除掉這個阻礙，莫蘭夫婦絕不會答應這門婚事。雖然他們的脾氣溫和，卻十分堅守原則。亨利的父親既然明確表示了反對兩家結親，他們也就無法鼓勵這門親事。他們不會指望將軍親自上門提親，或是誠心誠意地贊成這件事；但是，他至少必須表示同意。只要能做到這一點，他們馬上就會點頭答應。他們既不希望，也沒有權利要他的錢，反正根據法律，亨利遲早能從父親那裡得到一筆可觀的財富。再說，他目前的收入也足以維持家計，而且過得還算舒適。無論從哪方面來看，這對他們的女兒來說都是一門難得的婚事。

小倆口對這個決定毫不驚奇，他們覺得傷心、遺憾，但並不怨恨。只希望將軍能看在兩人相愛的份上，同意這個幾乎無法實現的要求。亨利回到了他如今僅存的那個家，以便管理他的農園，並為事情尋求轉機；凱薩琳則留在富勒頓，終日以淚洗面。她的憂傷和寂寞逐漸被書信所治癒，不過莫蘭夫婦從不過問，他們心腸太軟，從不逼女兒作出任何承諾。他們知道凱薩琳常收到信件，但是每次來信的時候，他們總是把臉扭開。

亨利和凱薩琳如此恩愛，想必對他們的婚事心急如焚，凡是愛他們的人也一定十分著急。但是，這種焦慮恐怕不會蔓延到讀者們的心裡，當讀者們一看見故事只剩下這幾頁了，就明白我們正朝著皆大歡喜的結局邁進。唯一的疑問是：他們如何才能結婚？將軍那樣的脾氣，什麼時候才能回心轉意呢？

促成這對小倆口結合的契機是這樣的：那一年的夏天，蒂爾尼小姐嫁給了一個有錢有勢的先生。遇上這種光耀門楣的喜事，讓將軍頓時變得興高采烈。艾麗諾趁機請求他原諒亨利，允許他：「愛當傻瓜就儘管去當吧！」

自從亨利被趕出家門，諾桑覺寺也變得越來越不幸。艾麗諾婚後離開了這個不幸的家庭，與心愛的人同住，我想這件事一定會讓所有認識她的人都滿意，我自己也同樣由衷地高興。艾麗諾樸實、賢慧，理應得到幸福，而她長期忍受痛苦，一旦獲得幸福，自然會無比快樂。她對那位先生的愛情並非最近才開始的，那位先生過去身世卑微，一直不敢向她求婚；後來他意外地繼承了爵位和財產，一切困難才終於迎刃而解。將軍第一次稱呼女兒為「子爵夫人」時，心裡對她真是寵愛極了！艾麗諾長年陪伴父親，對他百依百順，卻從未讓他如此喜愛過。她的丈夫的確值得她愛，且不說他的爵位、財產和愛情，他本人還是個最可愛的青年——一說到這裡，讀者們就能立刻想像出他是個怎樣的人，因此就不必一一細數他的優點了。關於這位先生，我只想再補充一件事：這位先生在諾桑覺寺住了很久，那一卷洗衣帳單就是他那個粗心的僕人留下的，害得我們的女主角捲入一場最可怕的冒險行動。

子爵夫婦為亨利居中調解，他們把莫蘭家真實的境況告訴了將軍，他這才明白，自己兩次都上了約翰的當。他先是誇大了莫蘭家的財富，接著又惡毒地把自己的話一口氣推翻；事實上，莫蘭家一點也不窮，凱薩琳還有三千鎊的嫁妝。這件事大大改善了他近來的看法，使得他那受到傷害的自尊心得到莫大安慰。他私下打聽到，富勒頓的產業全歸莫蘭一家所管，因此時常引起某些人的覬覦——這個消息對他也有很大的影響。

於是，就在艾麗諾結婚後不久，將軍把兒子叫回諾桑覺寺，要他將一封許婚信轉交給莫蘭先生。這封信的措詞十分謙恭，但內容只是些空洞的表白。信中批准的那件事立刻就被照辦了，亨利和凱薩琳結了婚，教堂裡響起了鐘聲，每個人都眉開眼笑。這兩個人從初次見面到結婚，整整經歷了十二個月；儘管將軍的殘忍造成了可怕的拖延，但他們似乎並未因此受到多大的傷害。男方二十六歲，女方十八歲，這樣的組合真是幸福無比。另外，我還相信，將軍無理的阻撓絕對沒有損害他們真正的幸福，或許還更加促成了他們的幸福，增進了彼此的瞭解，以及恩愛。至於這本書的宗旨究竟是贊成父母專制，還是鼓勵子女叛逆，這個問題就留給那些感興趣的人去思考吧！

國家圖書館出版品預行編目資料

傲慢與偏見：珍奧斯汀浪漫作品集 / 珍・奧斯汀 原著 ; 丁凱特 編譯. -- 初版. -- 新北市 : 華文網, 2013.5
面； 公分

譯自 : Pride and Prejudice

ISBN 978-986-271-348-8 (平裝)

873.57 102006115

愛情禮讚

傲慢與偏見

珍・奧斯汀浪漫作品集

Pride and Prejudice

典藏閣

傲慢與偏見：珍．奧斯汀浪漫作品集

出版者 ◤典藏閣
作者 ◤珍．奧斯汀　編譯 ◤丁凱特
品質總監 ◤王寶玲　文字編輯 ◤林柏光
總編輯 ◤歐綾纖　美術設計 ◤蔡億盈

郵撥帳號 ◤50017206 采舍國際有限公司（郵撥購買，請另付一成郵資）
台灣出版中心 ◤新北市中和區中山路2段366巷10號10樓
電話 ◤(02) 2248-7896　傳真 ◤(02) 2248-7758
ISBN ◤978-986-271-348-8
出版日期 ◤2013年5月

全球華文市場總代理／采舍國際有限公司
地址 ◤新北市中和區中山路2段366巷10號3樓
電話 ◤(02) 8245-8786　傳真 ◤(02) 8245-8718

全系列書系特約展示
新絲路網路書店
地址 ◤新北市中和區中山路2段366巷10號10樓
電話 ◤(02) 8245-9896
網址 ◤www.silkbook.com

線上pbook&ebook總代理／全球華文聯合出版平台
主題討論區 ◤www.silkbook.com/bookclub　● 新絲路讀書會
電子書平台 ◤www.book4u.com.tw　● 華文網雲端書城
紙本書平台 ◤www.silkbook.com　● 新絲路網路書店

本書係透過華文聯合出版平台自資出版印行。
採減碳印製流程並使用優質中性紙 (Acid & Alkali Free) 與環保油墨印刷。